ハヤカワ文庫 SF

〈SF1877〉

氷と炎の歌③

剣嵐の大地

〔中〕

ジョージ・R・R・マーティン
岡部宏之訳

早川書房

7087

目次

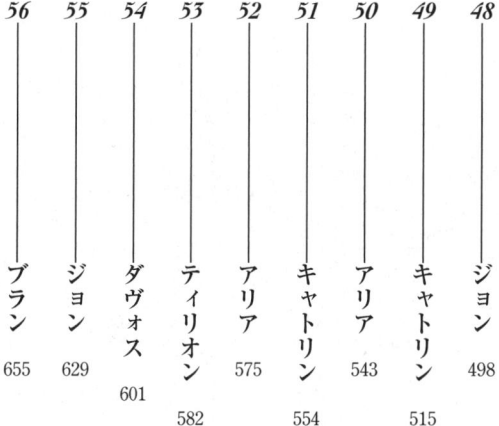

北部
風哭きの峠道《スカーリング・パス》
霜の牙《フロストファング》
クラスターの砦
〈幽霊の森〉
〈壁〉
凍結海岸
影の塔《シャドウ・タワー》
黒の城《カースル・ブラック》
海を望む東の物見城《イーストウオッチ・バイ・ザ・シー》
スカゴス島
〈氷の入江〉
熊の島《ベア・アイランド》
〈海豹《アザラシ》の入江〉
最後の川
カーホールド城
海竜岬《シー・ドラゴン・ポイント》
深林の小丘城《ディープウッド・モット》
〈狼の森〉
ドレッドフォート城
ウィンターフェル城
N
ホワイトナイフ川
トーレンの方塞《ズ・スクウエア》
〈王の道〉
岩石海岸《ストーニイ・ショア》
折れ枝川《ブロークン・ブランチ》
古墳地帯《バロウランズ》
バロウトンの町
白い港《ホワイト・ハーバー》
細流地域《リルズ》
熱病川《フィーバー》
要塞《モウト》
ケイリン
寡婦の物見城《ウイドウズ・ウオッチ》
古き城《オールドカースル》
ソルトスピア
地峡《ネック》
〈白浪湾《ザ・バイト》〉
クラーケン岬
灰色沼の物見城《グレイウオーター・ウオッチ》
三姉妹諸島《スリー・シスターズ》
フィンガーズ
鉄《くろがね》諸島
双子城《ツインズ》
オールド・ウィック島
海の護り城《シーガード》
緑の支流
青の支流
赤の支流
高巣城《アイリー》
アリンの谷間《ヴェイル》
〈血みどろの門〉
パイク城
グレート・ウィック島
リヴァーラン城
ジェイムズ・シンクレア作図

南部
三姉妹諸島《スリー・シスターズ》
フィンガーズ
〈王の道〉
双子城《ツインズ》
緑の支流
鉄《くろがね》諸島
ブラックタイド島
海の護り城《シーガード》
オークモント島
青の支流
ハーロー島
パイク城
アリンの谷間《ヴェイル》
高巣城《アイリー》
三叉鉾河《トライデント》
〈血みどろの門〉
ガルタウン
タンブルストーン河
赤の支流
リヴァーラン城
十字路の旅籠《クロスローズ・イン》
潮だまりの町《ソルトパンズ》
〈蟹の入江〉
蟹爪《クロー》島
フェア島《アイル》
ハレンの巨城《ホール》
ダリー城
鋏み割りの蟹爪岬《クラッククロー・ポイント》
黄金の歯《ゴールデン・トゥース》
〈顔のある島〉《アイル・オブ・フェイシズ》
〈王の道〉
乙女の池の町《メイドンプール》
ドラゴンストーン城
神の目湖《ゴッズ・アイ》
ダスケンデール
ケイスの町
キャスタリーの磐《ロック》城
海標城《ドリフトマーク》
枝角城《アントラーズ》
ラニスポート
キングズ・ランディング
ロズビー城
尖頭岬城《シャープ・ポイント》
〈黄金の道〉
ブラックウォーター河
ブラックウォーター湾
マッセイの鉤状砂嘴
クレイクホール城
河間平野《リーチ》
〈海の道〉
N
〈王の森〉
黄金樹林城《ゴールデン・グローヴ》
ウェンドウォーター川
〈薔薇の道〉
ビターブリッジ
タース島
古き樫城《オールド・オーク》
日没海《サンセット・シー》
マンダー河
嵐の果て城《ストームズ・エンド》
アッシュフォード
船
〈破船湾《シップブレーカー・ベイ》〉
楯諸島
ハイガーデン城
ドーンとの境界地方《マーチズ》
〈雨の森〉
ブライトウォーター城塞《キープ》
角の丘城《ホーンヒル》
〈骨の道〉
怒りの岬《ケープ・ラス》
オールドタウン
王墓城《キングズグレイヴ》
ドーン海
高台城《アップランズ》
黒山城《ブラックモント》
ドーン
岩山の頂城《トーア》
星降る城《スターフォール》
神麗城《ゴッズグレイス》
折れた腕《ブロークン・アーム》
砂岩城《サンドストーン》
地獄の巣穴城《ヘルホルト》
サンスピア宮
レモンウッド城
アーバー島
塩の浜辺城《ソルト・ショア》
ジェイムズ・シンクレア作図

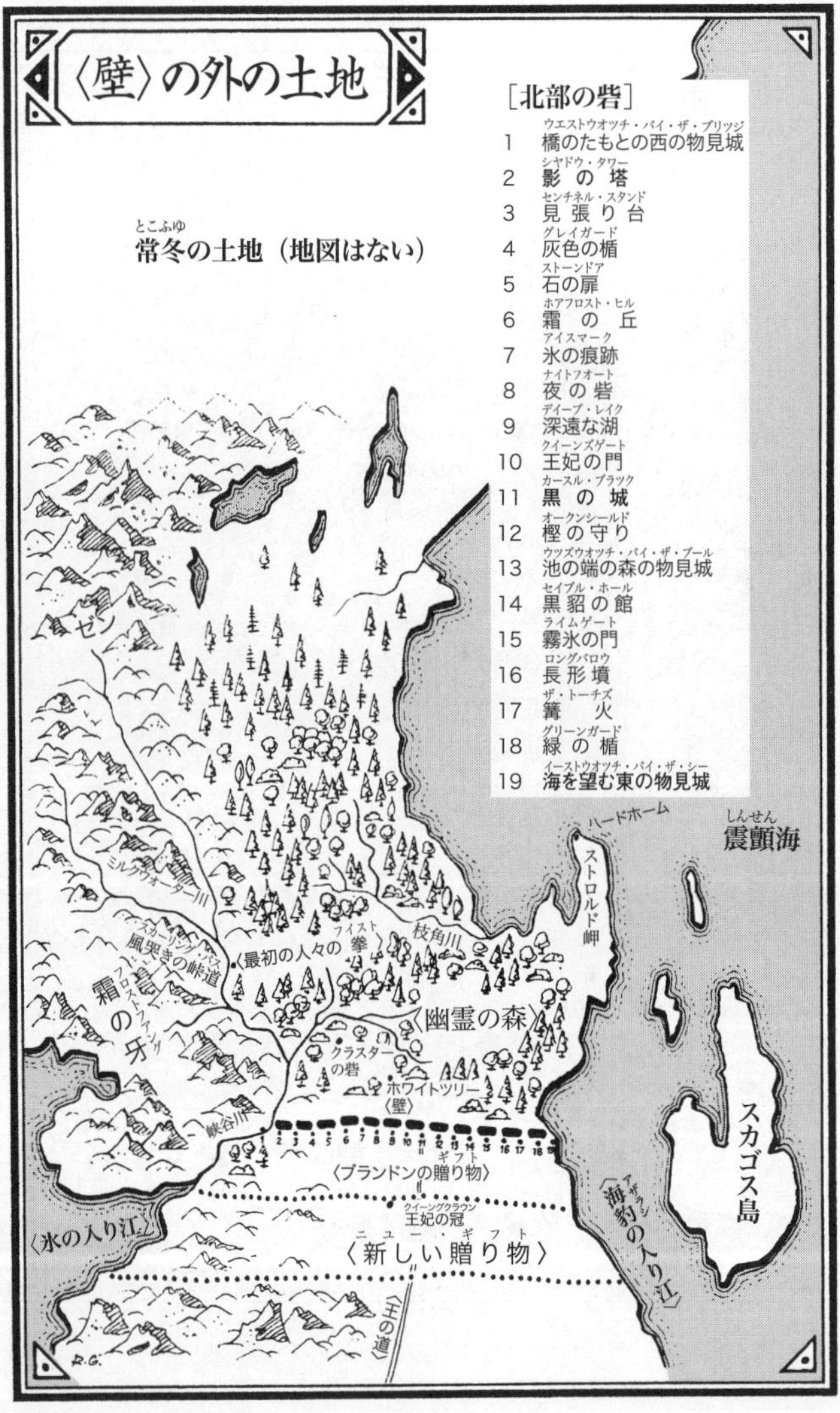
〈壁〉の外の土地
［北部の砦］
1 橋のたもとの西の物見城《ウエストウオッチ・バイ・ザ・ブリッジ》
2 影の塔《シヤドウ・タワー》
3 見張り台《センチネル・スタンド》
4 灰色の楯《グレイガード》
5 石の扉《ストーンドア》
6 霜の丘《ホアフロスト・ヒル》
7 氷の痕跡《アイスマーク》
8 夜の砦《ナイトフオート》
9 深遠な湖《デイープ・レイク》
10 王妃の門《クイーンズゲート》
11 黒の城《カースル・ブラック》
12 樫の守り《オークンシールド》
13 池の端の森の物見城《ウッズウオッチ・バイ・ザ・プール》
14 黒貂の館《セイブル・ホール》
15 霧氷の門《ライムゲート》
16 長形墳《ロングバロウ》
17 篝火《ザ・トーチズ》
18 緑の楯《グリーンガード》
19 海を望む東の物見城《イーストウオッチ・バイ・ザ・シー》
常冬《とこふゆ》の土地（地図はない）
ゼン
ミルクウォーター川
風哭きの峠道《スカーリング・パス》
霜の牙《フロストファング》
〈最初の人々の拳《フィスト》〉
枝角川
〈幽霊の森〉
クラスターの砦
ホワイトツリー
〈壁〉
峡谷川
〈ブランドンの贈り物《ギフト》〉
王妃の冠《クイーングクラウン》
〈新しい贈り物《ニュー・ギフト》〉
〈氷の入り江〉
〈王の道〉
ハードホーム
ストロルド岬
震顫海《しんせん》
スカゴス島
〈海豹《アザラシ》の入り江〉
R.G.

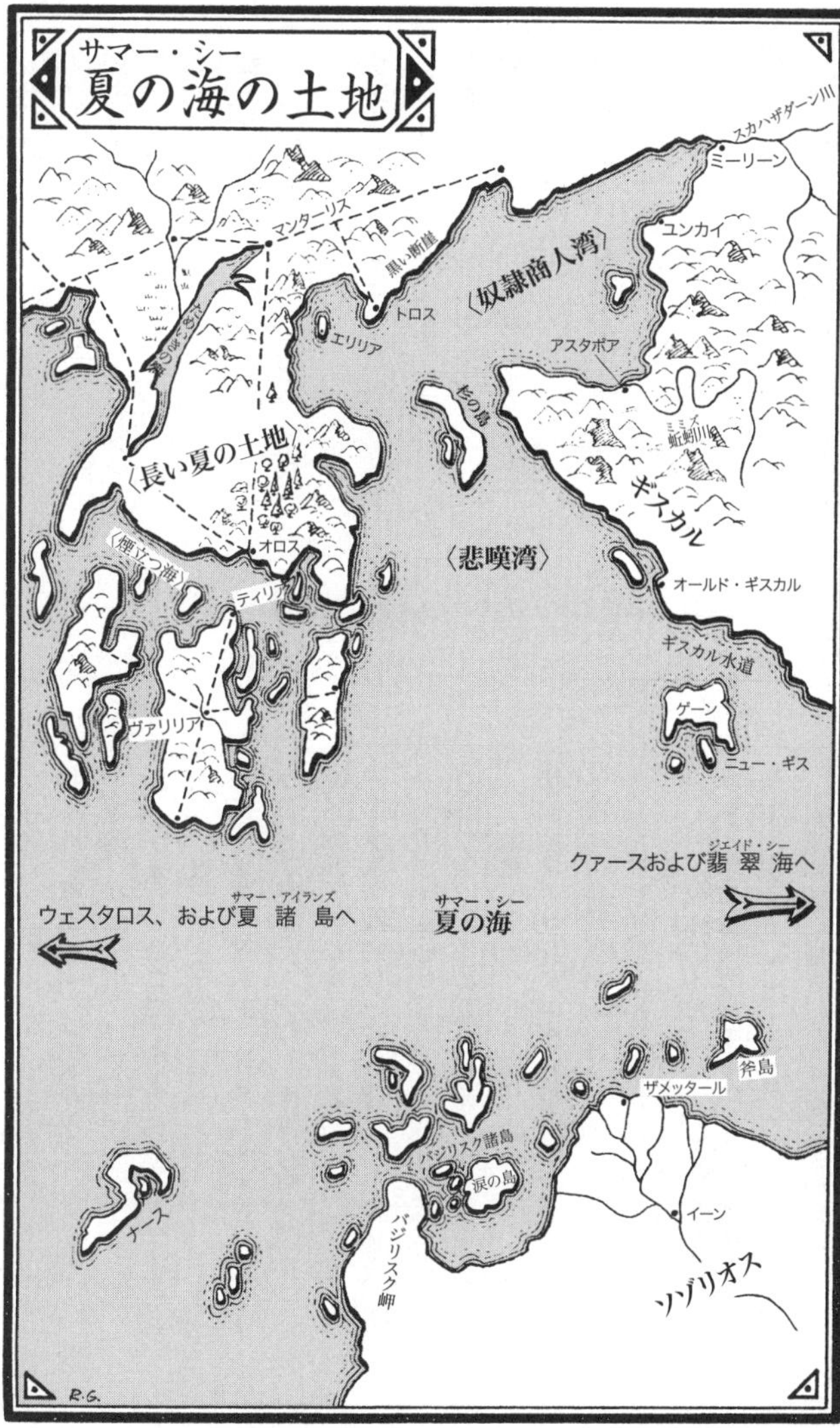
夏の海《サマー・シー》の土地
スカハザダーン川
ミーリーン
ユンカイ
マンターリス
黒い断崖
〈奴隷商人湾〉
トロス
エリリア
アスタポア
杉の島
蚯蚓川《ミミズ》
ギスカル
〈長い夏の土地〉
オロス
〈煙立つ海〉
ティリア
〈悲嘆湾〉
オールド・ギスカル
ギスカル水道
ゲーン
ニュー・ギス
ヴァリリア
クァースおよび翡翠海《ジェイド・シー》へ
ウェスタロス、および夏諸島《サマー・アイランズ》へ
夏の海《サマー・シー》
斧島
ザメッタール
バジリスク諸島
涙の島
ナース
バジリスク岬
イーン
ソゾリオス
R.G.

主要登場人物

■キングズ・ランディング

ジョフリー一世　少年王。［ロバート一世］の長男。十三歳

サンサ・スターク　［エダード公］の長女。少年王のもと婚約者。ティリオン・ラニスターに嫁ぐ。十二歳

太后《クイーン》サーセイ　［ロバート一世］の未亡人。少年王の摂政

プリンセス・ミアセラ　［ロバート一世］の長女。十歳

プリンス・トメン　［ロバート一世］の次男。九歳

タイウィン・ラニスター　〈王の手〉。キャスタリーの磐城《ロック》の城主。西部総督。サーセイの父

サー・ケヴァン・ラニスター　タイウィン公の弟。法務大臣

ティリオン・ラニスター　サーセイの弟。〈小鬼《インプ》〉。大蔵大臣

ポドリック・ペイン　ティリオンの従士

サー・ブロン　ティリオンの傭兵隊長

パイセル　小評議会参議。上級学匠《グランド・メイスター》

ピーター・ベイリッシュ公　小評議会参議。ハレンの巨城《ホール》の新城主。〈小指《リトルフィンガー》〉

ヴァリス　小評議会参議。宦官。密告者の長。〈蜘蛛《スパイダー》〉

サー・オズマンド・ケトルブラック　〈王の《キングズ》楯《ガード》〉

サー・マーリン・トラント　〈王の楯《キングズガード》〉

サー・ベイロン・スワン　〈王の楯《キングズガード》〉

サー・ボロス・ブラント　〈王の楯《キングズガード》〉

サー・アダム・マーブランド　〈王都の守人《シティ・ウォッチ》〉の新指揮官。ディモン公の嫡男

タイレク・ラニスター　サーセイの従弟。王都の大暴動時に行方不明
レディ・エルメサンド・ヘイフォード　タイレクの幼い妻
メイス・タイレル公　ハイガーデン城の城主。南部総督
レディ・アレリー　メイス公の妻
レディ・オレナ・タイレル　メイス公の母。［ルーサー公］の未亡人。〈茨《いばら》の女王〉
アリック　レディ・オレナの護衛。〈左《レフト》〉
エリック　レディ・オレナの護衛。〈右《ライト》〉
レディ・ジャナ・フォソウェイ　メイス公の妹
サー・ガーラン・タイレル　メイス公の次男。〈高士《ギャラント》〉
レディ・レオネット　サー・ガーランの妻
サー・ロラス・タイレル　メイス公の末男。〈王の楯《キングズガード》〉。〈花の騎士〉
マージェリー・タイレル　メイス公の長女。少年王の婚約者
メガ・タイレル　マージェリーの従妹
アラ・タイレル　マージェリーの従妹
エリノア・タイレル　マージェリーの従妹
メレディス・クレイン　マージェリーの友
ナイステリカ　マージェリーつきの司祭女《セプタ》
〈バターバンプス〉　タイレル家つきの道化師
オベリン・マーテル　ドーンの公弟《プリンス》。〈赤い《レッド・》毒蛇《ヴァイパー》〉
エラリア・サンド　プリンス・オベリンの愛人
トレモンド・ガーガレン公　塩の浜辺《ソルト・ショア》城の城主
ハーメン・ウラー公　地獄の巣穴《ヘルホルト》城の城主
サー・アルウィック・ウラー　ハーメン公の弟
ダゴス・マンウッディ公　王墓《キングズグレイヴ》城の城主
モース　ダゴス公の息子
ディコン　ダゴス公の息子

サー・マイルズ・マンウッディ　ダゴス公の
弟
レディ・ラーラ・ブラックモント　黒山《ブラックモント》
城の女城主
ジネッサ　レディ・ラーラの嫡女
ペロス　ラーラの息子。従士
サー・デジール・ドールト　〈レモンウッド
城の騎士〉
サー・ライアン・アリリオン　神麗城《ゴッズグレイス》の
跡継ぎ
サー・デイモン・サンド　サー・ライアンの
庶子。〈ゴッズグレイスの私生児〉
サー・アーロン・クォーガイル　砂岩城《サンドストーン》
城主クェンティン公の次男
ミリア・ジョーデイン　岩山の頂城《トーア》の跡継ぎ
サー・グレガー・クレゲイン　通称〈馬《マウンテン・》を
駆る山《ザット・ライズ》〉
パクスター・レッドワイン公　アーバー島の
領主

マシス・ロウアン公　黄金樹林城《ゴールデングローヴ》の城主
ジャイルズ・ロズビー公　ロズビー城の城主
レディ・タンダ　ストークワースの領主
ファリース　レディ・タンダの長女
ロリス　タンダの次女
シェイ　ロリスつき侍女。ティリオンの愛人
サー・ハリス・スウィフト　ケヴァン・ラニ
スターの妻の父
サー・フレメント・ブラックス　角の谷城《ホーンヴェイル》の
跡継ぎ
ジャラバー・ゾー　〈赤い花の谷《レッド・フラワー・ヴェイル》〉のプ
リンス。夏諸島《サマー・アイランズ》からの亡命者
サー・イリーン・ペイン　王の執行吏。首斬
り役人
ハライン公　火術師《パイロマンサー》。錬金術師ギルドの賢者《ウイズダム》
〈ムーン・ボーイ〉　道化師。曲芸師
サー・ドントス　もと騎士の道化師
フィリップ・フット公　ブラックウォーター
の戦いにおける勲功により境界地方《マーチズ》の領主

となった片目の騎士

チャタヤ　娼館の女主人

アラヤヤ　チャタヤの娘。十六歳の娼婦

〈銀の舌《シルバー・タング》のサイモン〉　吟遊詩人

〈ハープ弾きのヘイミッシュ〉　吟遊詩人

モット　武具師の親方

■アリアの旅

アリア・スターク　［エダード公］の次女。十歳。〈足手まといのアリア〉〈ひよこ〉

ジェンドリー　武具職人の徒弟。［ロバート一世］の私生児。〈牡牛《ブル》〉

ホット・パイ　孤児。パン屋の息子

ベリック・ドンダリオン公　黒い聖域《ブラックヘイヴン》城の城主。逆徒《アウトロー》の集団、〈丘の洞穴の騎士団〉の指導者。〈稲妻公〉

エドリック・デイン　ベリック公の従士。星《スタ》降る城《ーフォール》の城主

ミアのソロス　ベリック公の右腕。〈紅《あか》の祭司〉

〈七つ川《セヴンストリームズ》のトム〉　ベリック公配下の逆徒《アウトロー》。吟遊詩人

レム　同逆徒。もと王の兵士。〈レモンクロークのレム〉

アンガイ　同逆徒。境界地方《マーチズ》出身の弓兵。〈射手《アーチャー》〉

ハーウィン　同逆徒。もとウィンターフェル城の兵士

〈幸あれかしのジャック〉　同逆徒

〈緑の鬚《グリーンベアド》〉　同逆徒。タイロシュの傭兵

〈狂える猟犬使い《マッド・ハンツマン》〉　同逆徒

〈月の町《ムーンタウン》のメリット〉　同逆徒

〈粉屋のワティ〉　同逆徒

レディ・レイヴェラ・スモールウッド　殻斗《エイコー》城館《ン・ホール》の女主人。シオマー公の妻

タンジー　娼館〈桃李亭《ザ・ピーチ》〉の赤毛の女将

キャス　〈桃李亭〉の娼婦

ラナ　同娼婦

ジャイジーン　同娼婦
ヘリー　同娼婦
ベラ　同娼婦
サンダー・クレゲイン　もとジョフリー王の〈王の楯《キングズガード》〉。〈猟犬《ハウンド》〉

■〈壁〉の向こう

ジョン・スノウ　〈冥夜の守人《ナイツ・ウォッチ》〉の総帥モーモントつき雑士《スチュワード》。［エダード・スターク公］の私生児。十五歳。〈スノウ公《ロード・スノウ》〉
ゴースト　ジョンの大狼《ダイアウルフ》
［〈二本指《ハーフハンド》のクォリン〉］　影の塔《シャドウ・タワー》の哨士《レンジャー》。ジョン・スノウに殺される
［エゲン］　禿頭で屈強な哨士《レンジャー》。風哭きの峠道《スカーリング・パス》で戦死
［〈従士〉ダルブリッジ］　哨士《レンジャー》。風哭きの峠《スカーリング・》道《パス》で戦死
［〈石の蛇《ストーンスネーク》〉］　哨士《レンジャー》。登山の名手。風哭きの《スカーリング》峠道《・パス》で行方不明

マンス・レイダー　〈壁の向こうの王〉
ダラ　マンス・レイダーの妻
ヴァル　ダラの妹
ジャール　ヴァルの恋人
ハーマ　野人の戦頭《いくさがしら》。〈犬頭《ドッグズヘッド》〉
〈泣き男《ウィーパー》〉　野人の戦頭
スター　野人の戦頭。ゼン族の族長《マグナー》
〈山羊のグリッグ〉　野人の戦士
〈クズ《ボジャー》〉　野人の戦士
エロック　野人の戦士
〈大腫れ物《ビッグ・ボイル》〉　野人の戦士
〈首吊り縄作り《ヘンペン》のダン〉　野人の戦士
〈舵取りのヘンク〉　野人の戦士
〈足指《トウフィンガー》〉　野人の戦士
ヴァラミア　皮装者《スキンチェンジャー》。〈六つの皮を持つ《シックススキン》男《ズ》〉
［オレル］　皮装者《スキンチェンジャー》。風哭きの峠道《スカーリング・パス》でジョン・スノウに殺される
［〈鴉殺し《クロウキラー》のアルフィン〉］　野人の戦頭。〈二

本指の〈クォリン〉に殺される
トアマンド　野人の戦頭。〈巨人殺し《ジャイアンツベイン》〉ほか、
多くの異名の持ち主
〈背高《せいたか》トレッグ〉　トアマンドの長男
〈ふぬけのトアウィンド〉　トアマンドの次男
ドアマンド　トアマンドの三男
ドリン　トアマンドの四男
マンダ　トアマンドの娘
〈鎧骨公《ロード・オブ・ボーンズ》〉　野人の戦頭。〈がらがら《ラトル》帷《かた》
子《びら》〉
レニル　野人の戦士
リック　野人の戦士。〈長槍《ロングスピア》〉
ラグワイル　野人の女戦士。槍の妻《スピアワイフ》
イグリット　野人の女戦士。槍の妻
〈怪力のマグ〉　巨人族

■ジェイミーの旅

サー・ジェイミー・ラニスター　〈王の楯《キングズガード》〉
総帥。太后《クイーン》サーセイの双子の弟。〈王殺《キングスレイ》
し《ヤー》〉
［サー・クレオス・フレイ］　ジェイミーの従
弟
ブライエニー・タース　タースのセルウィン
公の娘。もと〈虹の楯《レインボウガード》〉
ヴァーゴ・ホウト　自由都市クォホール出身
の傭兵。傭兵部隊〈勇武党《ブレイヴ・コンパニオンズ》〉、通称
〈血みどろ劇団〉の隊長。〈山羊《ヤギ》〉
アースウィック　ヴァーゴの副長。〈勇武
党〉員。〈酒びたり《フェイスフル》〉
ティメオン　〈勇武党〉員。ドーン出身のな
らず者
〈道化のシャグウェル〉　〈勇武党〉員
クァイバーン　〈勇武党〉員。資格を剥奪さ
れたもと学匠《メイスター》
ロージ　〈勇武党〉員。鼻のない凶悪犯
〈噛みつき魔《バイター》〉　〈勇武党〉員。鋭い歯の凶悪
犯
ルース・ボルトン公　ドレッドフォート城の

城主。〈蛭《ヒル》の殿さま〉
レディ・ウォルダ・フレイ　ルース公の妻。〈太めのウォルダ〉
ウォルトン　ルース公の衛兵隊長。〈鉄《スティール》の脛《シャンクス》〉
サー・エイニス・フレイ　ウォルダー公の三男
サー・ホスティーン・フレイ　ウォルダー公の六男
サー・ダンウェル・フレイ　ウォルダー公の八男

■〈冥夜の守人《ナイツ・ウオッチ》〉の遠征隊

ジオー・モーモント　〈冥夜の守人《ナイツ・ウオッチ》〉総帥。〈熊の御大《オールド・ベア》〉
サー・マラドール・ロック　哨士《レンジャー》
ドネル・ヒル　サー・マラドールつきの雑士《スチュワード》。〈色男《スイート》のドネル〉
サー・オッティン・ウィザーズ　哨士《レンジャー》
ジャーマン・バックウェル　哨士《レンジャー》。巨人の階段《ジャイアンツ・ステア》偵察中に行方不明
トーレン・スモールウッド　哨士《レンジャー》
ブレイン　影の塔《シャドウ・タワー》の哨士《レンジャー》
ベドウィック　哨士《レンジャー》。通称〈でかぶつ《ジャイアント》〉と呼ばれる小男
バネン　哨士《レンジャー》
トダー　哨士《レンジャー》。〈がま《トウド》〉
パイパー　哨士《レンジャー》。通称ピップ
グレン　哨士《レンジャー》。〈野牛《オーロクス》〉
ロネル・ハークレイ　哨士《レンジャー》
ティム・ストーン　哨士《レンジャー》
〈黒《ブラック》のバナール〉　哨士《レンジャー》
［〈茶色《ブラウン》のバナール〉］　哨士《レンジャー》
〈王の森のアルマー〉　哨士《レンジャー》。弓の名手
〈灰色羽《グレイフェザー》のガース〉　哨士《レンジャー》。弓の名手
ホルダー　工士《ビルダー》
ダイウェン　樵士《フォレスター》
〈木挽き《ソーウッド》〉　樵士《フォレスター》

エディソン・トレット　雑士《スチュワード》。〈陰気《ドロラス》なエッド〉
サムウェル・ターリー　雑士《スチュワード》。角の丘《ホーンヒル》城の城主ランディル公の長男
ヘイク　雑士《スチュワード》。料理人
「**チェット**」　もとメイスター・エイモンつきの雑士《スチュワード》
「**〈おかまのラーク〉**」　雑士《スチュワード》
「**〈大男《スモール》のポール〉**」　雑士《スチュワード》
「**〈忍び足《ソフトフット》〉**」　哨士《レンジャー》
〈オールドタウンのガース〉　哨士《レンジャー》
〈グリーナウェイのガース〉　哨士《レンジャー》
〈ロズビーのアラン〉　哨士《レンジャー》
〈外斜視《ホワイトアイ》のケッジ〉　哨士《レンジャー》
タンバージョン　哨士《レンジャー》
ゴウディ　哨士《レンジャー》
〈短刀《ダーク》〉　哨士《レンジャー》
〈片手《ロップハンド》のオロ〉　哨士《レンジャー》
〈不潔男《グラッブズ》〉　哨士《レンジャー》
〈内反足《クラブフット》のカール〉　雑士《スチュワード》
〈つぶやき《マタリング》のビル〉　雑士《スチュワード》

■ドラゴンストーン城

スタニス一世（バラシオン）　「ステッフォン公」の次男。ウェスタロス王を名乗る
王妃《クイーン》セリース　スタニスの妃
王女《プリンセス》シリーン　スタニス一世の娘。十一歳
エドリック・ストーム　「ロバート一世」の私生児。デレナ・フロレントの息子
アレスター・フロレント公　スタニス一世のもと〈王の手〉。王妃の伯父。ブライトウォーター城塞《キープ》の城主。謀叛の罪で捕らわれの身に
サー・アクセル・フロレント　ドラゴンストーン城の城代。王妃の伯父
レディ・メリサンドル　〈光の王《ロード・オブ・ライト》〉の女祭司。〈紅の女《レッド・ウーマン》〉
「**クレッセン**」　学匠《メイスター》。相談役。治療師

パイロス　学匠《メイスター》。クレッセンの後継者
〈まだら顔《パッチフェイス》〉　道化師
サー・ダヴォス・シーワース　新任の〈王の手〉。もと密輸業者。〈雨の森《レインウッド》〉の領主。〈狭い海〉の海将。〈玉葱《タマネギ》の騎士〉
レディ・マーリヤ　サー・ダヴォスの妻
［デイル］　ダヴォスの長男。《生霊《レイス》》船長。ブラックウォーターの戦いで行方不明
［アラード］　同次男。《レディ・マーリヤ》船長。ブラックウォーターの戦いで行方不明
［マットス］　同三男。《黒い《ブラック》ベータ》副長。ブラックウォーターの戦いで行方不明
［マリック］　同四男。《忿怒《フュアリー》》漕手長。ブラックウォーターの戦いで行方不明
デヴァン　同五男。スタニス王の従士
サー・アンドルー・エスターモント　スタニス一世の従兄弟。忠実な臣下
サー・ローランド・ストーム　スタニス一世の臣下。〈夜の詩城《スターソング》の私生児〉
ルイス　スタニス一世の臣下。〈魚売りの女《フィッシュワイフ》〉
［モンフォート・ヴェラリオン公］　〈潮《タイズ》の主〉にして海標《ドリフトマーク》城の城主。ブラックウォーターの戦いで戦死
アードリアン・セルティガー公　蟹爪《クロー》島の領主。ブラックウォーターの戦いで捕らわれの身に。
ドゥラム・バー・エモン公　尖頭岬《シャープ・ポイント》城の城主。十五歳
ルーコス・チタリング公　〈リトル・ルーコス〉。十五歳
サラドール・サーン　自由都市ライスの海賊、海の傭兵。巨船《ヴァリリアン》船長
〈かゆ《ポリッジ》〉　牢番
〈八目鰻《ランプリー》〉　牢番

■ブランの旅
ブラン・スターク　［エダード公］の次男。

九歳
サマー　ブランの大狼《ダイアウルフ》
ミーラ・リード　灰色沼の物見城《グレイウオーター・ウオッチ》の城主ハウランド公の娘。十六歳。
ジョジェン・リード　ハウランド公の息子。十三歳。緑視《グリーン・サイト》力を持つ
ホーダー　ウィンターフェル城の馬丁
〈冷たい手《コールドハンズ》〉　〈壁〉の向こうの黒衣を着た謎の男

■海の彼方の女王

女王《クイーン》デナーリス一世　狂王エイリス二世の唯一生き残った娘。〈嵐の申し子《ストームボーン》〉デナーリス〉〈焼けずのデナーリス〉〈ドラゴンの母〉
[レイガー]　デナーリスの兄。ロバート・バラシオンに斃《たお》される
[ヴィセーリス]　デナーリスの兄。〈乞食王〉。融けた黄金の王冠を戴き、死亡
[カール・ドロゴ]　デナーリスの夫。ドスラク人の王。戦傷が悪化して死亡
[レイゴ]　デナーリスとドロゴの息子。死産。妖女《メイジャイ》ミリ・マズ・ドゥールにより、胎内で殺された
ドロゴン　女王のドラゴン
ヴィセーリオン　女王のドラゴン
レイガル　女王のドラゴン
イリ　女王の侍女。十五歳
ジクィ　女王の侍女。十四歳
ミッサンデイ　女王の侍女。十歳
サー・ジョラー・モーモント　〈女王の楯《クイーンズガード》〉の総帥
アッゴ　〈女王の楯《クイーンズガード》〉。コーであり、血盟の騎手
ラカーロ　〈女王の楯《クイーンズガード》〉。コーであり、血盟の騎手
ジョゴ　〈女王の楯《クイーンズガード》〉。コーであり、血盟の騎手

イリリオ・モパティス　自由都市ペントスの
豪商《マジスター》。デナーリスの支援者
グロレオ　イリリオの大型船《バレリオン》
船長
〈闘士《ストロング》〉ベルウァス　イリリオの使者。もと
ミーリーンの去勢闘奴
アースタン　ベルウァスの従者。〈白鬚《ホワイトベアド》〉
〈灰色の蛆虫《グレイ・ワーム》〉　もと去勢奴隷の歩兵部隊〈穢《ア》
れなき軍団《ンサリード》〉の指揮官
プレンダール・ナ・ゲズン　傭兵部隊〈襲《ストーム》
鴉《クロウズ》〉の隊長。ギスカル人
〈禿頭《ザ・ボールド》のサロー〉　同隊長。クァース人
ダーリオ・ナハリス　同隊長。タイロシュ人
メロ　傭兵部隊〈次子《セカンド・サンズ》〉の指揮官。
〈巨人の私生児《タイタンズ・バスタード》〉
クラズニス・モ・ナクロツ　アスタポアの奴
隷商人
グラズダン・モ・エラズ　ユンカイの使者
ザロ・ゾアン・ダクソス　クァースの交易《マーチャント》
王《・プリンス》
クェイス　仮面の女影魔導師
パイアット・プリー　クァースの黒魔導師
［ミリ・マズ・ドゥール］　神の妻にして妖女《メイジャイ》。
ラザールの〈大いなる羊飼い〉神の使徒

■双子城《ツインズ》

ウォルダー・フレイ公　双子城《ツインズ》の城主にして
〈関門橋《クロッシング》〉の領主。九十一歳
レディ・ジョユーズ・フレイ　ウォルダー公
の八番めの妻
サー・ライマン・フレイ　ウォルダー公の長
男［サー・ステヴロン］の嫡男。双子城《ツインズ》の跡
継ぎ
エドウィン・フレイ　サー・ライマンの長男
ウォルダー・フレイ　サー・ライマンの次男。
〈黒のウォルダー〉
ピーター・フレイ　サー・ライマンの三男。
〈にきび面《ピンプル》のピーター〉

エイゴン・フレイ　［サー・ステヴロン］の次男。〈ジングルベル〉

ウォルダ・フレイ　［サー・ステヴロン］の三男ウォルトンの娘。〈美しきウォルダ〉

ホスティーン・フレイ　ウォルダー公の六男

サイモンド・フレイ　ウォルダー公の七男

アリクス・フレイ　サイモンドの娘。十七歳

サー・ダンウェル・フレイ　ウォルダー公の八男

メレット・フレイ　ウォルダー公の九男

サー・レイマンド・フレイ　ウォルダー公の十一男

ローサー・フレイ　ウォルダー公の十二男。〈足悪のローサー〉

サー・ベンフリー・フレイ　ウォルダー公の十六男

サー・ハリス・ヘイ　ウォルダー公の長女ペリアンの長男

ロズリン・フレイ　ウォルダー公の五女。エドミュア・タリー公と結婚。十五歳

シレイ・フレイ　ウォルダー公の末娘。六歳

ロブ・スターク　〈北の王〉。ウィンターフェル城の城主。［エダード公］の長男。十六歳。〈若き狼〉

グレイウィンド　ロブの大狼《ダイアウルフ》

レディ・キャトリン・スターク　ロブ王の母。［エダード公］の未亡人

エドミュア・タリー公　レディ・キャトリンの弟。リヴァーラン城の城主

ジョン・アンバー公　最後の炉端《ラスト・ハース》城の城主。〈グレート・ジョン〉

ジョン・アンバー　ジョン公の嫡男。〈スモール・ジョン〉

ジェイソン・マリスター公　海の護り《シーガード》城城主

パトレック・マリスター　ジェイソン公の息子

レディ・メイジ・モーモント　熊の島《ベア・アイランド》の女公

デイシー・モーモント　レディ・メイジの嫡女

サー・マーク・パイパー　クレメント公の長男。ピンクの乙女城《メイドン》の跡継ぎ

サー・ウェンデル・マンダリー　白い港《ホワイト・ハーバー》の領主ワイマン公の嫡男

ロビン・フリント　寡婦の物見城《ウィドウズ・ウォッチ》の跡継ぎ

ルーカス・ブラックウッド　使い鴉の木城館《レイヴンツリー・ホール》の跡継ぎ

サー・レイナルド・ウェスタリング　ロブ王の旗手。〈貝殻の騎士〉

剣嵐の大地

〔中〕

28 ―――― サンサ

今朝は彼女の新しいガウンができる予定だった。侍女たちはサンサの湯船に熱い湯を満たし、頭から爪先まで、ピンクの光を放つほどごしごしとこすった。サーセイ自身の寝室係の侍女が彼女の爪を切り、鳶《とび》色の頭髪にブラシをかけてカールさせたので、髪は柔らかな小さな輪となって、背中に垂れ下がった。またその侍女は太后お気に入りの香料を一ダースも持ってきていた。サンサはいろいろな花の香りにほんのわずかレモンの香りが混じった、甘くて切れのある香料を選んだ。侍女はそれをちょっと指にとって、サンサの両耳の後ろ、顎の下、それから乳首に軽くつけた。

サーセイ自身が裁縫婦をつれてやってきて、侍女たちがサンサに新しい衣服を着せるのを見守った。下着は全部シルクだが、ガウンそのものは象牙色の金襴と銀糸織りの布でできていて、銀色のサテンの裏打ちがしてあった。ゆるやかに垂れた袖口は、彼女が腕を下げると床につきそうになった。そして、これは疑いなく一人前の女性のガウンであって、幼い少女のものではなかった。胴着は前面にほとんど腹に届くほどの切れこみがあり、その深いV字型の切れこみを灰紫色のミアの華麗なレースが覆っていた。スカートは長くたっぷりしていて、腰はとても細くて、その紐を締めるときに、サンサは息を止めなければならないほどだった。かれらは新しい靴も持ってきていた。それは柔らかな灰色の牝鹿の皮でできたスリッパ型のもので、まるで恋人みたいに足にしがみつくように感じられた。「とてもおきれいでいらっしゃいますよ、マイ・レディ」着付けがすむと裁縫婦がいった。

「そうでしょう?」サンサがくすくす笑いながらくるくるまわると、スカートがさーっと広がった。「まあ、本当にきれいだわ」彼女はこの姿をウィラスに見せるのが待ちきれなかった。〝かれはわたしを愛してくれるだろう、きっと。愛してくれるにちがいないわ……わたしを見れば、ウィンターフェル城を忘れるだろう。わたしがそのように仕向けてやろう〟

サーセイ太后はあら捜しをするように彼女を観察した。「宝石がちょっと欲しいわね。ジョフリーが与えた月長石《ムーンストーン》を」

「ただいま、陛下」彼女の侍女が応えた。

そのムーンストーンがサンサの耳から垂れ、首のまわりにかけられると、太后《クイーン》はうなずいた。「よろしい。神々はあなたに優しかったのね、サンサ。あなたはかわいい娘です。このような無邪気なかわいらしい子を、あんな怪物像《ガーゴイル》にめちゃめちゃにされると思うと、ちょっと残念ではあるが」

「怪物像《ガーゴイル》とは?」サンサは理解できなかった。太后はウィラスのことをいっているのだろうか？　〝どうして彼女が知ったのか？〟だれも知らないはずだった。自分とマージェリーと〈茨の女王〉以外には……ああ、それからドントスと。でも、かれは勘定に入っていない。

サーセイ・ラニスターはこの疑問を無視した。「マントを」彼女が命じると、侍女たちがそれを持ち出してきた。重い真珠のついた白いビロードの長いマントである。それには銀糸で猛々しい大狼《ダイアウルフ》が刺繍されていた。サンサはそれを見て突然恐怖に襲われた。「あなたの父親の紋章です」とサーセイがいい、侍女たちがそれを細い銀鎖で彼女の首につけた。〝処女のマントだ〟サンサは喉のところを触った。できることなら、それを引きちぎりたかった。

「あなたは口を閉じていたほうが美しいわよ、サンサ」サーセイは彼女にいった。「さあ、いらっしゃい。司祭《セプトン》が待っている。そして、婚礼の賓客たちもね」

「いやです」サンサは思わずいった。「**いやです**」

「いいえ。あなたは王家の被後見人ですよ。王があなたの父の代わりです。なぜなら、あなたの兄は反逆者として権利を剥奪されているから。つまり、王はあなたの身の振り方を決めるすべての権利を持っているのですよ。あなたはわたしの弟ティリオンと結婚するのです」

〝わたしには権利がある〟彼女はそう思い、吐き気をもよおした。道化師ドントスは結局、それほど愚かではなかった。かれは真相を見抜いていた。サンサは太后から後ずさりした。

「しません」〝わたしはウィラスと結婚することになっている。ハイガーデン城の奥方になるはずだ。お願いだから……〟

「あなたがいやがるのは理解できる。泣きたければ、泣くがいい。わたしがその立場にあれば、髪を掻きむしりたくなるだろう。かれは胸のわるくなるようなちっちゃな〈小鬼《インプ》〉だ。それは疑う余地はない。しかし、あなたをかれと結婚させます」

「無理にさせることはできません」

「もちろん、できます。あなたはおとなしく来て、レディにふさわしく誓いの言葉を述べてもよいし、あるいは、暴れて泣き叫び、馬丁どもがくすくす笑うような大騒ぎをしてもよい。しかし、どちらにしても結局は結婚して床入りをするのです」太后は扉を開いた。外には、〈王の楯《キングズガード》〉の白い小札《スケール・アーマー》鎧をつけたサー・マーリン・トラントと、サー・オズマンド・ケトルブラックが待っていた。「レディ・サンサを聖堂《セプト》までエスコートしなさい」彼女はかれらに命じた。「必要なら、引きずっていってもよい。しかし、ガウンを破らないように。とても高価だから」

サンサは逃げようとした。だが、一メートルも行かないうちにサーセイの侍女に捕まってしまった。サー・マーリン・トラントは身がすくむような目つきで彼女を見た。しかし、ケトルブラックはほとんど優しいといってもよい仕種で彼女に触って、いった。「いわれたとおりにしなさい、お嬢さん、それほどひどいことにはなりませんよ。狼は勇敢だといわれているではありませんか」

〝勇敢か〟サンサは深呼吸をした。〝そうだ、わたしはスタークだ、勇敢になれるはずだ〟全員が彼女を見ていた。以前に、中庭でサー・ボロス・ブラントが彼女の衣服を剝ぎ取った日に、みんなが彼女を見たように。あの日、打擲《ちょうちゃく》から彼女を救ったのはほかならぬあの

〈小鬼《インプ》〉だった。今、彼女を待っているのと同じ、あの男だった。〝かれは他の連中ほど悪くはないだろう〟彼女は自分にいい聞かせた。「行きます」

サーセイは微笑した。「そうとわかっていた」

その後のことは、部屋を出たことも、階段を下りたことも、中庭を横切ったことも覚えていなかった。片方の足の前に、もう片方の足を置くことだけに、注意力のすべてが必要だったように思われた。サー・マーリンとサー・オズマンドは、彼女のマントと同様の白いマントを羽織って両側を歩いていった。かれらのマントには、真珠と彼女の父親の大狼だけが欠けていた。ジョフリー自身は城の聖堂《セプト》の階段で待っていた。王はきらびやかな真紅と黄金の衣装をまとい、王冠をかぶっていた。「今日、余はおまえの父親だ」かれは告げた。

「ちがいます」彼女はかっとなっていった。「あなたは決して父にはなれません」

かれの顔が黒ずんだ。「なれる。ぼくはおまえの父親だ。そして、だれとでもぼくの好きな者と結婚させることができる。だれとでもだぞ。ぼくがそういえば、おまえは豚飼い小僧と結婚し、豚小屋でそいつと床入りをするのだぞ」かれはおもしろそうに緑色の目を輝かせた。「それとも、おまえをイリーン・ペインにくれてやろうかな。そのほうがいいか？」

彼女の心臓はよろめいた。「お願いです、陛下」彼女は懇願した。「もし、ほんの少しでも、わたしを愛してくださったことがあったなら、結婚させないでください、あなたの――」

「――叔父とは？」ティリオン・ラニスターが聖堂《セプト》の扉から入ってきた。「陛下」かれはジョフリーに呼びかけた。「まことに勝手ながら、ほんの少しの間、わたしとレディ・サンサだけにしてくれせんか？」

王は拒否しようとした。だが、母親が鋭い視線を送った。かれらは数十センチ後ろにさがった。

ティリオンは金色の渦巻き模様に覆われた黒いビロードのダブレットを着て、身長を八センチ伸ばす、太股までとどくブーツをはき、ルビーと獅子の頭を連ねた鎖をかけていた。しかし、顔を横切る深傷はなまなましく赤く、鼻はおどろおどろしいかさぶたになっていた。

「とても美しいね、サンサ」かれはいった。

「お優しい言葉をありがとうございます、マイ・ロード」彼女は他になんといってよいかわからなかった。〝あなたはハンサムだといったりしたら、ばかか嘘つきだと思われるだろう〟彼女は目を伏せて、口をつぐんだ。

「マイ・レディ、こんなやり方でこの結婚式にきみを引き出したりして、すまなかった。それも、こんなに突然に、しかも内密にするなんて。しかし、父上が国家的見地からこれが必要だと感じたのだ。さもなければ、わたしはもっと早くきみのところに来たかったのに」かれはよちよち歩きをしてそばに寄った。「きみはこの結婚を望まなかった。わたしも同じ気持ちだった。しかし、もしわたしが拒否すれば、かれらはきみをわたしの従弟のランセルと結婚させただろう。おそらくそのほうがよいときみは思うだろうがね。かれは年齢もきみに近いし、見た目もずっとよい。もし、それがきみの望みなら、そういいなさい。そうすれば、わたしがこの笑劇の幕を引くから」

〝どのラニスターとも結婚したくない〟と彼女はいいたかった。〝わたしはウィラスと結婚したい。ハイガーデン城と仔犬たちと遊覧船が欲しい。そして、エダードとブランとリコンと名づけた息子たちを持ちたい〟だがその時、彼女は〈神々の森〉でドントスがいったことを思い出した。〝タイレルであろうとラニスターであろうと変わりはない。かれらが欲しがっているのはわたしではなく、わたしの資格や権利だけだ〟「優しいお言葉です、マイ・ロード」彼女は負けた。「わたしは王家の被後見人であり、わたしの義務は王の命じる人と結婚することです」

かれは不揃いな目で彼女を観察した。「自分は若い娘たちが夢見る種類の夫ではないと承知しているよ、サンサ」かれはそっといった。「しかし、ジョフリーでもない」

「ええ」彼女はいった。「あなたはわたしに優しくしてくれました。覚えています」

ティリオンは手を差し出した。その指は太くて短かった。「では、おいで。義務を果たそう」

そこで彼女はかれに手を取らせ、かれは結婚式の祭壇のほうに彼女を導いていった。そこでは、かれらの人生を結びつけるために、〈厳父〉と〈慈母〉の間に司祭《セプトン》が待っていた。また、ドントスが道化服を着て、大きな丸い目をしてサンサを見ていた。サー・ベイロン・スワンとサー・ボロス・ブラントが〈王の楯《キングズガード》〉の白装束をつけていた。しかし、サー・ロラスはいなかった。〝ここにはタイレル家の人は一人もいない〟と彼女は突然、気づいた。しかし、その他の立会人は大勢いた。宦官のヴァリス、サー・アダム・マーブランド、フィリップ・フット公、サー・ブロン、ジャラバー・ゾー、その他に十数人が。ジャイルズ公は咳をしており、レディ・エルメサンドは乳飲み子だし、レディ・タンダの妊娠した娘はこれという理由もなく、しくしく泣いていた。〝彼女は泣かせておくがいい〟サンサは思った。〝たぶんわたしも、この日が終わらないうちに、同じように泣くだろう〟

儀式は夢の中のように進行した。サンサはしろといわれたことをすべてやった。祈禱、誓約、唱歌、そして高い蠟燭が燃え、百もの明かりが揺らめき、それを彼女の目の涙が千の灯火に変えた。彼女が父親の旗印に包まれてそこに立って泣いていることを、だれも気づかないらしいのが救いだった。いや、たとえ気づいたとしても、そうでないふりをしていた。ぜんぜん、時間がたたないように思われたが、マント交換の儀になった。

ジョフリーは国家の父として、エダード・スターク公の代理を務めた。かれの両手が彼女の肩に伸びてきて、マントの留め金をまさぐる間、彼女は槍のように体をこわばらせて立っていた。かれの片方の手が彼女の乳をこすり、ちょっと留まってつまむような仕種をした。それから、留め金が外れ、ジョフはにやりと笑い、王らしく派手な仕種で彼女の処女のマントをさっと引き取った。

かれの叔父のほうは、そううまくはいかなかった。かれが持っていた花嫁のマントはたいへんに大きく重く、真紅のビロードで、豪華な獅子の刺繡が施され、金色のサテンとルビーで縁取られていた。ところが、踏み台を持ってこようという考えは、だれにも浮かばなかった。そして、ティリオンはこの花嫁よりも五十センチも背が低かった。かれが後ろにまわったとき、サンサはスカートがきゅっと引っ張られるのを感じた。〝わたしにひざまずいてもらいたいのだわ〟そう理解して、赤面した。彼女は屈辱を感じた。こんなことになるはずではなかった。彼女は自分の婚礼を千回も夢見ていた。そして、結婚相手は自分の後ろに高く、そして強く立つものであり、かれの保護の象徴であるマントをさっと肩に着せかけてくれ、頬に優しくキスしてくれ、身を屈めて留め金をはめてくれるはずだった。

彼女はまたスカートを引っ張られるのを感じた。こんどはもっとしつこく。〝いやよ。どうしてわたしが、あんたの気持ちを思いやらなければならないの、だれもわたしの気持ちを気にかけてくれないのに？〟

そのこびとはまた引っ張った。彼女は頑固に唇を結んで、気づかないふりをした。後ろでだれかがクスクス笑った。〝太后だ〟とサンサは思ったが、問題にしなかった。このころには全員が笑っていた。特にジョフがもっとも大声で。「ドントス、手をついて四つん這いになれ」王が命じた。「叔父は花嫁に登るのに踏み台が必要だ」

こうして、彼女の夫君は道化師の背中に立って、ラニスター家の紋章入りのマントを彼女に着せかけたのだった。

サンサが振り返ると、その小男は口をきつく結び、彼女のマントのような赤い顔をして、見上げていた。サンサは突然、自分の強情さが恥ずかしくなった。彼女はスカートのしわを伸ばして、かれの前にひざまずいた。すると二人の頭が同じ高さになった。「このキスにより、わたしはあなたに愛を誓い、あなたをわたしの主人として、夫として受け入れます」

「このキスにより、わたしは愛を誓い」こびとはしゃがれ声で応じた。「きみをわが主婦として、妻として受け入れます」かれは前屈みになった。そして、二人の唇が軽く触れた。

〃かれはあまりにも醜い〃サンサはかれの顔がすぐそばに来ると、そう思った。〃あの〈猟犬《ハウンド》〉よりも、もっと醜いわ〃

司祭《セプトン》はクリスタルを高く掲げた。すると虹色の光がかれらにかかった。「ここに、神々と人々の面前において」かれはいった。「厳かに宣言します。ラニスター家のティリオンとスターク家のサンサは夫婦となり、ひとつの体、ひとつの心、ひとつの魂となり、それが今後永遠に続くことを。そして、二人を裂く者が呪われんことを」

彼女は唇を噛んで、泣くのをこらえなければならなかった。

婚礼の宴《うたげ》は小広間で行なわれた。賓客はたぶん五十人ぐらいいたろう。大部分はラニスター家の家来とその支持者たちで、その人々が式に出席していた人々と合流した。そして、ここでサンサはタイレル家の人々の姿を見た。マージェリーはとても悲しそうな顔で彼女を見た。〈茨の女王〉は左右の席の間をよたよたと入ってきたときに、サンサのほうをまったく見なかった。エリノアとメガは知らないふりをしようと決心しているみたいだった。〃友達なのに〃とサンサは苦々しく思った。

彼女の夫はしたたかに酒を飲んだが、ほとんど食事をしなかった。かれはだれかが立ち上がって乾杯するときにはその言葉に耳を傾け、またときどき、そっけなく答礼をした。だが、それ以外はかれの顔は石でできているといってもよかった。宴会は永遠に続くように思われた。もっとも、サンサは御馳走にまったく手をつけなかったけれども。早く終わればいいと思い、また、終わるのを恐れてもいた。なぜなら、宴会の後に床入りの儀があるからである。男たちが彼女を婚礼の床まで担いでいき、その途中で衣服を脱がせ、シーツの間で待ち受けている運命について粗野な冗談をいう。一方、女たちはティリオンに同じ儀式を行なうのだ。両方とも裸で寝床に放りこまれてはじめて、二人だけになる。そして、その時でさえ客たちは新婚の部屋の外に立って、扉越しに大声で猥褻な示唆を与えるのである。サンサが子供のころには、この床入りの儀はすばらしく邪悪で刺激的な行事だと思われた。しかし今、その瞬間が自分の身にふりかかると、彼女は恐怖しか感じなかった。人々の手で自分が丸裸にされることには耐えられないと思い、また最初の好色な冗談を聞いて、きっとわっと泣きだすだろうと思った。

楽士たちが演奏を始めると、彼女はティリオンの手におずおずと自分の手を重ねて、いった。「ご主人さま、ダンスを始めましょうか?」

ティリオンは口を歪めた。「われわれはすでに一日分としては充分な楽しみを、かれらに与えたと思わないか?」

「そうですね、ご主人さま」彼女は手をひっこめた。

かれらの代わりに、ジョフリーとマージェリーが舞踏会のリードをした。〝どうして怪物があんなに美しく踊れるのかしら?〟とサンサは思った。彼女は自分の結婚式で、すべての人々の視線を浴びながらハンサムな夫と踊る白昼夢をしばしば見た。その夢の中では、かれらはみんな微笑んでいた。〝今はわたしの夫さえも微笑んでいないわ〟

他の客たちもすぐに、王とその許嫁《いいなずけ》のダンスに加わった。エリノアは自分の若い従士と踊り、メガはプリンス・トメンと踊った。レディ・メリーウェザーは髪が黒く、大きな黒い目をしたミアの美女であるが、あまりにも挑発的に旋回したので、すぐにホール全員の注視を浴びた。タイレル公夫妻はもっと落ち着いて踊った。サー・ケヴァン・ラニスターはタイレル公の妹レディ・ジャナ・フォソウェイに踊る名誉を求めた。メレディス・クレインは豪華な羽毛の美服をまとった流謫のプリンス、ジャラバー・ゾーとフロアに下りた。サーセイ・ラニスターはまずレッドワイン公と踊り、次にロウアン公と、そして最後に自分の父親と踊った。その父親は笑みを浮かべず優雅になめらかに踊った。

サンサは膝に手を置いてすわり、太后が踊ったり、笑ったり、ブロンドの巻き毛をはね上げたりするのを眺めていた。〝彼女は全員を魅了しているわ〟サンサはぼんやり思った。〝本当に憎らしい人だ〟彼女は目をそむけて、〈ムーン・ボーイ〉がドントスと踊っているほうを見た。

「レディ・サンサ」サー・ガーラン・タイレルが台座の横に立った。「わたしと踊ってくださいませんか？　ご主人が同意されるなら？」

〈小鬼《インプ》〉の不揃いな目が細くなった。「わたしのレディは、だれとでも、好きな人と踊れます」

たぶん彼女は夫のそばに残っているべきだったろう。しかし、彼女は無性に踊りたかった……なんといっても、サー・ガーランはマージェリーとウィラスと、そして憧れの〈花の騎士〉の兄弟だった。「なぜ、みなさんがあなたを〈高士《ギャラント》〉ガーランと呼ぶかわかりますわ」彼女はそういいながら、かれの手を取った。

「ずいぶん優しいことをおっしゃる。兄のウィラスがたまたま、わたしをそう呼んだのですよ。わたしを保護するためにね」

「あなたを保護するために？」彼女はかれを不審そうに見た。

サー・ガーランは笑った。「わたしは残念ながら、子供のころでぶだったのですよ。そして、われわれには〈肥満《グロス》のガース〉という叔父がいるのです。そこで、ウィラスが最初にいい出したのですよ。といっても、〈病弱《グリーンシック》のガーラン〉とか、〈苛立ち《ゴーリング》ガーラン〉とか、〈怪物像《ガーゴイル》ガーラン〉とか、いろいろなおかしい名前で脅迫した後でね」

何はともあれ、あまりにも他愛ない可笑《おか》しい話だったので、サンサは笑わずにはいられなかった。後で、彼女は不合理にも感謝の念を覚えた。どういうわけか、この笑いは彼女にふたたび希望を与えたのだった。ほんのわずかな間だけだとしても。微笑みながら音楽に身をまかせ、ステップに身をまかせ、フルートやラッパやハープの音に身をまかせ、ドラムのリズムに身をまかせ……そしてときどきサー・ガーランの腕に身をまかせ、一緒にダンスの流れに沿っていった。「わたしの妻はあなたのことをとても心配しています」かれはこの時ばかりは小声でいった。

「レディ・レオネットはお優しくていらっしゃいます。わたしは元気だとお伝えください」

「婚礼の日の花嫁が、元気ですというだけでは物足りないですね」かれの声は冷たくはなかった。「泣きそうな顔をしていますよ」

「嬉し泣きですわ」

「その目は舌と違うことを語っています」サー・ガーランは彼女の向きを変え、横に引き寄せた。「あなたがどんな目つきでわたしの弟を見るか、わたしは知っています。ロラスは勇敢でハンサムです。そして、われわれはみんなかれを心から愛しています……でも、あなたの〈小鬼《インプ》〉はもっとよい夫になるでしょう。かれは見かけよりも大きな男だと、わたしは思いますよ」

サンサが答えを思いつかないうちに、音楽の流れが二人を引き離した。彼女の前に来たのは赤ら顔で汗をかいたメイス・タイレルだった。それから、メリーウェザー公、それからプリンス・トメンが来た。「ぼくも結婚したいなあ」そのぽっちゃり太った満九歳の小プリンスがいった。「叔父さんよりぼくのほうが背が高いもん！」

「そうですねえ」サンサはパートナーが変わる前にいった。サー・ケヴァンは彼女が美しいといい、ジャラバー・ゾーは何かいったが夏諸島《サマー・アイランズ》の言葉だったので、彼女には理解できなかった。それからレッドワイン公が、大勢の太った子供たちに恵まれ、長寿を楽しまれるようにといった。やがてダンスの流れで、ジョフリーと向き合うことになった。

手が触れ合うとサンサは体がこわばったが、王は手の握りを強めて彼女を引き寄せた。

「そんなに悲しそうな顔をするものじゃないぞ。叔父は醜い小男だが、おまえにはまだおれがいるのだ」

「あなたはマージェリーと結婚なさいます！」

「王は他にも女たちを持つことができる。妾《めかけ》をな。父はそうした。エイゴンの一人もそうした。三人目か四人目のやつだ。かれは大勢の妾を持ち、大勢の私生児をつくった」音楽に合わせて旋回しながら、ジョフは彼女に湿ったキスをした。「おれが命令すれば、叔父はいつでもおまえをおれのベッドに連れてくるだろう」

サンサは首を振った。「そんなことはありません」

「そうする。しなければ首を斬ってやる。あのエイゴン王は、女が結婚していようと、いまいと、欲しい女をものにした」

ありがたいことに、また相手が交替する時が来た。だが、彼女の脚は棒のようになった。そして、ロウアン公も、サー・タラッドも、エリノアの従士もみんな彼女がひどくへたな踊り手だと思ったにちがいなかった。それから、ふたたびサー・ガーランとの組み合わせに戻った。そしてまもなく、ありがたいことにダンスは終わった。

彼女がほっとしたのも束の間だった。音楽が終わるやいなや、ジョフリーが次のようにいうのが聞こえた。「さあ、床入りの時だ！ 彼女の衣服を剝ぎ取ろう。そして、この牝狼がおれの叔父に何を贈呈するか見ようではないか！」他の男たちが大声で唱和した。

彼女の小さな夫がワインのカップからゆっくりと目を上げた。「床入りはしない」

ジョフリーがサンサの腕をつかんだ。「ぼくが命令すれば、やるんだ」〈小鬼《インプ》〉はテーブルに短剣をぐさりと突きたてた。剣は震えて立っていた。「では、おまえは自分の花嫁を木の棒でサービスすることになるぞ。きさまのものを切り取ってやるからな。きっとだ」ティリオンはいった。

驚きの静寂が広がった。サンサはジョフリーから離れようとしたが、かれは彼女の手を握っていた。そして彼女の袖が破れた。その音は、だれの耳にも入らないようだった。サーセイ太后が父親のほうを見た。「今の言葉をお聞きになりましたか？」

タイウィン公が椅子から立ち上がった。「床入りの儀は省略してもよかろう。ティリオン、おまえが王の玉体を脅《おびや》かすつもりでなかったことを、わたしは確信している」

サンサは夫の顔に激怒の波が走ったのを見た。「不適当な言葉遣いでした」かれはいった。「悪い冗談でした、父上」

「ぼくのものを切り取ると脅したぞ！」ジョフリーは金切り声でいった。

「いいましたよ。陛下」ティリオンはいった。「しかし、それはあなたの王者としての雄々しさを妬んだからにほかなりません。わたし自身のものはあまりにも矮小《わいしょう》ですから」かれは顔を歪めて意地の悪い目つきをした。「そして、もしわたしの舌を切り取れば、あなたがくださったこのかわいい妻を、わたしは喜ばせることができなくなります」

サー・オズマンド・ケトルブラックの唇から大笑いが漏れた。だれか他の者がにやにや笑った。だが、ジョフも笑わなかったし、タイウィン公も笑わなかった。「陛下」タイウィン公がいった。「わたしの息子はごらんのとおり酔っぱらっております」

「そうです」〈小鬼《インプ》〉は白状した。「しかし、自分自身の床入りに出席できないほど酔っぱらってはおりません」かれは台座から飛び下りると、乱暴にサンサをつかまえた。「こい、女房、おまえの落とし格子をぶち壊す時だ。〝入城ごっこ〟をやりたいぞ」

サンサは赤面して、かれとともに小広間から出た。〝どうすることもできないわ〟ティリオンは今のように急いで歩くときには、特によちよち歩きになった。神々は慈悲深くて、ジョフリーも他のだれも後をついてこようとはしなかった。

かれらの初夜のために、〈手の塔〉の高い所にある寝室の使用が許されていた。ティリオンは中に入ると、扉を蹴って閉めた。「サンサ、サイドボードにアーバーの黄金色の銘酒の大瓶がのっている。お手数だが、一杯注いでくれないか？」

「そんなもの飲んで、よろしいのですか、ご主人さま？」

「これ以上適当なものはない。ほらごらん、わたしは実は酔っぱらってはいないんだ。だが、これから酔っぱらうつもりだ」

サンサはそれぞれのゴブレットにワインを注いだ。〝わたしも酔っぱらったほうが楽だろう〟彼女はカーテンのついた大きな寝台の端に腰掛けて、カップの半分を三口で飲み干した。疑いなく、これはとても上等のワインだったが、彼女は神経質になっていて、それを味わうどころではなかった。頭がくらくらした。「わたしを裸になさいますか、ご主人さま？」

「ティリオンだ」かれは首を伸ばした。「わたしの名前はティリオンだよ、サンサ」

「ティリオンさま。ご主人さま。わたしはガウンを脱ぎますか、それともあなたが脱がせたいですか？」彼女はまたワインを飲んだ。

〈小鬼《インプ》〉は顔をそむけた。「わたしが最初の結婚をしたときには、われわれと酔っぱらった司祭《セプトン》と、そして数匹の豚が立会人としてついていた。その立会豚の一匹を婚礼の宴の御馳走として喰った。ティシャは焼き豚のかりかりの皮をおれに喰わせ、おれは彼女の指から脂《あぶら》をなめ取った。そして、おれたちは笑いながら、ベッドに転げこんだものだ」

「以前にも結婚なさった？　わ……忘れていました」

「忘れたのではない。知らなかったのだ」

「彼女とは誰だったのですか、ご主人さま？」サンサは思わずたずねてしまった。

「レディ・ティシャだ」かれの口は歪んだ。「シルバーフィスト家の人だ。かれらの紋章は、一枚の金貨と百枚の銀貨が血のように赤い布切れにのっている図案だった。この結婚はほんの短期間しか続かなかった……非常に背の低い男にはふさわしい短さだったと思う」

サンサは両手に目を落として、黙っていた。

「何歳になる、サンサ？」ちょっと間をおいて、ティリオンがたずねた。

「十三歳です」彼女はいった。「月が変われば」

「なんてこった」その小男はもう一杯ワインを飲んだ。「まあ、しゃべっていても年をとるわけではない。とりかかろうか、奥さん？　よろしかったら？」

「ご主人さまに喜んでいただくことが、わたしの喜びです」

この言葉はかれを怒らせたようだった。「きみはまるで城壁の陰に隠れるように、礼儀の陰に隠れている」

「礼儀はレディの甲冑です」サンサはいった。彼女の尼僧はいつもそう教えた。

「おれはきみの夫だ。もう、甲冑を脱ぐがいい」

「そして、この服も？」

「それもだ」かれはワインのカップを彼女に向けて振って見せた。「床入りによってこの結婚を完成させろというのが、父の命令だ」

彼女は震える手で衣服をまさぐりはじめた。まるで十本の指全部が親指みたいで、しかもそれがすべて折れているみたいだった。それでもなんとか、紐を解き、ボタンをはずし、マントとガウンとガードルとアンダーシルクを床に落とすことができた。そして、ついに下着の外に歩み出た。腕も脚も鳥肌が立っていた。かれのほうを見るのがあまりにも恥ずかしいので、ずっと床に目を落としていた。ところが、裸になってちらりと目を上げると、かれがこちらを見つめているのがわかった。かれの緑色の目には欲望が浮かんでいる、というように彼女には思えた。そして、黒い目には激しい怒りが。どちらの目のほうが恐ろしいか、サンサにはわからなかった。

「きみは子供だ」かれはいった。

彼女は胸を両手で隠した。「開花しています」

「子供だ」かれは繰り返した。「だが、きみが欲しい。怖いか、サンサ？」

「おれもだ。自分が醜いことは知っている――」

「いいえ、ご主――」

「はい」

かれは重そうに立ち上がった。「嘘をいうな、サンサ。おれは不格好で、傷もので、小さい、しかし……」かれが手探りしているのが見えた。「……ベッドに入って、明かりを吹き消せば、他の男と変わりはなくなる。暗闇では、おれだって〈花の騎士〉だ」かれはワインをぐーっと飲んだ。「おれは気前がいい。おれに忠実な者に対しては、忠実だ。臆病者でないことは立証ずみだ。そして、たいていの人間より賢い。間違いなく、知恵にはなんらかの価値がある。親切にさえなれる。親切は、残念ながら、われわれラニスター家の習慣ではない。しかし、おれの心のどこかにそれがいくらか備わっていることはわかっている。おそらく……おそらくきみに優しくしてやれるだろう」

〝この人はわたし同様に怯えている〟とサンサは気づいた。たぶん、そのためにかれに対してもっと優しくなれたはずだった。しかし、実際はそうでなかった。彼女が感じたのは憐れみだけだった。そして、憐れみは欲望の死だった。かれは彼女を見て、何かいうのを待っていた。だが、彼女の言葉はすべて萎《しぼ》んでしまった。ただ、震えてそこに立っているだけだった。

彼女が答える言葉を持たないことについに気づくと、ティリオン・ラニスターは残っていたワインを全部飲み干した。「わかった」かれは苦々しくいった。「ベッドに入れ、サンサ。

われわれは義務を果たさねばならない」

彼女はかれの視線を意識しながら、羽毛ベッドに上がった。ベッドの脇のテーブルには匂いのよい蜜蠟の灯火が燃え、シーツの間には薔薇の花びらが撒かれていた。彼女が毛布をめくり上げて体を覆おうとしたときに、かれがいった。「やめろ」

彼女は寒くて震えたが、いわれたことに従った。そして、目をつぶって待った。しばらくすると、夫がブーツを脱ぐ音が聞こえ、それから、衣服を脱ぐ音が聞こえた。かれがベッドに跳び上がり、彼女の胸に手を置いたとき、サンサは身震いせずにはいられなかった。彼女は目をつぶり、あらゆる筋肉を緊張させて、次に来るべきものに怯えながら、横たわっていた。かれはまた自分に触れるだろうか？　キスするだろうか？　今、かれのために股を開くべきだろうか？　彼女は何を期待されているか、わからなかった。

「サンサ」胸にのっていた手がどけられた。「目を開けろ」

彼女は従うと約束していた。だから、目を開けた。かれは彼女の脚のところにすわっていた。裸で。両足の付け根のごわごわした黄色い陰毛の茂みから、かれの男根が固くこわばり突っ立っていた。しかし、かれの体でまっすぐなのはその部分だけだった。

「マイ・レディ」ティリオンはいった。「きみは間違いなく美しい。しかし……これはできない。父のいいつけなどどうでもいい。われわれは待とう。ひと月、一年、一季節、どんなに長くかかっても。きみがわたしをもっとよく知るようになるまで、そして、たぶん少しはわたしを信用するまで」かれの笑顔は彼女を安心させるつもりだったのだろうが、鼻がないので、よけいにグロテスクに、邪悪に見えた。

〝かれをごらん〟サンサは自分にいった。〝おまえの夫を、かれのすべてをごらん。セプタ・モーデインは男性はすべて美しいといった。かれの美しさを見つけるとしよう〟彼女は見た。発育不全の脚、獣のように膨らんだ額、緑色の目と黒い目、赤肌の鼻の切り株と捩じ曲がったピンクの傷跡、顎髭ということになっているもじゃもじゃの黒と金色の毛。かれの男根さえも醜かった。太くて、血管が浮いていて、紫色のふくれた亀頭。〝これは正しくない。これは公正じゃない。いったい、わたしがどんな罪を犯したというのか、どうして神々はわたしにこのようなことをするのか？〟

「ラニスターの一人としての名誉にかけて」〈小鬼《インプ》〉はいった。「きみが触ってもらいたいと思うまで、きみに手を触れないことにする」

その不揃いな目を見て次のようにいうには、あらゆる勇気を奮い起こさなければならなかった。「そして、もし、わたしが決して望まないとしたら、ご主人さま？」「決して？」

横面を張り飛ばされたかのように、かれの口がぎゅっと歪んだ。

サンサの首はあまりにも硬直していて、ほとんどうなずくこともできなかった。

「そうか」かれはいった。「だから、おれのような〈小鬼《インプ》〉のために、神々は娼婦をおつくりになったのだ」かれは短くて太い指を握りしめると、ベッドから床に下りた。

29 ――アリア

石の聖堂《ストーニイ・セプト》はアリアがキングズ・ランディングを去って以来出会ったもっとも大きな町だった。そして、ここの有名な合戦でお父上が勝利なされたと、ハーウィンがいった。

「あの狂王の家来たちは、ロバートがお父上と合流しないうちに捕まえようとして探しまわっておりました」かれは城門に向かって馬を進めながら彼女にいった。「ロバートは怪我を負っており、味方に手当てを受けていました。この時に〈王の手〉のコニントンが強力な軍勢を率いて町を占領し、家々を一軒一軒虱《シラミ》つぶしに捜索しはじめたのです。でも、ロバートが見つからないうちに、エダード公とあなたの母方のお祖父さまが町を攻め、城壁を強襲しました。コニントン公は激しく反撃しました。両軍は街路でも小路でも、家の屋根の上でさえも戦いました。そして、すべての司祭《セプトン》が鐘を鳴らして、庶民に家々の扉を閉めさせました。鐘が鳴りだすと、ロバートは戦いに加わろうとして隠れ家から出てきました。そして、この日に六人の戦士を殺したといわれています。その一人が、プリンス・レイガーの従士のマイルズ・ムートンでした。ロバートは〈王の手〉をも殺すつもりでしたが、戦闘の成り行きで、ついに二人は出会うことがありませんでした。しかし、コニントンはあなたのお祖父さまのタリー公に重傷を負わせ、谷間《ヴェイル》の人気者、サー・デニス・アリンを殺しました。しかし、この日の戦いに破れたと見てとると、かれは楯に描かれたグリフィンのようにすばやく逃げ去りました。後の人々はこれを〝鐘《ベルズ》の合戦〟と呼びました。この合戦に勝ったのはお父上であって、自分ではないとロバートはいつもいっていました」

もっと最近にもここで戦《いくさ》が行なわれたなと、アリアはその場所のありさまを見て思った。町の門は新しい生木で作られ、壁の外側には焼け焦げた板が積み重なっていて、元の壁がどうなったかを物語っていた。

ストーニィ・セプトの町は厳重に封鎖されていた。しかし、門の衛兵隊長は、だれがやってきたか知ると、かれらのために非常口を開けてくれた。「あんたがた、食糧はどうしているんだ？」中に入ると、トムがたずねた。

「以前ほどわるくはない。〈猟犬使い《ハンツマン》〉が羊の群れを連れてきたし、またブラックウォーター河をはさんで取引もあるからね。川の南側では農作物は焼き討ちされなかった。もちろん、おれたちの物を奪いたいやつはいっぱいいる。ある日には狼どもがやってくるし、次の日には〈血みどろ劇団〉がやってくるという具合でね。食糧が欲しくないやつらは、略奪物を探すとか、犯す女を求める。そして、金も女も欲しくないやつらは、あのけしからん〈王殺《キングス》し《レイヤー》〉を捜している。人の噂では、かれはエドミュア公の手から間一髪で逃げ去ったそうだよ」

「エドミュア公だって？」レムが眉をしかめた。「では、ホスター公は死んだのか？」

「死んだか、死にかかっているかどちらかだ。あんた、ひょっとしたらラニスターはブラックウォーター河に向かうかもしれないと思うかね？　キングズ・ランディングに行くにはそれがいちばん近道だと、〈猟犬使い〉はいっているが」衛兵隊長は返事を待たずにいった。

「かれは犬を放って匂いを嗅ぎまわらせている。もし、サー・ジェイミーがこのあたりにいれば、見つかるだろう。おれは犬どもが熊をばらばらに引き裂くのを見たよ。やつらは獅子の血の味が好きだと思うかい？」

「嚙み散らされた死骸なんか、だれも欲しがるものか」レムがいった。「〈猟犬使い〉だって、そのくらいのことは心得ているさ」

「西部人どもは侵入してきて、〈猟犬使い〉の妻と妹を犯し、かれの農作物に火を放ち、かれの羊の半分を喰い、残りの半分を意地悪く殺した。六匹の犬も殺して、死骸をかれの井戸に投げこんだ。かれにとっては、嚙み散らされた死骸だって充分に意味があると思うよ。おれにとってもね」

「それはいかんなあ」レムはいった。「おれにはそれしかいえないね。そんなことしないほうがいい。そして、おまえはとんでもない馬鹿者だ」

アリアの父親がかつて戦った街路を逆徒たちが進んでいくとき、アリアはハーウィンとアンガイの間にはさまれて馬に乗っていた。丘の上に聖堂《セプト》が見え、その下に灰色の石の頑丈な砦が見えたが、それはこのような大きな町にはあまりにも小さく見えた。しかし、通りすぎる家の三軒に一軒は黒こげの骨組みだけになっており、人々の姿はなかった。「町民はみんな死んだの？」

「隠れているだけだ」アンガイは屋根に上がっている二人の弓兵と、酒屋の瓦礫の中にうずくまっている数人の煤けた顔の少年たちを指さした。さらに進んでいくと、パン屋が鎧戸つきの窓を開け放って、大声でレムに呼びかけた。その声を聞くと、隠れていた人々がしだいに姿を現わし、ストーニイ・セプトの町はかれらの周囲にゆっくりと息を吹き返すように思われた。

町の中心のマーケット広場には、はねる鱒《マス》の形をした噴水が立っており、浅い水盤に水を吐き出していた。そこでは、女たちが手桶や大瓶に水を汲んでいた。そこから数十センチはなれて、何本も木の柱が立っており、一ダースもの鉄の檻がキーキー音をさせながらぶら下がっていた。〝使い鴉《レイヴン》の檻だ〟とアリアは気づいた。大部分の使い鴉は檻の外に出ていて、水浴びをしたり、檻の上にとまったりしていて、中に人間が入っていた。レムは眉をしかめて馬を止めた。「なんだ、これは？」

「裁きだよ」噴水のところで女がいった。

「なんだと。おまえたち首吊りの縄が足りないのか？」トムがたずねた。

「サー・ウィルバートの命令でやったのか？」

一人の男が苦笑いした。「サー・ウィルバートなら、一年前に獅子どもが殺したよ。かれの息子たちはみんな〈若き狼〉について出ていってしまった。かれらは西部で太っているとさ。あたしらみたいな者を、やつらが相手にすると思うかね？　この狼どもを捕まえたのはあの〈狂える猟犬使い《マッド・ハンツマン》〉だった」

〝狼どもか〟アリアは寒けを覚えた。〝ロブの家来、そして父上の〟彼女は檻のほうに引き寄せられるように感じた。檻はとても小さくて、中の人間はすわることも、体をまわすこともできなかった。かれらは裸で立ったまま、日光と風と雨にさらされていた。最初の三つの檻には死人が入っていた。腐肉を喰う鴉《クロウ》どもがかれらの目玉をつついて食べてしまっていたが、空《から》の眼窩が彼女の後を追ってくるように思われた。並んでいる四人目の男は、彼女が通ると身じろぎした。口のまわりは髭ぼうぼうで、それに血がつき、蠅がたかっていた。そいつが口をきくと、蠅はパッと飛び立ち、頭のまわりをブンブンと飛びまわった。「みず」その声はしわがれていた。「たのむ……水を……」

隣りの檻の男が、この声を聞いて目を開けた。「おい」かれはいった。「おい、ここだ」それは老人だった。髭は白く、頭は禿げていて年齢のために茶色の斑《まだら》になっていた。

その老人の先にはまた死人がいた。赤い髭を生やした大男で、腐った灰色の包帯が左耳とこめかみの一部を覆っていた。だが、最悪の部分はかれの両足の間だった。そこにはかさぶたのこびりついた茶色の穴しか残っておらず、蛆虫がはいまわっていた。さらにその先には、太った男がいた。使い鴉の檻があまりにも小さかったので、どうやってその男を中に押しこむことができたか見当もつかなかった。鉄格子が痛々しくその腹にくいこみ、格子の間から膨らんだ部分がはみ出していた。何日も日光にさらされていたために、そいつは頭から踵まで痛々しく真っ赤になっていた。かれが体重を移すと、檻がキーキーと鳴って揺れた。今までかれの肌から日光を遮っていた格子の影が青白い縞模様になっていた。

「おまえたち、だれの家来か？」アリアはたずねた。

彼女の声を聞くと、その太った男が目を開けた。その目の周囲の皮膚は真っ赤になっていて、まるで血の入った皿に二個のゆで卵が浮いているように見えた。「水を……飲ませて……」

「だれの家来か？」アリアは重ねてたずねた。

「こいつらを相手にするな、小僧」町民が彼女にいった。「おまえの知ったこっちゃない。さっさと出ていきな」

「かれらは何をしたんだ？」アリアはそいつにたずねた。

「タンブラーの滝で、八人の町民を切り殺したんだ」かれはいった。「〈王殺し《キングスレイヤー》〉を捜していたんだが、見つからなかったので、強姦と殺人をやったのさ」かれはその男根のあったはずの部分に蛆虫のたかった死骸のほうを親指で差した。「あそこのあいつが、強姦をしたんだ。さあ、行けよ」

「ひとくち」太った男が上から懇願した。「お慈悲を、坊や、ひとくち」老人がきゅうくつそうに腕を上げて格子をつかんだ。その動きで檻が激しく揺れた。「水を」髭に蝿のたかった男があえいだ。

彼女はかれらの不潔な頭髪ともじゃもじゃの髭と赤くなった目を見た。かれらの乾燥してひび割れ、血のにじんだ唇を見た。〝狼どもか〟アリアはまた思った。〝わたしと同じだ〟

これがアリアの群れだったのか？　〝かれらがロブの家来だなんてことがありうるだろうか？〟彼女はかれらを殴りたかった。傷つけたかった。泣きたかった。かれら全員が自分を見ているように思われた。生者も死者も一様に。老人は三本の指を格子の間から突き出していた。「水を」かれはいった。「みずを」

アリアは馬から飛び下りた。〝かれらがわたしに害を及ぼすはずはない。みんな死にかけているんだ〟彼女は丸めた寝具からカップを取り出し、泉のところにいった。「どうするつもりだ、小僧？」町民が鋭くいった。「こいつらは、おまえとは関係ない」彼女は噴水の魚の口のところにカップを上げた。水が指にはねかかり、袖を流れ落ちたが、アリアはカップに水が溢れるまで動かなかった。彼女が檻のほうに戻ろうとすると、町の男が引き止めようとした。「やつらに近寄るな、小僧――」

「娘だぞ」ハーウィンがいった。「邪魔をするな」

「そうだ」レムがいった。「ベリック公は人間を檻に入れて渇死させはしないぞ。おまえたち、なぜ上品に首を吊ってやらないのだ？」

「やつらがタンブラーの滝でやったことは、とても上品なんてものじゃなかった」町の男は噛みつくようにいい返した。

カップを差し入れてやるには格子が狭すぎたが、ハーウィンとジェンドリーが踏み台になった。彼女はハーウィンの組み合わせた手に片足をかけて、ジェンドリーの肩に乗り、檻のてっぺんの桟を握った。太った男は顔を上に向け、頰を鉄格子に押し当てた。その上にアリアは水を注いでやった。かれは頭や頬や手に水を浴びて、懸命に飲んだ。それから格子の水分をなめ取った。アリアの指をもなめなかったら、群衆が彼女を見物するために集まったことだろう。他の二人にも同じように水を飲ませたころには、群衆が彼女を見物するために集まっていた。「この噂を、〈狂える猟犬使い《マッド・ハンツマン》〉が聞くだろう」一人の男が脅すようにいった。「やつは喜ばないぞ。そうさ、喜ぶものか」

「では、もっと喜ばないことをしてやろう」アンガイは長弓《ロングボウ》に弦を張り、矢筒から矢を取り出し、つがえ、放った。その矢が太った男の顎の下から上に突き刺さると、男は身を震わせたが、檻が狭いので倒れる余地はなかった。さらに二本の矢が、残り二人の北部人の命を絶った。マーケット広場に聞こえる唯一の音は噴水の水音と、ぶんぶんいう蠅の羽音だけだった。

〝ヴァラー・モルグリス〟とアリアは思った。

マーケット広場の東側に、窓の割れた白壁の小さな旅籠が建っており、屋根のなかばは最近焼けた様子だが、穴はふさがれていた。扉の上に小さな木の看板があり、大きくひと口噛み取った桃の絵が描かれていた。かれらは斜め前に建っている厩舎のところで馬を下り、〈緑の鬚《グリーンベアド》〉がどら声で厩舎番を呼んだ。

肉づきのよい赤毛のおかみがかれらを見て、大きな喜びの笑い声を上げ、それからさっそくかれらをつねりはじめた。「〈緑の鬚《グリーンベアド》〉だわね？　それとも〈灰色鬚《グレイベアド》〉かな？　まあ、なんてことでしょう。いつそんなに年をとったの？　レム、あんたね？　相変わらず小汚いマントを着ているのねえ。それを決して洗わないわけを、わたしは知っているわ。あんた、おしっこの跡が全部洗い落とされると、実は〈王の楯《キングズガード》〉の一人だとわかるのが怖いんでしょう！　それから、〈七つのトム《トム・オ・セヴン》〉、このすけべな山羊じじいめ！　自分のあの息子を見にきたのね？　では、遅すぎたわ。かれはあの〈狂える猟犬使い〉と一緒に出ていってしまったよ。そして、かれがあんたの息子でないとはいわせないよ！」

「かれの声はおれの声と違う」トムは弱々しく抗議した。

「でも、鼻はあんたのものだ。そうよ、そして他の部分もあんたと似ているってさ。娘たちはそういってるよ」それから彼女はジェンドリーをちらりと見て、頬をつねった。「この立派な若い牛をごらんよ。この腕をアリスに見せてやりたいね。おや、この子、乙女みたいに顔を赤らめたよ。あのね、アリスが面倒を見てくれるよ、坊や、待っていな」

　アリアはジェンドリーがこんなに赤面したのを見たことがなかった。「タンジー、その牛小僧に手を出すなよ。よい若者なんだから」〈七弦《セヴンストリングズ》のトム〉がいった。「おれたちみんなに必要なのは一晩泊まる安全な寝床だけだ」

「おまえは寝床だけでいいかもしれんがな、吟遊詩人」アンガイが自分と同様にそばかすのある大柄な女中の体に手をまわした。

「寝床はありますよ」赤毛のタンジーがいった。「〈桃李亭《ザ・ピーチ》〉に寝床が足りなかったためしはないんだ。でも、その前にみんな風呂に入っておくれ。この前あんたがたがうちの屋根の下に泊まったときには、後に蚤を残していった」彼女は〈緑の鬚〉の胸をつついた。「しかも、あんたの蚤は緑色だった。食事したい？」

「用意してくれるなら、いやとはいわないよ」トムが認めた。

「これまでに、あんたが何かにいやといったことがあったかい、トム？」女は嘲った。「お友達には羊肉のローストでも作ろう。そして、あんたには古い鼠の干物を出してやるよ。それでも、あんたにはもったいないくらいだ。でも、歌のひとつか三つがなってくれるなら、わたしも弱気になるかもしれないがね。わたしはいつも打ちのめされたやつに同情するんだ。さあ、さあ、キャス、ラナ、鍋を火にかけな。ジャイジーン、この連中の着物を脱がせるのを手伝っておくれ。着物も煮る必要がありそうだ」

彼女はこれらの脅迫のすべてを実行した。アリアは殻斗城館《エイコーン・ホール》で二度も風呂に入れられてから、まだ二週間もたっていないといおうとしたが、赤毛の女はまったく耳を貸さなかった。二人の女中が、これは男の子か女の子かと議論しながら、彼女を抱えて二階に運び上げた。ヘリーという女中が正しかったので、もう一人が熱い湯を汲んでくることになり、アリアの背中を皮が剝けそうになるほど、固いごわごわのブラシでこすった。それから、レディ・スモールウッドがくれた服は女中たちが全部持ち去り、アリアを亜麻布とレースぐるみの、サンサのお人形のように着飾らせた。しかし、少なくとも作業がすむと、彼女は下におりて食事をすることができた。

ばかばかしい少女の衣服を着て食堂にすわっていると、アリアはシリオ・フォレルに教わったことを思い出した。目の前にあるものを、よく観察しろと。彼女が観察すると、ここにはどんな旅籠にとっても多すぎるくらいの女中がいて、大部分は若くて器量がよかった。そして、夕暮れになると、大勢の男たちが〈桃李亭〉に出入りしはじめた。かれらは食堂に長居をしなかった。それは、トムがウッドハープを取り出して『六人の乙女が池で』を歌いだしても変わらなかった。木の階段は古くて急で、男たちの一人が女を連れて上がっていくたびに、ものすごくキーキーとしなった。「ここは絶対、淫売宿だよ」彼女はジェンドリーにささやいた。

「淫売宿がどんなものか、知りもしないくせに」

「知ってるよ」彼女はいい張った。「旅籠みたいだが、女たちがいるのさ」

かれはまた赤くなりはじめた。「では、おまえはここで何をしているんだ？」かれはたずねた。「淫売宿は高貴なお嬢さまには用のない場所だ。だれだって、そんなことは知っている」

女の一人がベンチのかれの隣に腰を下ろした。「高貴なお嬢さまって、だれのこと？　この小さな痩せっぽちのこと？」彼女はアリアを見て笑った。「王の娘なのよ、あたしはね」

アリアはからかわれていると知った。「まさか」

「いいや、そうかもしれないよ」その女が肩をすくめると、ガウンが片方の肩からずり落ちた。「戦《いくさ》が始まる前、ロバート王はここに隠れていたときに、あたしのおふくろとやったって、みんないってるわ。かれが他の女たち全部とやったわけじゃないけど、レズリンがいうには、あたしのおふくろがかれの一番のお気に入りだったってさ」

その女はたしかにロバート王のような髪をしていると、アリアは思った。大きな太いモップのような髪で、石炭のように真っ黒だった。〝でも、だからといって特別に意味があるわけではない。ジェンドリーだって同じ種類の髪をしている。髪の黒い人はいくらでもいる〟

「わたしはベラというの」その女はジェンドリーにいった。「戦《いくさ》に備えて、必ずあんたのベルも鳴らしてあげるわよ。そうしてもらいたい？」

「いやだ」かれはぶっきらぼうにいった。

「必ずしてもらいたくなるわ」彼女は片手で彼の腕をなでた。「わたしはソロスや〈稲妻公〉のお友達から、お金はいただかないことにしているの」

「いやだといったろう」ジェンドリーは不意に立ち上がり、大股にテーブルを離れて夜の戸外に出ていった。

ベラはアリアのほうを向いた。「あの人、女が嫌いなのかしら？」

アリアは肩をすくめた。「ただ、愚かなだけよ。兜を磨き、槌で剣を叩くのが好きでね」

「おう」ベラはガウンを肩に戻して、〈幸あれかしのジャック〉のところに話しにいった。まもなく、彼女はかれの膝に乗り、くすくす笑ったり、かれのカップからワインを飲んだりしはじめた。〈緑の鬚〉は二人の女を引き寄せ、左右の膝に一人ずつのせた。アンガイがそばかすのある女と姿を消してしまい、レムもいなくなっていた。〈七弦のトム〉は炉端にすわり、歌っていた。「春に花咲く乙女たち――」アリアは赤毛の女が与えてくれた水割りのワインを飲みながら、聞いていた。広場の向こう側では死人どもが使い鴉の檻の中で腐りつつあったが、〈桃李亭〉の中ではみんな陽気だった。ただし、客の何人かの笑い声がなんとなく強すぎるように、彼女には思われたけれども。

こっそり抜け出して馬を盗むとしたら、今がチャンスだと思われた。しかし、そんなことをしてもなんの役にもたつまいとアリアは思った。町の門までは乗っていけるだろう。〃しかし、あの衛兵隊長は決してわたしを通してくれないだろうし、たとえ通してくれたとしても、ハーウィンが追ってくるだろうし、そうでなければ、あの〈猟犬使い〉が犬を連れて追ってくるだろう〃彼女は地図があればいいのにと思った。あれを見れば、リヴァーラン城からストーニイ・セプトがどのくらい離れているかわかるのに。

カップが空になるころには、アリアはあくびをしていた。ジェンドリーは帰ってこなかった。〈七弦のトム〉は『ひとつのように鼓動する二つの心臓』を歌っており、一節終わるごとに別の女にキスをしていた。窓ぎわの隅で、レムとハーウィンが低い声で赤毛のタンジーと話をしていた。「……その夜、ジェイミーの独房で過ごしたのよ」彼女はその女がいうのを聞いた。「彼女と、このもう一人の女——レンリーを殺したやつがね。三人そろってね。そして朝になるとレディ・キャトリンが愛のためにかれを解放したのよ」タンジーは喉の奥で笑い声を立てた。

〃本当じゃない〃とアリアは思った。〃絶対、母上がそんなことをするはずない〃彼女は悲しみと腹立たしさと淋しさを、全部いっぺんに味わった。

一人の年とった男が彼女の隣にすわった。「おや、あんた、きれいな、ちっちゃい桃ちゃんじゃないか？」かれの息は檻の中の死人の悪臭と同じくらいいやな匂いだった。そして、小さな豚のような目が彼女の体を上から下に這いまわった。「このかわいい桃ちゃんの名前は何というのかな？」

心臓が半拍打つ間、彼女は自分がだれだったかわからなくなった。いかなる種類の桃でもないが、アリア・スタークでもありえない。特にこの素性の知れない臭い酔っぱらいのいるところでは。「あのう……」

「おれの妹だ」ジェンドリーが重い手で老人の肩をつかんだ。「ちょっかい出すな」

男は、喧嘩ならやってやろうじゃないかという風情で振り向いた。だが、ジェンドリーの大きな体を見て、考えを変えた。「おまえの妹だと、こいつが？　おまえはどんなろくでなしの兄だ？　おれだったら自分の妹を〈桃李亭〉に連れてきたりしないぞ、とんでもねえ」

かれはベンチから立ち上がり、ぶつぶついいながら、他の相手を探しにいってしまった。

「なぜ、あんなことをいったの？」アリアはぴょんと立ち上がった。「兄でもないくせに」

「当たり前だ」かれは怒っていった。「こんな賤しい生まれの男が、お嬢さまの兄であるわけないじゃないか」

かれの声にこめられた激しい怒りに、アリアはたじろいだ。「そんなつもりでいったんじゃないよ」

「いや、いった」かれはベンチに腰を下ろして、両手でワインのカップを包むようにした。

「あっちに行け。おれはこのワインを静かに飲みたいんだ。それから、たぶんあの黒い髪の女を探しにいって、彼女のベルを鳴らしてやるんだ」

「だって……」

「あっちに行け、といったろう。お嬢さま」

アリアはぐるりと向きを変えて、かれのそばを去った。〝愚かで、強情な、私生児小僧。そうとしかいいようがないわ〟鳴らしたいなら、あらゆるベルを鳴らすがいい。わたしとはなんの関係もないことだ。

かれらの寝室は階段の上にある屋根裏部屋だった。たぶん〈桃李亭〉にはベッドの不足はないだろうが、かれらのような客にはここしかあてがうものがなかったのだろう。それにしても大きなベッドだった。それはほとんど部屋いっぱいに広がっていて、黴《カビ》臭い藁布団はかれら全員が寝るのに充分だった。だが、今のところ、彼女はそれを独占した。彼女の本当の衣服は壁の木釘にかかっていた。ジェンドリーの持ち物とレムの持ち物の間に。アリアは亜麻布とレースの服を脱ぎ、チュニックを頭からかぶって着ると、そのベッドに上がって毛布の間にもぐりこんだ。「クイーン・サーセイ」彼女は枕に向かってささやいた。「キング・ジョフリー、サー・イリーン、サー・マーリン、ダンセン、ラフ、そしてポリヴァー。〈一《ティ》寸刻み《クラー》〉、〈猟犬《ハウンド》〉、そして〈山《マウンテン》〉ことサー・グレガー」彼女はときどき名前の順序を入れ換えることを好んだ。そのほうが、かれらがだれであったか、そして何をしたか、覚えていられたからである。〝もしかしたら、かれらのだれかは死んでいるかもしれない〟と彼女は思った。〝かれらはどこかで鉄の檻に入れられて、鴉に目をつつき出されているかもしれない〟

　目をつぶったとたんに眠りが襲ってきた。この夜は、狼の夢を見た。雨と腐敗と血の匂いが空中に強く漂っている湿った森の中をうろついていた。それらの匂いは、夢の中ではいい匂いで、何も恐れるものはないとアリアは承知していた。ただ、彼女は強く、すばやく、獰猛で、周囲に群れの仲間がいた。兄弟も姉妹も。かれらは協力して怯えた馬を追いつめ、その喉を喰い破って、食べた。そして、雲間から月が現われると、彼女は首をのけぞらせて遠吠えをした。

　しかし、朝になると、彼女は犬の鳴き声で目を覚ました。

　アリアはあくびをしながら起き上がった。ジェンドリーは彼女の左側でもぞもぞしており、〈レモンクロークのレム〉は右側で大鼾をかいていた。だが、外の犬の声がほとんどかれの鼾をかき消していた。〝外には五十四も犬がいるにちがいない〟彼女は毛布の下から這い出し、レムとトムと〈幸あれかしのジャック〉を跳び越えて、窓のところに行った。鎧戸を開け放つと、風と湿気と寒さが全部いっぺんに流れこんできた。この日は灰色に曇っていた。下の広場で、犬どもが吠えて走りまわり、唸ったり遠吠えをしたりしていた。犬は群れをなしていた。大きな黒いマスチフ、細身のウルフハウンド（狼狩り用の猟犬）、黒白のシープドッグ、それにアリアの知らない種類の犬たち——長くて黄色い牙をもった毛むくじゃらの斑《まだら》の犬などが。旅籠と泉の間に、馬にまたがった一ダースほどの騎手がおり、町民があの太った男の檻を開けて、膨れた死骸の腕を引っ張って地面に引きずり出すのを眺めていた。犬たちが早速それに襲いかかり、骨から肉の塊を喰いちぎった。

アリアは一人の騎手が笑うのを聞いた。「ここがきさまの新しい城だぞ、いまいましいラニスターの野郎め」かれはいった。「きさまのようなやつにはちょっと狭いが、押しこんでやるから心配するな」かれの横に、一人の捕虜がむっつりとすわりこんでいた。その手首は麻縄で厳重に縛られていた。町民のいくらかがかれに向かって糞を投げつけていたが、そいつは動じなかった。「きさまらは檻の中で腐るがいい」捕まえたほうの男が叫んでいた。「おれたちがきさまらラニスターの黄金を使い尽くしている間に、鴉がきさまの目をほじくり出してくれるわ！　そして、鴉どもの仕事がすんだら、残ったものを、きさまの兄弟のところに送りつけてやるぞ。それがおまえだということが、相手にわかるかどうか疑問だがな」

この騒ぎで〈桃李亭〉の客の半分が目を覚ました。ジェンドリーは窓のアリアの横に割りこんだ。そして、トムは生まれたままの素裸で、かれらの後ろに立った。「いったい、なんの騒ぎだ？」レムがベッドから文句をいった。「せっかく人が眠ろうとしているのに」

「〈緑の鬚《グリーンベアド》〉はどこだ？」トムがかれにたずねた。

「タンジーと寝ている」レムがいった。「なぜ？」

「やつを呼べ。〈射手《アーチャー》〉もだ。〈狂える猟犬使い〉が戻ってきたんだ。また檻に入れるやつを捕まえて」

「ラニスターだ」アリアはいった。「かれがラニスターというのが聞こえたよ」

「〈王殺《キングスレイヤー》し〉を捕まえたのかな？」ジェンドリーが知りたがった。

下の広場では、投げられた石が捕虜の頬に当たり、首がまわった。その顔を見て、〝〈王《キン》殺《グスレイヤー》し〉じゃない〟とアリアは思った。神々は、ついに彼女の祈りを聞いてくれたのだった。

30——ジョン

野人たちが洞窟から馬を引き出したときには、ゴーストは姿を消していた。〝あいつ、黒《カースル・ブラック》の城のことを理解したのかな？〟ジョンは気持ちのよい朝の空気を吸いこんで、あえて楽天的に考えた。東の空は地平線の近くが桃色で、上にあがるにつれて薄い灰色になっていた。南にはまだ〈暁の剣〉がかかっていた。その柄のところにある大きな白い星は、夜明けのダイヤモンドのように輝いていたが、暗闇に包まれた森の黒や灰色の色彩はふたたび緑、金、赤、茶褐色に戻りつつあった。そして、兵《ソルジャー・パイン》士松と樫《オーク》とトネリコと哨兵の木《センチネル・ツリー》の上にあの〈壁〉がそびえており、表面に点々とついた埃や塵の下で、氷がきらめいていた。

族長《マグナー》は一ダースの騎手を西に、もう一ダースの騎手を東に送り、見つけられるかぎりのいちばん高い丘に登らせて、森の中に哨士《レンジャー》の気配がないか、高い氷の上に騎兵の影がないか、調べさせることにした。ゼン族は青銅の把手のついた戦闘角笛を携え、〈冥夜の守人《ナイツ・ウォッチ》〉の姿を見たら警告することになった。その他の野人たちは、ジャール、ジョン、そしてイグリットたちの後についた。これは若い侵略者ジャールの栄光の時間になるはずだった。

〈壁〉は二百メートルの高さにそびえていると、しばしばいわれる。しかし、ジャールはそれより高い場所も低い場所も見つけていた。目の前の木々の上に、広大な崖か何かのように氷壁が垂直にそびえていた。そして、少なくとも二百五十メートル、場所によってはたぶん三百メートル上の頂上には、風の彫った狭間胸壁が不気味にのぞいていた。しかし、それは当てにならないと、ジョンはさらに接近したときに思った。建設王ブランドンはこれを築くときに巨大な礎石を置きやすい場所に並べたが、この辺りは丘が急峻で、でこぼこしていたのだ。

前に叔父のベンジェンから聞いたことがある——黒《カースル・ブラック》の城の東では〈壁〉は一本の剣のようだが、西のほうでは蛇のようにうねっていると。そのとおりだった。氷はひとつの巨大な円丘にさっと駆け上がるかと思うと、谷間に急降下し、こんどは五キロまたはそれ以上の距離にわたって長い花崗岩の尾根のナイフの刃のようなところを登り、ぎざぎざの峰にそって走り、さらに深い谷間にまた落ちこみ、それから上へ上へと登り、目の届くかぎり、西の山岳地帯の中に丘から丘へと跳び移っていくのだった。

ジャールは尾根に沿って伸びる一連の氷の部分を強行突破する作戦を立てていた。ここでは、〈壁〉のてっぺんは森林の地面から二百五十メートルも上にあったが、その高さのたっぷり三分の一は氷というよりも、土と石だった。馬にとって斜面は急峻すぎて、〈最初の人々の拳《フィスト》〉を這い登るのとほとんど同じくらい困難だった。しかし、〈壁〉そのものの垂直に切り立った面を登るよりもはるかに楽だったし、また、尾根には樹木が生い茂っていて、身を隠すのが容易だった。昔の黒衣の兄弟たちは、押し寄せてくる森林を押し返すために、斧を持って毎日出かけてきたものだった。しかし、それはずっと以前のことで、ここでは森林は氷に接するまで伸びてきていた。

この日は湿った冷たい日になりそうだった。そして、〈壁〉ぎわでは、この何トンもの氷の下では、もっと湿り、もっと寒くなるはずだった。ゼン族はそばに行くにしたがって尻ごみしはじめた。〝かれらはこれまでに〈壁〉を見たことがなかったのだ、族長《マグナー》でさえも〟とジョンは悟った。〝かれらは怯えている〟七王国では〈壁〉は世界の果てだといわれていた。〝かれらにとっても、同じことだ〟立場が逆になっただけで。

〝そして、おれの立場はどうか？〟ジョンにはわからなかった。イグリットと一緒にいるためには、心も魂も野人にならねばならない。もし、彼女を放棄して、元の任務に戻れば、族《マグ》長《ナー》は彼女の心臓をえぐり出すだろう。そして、もし、彼女を一緒に連れていけば……彼女がその気になるとしての話だが、まあそのようなことはないだろうが……その場合、彼女を黒《カー》の城《スル・ブラック》に連れ帰って、兄弟《ブラザー》たちと一緒に暮らすなんてことは、とてもできそうにない。七王国では、脱走者と野人はどこでも歓迎されることはありえない。〝もしかしたら、ジェンデルの子供たちを探しにいってもいいかもしれない。もっとも、かれらはおれたちを受け入れるより、むしろ食糧にしそうだけれども〟

ジャールの侵略者たちは〈壁〉を恐れていないと、ジョンは見てとった。〝かれらは一人残らず〈壁〉越えの経験者なのだ〟尾根の下で一行が馬を下りると、ジャールが名前を呼び、十一人がかれのまわりに集まった。みんな若かった。いちばん年上でも二十五歳以上にはなっていないだろう。そして、十人のうち二人はジョンよりも若かった。しかし、一人残らず細身で、強そうだった。かれらは〈石の蛇《ストーンスネーク》〉を思い出させるような筋骨逞しい体をしていた。〈石の蛇〉とは、〈がらがら帷子《ラトルかたびら》〉が襲ってきたときに、〈二本指《ハーフハンド》〉が徒歩で送り返した男である。

〈壁〉そのものの影の中で、野人たちは準備をした。太い麻縄の巻いたものを片方の肩から胸に斜めにかけ、しなやかな鹿皮の奇妙なブーツをはいた。そのブーツの爪先から刺が突き出ていた。ジャールと他の二人のは鉄で、何人かのものはブロンズだったが、たいていのものは尖った骨だった。小さな石の鎚《つち》を片方の腰に吊るし、鉄串の入ったなめし革の袋をもう片方の腰に吊るした。かれらの氷斧は、先を鋭く尖らせた枝角で、それに木の柄を生皮の紐で結びつけてあった。ジャールと十一人の登攀者は四人ずつ三組に分かれた。「頂上に一番乗りしたチームの全員に、剣をくれるとマンスが約束している」かれは寒気の中で息を白く吐きながらいった。「城内で鍛造された鋼鉄の、南部の剣だ。自由民にこれ以上の贈り物があろうか？　登れ、そして、かれが作る歌に読みこまれると。そしてまた、おまえたちの名は、びりっけつは〈異形《ジ・アザー》〉に喰われろ！」

〝こいつらみんな、〈異形〉に喰われるがいい〟かれらが尾根の急斜面をすばやく登っていき、木々の間に見えなくなるのを眺めながら、ジョンは思った。野人が〈壁〉を登ったのはこれが最初ではないだろう。といっても、百一回目ということもないだろう。パトロール隊は年に、二、三回は壁を登ってくるやつらと遭遇するし、また哨士《レンジャー》の斥候隊は転落した者の傷んだ死骸を見かけることがときたまある。東の海岸では、侵入者どもはしばしば小舟を作って〈海豹の入り江《アザラシ》〉をこっそり渡ってくる。西では渓谷《ゴージ》の暗い底に下りて影の塔《シャドウ・タワー》を迂回してくる。しかし、その中間では、大勢の侵入者たちがそうした。〈壁〉を征服する唯一の方法は、それを乗り越えてくることである。そして、大勢の侵入者たちがそうした。〈壁〉を征服する唯一の方法は、それを乗り越えてくることである。そして、一種の冷酷な誇りを感じながら思った。〝もっとも、帰っていったものはもっと少ない〟とかれは一種の冷酷な誇りを感じながら思った。登攀者たちは必要上、馬を後に残していかなければならない。そして、多くのもっと若い、もっとうぶな侵入者は、まず手始めに、見つけた最初の馬を捕まえようとする。そこで、叫び声が起こり、使い鴉《レイヴン》が飛び立ち、しばしば〈冥夜の守人《ナイツ・ウォッチ》〉がかれらを追いつめて、略奪品と盗んだ女をかれらが持ち帰らないうちに、絞首刑にするのがつねである。ジャールがそんな過ちをしないであろうことは、ジョンもわかっていたが、スターのことが気になった。〝この族長《マグナー》は支配者であって、侵入者ではない。かれはこのゲームがどのように行なわれるか知らないかもしれない〟

「ほら、出てきた」イグリットがいったので、ジョンが見上げると、森の梢の上に最初の登攀者が見えた。それはジャールだった。かれは〈壁〉に向かって傾いている哨兵の木《センチネル・ツリー》を見つけ、先陣を切るために部下を率いてその幹を登ってきたのである。〝森林をこれほど近くまで繁茂させてはならなかったのに。木の高さは九十メートルぐらいあるが、まだ、氷そのものには接触していないようだ〟

かれはその野人が注意深く木から〈壁〉に乗り移るのを眺めた。そいつは氷斧で鋭くちょんちょんとつついて手がかりを切り出し、それから体をゆすって乗り移った。腰に巻いたロープが二番目の者につながっていたが、そいつはまだ木の幹を少しずつ登っているところだった。ジャールは氷に天然の足がかりがない場所では、刺のついたブーツで蹴りつけるようにして登っていった。そしてセンチネル・ツリーの三メートル上に達すると、狭い氷棚の上で止まり、斧をベルトにぶら下げ、金槌を取り出して割れ目に鉄串を打ちこんだ。二番目の男はかれの次に〈壁〉に取りつき、三番目は木の梢めざして這い登っていた。

あとの二つのチームにはあいにく、足場になるような都合のよい木がなかった。そしてまもなく、ゼン族は尾根に登る道に迷ったのではないかと思いはじめた。ジャールの組は、他の組の先頭の登攀者がまだ視界に入ってこないうちに、もう全員が〈壁〉に取りついて二十五メートルも登っていた。チームとチームの間はたっぷり二十メートル離れていた。ジャールの四人組が中央にいた。その右側には、〈山羊のグリッグ〉が率いる組がいて、かれの長いブロンドの弁髪は下から見つけるのが容易だった。左側にはエロックという名の痩せた男が登攀者を率いていた。

「のろのろしてやがる」かれらが少しずつ登っていくのを見ながら、族長《マグナー》が大声で文句をいった。「鴉どものことを忘れたのか？　もっと速く登らなくちゃだめだ。見つからないうちに」

ジョンは口を慎まなければならなかった。風哭きの峠道《スカーリング・パス》のことや、〈石の蛇〉と一緒に登った月夜のことを、あまりにもよく覚えていたからである。あの夜、かれは何度も心臓を飲みこむような思いをしたし、しまいには腕と脚が痛みだし、指がなかば凍ってしまったのだった。〝しかも、あそこは氷壁ではなく岩場だった〟岩はしっかりしていたが、氷はもっとも条件のよい時でも油断ならないものだ。このように〈壁〉が涙を流している日には、なおさらだ。登攀者の手のぬくもりが氷を溶かすことは充分ありうるのだ。巨大な氷塊は内部は岩のように固く凍っているかもしれないが、表面は流れ落ちる水の細流で、つるつるしていることもある。そして、空気が入りこんでもろくなった部分だってある。〝野人どもは他にどんな取り柄があるにしても、勇気があることだけは確かだ〟

それでもやはりジョンは、スターの危惧には充分な根拠があったという結果になることを望んでいた。〝もし、神々が慈悲深ければ、パトロール隊が偶然通りかかって、これに終止符を打つだろう〟「どんな壁も人を安全に守ることはできない」と、かつてウィンターフェル城の城壁を歩きながら、父がいったことがあった。「壁というものは、それを守る人間と同じ強さしかないのだ」この野人どもは百二十人いるかもしれないが、四人の守備兵がいて、数本の矢をうまいところに当て、またたぶん手桶いっぱいの石があれば、かれらを撃退するには充分だろう。

しかし、守備兵は現われなかった。四人どころか、一人も。太陽は空に昇り、野人どもは〈壁〉に登った。正午まではジャールの四人組が依然として先頭にいたが、この時、かれらは悪い氷の斜面にさしかかった。ジャールは凧の作った小塔のような氷にロープをかけ、それを使って体重を支えようとした。すると、そのぎざぎざした氷塊全体が突然崩れて、かれとともに猛烈な勢いで落下した。人の頭ほどもある氷の塊が、下の三人に襲いかかったが、かれらは手がかりにしがみつき、串が持ちこたえた。そして、ジャールはロープが伸びきったときに、がくんと止まった。

かれのチームがこの災難から立ちなおったころには、〈山羊のグリッグ〉がほとんど、かれらと同じ高さにまで登ってきていた。エロックの四人組もちゃんと後についていた。かれらが登っている壁面はなめらかで、でこぼこがなく、一枚の溶けかかった氷に覆われていて、日が射すと濡れた輝きを放っていた。グリッグのとりついている壁面はもっと黒ずんで見え、もっと明らかな特徴があった。一枚のブロックが水平な長い棚となって、下のブロックの上に不安定にのっていて、岩や氷の割れ目があり、垂直な節理に沿ってチムニー（深い縦の裂け目）さえもあった。そこには一人の人間が隠れることができるほど大きな穴が、風と水によって穿たれていた。

ジャールはすぐさま、また部下をじりじりと登攀させた。かれの四人組とグリッグの組はほとんど横に並んでおり、エロックの組は十五メートル下になっていた。鹿角の斧が氷をつついて削り、きらきら光る破片を滝のように木々の上に落としていた。石の鎚が鉄串を深く氷に打ちこんで、ロープの留め具の役目をさせた。だが、半分も登らないうちに鉄串はなくなってしまったので、その後、登攀者たちは角や、尖らせた骨を使った。そして、どうしようもなく固い氷をブーツのスパイクで何度も、何度も、何度も蹴って、足がかりを作った。〝かれらの足はしびれているにちがいない〟とジョンは四時間がたつころまでに思った。〝あれを、いつまで続けられるだろうか？〟かれは族長《マグナー》と同様に落ち着かない気分で見つめながら、遠くでゼン族の角笛の音がしないかと耳を澄ましていた。しかし、角笛は沈黙したままだった。そして、〈冥夜の守人《ナイツ・ウォッチ》〉がいる気配もなかった。

六時間が経過し、ジャールは〈山羊のグリッグ〉の上に出ていた。そして、かれの部下《マグナー》たちも後続組との間隔を広げていた。「あのマンスのペットは剣が欲しいにちがいない」族長が目に手をかざしながらいった。太陽は空高く昇っていた。そして、〈壁〉の上三分の一は下から見るとクリスタルのように青く見え、目が痛くなるほど明るい光を反射していた。ジャールの四人組とグリッグの四人組は、その光芒のなかにすっかりかくれてしまった。だが、エロックのチームはまだ影の中にいた。かれらは上に登るかわりに、百五十メートルほどじりじりと横に動いて、チムニーを目指していた。一寸刻みに進むかれらの動きをジョンが見つめていると、音が聞こえた——氷が転がるようなガリッという突然の音。続いて驚愕の叫び声。それから破片、悲鳴、そして転落する人々の音が空気を満たした。厚さ三十センチ、十五メートル四方の氷の層が〈壁〉から分離して、ゴロゴロ、バラバラ、ドカドカと、下にあるすべてを巻きこんで落ちてきたのだ。下の尾根の麓にまでも、木々の間をいくつかの塊がくるくるまわりながら落下し、斜面を転がり落ちてきた。ジョンはイグリットをつかみ、体の下に入れてかばった。ゼン族の一人は氷塊を顔に受けて、鼻を折った。

それから上を見ると、ジャールとそのチームは消えていた。人もロープも串も、すべてなくなっていて、二百メートル上には何も残っていなかった。ほんの一瞬前に登攀者がしがみついていた〈壁〉にひとつの傷ができていた。内部の氷は、磨かれた大理石のようになめらかで白く、日光を反射していた。そのずっとずっと下にひとつのかすかな赤い汚れがあった。それはだれかが氷の小尖塔にぶつかってつぶれた跡だった。

〝壁はみずからを守る〟ジョンはイグリットを引き起こしながら思った。

ジャールが一本の木にひっかかっているのが見えた。かれは折れた枝に串刺しになっており、その下にくずおれている三人の男たちとロープでつながっていた。一人はまだ生きていたが、両足と背骨が砕け、肋骨の大部分も砕けていた。「慈悲を」かれらがそばに行くと、その男はいった。ゼン族の一人が大きな石の棍棒でその男の頭を叩きつぶした。族長《マグナー》が命令を下し、その部下が火葬の薪を集めはじめた。

死者たちが焼けている間に、〈山羊のグリッグ〉が〈壁〉の頂上に達した。エロック組の四人がそれに合流したころには、ジャールとそのチームは骨と灰以外何も残っていなかった。

このころには日が沈みかけていた。だから、登攀者たちに時間はほとんど残っていなかった。かれらは胸に巻いていた長い麻縄のコイルを伸ばし、全員の体に縛りつけ、その端を下に投げ下ろした。あのロープで百五十メートル登るのかと思うと、ジョンは怖くなった。だが、マンスはもっとよいことを考えていた。ジャールが下に残した侵入者たちは桶から巨大な縄梯子を取り出した。その横桟は麻を撚《よ》り合わせたもので、太さは人の腕ほどもあった。そして、それを登攀者のロープに結びつけた。エロックとグリッグとその部下たちが唸り、力をこめて、それを引き上げ、頂上に固定し、それからまたロープを下ろして、もうひとつの縄梯子を引き上げた。縄梯子は全部で五つあった。

すべての用意が整うと、族長《マグナー》が古代語でぶっきらぼうに命令を下した。すると、かれの部下のゼン族の五人が一緒に登りはじめた。梯子があったとしても、登攀は楽ではなかった。イグリットはかれらが苦闘するのをしばらく見つめていた。「この〈壁〉大嫌い」彼女は怒りのこもった低い声でいった。「あれがどんなに冷たいかわかる？」

「氷でできているからな」ジョンは指摘した。

「あんた、何にも知らないんだね、ジョン。この壁は血でできているんだよ」

だが、壁はまだ血を飲み足りないようだった。日没までに、ゼン族の二人が梯子から落ちて死んだ。だが、死んだのはかれらが最後だった。ジョンが頂上に達したのは真夜中近かった。また星が出ていた。そして、登攀を終えたイグリットが震えていた。「わたし、落っこちるところだった」彼女は目に涙を浮かべていった。「二度も。三度も。〈壁〉はわたしを振り落とそうとしていた。それが感じられたのよ」涙の一粒が目から離れて、ゆっくりと頬を流れ落ちた。

「最悪の部分は終わったんだ」ジョンは自信ありげに聞こえるようにいった。「怖がらなくていい」かれは彼女の肩を抱えようとした。

イグリットは手のひらの付け根でかれの胸を強く叩いた。それは、ウール、鎖帷子《チェーン・メイル》、そして硬革《ボイルド・レザー》の層を透してさえ痛いと感じるほど強い殴打だった。「わたし怖がってなんかいなかった。あんた何にも知らないのね、ジョン・スノウ」

「では、なぜ泣いている？」

「怖いからではない！」彼女は足の下の氷を踵で乱暴に蹴って、一片の氷を欠いた。「わたしが泣いているのは、〈冬の角笛〉がどうしても見つからなかったからよ。五十基もの墓をあばいて、あれらの亡霊を全部世の中に解放してやったのに、この冷たいものをやっつけるための〈ジョラマンの角笛〉がどうしても見つからなかったからよ」

31――ジェイミー

手が焼けた。

血だらけの手の切り株を焼くのに使った松明を、かれらが消したずっと後までも、今もなお、今もなお、何日もたった今でさえも、かれはあの火が腕を突き上げるのを感じ、指が炎の中で捩じれるのを感じた。もはや存在していない指が。

以前にも傷を負ったことはあった。しかし、このようなのははじめてだった。このような苦痛が存在するとは決して思っていなかった。昔の祈りの文句が、思わず知らず唇から漏れることがあった。子供のころ覚えた祈りで、それ以来一度も思い出したことのない祈りの文句が。キャスタリーの磐城《ロック》の聖堂《セプト》で、サーセイと並んでひざまずいて、はじめて唱えた祈りの文句が。ときには泣いたことさえあった。しかし、〈血みどろ劇団〉のやつらの笑い声を聞くと、かれは目を乾かし、心を殺し、自分の熱が涙を燃やしてしまうことを祈った。〝今にして、ティリオンがどのように感じていたか思い知った。人に嘲笑されたときのかれの気持ちを〟

二度、馬の鞍から転落した後、かれらはジェイミーをタースのブライエニーにしっかり縛りつけて、ふたたび一頭の馬に乗せた。ある日は、二人の背中と胸を重ね合わせずに、面と向かって縛り合わせた。「恋人どうしだ」シャグウェルがためいきまじりに大きな声でいった。「それにしても、こいつらはなんと美しい見ものだろう。立派な騎士さまとその奥方を離しておくのは残酷だからなあ」それから、いつものかん高い笑い声をたてて、いった。

「ああ、しかし、どっちが騎士で、どっちが奥方だ？」

〝もし、手があったら、すぐにきさまに思い知らせてやるのに〟とジェイミーは思った。両腕と両足は綱で縛られて痺れていた。だが、しばらくすると、まったく気にならなくなった。かれの世界は、切り取られた手の疼きと、ブライエニーの体が押しつけられている感じだけに縮小してしまった。〝彼女は少なくとも温かい〟そう思ってかれはみずからを慰めた。もっとも、その女の息は自分自身の息と同じくらい悪臭がしたが。

かれの手はいつも二人の間にあった。アースウィックがそれを紐で首に吊るしたからである。だから手はかれの胸にぶら下がり、ジェイミーが意識と無意識の間を出入りするたびに、ブライエニーの胸をぴしゃぴしゃと叩いた。右目は腫れてふさがっていた。争ったときにブライエニーに切られた傷が炎症を起こしているのだ。しかし、もっとも痛むのは手だった。切り口から血と膿《うみ》が流れだし、馬が脚を進めるたびに、ないはずの手が疼いた。

喉がひりひりして食事ができなかったが、ワインを与えられたときには飲んだ。そして、水しか与えられないときには水も飲んだ。ある時、かれらはカップをかれに与えた。かれはすぐさま震えながら飲み干した。すると〈勇武党《ブレイヴ・コンパニオンズ》〉の連中が耳が痛くなるほどの大きな声で大笑いをした。「おまえが飲んでいるのは馬の小便だぞ、〈王殺し《キングスレイヤー》〉」ロージがいった。ジェイミーはあまりにも喉が渇いていたので、とにかく飲んだが、後で全部吐いてしまった。かれらはブライエニーにかれの髭にかかった嘔吐物を拭き取らせた。ちょうど、かれが鞍の上で粗相をしたときに、彼女に拭き取らせたのと同様に。

ある湿った冷たい朝、ちょっと体力が回復したように感じたとき、ひとつの狂気がかれにとりついた。かれは左手を伸ばして、ドーン人の剣をむりやりに鞘から抜き出した。〝殺すなら殺せ〟とかれは思った。〝剣を手にして、闘って死ぬなら本望だ〟ところが運がなかった。シャグウェルがぴょんぴょんと跳びはねながらやってきたので、ジェイミーが切りつけると、かれはすばやく跳びのいた。ジェイミーはバランスを崩して前方にたたらを踏みながら、その道化師めがけて激しく切りつけた。しかし、シャグウェルはくるりとまわって、ひょいと頭を下げ、走り出した。結局、一撃を加えようとするジェイミーの無駄な努力を、〈劇団〉の全員が嘲笑うことになった。かれが石につまずいて膝をつくと、道化師はぴょんと飛びついてかれの頭に湿ったキスをした。

最後にロージが道化師を払いのけ、ジェイミーが弱々しい指で剣を振り上げようとすると、その手から剣を蹴飛ばした。「とても、おもしろかったぞ、キングスレイヤー」ヴァーゴ・ホウトがいった。「たか、またやったら、もういっぽうのてもきりとるぞ。いや、あしにしようかな」

その後、ジェイミーは仰向けに横たわり、夜空を見上げて、右腕を動かすたびに蛇のように這い上がってくる痛みを感じないように努力した。その夜は奇妙に美しかった。月は優雅な三日月で、こんなに多くの星を見たことがないように感じられた。王冠が天頂にあり、牡馬が後脚で立ち上がっているのが見え、白鳥もあった。月の乙女はいつものように恥ずかしそうに松の木の陰になかば隠れていた。〝こんな夜がどうして美しいのだろうか？〟かれは思った。〝どうして、おれのような者を星々が見下ろしたいと思うのだろうか？〟

「ジェイミー」ブライエニーがささやいた。夢の中で聞いたと思われたほどかすかに。「ジェイミー、何をしているの？」

「死にかけている」かれはささやき返した。

「だめ」彼女はいった。「だめよ、生きなくては」

かれは笑いたくなった。「おれに指図をするな、あまっ子。死にたいと思えば死ぬんだ」

「そんなに臆病者なの？」

この言葉はかれにショックを与えた。自分はジェイミー・ラニスターであり、〈王の楯《キングズガード》〉の一員であり、〈王殺し《キングスレイヤー》〉だ。いまだかつて、だれも自分を臆病者と呼んだやつはいない。そう、他の呼び方はした――破戒者、嘘つき、人殺しなどと。人々はかれを残酷で、不忠で、無責任だと呼んだ。しかし、臆病者とは決していわなかった。「死ぬ以外に、他に何ができる？」

「生きるのよ」彼女はいった。「生きる。そして、闘う。そして復讐する」しかし、彼女の声が大きすぎた。たとえ言葉は聞き取れなかったとしても、ロージが彼女の声を聞いた。そして、そばにやってきて、舌が大事なら、そのきたない舌を慎めと叫びながら、彼女を蹴りつけた。

〝臆病者か〟ジェイミーは思った。ブライエニーが必死にうめき声を出さないようにしているときに。〝こんなことがありうるだろうか？　おれは右手を切り取られた。あれがおれの全財産だったのか、剣を持つ手が？　なんたることだ、本当にそうなのか？〟

小娘のいうことは正しかった。かれは死ぬわけにはいかなかった。サーセイがかれを待っていた。彼女はかれを必要とするだろう。そして、ティリオンがいる。たとえ嘘だとしてもかれを愛しているという小さな弟がいる。そして、敵も待っている。〈ささやきの森〉でかれを打ち負かし、かれを囲む家来たちを殺したあの〈若き狼〉がいる。エドミュア・タリーがいる。かれはジェイミーを鎖につないで暗闇に閉じこめた。そして、これらの〈勇武党〉もいる。

朝になると、かれは無理に食べた。かれらはジェイミーにオート麦の粥を与えた。馬の餌だ。しかし、かれはすべてスプーンですくって無理に飲みこんだ。そして、夕方にも食べた。そして、次の日にも。〝生きろ〟かれは自分を叱咤した。麦粥で吐きそうになりながら。〝生きろ、サーセイのために、生きろ、ティリオンのために、生きろ、復讐のために。ラニスターは、つねに借りを返す〟かれの失われた手が疼き、焼けつくように痛み、悪臭を放った。〝キングズ・ランディングに着いたら、新しい手を作らせよう。黄金の手を。そして、いずれ、それを使ってヴァーゴ・ホウトの喉を引きちぎってやる〟

苦痛の霧の中で、昼も夜も区別がつかなくなった。鞍の上で眠り、ブライエニーに押しつけられ、鼻は腐りつつある手の悪臭でいっぱいになった。それから、夜には目覚めたまま固い地面に横たわり、目覚めたまま悪夢にうなされた。それほど弱っているのに、かれらはジェイミーをいつも木に縛りつけた。今でさえも、かれらが自分を恐れていると知り、冷たい慰めのようなものを感じた。

ブライエニーはいつもかれの横に縛られていた。彼女は一言も口をきかずに、大きな死んだ牛のように縛られて横たわっていた。〝この娘は心の内部に砦を築いている。やつらはすぐにでも彼女を強姦するだろうが、その城壁の中にいる彼女に触れることはできない〟しかし、ジェイミーの城壁はなくなってしまった。かれらはジェイミーの手を切り取った。かれの〝剣を持つ手〟を取ってしまった。それがなければ、かれは何者でもない。もう片方の手はかれにとってなんの役にも立たない。歩けるようになって以来、かれの左手は楯を持つ腕であって、それ以外ではなかった。かれを騎士にしたのはその右手であり、かれを男にしたのはかれの右腕であった。

ある日、アースウィックがハレンの巨城《ホール》について何かいうのが聞こえた。そして、一行の目的地がそこであることを思い出した。そう思うと、かれは大声で笑った。すると、それを聞いて、ティメオンが長く細い鞭でかれの顔を打った。顔が切れて出血したが、手の苦痛にくらべれば、ほとんど感じないといえるほどだった。「なぜ、笑った？」その夜、娘が小声でたずねた。

「ハレンホールはおれが白いマントを与えられた場所だった」かれはささやき返した。「ウェント家の武術大会でだ。ウェント公は自分の大きな城と立派な息子たちをわれわれみんなに見せたかった。おれも自分を見せびらかしたかった。まだわずかに十五歳だったが、あの日、おれを打ち負かすことができるやつはいなかったろう。残念ながらエイリスは決しておれに馬上槍試合をさせなかったけれど」かれはまた笑った。「かれはおれを遠ざけた。しかし、今、おれは戻っていくのだ」

かれらはその笑い声を聞いた。その夜、蹴られ、殴られたのはジェイミーだった。かれはそれもほとんど感じなかったが、最後にロージがかれの手の切り口をブーツでしたたかに蹴った。すると、かれは失神してしまった。

かれらがついにやってきたのは、その次の夜だった。最悪の三人——〈道化のシャグウェル〉、鼻なしのロージ、それと、ドスラク人の〈でぶのゾロ〉が。こいつがかれの手を切り取ったやつだった。ゾロとロージはそばに来ながら、どちらが先にやるか口論していた。道化師が後になるのに疑問の余地はないようだった。シャグウェルは二人とも一緒に、前後からやろうと提案した。ゾロとロージはその考えが気に入ったが、それからたちまち、だれが前からやり、だれが後ろからやるかについて争いはじめた。

〝かれらはブライエニーをめちゃめちゃにしてしまうだろう、しかし心の中は別だ。そこは外からは窺い知れない〟「娘」かれはゾロとロージが罵り合っている間にささやいた。「やつらには肉を与えて、きみはずっと遠ざかっていろ。そのほうが早く終わる。そして、そのほうがかれらの楽しみは少ない」

「わたしの与えるものから、かれらは快楽を得られないだろう」彼女は傲然とささやき返した。

〝愚かで、頑固で、勇気のあるあまっ子だ〟ブライエニーが死ぬほど辛い目にあわされると、かれにはわかっていた。〝だからといって、おれが心配することはないだろう？　もし彼女があんなに強情でなかったら、おれにはまだ手があったろうに〟だが、かれは自分がささやいているのを聞いた。「やつらにはやらせておけ、自分は内部に閉じこもれ」スターク父子がかれの目の前で死んだとき、かれはそうしていたのだった。リカード・スターク公が甲冑の中で煮えているときに、その息子のブランドンは父親を救おうとしてみずから窒息してしまったのだった。「もしレンリーを愛しているなら、レンリーのことを考えろ。タースのことを思い出せ、山や海や池や滝を。おまえのサファイアの島にある物をなんでも、思い出せ……」

しかし、この時にはロージが仲間うちの議論に勝っていた。「おまえはおれが見たもっとも醜い女だ」かれはブライエニーにいった。「だが、おれがおまえをもっと醜くすることができないとは思うなよ。おれのような鼻が欲しいか？　抵抗したらくれてやるぞ。そして目が二つ。それでは多すぎる。ひとつ悲鳴を上げたら、一個ほじりだして、喰わせてやる。それから、その乱杭歯を一本一本引っこ抜いてやるからな」

「おう、そうしてくれよ、ロージ」シャグウェルが頼んだ。「歯がないと、彼女はおれの年とったおふくろとそっくりになる」ゲラゲラ笑って、「そして、おれはいつも、年とったおふくろの尻の穴でやりたいと思っていたんだ」

ジェイミーはくすくす笑った。「おかしな道化だな。謎かけをしてやろう、シャグウェル。なぜ彼女が悲鳴を上げちゃいけないんだ？　おう、待てよ、わかったぞ」かれは叫んだ。「サファイアだな」できるだけ大きな声で。

ロージは罵りながら、またかれの手の切り口を蹴った。ジェイミーは大きな悲鳴を上げた。〃世の中に、このような苦痛があるとは決して知らなかった〃こう考えたのが、覚えている最後だった。どのくらい長く失神していたかわからなかった。だが、苦痛がかれを吐き出したとき、アースウィックがそこにいて、ヴァーゴ・ホウト自身もそこにいた。「かのしょにさわるな」〈山羊〉はゾロにつばきを吐きかけながら、かん高い声でいった。「かのしょはしょでなくてはならん、このはかやろう！　サハイアひとふくろのかちがあるのたぞ！」こうして、この夜以後、ホウトは毎夜かれらに見張りをつけた。自分の家来から守るために。

この娘がついにささやく勇気を見出すまでに、二晩が静かに過ぎた。「ジェイミー？　なぜ叫んだの？」

「なぜ〃サファイア〃と叫んだか、ということだな？　頭を使えよ、娘。おれが〃犯される！〃と叫んでも、こいつらが問題にしただろうか？」

「叫ぶ必要は全然なかったのに」

「鼻で見るのは、とても難しいぞ。しかも、おれは〈山羊〉に〝サハイア〟といわせたかったのさ」かれはくすくす笑った。「おれがこんな嘘つきで、おまえはよかったなあ。名誉を重んじる男なら、サファイア島の真実を話してしまったろうに」

「とにかく」彼女はいった。「礼をいいます」

かれの手がまた疼いた。かれは歯を食いしばっていった。「ラニスターは借りを返す。これはあの川の礼だ。そして、ロビン・ライガーにおまえが落としたあの岩の礼だ」

〈山羊〉はかれらを引きずって入城する演出を試みた。それでジェイミーはハレンホールの城門から二キロ手前で馬から下ろされて、腰に縄を巻かれ、ブライエニーの腰にも縄が巻かれた。それらの縄の端はヴァーゴ・ホウトの鞍の前橋に結びつけられた。二人はクォホールの縞馬の後ろに並んで、よろよろと引かれていった。

激しい怒りがジェイミーに歩く力を与えた。手の切り株を包んだ亜麻布は灰色になり、膿の悪臭を放っていた。一歩あるくごとに、幻の指が悲鳴を上げた。〝おれはやつらが考えているよりも強い〟かれは思った。〝おれはまだラニスターだ。まだ〈王の楯《キングズガード》〉の一員だ〟かれはハレンホールに到達するつもりだし、それからキングズ・ランディングに行くつもりだった。生きるつもりだった。〝そして、この負債に利子をつけて返してやるぞ〟

ハレンの巨大な城の、断崖のような城壁に近づくと、ブライエニーがかれの腕を強くつかんだ。「ボルトン公がこの城を占領している。ボルトン家はスターク家の旗主だ」

「ボルトン家は敵の皮を剝ぐぞ」ジェイミーはこの北部人について、そのくらいの記憶はあった。ティリオンだったらドレッドフォート城の城主について、知るべきことはすべて知っていただろうに。しかし、ティリオンは何千キロも遠方で、サーセイのところにいた。〝おれはサーセイが生きている間に死ぬことはできない〟かれは自分にいい聞かせた。〝おれたちは一緒に生まれたように、一緒に死ぬのだ〟

城壁の外側の城下町は焼けて灰と黒焦げの石だけになっていて、最近では、多くの人と馬が湖岸に野宿をしていた。そこは、偽りの春の年に、ウェント公が武芸大会を開いた場所だった。その荒れた地面を横切るとき、ジェイミーの唇に皮肉な笑いが浮かんだ。かつてかれが王の前にひざまずいて、忠誠の誓いをしたまさにその場所に、だれかが便所の溝を掘っていたからである。〝あの甘美な時間が、こんなに早く酸っぱい時間に変わるなんて、夢にも思わなかったぞ。エイリスはそれを一晩たりともおれに味わわせようとはしなかった。かれはおれに名誉を与え、それから、つばを吐きかけやがった〟

「旗印を見て」ブライエニーが見ていった。「皮を剝がれた男と双子の塔です、ほら。ロブ王に忠誠を誓った人々だ。あそこの城門楼の上に、白地に灰色の大狼《ダイアウルフ》の旗を掲げている」

ジェイミーは首をひねって見上げた。「なるほど、たしかにきみの狼だな」かれは認めた。「そして、その両側にあるのは人間の首だな」

兵士、召使、そして戦場売春婦たちがかれらを嘲るために集まってきた。その後から、一匹の斑《まだら》の牝犬が野営地の間を通ってきて、吠えたり、唸ったりしていたが、やがてライス人の一人がそいつを槍で突き刺して、行列の先頭に走っていった。「おれは〈王殺し《キングスレイヤー》〉の旗持ちだぞ」かれは叫んで、犬の死骸をジェイミーの頭の上で振った。

ハレンホールの城壁はあまりにも厚いので、その下を通るのは、まるで石のトンネルを抜けていくようだった。ヴァーゴ・ホウトは自分たちの到着を知らせるために、家来のドスラク人を二人先行させていた。だから、外側の庭は野次馬で埋まっていた。かれらはジェイミーがよろよろと通っていくと道を開け、歩みがのろくなると、腰に巻いた縄を引っ張った。

「キンクスレイヤーをおまえたちにくれてやるぞ」ヴァーゴ・ホウトが持ち前のだらしない発音で宣言した。ジェイミーの背中のくびれを、だれかが槍で突いたので、かれはうつ伏せに倒れた。

かれは本能的に両手を伸ばして倒れるのを防いだ。手の切り株が地面に激突した苦痛は目がくらまんばかりだったが、なんとか片膝をついて体を起こすことができた。かれの前には、幅の広い石段がハレンホールの壮大な円塔のひとつの入り口に通じていた。五人の騎士と一人の北部兵が立って、かれを見下ろしていた。その一人は目が青くてウールと毛皮をまとい、五人は鎖帷子《チェーン・メイル》と板金鎧《プレート・アーマー》を着て、猛々しく、外衣には双子の塔の紋章をつけていた。

「フレイ家はお怒りでしょう」ジェイミーは断言した。「サー・ダンウェル、サー・エイニス、サー・ホスティーン」かれはウォルダー公のこの息子たちを見知っていた。なんといっても、かれの叔母がその一人と結婚しているのだから。「心からお悔やみ申し上げる」

「なんのことかな、サー?」サー・ダンウェル・フレイがいった。

「ご兄弟の息子、サー・クレオスのことです」ジェイミーはいった。「かれは、無法者が矢を射かけるまで、われわれと一緒にいました。アースウィックとこの連中がかれの持ち物を奪い、遺体を狼に与えたのです」

「殿がた！」ブライエニーは束縛を振り払い、進み出た。「あなたがたの旗印を見ました。味方ならわたしの話を聞いてください！」

「そういうきみはだれだ？」サー・エイニス・フレイがたずねた。

「ラニスターの乳母た」とホウト。

「わたしはタースのブライエニー。〈夕星《ゆうずつ》〉ことセルウィン公の娘。あなたがたと同様にスターク家に忠誠を誓っています」

サー・エイニスは彼女の足元に唾を吐いた。「おまえが誓うのは勝手だ。われわれはロブ・スタークの言葉を信じた。だが、かれはわれわれの信頼を裏切った」

〝こいつはおもしろくなってきたぞ〟ジェイミーは体を捩じって、この非難にブライエニーがなんと答えるか見ようとした。だが、その娘ははみを嚙まされた驢馬のようにひたむきだった。「裏切りのことなど知りません」彼女は手首の縄を激しくこすった。「レディ・キャトリンがわたしに命じたのです。ラニスターをキングズ・ランディングにいる弟に届けるようにと——」

「われわれがこいつらを見つけたとき、彼女はかれを溺死させようとしていたぞ」〈酒びた《フェイス》り《フル》のアースウィック〉がいった。

彼女は顔を赤らめた。「怒りのためにわれを忘れたのです。でも、決してかれを殺すつもりはありませんでした。もしかれが死ねば、ラニスター家はわたしの主人の娘を剣にかけるでしょう」

サー・エイニスは動じなかった。「それとわれわれとどんな関係がある？」

「身代金を取って、かれをリヴァーラン城に返せ」サー・ダンウェルが促した。

「キャスタリー・ロック城のほうがもっと金持ちだぞ」兄弟の一人が反対した。

「殺せ！」もう一人がいった。「かれの首を取れ。ネッド・スタークの首の代わりだ！」

灰色と桃色の道化服を着た〈道化のシャグウェル〉が階段の下までとんぼ返りをしてやってきて、歌いだした。「むかしむかし、熊と踊った獅子がいた、おーや、おーや……」

「たまれ、とうけし」ヴァーゴ・ホウトがその男を平手打ちした。「キンクスレイヤーはくまのものてはない。かれはおれのものた」

「死ねば、だれのものでもなくなる」ルース・ボルトンはとても小さな声でしゃべるので、かれの話を聞くにはみんな静かにしなければならなかった。「そして、どうか思い出してくれよ。わたしが北に軍を進めるまでは、きみはハレンホールの主人ではないのだよ」

熱のために、ジェイミーは軽率になっていただけでなく恐怖をも忘れた。「これがドレッドフォート城の城主だなんてことがありえようか？　この前、聞いたところでは、おまえはわが父に攻められて、尻尾を巻いて逃げ去ったそうだな。逃げるのをいつやめたのかね、殿さま？」

ボルトンの沈黙は、ヴァーゴ・ホウトの舌足らずの悪口の百倍も恐ろしかった。朝霧のように青白いその目は、何かを語るよりもむしろ隠した。ジェイミーはその目に嫌悪を感じた。その目は、キングズ・ランディングで〈鉄の玉座〉にすわっているところをネッド・スタークに見つかった日のことを思い出させた。ドレッドフォート城の城主は結局、口をすぼめていった。「きみは片手を失ったな」

「いいや」ジェイミーはいった。「ここにありますよ。首からぶら下がっています」

ルース・ボルトンは手を下げて、紐を切り、その手をホウトに投げつけた。「これを持ち去れ。見ると気持ちが悪くなる」

「かれのちちおやに、おくってやります。十万トラコンはらわなけれは、キンク、スレイヤーをひときれ、ひときれ、おくりかえすといってやります。そして、そのかねをうけとったら、サー・ジェイミーをカースタークにおくって、おとめをひとりもらうことにします！」〈勇武党〉から大きな笑い声が起こった。

「すばらしい計画だ」〝すばらしいワインだ〟と食事仲間にいうのと同じ調子でルース・ボルトンがいった。「もっとも、カースターク公はきみに娘を与えるつもりはないだろうがね。反逆と殺人の罪で、ロブ王がかれの身長を首ひとつ短くしてしまったからな。タイウィン公については、かれはキングズ・ランディングに残っていて、新年まで留まっているだろう。新年に、かれの孫がハイガーデン城の娘を嫁にもらうのだ」

「ウィンターフェル」ブライエニーがいった。「ウィンターフェル城のことでしょう。キング・ジョフリーはサンサ・スタークと婚約しています」

「もう、その婚約は解消した。ブラックウォーターの合戦が、すべてを変えた。薔薇と獅子はあそこで同盟を組み、スタニス・バラシオンの大軍を粉砕し、かれの艦隊を燃やして灰にしてしまった」

〝警告したじゃないか、アースウィック〟ジェイミーは思った。〝そして、おまえ、〈山羊〉も。獅子の負けに賭けると、おまえらは財布以上のものを失うのだぞ〟「姉の消息は？」かれはたずねた。

「彼女は無事だ。きみの……甥もね」ボルトンは〝甥〟という前に間をおいた。それは〝おれは知っているぞ〟という意味の間だった。「きみの弟も生きている。戦いで傷を受けたがね」鋲を打った胴甲をつけた陰気な北部人に、かれは合図をした。「サー・ジェイミーをクァイバーンのところに案内しろ。そして、この女の手の縄を解け」ブライエニーの手首の縄が断ち切られると、かれはいった。「どうかお許しを、マイ・レディ。このような混乱した時期には、味方と敵を見分けるのが困難なのです」

ブライエニーは麻縄で擦れて血が出た手首の内側をさすった。「殿さま、この者たちはわたしを犯そうとしましたよ」

「本当に？」ボルトン公は青白い目をヴァーゴ・ホウトに向けた。「けしからんな。そのことも、サー・ジェイミーの手のことも」

中庭には〈勇武党〉一人に対して、北部人が五人と、それと同数のフレイ家の家臣がいた。〈山羊〉はそれほど利口でないかもしれないが、少なくともこれは重大だと判断することはできた。そして沈黙した。

「かれらはわたしの剣を奪いました」ブライエニーはいった。「そして甲冑も……」

「ここでは甲冑は不要です、マイ・レディ」ボルトンは彼女にいった。「ハレンホールでは、あなたはわたしの保護下にあります。アマベル、レディ・ブライエニーのために適当なお部屋を用意しろ。ウォルトン、おまえは今すぐにサー・ジェイミーの面倒を見ろ」かれは返事を待たずに、毛皮で縁取りしたマントをひるがえしてぐるりと向きを変え、階段を登っていった。ジェイミーとブライエニーが落ち着いて目を合わせる暇もなく、二人は別々に連れ去られた。

使い鴉小屋の下の学匠《メイスター》の部屋で、クァイバーンという名の白髪の慈父のような男が、ジェイミーの手の切り株から亜麻布を切り開いて、ハッと息を飲んだ。

「そんなにひどいのか？　おれは死ぬのか？」

クァイバーンは指で傷を押し、ほとばしる膿汁を見て鼻にしわを寄せた。「いいえ。でも、あと数日たっていたら……」かれはジェイミーの袖を切り取った。「腐敗が広がってしまいました。ごらんなさい、肉がこんなに柔らかくなっているでしょう？　全部、切り取らなければなりません。もっとも安全な方法は、腕を根元から切り取ることです」

「そうしたら、おまえが死ぬぞ」ジェイミーは断言した。「切り株を消毒して、縫ってくれ。運を天に任せるぞ」

クァイバーンは顔をしかめた。「肘から切断して、上腕を残すことはできるでしょうが、しかし……」

「腕のどの部分でも切除してみろ。そうしたら、もう片方も切り取ったほうがいいぞ。さもないと、後から、残った手でおまえを絞め殺してやるからな」

クァイバーンはかれの目を覗きこんだ。そこに何を見たにしても、かれは躊躇した。「わかりました。腐った肉を切除するだけにして、それ以上のことはしません。沸騰したワインとイラクサの湿布とカラシナの種子とそしてパン黴《カビ》で、腐敗を焼き尽くしてみましょう。もしかしたら、それで充分かもしれません。これはあなたの責任ですよ。罌粟《ケシ》の汁をお飲みになりたいでしょう――」

「要らない」ジェイミーは眠らされたくなかった。この男が何をいうにしても、自分が目覚めたときに、腕が短くなっているかもしれないから。

クァイバーンは仰天した。「痛みますよ」

「そしたら、悲鳴を上げる」

「猛烈な痛みですよ」

「猛烈な悲鳴を上げる」

「少なくとも、ワインをお飲みになりませんか？」

「総司祭《ハイ・セプトン》は祈ることがあるか？」

「その点は詳《つまび》らかではありません。ワインをお持ちしましょう。横におなりなさい。ぜひともその腕を縛りつけねばなりません」

クァイバーンはボウルと鋭い刃物を使って、腕の切り株を洗浄した。その間、ジェイミーは強いワインをがぶ飲みし、作業中に自分の体じゅうに振りかけてしまった。左手は口がどこにあるか探すことができないようだった。しかし、これには多少の利点があった。ずぶ濡れの髭に溜まったワインの匂いが、膿の悪臭をごまかす役に立ったからである。

腐った肉を削り切り取る段階になると、何物も助けにはならなかった。ここでジェイミーは悲鳴を上げた。そしていいほうの拳でテーブルを何度も、何度も、何度も、何度も叩いた。クァイバーンが切り株の残りに沸騰したワインを注ぐと、かれはまた悲鳴を上げた。すべての大言壮語とすべての心配にもかかわらず、かれはしばらくの間、失神した。意識が戻ると、メイスターは針と腸線を使って、腕を縫っていた。「切り口を覆うために、皮膚の一部を残しておきました」

「おまえ、前にもこの手術をやっているな」ジェイミーは弱々しくつぶやいた。舌を噛んだらしく、口に血の味がした。

「ヴァーゴ・ホウトに仕える者で、手足の切り株を知らない者はありません。かれはどこに行っても、それをつくるのですよ」

クァイバーンは極悪人のようには見えない、とジェイミーは思った。かれは控えめで、口調の柔らかな、温かい茶色の目をした男である。「どうしてメイスターが、〈勇武党〉と一緒に戦《いくさ》に出るようになったのだ?」

「〈知識の城《シタデル》〉から学鎖を剝奪されたのです」クァイバーンは針をしまった。「目の上の傷も、なんとかしなくてはなりません。肉がひどい炎症を起こしています」

ジェイミーは目をつぶって、ワインとクァイバーンに仕事をさせた。「戦のことを話してくれ」ハレンホールの使い鴉飼いとして、クァイバーンはニュースを最初に知る立場にある。

「スタニス公はあなたの父上と炎素《サブスタンス》の挟み撃ちにあいました。噂では、〈小鬼《インプ》〉が河そのものを燃やしたそうです」

ジェイミーは緑色の炎がもっとも高い塔よりもさらに高く空に立ち昇り、町じゅうで燃える人々が悲鳴を上げるのを見た。〝この夢は以前にも見たことがあるぞ〟それはほとんど可《お》笑《か》しいといってもよい光景だったが、この冗談に調子を合わせる者はいなかった。

「目を開けて」クァイバーンは布をお湯に浸して、乾いた血のかさぶたを軽くこすった。まぶたは腫れていた。しかし、無理をすれば目を途中まで開けることができるとわかった。クァイバーンの顔が上にあった。「この傷はどうして受けたのですか？」メイスターはたずねた。

「女の贈り物だ」

「手荒く口説いたのですか、マイ・ロード？」

「この女はおれよりも大きくて、おまえよりも醜い。おまえ、彼女の治療もしてやったほうがいい。争ったときにおれが剣で突いた足を、あいつはまだ引きずっている」

「後で手当てをしましょう。その女は、あなたのなんなのですか？」

「保護者だよ」ジェイミーは思わず笑ってしまった。笑うとどんなに痛いにしても。

「薬草を挽いて粉にしますから、それをワインと混ぜて飲んでください。熱さましになります。明日また来て、悪い血を抜くためにその目に蛭《ヒル》をつけます」

「蛭か。かわいらしいなあ」

「ボルトン公は蛭が大好きです」クァイバーンはしかつめらしくいった。

「そうか」ジェイミーはいった。「いかにも、やつらしいな」

32――ティリオン

〈王の門〉の先には、泥と灰と焼けた骨片以外には何も残っていなかった。だが、すでに街の城壁の陰で人々が暮らしていた。そして、手押し車や樽を使って魚を売っている者もいた。ティリオンはそこを馬で通っていきながら、かれらの目を意識した。怒りのこもった、同情のこもらない、冷たい目を。油を塗った黒い鎖帷子《チェーン・メイル》を着たブロンが横にいるときには、だれもあえてかれに話しかけなかったし、また道を遮ろうとする者もなかった。〝だが、もしおれ一人なら、かれらはアーロン・サンタガーにそうしたように、おれを馬から引きずり下ろして、玉石で顔をつぶすだろう〟

「かれらは鼠よりも早く戻ってくるのだなあ」かれは不満をいった。「一度、火をかけて追い出せば、懲りると思ったのに」

「二、三十人の金色《こんじき》のマントを与えてくれれば、皆殺しにしてやりますよ」とブロンがいった。「一度死ねば、戻ってきませんからね」

「ああ、しかし、代わりに他のやつらが入ってくる。こいつらは放っておけ……しかし、もしまた城壁に差掛け小屋を建てはじめたら、すぐさま引き倒せ。この馬鹿者どもが何を考えているにせよ、戦《いくさ》はまだ終わっていないのだ」かれは前方の〈泥の門〉の様子をうかがった。「今のところ、視察はこれで充分だ。明日、組合の親方どもを連れて戻ってきて、かれらの計画を検討することにする」かれはためいきをついた。〝まあ、この大部分をおれが燃やしてしまったのだから、当然、再建もおれがやることになるのだろう〟

その仕事はかれの叔父サー・ケヴァン・ラニスターがやるはずだった。ところが、誠実で、堅実で、疲れを知らぬこの男は、息子ウィレムが殺されたという知らせがリヴァーラン城から届いて以来、正気を失ってしまっていた。そのウィレムと双生児であるマーティンはロブ・スタークの捕虜になってしまい、長男のランセルも傷が腐りかけて、治る見こみのないいま、まだ臥せっていた。息子の一人が死に、さらに二人が死の危機に瀕しているので、サー・ケヴァンは悲しみと恐怖にうちひしがれていた。タイウィン公はつねにこの腹違いの弟を頼りにしていたが、今では発育不全で体の小さな息子を頼るしかなくなったのだった。

再建の費用は破滅的なものになりそうだった。しかし、どうしようもなかった。キングズ・ランディングは王国の首都の港であり、これに匹敵する港はオールドタウンしかない。河を通行可能にする必要があった。それも早ければ早いほどよかった。〝その費用をいったいどこから捻出するか？〟この難問を考えると、〈小指《リトルフィンガー》〉が恋しくなるほどだった。ところが、かれは二週間前に北に向かって出帆してしまっていた。〝あいつがライサ・アリンとベッドをともにしながら、谷間《ヴェイル》を一緒に支配している間に、かれが残していった難問を、おれが解決しなければならないのだ〟少なくとも、かれの父親がかれに有意義な仕事を与えたことは間違いなかった。〝父はおれをキャスタリーの磐城《ロック》の跡継ぎにするつもりはない。しかし、可能なかぎり、おれを利用するつもりなのだ〟とティリオンは思った。〈泥の門〉を守る金色《こんじき》のマントの隊長が手を振って、かれらを通した。

門の内側の市場の広場には、まだ〈三人の娼婦《スリー・フォアズ》〉と名づけられた投石機がそびえ立っていたが、今では仕事もなく放置されていた。そして、玉石やピッチの樽は全部転がして運び去られていた。その背の高い木造物に子供たちがよじ登り、投石腕木《アーム》に大勢かじりついて、粗織りの服を着た猿のようにホーホーと吠え合っていた。

「ここに、金色《こんじき》のマントを何人か立てろとサー・アダムに命じるのを、もしおれが忘れたら、思い出させてくれ」ティリオンは投石機の間を通っていきながら、ブロンにいった。「愚かな子供が落っこちて背骨を折るかもしれないからな」この時、上のほうで叫び声が聞こえ、三十センチ手前の地面に馬糞の塊がはじけた。ティリオンの牝馬が後脚で立ち、かれは振り落とされそうになった。「いや、考えなおしたぞ」かれは馬を制御してからいった。「あの瘡掻《かさか》きの餓鬼どもは放っておけ。敷石の上に落っこちて、熟れすぎたメロンのようにつぶれればいいんだ」

かれは憂鬱な気分だった。それは必ずしも、少しばかりの街の悪戯小僧どもが糞を投げつけようとしたからではなかった。毎日の結婚生活が拷問だった。サンサ・スタークはまだ処女のままであり、城内の半分はそれを知っているらしかった。今朝、馬にまたがったとき、かれは馬丁の二人が後ろで忍び笑いをしているのを聞いた。にたにた笑っている馬たちの顔さえ想像できそうだった。かれは命懸けで、床入りの儀を避けた。それは寝室のプライバシーを守りたいと望んだからだった。だが、この希望は早急に潰《つい》えてしまった。このことを、寝室付きの侍女（彼女らは一人残らずサーセイのスパイなのだ）に洩らすほどサンサが愚かだったか、または、ヴァリスとその小鳥たちに罪があるかどちらかだった。

　だからといって、どんな違いがあるか？　どのみち人々はかれを嘲笑しているのである。赤の王城《レッド・キープ》の中で、かれの結婚を娯楽の源と考えなかった唯一の人間は、かれの令夫人だけだった。

　サンサの惨めな様子は、日ごとに深刻になっていった。ティリオンは彼女の他人行儀の壁を打ち破って、自分が与えたいと思っている慰めを喜んで与えたいと思ったが、それはうまくいかなかった。どんな言葉も決して彼女の目にかれを美しく見せることはないだろうし、〝また、ラニスターの一人であるという事実をいくらかでも減じるはずはなかった〟これはかれらがティリオンに与えた妻であり、これから死ぬまで一緒に暮らす相手であり、彼女はかれを憎んでいた。

　また、大きな寝台でともに過ごす夜は、また別の拷問の源だった。かれはもはや、今まで習慣にしていたように、裸で寝ることに耐えられなくなった。かれの妻はとてもよく躾けられているので、不謹慎な言葉を発することはなかったが、かれの体を見るときにその目に必ず浮かぶ嫌悪の表情に、かれはどうしても耐えることができなかった。それで、ティリオンはサンサにも寝間着を着ろと命じてしまったのだった。〝おれは彼女が欲しい〟かれは意識した。〝ウィンターフェル城が欲しい、それは確かだが、彼女も欲しい――彼女が子供であろうと、一人前の女であろうと、何者であろうと。おれは彼女を喜ばせたい。彼女の笑い声を聞きたい。いそいそと自分のそばに来させたい。彼女の喜びも悲しみも肉欲も、おれのところに持ってきてほしい〟かれは唇を歪めて苦笑いした。〝そうだ。そして、おれはジェイミーのように背が高く、〈馬を駆る山《マウンテン・ザット・ライズ》〉ことサー・グレガー・クレゲインのように強くなりたい。それがなんの役に立つにしても〟

かれの想いは自然にシェイに向かった。ティリオンはこの知らせを、自分以外の者の唇から彼女に聞かせたくなかった。それで、婚礼の前夜に彼女を自分のところに連れてくるように、ヴァリスに命じたのだった。二人はまたその宦官の部屋で会った。そして、シェイがかれの胴着の紐を解きはじめると、かれは彼女の手首をつかんで、押しやった。「待て」とかれはいった。「おまえに聞かせることがある。明日、おれは結婚することになった……」

「……サンサ・スタークと。知ってますよ」

かれは一瞬、言葉を失った。あの時にはサンサさえも知らなかったのに。「どうして、おまえが知っているんだ？　ヴァリスが話したのか？」

「ロリスを聖堂《セプト》に連れていったときに、ある小姓がそのことをサー・タラッドに話していました。かれはそれを、ある侍女から聞いたのです。その侍女はサー・ケヴァンがあなたのお父上に話しているのを聞いたのだとか」彼女は自分をつかんでいるかれの手をすり抜けて、ドレスを頭から脱いだ。いつものように、その下は裸だった。

「わたしはかまいませんよ。

彼女はほんの小娘です。あなたは彼女のお腹を大きくして、わたしのところに戻っていらっしゃい」

ティリオンの心のある部分は、彼女がもう少し冷淡でないことを期待していたのだった。〝期待していたのに〟とかれは苦々しく自嘲した。〝さあ、これで目が覚めただろう、こびとめ。おまえの情婦になってくれる女は、シェイぐらいしかいないのだぞ〟

〈泥の道〉は混雑していたが、兵士も町民も一様に、〈小鬼《インプ》〉とその護衛のために道を開けた。虚ろな目をした子供たちが足元にひしめいた。ある者は黙って訴え、あるものはやかましく物乞いをした。ティリオンは財布から銅貨をひとつかみ取り出して、ばらまいてやった。すると子供たちは大声を上げ、われさきにそれを拾った。運のよい者は、今夜、すえたパンの耳を買うことができるかもしれなかった。これまでに市場がこれだけ繁盛しているのを見たことがなかった。そして、タイレル家があれほど多くの食糧を運び入れているのに、物価は驚くほど高騰していた。銅貨六枚でメロン一個、スタッグ銀貨一枚でコーン一ブッシェル、そしてドラゴン金貨一枚で牛の脇腹肉か、六頭の痩せた仔豚。だが、買い手に不足はないようだった。痩せた男とやつれた女が、あらゆる荷車や荷台の周囲に群がり、その一方、もっとみすぼらしい姿の男女が不機嫌な目で小路の入り口から覗いていた。

「こっちです」〈鉤の手〉の登り口までくると、ブロンがいった。「もし、まだ気が変わらないなら……?」

「変わらない」河岸の視察は便利な口実になった。だが今日、ティリオンには別の目的があった。これは好きな仕事ではなかったが、やらねばならなかった。かれらは〈エイゴンの高き丘〉に背を向けて、〈ヴィセーニアの丘〉の麓に広がっている迷路のような細い街路に入っていった。ブロンが先に立っていった。ティリオンは一、二度、尾行がついていないかと、肩ごしに振り返って見たが、普通の下層民以外にはだれも見えなかった。馬に鞭を当てている荷馬車屋、窓から屎尿《しにょう》を捨てている老婆、棒を持ってちゃんばらをしている二人の子供、捕虜を護送している三人の金色《こんじき》のマント……かれらはすべて問題ないように思われた。しかし、かれらのだれかがかれを破滅させるかもしれないのだ。ヴァリスはいたるところにスパイを配置していたから。

かれらはある角を曲がり、また次の角を曲がり、井戸端に群がっている女たちの間を通って、ゆっくりと馬を進めていった。ブロンが先に立って、湾曲した路地を通り、小路を抜け、壊れたアーチ道の下を通った。焼けた家の瓦礫の中を突っ切って、短い石段を登った。建物は密集していて、貧しかった。ブロンはある捩じ曲がった小路の入り口で止まった。二人で馬を並べて進むには道が狭すぎた。「角を二つ曲がると、行き止まりになります。その酒場は最後の建物の地下にあります」

ティリオンは馬から飛び下りた。「おれが戻るまで、だれも出入りしないように見張っていろ。長くはかからないからな」かれはマントの内側に手を入れて、隠しポケットにまだ金貨が入っているか確かめた。三十ドラゴン。〝とんでもない大金だ。あのような男には〟かれは早くこの仕事をすませたくて、早足でよちよちと小路を進んでいった。

その酒場は暗くて、じめじめしていて、壁に青白く硝石の浮いた、陰鬱な場所だった。天井はとても低くて、ブロンだったら首をすくめていなければ梁に頭をぶつけてしまいそうだった。だが、ティリオン・ラニスターにはその問題はなかった。この時間、前の部屋には目の悪い女が一人、粗削りのカウンターの向こうに腰掛けているだけだった。彼女はかれに酸っぱいワインのカップを渡して、いった。「奥へ」

奥の部屋はさらに暗かった。低いテーブルの酒瓶の横で、一本の蠟燭がちらちら燃えていた。その後ろ側の男は危険なやつにはとても見えなかった。背の低い男——もっとも、ティリオンにとってはすべての男は背が高かったのだが——薄くなった茶色の頭髪、ピンクの頰、そして、鹿革の胴着の角製のボタンに小さな酒瓶を押しつけて、柔らかい手で長剣よりも恐ろしげな十二弦のウッドハープをかかえていた。

ティリオンはその向かい側にすわった。「〈銀の舌《シルバー・タング》のサイモン〉だな」

男はうなずいた。頭のてっぺんが禿げていた。「〈王の手〉の殿さま」とかれはいった。

「違う。〈王の手〉は父だ。残念ながらおれはもう、一本の指でさえもないのだ」

「きっとまた出世なさいますよ。あなたのようなお方は。貴婦人のシェイさまは、あなたがこのたび結婚なさったとおっしゃっています。もっと早くわたしをお呼びになっていたら、ご婚礼で歌をお聞かせすることができたのですが」

「妻には、これ以上の歌は必要ない」ティリオンはいった。「シェイのことだが、彼女が貴婦人でないことはおれたち二人とも知っている。そして、彼女の名前を絶対に大声でいわないようにしてくれれば、ありがたい」

「〈手〉さまのご命令のままに」サイモンはいった。

この前ティリオンがこの男に会ったときには、強い言葉ひとつで、充分に汗をかかせることができた。だが、この吟遊詩人はどこかで勇気らしいものを見つけてきたようであった。〝おそらく、あの瓶の中か〟いや、もしかしたら、この新たな図太さは、ティリオン自身のせいかもしれなかった。〝おれはこいつを脅迫した。ところが、その脅迫にはなんの効果もなかった。だから、今やつはおれに歯がないと信じているのだ〟かれはためいきをついた。

「おまえはとても才能のある吟遊詩人だと聞いたが」

「お優しいことをおっしゃいます、殿さま」

ティリオンは微笑してみせた。「そろそろ、おまえの音楽を自由都市にもたらす時期だと思う。ブレーヴォスやペントスやライスの住民は熱心な音楽愛好家だ。そして、気に入れば、気前よく金を払うぞ」かれはワインをひと口飲んだ。ひどい酒だったが、強くはあった。

「九つの都市全部をまわれば最善だろう。おまえの歌を聞く喜びを、人々から奪いたくはない。各都市で一年歌えば充分だろう」かれはマントの内側に手を差し入れた。金貨が隠してある場所に。「港は閉鎖されているから、船に乗るにはダスケンデールまで行く必要がある。しかし、家来のブロンが馬を手配する。そして、旅費をおれに支払わせてくれれば、名誉というものだ……」

「でも、殿さま」男は反論した。「あなたはわたしの歌を一度もお聞きになっていらっしゃらない。お願いです、ちょっと聞いてください」ウッドハープの弦の上を、かれの指が器用に動くと、地下室いっぱいに柔らかな音楽が響いた。サイモンは歌いだした。

かれは馬に乗り、高い丘から下りてきて、
　街の中を通っていった、
小路を通り、階段や敷石を踏んで、
　女のためいきのほうに馬を進めていった。
なぜなら、彼女はかれの秘密の
　宝物だったから、
彼女はかれの恥でもあり、
　至福でもあった。
そして、女のキスに較べれば、
　鎖も城も問題ではないのだ。

「まだ続きがあります」かれはちょっと間をおいていった。「おう、もっとたくさんの続きが。反復句が特にすばらしいと思います。〝なぜなら、黄金の手はつねに冷たいが、女の手は温かく……〟」
「もうよい」ティリオンはマントから手を抜き出した。何も持たずに。「それは二度と聞きたくない歌だ。絶対に」

「だめですか？」〈銀の舌のサイモン〉はハープを脇に置き、ワインをひと口飲んだ。「残念です。でも、わたしに演奏を教えた老師がいったように、人それぞれに好きな歌がありますから。他の人々なら、わたしの音楽をもっと好んでくれるかもしれません。たぶん、太后さまは。あるいは、あなたのお父上は」

ティリオンは鼻の傷をさすって、いった。「父は吟遊詩人とつきあっている暇はない。そして、姉は人が思うほど気前がよくないぞ。賢い人間なら、歌よりも沈黙で金を稼ぐことができる」かれはこれ以上に簡潔に表現することができなかった。

　サイモンはその意味をすぐさま理解したようだった。「わたしの値段はささやかなものです、殿さま」

「それを聞いて安心した」これは金貨三十枚の問題ではないかもしれないぞと、ティリオンは恐れた。「いってみよ」

「ジョフリー王の婚礼の宴で」男はいった。「歌比べが行なわれるはずです」

「そして、曲芸師、手品師、踊る熊たちもやってくる」

「踊る熊は一頭だけです、殿さま」サイモンはいった。かれはサーセイの計画を、ティリオンよりはるかに強い関心をもって待ち受けているようであった。「でも、吟遊詩人は七人です。〈カイのガリエオン〉、〈麗しき指のベサニー〉、エイモン・コステイン、〈アイゼンのアラリック〉、〈ハープ弾きのヘイミッシュ〉、コリオ・クェイニス、そして〈オールドタウンのオーランド〉が、銀の弦のついた黄金張りのリュートを争います……でも、どういうわけか、かれらすべてを凌駕する人物に招待が参っておりません」

「当ててみよう。〈銀の舌のサイモン〉だな？」

サイモンは慎ましく微笑した。「わたしは王と王妃の御前で、自分の大言壮語が真実であることを証明する用意があります。ヘイミッシュは老齢で、自分が何を歌っているかしばしば忘れます。そして、コリオにはひどいタイロシュ訛りがあります！　三語のうち一語理解できれば、幸運といわねばなりません」

「姉が宴の準備をした。たとえおれが、おまえにその招待状を取り付けることができるとしても、不審に思われるかもしれない。七王国、七つの誓い、七つの挑戦、七十七皿の料理……なのに、八人の吟遊詩人か？　総司祭《ハイ・セプトン》はなんと思うだろう？」

「あなたが信心深いお方とは知りませんでした、殿さま」

「信心は関係ない。ある種の形式に則《のっと》らねばならんのだ」

サイモンはワインをひと口飲んだ。「でも……吟遊詩人の生活に危険はつきものです。わたしどもはビヤホールやワイン酒場で、手に負えない酔っぱらいを相手にして商売を営むのです。もし、お姉さまの七人の吟遊詩人の一人が、万一何かの不幸にあったら、その代理としてわたくしを考慮していただきたいのです」かれは狡そうな笑いを浮かべた。妙に満足気に。

「確かに、六人の吟遊詩人は八人と同様に縁起が悪いな。サーセイの七人について健康状態を調査することにしよう。もし、その中の誰かの具合が悪くなれば、家来のブロンからおまえに連絡させる」

「結構でございます、殿さま」サイモンはそこでやめておけばよかったかもしれない。ところが勝ち誇ったように顔を赤らめて付け加えた。「ジョフリー王の婚礼の夜には、わたしはきっと歌います。万一、宮廷に呼ばれたら、ええ、王さまに、わたしの最善の作品を、千回も歌ってきて必ず喜ばれた数々の歌を、お聞かせしたいのです。でも、もし万一、どこかの陰気なワイン酒場で歌うようなことになったら……そうですねえ、それは新しい歌を試す適当な機会になるでしょう。〝なぜなら、黄金の手はつねに冷たいが、女の手は温かい〟」

「その必要はあるまい」ティリオンはいった。「おまえはラニスターの一人から約束されたのだ。まもなくブロンがおまえのところに行くだろう」

「よろしゅうございます、殿さま」その禿げ頭で太鼓腹の吟遊詩人はまたウッドハープを取り上げた。

ブロンは小路の入り口で、馬を連れて待っていた。かれはティリオンを助けて、馬の背に乗せた。「あの男を、いつダスケンデールに連れていきますか？」

「その必要はない」ティリオンは馬の向きを変えた。「あいつを三日、待たせておけ。それから、〈ハープ弾きのヘイミッシュ〉が腕を折ったと知らせるのだ。そして、おまえの衣服は宮廷にふさわしくないから、新しい衣服をすぐに仕立てろといってやれ。やつはさっそく飛びついてくるだろう」かれは顔をしかめた。「おまえはかれの舌が欲しいかもしれないな。

あいつの舌は銀《シルバー》でできていると聞いているから。かれのその他の部分は決して見つかってはならないぞ」

　ブロンはにやりとした。「蚤の溜まり場《フリーボトム》に知っている飯屋がありますが、あそこでは味のよい茶色の丼を喰わせます。それにはあらゆる種類の肉が入っていると聞いています」

「そこで、絶対におれに食事をさせないように気をつけろよ」ティリオンは馬に拍車をかけて、早足に走らせた。かれは風呂に入りたかった。それも熱ければ熱いほどよかった。

しかし、そのささやかな快楽さえも取り上げられてしまった。かれが自室に戻るやいなや、ポドリック・ペインが〈手の塔〉からお召しが来ていると伝えたからである。「殿さまがお目にかかりたいそうです。〈王の手〉さまが。タイウィン公が」

「〈手〉がだれかは覚えているよ、ポッド」ティリオンはいった。「鼻は失ったが、知恵は失っていない」

　ブロンが笑った。「こんどは、この小僧の頭を噛み切らないようにしてくださいよ」

「なぜ、いけない？　やつはぜんぜんそれを使っていないのだぞ」ティリオンは今日、自分が何をしでかしたかを考えた。〝いやむしろ、何をやり損なったかをだ〟タイウィン公からの呼び出しには、つねに刺《とげ》があった。かれの父親が、食事を一緒にしようとか、ワインを一緒に飲もうとかいってティリオンを呼び出したことは決してなかった。それだけは確かだった。

　しばらくして、かれが父親の居室に入ると、話している声が聞こえた。「……鞘は桜の木にして、赤い革を巻き、純金製の獅子の頭の形の鋲を並べて打ってあります。たぶん、目はガーネットがよいでしょう……」

「ルビーだ」タイウィン公がいった。「ガーネットには輝きがない」

ティリオンは咳払いした。「父上、お呼びですか？」

かれの父親がちらりと目を上げた。「呼んだ。来て、これを見よ」かれらの間のテーブルにオイルクロスの包みが置かれていた。そして、タイウィン公は長剣を手にしていた。「ジョフリーへの婚礼の贈り物だ」かれはティリオンに告げた。タイウィン公が剣を裏返して調べると、ひし型の窓ガラスから射しこむ日光が、その刃を黒と赤にきらめかせた。そして柄頭と棒鐔が黄金色に燃え上がった。「スタニスの道化師のわけのわからぬ講釈と、かれの魔法の剣に対抗して、われわれもジョフリーに何か途方もない物を与えたほうがよいと思ったのだ。王は王らしい武器を持たんとな」

「この剣はジョフリーにはあまりにももったいないですよ」ティリオンはいった。

「いずれ、かれのほうがこれにふさわしい男になるだろう。そら、重さを調べてみよ」かれは柄を先にして、その武器を差し出した。

その剣は意外にもひどく軽かった。手に持って動かしてみると、その理由がわかった。これほど薄く打ち伸ばすことができ、しかも実戦に耐える力を持つ金属はひとつしかない。しかも、そのさざ波のような刃紋は間違えようがない。それは何千回も折り重ねられた鋼鉄にできる模様である。「ヴァリリア鋼ですね？」

「そうだ」タイウィン公はしごく満足そうにいった。

〝ようやく手に入りましたか、父上？〟

ヴァリリア鋼の剣は珍しく、高価であるが、世界じゅうには数千振りも残っており、たぶん七王国だけでも二百振りはあるだろう。それがひと振りもラニスター家にないことが、いつもかれの父親を苛立たせていたのだった。キャスタリー・ロック城の昔の王たちはそのような剣を所有していた。しかし、大剣〈輝ける咆哮《ブライト・ロア》〉は、トメン二世が無駄な探求の旅に出て、それをヴァリリアに持ち帰ってしまったので、失われてしまい、かれはついに戻ってこなかった。また、トメン二世の父親の兄弟でもっとも若くて、もっとも向こう見ずなアンクル・グレイも八年ほど後に、その失われた剣を探しに出かけたのだったが、やはり戻ってこなかった。

タイウィン公は落ちぶれたいくつかの小貴族の家に、少なくとも三度ヴァリリアの長剣を買いたいと申し入れたのだが、つねに断固としてはねつけられてしまったのだった。小貴族はラニスターが頼みにくれば、喜んで娘を手放すくせに、伝家の宝剣はたいせつにしていた。

ティリオンはこの剣の金属がどこから来たものかと訝《いぶか》しんだ。古いヴァリリア鋼を作りなおすことのできる武具師は少しはいたが、それを作り出す秘密は古代ヴァリリアが滅亡した時に失われてしまったのである。「色が変わっているな」かれは刃を日光に当てて動かしながらいった。たいていのヴァリリア鋼はほとんど黒く見えるほど濃い灰色をしている。ここにあるのもそのとおりだが。しかし、刃紋に混じりこんでいるのは、灰色と同様に濃い赤色だった。その二つの色が決して混ざり合うことなく、互い違いに重なっていて、それぞれ特徴のあるさざ波の模様を形成していた。ちょうど、鋼鉄の海岸に夜と血の波が打ち寄せているように。「この模様をどのように形成したのか？　こんなものは見たことがないぞ」

「わたくしもでございます」武具師はいった。「実を申しますと、これらの色はわたくしが意図したものではありません。そして、これらを複製できるかどうか自分にもわからないのです。お父上はラニスター家の深紅の色を所望されました。そして、わたくしが金属に染みこませようと意図したのは、その色でした。ところが、ヴァリリア鋼は頑固でございまして、いわば、これらの古い剣は記憶していて、容易には変化しないのです。わたくしは数十回も鍛えて、その赤色を明るいものにしようと何度も試みたのですが、まるで刃が日光を飲みこむかのように、つねに色が黒ずんでしまうのです。そして、ごらんのとおり、刃紋のいくつかはまったく赤色を受けつけようとしません。もし、ラニスター家のみなさまのお気に入らなければ、もちろんやりなおしてみます。ご要求のあるかぎり何度でも。しかし――」

「その必要はない」タイウィン公はいった。「これでよかろう」

「深紅の剣は日光を美しく反射するだろうが、実をいえば、わたしはこれらの色のほうが好きだ」ティリオンはいった。「これには不気味な美しさがある……それが、この剣を独特のものにしている。世界じゅうにこのような剣は他にないと思う」

「もうひとつ、あります」武具師はテーブルの上にかがんで、オイルクロスの包みを解き、もう一振りの長剣を取り出した。

ティリオンはジョフリーの剣を置いて、もう片方の剣を取り上げた。それらは双生児とはいえなかったが、少なくともよく似た従兄弟どうしだった。こちらのほうがより厚く、より重く、一センチ幅が広く、八センチ長かった。だが、それらは同じ見事な美しい線を描き、同じ特徴的な色――さざ波のような血と夜の刃紋を持っていた。王の剣には手元から切っ先まで、三本の血溝が深く刻まれていたが、二つめの剣には二筋しか血溝がなかった。ジョフの剣の柄はもっとずっと装飾的で、剣身と直交する鐔の棒はルビーの爪を剝き出した獅子の脚に形作られていた。だが、どちらの剣の柄も、赤い革で見事に仕上げられ、柄頭は金の獅子の頭になっていた。

「すばらしい」ティリオンのような達人ではない者の手にあっても、その剣は生きているように感じられた。「こんなにバランスのよい剣は持ったことがない」

「息子のために作らせたのだ」

〝どちらの息子かとたずねる必要はない〟ティリオンはジェイミーの剣を、テーブルのジョフリーの剣の横に戻した。これを振るう時間があるほど、ロブ・スタークは兄を生かしておいてくれるだろうかと思いながら。〝親父もきっとそれを案じているにちがいない。さもなければ、なぜこの剣を鍛えさせたのか？〟

「よい仕事をしたな、モット親方」タイウィン公は武具師にいった。「家令から支払いを受けよ。そして、忘れるなよ、鞘にルビーをちりばめることを」

「かしこまりました。寛大なお言葉、恐れ入ります」その男はふた振りの剣をオイルクロスで包み、小脇にかかえ、ひざまずいた。「〈王の手〉さまのお役に立てて光栄でございます。ご婚礼の前日に剣をお届けします」

「そうしてくれ」

衛兵が武具師を送り出すと、ティリオンは椅子によじのぼった。「とすると……ひと振りの剣をジョフに、もうひと振りをジェイミーに。そして、このこびとには短剣さえもお与えにならない、というわけですか、父上？」

「あの鋼鉄ではふた振りしかできなかった。三振りは無理だった。おまえ、もし短剣が必要なら、武器庫から一本持っていけ。ロバートは死んだときに百本も残していったぞ。ジェリオンは婚礼の贈り物として、ロバートに象牙の柄にサファイアの柄頭のついた金鍍金《めっき》の短剣を贈った。そして、宮廷にやってきた使節の半数は、宝石をちりばめたナイフや銀の象嵌のある剣を贈って、陛下のご機嫌を取ったぞ」

ティリオンは微笑した。「かれらの娘たちを贈れば、ロバートはもっと喜んだでしょうに」

「疑いない。かれが使った唯一の刃物は、子供のころにジョン・アリンからもらった狩猟用のナイフだった」タイウィン公は手を振って、ロバート王とそのすべてのナイフの話題を追い払った。「河岸で何を見てきた？」

「泥と」ティリオンはいった。「そして、だれも埋めてくれる者もない二、三の死骸です。沈没船を解体するか引き上げるかしてブラックウォーター河を浚渫《しゅんせつ》しなければ、港を開くことはできないでしょう。波止場の四分の三は修理が必要です。そして、いくつかは取り壊して、再建しなければならないかもしれません。魚市場全体がなくなり、〈泥の門〉と〈王の門〉は両方ともスタニスの攻城槌で粉砕されてしまいましたから、再建する必要があります。その費用を考えると身震いがでます」〝もしあんたが本当に金の糞をひるなら、早く便所を見つけて取りかかってくださいよ〟とかれはいいたかったが、黙っていた。

「おまえ、必要な金はいくらでも見つかるだろう」

「わたしがどこで？　国庫は空ですよ、前にお伝えしたように。錬金術師どもにあの炎素《サブスタンス》の代金をぜんぜん支払ってないし、鍛冶屋どもにわたしの鎖の代金も支払わなければならないし、また、サーセイは王家がジョフの婚礼の費用の半分を支払うと約束しています──七十七種類のとんでもない料理、千人の賓客、鳩がいっぱい詰まったパイ、吟遊詩人に、手品師に……」

「贅沢にはそれなりの効用がある。われわれは国じゅうにキャスタリー・ロックの力と富を見せつけなければならないのだ」

「では、たぶんキャスタリー・ロックが支払うことに」

「なぜだ？　〈リトルフィンガー〉の会計簿を見たぞ。王家の収入はエイリスの時代の十倍にもなっている」

「王家の支出も同様です。ロバートは子種もコインも気前よくばらまいたのです。〈リトルフィンガー〉は莫大な借金をしました。とりわけ、あなたにね。そう、収入はかなりなものですが、それだけでは、〈リトルフィンガー〉の借金の法外な利息をほとんどまかなうことができません。ラニスター家に対する王家の借金を帳消しになさるおつもりですか？」

「ばかなことをいうな」

「では、たぶん料理は七種類でいいでしょう。賓客は千人ではなく三百人に。婚礼は踊る熊がいなくてもちゃんとまとまると思います」

「そんなやり方では、タイレル家はわれわれをケチだと思うだろう。わたしは婚礼も河岸の修理もちゃんとしたいのだ。おまえ、もし支払いができないなら、そういえ。そうしたら、支払いのできる大蔵大臣を見つけることにする」

こんなに短期間で解任されるという不名誉を、ティリオンはとうてい我慢することができなかった。「必要な金を見つけましょう」

「そうしろ」父親はきっぱりいった。「金を見つける一方で、自分の妻のベッドも見つけろよ」

〝そうか、噂はこの人のところまで広がっているのか〟「恐れ入ります。もう見つけました。窓と暖炉の間にあるあのベッドです。ビロードの天蓋がついていて、マットレスに鵞鳥の綿毛の詰まったやつです」

「見つかってよかった。これからそこで一緒に寝る女を知る努力をすべきだぞ」

〝女だと？　子供だろ〟「〈蜘蛛《スパイダー》〉がお耳に入れていたのですか、それとも、わたしは姉上に礼をいうべきでしょうか？」サーセイの毛布の下で行なわれていることを考慮すれば、彼女は弟のことに介入しないだけの分別があってもよさそうなものだった。「教えてください。なぜ、サンサの侍女のすべてが、サーセイの息のかかった女なのですか？　自分の室内でさえもスパイされるのは、我慢できません」

「妻の侍女が気に入らないなら、そいつらを解雇して、おまえの気に入った者どもを雇うがいい。それはおまえの権利だ。わたしが問題にしているのは、おまえの妻の処女性《メイドンフッド》であって、彼女の侍女《メイド》どもではない。この……微妙な問題は、わたしには理解しにくい。おまえは娼婦と寝ることには何の困難もないらしいが、あのスタークの娘は勝手が違うのか？」

「わたしの一物の入れ場所に、なぜそんなに興味をお持ちになるのですか？」ティリオンはたずねた。「サンサは若すぎますよ」

「彼女は、その兄が死ねば、ウィンターフェル城の女城主になるのに充分な年齢になっている。彼女の処女性を奪えば、おまえは北部の領有権に一歩近づくことになるのだぞ。彼女に子を産ませろ。そうすればほとんど目的物を入手したも同然だ。完成されない結婚は破棄できるということを、わざわざおまえに思い出させる必要はあるまい？」

「総司祭《ハイ・セプトン》か宗教会議によってですね。われわれの今のハイ・セプトンは、命じられるままに上手に鳴く、訓練された海豹《アザラシ》みたいなものです。かれよりも、〈ムーン・ボーイ〉のほうがわたしの結婚を無効にしそうですよ」

「たぶんサンサ・スタークは〈ムーン・ボーイ〉と結婚させるべきだったろう。あの道化師は彼女の扱い方を心得ていたかもしれない」

ティリオンは椅子の腕木を握りしめた。「わたしの妻の処女膜についての話題は、もう聞きたいだけ聞きました。でも、結婚について話し合っているなら、どうして姉の差し迫った結婚について、何も聞かないのですか？　あれは、たしか――」

タイウィン公が遮った。「メイス・タイレルは、かれの跡継ぎのウィラスとサーセイを結婚させようというわたしの提案を拒否した」

「わが姉上サーセイを拒否したと？」これを聞いて、ティリオンの気分は非常に改善された。

「この縁組の話を最初に持ち出したとき、タイレル公は充分に好感を抱いたように見えた」かれの父親はいった。「ところが一日後には、状況が一変した。あの老婆の仕業だ。彼女は自分の息子を情け容赦なく怒鳴りつけたのだ。ヴァリスの話によれば、彼女のかけがえのない片足の孫にとって、おまえの姉は年をとりすぎており、あまりにも使い古されているといったそうだ」

「それを聞いてサーセイは喜んだにちがいない」かれは笑った。

タイウィン公はかれにぞっとするような冷たい目を向けた。「彼女は知らない。また、知らせるつもりもない。あの提案はなかったことにするほうが、われわれみんなにとってよいだろう。よく覚えておけよ、ティリオン。あの提案はもともとなかったのだぞ」

「どの提案ですか？」むしろ、タイレル公はこの拒否を後悔しはじめているのではないかと、ティリオンは想像した。

「おまえの姉は結婚する。問題は、だれと？　だ。いろいろ考えたのだが――」いい終わらないうちに、扉を叩く音がして、守衛が首をつっこみ、グランド・メイスター・パイセルが来たと告げた。「入れてよろしい」タイウィン公はいった。

パイセルは杖にすがってよたよたと入ってきたが、立ちどまって、牛乳が凝固するくらい長い間ティリオンを見つめた。かつては見事だった白髭は、不可解にもだれかに剃り落とされて、今はまばらに薄く生えかかっており、首の下にぶらさがっている見苦しいピンクの肉垂が露出していた。「〈王の手〉の殿さま」その老人はやっと倒れずにいられるほど深くお辞儀をして、いった。「黒《カースル・ブラック》の城からまた鳥がまいりました。内密にご相談いたしましょうか？」

「その必要はない」タイウィンは手を振って、グランド・メイスター・パイセルを椅子にすわらせた。「ティリオンは残ってよい」

〝おおおおおおう、いいんですか？〟かれは鼻をなでて、待った。

パイセルは盛大な咳をひとしきり繰り返して、痰を吐き出した。「前回の手紙と同じバウエン・マーシュから来たものです。あの城代からです。野人どもの大群が南に移動しているという報告がモーモント公から届いたと、書いてあります」

「〈壁〉の外の土地は、大人数の生活を支えることができない」タイウィン公はきっぱりいった。「この警告は新しいものではない」

「こんどの警告は新しいものです、殿さま。モーモントが〈幽霊の森《レイヴン》〉から鳥を放って、攻撃を受けていると伝えてきたというのです。それ以来多くの使い鴉が戻ってきましたが、手紙はひとつも届いておりません。このバウエン・マーシュは、モーモント公が死に、その軍隊は全滅したのではないかと心配しております」

ティリオンはむしろ、ぶっきらぼうなジオー・モーモント老人と、しゃべる鳥が好きだった。「それは確かか？」かれはたずねた。

「確かではありません」パイセルは認めた。「しかし、モーモントの部下は誰一人まだ戻っていません。マーシュは野人がかれらを殺したと心配しています。また、〈壁〉そのものがこんどは攻撃されるかもしれないと」かれは衣の中をまさぐって、手紙を取り出した。「これがその手紙です、殿さま、五人の王全員に対する嘆願です。かれは兵員を求めています。われわれが派遣できるかぎり大勢の兵員を」

「五人の王だと？」かれの父親は不快そうにいった。「ウェスタロスにいるのは一人の王だ。黒衣の愚か者どもは、もし陛下の留意を望むならば、それを心に刻んでおくがいい。返事を書くときには、レンリーは死に、その他の者は謀叛人と僭称者だけだといってやれ」

「それを知って、疑いなくかれらは喜ぶでしょう。〈壁〉は隔絶された世界で、最近はニュースが届くのがしばしば遅れます」パイセルは頭をひょこひょこ上下させた。「マーシュが求めている兵員については、なんといってやりましょうか？　会議を招集して……」

「必要ない。〈冥夜の守人《ナイツ・ウォッチ》〉は盗賊、殺人者、それに下賤な田舎者の集団だ。しかし、考えてみると、適当な規律さえ与えれば、そのようなものではないと証明することもできると思う。もし、モーモントが実際に死んだのなら、黒衣の兄弟どもは新しい指揮官を選ばなければならん」

パイセルはティリオンに陰険な視線を送った。「すばらしいお考えです、殿さま。わたしは適任者を知っております。ジャノス・スリントです」

ティリオンはこの考えをまったく好まなかった。「黒衣の兄弟たちはかれら自身で総帥を選びます」かれは念を押した。「それに、スリント公は〈壁〉には新参者です。知ってますよ、わたしがかれをあそこに送ったのですから。古参者が十人以上もいるのに、それをさしおいて、どうしてかれを選ぶでしょうか？」

「なぜなら」ティリオンを完全な馬鹿者と考えているような口調で、父親がいった。「もし命じられたままに選出しなければ、かれらの〈壁〉は別の人物を見ないうちに溶けるだろうからだ」

〝そうだ、これは効果があるだろう〟ティリオンは一歩進めていった。「ジャノス・スリントは不適任です、父上。影の塔《シャドウ・タワー》の司令官を使ったほうがいいでしょう。または、海を望む東の物見城《イーストウォッチ・バイ・ザ・シー》のを」

「影の塔《シャドウ・タワー》の支隊長は海の護り城《シーガード》のマリスター家の者だ。そして、東の物見城《イーストウォッチ》の支隊長は鉄人《くろがねびと》だ」どちらも自分の目的に合わないと、タイウィン公の口調は明瞭に物語っていた。

「ジャノス・スリントは肉屋の息子です」ティリオンは父親が思い出すように強くいった。

「父上ご自身がおっしゃったではありませんか――」

「おまえにいったことは覚えている。しかし、黒の城《カースル・ブラック》はハレンの巨城《ホール》ではない。〈冥夜《ナイツ》

〈冥夜(ウォッチ)の守人〉は王の小評議会ではない。それぞれの仕事に、それぞれの道具があり、それぞれの道具にそれぞれの用途があるのだ」

ティリオンはかっと怒った。「ジャノス公は中身のない甲冑です。いちばん高い値をつけた者に自分を売りますよ」

「それはかれに有利な点だと、わたしは思う。だれがわれわれよりも高い値をつけるだろうか?」かれはパイセルに向かっていった。「使い鴉を送れ。ジョフリー王はモーモント総帥の死を聞いて、深く悲しんだ。しかし、遺憾ながら、目下、あまりにも多くの謀叛人や簒奪者が戦場に残っているため、兵員を派遣することができないと。そして、もしも王が〈冥夜《ナイツ》の守人《ウォッチ》〉のリーダーシップに全幅の信頼をおいていれば、王位が安定した暁には、まったく違った状況になるかもしれないと示唆しろ。最後に、王の深甚なる好意を、その忠実な友人にして下僕であるジャノス・スリント公に伝えるよう、マーシュに依頼せよ」

「はい、わかりました」パイセルはしなびた頭をまたひょこひょこ動かした。「〈手〉さまのご命令どおりに書きます。大いなる喜びをもって」

〝こいつの髭ではなく、頭を刈り取るべきだった〟とティリオンは反省した。〝そして、スリントは親友のアラール・ディームと一緒に水泳に行くべきだった〟少なくとも、〈銀の舌のサイモン〉については、かれは同じ愚かな過ちを犯さなかった。〝ごらんなさい、父上?〟かれは叫びたかった。〝わたしがどんなにすばやく教訓を学ぶかを〟

33——サムウェル

屋根裏部屋では、一人の女が騒々しい悲鳴を上げてお産をしており、下の部屋では一人の男が炉端に横たわって死にかけていた。サムウェル・ターリーには、どちらのほうが恐ろしいか、判断がつかなかった。

かれらは気の毒なバネンに毛皮を何枚もかけてやり、火を盛んに燃やしてやった。だが、その男は「寒い。なんとかしてくれ。すごく寒いんだ」というばかりだった。サムはかれに玉葱《タマネギ》のスープを与えようとしていたのだが、その男は飲み下すことができなかった。スープは、サムが匙で流しこんだとたんに唇からこぼれて顎に流れ落ちてしまうのだった。

「そいつは死んでいる」クラスターはソーセージにかぶりつきながら、冷淡な目でその男を見ていった。「たずねられればいうが、そいつの喉に匙で流しこむより、その胸にナイフを突き立ててやるほうが親切だぞ」

「たずねた覚えはない」〈でかぶつ《ジャイアント》〉は身長が一メートル五十センチしかなく——本名はベドウィックといった。それにもかかわらず、獰猛な小男だった。「〈異形退治〉、おまえクラスターに意見を聞いたのか？」

　サムはその呼び方にぞっとしたが、首を振った。そして、また匙でスープをすくい、バネンの口元に運び、唇の間に流しこもうとした。

「食糧と火」〈でかぶつ〉はいっていた。「おれたちがおまえに求めたのは、それだけだ。なのに、食糧をけちりやがって」

「火もけちらなかったことを、ありがたく思え」クラスターは太った男だったが、昼夜を問わずぼろぼろの臭い羊の皮をまとっているので、よけいに太って見えた。鼻は幅が広くて平たく、口は片方に垂れ、片方の耳がなかった。そして、もじゃもじゃの頭髪ともつれた髭は灰色から白に変わりつつあるとはいえ、その固い節くれだった手はまだ人を傷つけるのに充分な強さがあるように見えた。「できるかぎりの食べ物を与えた。それなのにおまえら鴉どもはいつも空腹だ。おれは善人だぞ。さもなければ、おまえらを追っ払ってしまったろう。うちの床で死にかけているそいつのようなやつを、おれが必要とすると思うか？　そんなに多くのおまえらの口を、おれが必要とすると思うか、ちび？」その野人は吐き出すようにいった。「鴉どもめ。たずねるが、黒い鳥が人の家によいものをはこんできたためしがあるか？　ない。絶対にないぞ」

　バネンの口の端から、またスープがこぼれた。サムは自分の袖で、それを拭ってやった。その哨士《レンジャー》の目は開いていたが、何も見ていなかった。「寒い」かれはまたいった。ごくかすかに。学匠《メイスター》ならかれを救う方法を知っているかもしれなかった。しかし、ここにメイスターはいなかった。九日前に、〈外斜視《ホワイトアイ》のケッジ〉がバネンのめった切りにされた足を切断した。

胸が悪くなるような膿《うみ》と血が出たが、それはあまりにも少なく、もう手遅れだった。「すごく寒い」青白い唇がくりかえした。

広間のあちこちに、二十人ほどのぼろぼろの黒衣の兄弟が床にうずくまったり、粗削りのベンチに腰掛けたりして、同じ玉葱《タマネギ》の薄いスープをすすり、堅パンの塊をかじっていた。かれらの中に、バネンよりも重傷の負傷者が二人いた。フォーニオはもう何日もうわ言をいっており、サー・バイアムの肩からは悪臭のする黄色い膿が流れ出していた。一行が黒の城《カースル・ブラック》を出たとき、〈茶色《ブラウン》のバナール〉がミアの火、カラシ軟膏、ニンニクの粉、ヨモギギク、罌粟《ケシ》、キングズコパーなどの薬草を袋に入れて持っていた。なかには安楽死用の〈甘い眠り《スイートスリープ》〉さえも入っていた。しかし、〈茶色のバナール〉は〈拳《フイスト》〉の山中で死に、だれもメイスター・エイモンの医薬品を探すことを思いつかなかった。ヘイクは料理人なので薬草の知識をいくらか持っていたが、そのかれもいなくなってしまった。それで、生き残っている雑士《スチユワード》たちができるかぎり負傷者の世話をすることになったのだった。それはとても充分とはいえなかった。〝すくなくとも、ここは乾燥している。暖をとる火もあるし。しかし、もっと食べ物が欲しい〟

みんなもっと多くの食べ物が必要だった。兵士たちは何日間もぶつぶつ不満をいっていた。〈内反足《クラブフット》のカール〉は、どうしてクラスターに秘密の肉部屋が必要なのかといいつづけ、〈オールドタウンのガース〉も総帥に聞こえないときには、それに同調しはじめていた。サムは負傷者のためにもっと栄養のある物をくれと頼みたいと思ったが、それをいい出すだけの勇気がなかった。クラスターの目は冷たくて意地悪かった。そして、サムのほうを見るときにはいつも、いかにも拳骨《げんこつ》を作りたいとでもいうように、その指が曲がって痙攣するのだった。〝前にここに来たときにおれがジリと話したことを、あいつは知っているだろうか？〟と、かれは怪しんだ。〝おまえを連れていくとおれがいったと、彼女はクラスターに話したのだろうか？　それとも彼女を折檻してそれを聞き出したのだろうか？〟

「寒い」バネンがいった。「なんとかしてくれ。寒いんだよ」

クラスターの館の中には熱気と煙が充満していたが、サム自身も寒けを感じた。〝そして、疲れた。ひどく疲れた〟眠りが必要だった。だが、目をつぶるといつも、吹雪の夢と、黒い手をして青い目を光らせた死人がよろよろと自分のほうに歩いてくる夢を見た。

屋根裏部屋ではジリが身の毛のよだつような泣き声を出し、その声が天井が低くて細長くて窓のない広間に谺《こだま》した。「いきむのよ」クラスターの年配の妻たちが彼女にいっているのが聞こえた。「もっと強く。もっと強く。悲鳴を上げるほうが楽なら、そうしなよ」彼女はそうした。サムが顔をしかめるほど大きな声で。

クラスターは首をまわして、睨みつけた。「その悲鳴はもうたくさんだ」かれは上に向かって叫んだ。「ぼろを嚙ませろ。さもなければ、おれが登っていって、この手を味わわせてやるぞ」

かれは本気だと、サムは知った。クラスターには十九人の妻がいるが、かれがあの梯子を登りはじめたら、だれも止めるものはなかった。黒衣の兄弟たちが来てから、わずか二晩後に、かれは若いほうの妻の一人を打擲《ちょうちゃく》していた。確かに、抗議のつぶやきはあった。「やつは彼女を殺しているぞ」〈グリーナウェイのガース〉がそういったのだった。そして、〈内反足のカール〉が笑っていった。「あいつ、あの小さな菓子パンが要らないなら、おれにくれてもいいのになあ」〈黒《ブラック》のバナール〉は低い怒り声で罵った。そして、〈ロズビーのアラン〉が起き上がり、もう聞きたくないというように外に出ていった。「かれの屋根、かれのルール」と、哨士《レンジャー》のロネル・ハークレイがみんなに思い出させたものだった。「クラスターは〈冥夜の守人《ナイツ・ウォッチ》〉の友人なのだぞ」と。

〝友人か〟とサムは、ジリのくぐもった悲鳴に耳を傾けながら思った。クラスターは自分の妻と娘を鉄の手で支配する残忍な男だった。にもかかわらず、かれの砦はひとつの避難所でもあった。雪と妖怪と極寒に生き残ったこれら少数の男たちが、疲れ切って入ってきたとき、クラスターは「凍えた鴉どもめ」といって、せせら笑ったものだった。「それも、北に行った群れほど大きい群れではないな」それでも、クラスターは黒衣の兄弟たちに自分の家の床を、雪を防ぐ屋根を、体を乾かす火を与え、かれの妻たちは男たちの腹に多少の温かみを与える熱いワインを運んできたのだった。「血だらけの鴉ども」クラスターはかれらをそう呼んだ。しかし、食事もさせてくれた。御馳走としては粗末なものであったが。

〝おれたちは客なんだ〟サムは自分にいい聞かせた。〝ジリはかれのものだ。かれの娘であり、妻なのだ。かれの屋根、かれのルールだ〟

この前、一行がクラスターの砦に着いたとき、ジリは助けを求めてきた。そして、彼女がジョン・スノウを探しに行こうとしたとき、その腹を隠すために、サムは黒いマントを貸してやったのだった。〝騎士は女性と子供を守るものだ〟黒衣の兄弟の中にも少しは騎士がいた。しかし、それにしても……〝われわれはみんな誓約を唱える〟サムは思った。〝われは人の領土を護る楯なり〟たとえ野人の女であっても、女は女だ。〝おれたちは彼女を助けるべきだ。そうすべきだ〟ジリが心配していたのは子供のことだった。彼女はそれが男の子ではないかと恐れていた。クラスターは自分の娘たちを育てて自分の妻にするが、この砦の敷地内には男の姿も少年の姿も見えなかった。クラスターは自分の息子たちを神々に捧げるのだと、ジリはジョンに語った。〝もし、神々が慈悲深ければ、彼女に女の子を授けてくださるだろう〟サムは祈った。

上の屋根裏部屋で、ジリが悲鳴を押し殺した。「そうよ」一人の女がいった。「もうひといきんで、さあ。おう、かれの頭が見えるわ」

〝彼女の、だろう〟サムは惨めに考えた。〝彼女の頭だろう、女の赤ん坊の〟

「寒い」バネンが弱々しくいった。「なんとかしてくれ。すごく寒い」サムは椀と匙をわきに置いて、その死にかけた男にもう一枚の毛皮をかけてやり、もう一本の薪を火にくべた。ジリが悲鳴をあげた。そして、ハーハーと喘ぎはじめた。クラスターは固くて黒いソーセージを噛んだ。かれは自分自身と妻たちはソーセージを喰うが、〈冥夜の守人《ナイツ・ウォッチ》〉のやつらにはやらないといった。「女どもめ」かれは苦情をいった。「ギャーギャーうるさいやつらだ。前に太った牝豚を飼っていたが、そいつはブーともいわずに八匹の仔豚を産んだぞ」かれは噛みながら、首をまわして、サムのほうをばかにしたように横目で見た。「その牝豚はおまえと同じくらい太っていたぞ、小僧の〈異形退治〉」かれは笑った。

サムはこれ以上耐えきれなかったので、搗《つ》き固めた土の床で眠ったり、うずくまったり、死にかけたりしている男たちを、よけたり、またいだりしながら、よろよろと炉端を離れた。煙と悲鳴とうめき声で、気が遠くなりそうだった。かれは頭を下げて、クラスターが扉の代わりに垂らしている鹿の生皮を押し分けて、午後の戸外に歩み出た。

この日は曇りだったが、広間の暗がりにいたので、目が眩むほど明るく感じられた。積もった雪の重みで周囲の木々の枝がしなり、金色と茶褐色の丘も雪に覆われていた。しかし、今までほど雪の量は多くなかった。吹雪は通過し、クラスターの砦の日々は……そう、たぶん暖かいとはいえなかったが、それほどひどい寒さでもなかった。厚い芝土の屋根の縁にぶらさがっている氷柱《つらら》が溶けて、水がポタポタと落ちるかすかな音が聞こえた。かれは震えながら深呼吸をひとつして、周囲を見まわした。

西のほうで〈片手《ロップハンド》のオロ〉とティム・ストーンが、並べた馬の間を歩いて、残っている小型の馬に餌をやったり、水をやったりしていた。

風下では他のブラザーたちが、動けないほど弱った馬たちを殺して皮を剝いでおり、土盛りの陰では、歩哨の槍兵と弓兵が歩いていた。この土盛りは、向こうの森に潜んでいる何者かに対するクラスターの唯一の防御施設だった。一方で、十数ヵ所の焚き火から細い指のような青灰色の煙が立ち昇っていた。森の中から遠い斧の音が谺《こだま》していた。その作業の目的は一晩じゅう燃やすに足りる薪を切り取ることだった。夜は悪い時間だった。暗くて、寒いから。

かれらがクラスターの砦に逗留している間、〈亡者《ワイト》〉や〈異形《ジ・アザー》〉の攻撃はまったくなかった。それはないだろうよ、とクラスターはいった。「善人はそういうものを恐れる理由がない。おれは以前に同じことをマンス・レイダーにもいってやった。かれが様子を嗅ぎまわってきたときにな。おまえら剣と火を持った鴉どもと同様に、やつはまったく耳を貸さなかった。そんなものは、白い寒さがやってきたらなんの役にも立たないぞ。その時には、神々だけが助けてくれるのだ。おまえたち、神々に取り入ったほうがいいぞ」

ジリも白い寒さのことを話し、クラスターがその神々にどんな種類の捧げ物をするか、かれらに語っていた。サムはそれを聞いて、かれを殺したいと思ったものだった。〝〈壁〉の外には法律はない〟とかれは自分にいい聞かせた。〝そして、クラスターは〈冥夜の守人《ナイツ・ウォッチ》〉の友人なのだぞ〟

漆喰と網枝の広間の後ろで、荒々しい叫び声が上がった。サムは見にいった。足の下の地面はどろどろに溶けた雪と柔らかい泥で、これはクラスターの糞でできていると、〈陰気な《ドロラス》エッド〉がいい張っていた。だが、その泥濘《ぬかるみ》は糞よりも粘っこくて、サムのブーツに強く吸いついて、片方のブーツが脱げそうになった。

野菜畑と空《から》の羊囲いの後ろで、十数人の黒衣の兄弟たちが、干し草と麦わらで作った的に向かって矢を放っていた。〈色男《スイート》のドネル〉と呼ばれる細身でブロンドの雑士《スチュワード》が、五十メートル離れた的の中心の円すれすれに矢を当てたのだった。「おれを負かしてみろ、じいさん」かれはいった。

「ああ、いいとも」猫背で白髭で、皮膚と手足のたるんだアルマーが射手の位置に立ち、腰の矢筒から矢を引き抜いた。かれは若いころは逆徒で、悪名高い〈王の森兄弟団〉の一員だった。かれはドーンの姫君の唇からキスを盗むために、〈王の楯《キングズガード》〉の〈白い牡牛《ホワイト・ブル》〉の手を射抜いたと主張していた。かれは彼女の宝石と、そしてドラゴン金貨の箱も盗んだが、一杯機嫌で自慢したいのは、そのキスのことだった。

かれは矢をつがえ、弓を引き絞った。すべての動作が夏の絹のようになめらかだった。そして、放った。かれの矢はドネル・ヒルの矢より三センチ内側に当たった。「これでいいか、小僧？」かれはたずねて、後にさがった。

「けっこうだ」その若いほうの男が口惜しそうにいった。「横風が役に立ったみたいだな。おれが射たときよりも強く吹いた」

「では、それを考慮すべきだったな。おまえは目がいいし、手もしっかりしているが、〈王の森〉の男を負かすには、もっとずっと修練が必要だ。弓の曲げ方を教えてくれたのは〈矢《フレ》羽根職人《ッチャー》のディック〉だったが、あんなすごい弓兵はいなかった。おい、老ディックの話をしたかなあ？」

「まだ三百回ぐらいしか聞いてないなあ」アルマーの、昔の偉大な逆徒集団の話は、黒《カースル・ブ》の城《ラック》の兄弟《ブラザー》全員が聞いていた。サイモン・トインと〈微笑する騎士《スマイリング・ナイト》〉の話、三度首を吊られた

〈長首《ロングネック》のオズウィン〉、〈白き仔鹿《ホワイト・フォーン》のウェンダ〉、〈矢羽根職人のディック〉、〈太鼓腹のベン〉、その他すべての連中の話は。逃げ場を探して見まわした〈色男のドネル〉が、泥濘《ぬかるみ》に立っているサムを見つけた。「〈異形退治〉」とかれは呼んだ。「こい。〈異形〉をどうやって殺したか、話してくれよ」かれは長いイチイの弓を差し出した。

サムは赤くなった。「矢ではなかった。短剣だった、ドラゴングラスの……」もしその弓を受け取ったら、どういうことになるか、かれにはわかっていた。的を射損じて、矢は土盛りの上を飛び越して、林に飛びこむだろう。そして、嘲笑を聞くことになるだろうと。「かまわんよ」もう一人の弓の名手である〈ロズビーのアラン〉がいった。「〈異形退治〉の弓術をみんな見たがっているんだ。そうだろう、みんな?」

かれはかれらの顔をまともに見ることができなかった。嘲笑う笑顔、下品なちょっとした冗談、目に浮かぶ軽蔑の表情などを。サムはいま来た道を引き返そうとした。だが、右足が泥に深く吸いこまれていた。そして、それを引き抜こうとすると、ブーツが脱げてしまった。それで、ひざまずいてそれを引き抜かねばならなかった。その耳に笑い声がびんびん響いた。何枚も靴下をはいていたのに、逃げおおせたころには、爪先まで雪解けの水が染みこんでいた。〝役立たずだ〟かれは惨めに考えた。〝父はおれを正しく見抜いていた。こんなに大勢の勇敢な人々が死ぬときに、おれが生きている権利はない〟

敷地の門の南の焚き火を、グレンが世話していた。かれは上半身裸になって薪を割っていた。たいへんな力仕事なので、赤い顔をして、体から汗が湯気になって立ち昇っていた。だが、サムがぐちゃぐちゃと近寄っていくと、にやりと笑った。「〈異形〉にブーツを取られたか、〈異形退治〉?」

〝こいつもか?〟「泥だよ。頼むからそういう呼び方をしないでくれよ」

「いいじゃないか?」グレンは本当に当惑したような声を出した。「よい名前だ。そして、おまえは正当にその名前を手に入れたのだぞ」

ピップはいつもグレンを城壁みたいに鈍いとからかっていた。そこで、サムは辛抱強く説明した。「それは、おれを臆病者と呼ぶのと同じことなんだ」かれは左足で立って、もう片方の足を泥だらけのブーツにつっこもうとしながら、いった。「みんなでおれをからかっている。ベドウィックを〈でかぶつ《ジャイアント》〉と呼ぶのと同じように」

「しかし、かれは巨人《でかぶつ》じゃない」とグレンはいった。「そして、ポールは決して小さく《スモール》なかった。まあ、乳飲み子のころにはそうだったかもしれないが、その後は違った。だが、おまえは実際に〈異形〉を殺した。だから、同じではないよ」

「おれはただ……決して……怖かっただけだ!」

「おれだって同じだよ。おれのことを、怖がるには神経が鈍すぎるなんていうのは、ピップだけだ。おれだってみんなと同様に怖いんだぜ」グレンは割った薪を拾い上げて、火に投げこんだ。「おれはジョンと試合をするときは、いつも怖かったものだ。あいつはあまりにもすばやくて、しかもおれを殺すような勢いで攻めてくるんだから」湿った緑の木が炎の上にのり、煙を上げてから引火した。「だが、おれは怖いとは決していわなかった。ときどき思うんだが、みんな勇敢なふりをしているだけだよ。そして、本当に勇敢なやつなんて一人もいないのさ。たぶん、勇敢なふりをするのが、勇敢になる方法なのだろう。わからんがね。みんなに〈異形退治《スレイヤー》〉と呼ばせておけばいいじゃないか。かまわないだろう？」

「おまえ、サー・アリザーに〈野牛《オーロクス》〉と呼ばれるのを、いやがっていたじゃないか」

「やつは、おれが大きくて間抜けだといっていたんだ」グレンは髭を掻いた。「しかし、もしピップがおれを〈野牛〉と呼びたいなら、それはかまわない。おまえでも、ジョンでもな。野牛は獰猛で強い獣だ。だから、そのあだ名はそう悪くない。そして、おれは本当にでかいし、ますますでかくなっている。おまえだって、〈豚の殿さま《サー・ピギー》〉と呼ばれるより、〈異形退治のサム〉と呼ばれるほうがよくはないか？」

「なぜ、ちゃんとサムウェル・ターリーと呼んでもらえないんだ？」かれはグレンがまだ割ってない丸太の上に重そうに腰を下ろした。「あれを殺したのはドラゴングラスだった。おれじゃなくて、ドラゴングラスだったんだよ」

このことは前にもいった。みんなに全部話していた。この話を信じない者もいたことは、知っている。〈ダーク〉は自分の短剣《ダーク》をサムに見せていったものだ。「おれは鉄を持っている。ガラスなんかしょうがないだろう？」〈黒のバナール〉と三人のガースは、サムの話をぜんぜん信じないとはっきりいい、〈シスタートンのロリー〉は話を聞くなり、こういった。「むしろ、藪がガサガサいうので突き刺したら、糞をひっている〈大男のポール《スモール》〉だったとわかったので、おまえ出まかせをでっち上げたんじゃないか」

しかし、ダイウェンは耳を傾けたし、〈陰気なエッド〉もそうだった。かれらはサムとグレンに、総帥に報告しろといったのだった。モーモントは話の間じゅうずっと渋面をつくっていて、的を突く質問をした。かれは非常に用心深い人なので、〈異形〉に対して有効となりうる可能性を遠ざけることはなかった。かれはサムに、荷物の中のドラゴングラスを全部出してみろといったが、それはごく少ししかなかった。〈拳《フィスト》〉の地下に埋まっているのをジョンが見つけたあの貯蔵物のことを思い出すと、サムはいつも泣きたくなるのだった。複数の短剣の刃と槍の穂先、そして、少なくとも二、三百個の鏃《やじり》があった。ジョンは短剣を自分とサムとモーモント総帥に分けた。そして、サムには槍の穂先と古くて壊れた角笛と、そしていくらかの鏃をくれた。グレンもひと握りの鏃をもらった。だが、これがすべてだった。

だから、いま残っているのは、モーモントの短剣とサムがグレンに与えたものと、それに、十九本の矢と、黒いドラゴングラスの穂先をつけた硬木の長い槍一本だけだった。歩哨たちはその槍を順番に次の当直者に渡すようにしていた。一方、モーモントは矢をもっとも腕のよい弓兵たちに分配した。〈つぶやきのビル《マタリング》〉、〈灰色羽のガース《グレイフェザー》〉、ロネル・ハークレイ、〈色男《スイート》〉ことドネル・ヒル、そして〈ロズビーのアラン〉に三本ずつ、そして、アルマーに四本を。だが、たとえ、かれらがすべての矢を命中させたとしても、たちまち、他の者たちと同様に火矢だけになってしまうだろう。かれらは〈拳《フィスト》〉の上で何百本もの火矢を放った。それでも、死人は押し寄せつづけたのだった。

〝これだけじゃ、とても充分とはいえない〟とサムは思った。クラスターの傾斜した土盛りと溶けた雪は、死人どもの前進をとうてい遅らせることはできない。やつらは〈拳《フィスト》〉のもっと急な斜面を登ってきて、環状壁を乗り越えて殺到してきたのだから。しかも、死人たちがこれから対面するのは、整然と隊伍を整えた三百人のブラザーたちの代わりに、重傷を負って戦えない九人をふくむ四十一人のぼろぼろの生き残りだけなのだから。〈拳《フィスト》〉から命からがら脱出した六十余人のうち、四十四人が嵐の中からクラスターの砦にたどりついていた。だが、そのうち三人は傷のためにすでに死に、バネンがまもなく四人目になろうとしていた。

「おまえ、〈亡者《ワイト》〉どもはいなくなったと思うか?」サムはグレンにたずねた。「なぜ、あいつらはおれたちの息の根を止めにこないんだろう?」

「〈亡者〉は寒いときだけくるんだよ」

「うん」サムはいった。「だが、寒さが〈亡者〉を連れてくるのか、それとも、〈亡者〉が寒さを連れてくるのか?」

「どっちだっていいだろう?」グレンの斧が木片をはね飛ばした。「やつらは一緒にやってくるんだ。それが問題なのさ。おい、ドラゴングラスがかれらを殺すことがわかったから、たぶん、かれらはもうぜんぜんやってこないかもしれない。たぶん、今ではおれたちを恐れているのかもしれないぞ!」

サムはそう信じられればよいと思った。しかし死んだらもう、苦痛や愛や義務と同様に恐怖だって感じないのではないかと思われた。かれは両腕で足をかかえた。何枚も重ねたウールや革着や毛皮の下で、体は汗ばんでいた。ドラゴングラスが森の中であの青白いものを溶かしたのは事実だ……しかし、グレンは死人に対しても同じことが起こるようなことをいっていた。〝それはわからない〟とかれは思った。〝おれたちは、実はなんにもわかっていないのだ。ジョンがここにいればよいのに〟かれはグレンも好きだったが、かれに対しては、ジョンに対してと同じようにはしゃべれなかった。〝ジョンならおれを〈異形退治〉とは呼ばないに決まっている。そして、おれはジリの赤子について、かれに話すこともできるだろうに〟しかし、ジョンは〈二本指《ハーフハンド》のクォリン〉とともに行ってしまった。そして、あれ以来かれの消息は不明である。〝かれもドラゴングラスの短剣を持っていた。だが、あれを使おうと思ったろうか？　かれはどこかの峡谷で、死んで横たわって凍っているのだろうか……それとも、もっと悪いことに、死んでいて、しかも歩いているのだろうか？〟かれはなぜ神々が、ジョン・スノウとバネンを取って、このように臆病で不器用な自分を残そうとしているのか理解できなかった。かれは〈拳《フィスト》〉で死ぬべきだった。あそこで三度も小便をちびり、しかも剣を失ってしまったというのに。

　そして、もし〈スモール・ポール〉が通りかかって運んできてくれなければ、かれは森の中で死んでいたことだろう。〝このすべてが夢だったらよいのに。そうなら、目覚めることができるだろうに〟そうならどんなによいだろう――目覚めると、〈最初の人々の拳《フィスト》〉の上に戻っていて、まだすべての兄弟《ブラザー》に囲まれていたら。ジョンやゴーストまでもそこにいたら。いや、もっとよいのは、〈壁〉の反対側の黒の城《カースル・ブラック》で目覚めて、食堂に行って、〈三本指のホップ〉の作った小麦の濃い粥の椀——そのまんなかで大さじ一杯のバターが溶けかかり、その横に一すくいの蜜蜂が垂らしてある——を受け取ることだ。そう思うだけで、空の胃がぐうぐう鳴った。

「スノウ」

サムはその声を聞いて、ちらりと見上げた。モーモント総帥の大鴉が大きな黒い翼を羽ばたいて、焚き火のまわりを旋回していた。「スノウ」その鳥は鳴いた。「スノウ、スノウ」

この大鴉がどこにいこうと、必ずモーモントがすぐ後を追ってくる。総帥が木々の下から、小型の乗用馬にまたがって姿を現わした。その両側にダイウェン老人と、狐顔の哨士《レンジャー》、ロネル・ハークレイが付き添っていた。ハークレイはトーレン・スモールウッドの代わりに昇進したのだった。門のところの槍兵たちが大声で「だれだ？」と怒鳴った。すると、〈熊の御《オールド・》大《ベア》〉がしわがれ声でいい返した。「いったいだれが来たと思っているんだ？〈異形〉に目を抜かれたのか？」かれは、片方の柱に仔羊の頭蓋骨、もう片方の柱に熊の頭蓋骨をつけた、門柱の間を通ってきて、手綱を引き、拳を上げ、口笛を吹いた。その呼び声に応じて、大鴉がぱたぱたと舞い下りた。

「閣下」サムはロネル・ハークレイがいうのを聞いた。「乗用馬は二十二頭しかいません。そして、その半分が〈壁〉まで行き着けるかどうか」

「わかっている」モーモントは不機嫌にいった。「にもかかわらず、行かねばならぬ。クラスターがそれを明らかにした」かれは西のほうをちらりと見た。そこには暗い層雲が太陽を隠していた。「神々はわれわれに中休みを与えたもうた。しかし、どのくらい長く休むことができるだろうか？」モーモントは鞍からひらりと下りた。そのはずみでかれの大鴉が空中に舞い戻った。それから、総帥はサムを見て、怒鳴った。「ターリー！」

「わたし、ですか？」サムはよろよろと立ち上がった。

「ワタシ？」大鴉はその老人の頭に止まった。「ワタシ？」

「おまえの名はターリーか？　このあたりに、兄弟がいるか？　そうだ、おまえに決まってる。黙って一緒に来い」

「あなたと？」その言葉はキーキー声になった。

モーモント総帥は威圧するような目でかれを見た。「おまえは〈冥夜の守人《ナイツ・ウォッチ》〉の兵士だぞ。おれに見られるたびに、小便をちびるんじゃない。来い、といったぞ」かれのブーツは泥の中でがぼがぼ鳴った。そしてサムは急いでついていかなければならなかった。「おまえのドラゴングラスのことを考えていたのだが」

「わたしのものではありません」サムはいった。

「では、ジョン・スノウのドラゴングラスだ。もし、ドラゴングラスの短剣がわれわれに必要な物なら、なぜ、二個しかないのだ？〈壁〉の兄弟《ブラザー》全員に、誓約を唱えた日に一個ずつ与えるべきだろう」

「わたしたちはまったく知りませんでした……」

「われわれはまったく知らなかった！　だが、昔は知っていたにちがいない。〈冥夜の守《ナイツ・ウォ》人《ツチ》〉はその真の目的を忘れてしまったのだぞ、ターリー。皮を着た野蛮人どもが女を盗みにくるのを防ぐために、二百メートルの壁を作ったりはしない。〈壁〉は人間の領域を守るために作られたのだ……それも、他の人間に対してではない。考えればすぐにわかるように、すべての野人も〝他の人間〟に含まれている。あまりにも多くの年月がたちすぎたのだ、ターリー。何百年、何千年もたってしまったのだ。われわれは真の敵を見失ってしまった。そして今、そいつはここにいる。だが、われわれはそいつとの戦い方を知らない。庶民がよくいうように、ドラゴングラスはドラゴンによって作られたのか？」

「メ……メイスターたちは別のことを考えています」サムは口ごもりながらいった。「メイスターたちの話では、それは大地の熱から作られたということです。かれらは黒曜石と呼んでいます」

モーモントは鼻を鳴らした。「レモンパイと呼んだって、いっこうに差し支えないぞ。もし、おまえがいうように、あれが敵を殺すなら、おれはもっとたくさん欲しい」

サムは口ごもりながらいった。「ジョンはもっとたくさん見つけました。〈拳《フィスト》〉の上で。何百個もの鏃、槍の穂先も……」

「と、おまえはいう。だからといって、ほとんど手はない。ふたたび〈拳《フィスト》〉に達するには、あの憎らしい〈拳《フィスト》〉に達するまでは手に入らない武器を、持っていなければならない。そして、まだ野人どもの始末もすんでいない。どこか他の場所でドラゴングラスを見つける必要がある」

サムは野人のことをほとんど忘れてしまっていた。あれ以来、あまりにも多くのことが起こったので。「〈森の子ら〉はドラゴングラスの刃物を使っていました」かれはいった。

「かれらなら、黒曜石のありかを知っているでしょう」

「〈森の子ら〉は死に絶えた」モーモントは、いった。「〈最初の人々〉はかれらを青銅の刃物で殺し、アンダル人は鉄でその仕事を終えた。どうして、ガラスの短剣が――」

クラスターが、扉がわりに使っている鹿の生皮のカーテンの間から現われると、〈熊の御大《オールド・ベア》〉は口をつぐんだ。その野人は茶色の虫歯を見せて笑った。「息子が生まれたぞ」

「ムスコ」モーモントの大鴉が鳴いた。「ムスコ、ムスコ、ムスコ」

総帥の顔がこわばった。「それはめでたい」

「ほんとに、そう思うか？　おれは、おまえと部下たちがいなくなれば、めでたいと思うぞ。もう潮時だと思っている」

「負傷者たちが充分に回復したら……」

「もう回復したいだけ回復しているよ、鴉のじいさん。おれたち二人とも知っているように。死にかけているやつもいる、おまえも知っているように。喉を掻き切って、始末をしろよ。いや、ここに残していってもいいぞ。おまえにその腹がないなら。そしたら、おれがこの手で片づけてやる」

モーモント総帥はかっとした。「トーレン・スモールウッドが、おまえは〈冥夜の守人《ナイツ・ウォッチ》〉の友人だと主張していたが――」

「そうだよ」クラスターはいった。「やれるだけの食べ物はやった。だが、冬が来ている。

そして今、乳をくれと泣き叫ぶもうひとつの口を、あの女がおれに突きつけた」

「その子を連れていってもいい」だれかがきーきー声でいった。

クラスターの頭がそちらを向いた。かれは目を細めて、サムの足に唾を吐きかけた。「なんといった、〈異形退治〉?」

サムは口をぱくぱくした。「た……た……ただ、その子が要らないなら……養う口を増やしたくないなら……冬が来ることだし……お、お、おれたちが引き取って……」

「おれの息子だぞ。血がつながっているんだぞ。その子を、おまえたち鴉などにやると思うか?」

「おれは、ただ思っただけだ……」〝おまえには息子はない。息子を捨てるのだ。ジリがそういった。男の子を森に捨てると。だから、ここには妻たちしかいないのだ。それと、成長して妻になるはずの娘たちしか〟

「だまれ、サム」モーモント総帥がいった。「もうよい。しゃべりすぎだ。中に入れ」

「か、か、閣下――」

「入れ!」

顔を赤らめて、サムは鹿皮を押し分け、広間の薄暗がりの中に戻っていった。モーモントが後に続いた。「なんたる馬鹿者だ、きさまは?」中に入ると、その老人は怒りのために、とぎれとぎれにいった。「たとえクラスターがその子供をくれたとしても、〈壁〉に着く前に死ぬだろう。ますます雪が降るというのに、生まれたばかりの赤子の世話をせねばならぬのか。きさまのそのでかいオッパイから、その子に飲ませる乳が出るというのか？　それとも、母親も連れていくつもりか？」

「彼女は来たがっています」サムはいった。「わたしに頼みました……」

モーモントは片手を上げた。「その話はもう聞きたくない、ターリー。クラスターの妻たちには近づくなと、何度も何度もいったはずだ」

「彼女はかれの娘です」サムは弱々しくいった。

「バネンの様子を見にいけ。さあ。おれを怒らせないうちに」

「はい、閣下」サムは震えながら急いで立ちのいた。

しかし、暖炉のところにいくと、ちょうど〈でかぶつ〉がバネンの顔に毛皮のマントをかぶせているところだった。「こいつは寒いといった」その小男はいった。「どこか暖かいところに行ったといいのだがな、本当に」

「怪我がなあ……」サムはいった。

「くそいまいましい怪我だ」ダークがその死体を足でつついた。「かれは足を負傷していた。おれが育った村に、片足を失った男がいた。そいつは、四十九歳まで生きたぞ」

「寒さだよ」サムはいった。「かれは決して暖かく感じなかった」

「喰わせてもらえなかったからさ」ダークがいった。「充分にはな。クラスターの馬鹿野郎《バスタード》がかれを飢え死にさせたんだ」

サムは心配して見まわしたが、クラスターは広間に戻っていなかった。もし、戻っていたら、面倒なことになったかもしれなかった。その野人は私生児《バスタード》を憎んでいた。もっとも、哨《レン》士《ジャー》たちの話によると、かれ自身が賤しい生まれで、ずっと前に死んだある鴉が野人の女に産ませた子だということだった。

「クラスターには喰わすべき身内がいる」〈でかぶつ〉がいった。「この大勢の女たちだ。できるだけのことを、おれたちにしてくれたのさ」

「そんなばかなこと信じるなよ。おれたちが出ていった日に、やつは腰を下ろし、酒樽の栓を抜いて、ハムと蜂蜜の御馳走を喰うぞ。そして、おれたちを嘲笑うんだ。外の雪の中で飢え死にするのをな。いまいましい野人だ。それがやつの身上だ。〈冥夜の守人《ナイツ・ウォッチ》〉の友人など一人もいないのさ」かれはバネンの死体を蹴りつけた。「おれの話が信じられないなら、こいつに聞いてみろ」

夕方になると、かれらはその日早くにグレンが薪をくべていた焚き火で、その哨士《レンジャー》の死骸を焼いた。ティム・ストーンと〈オールドタウンのガース〉が裸の死骸を運び出し、手と足を持って二度ゆすってから炎の中に放りこんだ。生き残った兄弟《ブラザー》たちは、バネンの衣服、武器、甲冑、その他すべての持ち物を分配した。黒の城《カースル・ブラック》では、〈冥夜の守人《ナイツ・ウォッチ》〉は死者をちゃんとした当然の儀式をして葬った。だが、ここは黒の城《カースル・ブラック》ではなかった。〝そして、焼いて骨にしてしまえば、〈亡者《ワイト》〉になって帰ってくることはないのだ〟

「かれの名はバネンだった」炎がかれを包むと、モーモント総帥がいった。「かれは勇敢な男、立派な哨士《レンジャー》だった。かれの出身地は……どこだっけ？」

「白い港《ホワイト・ハーバー》のほうです」だれかが叫んだ。

モーモントはうなずいた。「かれはホワイト・ハーバーからわれわれのところに来た。そして、必ず義務をまっとうした。できるかぎり誓約したことを守り、遠征し、激しく戦った。このような勇士を二度と見ることはないだろう」

「そして今、かれの務めは終わった」黒衣の兄弟たちが厳かに唱和した。

「そして今、かれの務めは終わった」モーモントが繰り返した。

「オワッタ」かれの大鴉が叫んだ。「オワッタ」

サムは煙のために目が赤くなり、気持ちが悪くなった。炎を見たとき、バネンがまるで自分を焼き尽くす炎を撃退しようとでもするかのように、両手の指を曲げて拳を作り、起き上がるのが見えたように思った。しかし、それはほんの一瞬で、渦巻く煙がすべてを隠してしまった。しかし、最悪のものはその匂いだった。それが、もし不愉快な悪臭だったら、かれは耐えられたかもしれない。しかし、焼かれているかれの兄弟《ブラザー》は、よだれの垂れそうな焼き豚そっくりの匂いを放ったのだった。それがあまりにも恐ろしかったので、鳥が「オワッタ」と鳴くやいなや、かれは広間の後ろに駆けて行き、溝にへどを吐いてしまったのだった。

そこの泥の中にひざまずいていると、〈陰気なエッド〉が近寄ってきた。「蚯蚓《ミミズ》を掘っているのかい、サム？　それとも、気持ちが悪くなっただけかな？」

「むかむかする」サムは手の甲で口を拭いながら、弱々しくいった。「あの匂い……」

「バネンがこんなにいい匂いがするとは、夢にも思わなかったなあ」エッドの口調は相変わらず陰鬱だった。「かれの肉をひと切れそぎ取りたいと思ったくらいだ。もし、ここにアップルソースがあったら、おれはそうしたかもしれないぞ。豚肉にはいつもアップルソースがいちばんよく合うと思うんだ」エッドはズボンの紐を解いて、ペニスを引き出した。「おまえ死なないほうがいいぞ、サム。さもないと、おれは誘惑に負けちまうかもしれない。おまえにはバネン以上にカリカリした肉皮がついているはずだ。そしておれはカリッとした焼き豚を見ると、どうしても我慢できなくなるのだ」かれは黄色く湯気を立てる小便でアーチを描きながらためいきをついた。「われわれは夜が明けしだい、出発するぞ、聞いたか？　日が出ようが、雪が降ろうがだ。〈熊の御大《オールド・ベア》〉がそういった」

〝日が出ようが、雪が降ろうがか〟サムは心配そうにちらりと空を見上げた。「雪でも？」かれはきーきー声でいった。「出発……する、馬で？　全員が？」

「いや、何人かは歩く必要があるだろう」かれは震え声でいった。「ダイウェンのやつがな、おれたちは死んだ馬に乗って歩くのを習う必要があるというんだよ。〈異形〉がやっているようにさ。そうすれば、飼い葉が節約できるだろうと。死んだ馬はどのくらい喰うんだろうなあ？」エッドはズボンの紐を結びなおした。「おれは、その考えが気に入っているというわけではないがな。いったん、死んだ馬を動かす方法を考案したら、次に死んで動くのはおれたちだぞ。たぶん、おれが最初になるだろう。将官たちはいうだろう。〝エッド、死んでいることは、もはや横たわる口実にはならんぞ。だから、立ち上がって、この槍を持て。今夜はおまえが見張りに立つんだぞ〟なんてね。まあ、こんな暗い話をすべきではなかった。もしかしたら、やつらがその方法を案出する前に、おれは死ぬかもしれないし」

〝おれたちはみんな死ぬかもしれない。それも、覚悟ができないうちに〟とサムは思いながら、よろよろと立ち上がった。

この招かれざる客が明日の朝出発すると知ると、クラスターの態度がほとんど愛想がよいというくらいに変わった。いや、クラスターが今までに愛想がよかったときと同じくらいまで。「もう潮時だ」かれはいった。「前にもいったように、おまえたちはここの者ではない。それはそれとして、ちゃんと見送ってやるよ、御馳走をしてな。ああ、たっぷり喰わせてやる。おまえたちが殺した馬を、女房どもが焼き肉にしてやる。そして、ビールとパンをふるまうことにする」かれは茶色の歯を見せて笑った。「ビールと馬肉ほどうまいものはない。馬に乗っていけなければ、馬を喰え。おれはそういっているんだ」

かれの妻と娘たちはベンチと長い丸太のテーブルを引き出してきて、料理も給仕もした。ジリだけは別だった。サムは女たちをほとんど見分けることができなかった。ある者は年をとっており、ある者は若い。そして、ほんの少女もいる。だが、その大部分がクラスターの妻であり娘であって、全員がなんとなく似た人相をしていた。彼女らは仕事をしながら、たがいに小さな声で話し合ったが、黒衣の男たちには決して口をきかなかった。

クラスターは椅子をひとつしか持っていなかった。かれは袖なしの羊の皮の胴着を着て、それにすわった。太い腕は白い毛に覆われ、片方の手首には捩じれた金の腕輪がはまっていた。モーモント総帥はかれの右側の、ベンチのいちばん上席にすわった。一方、大勢の兄弟《ブラザー》は膝と膝を接してすわり、十数人は外で門の警備と、焚き火の世話にあたった。

サムは腹をぐーぐーいわせながら、グレンと〈みなしごのオズ〉の間にすわった。炉の上でクラスターの妻たちがまわしている焼き串の、焦げた馬肉から脂がしたたり、その匂いを嗅ぐとまた口によだれが溜まった。だが、バネンのことを思い出してしまった。空腹ではあるが、ひと口でも食べようとすれば、吐くことがわかっていた。こんな遠くまで乗せてきてくれた忠実なかわいそうな馬たちを、どうしてみなは食べることができるのだろうか?

クラスターの妻たちが玉葱《タマネギ》を持ってくると、かれは早速一個もぎとった。片側は腐って黒くなっていたので、短剣で切り取り、片側のよい部分を生で食べた。パンもあったが、わずかに二塊だけだった。アルマーがもっとよこせと要求すると、女はただ首を振るばかりだった。騒ぎが起こったのはこのときだった。

「二個か?」〈内反足のカール〉がベンチの下座で文句をいった。「なんてばかなんだ、女ども? こんな少しのパンじゃ、足らんぞ!」

モーモント総帥が怖い顔でかれを睨んだ。「与えられた物を、ありがたくいただけ。外の吹雪の中で雪を喰うほうがましだとでもいうのか?」

「すぐ外に出るじゃないですか」〈内反足のカール〉は〈熊の御大《オールド・ベア》〉の激怒にひるまなかった。「むしろ、クラスターが隠している物を喰いたいですよ、閣下」

クラスターは目を細めた。「てめえら鴉どもには充分に喰わせてやった。おれは女どもを養わなくちゃならんのだ」

　ダークが馬肉の塊を突き刺した。「なるほど、秘密の食糧貯蔵庫があると認めたのだな。さもなければ、どうして冬が乗り切れるだろうか？」

「おれは善人だから……」クラスターがいいかけた。「そして、嘘つきだ」

「きさまはけちな男だよ」カールがいった。

「ハムがある」〈オールドタウンのガース〉が、うやうやしくいった。「前に来たときには豚がいた。きっと、どこかにハムを隠しているぞ。燻製と塩漬けのハムと、そして、ベーコンも」

「ソーセージも」〈ダーク〉がいった。「長くて黒いやつが、岩のように固いやつが、何年もとっておいたやつが。きっと、地下室かどこかに百本もぶら下がっているぞ」

「燕麦《オーツ》も」〈片手のオロ〉が付け足した。「コーンも、大麦も」

「コーン」モーモントの大鴉が鳴いて、羽ばたいた。「コーン、コーン、コーン、コーン」

「黙れ」モーモント総帥が鳥のやかましい声に負けずにいった。「静かにしろ、みんな。ばかげているぞ」

「林檎《リンゴ》も」〈グリーナウェイのガース〉がいった。「みずみずしい秋の林檎が何樽も何樽も。外に林檎の木がある。ちゃんと見たんだ」

「干し葡萄《ブドウ》、キャベツ、松の実」

「コーン、コーン、コーン」

「塩漬けの羊肉。羊囲いがある。こいつは羊肉を何樽も何樽も蓄えている。間違いない」

このころには、クラスターは鴉どもを皆殺しにしかねない形相になっていた。モーモント総帥が立ち上がった。「黙れ。そんな話はもう聞きたくない」

「それじゃ、耳にパンを詰めるがいい、じいさん」〈内反足のカール〉がテーブルを押して立ち上がった。「それとも、けちなパン屑をもう飲みこんじまったのかい？」

サムは〈熊の御大《オールド・ベア》〉の顔が真っ赤になるのを見た。「おれがだれか忘れたのか？　すわれ、喰え、そして静まれ。これは命令だぞ」

だれも口を開かず、だれも動かなかった。全員の目が、テーブル越しに睨み合っている総帥と大柄でがに股の哨士《レンジャー》に注がれた。サムには、カールが最初に折れたように思われた。かれはしぶしぶ腰を下ろそうとした……

……が、クラスターが立ち上がった。その手には斧が握られていた。それはモーモントが客からの贈り物としてかれに与えた大きな黒い鋼鉄の斧だった。「いいや」かれは怒鳴った。「すわらせないぞ。おれをけちと呼ぶやつは、この屋根の下で眠らせず、おれのテーブルで物を喰わせることはない。外に出ろ、くそったれ。そして、おまえと、おまえと、おまえも」かれは斧の先で、〈ダーク〉とガースともう一人のガースを順に指した。「すきっ腹をかかえて、寒さの中で寝ろ、てめえら。それとも……」

「くそいまいましい私生児め！」ガースの一人が罵るのを、サムは聞いた。どちらのガースだったか、まったくわからなかったが。

「おれを私生児と呼ぶのはだれだ？」クラスターは大音声で叫ぶと、左手でテーブル上の皿や肉やワインカップなどを払いのけ、右手で斧を振り上げた。

「だれでも知っていることだ」カールが答えた。

クラスターは想像もつかないほどすばやく動き、斧を手にしてテーブルを飛び越えた。一人の女が悲鳴を上げ、〈グリーナウェイのガース〉と〈みなしごのオズ〉がナイフを抜き、カールはよろよろと後退して、負傷して床に横たわっているサー・バイアムにつまずいた。間髪を入れず、クラスターは罵りながらかれを追った。次の瞬間、クラスターは血を吐いていた。〈ダーク〉がかれの髪をつかみ、ぐいと首をのけぞらせ、喉を耳から耳までいっきに掻き切ったのだった。そして乱暴に突き倒すと、その野人は前のめりになり、サー・バイアムと交差して、顔から床にぶち当たった。バイアムは苦痛の悲鳴を上げ、クラスターは自身の血の海に溺れた。斧は指から吹っ飛んだ。クラスターの妻の二人が泣き叫び、もう一人が罵り、もう一人が〈色男のドネル〉に飛びかかってその目をつかみだそうとした。かれはその女を床に突き倒した。総帥は怒りで黒ずんだ顔で、クラスターの死骸を見下ろして立った。

「神々はわれわれを呪うだろう」かれは叫んだ。「人の広間に、客が殺人を持ちこむほど忌まわしい罪はない。炉端のすべての法律により、われわれは――」

「〈壁〉の外には法律はないぜ、じいさん。忘れたか？」〈ダーク〉はクラスターの妻の一人の腕をつかみ、血みどろの短刀をその喉に突きつけた。「食糧を蓄えている場所に案内しろ。さもないと、あいつと同じようになるぞ、女」

「女から手を放せ」モーモントが一歩前に出た。「きさまの首をはねてやる、この——」〈グリーナウェイのガース〉がその行く手をさえぎり、〈片手のオロ〉がかれを引き戻した。二人とも刃物を手にしていた。「黙ってろ」オロが警告した。ところが総帥はかれの短剣をつかもうとした。オロは片手しかなかったが、その手はすばやかった。かれはモーモント老人の手を振り払い、その腹にナイフを突き立て、さっと引き抜いた、真っ赤な血とともに。それから、狂気の世界が現出した。

後に、ずっと後になってわれに返ると、サムは床にあぐらをかき、膝にモーモントの頭をのせていた。自分たちがどうしてそこにいるのか、いや、〈熊の御大《オールド・ベア》〉が刺された後、その他に何が起こったのか、思い出すことができなかった。〈グリーナウェイのガース〉が〈オールドタウンのガース〉を殺したことは覚えていた。しかし、その理由はわからなかった。〈シスタートンのロリー〉はクラスターの妻の一人の味を見るために梯子を登っていった後、屋根裏部屋から落ちて首を折った。グレンは……

グレンは大声を出して、サムの頬をひっぱたき、それから〈でかぶつ〉や〈陰気なエッド〉やその他数人と逃げ出していった。クラスターはまだサー・バイアムと交差して倒れていたが、その傷ついた騎士はもう呻き声を出さなかった。四人の黒衣の男がベンチにすわって、焼けた馬肉の塊を食べており、オロは泣いている女とテーブルの上で交わっていた。

「ターリー」話そうとする〈熊の御大《オールド・ベア》〉の口から、髭の中に血が滴った。「ターリー、行け。行け」

「どこにですか、閣下？」かれの声は平板で、生気がなかった。〝おれは怖がっていない〟それは奇妙な感覚だった。「行くところがありません」

「〈壁〉へ。〈壁〉に向かえ。さあ――」

「サア」大鴉が鳴いた。「サア、サア」その鳥は老人の腕から胸に歩いて上がり、髭の毛をむしった。

「行かねばならん。みんなに知らせねばならん」

「知らせるって、何をですか、閣下？」サムはていねいにたずねた。

「すべてを。〈拳《フィスト》〉のこと。野人のこと。ドラゴングラスのこと。この、すべてを」今はかれの呼吸はとても浅くなり、声はささやきに変わっていた。「息子に伝えてくれ。ジョラーに。かれに伝えろ、黒衣を着ろと。おれの願い、遺言だ」

「ネガイ？」大鴉は頭を上げ、ビーズのような黒い目を輝かせた。そして「コーン？」とたずねた。

「コーンはない」モーモントは弱々しくいった。「ジョラーに伝えろ。かれを許すと。息子を。頼む。行け」

「遠すぎます」サムはいった。「決して〈壁〉にはたどり着けないでしょう、閣下」かれはあまりにも疲れていた。ひたすら眠りたかった。眠って、眠って、目覚めたくなかった。そしてわかっていた。もしここに留まっていれば、すぐに〈ダーク〉か〈片手のオロ〉か〈内反足のカール〉が腹を立てて、自分の願いを聞き届け、死を見ることになると。「むしろ、あなたと一緒に留まりたいです。ほら、わたしはもう怖がっていません。あなたをも、いや……何者をも」

「そうでなくちゃ」一人の女の声がいった。

クラスターの妻の三人がかれらを見下ろして立っていた。二人は、かれの知らないげっそりやつれた老女だったが、その間にジリがいた。すっぽりと毛皮にくるまって、茶色と白の毛皮の包みを抱いていたが、それは赤ん坊にちがいなかった。「クラスターの妻とは口をきかないことになっている」サムは彼女らにいった。「命令なんだ」

「もう、終わったよ」右手の老女がいった。

「いちばん黒い鴉どもが地下室に入って、がつがつ喰っているし」左手の老女がいった。

「若い子たちと屋根裏部屋に登っているものもいる。でも、かれらはすぐに戻ってくる。そのとき、あんたたちはいないほうがいい。馬たちは逃げてしまったが、ダイアが二頭捕まえている」

「あんた、わたしを助けてくれるといったわね」ジリが念をおした。

「ジョンがおまえを助けるだろう、といったのだ。ジョンは勇敢で立派な戦士だが、今はもう死んでいると思う。おれは臆病者だ。それに太っている。見てごらん、どんなに太っているか。しかも、モーモント公が傷ついている。見えないか？　おれは総帥を置いていくわけにはいかないんだ」

「子供よ」もう一人の老女がいった。「その年とった鴉はあんたより先に行ってしまったよ。

ごらん」

モーモントの頭はかれの膝の上にじっとしていたが、その目は開いて、虚空を見つめ、唇はもはや動かなかった。鴉が首を上げて鳴き、それからサムを見上げた。「コーン？」

「コーンはない。閣下はコーンを持っていない」サムは〈熊の御大《オールド・ベア》〉の目を閉じて、祈りの言葉を思い出そうとした。だが、この言葉しか出てこなかった。「〈慈母〉よ、お慈悲を。〈慈母〉よ、お慈悲を。〈慈母〉よ、お慈悲を」

「あんたの〈慈母〉はあんたをどうにも助けることはできないよ」左手の老女がいった。「その死んだ老人もそうだ。あんたはかれの剣を取り、かれのあの大きな暖かい毛皮のマントを取り、そして、見つかったら、かれの馬を取りなさい。そして、行くのだよ」

「この子は嘘をつかない」右手の老女がいった。「彼女はわたしの娘だ。そして、前もって、わたしは彼女から嘘を叩き出しておいた。あんたは彼女を助けるといった。ファーニーのいうとおりにしなさい、坊や。この娘を連れていきなさい。さあ、早く」

「ハヤク」大鴉がいった。「ハヤク、ハヤク、ハヤク」

「どこに？」サムは当惑してたずねた。「彼女をどこに連れていけばいいんだ？」

「どこか暖かいところに」二人の老女が口をそろえていった。

ジリは泣いていた。「わたしと、この赤子を。お願いです。あなたの妻になります。クラスターの妻になったように。お願いします、鴉さん。これは男の子です。ネラが予言したように。もし、あなたが連れていってくれなければ、かれらが連れていくでしょう」

「かれら?」サムはいった。すると大鴉が黒い頭を上げて繰り返した。「カレラ、カレラ、カレラ」

「この子の兄たちだよ」左手の老女がいった。「クラスターの息子たちだよ。外では、白い寒さが立ち上がっているのだよ、鴉。わたしは骨の中でそれを感じることができる。この年とった骨は嘘をつかない。まもなくかれらがここに来る、息子たちがね」

34 ―― アリア

　アリアの目は暗闇に慣れてしまっていた。ハーウィンが目隠しをはずすと、丘の洞窟の中の赤味がかった強い光を受けて、アリアは間抜けな梟《フクロウ》のように目をぱちくりした。

　土の床のまんなかに巨大な焚き火の穴が掘られていて、その炎が渦を巻き、ぱちぱち音をたてながら、煤で汚れた天井に向かって立ちのぼっていた。壁は岩と土が均等に混ざっていて、その間に巨大な白い木の根が、まるで動きの鈍い千匹もの白い蛇のように、くねくねと通っていた。彼女が見つめると、それらの木の根の間から人々が現われて、捕虜たちを見ようと、陰からにじり寄ってきた。いくつもの漆黒のトンネルの口から歩み出る者もあれば、四方の割れ目や裂け目からひょいと出てくる者もあった。焚き火の向こう側の一ヵ所に、木の根が一種の階段を形づくっていて、上の窪みに登れるようになっており、その絡み合ったウィアウッドの根の間に、一人の男が忘れられたようにすわっていた。

　レムがジェンドリーの目隠しをはずした。「なんだ、この場所は？」かれはたずねた。

「昔からある場所だ。深くて秘密の。狼も獅子もうろついてこない避難所さ」

〝狼も獅子も来ない〟アリアは鳥肌が立った。彼女は以前に見た夢と、そして、男の腕を肩から嚙み切ったときに味わった血の味を思い出した。

焚き火は大きかったが、洞窟はもっと大きかった。どこから始まって、どこで終わっているか見当もつかなかった。いくつものトンネルの入り口は六十センチの深さしかないかもしれないし、また三キロも続いているかもしれなかった。男も女も小さな子供もいた。みんな油断なく彼女を見つめていた。

〈緑の鬚《グリーンベアド》〉がいった。「痩せこけた栗鼠《リス》よ、ここには魔導師がいる。すぐにおまえの疑問に答えられるだろう」かれは焚き火のほうを指さした。そこには〈七弦《セヴンストリングズ》のトム〉が一人の痩せた男と立ち話をしていた。男はみすぼらしいピンクの衣の上から、半端物の古い鎧をまとっていた。〝あれがミアのソロスなんてことはありえない〟アリアの記憶では〈紅《あか》の祭司〉は太っていて、なめらかな顔をして、てかてか光る禿げ頭をしていた。しかしこの男は元気のない顔をして、ぼさぼさの灰色の髪が頭全体に生えていた。トムが何かいうと、かれは彼女を見た。アリアはかれが自分のところにやってこようとしていると思った。ところが、そこに〈狂える猟犬使い《マッド・ハンツマン》〉が捕虜を連れて現われ、そいつを明るいところに押しやった。すると、彼女とジェンドリーは忘れられてしまった。

〈猟犬使い《ハンツマン》〉は屈強な男で、つぎはぎだらけの革着をまとい、禿げ頭で、顎は弱い感じだが、喧嘩腰の人物だとわかった。石の聖堂《ストーニイ・セプト》のあの使い鴉《レイヴン》の檻のところで、レムと〈緑の鬚〉がかれと出会って、この捕虜を〈稲妻公〉に引き渡せと要求したときには、その二人がばらばらに引き裂かれるのではないかと、彼女は思ったものだった。なにしろあの時は、くんくん匂いを嗅ぎ、唸り声を上げる猟犬に、取り囲まれていたのだから。ところが、〈七弦のトム〉は音楽を奏でて犬どもをなだめ、タンジーが骨や羊の脂身をエプロンにいっぱいのせて、広場を横切ってきたのだった。そして、レムは売春宿の窓の中で弓に矢をつがえて立っているアンガイを指さしたのだった。〈狂える猟犬使い〉はおまえらはみんな卑屈な腰巾着だと罵ったが、結局、自分の獲物をベリック公の裁きに任せることに同意したのだった。

かれらは捕虜の手首を麻縄で縛り、首に輪縄をかけ、頭に袋をかぶせていたのだが、そのようにしても、その男は危険な存在だった。アリアは洞窟の反対側からそれを感じることができた。ソロスは――それが実際にソロスだとして――焚き火のところにくる途中で、捕虜を捕らえた男とその捕虜とに出会った。「どうやって、こいつを捕まえた?」祭司はたずねた。

「匂いを、犬が嗅ぎつけたのだ。信じてくれるかどうかわからんが、かれは柳の木の下で、眠って酔いを醒まそうとしていたぞ」

「身内に裏切られたわけだ」ソロスは捕虜のほうを向き、目隠しをはずした。「われらのささやかな広間にようこそ、〈犬〉くん。ここはロバートの玉座の間ほど大きくはないが、仲間はもっとましな人々だ」

ちらちら動く炎がサンダー・クレゲインの火傷した顔に、オレンジ色の影を描いた。それで、かれの顔は昼間の光の中にいたときよりもさらに恐ろしい形相になった。その手首の綱を引っ張ると、乾いた血のかけらがこぼれ落ちた。〈猟犬《ハウンド》〉ことクレゲインは口を歪めた。

「おまえを知っているぞ」かれはソロスにいった。

「そうだ。模擬合戦《メレ》のとき、おまえはおれの燃える剣に悪態をついたものだ。しかし、その剣で、おれはおまえを三度打ち倒したぞ」

「ミアのソロス。以前、おまえはいつも頭を剃っていたが」

「慎ましい心の持ち主であることを示すためにな。だが実は一人よがりだった。しかも、森で剃刀を失ってしまった」祭司は自分の腹を叩いた。「どんどん痩せる。荒野に一年いると、人の肉は溶ける。この皮膚を縫い縮めてくれる裁縫師を見つけたいものだ。そうすれば、ふたたび若く見えて、きれいな娘たちがキスの雨を降らせてくれるだろうに」

「目の悪い娘だけだよ、祭司」

逆徒たちがはやしたてたが、ソロスほど大声をたてたものはなかった。「まあ、そういうことだ。だが、今のわたしは、おまえたちが知っていた偽りの祭司ではない。〈光の王《ロード・オブ・ライト》〉がわが心を目覚めさせてくれた。長いこと眠っていた多くの力が、目覚めつつある。そして、大地にいろいろの力が動いている。わたしはそれらを炎の中に見た」

〈ハウンド〉は感銘を受けなかった。「きさまの炎など、糞くらえだ。そして、きさまらも」かれは他の者たちを見まわした。「聖人の仲間にしては、妙な連中だな」

「これらはわたしの同志だ」ソロスは単純にいった。

〈レモンクロークのレム〉が進み出た。ここでは、かれと〈緑の鬚〉だけが、〈ハウンド〉の目を見て話すことができるだけの背丈があった。「気をつけて吠えろよ、犬め。おまえの命はわれわれの手に握られているのだぞ」

「では、その手から糞を拭ったほうがいい」〈ハウンド〉は笑った。「この穴に、おまえたちどのくらい長く隠れているんだ？」

〈射手《アーチャー》のアンガイ〉は臆病者と暗示されたので、きっとなった。「おれたちが隠れていたかどうか、〈山羊〉に聞いてみろ、〈ハウンド〉。おまえの仲間に聞いてみろ。〈蛭《ヒル》の殿さま〉に聞いてみろ。おれたちはかれら全員を血祭りにしてやったのだぞ」

「おまえたちが？　笑わせるな。おまえたちは兵士よりも、むしろ豚飼いに見えるぞ」

「われわれの何人かは豚飼いだった」アリアの知らない背の低い男がいった。「そして、ある者はなめし革職人か、吟遊詩人か、石工だった。だが、それは戦《いくさ》が始まる前のことだ」

「キングズ・ランディングを出発したときには、われわれはウィンターフェル城の家来であり、ダリー公の家来であり、黒い聖域《ブラックヘイヴン》城の家来であり、マラリー公の家来であり、サー・ワイルドの家来だった。われわれは騎士、従士、兵士、貴族、平民だったが、ひたすら共通の目的のために団結したのだ」この声は、壁を半分上がったウィアウッドの根の間にすわっている男から届いた。「おまえの兄に王の裁きを下すため、われわれ百二十人が派遣された」その話し手は床に向かって、もつれた木の根の階段を下りてきた。「星をちりばめたマントを着た道化師に率いられた、百二十人の勇敢で忠実な兵士たちだった」かかしのような男。そいつは星をちりばめたぼろぼろの黒いマントをまとい、百回もの戦いでへこんだ鉄の胸甲をつけていた。濃い赤金色の髪の毛が顔の大部分を隠していたが、左耳の上に毛のない部分があって、そこは頭が陥没していた。「もう、同志の八十人以上が死んだ。だが、かれらの手から落ちた剣を、他の者たちが拾い上げた」かれが床に下りると、逆徒たちが通り道をあけた。あの人は片目を失っている、とアリアは気づいた。空の眼窩の周囲の肉は傷ついて、すぼまっていた。そして、かれは黒い首輪をはめているようだった。「かれらの助けを得て、われわれはできるだけ戦いつづける。ロバート王とその王土のために」

「ロバートだって？」サンダー・クレゲインが信じられないように、しわがれ声でいった。

「われわれを送り出したのはネッド・スタークだった」鉢形兜《ポットヘルム》をかぶった〈幸あれかしのジャック〉がいった。「だが、かれはわれわれに命令を下すときに、〈鉄の玉座〉にすわっていた。だから、実際はわれわれはかれの兵士ではなく、ロバートの兵士なのだ」

「ロバートは今は蛆虫の王だ。それで、おまえたちはかれの宮廷を維持するために、地中にいるのか？」

「王は死んだ」かかしの騎士が認めた。「だが、われわれはまだ王の家来である。もっとも、われわれが掲げていた王家の旗印は、おまえの兄の殺人鬼どもがわれわれに襲いかかったとき、ママーズ・フォードで失われてしまった」かれは拳で胸を押さえた。「ロバートは殺されたが、かれの王土は残っている。そして、われわれは彼女を、つまりその王土を守るのだ」

「彼女だと？」〈ハウンド〉が鼻を鳴らした。「彼女はおまえの母親なのか、ドンダリオン？　それとも、おまえの娼婦なのか？」

〝ドンダリオンだって？〟ベリック・ドンダリオンは男前だった。サンサの友達のジェインはかれに恋していた。いくらジェイン・プールでも、今のこの男を美しいと思うほど目が悪くはなかった。だが、見なおすと、合点がいった。かれの胸甲のひび割れたエナメルに紫の二股の稲妻の痕跡が残っていたのである。

「岩石と樹木と河川、王土はそれでできている」〈ハウンド〉がいっていた。「岩石を守る必要があるだろうか？　ロバートならそうは思わなかったろうに。かれはそれとやることができなければ、それと戦うことができなければ、あるいは、それを飲むことができなければ、退屈してしまうのだ。だから、おまえたち……おまえたち〈勇　武　党《ブレイヴ・コンパニオンズ》〉は」

激しい怒りが丘の洞穴にみなぎった。「もう一度、その名前でおれたちを呼んでみろ、犬め、そうしたら、その舌を飲むことになるぞ」レムは長剣を抜いた。

〈ハウンド〉は軽蔑の目でその剣を見つめた。「おや、勇気のあるやつだ。縛られた捕虜に向かって剣を抜くとは。この縄をほどいてみろ。そうしたら、おまえがどのくらいの勇者かわかるだろう」かれは後ろにいる〈狂える猟犬使い〉をちらりと見た。「おまえはどうだ？　それとも、犬小屋に勇気を全部置いてきてしまったか？」

「いいや。しかし、きさまを使い鴉の檻に残してくるべきだった」〈猟犬使い〉はナイフを抜いた。「だが、相手になってもいいぞ」

〈ハウンド〉はまともにその顔を見て笑った。

「われわれはここでは兄弟《ブラザー》だ」ミアのソロスが宣言した。「神聖なる同志だ。われらの王土と、われらの神と、そしておたがいに忠誠を誓った誓約の兄弟《スウォーン・ブラザー》なのだぞ」

「旗印を持たない兄弟団だ」〈七弦のトム〉が一本の弦を弾いた。「〈丘の洞穴の騎士団〉だ」

「騎士だと？」クレゲインはせせら笑っていった。「ドンダリオンは騎士だ。しかし、その他のおまえたちは、見たことがないような惨めきわまる逆徒であり、半端者の群れだ。おれはもっとましな男たちを相手にする」

「騎士ならだれでも、騎士を叙任することができる」かかしのようなベリック・ドンダリオンがいった。「そして、おまえの前にいる一人一人が肩を剣で叩かれた。われわれは忘れられた集団なのだ」

「おれを放免しろ。そうすれば、おれもおまえたちを忘れてやるぞ」クレゲインはしわがれ声でいった。「だが、おれを屠《ほふ》りたければ、さっさとやるがいい。きさまらはおれの剣を、馬を、そして金を奪った。だから、命も奪って、かたをつけろ……だが、そんな抹香臭い泣き言は聞きたくない」

「おまえはすぐに死ぬんだ、犬め」ソロスが断言した。「だが、これは殺人ではない。ただの裁きだ」

「そうだ」〈狂える猟犬使い〉がいった。「そして、おまえの仲間がやったことを考えれば、おまえにはもったいないくらい楽な死を与えてやる。シェラー砦とママーズ・フォードでは、六歳と七歳の少女が暴行を受け、まだ母の胸に抱かれていた赤子たちが、母親たちの見ている前で二つに切られた。こんなに残酷な殺し方をした獅子はかつてなかったぞ」

「おれはシェラーにも、ママーズ・フォードにもいなかった」〈ハウンド〉はかれにいった。

「きさまのいう赤子殺しの責任は、だれか他のやつに負わせろ」

ソロスはかれに答えた。「クレゲイン家が死んだ子供たちの上に築かれたことを、否定するのか？　かれらがプリンス・エイゴンとプリンセス・レイニスを〈鉄の玉座〉の前に横たえるのを、おれは見たのだ。当然、きさまの腕はあれらの醜い犬どもの楯の代わりに、二人の血まみれの幼児を抱くべきだ」

〈ハウンド〉は口を歪めた。「おれを兄と間違えているのじゃないか？　クレゲイン家に生まれたことが犯罪だというのか？」

「殺人は犯罪だ」

「おれがだれを殺した？」

「ローサー・マラリー公と、サー・グラッデン・ワイルドを」ハーウィンがいった。

「わが兄弟リスターとレノックスを」〈幸あれかしのジャック〉が断言した。

「ドネルウッドからきた〈善人《グッドマン》ベック〉と粉屋の息子マッジを」と、陰から老女が声を上げた。

「メリマンの未亡人を。とても愛情の深い人だったのに」〈緑の鬚〉が付け加えた。

「泥《スラッジーポンド》沼の司祭《セプトン》たちを」

「サー・アンドレイ・チャールトンを。その従士ルーカス・ルートを。フィールドストーンとマウスダウン・ミルのすべての男女と子供を」

「デッディング公夫妻を、あの家はとても豊かだったのに」

〈七弦のトム〉は続けて死者の数をかぞえた。「ウィンターフェル城のアリン、ジョス・クィックボウ、リトル・マットとその妹ランダ、アンヴィル・リン。サー・オーモンド。サー・ダッドリー。モリーのペイト、ランスウッドのペイト、オールド・ペイト、そしてシャマーの森のペイト。包丁屋ブラインド・ウィル。家政役《グッドワイフ》メリー。娼婦のメリー。パン屋のベッカ。サー・レイマン・ダリー、ダリー公、若いダリー公。ブラッケンの私生児、フレッチャー・ウィル。ハースリー。グッドワイフ・ノラ――」

「やかましい」〈ハウンド〉の顔が怒りでひきつった。「それらは雑音だ。それらの名前になんの意味もない。そいつらはだれなんだ？」

「人民だ」ベリック公がいった。「貴族に庶民、若者に老人、善人に悪人。かれらはラニスターの槍先で死んだか、またはラニスターの剣で腹を裂かれたのだ」

「かれらの腹を裂いたのはおれの剣ではなかった。そんなことをいうやつは、ひどい嘘つきだ」

「おまえはキャスタリーの磐城《ロック》のラニスター家に仕えている」ソロスはいった。

「仕えていた、だ。おれと、さらに何千人も。おれたちの一人一人が、他人の罪で有罪とされるのか？」クレゲインは唾を吐いた。「ひょっとしたら、おまえたちは結局、騎士であるかもしれないな。騎士のように嘘をつく。たぶん、騎士のように殺人を犯すのだろう」

レムと〈幸あれかしのジャック〉がかれに向かって怒鳴りだしたが、ドンダリオンが手を上げて黙らせた。「どういうことか、いってみろ、クレゲイン」

「騎士は馬を連れた剣だ。その他に、誓約に聖油にレディの寵愛。これらは剣に結びつけられた絹のリボンだ。たぶん、リボンが垂れ下がった剣のほうがきれいなのだろう。しかし、それでもちゃんと人を殺すのだ。そうとも、そんなリボンなど糞くらえ。そんな剣など自分のけつの穴に突っこむがいい。おれはおまえたちと同じだ。唯一の違いは、自分という人間について嘘をつかないことだ。さあ、殺せ。だが、おまえたち、そこに立って自分の糞は臭くないとたがいにいい合っている間は、おれのことを殺人者と呼ぶな。わかったか？」

アリアは目にもとまらぬ速さで〈緑の鬚〉の横をすり抜けた。「おまえは殺人者だ！」彼女は絶叫した。「おまえはマイカーを殺した。殺さなかったなんて、絶対にいうな。おまえはかれを殺した！」

〈ハウンド〉は彼女を見つめたが、まったく彼女と認識できなかった。「それで、そのマイカーとはだれだ、小僧？」

「小僧じゃない！　だが、マイカーは少年だった。肉屋の息子で、おまえが殺した。おまえはかれをほとんど真っ二つにしたと、ジョリーがいったぞ。かれは剣さえ持っていなかったのに」彼女は今はみんなが自分を見ていると感じた。女たち、子供たち、そして、〈丘の洞穴の騎士団〉と自称する男たちが。

「こいつはだれだ？」だれかがたずねた。

〈ハウンド〉が答えた。「これは驚いた。妹のほうだな。ジョフの美しい剣を川に放りこん

だちびだな」かれは大笑いした。「おまえ、自分が死んだことを知らないのか？」

「ちがう、死んだのはおまえだ」彼女はいい返した。

ハーウィンが彼女の腕をにぎって引き戻そうとしたときに、ベリック公がいった。「この少女はおまえを殺人者と呼んでいる。そのマイカーという肉屋の息子を殺したことを、おまえは否定するのか？」

その大男は肩をすくめた。「おれはジョフリーに忠誠を誓ったお守り役だった。その肉屋の息子が王子を襲ったのだ」

「嘘だ！」アリアはハーウィンの手の中で身悶えした。「それはわたしだった。わたしがジョフリーを打って、〈獅子の歯〉を川に投げこんだんだ。マイカーは逃げ出しただけだ。わたしが逃げろといったから」

「おまえはその少年がプリンス・ジョフリーを襲ったのを見たのか？」ベリック・ドンダリオンが〈ハウンド〉にたずねた。

「プリンスの口からそれを聞いた。おれはプリンスに疑問をさしはさむ立場にはない」クレゲインはアリアに向かってさっと手を突き出した。「こいつ自身の姉が、おまえたちの崇めるロバート王の前に立って、プリンスと同じことをいったのだ」

「サンサは嘘つきだわ」アリアはふたたび姉に激しい怒りを感じて、いった。「彼女の話とは違っていた。違っていたのよ」

ソロスはベリック公を脇に引き寄せた。アリアの腸《はらわた》が煮えくり返っている間、二人の男は立ったまま低い声でひそひそと相談していた。〝かれらはかれを殺さねばならない。わたしはかれが死ぬことを祈った。何百回も何百回も〟

ベリック・ドンダリオンが〈ハウンド〉のほうを振り返った。「おまえは殺人で告発されている。しかし、その嫌疑が真実か偽りか知っている者は、ここにはいない。だから、われわれはおまえを裁くことはできない。今は、〈光の王《ロード・オブ・ライト》〉だけが裁くことができる。おまえに、決闘による裁判を宣告する」

〈ハウンド〉は疑わしそうに眉をひそめた。自分の耳が信じられないかのように。「おまえ、ばかか、それとも気が違ったのか？」

「どちらでもない。おれは一貴族だ。おまえは剣をもって身の潔白を証明しろ。そしたら放免してやる」

「だめ」アリアが叫んだ。その口をハーウィンが押さえようとしたが間に合わなかった。〝だめ、だめだ。そんなことをしては、かれは放免されて自由になってしまう〟〈ハウンド〉は剣を持てば無敵で、だれでもそれは知っていた。〝かれはこいつらを嘲笑うだろう〟と彼女は思った。

まさにそのとおりだった。嗄《か》れた長い笑い声が洞窟の壁に谺《こだま》した。軽蔑の念の詰まった笑い声が。「では、だれが相手になる？」かれは〈レモンクロークのレム〉を見た。「黄色い小便色のマントを着た、この勇者かな？　ちがうか？　おまえはどうだ、〈猟犬使い〉？

おまえは前に犬どもを蹴った。おれを蹴ってみろ」かれは〈緑の鬚〉を見た。「おまえは充分に大きいな、タイロシュ人め。前に出ろ。それとも、おまえたち、この小娘自身をおれと闘わせるつもりか？」かれはまた笑った。「さあこい、死にたいやつはおらんか？」

「おまえと対決するのは、わたしだ」ベリック・ドンダリオン公がいった。

アリアはすべての物語を思い出した。〝かれが殺されることはありえない〟彼女は空頼みをしながら、そう思った。〈狂える猟犬使い〉がサンダー・クレゲインの両手を縛っている縄を切った。「剣と甲冑が必要だな」〈ハウンド〉は擦りむいた手首を擦りながらいった。

「剣は持たせる」ベリック公が宣言した。「しかし、無実がおまえの甲冑になるはずだ」

クレゲインは口を歪めた。「おれの無実対おまえの胸甲というわけか？」

「ネッド、この胸甲をはずすのを手伝ってくれ」

アリアは父親の名前をベリック公が口にしたので、鳥肌が立った。しかし、このネッドはほんの十歳から十二歳くらいの金髪の少年で、従士だった。かれはあわててそばに寄り、この辺境の城主がつけている傷だらけの鋼板の留め金をはずした。その下のキルトは歳月と汗で腐っていて、金属が引き剝がされると、下に落ちてしまった。ジェンドリーは息を飲んだ。

「なんてこった」

ベリック公の皮膚の下に肋骨の輪郭がくっきりと現われていた。その胸の左の乳首のすぐ上にすぼまった漏斗孔のような傷があった。そして、かれが振り向いて、剣と楯を持ってくるようにいったとき、アリアはかれの背中に胸の傷と対になる傷があるのを見た。〝槍に貫かれたのだ〟〈ハウンド〉もまたそれを見た。〝かれは怯えるだろうか？〟アリアはかれが怯えて死ねばよいと思った。マイカーだって、怯えていたにちがいないのだから。

ネッドはベリック公のところに、剣帯と黒くて長い外衣を持ってきた。それは鎧の上に羽織って、ゆったりと体の上に垂らすものだったが、それにはかれの家紋である二股の紫色の稲妻が斜めに走っていた。かれは剣を抜き、ベルトを従士に返した。

ソロスが〈ハウンド〉の剣帯を持ってきた。「犬に名誉があるのかな？」その祭司はたずねた。「おまえが剣を振るってここから逃げ出そうとか、あるいは子供を人質にとろうなどと思わないように……アンガイ、デネット、カイル、裏切りの兆候がちょっとでも見えたら、こいつに羽毛を生やしてやれ」三人の弓兵が弓に矢をつがえたのを見届けてから、ソロスはクレゲインにベルトを渡した。

〈ハウンド〉は剣を抜き、鞘を投げ捨てた。〈狂える猟犬使い〉がかれに樫《オーク》の楯を渡した。それには一面に鋲が打たれ、黄色く塗られていて、その上にクレゲインの三匹の黒犬の紋章が描かれていた。ベリック公が楯を持つのをネッド少年が手伝った。その楯はひどく切り刻まれてぼろぼろになっており、紫色の稲妻とちりばめられた星はほとんど消えてしまっていた。

しかし、〈ハウンド〉が敵のほうに歩み寄ろうとしたとき、ミアのソロスがそれを止めた。「まずお祈りをする」かれは焚き火に向かい、両腕を上げた。「〈光の王〉よ、われらを見下ろしたまえ」

洞窟を満たしている旗印を持たぬ集団が、それに呼応して声を上げた。「〈光の王〉よ、われらを守りたまえ」

「〈光の王〉よ、暗闇にいるわれらを守りたまえ」

「〈光の王〉よ、われらの上に御顔を輝かせたまえ」

「あなたの炎をわれらの間に灯したまえ、ル＝ロールよ」〈紅《あか》の祭司〉がいった。「この男の正邪をわれらに示したまえ。もし、かれが有罪ならば打ち倒し、もしかれが正しければ、かれの剣に力を与えたまえ。〈光の王〉よ、われらに知恵を与えたまえ」

「夜は暗く」他の者たちが唱和した。ハーウィンもアンガイも他のみんなと同様に大声で唱えた。「恐怖に満てり」

「この洞穴だって暗いぞ」〈ハウンド〉がいった。「だが、おれはここの恐怖だ。おまえの神が優しければいいがな、ドンダリオン。おまえはまもなくその神に対面するのだから」

ベリック公はにこりともせずに、長剣の刃を自分の左手のひらに当てて、ゆっくりと下に引いた。かれの作った傷口から黒い血が流れ、鋼を濡らした。

すると、その剣に火がついた。

アリアはジェンドリーが小声で祈るのを聞いた。

「七つの地獄で焼かれろ」〈ハウンド〉は罵った。「きさまと、そしてソロスも」かれは〈紅《あか》の祭司〉のほうをちらりと見た。「こいつをやっつけたら、次はきさまだぞ、ミア人め」

「おまえが口にする言葉のひとつひとつが、おまえの有罪を宣告しているぞ、犬め」とソロスが答えた。一方、レムと〈緑の鬚〉と〈幸あれかしのジャック〉は脅迫と悪罵を投げつけた。ベリック公自身は黙って待っていた。静水のように静かに。左腕に楯をつけ、右手に燃える剣を持って。〝かれを殺して〟アリアは思った。〝お願い、あんたはかれを殺さなければならない〟かれの顔は下から照らされてデスマスクのように見えた。つぶれた目が赤く炎症を起こした傷のように見えた。その剣は先端から鐔のところまで燃えていたが、かれはその熱を感じないようだった。かれはまるで石像のようにじっと立っていた。

だが、〈ハウンド〉が切りかかると、かれは充分にすばやく動いた。

燃える剣は飛び上がって、冷たい剣と出会い、長い火の吹き流しが、さっき〈ハウンド〉がいっていたリボンのような光跡を描いた。鋼と鋼が激突した。最初の切りこみが阻まれるやいなや、クレゲインは次の太刀を見舞った。だが、こんどはベリック公の楯がそれを受け止めた。そして、その打撃の力で木片が飛び散った。切りこみは激しく速く、下から上から、右から左から来たが、それぞれをドンダリオンは防いだ。かれの剣の周囲に炎が渦巻き、赤と黄色の残像がその光跡を示した。ベリック公が動くたびに、炎が煽られ、より明るく燃え、しまいには、まるで〈稲妻公〉は火の檻の中に立っているように見えた。「あれは炎素《サブスタンス》かしら？」アリアはジェンドリーにたずねた。

「いいや。これは違う。これは……」

「……魔法？」彼女が引き取っていった。〈ハウンド〉がじりじりと後退した。今では、攻撃しているのはベリック公のほうだった。かれは火のロープで空中を満たし、自分より大きい男をすばやく追い立てていた。クレゲインはひとつの打撃を楯の上のほうで受けた。すると描かれた犬の首がなくなった。かれは反撃した。するとドンダリオンは自分の楯で受け止め、火で打ち返した。逆徒の集団は首領に声援を送った。「あんたのほうが強い！」とアリアは聞いた。そして「かれをやっつけろ！　やっつけろ！　やっつけろ！」〈ハウンド〉は頭を狙った相手の剣を払いのけ、顔に当たる炎の熱に顔をしかめた。かれは唸り、罵声を上げ、よろよろと後退した。

ベリック公はかれに休む暇を与えなかった。かれは決して腕を休めずにその大男を激しく追った。剣と剣がぶつかり合い、また飛び離れ、またぶつかり、稲妻の楯から木片が飛び散り、渦巻く炎が一度、二度、三度と犬たちにキスした。〈ハウンド〉が右に動いたが、ドンダリオンがすばやく横に跳んでそれを遮り、反対側に押し戻した……焚き火穴の、不機嫌に燃える赤い炎のほうに。クレゲインは熱が背中に感じられるまで後退した。そして、ちらりと肩越しに後ろを見て、背後にあるものに気づいた。そして、ベリック公が新たに攻撃したときに、あやうく首を失いそうになった。

アリアはサンダー・クレゲインがふたたび押し進んだときに、かれの白い目を見ることができた。三歩進み、二歩後退。左に動こうとするのをベリック公が阻止した。さらに二歩前進、そして一歩後退。ガチャン、ガチャン。そして、大きな樫《オーク》の楯が何度も何度も打撃を受けた。〈ハウンド〉の長くて艶のない黒髪が、汗まみれの額に張りついた。〝ワインの汗だ〃アリアはかれが酔っぱらったときのことを思い出した。かれの目に恐怖の色が浮かびはじめるのが見えたと、彼女は思った。ベリック公の燃える剣が旋回して切りつけると、彼女は〃〈ハウンド〉が負けるぞ〃と思い、小躍りした。〈稲妻公〉は〈ハウンド〉が前進してきた距離を、一陣の突風となってすべて取り返し、クレゲインをふたたび焚き火穴の縁まで後退させた。〃かれは、かれは、死ぬぞ〃彼女はよく見ようとして背伸びした。

「こんちくしょう！」〈ハウンド〉は太股のうしろを炎がなめるのを感じて、絶叫し、重い剣をますます激しく振るって攻め立てた。かれは凶暴な力で小さい男を打ち砕こうとし、剣でも楯でも腕でも打ち砕こうとした。しかし、受け流すドンダリオンの炎がかれの目に噛みついた。そして、〈ハウンド〉がそれらからさっと身を引いたときに、足を踏みちがえて、よろよろと片膝をついてしまった。すぐさまベリック公が間を詰め、炎の三角旗をひらめかせ、空気をつんざいて切り下ろした。疲労のために息を弾ませて、クレゲインはぱっと楯を頭上に持ち上げて、かろうじて受け止めた。すると、木材が裂けるバリッという大きな音が洞窟中に鳴り響いた。

「かれの楯が燃えている」ジェンドリーは押し殺した声でいった。同時に、アリアもそれを見た。削られた黄色の塗料の上に炎が広がり、三匹の黒犬が飲みこまれていた。

サンダー・クレゲインは無我夢中で反撃に移り、立ち上がっていた。ベリック公が一歩後退してはじめて、〈ハウンド〉は顔のすぐそばで激しく燃えているのは自分自身の楯だと気づいたようだった。かれは激しい嫌悪の叫びとともに、その壊れた木材に乱暴に切りつけて、完全に壊してしまった。楯は粉々になり、その一部は燃えたまま、くるくるまわって吹っ飛び、残りの部分はしぶとくかれの前腕にしがみついていた。それを振り払おうとすると、炎をますます煽る結果になった。袖に火がつき、今は左手全体が燃えていた。「とどめを刺せ！」〈緑の鬚〉がベリック公を促した。そして、他の者たちの声が「有罪！」と唱和しはじめた。アリアは他の者たちとともに叫んだ。「有罪、有罪、有罪！」と。

ベリック公は前にいる男にとどめを刺すために、夏の絹のようになめらかに滑り寄った。〈ハウンド〉はかすれた悲鳴を上げ、両手で剣を振り上げて、全身の力をこめて切り下ろした。ベリック公はその剣をらくらくと受け止めた……

「**だめーーーーー！**」アリアは絶叫した。

……が、燃える剣は二つに折れ、〈ハウンド〉の冷たい鋼がベリック公の首の付け根にくいこみ、見事に胸骨まで切り裂いた。血が熱い黒い奔流となって噴き出した。

サンダー・クレゲインはまだ燃えながら、ぱっと飛びのいた。そして、楯の燃え残りをむしりとり、罵声とともに投げ捨てると、地面に転がって、腕に走っている炎をもみ消そうとした。

ベリック公は祈禱でもしようとするかのように、ゆっくりと膝を折った。口を開いたが、血しか出てこなかった。〈ハウンド〉の剣を体に残したまま、かれはばったりと顔から倒れた。土がかれの血を吸った。丘の下の洞穴は静まりかえり、ぱちぱちと火のはぜるかすかな音と、起き上がろうとする〈ハウンド〉の哀れっぽい声しか聞こえなかった。アリアはマイカーのことと、〈ハウンド〉の死を願った愚かな祈りのすべてしか、思い浮かべることができなかった。〝もし、神々がいるなら、なぜベリック公が勝たなかったのか？〞彼女は〈ハウンド〉が有罪だと知っているのに。

「頼む」サンダー・クレゲインが腕を抱えて、しわがれ声でいった。「火傷した。助けてくれ。だれか。助けてくれ」かれは泣いていた。「たのむ」

アリアはびっくりしてかれを見た。〝あいつ小さな赤子のように泣いている〞と思った。

「メリー、火傷の手当てをしてやれ」ソロスがいった。「レム、ジャック、ベリック公を介抱するから、手を貸せ。ネッド、おまえも来たほうがいい」〈紅《あか》の祭司〉は倒れた自分の主君の体から、〈ハウンド〉の剣を引き抜いて、血を吸った地面に突き立てた。レムはドンダリオンの両腕の下に大きな手をさしいれ、〈幸あれかしのジャック〉がその足を持った。かれらは焚き火穴をぐるりとまわって、かれを運んでいき、いくつものトンネルのひとつの暗闇のなかに消えていった。ソロスとネッド少年がその後を追った。

〈狂える猟犬使い〉が唾を吐いた。「こいつをストーニイ・セプトに連れ帰って、使い鴉の檻に入れようじゃないか」

「そうよ」アリアはいった。「かれはマイカーを殺した。本当なんだから」

「怒れる小栗鼠《リス》というところだな」〈緑の鬚〉がつぶやいた。

ハーウィンがためいきをついた。「ル＝ロールはかれを無実と判定された」

「ルロアってだれ？」彼女はその発音さえ正しくできなかった。

「〈光の王〉。ソロスが教えてくれた――」

いつもジェンドリーよりもすばやかった。彼女は〈緑の鬚〉の短剣を鞘から抜き出すと、かれが捕まえる暇もなく、パッと走り出した。ジェンドリーも捕まえようとしたが、彼女は〈七弦のトム〉と数人の女たちが〈ハウンド〉を助けて立ち上がらせようとしていた。かれの腕の様子を見て、アリアは言葉にならないほどのショックを受けた。楯の革紐が結ばれていた部分に、桃色の筋が残っていた。しかし、その上も下も肉がひび割れて、赤くなり、肘から手首まで血に染まっていた。彼女と目が合うと、かれは口を歪めた。「それほど、おれを死なせたいか？　では殺せ、狼娘よ。それで突き刺せ。それなら、火よりも手ぎわよく片がつくぞ」クレゲインは立ち上がろうとしたが、体を動かすと、焼けた肉が腕からたちまち崩れ落ちた。そして、膝が折れた。トムがかれのよいほうの腕をつかんで立ち上がらせた。

〝かれの腕〟アリアは思った。そして〝かれの顔〟しかし、かれは〈ハウンド〉だった。かれは地獄の業火に焼かれるべき男だった。短剣が手に重く感じられた。彼女はより強くそれを握りしめた。「おまえはマイカーを殺した」彼女はまたいった。否定するならしてみろと思いながら。「みんなにいえ。おまえは殺した。殺したんだ」

「そうだ」かれは顔全体を歪めた。「おれはかれを馬で押し倒し、真っ二つにして、笑った。おれはおまえの姉が打擲されて血だらけになるのも傍観していたし、おまえの父親が首を斬られるのも傍観していた」

レムが彼女の手首をつかんで捩じり、短剣をもぎ取った。彼女はかれを蹴った。しかし、かれはそれを返そうとしなかった。「おまえなんか地獄に落ちろ、〈ハウンド〉」彼女はどうすることもできず、ただ怒り狂って、サンダー・クレゲインを怒鳴りつけた。「おまえなんか地獄に落ちろ！」

「すでに落ちている」ほとんどささやき声に近いひとつの声がいった。

アリアが振り向くと、後ろにベリック・ドンダリオン公が立っていた。血だらけの手でソロスの肩につかまって。

35——キャトリン

〝冬の王たちは地下の冷たい墳墓で眠るがいい〟とキャトリンは思った。しかし、タリー家はその力を川から引き出し、人生の旅路を終えたときには川に帰るのである。

ホスター公は細い木造の小舟に横たえられ、輝く銀の板金と鎖編みの鎧を着ていた。体の下には、青と赤のさざ波模様のマントが敷かれた。外衣もまた青と赤に染め分けられていた。頭の横に置かれた大兜《グレートヘルム》の頭立《ずだて》は、銀と青銅の鱗を持つ一匹の鱒《マス》だった。胸の上には塗装された木剣が置かれ、その柄をかれの指が握っていた。そのやつれた手を鎖編みの籠手が隠していて、かれをほとんど元の強い男のように見せていた。かれの樫《オーク》と鉄の巨大な楯は左側に置かれ、狩猟の角笛は右側に置かれた。小舟のその他の部分には、流木、焚きつけ、羊皮紙の裁ち屑が詰めこまれ、そして、船を重くして水に沈みやすくするための石も積まれた。舳先にはかれの旗印であるリヴァーランの跳ねる鱒《マス》の旗が掲げられた。

葬送の小舟を水に押し出すために、神の七つの顔に敬意を表して七人が選ばれた。ロブもその一人だった。かれはホスター公の君主なのだから。その他に、ブラッケン、ブラックウッド、ヴァンス、それにマリスターの諸公と、サー・マーク・パイパー……それに足の不自由なローサー・フレイが選ばれた。ローサーはかれらが待ち望んでいた答えを持って双子城《ツインズ》からやってきたのだった。また、その護衛として、ウォルダー・リヴァーズ率いる四十人の騎兵がついてきた。この人物はウォルダー公の私生児の中で最年長で、厳格な白髪の男で、戦士として侮りがたい名声を得ていた。かれらがホスター公の臨終のさなかに到着したとき、エドミュアは烈火のごとく怒った。「ウォルダー・フレイは皮を剝ぎ、八つ裂きにすべきだ！」とかれは叫んだ。「やつは満足に歩けない老人と私生児を送りこんできた。これでも、われわれを侮辱していないというのか」

「ウォルダー公が使節を注意深く選んだことは疑いないわ」彼女は答えた。「こんなことをするなんてひねくれているわね。けちな仕返しよ。でも、わたしたちがだれを相手にしているか忘れないで。フレイ遅参公と、父はかれをいつも呼んでいたわ。あの人は意地悪で嫉妬深く、とりわけ高慢な人物なのよ」

幸いにも、彼女の息子は彼女の弟よりも常識があった。ロブはフレイ一行を丁重に迎え、護衛たちに宿舎の世話をし、サー・デズモンド・グレルには、ホスター公を最後の旅路に送り出す名誉をローサーに担わせるので、あなたは遠慮してくれと穏やかに頼んだのだった。

〝息子は年齢に似合わず骨のある知恵を学んでいるわ〟フレイ家は〈北の王〉を見限ったかもしれないが、この〈関門橋《クロッシング》〉の領主は依然としてリヴァーラン城の旗主のうちでももっとも有力な旗主として残っており、その名代としてローサーがここに来ているのである。

落とし格子が巻き上げられると、その七人は水辺の階段からホスター公の船を押し出すために、水に浸かっている階段を下っていった。ローサー・フレイはぶよぶよと太った男で、舟を川に押し出すときには荒い息をしていた。ジェイソン・マリスターとタイトス・ブラックウッドが舳先につき、胸まで川に浸かって、舟を正しい進路に向けた。

　キャトリンは狭間胸壁から眺めていた。昔、しばしば待って、眺めたように、待って、眺めていた。彼女の下で、タンブルストーン河の急流が、幅の広い赤の支流《レッド・フォーク》の横腹に槍のように突き刺さって、その青白い水が大きいほうの川の赤茶けた泥水と激しく混ざり合った。水面には朝霧が薄いベールのように、記憶の断片のように、漂っていた。

〝ブランとリコンがかれを待っているだろう〟とキャトリンは悲しく思った。〝昔わたしがよく待っていたように〟

　細身の小舟が水門の赤い石のアーチの下から流れ出し、タンブルストーンの急流に頭から突っこみ、しだいにスピードを速めながら、二つの川の合流点で沸き返る水の中に押し出されていった。小舟が高い城壁の下から現われると、四角い帆が風をはらんだ。そして、日光が父の兜に反射するのをキャトリンは見た。ホスター・タリー公の舵取りは正しく、かれは水路の中心に向かって静かに進んでいき、朝日の中に入っていった。

「今だ」彼女の叔父が促した。その横で、彼女の弟のエドミュアが――実はもうエドミュア公なのだが、この呼び名に慣れるのにどのくらいの時間がかかるだろうか？――弓に矢をつがえた。従士がその先端に焼き鏝《ごて》を当てた。火がつくまでエドミュアは待った。それから、大弓を上げ、耳まで引き絞り、矢を放った。ブンという低い音とともに矢が舞い上がった。

キャトリンはその飛翔を目と心で追った。だが、それはシュッというかすかな音とともに水に飛びこんだ。ホスター公の舟よりずっと手前の。

エドミュアは小声で文句をいった。「風が」そして、第二の矢をつがえた。「もう一度」焼き鏝が、鏃の後ろの油に浸したぼろ布にキスした。炎がめらめらと燃え立った。エドミュアは弓を上げ、引き絞り、放った。矢は高く遠くとんだ。遠すぎた。それは船の前方十数メートルの川の中に落ち、火が一瞬ちらりと瞬いて消えた。エドミュアの首に赤みが這い上がった。その髭と同じような赤い色が。「もう一度」かれは命じて、矢筒から第三の矢を引き抜いた。〝かれは弓弦のように緊張している〟とキャトリンは思った。

サー・ブリンデンも同じことを考えたようだった。「わたしがやりましょう、殿さま《マイ・ロード》」かれは申し出た。

「だいじょうぶ」エドミュアはいい張った。かれは矢に火をつけさせて、ぐいと弓を上げ、深く息を吸い、弦を引き絞った。かれは長いことためらっているように見えた。炎がぱちぱち音をたてて矢を這い上がった。やっとかれは放った。矢は上に上に飛び上がり、最後にまたカーブを描いて落下してきた。下へ、下へ……それからふくらんだ帆をかすめた。

もうちょっとだった。手の長さほども外れていないが、それでもミスはミスだ。「くそくらえ！」彼女の弟は罵った。舟はほとんど射程距離の外に出て、川霧の中に見え隠れしながら、ゆらゆらと流れていった。エドミュアは無言で弓を叔父に差し出した。

「早く」サー・ブリンデンがいった。そして、矢をつがえ、焼き鏝で点火する間じっと待ち、引き絞り、放った。火がついたかどうかキャトリンにはわからないほどすばやく……しかし、矢は飛び上がり、薄いオレンジ色の弔旗のように空中に炎の尾を引いているのが見えた。舟はすでに霧の中に消えてしまっていた。落ちてきた火矢もやはり霧に飲みこまれた……が、それはほんの一瞬だった。それから、突然の希望の閃きのように、赤い炎の花が開くのが見えた。帆に火がついて、霧がピンクとオレンジ色にぼーっと光った。一瞬、キャトリンは舟の輪郭をはっきりと見た。飛び移る炎に取り巻かれているのが。

〝ぼくを支えてくれよ、仔猫《リトル・キャット》ちゃん〟エドミュアのささやきが聞こえたような気がした。

キャトリンは盲目的に手を伸ばして、弟の手を求めた。だが、エドミュアはすでに立ち退いて、狭間胸壁のいちばん高いところに一人で立っていた。代わりに叔父のブリンデンが彼女の手を取り、強い指を彼女の指に絡めた。炎上した舟が遠ざかるにつれて、小さな火がさらに小さくなっていくのを、二人は一緒に見送った。

それから舟は行ってしまった……なおも川下に流れていったのか、それとも、壊れて沈んでしまったのか。河床の柔らかな泥の中でホスター公を休ませるために、重い甲冑がその体を下に引っ張るだろう——タリー家が永遠に宮廷を開いている水の広間で、最後の家来である魚たちに囲まれて休息できるように。

燃える小舟が視界から消えるやいなや、エドミュアは立ち去ってしまった。キャトリンはほんの一瞬でもかれを抱擁したいと思ったのに。一時間でも、一晩でも、一カ月でも、死者を悼む言葉を交わすためにすわっていたいと。しかし、かれと同様に、彼女も今はその時ではないとわかっていた。かれはもうリヴァーラン城の城主であり、騎士たちがかれの周囲に集まって、小声で哀悼の意を表し、忠節を誓い、姉の悲しみという小さなものから、かれを隔てているとわかっていた。エドミュアは人々の言葉に耳を傾けていたが、内容はぜんぜん聞いていなかった。

「射損じるのは決して不名誉ではないと」彼女の叔父は静かにいった。「エドミュアに話してやろう。わたし自身の父親が川に下ったとき、ホスターもやはり射損じたのだよ」

「最初の矢をね」キャトリンは幼なすぎて記憶がなかった。しかし、ホスター公はしばしばその話をしていた。「二の矢は帆に命中したわ」彼女はためいきをついた。エドミュアは見かけほど強くなかった。かれらの父親の死は、ついに現実のものとなると、一種の救いだった。しかし、たとえそうであっても、彼女の弟はそれを強く受け止めてしまったのだった。

昨夜かれは酒に酔っぱらい、しなかったこと、いわなかったことを後悔するあまり、泣き崩れたのだった。かれは〈浅瀬の合戦〉に参加すべきではなかったと、涙ながらに語った。父親のそばについているべきだったと。「あんたのように、ぼくもかれのそばにいるべきだった」とかれはいった。「かれは臨終にぼくのことをいった？　本当のことをいって、キャット。ぼくを呼んだかい？」

ホスター公の最期の言葉は〝タンジー〟だった。しかし、キャトリンはどうしてもかれにそれをいうことができなかった。「かれはあなたの名前をささやいたわよ」彼女は嘘をついた。すると弟はほっとしたようにうなずいて、彼女の手にキスをした。〝もし、かれが悲しみと罪の意識をごまかそうとしなかったら、弓を正しく引くことができたかもしれないのに〝彼女は心の中で思って、ためいきをついた。しかし、これまた彼女が口にしたくないことだった。

〈漆黒の魚《ブラックフィッシュ》〉は彼女をエスコートして狭間胸壁を下り、ロブが旗主たちに囲まれているところにいった。若い妃もかれの横にいた。彼女の息子は母親を見ると、無言で抱擁した。

「ホスター公は王のように気高かったですね、奥方」ジェインがつぶやいた。「わたくしもあの方を知る機会があればよかったと思います」

「ぼくももっとよく知っていたらと思う」ロブが付け加えた。

「かれもそう望んでいたことでしょう」キャトリンはいった。「でも、リヴァーラン城とウィンターフェル城の間はあまりにも遠かったわ」〝そしてどうやら、リヴァーラン城と高巣《アイリー》城との間には、あまりにも多くの山と川とそして軍隊があったようだ〟ライサは彼女の手紙に返事をよこさなかったのだった。

そして、キングズ・ランディングからも沈黙しか届かなかった。いまごろは、ブライエニーとサー・クレオスが捕虜を連れて到着しているだろうと希望していたのに。もしかしたら、ブライエニーはすでに帰路についていて、娘たちも彼女と一緒かもしれない。〝サー・クレオスは、話がついたら〈小鬼《インプ》〉に使い鴉《レイヴン》を放たせるつもりだとはっきりいった。かれははっきりそういったのだ！〟しかし、使い鴉たちはつねに目的地に到達するとはかぎらなかった。使い鴉は弓矢で射落とされ、焼いて食べられてしまうこともありえた。彼女の心を休ませてくれるはずの手紙は、いまごろはどこかの焚き火の灰のそばに、使い鴉の骨の山のかたわらに捨てられていることさえもありうるのだ。

他の者たちがロブにお悔やみをいうために待っていた。それでキャトリンは、ジェイソン・マリスター公、〈グレート・ジョン〉、それにサー・ロルフ・スパイサーが代わる代わるロブに話しかけるのを辛抱強く待った。しかし、ローサー・フレイが近寄ってきたときには、彼女はロブの袖を引いて注意を促した。ロブは振り返り、ローサーの話を聞こうとして待った。

「陛下」ローサー・フレイは三十代なかばのふっくらとした男で、目の間隔が狭く、尖った顎髭を生やし、黒い巻き毛が肩に垂れていた。お産のときに片足を捩じってしまったので、〈足悪のローサー〉と呼ばれていた。かれは過去十数年、父親の家令を務めていた。「お悲しみのところに立ち入るのは、まことに心苦しいのですが、今晩、話を聞いてくださいますでしょうか？」

「よろこんで」ロブはいった。「われわれの間に不和の種を撒くことは決して望んでおりませんでした」

「わたくしもその原因になることは望んでおりません」ロブの妃ジェインがいった。

ローサー・フレイは微笑した。「わかります。わが父も同様です。かれはこのようにお伝えしろと命じました。かれも昔は若かったと。そして、美人に心を奪われるということがどんなことであるか、よく覚えていますと」

ウォルダー公がそんなことをいったなんて、また、かれが美人に心を奪われたなんて、とても疑わしいとキャトリンは思った。その〈関門橋《クロッシング》〉の領主は七人の妻よりも長生きして、今は八人目の妻を娶っている。しかし、かれは彼女らのことを、ただのベッド温め器か血統のよい牝馬ぐらいにしか考えていなかった。それにしても、この言葉は立派に述べられた。そして、彼女はそのお世辞に反対することはほとんどできなかった。また、ロブもそうだった。「お父上はまことにお優しい」かれはいった。「会談を楽しみにしています」

ローサーはお辞儀をし、妃の手にキスをし、そして退いた。このころには十数人の他の者たちが、お悔やみをいうために集まっていた。ロブはかれらの一人一人と言葉を交わし、必要に応じて、ある者には礼をいい、またある者には微笑した。かれは最後の人と話しおわってはじめて、キャトリンのほうを振り向いた。「話があるんだ。一緒に歩こうか？」

「ご命令のままに、陛下」

「命令じゃないよ、母上」

「では、喜んでといいましょう」彼女の息子はリヴァーラン城に戻って以来、とても優しく彼女を扱ってきた。しかし、かれのほうから彼女を探し出すことはめったになかった。もし、かれが若い妃と一緒にいるほうが快適だと感じるならば、彼女はほとんどそれを非難できなかった。〝ジェインはかれを微笑ませる。そして、わたしは悲しみ以外にかれと共有するものがない〟その上、かれは花嫁の兄弟と交わるのを楽しんでいるように見えた。若いロラムはかれの従士であり、サー・レイナルドはかれの旗手だった。〝かれらはロブが失った者の代役を務めているのだ〟かれらが一緒にいるのを見て、キャトリンはそう理解した。〝ロラムはブランの代理であり、レイナルドは一部シオンの、そして一部ジョン・スノウの代理なのだ〟と。ウェスタリング家の人たちといるときだけロブが笑うのを、彼女は見た。あるいは、幼い少年のころのように笑うのを聞いた。他の者たちに対しては、かれはつねに〈北の王〉だった。王冠をかぶっていない時でさえも、王冠の重さにうなだれている少年王だった。

ロブは妻に優しくキスをして、部屋で会おうと約束し、母親と歩き出した。かれは先に立って〈神々の森〉に向かった。「ローサーは愛想がよいように見えた。これはよい兆候だ。われわれにはフレイ家が必要なんだから」

「だからといって、かれらが味方になると決まったものではありませんよ」

かれは肯いた。しかし、かれはむっつりした表情を浮かべて肩を落としているので、彼女は心配になった。〝王冠がかれを押しつぶそうとしている〟と彼女は思った。〝かれは一所懸命によい王になろうと努力し、勇敢に、気高く、賢明になろうと努力している。しかし、王冠の重みは少年が耐えるには苛酷すぎる〟ロブはできるかぎりのことをしていた。しかし、それでもなお打撃が次から次へと情け容赦もなく加わりつづけている。ランディル・ターリー公が、ロベット・グラヴァーとサー・ヘルマン・トールハートの軍勢を粉砕したという、ダスケンデールの合戦の報告が届いたときには、かれが烈火のごとく憤ると予想されたかもしれない。ところが、かれは信じられないように黙りこんで宙を見つめて、それからこういったのだった。「ダスケンデール、〈狭い海〉の岸の？　なぜかれらはダスケンデールなんかに行くのだ？」かれは当惑して首を振った。「わが歩兵の三分の一が、ダスケンデールのために失われたのか？」

「鉄人《くろがねびと》がわたしの城を占領し、今はラニスター家がわたしの弟を捕虜にしています」ガルバート・グラヴァーが絶望に打ちひしがれた声でいった。ロベット・グラヴァーは合戦には生き延びたが、その後まもなく〈王の道〉のそばで捕らえられてしまったのだった。

「長いことはない」彼女の息子は約束した。「マーティン・ラニスターを交換に釈放すると伝えよう。タイウィン公は受け入れるはずだ。弟のためにね」マーティンはタイウィン公の弟サー・ケヴァンの息子で、カースターク公が殺したウィレムと双子の兄弟だった。これらの殺人がまだ息子の心にとりついていると、キャトリンにはわかっていた。かれはマーティンの周囲の見張りを三倍にしたが、それでもかれの安全に危惧の念を抱いていた。

「母上が最初に提案したように、サンサと〈王殺し《キングスレイヤー》〉を交換すべきだった」ロブは柱廊を歩きながらいった。「もし、彼女を〈花の騎士〉に嫁がせると申し出ていたら、タイレル家はジョフリーではなくわれわれの味方になったかもしれないのに。それを考えるべきだったなあ」

「あなたは合戦のことしか考えていなかった。でも、それは当然よ。いくら王でもあらゆることを考えるのは不可能だから」

「合戦、ねえ」ロブは彼女を導いて木陰に入っていきながら、つぶやいた。「ぼくはすべての合戦に勝った。それなのに、どういうわけか、戦争に負けつつあるんだ」かれは答えが空に書かれているかもしれないとでもいうように、空を見上げた。「鉄人《くろがねびと》がウィンターフェル城を占領している。そして、要塞《モウト》ケイリンもそうだ。父上は亡くなった。そして、ブランとリコンも。たぶんアリアも。そしてこんどは母上の父上も」

彼女はかれを絶望させてはならないと思った。「父は長い間、瀕死の状態でした。絶望の味は自分自身も知りすぎるほど知っていた。「父は長い間、瀕死の状態でした。それを変えることはできませんでした。ロブ、あなたはいくつかの過ちをおかしたけれど、過ちをしない王がいるかしら？　ネッドが生きていたら、あなたを誇りに思ったことでしょう」

「母上、ぜひ聞いてもらいたいことがあるんだ」

キャトリンはどきんとした。〝これは、かれがすごくいやがっていることだ。わたしに話すのを恐れていることだ〟彼女に考えられることは、ブライエニーとその使命だけだった。

「〈王殺《キングスレイヤー》し〉のこと？」

「いいや。サンサのことだ」

〝彼女が死んだ〟とキャトリンは直感した。〝ブライエニーが失敗し、ジェイミーが死に、その報復としてサーセイはわたしのかわいい娘を殺してしまった〟一瞬、彼女は口がきけなくなった。「か……彼女がいなくなったの、ロブ？」

「いなくなった？」かれはぎくりとした。「死んだ？　おう、母上、ちがう、ちがいますよ。かれらは彼女を殺してはいない。そういうことじゃなく、ただ……昨夜、鳥が来た。でも、母上に話すことがどうしてもできなかった。お父上を休息の場に送り出すまでは」ロブは彼女の手を取った。「かれらはサンサをティリオン・ラニスターと結婚させたよ」

キャトリンはかれの指をぎゅっとつかんだ。「〈小鬼《インプ》〉と」

「そう」

「かれはサンサを自分の兄と交換すると誓ったのに」彼女はぼんやりいった。「サンサとアリアの二人をね。もし、かれのたいせつな兄ジェイミーをわれわれが返せば、彼女らをこちらに返すと、かれは廷臣全体の前で約束したのよ。そのかれがどうして彼女と結婚できるのよ、神々と人間の目の前でそういっておきながら？」

「かれは〈王 殺し《キングスレイヤー》〉の弟だ。かれらの体には誓約破りの血が流れているんだ」ロブの指が剣の柄頭をこすった。「できることなら、あの醜い首を斬り落としてやりたい。そうすれば、サンサは未亡人になる。そして自由に。他に方法は見つからない。かれらは司祭《セプトン》の前で彼女に誓いの言葉を述べさせて、深紅のマントを着せた」

キャトリンは十字路の旅籠《クロスローズ・イン》で捕らえて、はるばる高巣城《アイリー》まで連れていったあの捩じれた小男を思い出した。「ライサにかれを〈月の扉〉から突き落とさせるべきだった。かわいそうなサンサ……どうして彼女がこんな目にあわせられるの？」

「ウィンターフェル城のためさ」ロブはすぐにいった。「ブランとリコンが死ねば、サンサはぼくの後継者になる。ぼくの身に万一何かが起これば……」

彼女はロブの手にしがみついた。「あなたには何も起こらないわね。何も。何かあったら、わたし耐えられない。かれらはネッドを殺し、あなたのかわいい弟たちを殺した。サンサは結婚させられ、アリアは行方不明、わたしの父は亡くなった……もし、あなたの身に何か起こったら、わたし気が狂ってしまうわよ、ロブ。あなたはわたしに残っているすべてよ。あなたは〝北部〟に残っているすべてなのよ」

「ぼくはまだ死んでいないよ、母上」

キャトリンは突然、強い恐怖を感じた。「戦《いくさ》というものは、血の最後の一滴まで戦う必要はないのよ」彼女自身でさえ、自分の声に絶望を聞き取ることができた。「あなたが膝を屈したとしても、最初に膝を屈した王にはならないし、降伏した最初のスタークでさえないのよ」

かれの口がこわばった。「いやだ。絶対しない」

「そうしても、恥ではないのよ。ベイロン・グレイジョイは謀叛に失敗したとき、ロバートに膝を屈した。トーレン・スタークは自分の軍勢が炎に対面するよりはましだと、エイゴン征服王に膝を屈したのよ」

「エイゴンはトーレン王の父親を殺したかい？」かれは彼女の手から自分の手を引き抜いた。

「降参なんかするものか」

〝かれは今、王ではなくて少年の役を演じているのだわ〟「ラニスター家には北部は必要ないわ。かれらは名誉と人質が欲しいの。それだけよ……そして〈小鬼《インプ》〉はわたしたちが何をしてもサンサを手放さないでしょう。だから、かれらには人質がいるわけよ。わたしが保証するけれど、鉄人《くろがねびと》はもっと執念深い敵だとわかるでしょう。どんなかたちであれ北部を保持するという望みを持つために、グレイジョイ家は自分たちの権利に異論をはさむスターク家に、一本の小枝さえも生き残らせるわけにはいかないのよ。シオンはブランとリコンを殺した。そして今、かれらに必要なことはまさにあなたを殺すことよ……そう、それにジェインをね。彼女を生かしてあなたの跡継ぎを産ませる余裕が、ベイロン公にあると思う?」

ロブの顔は冷たかった。「だから、母上は〈王殺し《キングスレイヤー》〉を釈放したの? ラニスター家と和睦するために?」

「ジェイミーを釈放したのはサンサのためよ……そして、アリアのためでもあるわ、もし彼女が生きているとしたらの話だけれど。わかるでしょう。でも、たとえわたしが平和を買いたいと望んでも、それはそんなに悪いことかしら?」

「悪い」かれはいった。「ラニスター家は父を殺した」

「わたしがそれを忘れたと思うの?」

「知らない。母上、忘れたの?」

キャトリンは怒りにまかせて子供たちを打ったことは決してなかった。しかし、この時ばかりはロブを打ちそうになった。かれがひどく怯えて、孤独を感じているにちがいないと思いやるには、努力が要った。「あなたは〈北の王〉よ。決めるのはあなたよ。ただ、わたしがいったことを考慮してと頼んでいるだけ。吟遊詩人たちは合戦で勇敢に死んだ王たちを褒めたたえるけれど、あなたの命は歌以上に尊いのよ。少なくとも、わたしにとってはね。あなたに命を与えたのはわたしなんだから」彼女は頭を下げた。「もう行ってよろしゅうございますか？」
「うん」かれは後ろを向き、剣を抜いた。かれが何をしようとしているか、彼女には見当がつかなかった。ここには敵はいない。戦うべき相手はいない。高い木々と落ち葉の間にいるのは、彼女とかれだけだった。〝剣では勝てない戦がある〟キャトリンはかれにそういいたかった。だが、そんな言葉は、王の耳には入らないだろうと思った。

　何時間か後、寝室で縫い物をしていると、若いロラム・ウェスタリングが走ってきて、晩餐への出席を求められていると伝えた。〝よろしい〟とキャトリンは思い、ほっとした。口論をした後だから、息子が自分の出席を求めるかどうかわからなかったのだ。「忠実に働く従士ね」彼女は重々しくロラムにいった。〝ブランも生きていたら同じようになっていただろうに〟

　たとえロブが食卓でよそよそしく、エドミュアが無愛想であったとしても、〈足悪のローサー〉は二人の埋め合わせをした。かれはホスター公について暖かい思い出話をし、キャトリンがブランとリコンを失ったことに優しい慰めの言葉をかけ、エドミュアには石臼《ストーン・ミル》での勝利を称賛し、ロブには〝速やかにして確実な裁き〟をリカード・カースタークに対して行なったことを感謝して、まさに模範的に礼儀正しくふるまった。しかし、ローサーの腹違いの兄弟ウォルダー・リヴァーズは違っていた。かれはウォルダー老公そっくりの疑い深い顔を持った、粗暴な気難しい男で、めったに口をきかず、前に置かれた酒食に注意の大部分を向けていた。

空虚な挨拶がすべて終わり、王妃とその他のウェスタリング家の人々が退出し、御馳走の残りが片づけられると、ローサー・フレイが咳払いした。「わたしどもがここに来た用事にとりかかる前に、もうひとつの問題があります」かれは厳かにいった。「残念ながら、重大な問題です。これらの知らせを、わたしがもたらすことにならないように願っていましたが、どうやら、わたしがお知らせしなければならないようです。わが父は孫たちから一通の書簡を受け取りました」

キャトリンはあまりにも深く自分自身の悲しみに浸っていたので、養育することに同意していた二人のフレイ家の子供のことをほとんど忘れてしまっていたのだった。〝もうたくさんです〟彼女は思った。〝母よ御加護を。これ以上どのくらいの打撃に耐えられるでしょうか？〟自分が聞く次の言葉が、自分の心に打ちこまれるもうひとつの刃になるだろうと、なんとなくわかった。「ウィンターフェル城にいるお孫さんたちのことですね？」彼女はやっとのことでたずねた。「わたしの被後見人のことですね？」

「そう、ウォルダーとウォルダーのことです。しかし、かれらは今はドレッドフォート城におります、奥さま。お話しするのは辛いですが、合戦がありまして、ウィンターフェル城は燃え落ちました」

「燃え落ちた？」ロブは信じられないような声でいった。

「あなたがたの北部諸公は鉄人《くろがねびと》からそれを奪回しようと試みました。シオン・グレイジョイは自分の獲物が失われたのを見ると、城に火を放ったのです」

「合戦のことなど、何も聞いておりませんが」サー・ブリンデンがいった。

「わたしの甥たちは確かに若いですが、かれらは現場にいたのです。〈大ウォルダー〉が手紙をよこしました。もっとも、かれの従弟の署名もありましたが。かれらの話によれば、残虐非道の仕打ちだったようです。あなたがたの城代は殺されました。サー・ロドリック、という名前でしたね？」

「サー・ロドリック・カッセル」キャトリンはぼんやりいった。〝あの愛すべき、勇敢で忠実な、年老いた人物〟かれが猛々しい白髭を引っ張る様子が、目に見えるようだった。「味方の他の人たちはどうなりましたか？」

「残念ながら、鉄《くろがね》人《びと》がかれらの多くを剣にかけたと思います」

怒りのあまり言葉もなく、ロブはテーブルを拳で打ち、顔をそむけた。涙をフレイ家の者に見せたくないからである。

しかし、母親は息子の涙を見た。〝世の中が日ごとに少しずつ暗くなっていく〟キャトリンは思いやった。サー・ロドリックの幼い娘ベスを、疲れを知らぬメイスター・ルーウィンと陽気なセプトン・チェイルを、鍛冶場のミッケンを、犬舎のファーレンとパラを、ばあやと頭の弱いホーダーのことを。彼女の心は痛んだ。「ねえ、皆殺しではないでしょうね？」

「いいえ」〈足悪のローサー〉がいった。「女子供は隠れました。わたしの甥のウォルダーとウォルダーもその中にいました。ウィンターフェル城が廃墟と化したので、生存者たちはボルトン公の息子という人によってドレッドフォート城に連れ戻されました」

「ボルトンの息子？」ロブは緊張した声でいった。

ウォルダー・リヴァーズが話に加わった。「たしか、私生児ですよ」

「ラムジー・スノウではないか？　ルース公には他に私生児がいたかな？」ロブは顔をしかめた。「そのラムジーなら、怪物のようなやつで、殺人者で、臆病者として死んだ、とかいうように聞いているが」

「なんともいえません。どんな戦《いくさ》にも混乱はつきものですから。多くの偽りの報告がありす。わたしにいえることは、甥の言葉によれば、ウィンターフェル城の女性と子供たちを救ったのは、ボルトンのこの私生児だということだけです。生き残った者はすべて、今は無事にドレッドフォート城にいるそうです」

「シオンは」ロブがだしぬけにいった。「シオン・グレイジョイはどうなった？　かれも殺されたのか？」

〈足悪のローサー〉は両手を広げた。「それはわたしにはわかりません、陛下。かれの消息について、ウォルダーとウォルダーは何も触れておりません。ボルトン公ならたぶん知っているでしょう。その息子から報告を受けているならば、ですが」

サー・ブリンデンがいった。「必ず問い合わせてみよう」

「みなさん、心を取り乱しておられるようにお見受けします。このような新たな悲しみをもたらすことになって残念です。続きは明日にするのがよいと思います。みなさんのお気持ちが落ち着くまで、われわれの用事は待つことができます……」

「いや」ロブがいった。「問題を決着させたい」

彼女の弟のエドミュアが肯いた。「わたしもそう思う。われわれの申し出に対して、回答をお持ちになりましたか？」

「はい」ローサーが微笑した。「わたしどもの父親は陛下に次のようにお伝えせよと、わたしに命じました――フレイ家に対してなされた侮辱的行為を、国王陛下おんみずから面と向かって謝罪するという条件で、われら両家の間の新しい縁組に同意し、〈北の王〉への忠誠の誓いを更新するつもりであると」

謝罪は、支払うべきごく小さな代償である。しかし、キャトリンはウォルダー公のこの料《りょう》簡《けん》の狭い条件に、すぐに嫌悪の情を抱いた。

「結構です」ロブは注意深く答えた。「われらの間にこのような不和を引き起こすつもりはまったくありませんでした、ローサー殿。フレイ家はわたしの大義のために勇敢に戦ってくれました。できることなら、あなたがたをふたたび味方につけたいのです」

「お優しい言葉をいただきまして、ありがたく存じます、陛下。これらの条件を受け入れてくださったので、次に、タリー公に対し、わたしの妹で十六歳になる乙女レディ・ロズリンとの婚約を申し入れろと指示されております。ロズリンは、われわれの父と六番目の妻ロズビー家のレディ・ベサニーとの間に生まれた娘です。彼女は優しい性格で、音楽の天分があります」

エドミュアは椅子の上で身じろぎした。「まずお会いしたほうがいいのではないでしょうか――」

「結婚すれば会えますよ」ウォルダー・リヴァーズがそっけなくいった。「それとも、まず彼女の歯の数を数える必要があると、タリー公はお考えですか？」

エドミュアはぐっとこらえていた。「彼女の歯についてはともかく、彼女を娶《めと》る前に彼女の顔を眺めたほうが、気持ちがよいでしょうに」

「今、受諾していただかなければなりません」ウォルダー・リヴァーズがいった。「さもないと、わが父の提案は撤回されます」

〈足悪のローサー〉が両手を広げた。「わたしの兄弟は兵士のようにぶっきらぼうです。しかし、かれのいうことは本当です。この結婚がただちに執り行なわれることが、父の願望なのです」

「ただちに？」エドミュアがあまり憂鬱そうにいったので、かれは戦が終わったら婚約を解消するつもりではないかと、キャトリンは不当なことを考えた。

「今、われわれは戦いをしているということを、ウォルダー公はお忘れになったのではないか？」〈漆黒の魚《ブラックフィッシュ》〉ことブリンデン・タリーが鋭くいった。

「まさか」ローサーはいった。「だからこそ、この縁組を今、行なうことをかれは主張しているのですよ。男は戦で死にます。若くて強い男でさえも。万一エドミュア公がロズリンを花嫁に迎える前にお亡くなりになったら、われわれの同盟はどうなりますか？　それに、うちの父の年齢も考慮しなければなりません。かれは九十歳を越えていて、この戦いの終わりを見ないかもしれません。神々に召される前に、かわいいロズリンが無事に結婚するのを見ることができれば、わが父の高貴な心は安らかになるでしょう。そうすれば、あの娘を大事にしてくれ、守ってくれる強い夫を得たと知って、死ぬのですから」

〝われわれはみんな、ウォルダー公が幸福な死に方をするのを望んでいるわけだ〟キャトリンは、この取り決めをしだいに不愉快に感じはじめた。「弟は実父を失ったばかりです。かれには、それを悼む時間が必要です」

「ロズリンは陽気な娘ですよ」ローサーがいった。「彼女はまさに、エドミュア公が悲しみに打ち勝つのを助ける存在になるでしょう」

「そしてわたしの祖父は長い婚約期間を好まなくなっています」私生児のウォルダー・リヴァーズが付け加えた。「なぜだか、わたしには想像がつきませんが」

ロブが冷たい目でかれを見た。「あなたのいう意味はわかる、リヴァーズどの。ちょっとわれわれだけで相談させてください」

「陛下のご命令のままに」〈足悪のローサー〉が立ち上がり、その私生児の兄弟がそれを助けて、よろよろと部屋から出ていった。

エドミュアは煮えくり返っていた。「わたしの約束は無価値だといわんばかりだ。なぜ、自分の嫁をあの鼬《イタチ》じじいに選んでもらわなければならないんだ？　ウォルダー公にはこのロズリン以外に何人も娘がいる。孫娘もだ。わたしもあなたと同じ選択をさせてもらうべきだ。わたしはかれの城主であり、わたしが彼女らのどれかと結婚する意志があれば、かれは大喜

がいった。「かれは誇り高い人なの。そして、わたしたちはかれを傷つけてしまったのよ」キャトリン
「かれの花嫁なんか、〈異形《ジ・アザー》〉に喰われろ！　自分の広間で辱めを受けるつもりはないぞ。わたしの答えはノーだ」

ロブはかれを用心深く見た。「わたしは命令するつもりはない。この問題ではね。しかし、もしあなたが断れば、フレイ公はこれまた侮辱と受け取るだろう。そして、この問題を適正に処理する希望もついえてしまう」

「それはわかりませんよ」エドミュアはいい張った。「フレイはわたしが生まれた日から、かれの娘の一人をわたしに嫁がせたいと思っていた。かれはあの貪欲な指の間から、このようなチャンスをこぼれ落ちさせるつもりはないだろう。ローサーがわれわれの答えをかれのところに持っていけば、かれはとんぼ返りに戻ってきて、婚約を……それもわたしが選ぶ娘との婚約を、受け入れるだろう」

「たぶん、いずれはね」〈漆黒の魚《ブラックフィッシュ》〉ことブリンデン・タリーがいった。「しかし、われわれは待てるだろうか、ローサーが提案と逆提案をもって行ったり来たりするのを？」

ロブは拳を握りしめた。「ぼくは北に帰らねばならない。弟たちは死に、ウィンターフェル城は焼け落ち、領民は剣にかけられた……ボルトンのその私生児が何をしようとしているか、あるいは、シオンがまだ生きていて野放しになっているかどうかは神々のみがご存じだ。

ぼくは実際に行なわれるかどうかわからない結婚をここで待っているわけにはいかない」

「それはどうしても実行しなければならないわ」キャトリンはいったが、嬉しそうではなかった。「エドミュア、あなたと同様に、わたしもウォルダー・フレイの侮辱と文句を我慢することはできないわよ。しかし、この場合、選択の余地はほとんどないわ。この結婚がないと、ロブの大義は失われるのよ。エドミュア、われわれは受諾しなければ」

「われわれは受諾しなければならない？」かれは不機嫌に繰り返した。「あんたは、自分が九人目のレディ・フレイになろうとは提案しないんだな、キャット」

「八人目のレディ・フレイはまだ生きていて、丈夫よ。わたしが知っているかぎりはね」

〝――ありがたいことに〟彼女は答えた。さもなければ、ウォルダー公の人柄を考えると、そういうことになりかねない情勢だった。

〈漆黒の魚〉《ブラックフィッシュ》がいった。「わたしはだれかに結婚しろと強要するような人間では決してないがね、甥っ子くん。にもかかわらず、〈浅瀬〉でのきみの戦いについて、きみはなんらかの償いをすると確かにいったぞ」

「違う種類の償いを考えていた。〈王殺し〉《キングスレイヤー》と一対一で決闘するとか。乞食僧として七年間苦行をするとか。両足を縛って日没海《サンセット・シー》を泳ぐとか」だれも顔をほころばせないと気づくと、エドミュアは両手を振り上げた。「あんたがた、みんな、〈異形〉に喰われてしまえ！わかったよ、その娘と結婚するよ。償いとして」

36 ダヴォス

アレスター公が鋭く目を上げた。「声がするぞ」かれはいった。「聞こえるか、ダヴォス？　だれかここに来るぞ」

「〈八目鰻《ランプリー》〉ですよ」ダヴォスはいった。「もう、そろそろ夕食の時間です」昨夜、〈ランプリー〉はかれらのところにビーフとベーコンのパイ半分と、一瓶の酒も運んできたのだった。それを思い出しただけで、かれの腹はぐうぐう鳴りだした。

「違う、一人だけではない」

〝そのとおり〟ダヴォスには少なくとも二人の声と足音が聞こえ、それがだんだん大きくなってきた。かれは立ち上がって格子のところにいった。

アレスター公は衣服から藁屑を払った。「王がわたしを呼びにこさせたのだ。いや、もしかしたら王妃かもしれないぞ。セリースはわたしをここで朽ち果てさせるつもりなど、まったくないだろう。なんといっても、彼女自身の血縁者なのだからな」

牢の外側に、鍵束を手にした〈ランプリー〉が現われた。サー・アクセル・フロレントと四人の衛兵が、そのすぐ後に続いた。〈ランプリー〉が正しい鍵を探している間、かれらは松明の下で待った。

「アクセル」アレスター公がいった。「これはこれは。わたしを呼びによこしたのは王か、それとも王妃か？」

「だれもあんたを呼んではいないぞ、謀叛人」サー・アクセルがいった。

アレスター公はまるでひっぱたかれたように体を縮めた。「ちがう、わたしは誓う。決して謀叛などくわだてなかった。なぜ、耳を傾けてくれないんだ？　陛下がわたしに説明をさせてくれさえすれば――」

〈ランプリー〉は大きな鉄の鍵を錠にさしこんでまわし、牢の扉を開いた。錆びた蝶番《ちょうつがい》が不満そうにキーッと鳴った。「おまえ」かれはダヴォスにいった。「来い」

「どこへ？」ダヴォスはサー・アクセルのほうを見た。「本当のことを教えてください。わたしを火炙《ひあぶ》りにするつもりですか？」

「呼ばれているだけだ。歩けるか？」

「歩けます」ダヴォスは牢屋から歩み出た。〈ランプリー〉がまた扉をぴしゃりと閉め、アクセル公が落胆の叫びを上げた。

「松明を持っていけ」サー・アクセルは牢番に命じた。「謀叛人は暗闇に残せ」

「やめてくれ」その兄であるアレスター公がいった。「アクセル、お願いだ。明かりを持っていかないでくれ……神々よ、お慈悲を……」

「神々だと？　ル＝ロールしかいない。それと〈他者《ジ・アザー》〉がな」サー・アクセルが鋭く合図すると、衛兵の一人が突き出し燭台から松明を引き抜き、先に立って階段のほうに歩き出した。

「わたしをメリサンドルのところに連れていくのか？」ダヴォスはたずねた。

「彼女もそこにいるだろう」サー・アクセルがいった。「彼女は決して王から離れない。しかし、おまえを呼んだのは陛下ご自身だ」

ダヴォスは胸に手を当てた。そこにはかつてお守りを革袋にいれて吊るしていたのだった。〝もう、なくなってしまった〟かれは思い返した。〝そして、四本の指の先端も〟しかし、かれの手は女の首をつかむだけの長さは充分にあった。特に彼女のような細い首なら、とかれは思った。

一列になって、じぐざぐな階段をのぼっていった。壁は粗削りの黒ずんだ石で、触ると冷たかった。松明の光が先に行き、壁に映る影がかれらと並んで歩いた。三つめの角を曲がり、暗黒に口を開けている鉄の扉を通った。そして、五つめの角にまた扉があった。このころには、ダヴォスは地面に近いところにいると想像した。もしかしたら、地面よりも上にいるのかもしれない。次に出会った扉は木製だったが、かれらはなおものぼっていった。今は、壁に狭間の穴が開いていたが、厚い石の向こう側から日光は射しこんでいなかった。外は夜だった。

サー・アクセルが重い扉を開けて、通れと合図したときには、かれは足が痛くなっていた。扉の向こう側には、高い石橋が空中に弧を描いて、〈石太鼓《ストーン・ドラム》の塔〉と呼ばれる中央の巨大な塔につながっていた。その屋根を支えているアーチの間を絶え間なく潮風が吹いていた。

橋を渡っていくと、塩水の匂いがした。ダヴォスは深呼吸をして、その清潔な冷たい空気を胸いっぱいに吸いこんだ。〝風と水よ、われに力を与えよ〟かれは祈った。下の中庭には、暗闇の恐怖を寄せつけないように、大きな篝火《かがりび》が焚かれており、王妃の家来たちがそのまわりに集まり、かれらの新しい赤い神に対して賛美歌を歌っていた。

橋の中央にさしかかると、サー・アクセルが突然足を止めた。そして、ぞんざいに手を振って、声の届かない距離に家来を遠ざけた。「おれの選択に任せられれば、きさまも兄のアレスターと一緒に火炙りにしてやるのに」かれはダヴォスにいった。「きさまらは二人とも謀叛人だ」

「なんとでもいうがいい。だが、わたしはスタニス王を裏切ることなど夢にも思っていないぞ」

「裏切るだろう。裏切るつもりだ。その顔に書いてある。しかも、おれは炎の中にもそれを見たんだ。ル＝ロールはおれにその能力をお与えになった。レディ・メリサンドルと同様に、主は炎の中に未来を見せてくださる。スタニス・バラシオンは〈鉄の玉座〉にすわるだろう。おれは見たんだ。そして、何をすべきかもわかっている。陛下はおれをかれの〈手〉にしなければならない。わが謀叛人の兄の代わりにな。そして、きさまはかれにそういうのだぞ」

〝わたしが？〟ダヴォスは黙っていた。

「王妃は王におれを指名するように促した」サー・アクセルは続けた。「ライスから来たきさまの親友、海賊サーンでさえも、同じことをいった。おれたちは一緒にひとつの計画を立てているんだ、かれとおれはな。だが、陛下は動かない。敗北がかれの心をむしばんでいる。魂の中に黒い虫がいるのだ。かれになすべきことを教えるのは、かれを愛しているおれたちの責任だ。もし、きさまが主張するように、かれの大義に殉じるつもりならば、密輸人、きさまもわれわれと声をそろえるがいい。おれが、かれの必要とする唯一の〈手〉だと。かれにそういえ。そうすれば、船出のときに、おまえに新しい船を与えてやるぞ」

〝船か〟ダヴォスは相手の顔を観察した。サー・アクセルは王妃の耳そっくりのフロレント家特有の大きな耳をしていた。その耳から、鼻毛のような粗い毛が生えていた。鼻は幅広く、げじげじ眉毛で、さらに多くの毛が二重顎の下にもじゃもじゃと房になって生えていた。〝船よりも火葬の薪を与えるつもりだ、両眼の間隔が狭く、敵意のある目つきをしていた。

といったも同然だ。しかし、こいつのいうようにしてやれば……〟

「もし、おれを裏切るつもりなら」サー・アクセルがいった。「おれが長いことドラゴンストーン城の城代を務めていたことを思い出せよ。守備兵はおれのものだ。たぶん、王の同意がなければ、おまえを火炙りにすることはできないだろう。しかし、おまえが墜落しないと、だれがいうだろうか？」かれは肉づきのよい手をダヴォスの首の後ろに当てて、かれの体を腰の高さの橋の欄干に押しつけた。それからもう少し力を加えて、顔が中庭を見下ろす位置に来るまで押しつけた。「聞いているか？」

「聞いている」ダヴォスはいった。〝そのくせ、おれを謀叛人と呼ぶのか？〟

サー・アクセルは手を放した。「よろしい」かれは微笑していった。「陛下がお待ちだ。

お待たせしないほうがいい」
〈石太鼓の塔〉の最上階の〈彩色テーブルの間〉と呼ばれる大きな丸い部屋の中で、スタニス・バラシオンがこの広間の名の由来である工芸品の向こう側に立っていた。それはエイゴン征服王時代のウェスタロスの形に作って彩色してある、巨大な木の厚板だった。王の横には鉄の火鉢が置かれ、石炭が赤みがかったオレンジ色の炎を上げていた。てっぺんの尖った四つの高い窓が、北と南と東と西を見渡していた。その先に夜と星空があった。ダヴォスは風のそよぐ音を聞き、もっとかすかな海の音も聞いた。

「陛下」サー・アクセルがいった。「ご命令どおり、〈玉葱《タマネギ》の騎士〉を連れてまいりました」

「うん」スタニスは灰色のウールのチュニック、暗赤色のマントを着て、質素な黒い革帯を締め、それに剣と短剣を吊るし、炎の形をした突起が取り巻いている赤金の王冠をかぶっていた。かれの顔を見て、ダヴォスはショックを受けた。ダヴォスは結果的に敗北に終わった合戦に加わるために、ブラックウォーター河に向かって嵐の果て城《ストームズ・エンド》を船出したのだったが、あの時に見たスタニスよりも、この人は十歳も年寄りに見えた。王の短く刈りこんだ髭には白髪が網の目のように混じり、体重は二ストーン（約十三キロ）、あるいはそれ以上も減っていた。かれはもともと肉付きのよい人ではなかったけれども、今ではその皮膚の下で骨が槍のように動いて、外に出たがっているように見えた。王冠さえもその頭には大きすぎるように見え、目は深い窪みに隠れてしまって青い穴になり、顔の内側に頭蓋骨の形が透けて見えた。

しかし、ダヴォスを見ると、かれの唇を薄笑いがよぎった。「そうか、海はわが〝魚と玉葱の騎士〟を返してくれたのか」

「さようです、陛下」〝かれはおれが地下牢に入れられていたことを知っているのだろうか?〟ダヴォスはひざまずいた。

「立て、サー・ダヴォス」スタニスは命じた。「きみがいなくて淋しかったぞ。よい相談役が必要だ。そして、きみは決して不充分な相談役ではなかった。本当のことをいってくれ――謀叛の罰は何か?」

その言葉が空中に漂った。〝恐ろしい言葉だ〟とダヴォスは思った。かれは牢仲間に死刑宣告をしろと求められているのだろうか? それとも、ひょっとして、自分自身に? 〝王たちはどんな人間よりも、謀叛の罰をよく知っている〟「謀叛ですか?」かれはやっと弱々しくいった。

「それ以外になんと呼ぶつもりか? 自分の王を否定し、その正当なる王位を盗もうとすることを。ふたたびたずねる――法のもとで、謀叛の罰は何か?」

ダヴォスは答えざるをえなかった。「死です」かれはいった。「その刑罰は死です、陛下」

「昔からずっとそうだった。わたしは決して……残酷な人間ではないぞ、サー・ダヴォス。きみはわたしを知っている。ずっと前から知っている。これはわたしが決めたことではない。昔からずっとそうだった。エイゴン王時代やそれ以前から。デイモン・ブラックファイア、トイン兄弟、禿鷹王、グランド・メイスター・ヘアス……謀叛人どもはつねに自分の命で償ってきた……レイニラ・ターガリエンでさえもな。彼女は王の娘として生まれ、さらに二人の王の母となった。にもかかわらず、兄の王位を簒奪しようと試みて、謀叛人として死んだ。これが法律だ。法律だぞ、ダヴォス。残虐行為ではない」

「はい、陛下」〝かれはおれのことをいっているのではない〟ダヴォスは一瞬、暗黒の地下牢にいる牢仲間をあわれに思った。かれは黙っているべきだと知っていた。しかし、疲れて心が痛んでいた。そして、思わずいってしまった。「陛下、フロレント公は決して謀叛を企てておりません」

「密輸業者どもは、謀叛を別の名前で呼んでいるのかな？　わたしはかれを〈王の手〉にした。しかし、かれは一杯の豆粥のためにわたしの権利を売ったことだろう。かれらにシリーンを与えさえしただろう。わが唯一の娘を、かれは近親相姦で生まれた私生児のもとに嫁がせただろう」王の声は怒りのためにだみ声になった。「兄には忠誠心を鼓舞する才能があった。敵の中にさえもだ。サマーホールでは、一日に三つの合戦に勝った。そして、グランディソン公とキャフェレン公を捕虜としてストームズ・エンド城に連れ帰った。かれはかれらの旗印を戦利品として広間にかけた。キャフェレンの白い仔鹿は血にまみれ、グランディソンの眠れる獅子はほとんど二つに裂かれていた。しかし、かれらは夜になるとそれらの旗印の下にすわって、ロバートとともに飲んだり喰ったりするのだった。ロバートは二人を狩りに連れて行きさえした。〝こいつらはあなたをエイリスに引き渡して火炙りにするつもりだったのだぞ〟と、わたしはかれらが中庭で斧を投げているのを見て、ロバートにいったのだ。こいつらに斧など持たせてはいけないと。だが、ロバートは笑うばかりだった。わたしだったらグランディソンとキャフェレンを地下牢に放りこんだことだろう。しかし、かれは二人を友人にしてしまった。キャフェレン公はアッシュフォード城でロバートのために戦い、ランディル・ターリーに切り殺された。グランディソン公は三叉鉾河《トライデント》の合戦で負傷して、一年後に死んだ。兄はかれらに愛されるようになったが、どうやらわたしは裏切りだけを鼓吹《こすい》するようだ。自分自身の血族、親族にさえも。兄、祖父、従兄弟、叔父……」

「陛下」サー・アクセルがいった。「お願いです。フロレント家のすべてがそれほど弱くないということを、陛下に証明する機会をお与えください」

「サー・アクセルはわたしに戦《いくさ》を再開させたいのだよ」スタニス王はダヴォスにいった。「ラニスター家はわたしが打ちひしがれ、忠臣たちもほとんど一人残らずわたしを見かぎったと考えている。わたし自身の母の父であるエスターモント公さえもジョフリーに膝を屈してしまった。わたしのところに残っている少しばかりの忠臣たちも意気阻喪しはじめている。かれらは酒や賭博で無為に日々を過ごし、野良犬のようにたがいの傷をなめあっている」

「戦をすれば、ふたたびかれらの心は燃え上がります、陛下」サー・アクセルはいった。「敗北は病気、勝利は治療です」

「勝利か」王は口を歪めた。「何度も何度も勝利したのになあ。とにかく、きみの計画をサー・ダヴォスに話せ。きみの提案に対するかれの意見を聞きたい」

サー・アクセルはダヴォスのほうを向いた。アクセルの顔には、ベルグレイヴ公がベイラー聖徒王から、乞食の腐った足を洗えと命じられたときに浮かべたにちがいない表情が、浮かんでいた。にもかかわらず、かれは従った。

サー・アクセルがサラドール・サーンとともに考案した計画は単純だった。ドラゴンストーン島から数時間航海すると、蟹爪《クロー》島がある。これは昔のセルティガー家の、海に囲まれた本拠だった。アードリアン・セルティガー公はブラックウォーターで、燃える心臓の旗印の下で戦った。ところが、いったん捕虜になると、たちまちジョフリーの陣営に寝返ってしまった。かれは今もキングズ・ランディングに残っている。

「疑いなく、陛下のお怒りが怖くてドラゴンストーンに近寄ることができないのです」サー・アクセルは断言した。「それも賢明な判断です。なぜなら、あの男はみずからの正当なる王を裏切ったのですから」

サー・アクセルは、サラドール・サーンの艦隊と、ブラックウォーターで生き残った兵士を利用することを提案した――スタニスはまだドラゴンストーン城に千五百人ほどの兵士を持っており、その半数以上がフロレント家の者だった――これを使ってセルティガー公の背信行為に懲罰を加えようというのである。クロー島の守備兵は手薄であり、その城にはミアの絨毯、ヴォランティスのグラス、金銀の皿、宝石をちりばめた杯、大型の鷹、ヴァリリア鋼の斧、海底から怪物を呼び出すことのできる角笛、ルビーの箱、それに一人の人間が百年かかっても飲みきれないワインなどが詰まっていると噂されていた。セルティガーは世間にけちな顔を見せていたが、自分自身の快楽には決して出費を惜しまなかった。「かれの城に火をかけ、その人民を剣にかけましょう」サー・アクセルは結論した。「クロー島を死骸を喰う鴉《クロウ》しか住めない灰と骨の廃墟にすれば、ラニスター家とベッドを共にする者どもの運命を、世間の者に見せつけることになります」

スタニスは顎をゆっくりと左右に動かして歯ぎしりしながら、サー・アクセルの詳しい説明を黙って聞いていた。話がすむと、かれはいった。「それはきっと可能だと思う。危険は少ない。アーバー島からレッドワイン公が船でやってくるまでジョフリーは海軍力を持たない。その略奪は、そのライスの海賊サラドール・サーンの忠誠心をしばらく留めておくのに役立つかもしれない。それ自体では、クロー島は無価値だが、陥落させれば、わたしの目的がまだ完了していないことを、タイウィン公に気づかせるのに役立つだろう」王はダヴォスのほうを振り向いた。「真実を話してくれ。サー・アクセルの提案をどう考えるか？」

〝真実を話してくれ、か〞ダヴォスはアレスター公と同居していた暗い地下牢を思い出し、〈八目鰻《ランプリー》〉と〈かゆ《ポリッジ》〉を思い出した。また、中庭にかかる橋の上で、サー・アクセルがいった約束を思い出した。〝船か、墜落か、どちらにするか？〞しかし、これはスタニスの要求だった。「陛下」かれはゆっくりといった。「これは愚行だと考えます……はい、そして卑怯だと」

「卑怯だと？」サー・アクセルはまるで叫ぶようにいった。「王の御前で、わたしを卑怯者呼ばわりする者はいないぞ！」

「黙れ」スタニスは命じた。「サー・ダヴォス、話を続けろ。きみの理由を聞きたい」

ダヴォスはサー・アクセルに面と向かっていった。「われわれの仕事がまだ完了していないことを国民に知らせるべきだと、あなたはいう。一撃加えろと。そう、戦《いくさ》をしろと……しかし、どの敵に対して？　クロー島にはラニスター家の者はいませんよ」

「謀叛人どもは見つかるさ」サー・アクセルがいった。「もっとも、耳の痛い者がいるかもしれないがね、まさにこの室内にも」

ダヴォスはこの脱線を無視した。「セルティガー公がジョフリー少年に膝を屈したことは疑いません。かれは老いさらばえた男で、自分の城にいて、宝石をちりばめた杯から上等のワインを飲みながら、最期を迎えることだけを望んでいます」かれはまたスタニスのほうに向きなおっていった。「しかし、陛下、かれはあなたの招集に応じてやってきました。船と剣士を引き連れてやってきたのです。そして、レンリー公がわれわれに襲いかかったとき、かれはストームズ・エンドであなたのそばに立ちました。そして、かれの艦隊はブラックウォーター河をさかのぼっていったのです。かれの家来はあなたのために戦い、あなたのために敵を殺し、あなたのために焼け死にました。クロー島は確かに防備が手薄です。女と子供と老人が守っています。それはなぜでしょうか？　なぜなら、かれらの夫や息子や父親がブラックウォーター河で死んだからです。われわれの旗印の下で戦って、船の櫂《オール》を握ったまま死んだか、剣を手にして死んだのです。ところが、サー・アクセルはかれらが残した家を襲えと提案しています。かれらの未亡人を犯し、子供たちを剣にかけろと。これらの庶民は決して謀叛人ではありません……」

「いや、そうだ」サー・アクセルはいい張った。「セルティガーの家来のすべてがブラックウォーター河で殺されたわけではない。その主君とともに何百人も捕虜となり、主君とともに膝を屈したのだから」

「主君とともに」ダヴォスは繰り返した。「かれらはセルティガーの家来だった。忠誠を誓った兵士だった。他にどんな選択ができるというのですか？」

「だれでも選択はできる。膝を屈するのを拒否することもできたろう。何人かはそうして、そのために死んだ。しかし、かれらは真の男として、忠臣として、死んだのだ」

「弱い者もいれば、強い者もいます」これは薄弱な答えだった。そして、ダヴォスはそれを自覚した。スタニス・バラシオンは他人の弱さを理解することも許すこともできない鉄の意志を持った人間だった。〝これは旗色が悪い〟ダヴォスはそう思い、絶望した。

「みずからの正当な王に忠節を尽くすのは、あらゆる人間の義務だ。たとえ、その君主が結果的に間違っていると判明してもだ」スタニスは反論を許さない口調で断言した。

ダヴォスは捨て鉢になり、破れかぶれの反論をこころみた。「兄上が反旗をひるがえしたときに、あなたがエイリス王の忠実な臣下として留まっておられたようにですか？」かれは口走った。

衝撃の沈黙が続いたが、サー・アクセルの叫びがそれを破った。「反逆だ！」そして短剣の鞘を払った。「陛下、あなたの御前で、こいつは破廉恥なことをいいました！」

ダヴォスはスタニスの歯ぎしりを聞くことができた。王の額に青い静脈が浮き上がった。

二人の目が合った。「ナイフをしまえ、サー・アクセル。われわれ二人だけで話す」

「お望みのままに――」

「きみに座をはずしてほしいというのが、わたしの望みだ」スタニスはいった。「ここから出ていって、メリサンドルをよこしてくれ」

「ご命令のままに」サー・アクセルは短剣をしまい、お辞儀をして、急いで扉のほうに向かった。怒った足音を響かせて。

「おまえはいつも、わたしの寛容につけこむな」二人だけになると、スタニスはダヴォスに警告した。「その指を縮めたように、その舌を縮めることも容易なのだぞ、密輸人」

「わたしは家来でございます、陛下。ですから、これはあなたの舌です。ご自由になさってください」

「そうだ」かれはすこし冷静になっていった。「そして、その舌に真実を話させたい。真実は、時には苦い薬であるが。エイリスのことか？　もし、きみにわかりさえすれば……あれは難しい選択だったと。血族をとるか、それとも君主をとるか。兄か、王か」かれは顔をしかめた。「きみは〈鉄の玉座〉を見たことがあるか？　背もたれには逆刺が植わっているのだ。捩じ曲がった鋼鉄のリボン。剣とナイフを全部絡み合わせて溶かしたぎざぎざの尖端が突き出ているのだぞ？　座り心地のよい椅子ではないぞ。エイリスがあまりしばしば切り傷を作るので、人はかれを〈かさぶた王〉と呼んだ。そして、メイゴル残酷王はあの椅子にすわっていて殺された。あの椅子によってだ。人の噂ではな。あれは人が安楽に休むことができる座席ではない。どうしてわたしの兄弟があんなにあれを欲しがったか、わたしはしばしば不思議に思うのだ」

「では、なぜあなたはそれを求められるのですか？」ダヴォスはたずねた。

「欲求の問題ではない。王位はわたしのものだ。ロバートの跡継ぎだからな。それが法律だ。わたしの後は、わが娘に継がせなければならない。結局、セリースが息子を産んでくれなければの話だが」かれは三本の指を軽くテーブルに当てて、年月のために黒ずんだなめらかな固いニスの層をなでた。「わたしは王である。これに欲求は入らない。娘に対する義務がある。王土に対しても。ロバートに対してさえも。わたしをほんの少ししか愛してくれなかったことは、わたしも知っている。だが、かれはわたしの兄だった。あのラニスターの女はかれに角笛を与えて、斑服《まだら》を着た道化師にしてしまった。そして、かれを殺したのも、彼女かもしれない。ジョン・アリンとネッド・スタークを殺したようにな。このような犯罪のために裁きをしなくてはならない。サーセイを手始めに、彼女の忌まわしい取り巻きどもを。しかし、これは始まったばかりだ。わたしはあの宮廷をきれいに洗浄するつもりだ。トライデント河の合戦の後で、ロバートがしなければならなかったことを。サー・バリスタンはかつていった。エイリス王の治世の腐敗はヴァリスとともに始まったと。あの宦官は決して許されるべきではなかった。〈王殺し《キングスレイヤー》〉も同じだ。スターク公が進言したように、ロバートはジェイミーから白マントを剝ぎ取って、〈壁〉に送るべきだった。だがかれはそうせずに、ジョン・アリンの言葉に耳を傾けた。あの時、わたしはまだ包囲攻撃を受けてストームズ・エンド城におり、相談を受けなかった」かれは不意に向きを変えて、鋭い、抜けめない目でダヴォスを見た。「さあ、真実を話せ。きみはなぜレディ・メリサンドルを殺そうとしたのか？」

〝そうか、かれは知っているのか〟ダヴォスは嘘をいうことができなかった。「わたしの息子の四人がブラックウォーター河で焼け死にました。彼女がかれらを炎に投げ入れたのです」

「それは誤解だ。あれらの炎は彼女の仕業ではなかった。呪うなら、〈小鬼《インプ》〉を呪え、火術師《パイロマンサー》を呪え、わが艦隊を罠の顎の中に導いたあの馬鹿者、フロレントを呪え。さもなければ、彼女をもっとも必要としたときに彼女を遠ざけた、わたしの頑固な誇りを呪うがいい。しかし、メリサンドルを呪うな。彼女は依然としてわたしの忠実なしもべなのだ」

「メイスター・クレッセンはあなたの忠実なしもべでした。彼女はかれを殺しました。サー・コートネイ・ペンローズとあなたの弟レンリーさまを殺したように」

「おや、ばかなことをいい出したぞ」王は不満をいった。「彼女はレンリーの最期を炎の中に見たのだ。しかし、彼女はわたし同様、それにはまったく関わっていなかった。あの女祭司はわたしと一緒にいた。きみの息子デヴァンはそういうだろう。疑うなら、かれにたずねるがいい。もしできれば、彼女はレンリーを助けていたろう。かれと会見して、反逆を償う唯一のチャンスを与えてやれと進言したのは、メリサンドルだった。サー・アクセルがきみ

メリサンドル
を主《ル＝ロール》に与えたいと願ったとき、きみを呼びにやれとわたしにいったのは、だったのだぞ」かれはかすかに笑った。「驚いたか？」

「はい。わたしが彼女の、あるいは彼女の神の、友人でないことは彼女も知っています」

「だが、きみはわたしの友人だ。彼女はそれも知っている」かれはもっとそばに来るように、ダヴォスを招いた。「あの少年が病気だ。メイスター・パイロスが蛭《ヒル》治療を施している」

「あの少年？」かれは王の従士をしているデヴァンを思い描いた。「わたしの息子でございますか、陛下？」

「デヴァンか？　よい少年だ。かれはきみとそっくりの気性をしている。病気なのは、ロバートの私生児だよ、ストームズ・エンド城で捕らえたあの少年だ」

〝エドリック・ストームだな〟「かれとはエイゴンの庭園で話をしたことがあります」

「彼女が望み、彼女が見たように」スタニスはためいきをついた。「あの少年は、きみをも魅了したか？　かれにはその天分がある。だが、父親から、血とともに受け継いだのだ。かれは自分が王の息子であることを知っている。私生児として生まれたことを忘れることに決めたのだ。そして、ロバートを崇拝している。ちょうどレンリーが幼いころにそうであったように。ロバートがストームズ・エンド城を訪れたときには、ロバートはあの子を猫かわいがりした。そして、たくさんの贈り物をした……剣に、小馬に、毛皮で縁取りしたマントなど。それらはひとつ残らずあの宦官が手配したものだった。少年は赤の王城《レッド・キープ》に礼状をたくさん出したものだ。すると、ロバートは笑って、今年は何を贈ったのかと、ヴァリスにたずねたものだ。レンリーも似たりよったりだった。かれはあの少年の教育を城代とメイスターに任せ、一人残らずかれの魅力の餌食になってしまった。ペンローズはかれを手放すよりは、死ぬことを選んだ」王は歯ぎしりをした。「思えば、まだ腹が立つ。あの子をわたしが傷つけるなどと、どうして考えられるのか？　わたしはロバートを選んだではないか？　あの辛い日が来たときにだ。わたしは名誉よりも、血族を選んだのだぞ」

〝かれは少年の名前を口にしない〟それでダヴォスはひどく不安になった。「若いエドリックが早く回復すればいいですね」

スタニスは手を振って、かれの懸念を振り払った。「ただの風邪だ。咳をし、震え、熱がある。メイスター・パイロスがすぐに治してくれるだろう。あの子自身は取るに足りない。わかるだろう。しかし、かれの血管にはわが兄の血が流れている。王の血には力があると、彼女はいうのだ」

彼女とはだれかと、ダヴォスはたずねる必要はなかった。

スタニスは彩色テーブルに触った。「これを見よ、〈玉葱の騎士〉。わが王土、当然のことだ。わがウェスタロスだ」かれはテーブルの上でさっと手を振った。「七王国という呼び方はばかげている。エイゴンは三百年前に、今われわれが立っている場所に立ったときに、それに気づいた。そして、かれの命令で、このテーブルは彩色を施された。川と入り江が描かれ、丘と山と、城と都市と市場町と、湖と沼と森林が……しかし、国境はまったくない。全部でひとつなのだ。一人の王が一人で統治すべきひとつの王土なのだ」

「一人の王でなら平和になります」

「一人の王ですね」ダヴォスはうなずいた。

「わたしはウェスタロスに正義をもたらすぞ。これは、サー・アクセルがほとんど理解できないことだ。戦についても同様だが。クロー島はわたしに何ももたらさないだろう……しかも、きみがいったとおり、あれは邪悪なことだ。セルティガーは自分で謀叛人としての代償を支払わねばならぬ。そして、わたしがわが王国に入ったときに、それを支払わせてやるぞ。だれも自分の蒔《ま》いた種は自分で刈り取らねばならぬ。最高の貴族から、最低の下水の鼠にいたるまで。そして、約束するが、指先以上のものを失う者もいるだろう。かれらはわが王土に血を流させた。わたしはそれを許さない」スタニス王はテーブルから振り向いた。「ひざまずけ、〈玉葱の騎士〉よ」

「は？」

「かつて、きみの玉葱と魚のために、わたしはきみを騎士にした。今日は、こんどのことに報いて、きみを貴族に列したいと考えている」

〝こんどのこと？〟ダヴォスは当惑した。「わたしは陛下の騎士であることに満足しております。貴族らしくするには、どうすればいいかわかりません」

「よろしい。貴族らしくするということは、不実にするということだ。わたしは辛い教訓からそれを学んだ。さあ、ひざまずけ。王の命令だぞ」

ダヴォスはひざまずいた。すると、スタニスは長剣――メリサンドルが命名した〈光《ライト》をもたらすもの《ブリンガー》〉――を引き抜いた。〈七神〉を焼いた火から引き抜かれた、英雄たちの赤い剣である。その刃が鞘から滑り出すと、部屋が明るくなったように見えた。その鋼は、それ自身が光を放っていた。今はオレンジ色、今は黄色、今は赤というように。その周囲で空気が明滅した。どんな宝石もこれほどまばゆく輝いたことはなかった。しかし、スタニスがそれをダヴォスの肩に当てると、それは他の長剣と変わらないように感じられた。「シーワース家のサー・ダヴォスよ」王はいった。「そなたはわが真の誠実なる臣下であるか、今後、永遠に？」

「そのとおりでございます、陛下」

「そして、そなたは一生涯、われに忠実に仕え、誠実な助言を与え、速やかに従い、大小の戦争において、わが権利とわが王土をすべての敵から守り、わが人民を保護し、わが敵を罰すると誓うか？」

「お誓いいたします、陛下」

「では、ふたたび立ち上がれ、ダヴォス・シーワースよ。そして、〈雨の森《レインウッド》〉の領主《ロード》として、〈狭い海〉の海将として、そして〈王の手〉として立ち上がれ」

一瞬、ダヴォスはあまりの当惑で身動きができなかった。〝今朝は地下牢で目覚めたのに〟「陛下、いけません……わたしは〈王の手〉にふさわしい人間ではありません」

「きみ以上にふさわしい者はいない」スタニスは〈ライトブリンガー〉の剣を鞘に収めると、ダヴォスに手を貸して立ち上がらせた。

「わたしは下賤の生まれです」ダヴォスは念を押した。「成り上がりの密輸人です。他の家臣諸公は決してわたしに従わないでしょう」

「それなら、新しい諸公をたてることにする」

「しかし……わたしは文字も読めず……書くこともできず……」

「メイスター・パイロスがきみにかわって読むことができる。書くことについていえば、前のわたしの〈王の手〉は読み書きによって、自分の首を捨ててしまったぞ。きみに求めることは、きみがつねに与えているものだけだ。誠実、忠義、奉仕だ」

「きっと、他にもっと適任者が……立派な城主《ロード》が……」

スタニスは鼻を鳴らした。「バー・エモン、あの小僧か？　わが不誠実な祖父か？　セルティガーはわたしを見捨てたぞ。新しいロードのヴェラリオンは六歳だ。そして、新しいロードのサングラスは、わたしがその兄弟を火炙りにした後にヴォランティスに向かって船出してしまった」かれは怒った身振りをした。「確かに、よい男たちも少しは残ってる。サー・ギルバート・ファーリングはわたしのために、二百人の忠義な兵士とともにまだストームズ・エンド城を守っている。モリゲン公、〈夜の詩《ナイトソング》城の私生児〉、〈リトル・ルーコス〉とチタリング公、わが従兄弟のアンドルー……しかし、きみ、〈雨の森〉の領主《ロード》ほどには、かれらを誰一人として信じることができないのだよ。きみをわたしの〈手〉とする。戦場でそばに置きたいのは、きみなのだ」

〝もうひとつ戦《いくさ》をすれば、われわれ全員の最期になる〟とダヴォスは思った。〝アレスター公はそれだけはしっかりと見ていた〟「陛下は正直な助言を求められました。では、正直に申し上げます……ラニスター家とふたたび戦う力は、われわれにはありません」

「陛下がお話しになっているのは、大きな戦のことです」東方訛りの強い女の声がいった。メリサンドルがいつもの赤いシルクときらきら光るサテンの衣を着て、蓋をした銀の盆を手にして、入り口に立っていた。「これらの小さな戦は、これからやってくるものに比べれば、子供のつかみ合いにすぎません。その名を口にしてはならない者が、軍勢を引き連れてやってきます、ダヴォス・シーワースよ。非常に残忍で邪悪で強力な軍勢です。まもなく、寒さが、そして決して終わることのない夜がやってきます」彼女は銀の盆を彩色テーブルの上に置いた。「真実の人間はそれと戦う勇気を持たなければなりません。心臓の燃えている人間たちが」

スタニスはその銀の盆を見つめた。「彼女はそれをわたしに見せたのだ、ロード・ダヴォス。炎の中に」

「陛下はごらんになったのですか？」このようなことで、スタニス・バラシオンが嘘をいうとは思えなかった。

「この目で見た。あの合戦の後で、わたしが絶望し途方に暮れていたとき、レディ・メリサンドルが暖炉の火を凝視しろといった。煙突が強く空気を吸いこんでいて、灰の粒子が火から立ち昇っていた。わたしはそれを見つめた。なかばばかばかしいと思いながら。しかし、彼女はもっと深く見ろといった。すると……上昇気流で立ち昇る灰は白かったが、突然、それが落下しているように見えた。雪だとわたしは思った。それから、空中の火花が円を描き、松明の輪になるように見えた。そして、わたしは火を透かして、どこかの森林の中の高い丘を見下ろしていた。灰の粒が、松明を持った黒衣の男たちになっていた。そして、雪の中を動く何者かの姿があった。火の熱さにもかかわらず、わたしは身震いするほどの寒けを感じた。そして、身震いしたら幻影が消え、火もふたたび元の火に戻った。だが、わたしの見たものは真実だった。わが王国を賭けてもよい」

「そして、お賭けになりました」メリサンドルがいった。

確信に満ちた王の声は、ダヴォスを骨の髄まで怯えさせた。「森林の中の丘……雪の中の姿……わかりませんが……」

「戦いが始まっているということです」メリサンドルがいった。「今は、砂が草の間をより速度を上げて滑っています。そして、地上の人間の時間はほとんど終わりかけています。わたしたちは大胆に行動しなければなりません。さもないと、すべての希望が失われてしまいます。ウェスタロスは一人の真の王のもとに、約束されたプリンスのもとに、ドラゴンストーン城の城主にしてル＝ロールに選ばれた王のもとに、統一されなければなりません」

「とすると、ル＝ロールは妙な選び方をしたものだ」王は、まずい物を食べたかのように顔をしかめた。「なぜ、わたしなのか、そしてほかの兄弟ではないのか？　レンリーとかれの桃。夢の中で、かれの口から汁が滴るのを何度も見た。かれの喉から血が滴るのも。もし、かれが兄のかたわらで義務を尽くしていたら、われわれはタイウィン公を撃滅することができただろうに。ロバートさえも誇りに思うような勝利。ロバートは……」かれは口を左右に動かして歯ぎしりした。「かれもわたしの夢に出てくる。笑っている。酒を飲んでいる。大言壮語している。これらがかれのもっとも得意とするところだ。それと、戦いが。わたしは何事においても、かれを負かしたことがない。〈光の王《ロード・オブ・ライト》〉はロバートをその代理闘士《チャンピオン》にすべきだった。なぜ、わたしなのか？」

「なぜなら、あなたは正義の人だからです」メリサンドルはいった。

「正義の人か」スタニスは蓋をした銀の盆を指で触った。「蛭を使って」

「はい」メリサンドルはいった。「でも、もう一度あなたにいわなければなりません。これは正しいやり方ではないと」

「うまくいくと保証したくせに」王は怒った顔をした。

「いくかもしれないし……いかないかもしれません」

「どちらだ？」

「どちらも」

「筋の通ったことをいえ、女」

「火がもっとはっきり物語るときには、そういたします。炎の中に真実があります。でも、つねに見やすいとはかぎりません」彼女の喉の大きなルビーが、火鉢の光を吸いこんだ。「あの少年をわたしにくださいませ、陛下。そのほうが確実な方法です。よりよい方法です。あの少年をくだされば、石のドラゴンを目覚めさせてみせます」

「だめだと、いったろう」

「ウェスタロスのすべての少年に対して、そして、すべての少女に対しても、かれは一人の庶出の少年にすぎません。世界じゅうのあらゆる王国の中で、これから生まれるであろうすべての子供に対して」

「あの少年に罪はない」

「あの少年があなたの婚礼の床を汚したのですよ。さもなければ、あなたはきっとご自身の息子たちをお持ちになるでしょうに。かれがあなたを辱《はずかし》めたのです」

「それをしたのは、ロバートだ。あの少年ではない。わが娘は成長するにつれて、かれが好きになってきている。そして、かれはわたし自身の血族だ」

「兄上の血です」メリサンドルはいった。「王の血です。王の血だけが石のドラゴンを目覚めさせることができるのです」

スタニスは歯軋りをした。「この話はもう聞かんぞ。ドラゴンはもういない。ターガリエン家はドラゴンを甦らせようと、何度も何度も試みた。そして、みずからを物笑いの種にし、あるいは屍となった。この神に見捨てられた岩の上に必要な唯一の道化師は、〈まだら顔《パッチフェイス》〉だ。蛭を持ってきたな。仕事をしろ」

メリサンドルはぎごちなく頭を下げていった。「ご命令のままに」彼女は右手で左の袖をたくし上げて、ひと握りの粉末を火鉢に投げ入れた。石炭がゴーッと音をたてた。その上に青白い炎が躍った。その〈紅の女《レッド・ウーマン》〉は銀の盆を取り上げて、王に渡した。ダヴォスは彼女が蓋を持ち上げるのを見た。その下には、血を吸って丸々と太った三匹の大きな黒い蛭がいた。

〝あの少年の血だ〟とダヴォスは知った。〝王の血だ〟

スタニスは片手を伸ばし、指で蛭の一匹をつまんだ。

「名前をいって」メリサンドルが命じた。

蛭は王の指の間で身をくねらせ、指の一本に吸いつこうとした。「王位簒奪者」かれはいった。「ジョフリー・バラシオン」かれが蛭を火に投げ入れると、蛭は石炭の間で、秋の枯れ葉のように巻き上がり、焼けた。

スタニスは二番目の蛭をつまんだ。「王位簒奪者」こんどはかれはより大きな声で宣言した。「ベイロン・グレイジョイ」かれはそれを軽く火鉢に投げ入れた。すると、その肉が裂けて、パチパチ鳴り、血が噴き出し、シューシュー音をたて、煙を上げた。

最後の蛭が〈王の手〉にあった。こんどは、指につままれて身をくねらせている蛭を、かれはしばらく眺めていた。「王位簒奪者」結局かれはいった。「ロブ・スターク」そして、火の上に放った。

37　ジェイミー

ハレンの巨城《ホール》の湯殿は薄暗くて、湯気がこもり、天井が低く、大きな石の浴槽が並んでいた。ジェイミーが連れられてくると、浴槽のひとつにブライエニーがすわって、まるで怒ってでもいるかのように腕をこすっていた。

「そんなに強くこするなよ、娘」かれは声をかけた。「皮がむけてしまうぞ」彼女はブラシを捨てて、グレガー・クレゲインのように大きな手で乳を覆った。彼女が一所懸命に隠そうとしているその尖った小さな蕾は、彼女の厚くて筋骨逞しい胸にあるよりも、十歳ぐらいの娘の胸にあったほうがより自然に見えたことだろう。

「何しに来た？」彼女はたずねた。

「ボルトン公が一緒に食事をしようといい張るのだが、おれの蚤を招待するのを省いたのさ」ジェイミーは左手で衛兵をぐいと引っ張った。「この悪臭のするぼろを脱ぐのを手伝ってくれ」片手を失ったかれは、ズボンの紐を解くのもままならなかった。衛兵はいやがったが、とにかく応じることは応じた。「さあ、出ていけ」ジェイミーは衣服が湿った石の床に折り重なると、いった。「わがタースの令嬢はおまえのような屑に、おっぱいを見られるのをいやがる」それからブライエニーの世話をしている痩せて顔の尖った女に、切り株になった手を突きつけた。「おまえもだ。外で待て。扉はひとつしかないし、この娘は大きすぎて、煙突をよじ登ることはできない」

服従の習慣は深く染みこんでいた。女は衛兵の後について外に出て、湯殿にはかれら二人だけが残った。だから、ジェイミーは不器用にのろのろと浴槽の縁をまたいで、六人か七人ぐらい入る大きさがあった。浴槽は自由都市風の作りで、彼女の浴槽に入っていった。かれの両眼は開いていたが、右目はクァイバーンの蛭《ヒル》治療にもかかわらず、まだ多少腫れていた。ジェイミーは百九十歳ぐらいになったように感じたが、それでも、ハレンホールに来たときの気持ちと較べれば、ずっとよくなっていた。

ブライエニーは体を縮めて、かれから後ずさりした。「他にも浴槽があるでしょう」

「おれにはこれで充分だ」かれはゆっくりと顎まで、湯気をあげる湯の中に体を沈めていった。「怖がらなくていいぞ、娘。きみの太股は紫色と緑色になっている。そして、それらの間にあるものに、おれは関心がない」かれは右腕を浴槽の縁にのせておかなければならなかった。なぜなら、包帯を濡らしてはならないと、クァイバーンから警告されていたからである。両足から緊張がぬけていくのがわかった。だが、ぐるぐると目がまわっていた。「もし気絶したら、引き上げてくれよな。これまでラニスター家で、浴槽で溺れた者はいない。自分がその第一号になりたくないからな」

「どうして、あなたの死に方をわたしが心配しなければならないのですか？」

「きみは厳粛に誓ったぞ」かれは微笑し、赤い血の気が自分の白くて太い首を這い上がるのを感じた。彼女は背を向けた。「いまだに、内気な乙女かね？　まだおれに見られていない部分があるとでも思っているのか？」かれは彼女がすてたブラシをさぐり、指でつかみ、自分の体を漫然とこすりはじめた。それすらも、手がうまく動かず困難だった。〝この左手はなんの役にも立たないぞ〟

それでも、肌にこびりついていた垢が溶けて離れ、湯がしだいに黒ずんできた。娘は背中をかれに向けたままでいた。その大きな肩の筋肉を固く盛り上がらせて。

「この腕の切り株を見るのが、そんなにいやかね？」ジェイミーはたずねた。「きみは喜ぶべきだぞ。おれは王を殺した手を失ったのだからな。スターク少年を塔から投げ落とした手を。自分の姉の股の間に滑りこませてそこを濡れさせた手を、失ったのだから」かれは手の切り株を彼女の顔の前に突き出した。「きみの護衛では、レンリーが死ぬのも不思議はない」

彼女はまるで殴られでもしたかのように、浴槽の湯をざぶりと波立たせて、ぱっと立ち上がった。そして、浴槽の縁をまたいで外に上がったとき、その股の付け根に濃いブロンドの毛がもじゃもじゃと生えているのが、ちらりと見えた。彼女はジェイミーの姉よりもずっと毛深かった。滑稽なことに、湯の底で自分の一物がむっくりと起き上がるのを、かれは感じた。〝サーセイからあまりにも長いこと遠ざかっているからなあ〟かれは自分の肉体の反応に困惑して、目を逸らした。「悪いことをいった」かれはもぐもぐいった。「おれは不自由な体だ。そして、ひがんでいる。許してくれ、ブライエニー。きみは男性なみにおれを守ってくれた。それも、たいていの男よりも立派に」

彼女は裸体をタオルで隠した。「わたしをからかっているのですか？」

これで、かれはまたむっとした。「きみは城壁のように鈍いのか？　これは謝罪だったのだぞ。もうきみと争うのに疲れた。休戦にしないか？」

「休戦は信頼の上に成り立つものです。わたしに信用してもらいたいのですか――」

「〈王殺し《キングスレイヤー》〉よ、というのだな。そうだよ。おれは、あわれな困り者エイリス・ターガリエンを殺害した誓約破りだ」ジェイミーは鼻を鳴らした。「しかし悔やんでいるのはエイリスのことではなく、ロバートのことだ。〝人はおまえを〈王殺し《キングスレイヤー》〉と呼ぶそうだな〟かれは戴冠式の祝宴で、おれにそういった。〝それを習慣にしようとは考えるなよ〟と。そしてかれは笑った。なぜ、だれもロバートを誓約破りと呼ばないのか？　かれは国をばらばらに引き裂いた。それなのに、名誉を汚したのはおれだなんて」

「ロバートがやったことはすべて愛のためでした」ブライエニーの足から湯が流れ落ち、足の下に溜まった。

「ロバートがやったことはすべて誇りのため、女のあそこのため、美しい顔のためだった」かれは拳を握った……いや、握ったことだろう、もし手があったら。痛みが、残酷な笑いのように、腕を突き上げた。

「かれは国を救うために出陣したのですよ」彼女はいい張った。

〝国を救うため、ねえ〟「きみは、おれの弟がブラックウォーター河に火をつけたことを知っているか？　炎素《サブスタンス》は水の上でも燃える。エイリスはその気になれば、それに浸かったことだろう。ターガリエン家はみんな火炎に夢中になるんだ」ジェイミーは頭がくらくらするのを感じた。〝頭の中に熱がある、血の中に毒がある、熱病の末期だ。おれは正常ではない〟かれは湯が顎につくまで、ゆったりと沈んだ。「白いマントを汚した……あの日、おれは黄金の甲冑をつけていた。しかし……」

「黄金の甲冑？」彼女の声が遠くで、かすかに聞こえた。

かれは熱の中に、記憶の中に漂った。「鐘《ベルズ》の合戦で、踊るグリフィンの軍勢が破れたとき、エイリスはロバートを追放した」〝なぜおれは、こんな滑稽な醜い子供に話をしているのか？〟「ロバートはもはや気まぐれに押しつぶすことができるような単なる逆徒の貴族ではなくて、デイモン・ブラックファイア以来ターガリエン家が直面した最大の脅威であると、エイリスはついに理解したのだった。エイリス王は不作法にもエリアを捕らえているとルーウィン・マーテルに念を押し、〈王の道〉をのぼってくる一万人のドーン人の指揮を執れといって送り出した。ジョン・ダリーとバリスタン・セルミーがグリフィンの兵士をできるかぎり再結集させるために、石の聖堂《ストーニイ・セプト》に駆けつけた。そして、プリンス・レイガーは南部から戻ってきて父親に、誇りを捨てておれの父タイウィンを呼び出せと説得した。しかし、キャスタリーの磐城《ロック》から使い鴉《レイヴン》は戻ってこなかった。それで、王はますます恐怖心を抱いた。かれはいたるところに謀叛人を見た。そして、側近のヴァリスはかれが見過ごしたかもしれない謀叛人をつねに指摘した。そこで王は家来の錬金術師たちに命じて、キングズ・ランディングのいたるところに炎素の貯蔵所をもうけさせた。ベイラー大聖堂《グレート・セプト》の地下、蚤の溜まり場《フリー・ボトム》の物置小屋、厩舎や倉庫の下、七つの門のすべて、赤の王城《レッド・キープ》そのものの地下にも。

ほんのひと握りの火術師《パイロマンサー》の賢者《ウィズダム》の手で、極秘のうちにすべてが行なわれた。かれらは自分の助手にも手伝わせなかった。王妃の目は何年も閉じられたままで、息子のレイガーは軍隊を整えるのに忙しかった。しかし、エイリスの新しい懐刀である〈王の手〉は完全に馬鹿者というわけではなかった。だから、ロッサート、ベリス、ガリガスなどが昼夜を問わず出入りするのに疑いを抱いた。チェルステッド、そうだ、かれの名前はチェルステッドだった。チェルステッド公だ」この記憶は話しているうちに、突然甦《よみがえ》ったのだった。「かれは臆病者だとおれは思っていたが、やつはエイリスと対決した日にはどこからか勇気を引き出していた。かれはエイリスを思いとどまらせるために、できるだけのことをした。理を説き、冗談をいい、脅迫し、そして最後に懇願した。それが失敗におわると、かれは役職の首鎖をはずして床に放り出した。そのため、エイリスはかれを生きたまま焼き殺し、その首鎖を、お気に入りの火術師《パイロマンサー》ロッサートの首にかけた。こいつはリカード・スターク公を、着ている鎧の中で料理した男だ。その間じゅうずっと、おれは白い板金鎧《プレート・アーマー》をつけて〈鉄の玉座〉の下に立っていた。死骸のように静かに、君主とそのたいせつな秘密を守って。

こうして、同僚の〈王の楯《キングズガード》〉はみんな出払っていたが、エイリスはおれをそばに置きたがった。なにしろ、おれは父の息子だったから、かれはおれを信用しなかったのだ。昼も夜もヴァリスの目の届くところにおれを置きたがった。だから、おれはすべてを聞いたのさ」ロッサートが炎《サブスタンス》素を置かねばならぬ場所を示す地図を開くたびに、その目がどんなに輝いたか、ジェイミーは思い出した。ガリガスとベリスも同様だった。レイガーは三叉鉾河《トライデント》でロバートと対戦した。その結果どうなったか、きみも知っているだろう。宮廷に知らせが届くと、エイリスは急いで王妃をプリンス・ヴィセーリスとともにドラゴンストーン城に送り出した。プリンセス・エリアも行くはずだったが、かれはそれを禁じた。どういうわけか、プリンス・ルーウィンがトライデント河で裏切ったにちがいないと思いこんでいたのだ。しかし、エリアとエイゴンをそばに置いておくかぎり、ドーンを味方に留めておけるとかれは考えた。

「謀叛人どもが、おれの町を欲しがっている」とかれがロッサートにいっているのを、おれは聞いた。「だが、かれらには灰しかやるつもりはない。ロバートを、焦げた骨と焼けた肉の上に君臨する王にしてやるぞ」と。ターガリエン家は死者を決して埋葬せずに火葬にした。エイリスはかれらのすべてを最大の火葬の薪にするつもりだった。しかし、実をいうと、かれが本当に死を予想していたとは信じられない。かつての〈燃えさかる炎《ブライトフレーム》のエリオン〉と同様に、エイリスは火が自分を変容させると思った……ふたたび甦ってドラゴンとなり、敵のすべてを灰塵に帰すると。

　ネッド・スタークはロバートの前衛部隊とともに急いで南下してきたが、おれの父の軍勢が先にその町に到達した。〈西部総督〉が王を守るためにやってきたとパイセルが確信させたので、エイリスは城門を開いてしまった。この時ばかりは、かれはヴァリスの意見に留意すべきだったが、かれを無視してしまった。おれの父はエイリスが自分に対して行なったすべての不当な行為を根に持って、この戦から身を引き、ラニスター家は勝ち馬に乗るべきだと思い定めた。トライデント河の合戦がかれに決心を固めさせた。

　おれは赤の王城《レッド・キープ》の防衛を任されたが、これは負け戦だとわかっていた。それで、エイリスに使いを送って講和の許可を求めた。エイリスは「もしおまえが謀叛人でなければ、おまえの父親の首をおれに届けろ」といって、絶対後に引かなかった。ロッサート公がそばについていると、うちの使者がいったが、それがどういう意味か、おれにはわかった。

　ロッサートを見つけたとき、かれは普通の兵士の服装をして、裏門に急いで行くところだった。おれはまずかれを殺した。それから、エイリスが火術師《パイロマンサー》どものところに送る別の使者を見出す前に、エイリスをも殺した。何日か後に、他の者たちをも探し出して、やはり殺した。ベリスは黄金を差し出し、ガリガスはお慈悲をと泣きついた。まあ、火よりも剣のほうが慈悲深いが、ガリガスはおれが示した優しさをあまり評価したとは思えないな」

　湯が冷めてしまっていた。気がつくと、ジェイミーは自分の右手を見つめていた。〝おれを〈王殺し《キングスレイヤー》〉にした手だ〟あの〈山羊〉がジェイミーの栄光と恥辱を、二つとも同時に、奪ってしまったのだった。〝後に何が残ったか？　今、おれは誰なのか？〟

　ブライエニーは滑稽な顔をしていた。タオルをつかんで貧弱な乳房に当て、太くて白い脚を下に突き出して。「この話を聞いて、言葉が出なくなったか？　さあ、おれを呪うなり、キスするなり、嘘つきと呼ぶなり、なんとでもいうがいい」

「もし、これが真実なら、どうしてだれも知らないのですか?」

「〈王の楯〉は王の秘密を守ると誓約しているのだよ。その誓いを、破らせたいのかね？」

ジェイミーは笑った。「高貴なるウィンターフェル城の城主が、説得力のないおれの説明を聞きたがったと思うかね？　あのような名誉を重んじる人が。かれはおれをひと目見ただけで、有罪と判定したよ」ジェイミーはよろめきながら立ち上がろうとした。その胸を冷めた湯が流れ落ちた。「どんな権利で、狼が獅子を裁くのか？　どんな権利で？」かれは激しい震えに襲われ、浴槽から上がろうとして、その縁に腕の切り株をぶち当ててしまった。

痛みで体じゅうが震えた……そして、湯殿が突然ぐるぐるまわりだした。かれが倒れないうちに、ブライエニーがつかまえた。彼女の腕はすっかり鳥肌が立っていて、じっとり湿って冷たかったが、彼女は力強かった。しかも、意外に優しかった。〃サーセイよりも優しいぞ〃かれは彼女に助けられて浴槽から上がりながら思った。かれの脚は萎えた男根のようにぐらぐらした。「衛兵！」かれはその娘が叫ぶのを聞いた。「〈王殺し《キングスレイヤー》〉が！」〃ジェイミーだぞ〃とかれは思った。〃おれの名はジェイミーだぞ〃と。

次に気がついたときには、かれは湿った床に横たわり、衛兵やブライエニーやクァイバーンなどみんなが立って心配そうに見下ろしていた。ブライエニーは裸だったが、そのことは一瞬忘れてしまったようだった。「湯の熱にあたったのでしょう」メイスター・クァイバーンが話していた。〃いや、かれはメイスターじゃない。学鎖を剝奪されたのだった〃「血の中にもまだ毒があります。そして、栄養不良です。どんな物を食べさせていましたか？」

「蛆虫に小便にどろどろの吐瀉物だ」ジェイミーがいった。

「固パンに水にオート麦の粥ですよ」衛兵がいい張った。「でも、ほとんど食べないのです。どうしたらいいでしょう？」

「体を摩擦して、衣服を着せ、必要なら〈キングスパイアの塔〉に運びなさい」クァイバーンはいった。「ボルトン公はどうしても今夜この人と会食をすると決めています。もう時間がありません」

「かれのために清潔な衣服を持ってきて」ブライエニーがいった。「わたしが手伝って体を洗い、衣服をつけさせます」

他の者たちはみんな、その仕事を彼女にやらせるのを大喜びした。かれらはジェイミーを引き立たせて、壁ぎわの石のベンチにすわらせた。ブライエニーは自分のタオルを取りに行き、ごしごしこする作業を完了させるために固いブラシを持って戻ってきた。衛兵の一人が、髭の手入れをさせるために、彼女に剃刀を与えた。クァイバーンは粗織りの下着、清潔な黒いウールのズボン、ゆったりした緑色のチュニック、そして前を紐で閉じる革の胴着を持って戻ってきた。このころには、ジェイミーのめまいはややおさまっていた。もっとも、体のぎごちなさは変わらなかったけれども。ブライエニーに手伝ってもらって、かれはなんとか服装を整えた。「さあ、あと必要なのは銀の鏡だけだ」

元メイスターはブライエニーにも新しい衣服を持ってきていた。汚れたピンクのサテンのガウンに、亜麻布のシャツ。「すみません、お嬢さま。ハレンホールには、あなたの大きさに合う女性の衣服はこれしかなかったのです」

　そのガウンはもっと華奢な腕と、もっと短い脚を持ち、もっとずっと胸の豊かな人のために裁断されたことは一目瞭然だった。見事なミアのレースも、ブライエニーの肌に点々とついている傷跡をほとんど隠すことができなかった。全体として、この衣服は彼女を滑稽に見せるだけだった。〝彼女はおれよりも逞しい肩をしているし、首も太い〟とジェイミーは思った。〝鎖帷子《チェーン・メイル》を着たがるのも無理はない〟ピンクも、彼女に似合う色ではなかった。一ダースもの残酷な冗談がかれの頭に飛びこんだが、この時ばかりは黙っていた。彼女を怒らせないことが肝心だ。片手では、かなう相手ではないから。

　クァイバーンは一本の瓶も持ってきていた。「それ、何だ？」学鎖を剥奪されたメイスターが、これを飲めと押しつけたとき、かれはたずねた。

「酢に浸した甘草です。蜂蜜と丁子《ちょうじ》が加えてあります。これを飲めば、多少、力がつき、頭がはっきりするでしょう」

「新しい手が生える薬を持ってこいよ」ジェイミーはいった。「欲しいのは、それだ」

「飲んで」ブライエニーがにこりともせずにいい、かれは従った。

　半時間ほどたつと、かれはなんとか立っていられるだけの力がついた。薄暗く湿った暖かい湯殿から出ると、外の空気が横面を平手で打った。「いまごろは殿さまがお待ちかねだろう」一人の衛兵がクァイバーンにいった。「彼女をもね。この人は運ぶ必要があるかな？」

「まだ歩ける。ブライエニー、手を貸してくれ」

ジェイミーは彼女につかまって、導かれていった。かれらは中庭を横切り、隙間風の入る広大なホールに入っていった。そこはキングズ・ランディングの公式謁見室よりもさらに広かった。巨大な暖炉が壁ぎわに並んでいた。三メートルにひとつずつぐらいあったが、数えきれなかった。しかし、火は入っておらず、壁と壁の間の寒さは骨の髄にまでこたえた。毛皮のマントをまとった一ダースほどの槍兵が、扉と、上の二つの歩廊に通じる階段を守っていた。そして、この広大な空間の中心に、何エーカーものなめらかなスレートの床に囲まれて、ひとつの架台テーブルがあり、そこでドレッドフォート城の城主が待っていた。お付きの者は酌取り一人だけだった。

「マイ・ロード」二人でかれの前に立つと、ブライエニーがいった。

ルース・ボルトンの目は石よりも青白く、ミルクよりは黒く、その声は蜘蛛のささやきのようにかすかだった。「わたしに伺候できるほど、あなたが丈夫になって嬉しい。マイ・レディ、どうぞすわって」かれはテーブルいっぱいに並べられたチーズ、パン、冷製の肉、そして果物のほうに手を振った。「赤を飲むか、白を飲むか？　残念ながら普通のヴィンテージだと思うが。サー・エイモリーがレディ・ウェントの酒蔵をほとんど飲み干してしまったのでね」

「きっと、そのためにかれを殺したのですね」ジェイミーは示された席に急いで滑りこんだ。自分がどんなに弱っているかボルトンに悟られないように。「白はスターク向きです。わたしはよきラニスターらしく赤を飲みましょう」

「わたしはお水をいただきます」ブライエニーはいった。

「エルマー、サー・ジェイミーに赤を。レディ・ブライエニーに水を。そして、わたしには香料入りワイン《ヒポクラス》を」ボルトンは護衛のほうに手を振って退がらせた。かれらは黙って急いで出ていった。

習慣で、ジェイミーは右手でワインをつかもうとした。切り株がゴブレットにぶつかり、きれいな亜麻布の包帯に鮮やかな赤い飛沫がかかった。かれは杯が倒れないように左手でつかまなければならなかった。だが、ボルトンはその不器用な行為を見て見ぬふりをした。その北部人は干しスモモを手に取り、小さく鋭く噛んで食べた。「お上がりなさい、サー・ジェイミー。とても甘くて、胃腸の動きも助けます。ヴァーゴ公がある旅籠に火をかける前に持ち出したのですよ」

「わたしの胃腸はちゃんと動いています。あの山羊野郎は〝公《ロード》〟ではない。あなたの干しスモモよりも、あなたの意図について二倍も関心がありますがね」

「あなたをどうするか？」ルース・ボルトンの唇にかすかな笑いが浮かんだ。「あなたは危険な戦利品です。どこに行っても不和の種を蒔く。ここでさえも。ハレンホールというこのわたしの楽しい家でも」かれの声はささやきに毛の生えた程度だった。「そして、リヴァーラン城でもそうだったようですな。ご存じですか、エドミュア・タリーがあなたを奪還するために一千枚のドラゴン金貨を提供したことを？」

〝それだけか？〟「わが姉はその十倍は払うでしょう」

「そうでしょうか?」ほんの一瞬、かすかな笑みがまた浮かんで、すぐに消えた。「一万ドラゴンといえば莫大な金額です。もちろん、カースターク公の提案も考慮しなければ。かれはあなたの首を持ってきた者を娘と結婚させると約束《プロミス・ザ・ハンド》しています」

「手《ハンド》のことなら、おたくの〈山羊〉に任せておきなさい」ジェイミーはいった。

ボルトンはかすかに笑った。「ご存じでしたか、われわれがこの城を取ったときハリオン・カースタークがここに捕らわれていたことを? わたしは、かれとともに残っていたカーホールドの兵士を全部つけて、グラヴァーとともに送り出しました。かれがダスケンデールで不運に見舞われなければよいと、心から願っています……さもないと、リカード公の子供で残っているのはアリス・カースタークだけになってしまいますからね」かれは干しスモモをまたひとつつまんだ。「あなたにとって幸運なことに、わたしには妻の必要はありません。双子城《ツインズ》にいる間に、レディ・ウォルダ・フレイと結婚しましたからね」

「〈美しきウォルダ〉?」ジェイミーは左手でパンをちぎるために、右手の切り株でぎごちなくパンをおさえようとした。

「〈太めのウォルダ〉ですよ。フレイ公は花嫁の体重と同じ重さの銀を持参金にすると申し出たので、わたしは心を決めたのです。エルマー、サー・ジェイミーのためにパンをちぎって差し上げろ」

その少年はパンの塊から、握り拳ほどのパンをちぎってジェイミーに渡した。ブライエニーは自分のパンをちぎった。「ボルトン公」彼女はたずねた。「あなたはハレンホールをヴァーゴ・ホウトに与えるつもりだという噂ですが」

「褒美にね」ボルトン公はいった。「借りを返すのはラニスター家の人たちだけではないのですよ。いずれにしても、わたしはまもなく去らねばなりません。エドミュア・タリーが双子《ツィンズ》城でレディ・ロズリンと結婚することになり、わたしも出席するように王の命令があるのでね」

「エドミュアが結婚?」ジェイミーがいった。「ロブ・スタークではなくて?」

「ロブ王陛下はもう結婚しましたよ」ボルトンはスモモの種を手のひらに吐き出して、わきに置いた。「岩山《クラッグ》城のウェスタリング家の者と。花嫁の名はジェインだと聞いています。あなたはきっと彼女を知っているでしょう。彼女の父親はあなたの父上の旗主ですから」

「父には大勢の旗主がいます。そして、大部分に娘がいます」ジェイミーは片手でゴブレットを探りながら、そのジェインという娘を思い出そうとした。ウェスタリング家は旧家で、有力というより、むしろ誇り高い。

「そんなことはありえません」ブライエニーが頑固にいった。「ロブ王はフレイ家と縁組すると約束しました。かれは決して信頼を裏切らないでしょう――」

「陛下は十六歳の少年ですよ」ルース・ボルトンが穏やかにいった。「そして、わたしの言葉に疑問を抱かないでくださるとありがたいのですがな、マイ・レディ」

ジェイミーはロブ・スタークをほとんど気の毒に思った。〝かれは戦場では勝利したのに、それを寝室で失った気の毒な愚か者だ〟「ウォルダー公は狼の代わりに鱒《マス》を食べて、どのくらいうまいと思うでしょうかね?」かれはたずねた。

「おう、鱒《マス》はおいしい御馳走になりますよ」ボルトンは酌取りのほうに青白い指を上げて見せた。「もっとも、このあわれなエルマー少年は取り残されていますがね。かれはアリア・スタークと結婚するはずでした。ところが、わがフレイの親父はロブ王に裏切られたので、この婚約を破棄せざるをえなかったのですよ」

「アリア・スタークについて情報はありますか?」ブライエニーが身を乗り出した。「レディ・キャトリンは心配していました……あの娘はまだ生きていますか?」

「ええ、いますとも」ドレッドフォート城の城主はいった。

「それは確かな情報なのですね、マイ・ロード?」

ルース・ボルトンは肩をすくめた。「アリア・スタークが一時、行方不明になっていたというのは事実です。しかし今は見つかっています。わたしは彼女が無事に北部に戻るように取り計らうつもりです」

「彼女とその姉も両方とも」ブライエニーはいった。「ティリオン・ラニスターは二人の娘をかれの兄と交換すると約束しました」

この言葉はドレッドフォート城の城主をおもしろがらせたようだった。「マイ・レディ、だれからもお聞きにならないのですか? ラニスターは嘘をつくと」

「それはわが家の名誉に対する侮辱ですか?」ジェイミーはよいほうの手でチーズナイフを取り上げた。「先が丸くて、なまくらだ」かれはナイフの刃にそって親指を滑らせて、いった。

「しかし、それでもあんたの目を突き刺すことはできるだろう」かれの額に汗が光った。自分で感じているほど体力が弱っているのを、相手に悟られなければよいと願うばかりだった。

ボルトン公の唇に、また小さな笑みが浮かんだ。「パンをちぎるにも助けが必要な人にしては、大胆な口をききますな。衛兵たちに取り囲まれていることを、お忘れなく」

「取り囲まれている。それも三キロも遠くでね」ジェイミーは広大な広間をちらりと見やった。「かれらがここに来るまでには、あんたはエイリスのように死んでいるよ」

「自前のチーズとオリーブで接待している主人を脅迫するのは、騎士道に合致しているとはいいがたいですな」ドレッドフォート城の城主は叱った。「北部では、親切なもてなしの慣例がまだたいせつにされています」

「わたしはここの捕虜だ。客ではなくて。おたくの山羊がわたしの手を切り取った。干しスモモ数個で、わたしがそれを見過ごすと思うなら、とんでもない間違いですよ」

これを聞いて、ルース・ボルトンはめんくらった。「まあね。たぶん、あなたをエドミュア・タリーへの婚礼の贈り物とすべきでしょう……それとも、その首をはねましょうかな、姉上がエダード・スタークの首をはねたように」

「それは勧められんな。キャスタリーの磐城《ロック》は長いこと覚えていますよ」

「何千キロもの山、海、そして沼地が、わたしの城壁とあなたの岩城《ロック》の間に横たわっています。ラニスターの敵意はボルトンにとってほとんど問題になりませんよ」

「ラニスターの友情は大きな意味を持ちえます」ジェイミーは今やっているゲームは得意だと思った。〝しかし、ブライエニーも得意だろうか？〟かれはあえて確かめたくなかった。

「あなたが、賢明な男が友人にしたいと思うような種類の男かどうか、確信がもてませんな」ルース・ボルトンは少年を招いた。「エルマー、お客さまにローストビーフをスライスして差し上げろ」

まずブライエニーに給仕されたが、彼女は食べようとしなかった。「マイ・ロード」彼女はいった。「サー・ジェイミーは、レディ・キャトリンの娘たちと交換されるべきです。あなたはわれわれを解放して、旅を続けさせるべきです」

「リヴァーラン城から来た使い鴉の頼りは、交換ではなく、脱走の知らせでしたよ。そしてもし、あなたがこの捕虜をこっそり逃がす手助けをすれば、あなたは反逆の罪を負いますよ、マイ・レディ」

大きな娘は立ち上がった。「わたしはレディ・スタークに仕えています」

「そしてわたしは北部の王に仕えています。いや、今は呼び名が変わって、〝北部を失った王〟といわれていますが。サー・ジェイミーをラニスター家に売り渡す気のまったくない人に、わたしは仕えているのです」

「すわって、食べなさい、ブライエニー」ジェイミーが促した。エルマーがローストビーフの薄切りをかれの前に置いた。黒く、血のついたやつを。「もし、ボルトンがわれわれを殺すつもりだったら、あえて胃腸の調子を壊してまで、われわれのために貴重な干しスモモを無駄にしないはずだ」かれは肉を見つめて、片手では切ることができないと悟った。〝もう、おれは小娘一人ぶんの価値もない〟とかれは思った。〝〈山羊〉め、この取引を五分五分にしやがった。もっとも、サーセイがキャトリンの小娘たちをおれと同じような状態にして返したら、レディ・キャトリンが感謝するかどうか疑わしいが〟そう思うと、顔が歪んだ。〝その責めもおれが負うことになるだろう、きっとだ〟

ルース・ボルトンは皿に血を流しながら、自分のローストビーフを几帳面に切った。「レディ・ブライエニー、あなたやレディ・スタークの希望どおりに、わたしがサー・ジェイミーに旅を続けさせたいと望んでいるといったら、腰を下ろしてくれますか？」

「あの……旅を続けさせると？」その娘は警戒するような声を出したが、とにかくすわった。

「それならよろしいです、マイ・ロード」

「そうです。しかしながら、ヴァーゴ公はちょっとした……困難を作り出してくれましてね」かれは青白い目をジェイミーに向けた。「なぜホウトがあなたの手を切ったか、ご存じですか？」

「やつは人の手を切るのを楽しんでいる」ジェイミーの切り口を覆っている亜麻布に、血とワインが点々とついていた。「足を切るのも楽しんでいる。理由は必要としないようですな」

「にもかかわらず、ひとつ理由があります。ホウトは見かけ以上に狡猾です。多少の知恵がなければ、〈勇武党《ブレイヴ・コンパニオンズ》〉のような部隊を長い間率いていることはできませんよ」ボルトンは短剣の先で肉をひと切れ突き刺し、口に入れ、考えながら噛み、飲み下した。「ヴァーゴ公は、わたしがハレンホールを提供したのでラニスター家を見捨てたのです。これはタイウィン公からもらえると期待できるどんな褒美よりも、一千倍も大きな報賞ですよ。かれは余所者《よそもの》でウェスタロスの事情に疎《うと》いので、この報賞には毒が盛られていると気づかなかったのです」

「ハレン暗黒王の呪いですか？」ジェイミーがばかにしたようにいった。

「タイウィン・ラニスターの呪いですよ」ボルトンがゴブレットを差し出すと、エルマーが黙ってそれに酒を注いだ。「われらの〈山羊〉はターベック家かレイン家に相談すべきだったのです。かれらはあなたの父上が裏切り者をどのように扱うか、警告したかもしれないのに」

「ターベック家もレイン家も存在しませんよ」ジェイミーがいった。

「まさにそれが狙いです。ヴァーゴ公は疑いなくスタニス公がキングズ・ランディングで勝利することを望んでいました。そして、それによって、ラニスター家の没落にささやかな貢献をしたことに対する感謝のしるしとして、この城がかれのものになることを確実にするつもりだったのです」かれは乾いた笑いを洩らした。「かれはスタニス・バラシオンのことも、ほとんど知らないと思います。スタニスはかれの働きを愛《め》でて、ハレンホールを与えたかもしれないが……逆に、その罪によって、絞首刑の輪縄を与えたかもしれません」

「わたしの父からもらうものに較べれば、輪縄など優しいほうです」

「今では、かれも同じ理解に達しています。スタニスが破れ、レンリーが死に、スタークの勝利だけが、タイウィン公の復讐からかれを救うことができるのです。しかし、その可能性はひどく縮小してしまいましたがね」

「ロブ王はあらゆる合戦に勝っています」ブライエニーは頑固にいった。彼女は言葉も、行為も、断固として揺るがないのである。

「あらゆる合戦に勝った。その一方でフレイ家、カースターク家、ウィンターフェル城と北部を失った。あの狼はあまりにも若くて気の毒です。十六歳の少年はつねに自分が不死身であり、無敵であると信じています。もっと年配ならば膝を屈するだろうに、と思いますよ。戦《いくさ》の後にはつねに平和が訪れます。そして、平和とともに赦免が行なわれます……少なくともロブ・スターク勢のためにね。ヴァーゴ・ホウトのような者には、それはありません」ボルトンは小さく笑ってみせた。「双方がかれを利用しましたが、かれが死んでもどちらも涙を流さないでしょう。〈勇武党〉はブラックウォーター河の合戦に加わりませんでしたが、それでもやはり、かれらはあそこで死んだのですよ」

「たとえわたしが悲しまなくても、許してくれるでしょうね?」

「あなたはわれわれの不運で卑劣な山羊に、憐れみを感じないのですな? ああ。しかし神々はきっと……さもなければ、神々はなぜあなたがたをかれの手に渡したのでしょうか?」ボルトンはまた肉をひと切れ嚙んだ。「カーホールド城はハレンホールよりも小さく、貧弱ですが、獅子の鉤爪の届かない位置にあります。もしアリス・カースタークと結婚すれば、ホウトは真の城主《ロード》になるかもしれません。もし、あなたの父上からいくらかの黄金をもらうことができれば、ますます結構です。しかし、タイウィン公がどんなにたくさん支払おうとも、かれはあなたがたをリカード公に引き渡したでしょうに。かれの報賞はあの乙女と、安全な避難所ということになるでしょう。

しかし、あなたがたを売るには、あなたがたを捕らえておかなければなりません。そして、河川地帯《リヴァーランド》には、あなたがたを喜んで盗み出そうと思う者が大勢います。グラヴァーとトールハートはダスケンデールで破れましたが、かれらの軍勢の残党はまだそこらじゅうにいて、〈マウンテン〉が落伍者を殺戮しています。リヴァーラン城の南と東の土地には、一千人のカースターク兵が、あなたを捕らえようとしてうろついています。別の場所には、君主を失って無法者となったダリーの兵士が、四本足の狼の群れが、そして〈稲妻公〉の逆徒の集団がいます。ドンダリオンはよろこんで、あなたと〈山羊〉を同じ木に吊るすでしょう」ドレッドフォート城の城主はパンの塊でいくらかの血を吸い取った。「ハレンホールはヴァーゴ公があなたを安全に捕らえていられる唯一の場所です。しかし、ここでは、かれの〈勇武党〉は、わたし自身の家来の人数よりもずっと少ないのです。そして、サー・エイニスとそのフレイ家の家来よりも、やはり少ないのです。かれは疑いなく、わたしがあなたがたをリヴァーラン城のサー・エドミュアのところに帰すのではないかと恐れていました……あるいは、このまま父上のところに送るのは、さらに困ると。

かれは、あなたを不自由な体にすることによって、あなたの剣の脅威を取り除き、お父上に送る不気味な土産物を手に入れ、そして、わたしに対するあなたの価値を減らすつもりだったのです。わたしがロブ王の家来であると同様に、かれはわたしの家来なのです。ですから、かれの犯罪はわたしの犯罪でもあるのです。というか、あなたの父上の目にはそのように映るかもしれないのです。そして、そこにわたしの……ちょっとした困難があるのですよ」かれはまばたきしない、期待するような、冷やかな青白い目でジェイミーを見据えた。

〝なるほど〟「その罪をわたしに免除させたいというわけですね。この切り株はあなたの仕業ではないと、父にいってもらいたいと」ジェイミーは笑った。「ねえ、あなた、わたしをサーセイのところに送ってくれれば、望みどおりの甘い歌を歌いましょう。あなたがどんなに優しくわたしを扱ってくれたかと」これ以外の答えをしたら、ボルトンは自分を〈山羊〉のところに返すだろうとわかっていた。「もし手があれば、書面にしたためるところですがね。わたし自身の父がウェスタロスに連れこんだ傭兵によって、わたしがどのように傷つけられたかを。そして、高貴なるボルトン公によってどのように救われたかを」

「あなたの約束を当てにしましょう」

〝これはあまり聞かない言葉だ〟「いつ、出発を許してもらえますか？　そして、あれらの狼や山賊やカースターク家の者たちの間を、どうやって通してくれるつもりですか？」

「あなたが充分に丈夫になったとクァイバーンがいえば、出発してもらいます。うちの隊長で〈鉄の脛《スティールシャンクス》〉のウォルトンと呼ばれる者と、それに従う選り抜きの強力な兵士たちを護衛につけます。ウォルトンは鉄のように忠義な兵士で、あなたをキングズ・ランディングまで安全に無事に送り届けるでしょう」

「それは、レディ・キャトリンの娘たちも無事に送り届けるという条件のもとにですね」ブライエニーはいった。「マイ・ロード、あなたの家来ウォルトンの護衛は歓迎します。しかし、あの娘たちはわたしの預かり物です」

ドレッドフォート城の城主は彼女に無関心な目を向けた。「娘たちのことは、もうあなたが心配する必要はない。あのレディ・サンサはこびとの妻です。もうかれらを引き離すことができるのは神々だけですよ」

「かれの妻?」ブライエニーは仰天していった。「あの〈小鬼《インプ》〉の? でも……かれは誓約したのですよ、廷臣全員の前で、神々と人々の見守る前で……」

〝彼女はこのような世間知らずだ〟実をいうと、ジェイミーもほとんど同じくらい驚いたが、もっと上手にそれを隠した。〝サンサ・スタークとの縁組は、ティリオンの顔をほころばせるはずだ〟かれは弟のティリオンがあのしがない小作人の娘と……二週間ではあるが……一緒に暮らしていたときに、どんなに幸福そうだったかを思い出した。

「〈小鬼《インプ》〉が何を誓い、何を誓わなかったかは、もうほとんど問題になりませんよ」ボルトン公はいった。「とりわけ、あなたにとってはね」そういわれたブライエニーはほとんど傷ついたように見えた。おそらく、ルース・ボルトンが衛兵を招いたときに、彼女は鋼鉄の罠の顎をついに感じたのだろう。「サー・ジェイミーにはキングズ・ランディングへの旅を続けてもらいますが、あなたについては何もいっていませんよ。ヴァーゴ公の戦利品を二つとも奪ってしまうのは、いかにもあくどいですからね」ドレッドフォート城の城主は手を伸ばして、もうひとつ干しスモモをつまんだ。「もし、わたしがあなただったら、マイ・レディ、スターク家の心配をするよりも、むしろサファイアの心配をしますがね」

38　ティリオン

ティリオンの後ろで、道路の向こう側に整列している金色《こんじき》のマントの中から、一頭の馬が待ちきれないようにいななくのが聞こえた。ジャイルズ公が咳をするのも聞こえた。かれはジャイルズ公に来てくれと頼んだ覚えはなかったし、またサー・アダムにもジャラバー・ゾーにも来てくれと頼みはしなかった。しかし、ドーラン・マーテルがブラックウォーター河を渡るのを護衛するために、小さな男一人だけが出てきたら、マーテルは気を悪くするのではないかと、ティリオンの父親が感じたのだった。

〝ジョフリーがじきじきにドーン人を出迎えるべきだったのに〟馬上で待ちながらティリオンは思った。〝しかし、かれが出てきたら間違いなく、とんでもないことになっていただろう〟王は最近、メイス・タイレルの兵士たちから選び出したドーン人について、小さな冗談を繰り返していたのである。〝一頭の馬に蹄鉄をはかせるのに、何人のドーン人が必要か？九人だ。一人が蹄鉄をはかせている間、八人が馬を抱き上げているから〟と。この冗談をドーラン・マーテルが聞いたら快く思わないだろうと、ティリオンはなんとなく思っていた。

騎馬隊が長い汚れた列を作って、旗印をなびかせながら、猛火を免れた緑の森から姿を現わすのが見えた。ここから河までは、かれの戦いの置き土産である焼け焦げた黒い木々しか残っていなかった。タイレルの前衛部隊がスタニス隊の側面を粉砕したときに、この灰は馬の蹄に蹴り上げられたのだが、同じ灰が、いま近づいてくる馬たちの蹄にやはり蹴り上げられるのを見て、〝旗印が多すぎる〟とティリオンは苦々しく思った。〝見たところ、マーテルのやつ、ドーンの諸公の半数を連れてきたぞ〟それで何かよいことがあるだろうかと考えたが、何も思い浮かばなかった。

「旗印は何本見える？」かれはブロンにたずねた。

その傭兵あがりの騎士は目の上に籠手をかざした。「八つ……いや、九つ」

ティリオンは鞍の上で振り返った。「ポッド、ここに来い。見える紋章の特徴を説明して、どの家のものかいえ」

ポドリック・ペインは去勢馬をそばに寄せた。かれは王家の旗印を持っていた。ジョフリーの牡鹿と獅子の大きな旗である。そして、かれはその重さと格闘していた。ブロンはティリオン自身の旗印——深紅の地にラニスター家の黄金の獅子——を掲げていた。

〝こいつ、背が伸びているな〟〝まもなく、他のすべての人のように、おれの上にそびえ立つだろう〟この若者はティリオンの命令で、ドーン人の紋章を懸命に覚えてきていた。しかし、相変わらず自信がなかった。「見えません。風ではためいているので」

「ブロン、おまえが見たものを、こいつにいってやれ」

ブロンは新しいダブレットとマントをまとい、その胸を燃えるような赤い鎖が横切っていて、今ではすっかり騎士らしくなっていた。「オレンジ色の地に赤い太陽」かれはいった。「その背景を槍が貫いている」

「マーテル」ポドリック・ペインが目に見えて安心した様子ですぐにいった。「サンスピア宮のマーテル家です。ドーンのプリンスです」

「あの旗なら、おれの馬でも知っているだろうよ」ティリオンはそっけなくいった。「他のを話してやれ、ブロン」

「黄色い玉がいくつもついた紫色の旗がある」

「レモンかな？」ポッドは期待をこめていった。「紫色の地にレモンをちりばめたやつ？　ドールト家のものかな？　レ……レモンウッド城の」

「たぶんな。次は黄色の地に大きな黒い鳥。爪で桃色か白いものをつかんでいる。はためいているので、よく見えない」

「ブラックモントの禿鷲は爪で赤子をつかんでいます」ポッドはいった。「黒山城《ブラックモント》のブラックモント家です」

ブロンは笑った。「また本の受け売りか？　本は武人の目を悪くするぞ、小僧。骸骨も見える。黒い旗だ」

「マンウッディ家の冠をかぶった頭蓋骨、黒地に骨と金」ポッドは答えが的中するたびに、自信のある声になっていった。「王墓城《キングズグレイヴ》のマンウッディ家」

「三匹の黒い蜘蛛、かなあ？」

「それは蠍《サソリ》です。砂岩城《サンドストーン》のクォーガイル家、赤地に黒の蠍」

「赤と黄色、間にぎざぎざの線」

「地獄《ヘル》の巣穴《ホルト》城の炎。ウラー家」

ティリオンは感心した。〝この若者はいったん舌の縛りが外れれば、それほど愚かではない〟「続けろ、ポッド」かれは促した。「もし全部わかれば、褒美をやるぞ」

「赤と黒に切りわけられたパイ」ブロンがいった。「まんなかに金色の手がある」

「神麗城《ゴッズグレイス》のアリリオン家」

「蛇を喰っている赤い鶏、みたいに見える」

「塩の浜辺城《ソルト・ショア》のガーガレン家。コカトリス（牡鳥の卵から生まれた、頭と羽根と脚は牡鳥、胴体と尾は蛇、一睨みで人を殺す怪物）です。すみません。鶏ではありません。赤色で、くちばしに黒い蛇をくわえています」

「たいへんよろしい！」ティリオンは叫んだ。「さあ、あとひとつだ」

ブロンは接近してくるドーン人の隊列を見渡した。「最後は、緑の市松模様に金色の羽根だ」

「金色の羽ペンです。岩山《トー》の頂《ア》城のジョーディンです」

ティリオンは笑った。「九つ、全部正解だ。おれだったら、全部見分けることはできなかったろう」これは嘘だった。だが、こういえば、この少年にいくらか自信をつけさせることができるだろうと思われた。それが、かれにはぜひとも必要だった。

〝どうやら、マーテルは侮りがたい仲間を連れてきたらしい〟ポッドが名前をいった家はひとつ残らず、小さくも、卑しくもなかった。ドーン最大の名家のうち九家が〈王の道〉をやってくるのだ――その主人かまたは跡取りが。そしてなんとなく、かれらが熊の踊りを見るために遠路はるばるやってきたとは、ティリオンには思えなかった。ここにはひとつのメッセージがあった。〝それも、芳しくないメッセージが〟ミアセラをサンスピアに送り出したのは間違いだったかもしれないと、かれは思った。

「殿さま」ポッドがちょっと気弱な調子でいった。「輿が見えません」

ティリオンはさっと首をまわした。ポッドのいうとおりだった。

「ドーラン・マーテルはいつも輿に乗って旅をします」少年はいった。「絹のカーテンのかかった、彫刻のある輿で、掛け布のそれぞれに太陽が描かれています」

ティリオンは同じ話を聞いていた。大公《プリンス》ドーランは五十歳を過ぎていて、痛風持ちである。〝かれは旅のスピードを速めたかったのかもしれない〟とかれは思った。〝輿が山賊のよい標的になるのを、あるいは、〈骨の道〉の高い峠で輿がひどく扱いにくくなるのを、恐れたのかもしれない。ひょっとしたら、かれの痛風が軽くなったのかもしれないぞ〟

とすると、なぜこのことに、かれはいやな感じを抱いたのだろうか？

こうして待っているのは耐えきれなかった。「旗印、前へ」かれは命令した。「出迎えることにする」かれは馬に拍車をかけた。ブロンとポッドが続いて、かれの両側についた。ドーン人はかれらがやってくるのに気づくと、かれらも自分たちの馬に拍車をかけ、旗印をひるがえして進んできた。かれらの装飾のある鞍には、お気に入りの金属の丸い楯が吊るしてあり、大勢の者が短い投げ槍の束を携え、あるいは、馬上で使うのに熟練している二重に湾曲したドーン風の弓を携えていた。

ドーン人は三種類いると、昔のディロン一世王が所見を述べていた。塩のドーン人は海岸に住み、砂のドーン人は砂漠と長い谷川に住む。そして、石のドーン人は赤い山脈の頂上や峠に要塞を作っていると。塩のドーン人がもっとも濃いロイン族の血を持ち、石のドーン人はいちばんそれが少ないと。

この三種が、ドーランの随行員の中にすべてそろっていた。塩のドーン人はしなやかで色が黒く、なめらかなオリーブ色の肌をして、長い黒い頭髪を風になびかせていた。砂のドーン人はさらに色が黒く、その顔は熱いドーンの太陽に茶色に焼けていた。かれらは日射病を防ぐために長い明るい色のスカーフを兜に巻き付けていた。石のドーン人はいちばん体が大きくて色が白く、アンダル人と〈最初の人々〉の子孫であり、頭髪は茶色か金色で、顔にそばかすがあるか、または日焼けして茶色にならずに、赤くなっていた。

諸公はシルクやサテンの衣を着て、宝石のついたベルトを締め、袖は流れるようだった。甲冑には重々しくエナメルがかかり、磨かれた銅、輝く銀、そして柔らかい純金の象嵌があった。かれらが乗ってくる馬は、赤色か金色で、雪のように白い馬も少しはいた。すべて、細身で、脚が速く、首が長く、細くて美しい頭を持っていた。有名なドーンの砂軍馬《サンド・スティード》は普通の軍馬よりも小柄で、このような甲冑の重みには耐えられないが、一日と一夜、そしてさらに一日走っても決して疲れないといわれた。

ドーン人のリーダーは、たてがみと尻尾が火のように赤く、その他は罪のように黒い牡馬にまたがっていた。かれはまるで鞍の上で生まれたかのようにその鞍にすわり、背が高く、細身で、優雅だった。その肩から薄赤いシルクのマントがはためいており、帷子《かたびら》に銅の円盤を重なり合うように連ねて縫い付けて鎧とし、馬を進めてくると、それが一千枚もの新しい銅貨のように輝いた。丈の高い、鍍金《めっき》された兜の額には、銅の日輪が飾られており、後ろに吊るされた丸い楯の磨かれた金属の表面には、マーテル家の〈太陽に槍〉の紋章がついていた。

〝旗はマーテルの太陽だが、年齢が十歳も若すぎる〟とティリオンは思って、馬を止めた。〝格好もよすぎるし、はるかに獰猛すぎる〟この時までには、かれらをどのように扱わなければならないか、かれにはわかった。〝戦《いくさ》を始めるのに、何人のドーン人が必要か？〟かれは自問した。〝一人だけでよい〟だが、かれは微笑するしかなかった。「ようこそ、みなさん。あなたがたがやってくるという報告を受けて、ジョフリー国王陛下がわたしに、名代としてお出迎えするように命じました。〈王の手〉であるわたしの父からも、ご挨拶をお送りします」かれは愛想よく困ったふりをした。「どちらが、大公《プリンス》ドーランでいらっしゃいますか？」

「兄は健康上の理由でサンスピア宮に残っております」公子《プリンス》は兜を脱いだ。その下の顔はしわが寄り、陰気な表情で、アーチ形の細い眉の下には重油の溜まりのように黒くて大きな目があった。艶のある黒い頭髪に、数本の白髪の筋が混じっていた。毛の生えぎわは、その鼻のように尖った鋭いV字形に後退していた。〝確かに塩のドーン人だ〟大公《プリンス》ドーランがわたしを

「ジョフリー王の小評議会の席にわたしを加えていただくために、大公《プリンス》ドーランがわたしを遣わしました」

「ドーンの高名なる戦士、公弟《プリンス》オベリン殿の助言を得ることは、陛下の大いに名誉とするところです」ティリオンは〝これは側溝に血を見ることになるぞ〟と思いながら、いった。「また、あなたの高貴なるお仲間も大いに歓迎いたします」

「かれらをご紹介します、ラニスター殿。レモンウッド城のサー・デジール・ドールト。トレモンド・ガーガレン公。ハーメン・ウラー公とその弟サー・アルウィック。サー・ライオン・アリリオンとその庶子である〈神《ゴッズ》麗《グレイス》の私生児〉ことサー・デイモン・サンド。ダゴス・マンウッディ公とその弟のサー・マイルズ。その息子のモースとディコン。サー・アーロン・クォーガイル。それから、わたしがご婦人たちを無視するとは決して思わないでくださいよ。トーア城の跡継ぎ、ミリア・ジョーディン。レディ・ラーラ・ブラックモントと、娘のジネッサ。その息子ペロス」かれは後ろにいる黒髪の女のほうに細い手を上げて、前に来るように招いた。「そして、これはエラリア・サンド。わたしの愛人です」

ティリオンは呻き声を飲みこんだ。〝かれの愛人で、しかも庶出だと。もし、彼女を婚礼の場に出したりすれば、サーセイは恐ろしい引きつけを起こすだろう〟もし、この女を下座の暗い隅に押しこめれば、姉は〈赤い毒蛇《レッド・ヴァイパー》〉の怒りを買うだろう。また、高い食卓のかれの

隣にすわらせれば、台座の上のほうのすべてのレディが気分を害するにちがいない。〝プリンス・ドーランは喧嘩を売る気なのか？〟

　プリンス・オベリンは馬をくるりとまわして、仲間のドーン人に向かっていった。「エラリア、貴族および淑女、騎士諸君。ジョフリー王がわれわれをどんなに愛しているか、これでわかる。陛下はわれわれを宮廷に連れていくために、畏れ多くもご自身の叔父である〈小《イン》鬼《プ》〉を遣わされたぞ」

　ブロンは鼻を鳴らして笑いをこらえた。そして、ティリオンは否応なしに、おもしろがっているふりをしなければならなかった。「わたし一人ではありませんよ、みなさん。わたしのような小男にとって、この役目はあまりにも大きすぎますからね」かれ自身の随員がそばに来ていた。それで、かれが紹介する番になった。「ご紹介します。角の谷城《ホーンヴェイル》の跡継ぎ、サー・フレメント・ブラックス。ロズビー城のジャイルズ公。〈王都の守人《シティ・ウォッチ》〉の指揮官サー・アダム・マーブランド。〈赤い花の谷《レッド・フラワー・ヴェイル》〉のプリンス、ジャラバー・ゾー。わが叔父ケヴァンの妻の父、サー・ハリス・スウィフト。サー・マーロン・クレイクホール。サー・フィリップ・フットとブラックウォーターのサー・ブロン。この二人は謀叛人スタニス・バラシオンとの最近の合戦におけるわれらの二大英雄です。そして、わたし自身の従士、ペイン家の若きポドリック」ティリオンが淀みなく並べたてた名前は美しく響いたが、それらの名前の持ち主は、双方が充分に理解したように、プリンス・オベリンに同行してきた人々のように、まったく有名でもなく、侮りがたくもなかった。

「ラニスターさま」レディ・ブラックモントがいった。「わたしたちは長旅で埃にまみれております。休息とお食事をお与えくだされば、とても嬉しく存じます。このまま町に進んでもよろしゅうございますか？」

「ただちに、レディ」ティリオンは馬の頭を返して、サー・アダム・マーブランドに呼びかけた。この儀仗隊の大部分を構成する金色《こんじき》のマントの騎兵がサー・アダムの命令に応じてさっと馬の向きを変え、隊列は川とその先のキングズ・ランディングに向かって歩きだした。

〝オベリン・ナイメロス・マーテルか〟ティリオンはその男の横に並んで、小さくつぶやいた。〝ドーンの〈赤い毒蛇〉だな。それで、いったいぜんたい、おれはこいつとどんな関係を持つことになるのだろうか？〟

なんといっても、かれはこの男について評判しか聞いていなかった……だが、その評判は恐ろしいものだった。プリンス・オベリンはわずか十六歳のときに、アイアンウッド老公——獰猛かつ短気だと噂される大男——の愛人と同衾しているのを、見つけられたというのである。その結果、決闘ということになったが、プリンスの若さと高貴な生まれを考慮して、最初の血を見たときに終わりとすることになった。双方が切り傷を負い、名誉は満足された。だが、プリンス・オベリンはすぐに回復したが、一方のアイアンウッド公の傷は化膿して、それがもとで死んだ。その後、オベリンは毒を塗った剣で闘ったという噂がささやかれ、それ以後、味方も敵もひとしくかれを〈赤い毒蛇〉と呼ぶようになったのである。

いかにも、これは何年も昔のことであった。その十六歳の少年は今は四十歳を越えており、かれにまつわる伝説はもっとずっと暗いものになっていた。噂が信じられるならば、かれは毒殺者の仕事と、たぶんさらに暗い技術を学びながら自由都市を旅行したのだった。〈知識《シタ》の城《デル》〉で勉強して、学匠《メイスター》の学鎖のうち六つを得るまでになったが、そこで飽きてしまった。〈狭い海〉の対岸の二国が領有を主張している係争地域で軍人となり、みずからの軍隊を組織する前に、しばらくの間〈次　子《セカンド・サンズ》〉に加わっていた。かれの馬上槍試合、合戦、決闘、馬、肉欲……かれは男とも女とも寝たといわれ、ドーンじゅうに女の私生児をつくった。かれの娘たちを、人々は〈砂　蛇《サンド・スネーク》〉と呼んだ。ティリオンが聞くかぎりでは、プリンス・オベリンは息子を一人もつくらなかった。

そして、もちろん、かれはハイガーデン城の跡取りを不具者にした。

〝七王国で、タイレルの婚礼にこれ以上歓迎されない人間はいないだろう〟とティリオンは思った。メイス・タイレル公、その二人の息子、その数千人の兵士がまだキングズ・ランディングにいる間に、プリンス・オベリンを送りこむのは、プリンス・オベリンその人と同じくらい危険な挑発だった。〝まずい言葉が一言、タイミングの悪い冗談ひとつ、あるいは一瞬の目の動き、それさえあれば、われらの高貴なる同盟者たちはたがいにつかみ合いを始めるだろう〟

「われわれは以前に会いましたな」ドーンのプリンスとティリオンが馬を並べて、〈王の道〉沿いの灰塵に帰した野原と骸骨のように焼け焦げた立ち木の間を進んでいくときに、プリンスが軽い口調でいった。「もっとも、あなたが覚えているとは思えませんが。あなたは今よりももっとずっと小さかったから」

かれの声には、ティリオンの気に入らない嘲りの刺が含まれていた。だが、ティリオンはこのドーン人の挑発を受けて立つつもりはなかった。「それはいつのことですか？」かれは礼儀正しく関心を示していった。

「おう、ずっとずっと昔のことですよ。わたしの母がドーンを統治し、おたくの父上が違う王の〈手〉を務めていたころのことです」

〝きさまが思うほど、違ってはいなかったぞ〟ティリオンは回想した。

「あれは、母とその連れ合い、そして姉のエリアと一緒に、キャスタリーの磐城《ロック》を訪問したときのことでした。わたしは、えーと、十四歳か十五歳ぐらいだったでしょう。そして、エリアは一歳年上でね。おたくの兄さんと姉さんが八歳か九歳ぐらいだったと思いますよ。そして、あなたは生まれたばかりでした」

〝奇妙なときに訪ねてきたものだ〟かれの母親はかれを産んだときに亡くなったので、マーテル家はキャスタリー・ロック城が悲しみに沈んでいるときにやってきたことになる。かれの父親は特に悲しんでいた。タイウィン公は妻のことをめったに話さなかったが、二人が愛し合っていたことは、叔父たちから聞いていた。そのころ、かれの父はエイリス王の〈手〉を務めていて、七王国を治めているのはタイウィン公で、タイウィン公を治めているのはジョアナだと、多くの人がいっていた。「彼女が亡くなると、かれは人が変わってしまったよ、〈小鬼《インプ》〉」と叔父のジェリオンがかつていった。「かれの最善の部分は、彼女とともに死んでしまったのだ」ジェリオンはタイトス・ラニスター公の四人の息子のいちばん年下の人で、ティリオンがいちばん好きな叔父だった。

　しかし、かれはもういない。海の彼方で行方不明になってしまった。そして、ティリオン自身がレディ・ジョアナを墓に入れてしまったのだった。「キャスタリー・ロック城は気に入りましたか？」

「いや、ほとんど。お父上はサー・ケヴァンにもてなしを命じると、滞在中ずっとわれわれを無視していましたよ。わたしが与えられた部屋には羽毛ベッドがひとつあり、床にミアの絨毯が敷かれていましたが、暗くて窓がひとつもなく、あの時にエリアにもいったのですが、部屋に下りていくと、まるで地下牢そっくりでした。あそこの空は灰色すぎるし、ワインは甘すぎるし、女性はそっけなさすぎ、食べ物は旨味がなさすぎました……そして、とりわけ、あなた自身は最大の失望の種でした」

「生まれたばかりだったのですよ。わたしに何を期待したのですか？」

「巨大さ《イノーミティ》（極悪非道の意味もある）ですよ」黒髪のプリンスは答えた。「あなたは小さかった。それは広く知れ渡っていましたがね。あなたが生まれたとき、われわれはオールドタウンにいましたが、町じゅうが〈王の手〉に生まれた怪物の噂でもちきりでしたよ。そして、このような前兆が国家のために何を予言しているのかと」

「きっと飢饉、疫病、そして戦争ですね」ティリオンは苦笑いした。「つねに飢饉、疫病、そして戦争です。おう、それに冬、そして決して終わらない長い夜」

「そのすべて」プリンス・オベリンがいった。「そして、お父上の没落もね。タイウィン公はエイリス王よりも偉くなってしまったと、ある乞食僧が説教しているのを聞きましたよ。しかし、神だけが王の上に立つものだとね。あなたはかれの呪いである。かれが決して他の人間よりも優れているわけではないと教えるために、神々が送った罰なのだと」

「話してみますが、かれは学ぶのを拒否しますよ」ティリオンはためいきをついた。「しかし、どうか話を続けてください。よい物語《テイル》は大好きです」

「そうでしょうな。あなたも一本お持ちだといわれていましたから。豚のような固く曲がった尻尾《テイル》をね。あなたの頭は物凄く大きくて、胴体の一倍半の大きさがあるという噂でした。そして、生まれたときに、濃い黒い頭髪と髭までも生えていて、凶眼と獅子の鉤爪を持っていたとか。歯はすごく長くて口を閉じることができず、両脚の間には男の性器だけでなく、女の性器も備わっていたと」

「人間が自分自身とやることができれば、人生はずっと単純になるでしょう。違いますか？そして、鉤爪と歯が役立つときもあると思います。まあ、それはそれとして、あなたの不満の性質がわかりはじめましたよ」

ブロンがくすくす笑いだしたが、オベリンはにっこりしただけだった。「お姉さまがいなかったら、決してあなたに会うことはなかったでしょう。あなたは食卓にも広間にも決して姿を見せませんでした。もっとも、ときどき、夜中に岩城《ロック》の奥底で赤子の泣きわめく声が聞こえましたがね。あなたは実にものすごい大きな声をお持ちですな。それは認めなければなりません。あなたは何時間も泣きつづける。そして、女のおっぱい以外にはあなたを鎮めるものはないのです」

「たまたま、今でもそうですよ」

こんどはプリンス・オベリンはちゃんと声を出して笑った。「われわれ共通の趣味ですな。ガーガレン公がかつて剣を手にして死にたいといいましたが、わたしはこう答えてやりましたよ。わたしならおっぱいをつかんで死にたいと」

ティリオンもにやりとせずにはいられなかった。「わたしの姉の話をしていたのではありませんか？」

「あなたをわれわれに見せると、サーセイがエリアに約束しました。出帆の前の日に、わたしの母とおたくの父上が密談している間に、サーセイとジェイミーがわれわれをあなたのいる育児室に連れていってくれました。あなたの乳母がわれわれを追い払おうとしましたが、お姉さんがそれを拒否しました。〝かれはわたしのものよ〟と彼女はいいました。〝そして、おまえはただの乳牛なのよ。わたしに指図などさせないわ。黙っていなさい。さもないと、父にその舌を切り取ってもらうから。牛に舌は要らない。乳房だけあればいいのよ〟と」

「摂政太后陛下は幼いころから威勢がよかったんですなあ」姉がおれのことを、わたしのものだといったと聞いて、ティリオンはおもしろく思った。〝どういうわけか、それ以来、彼女がおれを自分のものだといったことは一度もないけれども〟

「よく見えるように、サーセイはあなたの産着を開いてさえくれましたよ」ドーンのプリンスは続けた。「あなたの片目は確かに凶眼だったし、頭にいくらかの黒い産毛が生えていた。たぶん、頭はたいていの赤子より大きかったでしょう……しかし、尻尾もなければ、髭もなければ、歯も鉤爪もなく、脚の間には小さなピンクのおちんちんしかありませんでしたよ。さんざんすばらしい噂を聞きましたが、結局、タイウィン公に授かった不幸な子供は短い脚をもつ醜い赤子にすぎないとわかりました。エリアは、若い娘が幼児を見たときに出す声さえ出しました。あなたもそれを聞いたはずです。かわいい仔猫や悪戯な仔犬を見たときに出すのと同じ声ですよ。醜い赤子なのに、彼女はきっとお守《も》りをしたいのだなと、わたしは思いました。わたしがあなたはかわいそうな種類の怪物みたいに見えるというと、あなたの姉さんはいいました。〝かれはわたしの母を殺したのよ〟と。そして、あなたの小さな一物を引きちぎらんばかりに捩じったので、あなたは悲鳴を上げました。そして、ジェイミーに〝そんなことするなよ、痛がるじゃないか〟といわれて、やっとサーセイは手を放しました。〝かまわないわよ〟彼女はわれわれにいいました。〝この子はまもなく死ぬようだとみんながいっているから。そもそも、こんなに長く生きているべきではなかったのよ〟と」

かれらの頭上に太陽が明るく輝いていた。そして、この日は秋にしては暖かくて気持ちよかった。しかし、ティリオン・ラニスターはこれを聞いて、全身が凍りついた。〝姉のやつめ〟かれは鼻の傷跡をこすり、そのドーン人を凶眼で睨んでやった。〝ところで、なぜかれはこんな話をするのか？　おれをテストしているのか？　それとも、サーセイと同様に、おれの悲鳴を聞くために、おれの一物を捩じっているだけなのか？〟「この話はきっと父にしてくださいよ。わたし同様に、かれも喜ぶでしょうから。特に、尻尾の部分はね。たしかに一本持っていたのだが、かれが切り取らせてしまったのですよ」

プリンス・オベリンはくすくす笑った。「この前にお会いしたときより、いっそうおもしろい人になりましたな」

「ええ。しかし、もっと背が高くなるつもりでいますよ」

「おもしろい話といえば、バックラー公の家令から奇妙な話を聞きました。あなたが女のへそくりに税をかけたといっていましたが」

「売春税ですよ」ティリオンはまたいらいらがぶり返した。〝しかも、これはくそ親父の発案だった〟「わずか一ペニーですよ、あの……一回ごとにね。これは町の風紀を改善するのに役立つかもしれないと、〈王の手〉は思ったのです」〝しかも、ジョフリーの結婚費用の足しになるし〟いうまでもないが、大蔵大臣として、ティリオンがすべての非難を引き受けていたのだった。ブロンの話では、巷ではこれを〈こびとのペニー〉と呼んでいるということだった。〝さあ、あの半人前のために脚を開け〟その傭兵のいうことが本当なら、人民は売春宿や酒場でそう叫んでいるのだった。

「わたしも財布をペニー銅貨で満たしておきましょう。プリンスといえども、税は払わねばなりませんからね」

「なぜ、あなたが売春宿に行く必要があるのですか？」かれは他の婦人たちに混じって馬でやってくるエラリア・サンドのほうを、ちらりと振り返った。「道中で、あの愛人に飽きてしまったのですか？」

「とんでもない。ありあまるほどの愛情を共有していますよ」プリンス・オベリンは肩をすくめた。「もっとも、美しい金髪女を共有したことはありませんがね。そして、エラリアは好奇心旺盛なのですよ。あなた、そういう女を知っていますか？」

「わたしは妻のある身です」〝もっとも、まだ同衾していないが〟「もう売春宿に足しげく通うことはありません」

オベリンは出し抜けに話題を変えた。〝彼女らの絞首刑を見たいときは別だが〟「王の婚礼の宴には七十七種類の料理が出るといわれておりますが」

「待ち遠しいですか、マイ・プリンス？」

「長いこと、待っています。もっとも食べ物ではありませんよ。ねえ、〝裁き〟はいつ食卓にのぼるのですか？」

「裁き」〝そうだ、そのためにかれはやってきたのだ。ひと目でそれを見抜くべきだった〟

「あなたは姉上と親しかったのですね？」

「子供のころ、エリアとわたしは引き離すことができませんでした。あなた自身の兄上と姉上にそっくりでした」

〝なんと、それは困った〟「戦争やら、婚礼やらで、われわれはとても忙しかったのです、プリンス・オベリン。残念ながら十六年も昔の殺人事件をまだだれも調査する暇がなかったのです。恐ろしいことでしたが。もちろん、そうします。できるだけ早く。そして、王の平和を回復するために、ドーンがどのような助けを提供してくださるにしても、それはひとえにわが父に詮議の開始を急がせることになるでしょう――」

「こびと」〈赤い毒蛇〉は著しく温かみの減った口調でいった。「ラニスターの嘘はもうたくさんだ。われわれを羊だと思っているのか、それとも馬鹿者だと？　わが兄は血に飢えた男ではない。しかし、十六年間も眠っていたわけではないぞ。ロバートが王位に即いた次の年、ジョン・アリンがサンスピア宮にやってきた。そして、あんたにもわかるだろうが、かれは厳しく尋問された。かれと、そして、さらに百人もの人間がな。わたしは〝詮議〟という猿芝居を見にきたのではない。エリアとその子供たちのための裁きを求めてやってきたのだ。なんとしても、やってもらう。まず手始めにあのでくのぼうグレガー・クレゲインだ……しかし、それで終わらないと思う。死ぬ前に、〝馬を駆る極悪人〟が命令をどこから受けたか白状してもらわねばならぬ。どうか、そのことを父上に確約させてもらいたい」かれは微笑した。「そして、かつてある老司祭《セプトン》がこういった。わたしは神々の優しさの生き証人であると。なぜ、そうかわかるかな、〈小鬼《インプ》〉？」

「いいえ」ティリオンは警戒しながら認めた。

「それは、もし神々が残酷だったら、わたしを母の最初の子供にし、ドーランを三人目の子供にしただろうからだ。いいかね、わたしは血に飢えた人間なのだぞ。そして、あんたが今対処しなければならないのは、このわたしなのだ。忍耐強く、慎み深く、そして痛風病みの兄ではなくて」

八百メートル先のブラックウォーター河に日光がきらきらと反射しているのが見えた。そして、城壁や塔や、その先のキングズ・ランディングの丘にも日が照っていた。ティリオンは肩越しに振りかえって、甲冑をきらめかせながら〈王の道〉を進んでくる隊列を見た。

「後ろに大部隊を従えている人のような口をききますね」かれはいった。「でも、わたしに見えるのは三百騎だけですよ。あそこの町が見えますか、川の北側の？」

「あんたがたがキングズ・ランディングと呼んでいる塵の山のことか？」

「まさに、それです」

「見えるばかりでなく、今では匂いもわかるようだ」

「では、よく嗅いでください、マイ・ロード、鼻いっぱいにね。五十万の人間は、三百の人間よりも強い悪臭を放つことがわかるでしょう。金色《こんじき》のマントの匂いがしますか？　五千人近くいます。わが父自身の衛兵はさらに二万人はいるにちがいありません。それから、〝薔薇〟たちがいます。薔薇はとてもよい香りがしますねえ？　特に、とてもたくさんいるときには。五万、六万、七万の薔薇が町の中か、外側に野営しています。実際に何人残っているかわかりませんが、とにかく、数えきれないほどいますよ」

マーテルは肩をすくめた。「われわれがディロンと結婚する以前の、昔のドーンでは、すべての花が太陽の前に頭を垂れたといわれた。もし、それらの薔薇がわたしの邪魔をしようとしたら、喜んでこの足で踏みにじってやる」

「ウィラス・タイレルを踏みにじったようにですね？」

そのドーン人は予想どおりの反応を示さなかった。「半年足らず前にウィラスから手紙が来たよ。われわれは上等の馬肉に共通の関心を持っているのでね。あの馬上槍試合の事件について、かれはまったく悪意を抱いていない。わたしはかれの胸甲をきれいに突いた。しかし、かれが落馬するときに足が鐙《あぶみ》に絡まって、馬がかれの上に倒れたのだ。後で、かれのところにメイスターを行かせたが、あの少年の片足を救うだけで精一杯だった。膝はとても治せるような状態ではなかった。もし、だれかを非難するとしたら、かれのあの馬鹿親父を非難すべきだ。ウィラス・タイレルは着ている外衣の色のような青二才で、あのような場面に出てくる資格はなかった。あの〝でぶの花〟は年端もいかないあの子を、他の二人と同様に馬上槍試合などに押しこむべきではなかったのだ。かれは若き英雄〈長き角《ロング・ホーン》のレオ〉の再来を狙って、息子を不自由な体にしてしまったのだ」

「サー・ロラスのほうが〈長き角《ロング・ホーン》〉よりさらにすばらしいという人々がいますよ」ティリオンはいった。

「レンリーの小さな薔薇のことだな？　それはどうかなあ」

「いくらでも反対してください」ティリオンはいった。「しかし、サー・ロラスはわたしの兄ジェイミーを含めて、大勢の立派な騎士を負かしましたよ」

「負かすというのは、馬上槍試合で落馬させるという意味でいっているのだな。わたしを怖がらせたければ、かれが合戦でだれを殺したか、いってみるがいい」

「サー・ローバー・ロイスとサー・エモン・カイ、これで二人です。そして、ブラックウォーターの合戦ではレンリー公の幽霊と肩を並べて戦い、驚異的な武勇を発揮したといわれています」

「とすると、その驚異的な武勇を見たのと同じ人々が、幽霊をも見たわけだな、え？」そのドーン人は軽く笑った。

ティリオンはじーっとかれを見た。「シルク通りのチャタヤの店に、あなたの要求に合った女が何人もいます。ダンシーは蜂蜜色の髪をしています。マレイは薄いホワイトゴールドです。この二人のどちらかを、つねにおそばに侍らせておくように忠告します、マイ・ロード」

「つねに？」プリンス・オベリンは細くて黒い眉を上げた。「それはなぜかな、〈小鬼《インプ》〉くん？」

「おっぱいを握って死にたいと、おっしゃったでしょう」ティリオンは馬を走らせて、ブラックウォーター南岸の渡し船が待っている場所に向かった。かれはもう、世にいう〝ドーン人の屁理屈〟を我慢するだけ我慢してしまったのだった。〝やはり、父はジョフリーを迎えによこすべきだった。かれならプリンス・オベリンに、ドーン人と牛の糞とどう違うかとたずねることができただろうから〟そう思うと、われにもなく顔が緩んだ。そして、〈赤い毒蛇〉が王の御前に出るときには、自分もぜひ立ち会いたいものだと思った。

39――アリア

屋根に上がっていた男が最初に死んだ。そいつは二百メートル先の煙突のそばに屈んでいて、夜明け前の暗がりの中ではぼんやりした影にしか見えなかった。しかし、空が白むと動きだし、伸びをして、立ち上がった。その胸にアンガイの矢が当たった。そいつはぐったりして急勾配のスレートの屋根を転がり、司祭館の扉の前に落ちた。

そこには〈血みどろ劇団〉が二人の歩哨を立てていたが、持っている松明の明かりが目に入って鳥目状態になっていた。そこに、逆徒の集団がこっそり忍び寄っていたのだった。カイルとノッチが同時に矢を放った。一人は喉を射抜かれて倒れ、もう一人は腹を射抜かれた。二人目の男は松明を落とし、その炎がそいつに燃え移った。かれは衣服に火がつくと悲鳴を上げたので、忍び寄りはここで終わった。ソロスが大声を上げ、逆徒集団が本格的に襲いかかった。

アリアは馬にまたがって、木の生えた尾根の上から眺めていた。ここからは司祭館、水車小屋、酒蔵、厩舎、荒れ果てた森、焼けた立ち木、そしてそれらの周囲の地面が見渡せた。今は木立はほとんど裸で、まだ枝にしがみついている少しばかりの萎《しお》れた茶色の葉は、ほとんど眺める障害にはならなかった。ベリック公は〈鬚なしのディック〉とマッジを護衛として残しておいた。アリアはまるで愚かな子供のように取り残されているのが気に入らなかったが、少なくともジェンドリーも引き止められていた。彼女は文句をいわないだけの分別があった。これは戦《いくさ》だ。そして戦では命令に従わなければならないのだ。

東の地平線が黄金色と桃色の微光を帯び、頭上には足の速い低い雲の間から半月が覗いていた。吹く風は冷たく、水の流れる音と、粉屋の大きな木の水車の軋る音が聞こえた。夜明けの空気には雨の匂いがしたが、まだ雨は落ちてきていなかった。朝霧の中を、火矢が青白い炎のリボンのような跡を引いて飛び、司祭館の木造の壁に突き刺さった。鎧戸の閉まった窓を突き抜ける矢も何本かあり、たちまち細い触手のような煙が壊れた鎧戸の間から立ち昇りはじめた。

司祭館から二人の〈劇団員〉が斧を手にして、並んで跳び出してきた。アンガイともう一人の弓兵が待ち受けていた。斧を持った一人は即死し、もう一人は首をすくめたので、矢はその肩をかすめた。そいつはよろよろと進んできて、さらに二本の矢を受けた。あまりに早すぎて、どちらの矢が先に当たったかわからなかった。それらの長い矢は相手の胸甲を、まるで鋼ではなく絹でできているかのように貫いた。そいつはどさりと倒れた。アンガイは千枚通しのような鏃《やじり》をつけた矢と、幅の広い鏃をつけた矢を用意していた。千枚通しは重い板金鎧《プレート・アーマー》さえも貫通した。〝わたしも弓術を習おう〟とアリアは思った。彼女は剣術も好きだったが、弓矢がどんなに有効かわかったのである。

司祭館の西の壁から炎が這い上がり、壊れた窓から濃い煙が噴き出した。別の窓から一人のミア人の弩弓兵が頭を出して矢を放ち、弦を巻き上げるためにまた引っこんだ。厩舎のほうからも戦いの音が聞こえた。人の叫び声と馬の悲鳴と鋼のぶつかり合う音が入り混じって聞こえてきた。〝皆殺しにしろ〟彼女は興奮して思った。あまりきつく唇を嚙んだので血の味がした。〝一人残らず殺してやれ〟

弩弓兵がまた現われた。だがその引き金を引くやいなや、三本の矢がその頭をかすめ、一本は兜にがちゃんと当たって落ちた。そいつは弩弓《クロスボウ》とともに姿を消した。アリアは二階の窓のいくつかに炎を見た。煙と朝霧の間で、空気は黒と白の流れる霞となった。アンガイたち弓兵は目標をよく見るために、さらに忍び寄った。

それから司祭館が爆発した。〈劇団員〉たちが怒った蟻のように湧き出してきた。二人のイッベン人が毛むくじゃらな茶色の楯を前方に高く掲げて、扉から走り出してきた。そして、その後ろから一人のドスラク人が大きな半月刀《アラク》をふりかざし、弁髪の鈴を鳴らしながら出てきて、またその後ろから、顔ぜんたいに獰猛な入れ墨をした三人のヴォランティスの傭兵が続いた。他の者たちも窓を乗り越えて地面に飛び下りた。アリアは一人の男が窓の敷居に足をかけたときに胸を射抜かれたのを見、そいつが悲鳴を上げて落ちるのを聞いた。煙が濃くなっていった。弩弓や弓の矢が飛び交った。ワティが呻き声を上げて倒れ、その手から弓が滑り落ちた。カイルが次の矢をつがえようとしていると、黒い鎖帷子《チェーン・メイル》を着た男が槍を投げて、その腹を貫いた。彼女はベリック公の叫びを聞いた。溝や木立から、かれの集団の残りが剣を手にして溢れ出てきた。明るい黄色のマントを後ろになびかせたレムが、カイルを殺した敵兵を馬で押し倒すのをアリアは見た。ソロスとベリック公は剣を火の車のように振りまわして八面六臂《はちめんろっぴ》の活躍をしていた。その〈紅《あか》の祭司〉は相手の生皮の楯がこなごなになるまで切り刻み、一方かれの馬は相手の顔を蹴りつけた。一人のドスラク人が絶叫しながら〈稲妻公〉に切りかかり、炎の剣がぱっと上がってそいつの半月刀《アラク》を受け止めた。両方の剣がぶつかり、はなれ、またぶつかった。それからドスラク人の髪が燃えだし、一瞬の後そいつは死んだ。彼女はまたネッドの姿も見た。かれは〈稲妻公〉と並んで戦っていた。〝公平じゃないわ、かれはわたしよりほんのちょっと年上なだけなのに。わたしも戦わせてくれればよかったのに〟

　戦いはそれほど長く続かなかった。まだ立っている〈勇武党《ブレイヴ・コンパニオンズ》〉も、まもなく死ぬか、または剣を捨てた。ドスラク人の二人はなんとか自分たちの馬を取り戻して、逃走した。しかし、それはベリック公が見逃したからにほかならなかった。「この知らせをハレンの巨城《ホール》に持ち帰らせよう」かれは燃える剣を手にしていった。「そうすれば、〈蛭《ヒル》の殿さま〉も家来の〈山羊〉ももうしばらく眠れぬ夜を過ごすことになるだろう」

〈幸あれかしのジャック〉、ハーウィン、そして〈月の町《ムーンタウン》のメリット〉は危険をかえりみず、燃えている司祭館に入っていって捕虜を探した。数分後、かれらは八人の茶色の修道士《ブラザー》を連れて、煙と炎の中から姿を現わした。その一人はあまり弱っていたので、メリットが肩に担いでこなければならなかった。かれらの中には一人の司祭《セプトン》もいた。猫背で禿げ頭だが、灰色の衣の上から黒い鎖帷子《チェーン・メイル》を着ていた。「こいつは地下室の階段の下に隠れているのを見つけたんだ」ジャックが咳をしながらいった。

ソロスはかれを見て微笑した。「おまえはアットだな」

「セプトン・アットです。神に仕える者です」

「きさまのようなやつを、どんな神が欲しがるんだ？」レムが怖い顔でいった。

「わたしは罪を犯しました」セプトンは泣きわめいた。「わかっています、わかっています。お許しください、〈厳父〉よ。おう、わたしは悲しむべき罪を犯しました」

アリアはハレンの巨城《ホール》にいたころからセプトン・アットを知っていた。〈道化のシャグウェル〉が、こいつは手に入れた少年を殺してしまった後、いつも泣いて許してくれと祈るんだ、といっていた。時には、自分を他の〈劇団員〉に鞭打たせさえした。それをみんなおもしろがっていたのだった。

ベリック公は剣をさっと鞘に収めて火を消した。「死にかけている者には慈悲を与え、他の者どもは手足を縛って裁きにかけよ」かれは命じ、それは実行された。

裁きはすばやく行なわれた。いろいろの逆徒が進み出て、〈勇武党〉が行なった悪事を述べ立てた。これらの無法者は町や村を略奪し、作物を燃やし、女を強姦して殺し、男の手足を斬り拷問したという。何人かは、セプトン・アットが誘拐した少年たちについて話した。その間じゅうずっとその司祭《セプトン》は泣いて祈っていた。「わたしは弱き輩です」かれはベリック公にいった。「力をくださいと〈戦士〉に祈りました。しかし、神々はわたしを弱くおつくりになりました。わたしの弱さに、慈悲をお与えください。少年たち、あのかわいらしい少年たち……かれらを傷つけるつもりはまったくありませんでした……」

　セプトン・アットはまもなく高い楡の木の下に首を吊るされ、生まれたときのままの裸体で、ゆっくりと揺れていた。その他の〈勇武党〉も一人一人後に続いた。輪縄で喉を締められるときに抵抗し、蹴ったり、暴れたりした者も少しはいた。弩弓兵の一人は、「おれは兵士だ、おれは兵士だ」とひどいミア訛りの言葉で叫びつづけた。他の一人は自分を捕らえた相手に、黄金の在り処に案内すると申し出、またある者は、自分を仲間に入れてくれれば、立派な逆徒になるといった。それぞれが裸にされ、縛られ、順番に吊るされた。〈七弦《セヴンストリングズ》のトム〉はウッドハープでかれらのために挽歌を演奏し、ソロスは〈光の王《ロード・オブ・ライト》〉に、かれらの魂を時の終わりまで火炙りにしてくださいと嘆願した。

　〃劇団員の木だ〃かれらが吊るされ、その青白い肌が燃える司祭館の炎で陰気な赤色に染まるのを眺めながら、アリアは思った。すでに、どこからともなく鴉《クロウ》たちが姿を現わしていた。彼女はそれらがカーカー、ガーガーと鳴き交わすのを聞いて、なんといっているのだろうと思った。アリアは、ロージや〈噛みつき魔《バイター》〉や、その他のまだハレンホールにいる何人かの悪人ほど、セプトン・アットを恐ろしいとは思っていなかった。しかし、とにかくかれが死んだことを嬉しく思った。〃かれらは〈猟犬《ハウンド》〉も絞首刑にするべきだった。いや、あの首をちょん切るべきだったのに〃ところが、いまいましいことに、逆徒集団はサンダー・クレゲインの火傷した腕を手当てしてやり、剣と馬と甲冑を返してやり、丘の洞穴から数キロのところでかれを釈放してしまったのだった。かれらが取り上げたのは、かれの黄金だけだった。まもなく司祭館は煙と炎とともにどっと崩れ落ちた。もはやその壁が重いスレートの屋根を支えきれなくなったのである。八人の茶色の修道士は諦めの表情でそれを見つめた。かれらが生き残ったすべてだと、最長老の司祭《セプトン》が説明した。かれは〈鍛冶〉に帰依していることを示す小さな鉄の金槌を、首にかけた革紐に吊るしていた。「戦《いくさ》の前、わたしたちは四十四人いました。そして、ここは繁栄した場所でした。一ダースの乳牛と一頭の牡牛、百個の蜜蜂の巣、葡萄《ブドウ》園、それに林檎《リンゴ》園がありました。しかし、獅子たちが侵入してきて、ワインもミルクも蜂蜜もすべて奪い、牛を殺し、葡萄園に火を放ちました。その後……訪問者の数はわからなくなりました。この偽司祭《セプトン》は最後に来たにすぎません。極悪非道の者が一人いて、わたしたちはすべての銀を与えましたが、そいつはどこかに金を隠しているだろうといい張って、長老に白状させるために、われわれを一人一人殺しました」

「おまえたち八人はどうして生き残ったのだ?」〈射手《アーチャー》のアンガイ〉がたずねた。

「お恥ずかしいことです」その老人はいった。「わたしのせいです。わたしが殺される番になったとき、黄金の隠し場所を教えてしまったのです」

「ブラザー」ミアのソロスがいった。「最初に教えなかったのが唯一の失敗だったな」

逆徒の集団はその夜、小川のそばの酒蔵に泊まった。家主は厩舎の床下に食糧を隠していた。それで、かれらも簡単な夕食を御馳走になった。オート麦のパン、玉葱《タマネギ》、それにかすかなニンニクの匂いのする水っぽいキャベツのスープを。アリアは自分の椀に人参《ニンジン》の薄切りが一枚浮いているのを見て、運がよかったと思った。司祭《セプトン》は逆徒たちの名前を決してたずねなかった。〝かれらは知っているのだ〟とアリアは思った。知らないわけがあろうか？　ベリック公は胸甲、楯、マントに稲妻の紋章をつけているし、ソロスは赤い衣を、いや、その残骸を身につけているのだから。一人の若い修道士は大胆にも〈紅《あか》の祭司〉に、自分たちの屋根の下にいるかぎり、あんたの偽りの神に祈るなといった。

「ばかをいうな」〈レモンクロークのレム〉がいった。「かれの神はわれわれの神でもあるのだぞ。そして、きさまが生きているのは、われわれのおかげだぞ。そして、何が偽りの神だ？　きさまの〈鍛冶〉は折れた剣をなおすことができるかもしれないが、傷ついた人間を治すことができるか？」

「やめろ、レム」ベリック公が命じた。「かれらの屋根の下では、かれらのルールに従おう」

「われわれが祈りのひとつやふたつ省いたところで、太陽が輝くのを止めることはあるまい」ソロスが穏やかに同意した。「わたしにはわかるのだよ」

ベリック公自身は食事をしなかった。かれが食事するのを、アリアは見たことがなかった。もっとも、かれはときどきワインを一杯飲むのだが。かれはまた、眠らないらしかった。よいほうの目は疲れたように、しばしば閉じられるが、話しかけられると、ぱっと開くのである。この辺境の城主はいまだにみすぼらしい黒いマントと、欠けたエナメルの稲妻が描かれた、くぼんだ胸甲をつけていた。かれはその胸甲をつけたままで横にさえなった。その鈍い黒い鋼は、厚いウールのスカーフが喉の周囲の黒い輪を隠すのと同様に、〈ハウンド〉から受けた恐ろしい傷を隠していた。しかし、傷つけられた頭を隠す物は何もなかった。こめかみの陥没も、失った片目の跡の赤い穴も、顔の内側の頭蓋骨の形も。

アリアはハレンホールで聞いたかれの噂をすべて思い出して、警戒しながらかれを見た。ベリック公は彼女の恐怖を感じ取ったようだった。かれは首をまわして、彼女をそばに招いた。「わたしが怖いかね、子供?」

「いいえ」彼女は唇を噛んだ。「ただ……あのう……〈ハウンド〉があなたを殺したと思ったのに……」

「負傷したのだ」〈レモンクローク〉のレム〉がいった。「恐るべき傷だった、確かに。しかし、ソロスがそれを治した。かれより優秀な治療師はいないぞ」

ベリック公はレムをじっと見つめた。そのよいほうの目には奇妙な表情があり、もう一方の目にはまったく表情がなく、傷跡と乾いた血しかついていなかった。「あれ以上の治療師はいない」かれは疲れたように賛成した。「レム、もう見張りの交替時間だと思う。ご苦労だが、そう取り計らってくれ」

「はい、殿さま」レムは大きな黄色いマントを背中にひるがえして、風の吹く夜の闇に大股に出ていった。

「勇敢な兵士たちも、ときどき目が見えなくなる。見るのが怖いときにな」ベリック公はレムがいなくなると、いった。「ソロス、これで何回わたしを生き返らせたか?」

〈紅《あか》の祭司〉は頭を下げた。「あなたを蘇生させたのはル＝ロールです、マイ・ロード。〈光《ロード・オブ・ライト》の王〉です。わたしは神の道具にすぎません」

「何回だ？」ベリック公はあくまでたずねた。

「六回です」ソロスはしぶしぶいった。「そして、そのたびごとに難しくなります。あなたは向こう見ずになられた、マイ・ロード。死はそれほど甘美なのですか？」

「甘美だと？　違うぞ、きみ。決して甘美ではない」

「では、死を招くのはおやめください。タイウィン公は背後から指揮します。スタニス公もそうです。あなたも同様になさったほうが賢明です。次の死はわれわれ両方の死になるかもしれません」

ベリック公はこめかみが陥没している左耳の上を触った。「ここは、サー・バートン・クレイクホールが棍棒でわたしの兜と頭を砕いたところだ」それからスカーフをはずして、首を一周している黒い傷跡を見せた。「これはラッシング・フォールであのマンティコア――エイモリー・ローチがつけたものだ。ローチは哀れな蜜蜂飼いの夫婦を、わたしの味方だと思って捕らえた。そして、わたしが名乗り出なければ、二人とも絞首刑にすると喧伝した。しかし、わたしが名乗り出たにもかかわらず、かれは二人を絞首門に吊るし、そのまんなかにわたしを吊るしたのだよ」かれは指を上げて赤く痛々しい眼窩を示した。「ここは〈マウンテン〉が短刀で、わたしの兜の面頬を突き刺したところだ」かれの唇に疲れたような微笑がちらりと浮かんだ。「クレゲイン家の手でわたしが殺されたのは、これで三度めだ。もう懲りてもよかろうと、きみは思うだろうが……」

これは冗談だと、アリアにもわかった。しかし、ソロスは笑わなかった。かれは片手をベリック公の肩に当てた。「そんなことを長々と話さないほうがいいですよ」

「ほとんど覚えていないことを、長々と話すことができるかな？　わたしはかつて境界地方《マーチズ》に城を持っていた。そして、結婚する約束をした女がいた。しかし、今日ではその城を見つけることができないし、その女の頭髪の色もいえない。だれが、わたしを騎士に叙任したのかなあ、親友よ？　わたしの好きな食べ物はなんだっけ？　すべて薄れてしまった。ときどき、わたしはあの灰の森で、血だらけの草の上で生まれたのではないかと思うことがある。口には火の味がして、胸には穴があいていた。きみはわたしの母親なのか、ソロス？」

アリアはそのミアの祭司を見つめた。もじゃもじゃの髪の毛に、赤いぼろと古い甲冑の切れ端を身につけている。頬は灰色の無精髭に覆われ、顎の下には皮膚がたるんでいる。かればばあやの物語に出てくる魔法使いには似ても似つかなかったが、それにしても……

「首のない人間を生き返らせることができますか？」アリアはたずねた。「六回ではなく、一回だけでも。できますか？」

「わたしは魔法使いではないよ、子供。祈禱師にすぎない。あの最初のとき、この殿さまはまともに胸に穴があき、口から血を流していた。わたしはもう駄目だと思った。だから、気の毒にもかれの裂けた胸が動きを止めたとき、わたしはかれを送り出すために、慈悲深い神ご自身のキスを与えた。わたしは口に火を満たして、かれの体内に炎を吹きこんだ。喉から肺に、心臓から魂へと。これは〈最後のキス〉と呼ばれ、主のしもべが死ぬときに老師たちが授けるのを、わたしは何度も見た。すべての祭司の義務として、わたしはこれまでも一度か二度、それを行なったことがある。だが、火が死者を満たすとその死者が身を震わせるのを、わたしはこれまで感じたこともなく、死者の目が開くのを見たこともなかった。この人を目覚めさせたのはわたしではなかったのだよ、マイ・レディ。それは主だった。ル＝ロールはまだかれを見捨てておられないのだ。命は温かみであり、温かみは火であり、火は神のものであり、神のみのものなのだ」

アリアは目に涙が溜まるのを感じた。ソロスは多くの言葉を使ったが、かれのいわんとしたことは、すべて〝ノー〟であった。それくらいのことは彼女にも理解できた。

「きみの父上はよい人だった」ベリック公がいった。「ハーウィンがかれのことをよく話していた。かれのためなら、わたしは喜んできみの身代金を免除したいと思う。しかし、われわれにはどうしても黄金が必要なのだよ」

彼女は唇を噛んだ。〝それは本当だろう、たぶん〟かれはマンダー河の南で食糧を買うために、〈緑の鬚《グリーンベアド》〉や〈猟犬使い《ハンツマン》〉に〈ハウンド〉の金を与えたことを、彼女も知っていた。

「前年の収穫は燃やされ、今年のものは水浸しで、まもなく冬がやってくる」かれらを送り出すときにかれがそういったのを、彼女は聞いていた。「庶民には穀物と種が必要で、われわれには剣と馬が必要だ。敵は駿馬や軍馬に乗っているのに、わたしの家来の大部分は荷車や驢馬に乗っている」

しかし、アリアはロブが自分のためにどのくらいの身代金を払ってくれるかわからなかった。かれは今は王であり、ウィンターフェル城で別れた、髪の毛に雪が溶けかかっていたあの少年ではない。そして、あの馬丁やハレンホールの衛兵やその他いろいろの……彼女がやったことを、もしかれが知ったら……。「もし兄がわたしのために身代金を払いたくないといったら、どうなりますか？」

「どうして、そんなことを考えるのだね？」ベリック公はたずねた。

「あのう」アリアはいった。「わたしの髪はぼさぼさだし、爪は汚いし、足はすっかり固くなってしまったし」このようなことは、たぶんロブは気にしないだろうが、母はそうはいかないだろう。レディ・キャトリンはいつも彼女に向かって、サンサのようになれといった。歌って、踊って、縫い物をして、礼儀正しくしなさいと。それを思い出しただけで、アリアは指で髪を梳こうとした。しかし、頭髪はもじゃもじゃにもつれていて、何本か毛が抜けただけだった。「わたしはレディ・スモールウッドからもらったガウンを台なしにしてしまったけれど、うまく縫うことができないんです」彼女は唇を噛んだ。「縫い物はあまり得意じゃないんです。セプタ・モーデインはいつも、わたしの手は鍛冶屋の手だといっていました」

ジェンドリーが吹き出した。「その柔らかな小さい手がかい？」かれは大声でいった。

「金槌さえ持てないくせに」

「そのつもりになれば、持てるわよ！」彼女は噛みつくようにいった。

ソロスがくすくす笑った。「兄さんは支払うよ、お嬢さん。その点は心配ない」

「ええ、でも、もし払わなかったら？」彼女は食い下がった。

ベリック公はためいきをついた。「その場合は、レディ・スモールウッドのところにしばらく預けるか、あるいは、たぶんわたしの黒い聖域城《ブラックヘイヴン》にいてもらうことになるだろう。しかし、きっとその必要はないだろうよ。わたしは、ソロスと同様に、きみをお父上のところに返す力はないが、少なくとも母上の腕に無事に戻るように、取り計らうことはできる」

「誓いますか？」彼女はたずねた。ヨーレンも連れ帰ると約束したが、結局その前に殺されてしまったのだ。

「騎士としての名誉にかけて」〈稲妻公〉は厳かにいった。

レムが酒蔵に戻ってきたときには雨が降っていて、その黄色いマントから水が床に流れ落ちて水溜まりを作ったので、かれはぶつぶつ文句をいった。アンガイと〈幸あれかしのジャック《ビー・ラッキー》〉は扉のそばでさいころを転がしていた。しかし、どのゲームをやっても、片目のジャックはぜんぜんついて《ラッキー》いなかった。〈七弦のトム〉はウッドハープの弦を一本張り替えて、『母の涙』『ウィラムの妻が濡れた時』『ハート公は雨の日を乗り切った』を歌い、それから『キャスタミアの雨《レイン》』を歌った。

そしておまえはだれだと、
　誇り高い城主はいった、

わたしがこんなに低く頭を
　下げなければならないのは?
毛色の変わった一匹の猫にすぎませんよ、
　それだけは確かな話です。
金の毛皮でも赤の毛皮でも、
　獅子にはまだ爪があります、
そしてわたしの爪は長くて鋭いですよ、
　殿さま、あなたのものが
　　長くて鋭いのと同様に。
そして、かれもまたそういった、
　そして、かれもまたそういった、
　　そのキャスタミアの殿さまも、
しかし今、雨がかれの広間の上ですすり泣く、
　聞く者はそこに一人もいないのに。
そうだ、今、雨はかれの広間の上ですすり泣く、
　そして、それを聞く者は一人もいない。

ついにトムは雨の歌が品切れになって、ウッドハープを下に置いた。そして、雨が酒蔵の

スレート屋根を叩く音だけになった。さいころゲームは終わった。そして、アリアは、メリットが馬が蹄鉄を落としたと文句をいうのを聞きながら、一人でけんけん遊びをした。

「蹄鉄なら、おれが履かせてやるよ」ジェンドリーがだしぬけにいった。「おれはただの徒弟だったが、この手は金槌を持つのに適していると親方がいった。おれは馬に蹄鉄を履かせ、鎖帷子《チェーン・メイル》のほころびをつくろい、板金鎧《プレート・アーマー》のくぼみを打ち出すことができる。剣だって作ることができるんだ」

「何をいっているんだ、小僧？」ハーウィンがたずねた。

「あんた方のために鍛冶屋をやります」ジェンドリーはベリック公の前にひざまずいた。「もし雇ってくだされば、殿さま、お役に立ちます。これまでにいろいろな道具やナイフを作りました。そして、一度はそれほど悪くない兜も作りましたが、〈マウンテン〉に捕まったとき、その家来に取り上げられてしまいました」

アリアは唇を噛んだ。〝こいつも、わたしから去るつもりだな〟

「リヴァーラン城のタリー公に仕えたほうがいいだろう」ベリック公がいった。「わたしは給料が払えないのだ」

「今まで、だれも払ってくれませんでした。わたしは鍛冶場が欲しいのです。それと食べ物と、眠ることができる場所を。それだけあれば満足なのです、殿さま」

「どこに行っても、たいてい鍛冶屋は歓迎される。腕のよい武具師だったら、なおさらだ。なぜ、ここに留まりたいのか？」

アリアはかれが間の抜けた顔で真剣に考えるのを見つめた。

「丘の洞穴で、あなたはロバート王の家臣であり同志だといわれましたが、それが気に入ったのです。〈ハウンド〉を裁きにかけたのが気に入りました。ボルトン公は人民を吊るしたり、首をはねたりするだけだし、タイウィン公やサー・エイモリーも同様です。わたしはむしろあなたのために鍛冶屋をやりたいのです」

「修理が必要な鎖帷子《チェーン・メイル》がたくさんあります、殿さま」ジャックがベリック公に進言した。「大部分は死者から剝ぎ取ったもので、死が入りこんだ穴があいています」

「おまえは愚か者にちがいない、小僧」レムがいった。「おれたちは逆徒の集団なのだぞ。大部分は賤しい生まれの屑みたいな連中だ、この殿さまは別として。そして、トムのばかげた歌のようにはいかないのだぞ。お姫さまからキスを盗むこともなければ、盗んだ甲冑をつけて馬上槍試合に出場することもない。われわれの仲間に入れば、首に輪縄をかけられて最期をむかえるか、どこかの城門に首をさらされるのが落ちだ」

「かれらがやるのは、せいぜいそんなことだけです」

「ああ、そのとおりだ」〈幸あれかしのジャック〉が陽気にいった。「鴉どもが、おれたちみんなを待っている。殿さま、この小僧は充分に勇気がありそうです。そして、かれの職人技はわれわれにぜひとも必要です。お雇いなさいというのが、ジャックの意見です」

「それも、今すぐに」ハーウィンがくすくす笑いながら提案した。「熱が冷めて、分別を取り戻さないうちに」

青ざめた笑みがベリック公の唇をよぎった。「ソロス、わたしの剣を」

このたびは〈稲妻公〉は剣に火をつけずに、そのまま軽くジェンドリーの肩に当てた。

「ジェンドリー、神々と人々の目の前で誓うか？　みずからを守れぬ者を守ると。あらゆる女性と子供を保護すると。指揮官、君主、そして王に服従すると。必要があれば勇敢に戦うと。そして、いかに困難であろうと、地味であろうと、危険であろうと、その他の課せられた使命をまっとうすると？」

「誓います、殿さま」

その辺境の城主は剣を右肩から左肩に移して、いった。「立て、サー・ジェンドリー、丘の洞穴の騎士よ。喜んでわれらの集団に迎えよう」

戸口から荒々しくかすれた笑い声が聞こえてきた。

雨がその男から流れ落ちていた。火傷した腕は草の葉と亜麻布で包まれ、粗末な紐の吊り包帯で胸にしっかり縛りつけられていた。しかし、顔に残っている昔の火傷の跡が小さな焚き火の光を受けて、黒く、てらてらと光っていた。「また騎士を作っているのか、ドンダリオン？」その闖入者《ちんにゅうしゃ》はがみがみいった。「それでは、きさまをもう一度殺すべきだな」

ベリック公は冷静にかれに対面した。「おまえの最期を見届けたいと思っていたのにな、クレゲイン。どうして、またここに来たのだ？」

「難しくはなかったぞ。おまえたちはオールドタウンから見えるほど盛大に煙を立てていたからな」

「立てておいた見張りはどうなった？」

クレゲインの口が歪んだ。「あの二人は目が悪かったのか？　二人とも殺したかもしれん。もしそうだったら、どうする？」

アンガイとノッチが弓に弦を張り、矢をつがえた。「そんなに死にたいのか、サンダー？」ソロスがたずねた。「われわれの後をつけてここまで来るとは、気が違ったか、酔っぱらったか、どちらかだ」

「雨で酔っぱらえるか？　きさまら、ワインを一杯買うだけの金も残さなかったぞ。親のわからぬ私生児どもが」

アンガイは弓を引き絞った。「われわれは逆徒の集団だ。逆徒は盗む。歌にも歌われているぞ。頼めば、トムが歌ってくれるかもしれん。殺されなかったことを、ありがたく思え」

「やってみろ、弓兵。その矢筒を取り上げて、きさまの小さなけつの穴に矢をつっこんでやるぞ」

アンガイは長弓《ロングボウ》を持ち上げたが、矢を放つ前にベリック公が片手を上げた。「なぜ、ここに来たのか、クレゲイン？」

「自分のものを取り返しにだ」

「金か？」

「他に何がある？　きさまの顔を見たくて戻ってきたわけじゃないぞ、ドンダリオン。それだけはいっておく。今は、きさまはおれよりも醜い。しかも、どうやら盗賊騎士に成り下がったらしい」

「おまえの金については預かり証を渡した」ベリックが落ち着いていった。「返済の約束だ。戦《いくさ》が終わったときに」

「あんな紙は、けつを拭いてしまったぞ。金を返せ」

「もうない。〈緑の鬚〉と〈猟犬使い〉に持たせて南に行かせた。マンダー河の対岸で穀物と種を買うためだ」

「おまえが燃やした作物の持ち主みんなに、食べさせるためだ」ジェンドリーがいった。

「おや、そういうことになっているのかい？」サンダー・クレゲインはまた笑った。「たまたま、おれがやろうと思っていたことと同じだ。醜い百姓どもとその瘡掻きの餓鬼どもに喰わせるためだ」

「嘘だ」ジェンドリーがいった。

「この小僧には口があるようだな。なぜ、かれらを信じて、おれを信じない？　この顔じゃだめか？」クレゲインはちらりとアリアを見た。「この娘も騎士にするつもりかい、ドンダリオン？　世界初の八歳の少女騎士か？」

「十二歳よ」アリアは大声で嘘をいった。「そして、そのつもりになれば、騎士になれるわ。あんたを殺すこともできたのに、レムにナイフを取り上げられなければ」それを思い出すと、いまだに腹が立った。

「おれではなく、レムに文句をいえ。そして、尻尾を脚の間にはさんで、逃げるがいい。狼に犬が何をするか知っているか?」

「次にはあんたを殺してやる。あんたの兄さんもね!」

「いいや」かれは黒い目を細めた。「それは無理だ」かれはベリック公のほうに向きなおった。「おい、おれの馬を騎士にしろよ。やつは広間で決して糞をしないし、それほど蹴りはしない。騎士に叙任される価値はあるぞ。おまえらがあの馬も盗むつもりだったら話は別だが」

「その馬に乗って去るがいい」レムが警告した。

「おれの金を持って出ていく。おまえたち自身の神が、おれは無罪だといったんだぞ――」

「〈光の王〉はおまえに命を返してくださった」ミアのソロスが宣言した。「しかし、ベイラー聖徒王の再来とは仰せられなかったぞ」〈紅の祭司〉は剣を抜いた。そしてアリアが見ると、ジャックとメリットも剣を抜いていた。ベリック公はジェンドリーの肩に当てた剣をまだ手にしていた。〝たぶん、こんどはかれを殺すかもしれない〟

〈ハウンド〉はまた口を歪めた。「きさまらはただの盗人にすぎない」

レムががみがみいった。「おまえの獅子仲間はどこかの村に乗りこんで、見つけしだい、あらゆる食糧と銭を奪う。そして、それを馬糧徴発と呼ぶ。狼どもも同じだ。では、なぜおれたちでは駄目なのか? だれも、きさまから盗みはしなかったぞ、犬め。ただ、馬糧徴発をしただけだ」

サンダー・クレゲインはかれらの顔を一人一人見た。あたかも全員を記憶に残そうとするかのように。それから、一言も発することなく、さっき入ってきた暗闇と篠突く雨の中に引き返していった。逆徒たちは不審に思いながら、待った……

「やつが歩哨たちをどうしたか、見てくる」ハーウィンは、〈ハウンド〉がすぐ外に潜んでいないか確かめるために、用心深く扉の外を覗いてから、外に出ていった。

「それにしても、あの野郎どうしてあんなにたくさんの金を手に入れたんだろう？」〈レモンクロークのレム〉が緊張を解くためにいった。

アンガイが肩をすくめた。「〈王の手〉の馬上槍試合で優勝したのさ。キングズ・ランディングでな」その弓兵はにやりとした。「おれ自身もかなりの財産を手に入れた。ところがその後で、おれはダンシー、ジェイド、それにアラヤヤに出会っちまった。彼女らは白鳥の焼き肉の味を、そしてアーバー・ワイン風呂の入り方を教えてくれたんだよ」

「全部、使っちまったんだな？」ハーウィンが笑った。

「全部じゃない。このブーツと、このすばらしい短剣も買ったんだ」

「どこかの土地を買って、その白鳥焼き肉女の一人を堅気の女にすべきだった」〈幸あれかしのジャック〉がいった。「自分で蕪《カブ》を作り、息子たちをつくればよかったのに」

「〈戦士〉よ、守りたまえ！　なんたる無駄なことだ、自分の金を蕪に変えるなんて」

「おれは蕪が好きだ」ジャックは腹を立てていった。「今のところ、つぶした蕪があれば文句はない」

ミアのソロスはこの冗談を無視した。「〈ハウンド〉は数袋の銭を失っただけではない」

かれはいった。「主人を失い、犬舎も失った。ラニスター家に戻ることもできない。そして、〈若き狼〉は決して〈ハウンド〉を抱えないだろうし、あいつの兄も歓迎することはないだろう。きっとあの黄金は、あの男に残されたすべてだったんだろうな」

「ちくしょう」〈粉屋のワティ〉がいった。「では、おれたちが眠っているときに、きっと殺しにくるぞ」

「いいや」ベリック公は剣を鞘に収めていた。「サンダー・クレゲインはわれわれ全員を殺したがっているだろう。しかし、寝こみを襲うことはない。アンガイ、夜が明けたら、〈鬚なしのディック〉と一緒に跡をつけろ。もし、かれがまだわれわれの匂いを嗅ぎまわっていたら、馬を殺せ」

「あれは、いい馬です」アンガイが抗議した。

「そうです」レムもいった。「殺すべきは、憎らしい乗り手です。あの馬はわれわれの役に立ちます」

「レムに賛成です」ノッチがいった。「あの犬めに、矢を二、三本、射かけさせてくれれば、すこしは怖がるでしょう」

ベリック公は首を振った。「クレゲインは洞穴のある丘の地下で命を勝ち取った。それを奪うつもりはない」

「わが君主は賢明だ」ソロスが他の者たちにいった。「諸君、決闘による裁判は神聖なものだ。ル＝ロールに、手を貸したまえとわたしが祈ったのを聞いただろう。そして、ル＝ロールの炎の指がベリック公の剣をつかんだのを、みんな見ただろう。まさにかれがとどめを刺そうとしたときに。どうやら、〈光の王〉はまだジョフリーの〈猟犬《ハウンド》〉をお捨てになっていないようだ」

ハーウィンがまもなく酒蔵に戻ってきた。「〈プディングフット〉はぐっすり眠っていました。しかし、無傷です」

「おれがやつを捕まえるまで待て」レムがいった。「やつに新しいけつの穴をあけてやる。やつのおかげで、おれたち皆殺しにされたかもしれないのだぞ」

サンダー・クレゲインがどこか近くの闇の中にいると思うと、その夜はだれもあまり気持ちよく休むことができなかった。アリアは火のそばに横になり、暖かくて気持ちがよかったが、眠りはやってこなかった。そこで、ジャクェン・フ＝ガーからもらったコインを取り出して、マントの下に横たわりながら、握りしめた。それをつかんでいると、ハレンホールで自分が幽霊のような存在になっていたことを思い出して、力が出るように感じられた。あの時は、一言ささやくだけで人を殺すことができたのだった。

だが、ジャクェンはいなくなった。彼女を残して行ってしまった。〝ホット・パイもわたしを捨てた。そして、今はジェンドリーも去ろうとしている〟ロミーが死に、ヨーレンが死に、シリオ・フォレルが死に、父親さえも死んでしまった。そしてジャクェンは、ばかばかしい鉄の貨幣を与えて姿を消してしまった。「ヴァラー・モルグリス」彼女はそっとささやいて、手のひらに跡がつくほど強くその貨幣を握りしめた。「サー・グレガー、ダンセン、ポリヴァー、〈善人面のラフ〉。〈一寸刻み《ティクラー》〉に〈ハウンド〉。サー・イリーン、サー・マーリン、キング・ジョフリー、クイーン・サーセイ」かれらが死んだらどんな顔になるか、アリアは想像しようとした。しかし、かれらの顔を思い起こすのは難しかった。〈ハウンド〉の顔は見えた、そしてその兄〈マウンテン〉も。そして、ジョフリーの顔も、その母親の顔も決して忘れることはないだろう……しかし、ラフやダンセンやポリヴァーの顔はすべて霞んでいた。そして、〈一寸刻み《ティクラー》〉さえも。かれはあまりにも平凡な顔つきだったのだ。

ついに眠りが訪れた。しかし、暗い夜中にまた目が覚めた。耳がじんじん鳴っていた。火は燃え尽きて燠《おき》になってしまっていた。マッジが戸口に立ち、他の見張りは外を歩いていた。雨はやんでいて、狼の遠吠えが聞こえた。〝すごく近い〟と彼女は思った。〝そして、すごくたくさんいる〟と。その声を聞くと、まるでかれらが厩舎の周囲を取り囲んでいるように感じられた。何十匹も。もしかしたら、何百匹も。〝かれらが〈ハウンド〉を食べてくれればいい〟彼女は狼と犬についてかれがいったことを思い出した。

朝になると、セプトン・アットはまだ木の下にぶらさがっていた。しかし、茶色の修道士たちが鋤を持って雨の中に出て、他の死者たちのために浅い墓穴を掘っていた。ベリック公はかれらに、宿泊と食事の礼をいい、司祭館の再建のために使ってくれるようにと、スタッグ銀貨の袋を与えた。ハーウィン、〈末たのもしきルーク《ラィクリー》〉、それに〈粉屋のワティ〉は偵察にでかけたが、狼も〈ハウンド〉も見つからなかった。

アリアが馬の鞍帯を締めていると、ジェンドリーがそばに来て、ごめんといった。彼女は片足を鐙にかけて鞍にまたがったので、かれを見上げるのではなく、見下ろすことになった。

〝おまえ、リヴァーラン城でわたしの兄のために剣を鍛えることもできたのに〟と彼女は思ったが、実際にはこういった。「あんたが愚かな逆徒の騎士になって首を吊られたって知るもんか。わたしは身代金を払ってもらって、リヴァーラン城に行って、兄さんと暮らすんだから」

この日は、ありがたいことに、雨が降らなかった。それでかなりのスピードで旅をすることができた。

40　ブラン

塔は島の上に建っており、静かな青い水面にその姿が双子のように映っていた。風が吹くと、さざ波が湖面を横切って、まるで追いかけっこをして遊んでいる子供たちのように動いた。湖岸には樫《オーク》の木が密生していて、森の地面には落ちた団栗《ドングリ》が散乱していた。それらの向こうに村か、あるいはその残骸があった。

これはかれらが山麓の丘陵地を出てから最初に出会った村だった。その廃墟にだれも潜んでいないことを確認するために、ミーラが先に斥候に出た。彼女が網と槍を手にして、樫《オーク》と林檎《リンゴ》の木の間をすべるように進んでいくと、三頭の赤鹿が驚いて飛び出し、藪の中を跳ねていった。サマーはその動きをちらりと見ると、すぐに後を追った。ブランはその大狼《ダイアウルフ》が跳ねていくのを眺めて、自分もかれの毛皮をさっと着て一緒に走っていけたらどんなによいだろうかと、一瞬思った。しかし、ミーラが手を振って、進んでくるように合図をしたので、かれはしぶしぶサマーから目をそむけて、ホーダーに進めと命じ、村に入っていった。ジョジェンも一緒に歩いてきた。

ここから〈壁〉までの土地は草地だとブランは知っていた。未開墾の野原と低く起伏する丘、高い牧草地と低い沼沢地だ。背後の山地を行くよりはずっと容易だろうが、こんなに開けた土地はミーラを不安にした。「裸でいるように感じるのよ」彼女は打ち明けた。「隠れる場所がないもの」

「この土地はだれが所有しているの？」とジョジェンがブランにたずねた。

「〈冥夜の守人《ナイツ・ウォッチ》〉さ」かれは答えた。「ここは〈贈り物《ギフト》〉、〈新しい贈り物《ニュー・ギフト》〉ってよばれてる。そして、この北側は〈ブランドンの贈り物《ギフト》〉だ」かれはメイスター・ルーウィンから歴史を教わっていた。「建設王ブランドンが〈壁〉の南の土地を全部、黒衣の兄弟に与えた。百二十キロの距離までね。かれらの……かれらの生活の支えと維持のために」かれはまだこの部分を覚えているので得意になった。「それは建設王ではなく、別のブランドンだという学匠《メイスター》もいるけど、やっぱり〈ブランドンの贈り物〉なのさ。それから何千年も後に、佳き王妃《グッド・クイーン》アリサンが銀の翼《シルバーウィング》という名前のドラゴンに乗って〈壁〉にやってきて、〈冥夜の守人《ナイツ・ウォッチ》〉がとても勇敢だと思い、〈老王〉にいってかれらの土地を倍に、二百四十キロに増やしたのさ。だから、これは〈新しい贈り物〉なんだよ」かれは手を振った。「ここが。この辺全体がね」

長年の間、この村にだれも住んでいなかったことは、ブランにもわかった。すべての家が潰れていた。旅籠さえも。見たところ、もともとたいした旅籠ではなかった。そして今は、十数本の林檎の木の間に、一本の石の煙突と、ひび割れた二面の壁しか残っていなかった。一本の木は社交室を貫いて生えており、茶色の落ち葉と腐った林檎がカーペットのように床を覆っていた。空中にその匂いが濃厚に漂っていて、林檎酒のような匂いに圧倒されそうだった。ミーラは蛙猟の槍でその二、三個を突き刺して、まだ食べられるかどうか調べた。しかし、全部まっ茶色になって、虫が喰っていた。

ここは静かで落ち着いていて、景色が美しく平和な場所だった。だがブランには、空っぽの旅籠の雰囲気はなんとなく悲しく感じられた。そしてホーダーも同じことを感じたようだった。「ホーダー？」かれはまごついたような口調でいった。「ホーダー？　ホーダー？」

「ここはいい土地だ」ジョジェンはひと握りの土をつかみあげ、指でつまんでこすった。「村、旅籠、湖の中の頑丈な砦、こんなにたくさんの林檎の木……しかし、人々はどこにいってしまったんだろうね、ブラン？　なぜ、この場所を去ることにしたんだろう？」

「野人が怖かったのさ」ブランはいった。「野人は〈壁〉を乗り越えたり、山地を抜けてきて、略奪し、盗み、女の人を連れ去るんだ。かれらに捕まれば、頭蓋骨で杯を作られて、それで血を飲まれると、ばあやがよくいっていた。〈冥夜の守人《ナイツ・ウオッチ》〉はもう、ブランドンの時代やアリサン王妃の時代ほど強くないから、もっと大勢入りこんでくるんだ。〈壁〉にいちばん近い場所は何度も略奪を受けるから、住民は南に移動して、山地に入るか、または〈王の道〉の東のアンバー家の土地に行く。〈グレート・ジョン〉の人民も略奪を受けないわけじゃないけど、〈贈り物《ギフト》〉に住んでいた人々ほどひどくはないんだ」

ジョジェン・リードはゆっくりと首をまわして、かれにしか聞こえない音楽に耳を傾けた。「ここで雨宿りをしなくちゃ。嵐が近づいている。強いやつが」

ブランは空を見上げた。今日は美しく爽やかな秋の晴天だった。日が照り、ほとんど暖かかった。しかし、今はずっと西のほうに黒雲が見えた。それは事実だった。そして、風が強くなりはじめているように思われた。「旅籠には屋根がないし、壁も二つしかない」かれは指摘した。「あの砦まで行くべきだ」

「ホーダー」とホーダーがいった。たぶん賛成したのだろう。

「舟がありませんよ、ブラン」ミーラが蛙の槍でなんとなく落ち葉をつつきながらいった。

「土手道がある。石の土手道が水の下に隠れているんだ。歩いて行けるよ」とにかく、行けるのだ。かれはホーダーの背中に乗っていかなくてはならないだろうが、少なくとも、そうすれば、濡れずにいられるだろう。

リード姉弟は顔を見合わせた。「どうして、そんなこと知っているのかね？」ジョジェンがたずねた。「前に来たことがあるのかい、マイ・プリンス？」

「いいや。ばあやから聞いたんだ。あの砦は黄金の冠をかぶっているんだよ、ほら？」かれは水面の向こうを指さした。狭間胸壁の上にぐるりと金色の塗料が断続的に塗られているのが見えた。「アリサン王妃があそこで眠った。だから、かれらは彼女に敬意を表して、狭間の凸壁を金色に塗ったのさ」

「土手道は？」ジョジェンが湖を調べた。「確かかい？」

「確かだとも」ブランがいった。

ミーラはいったん目が慣れると、容易にその基部を見つけることができた。幅一メートルの石の通路がまっすぐに湖の中に続いていた。彼女は蛙の槍で先のほうを探りながら、用心深く一歩また一歩とかれらを連れ出していった。通路がどこでふたたび水上に現われるか見えた。通路は水面から島に上がっていき、短い石段を登って砦の扉に着くようになっていた。

通路、階段、そして扉は一直線に並んでいた。だから、土手道もまっすぐに続いていると思わせられるが、実はそうではなかった。それは水面下でジグザグ、ジグザグに屈曲していて、島の周囲を三分の一周ほど進んでから、またジグザグに戻ってくるのだった。曲がり角が曲者《くせもの》だった。そして長い通路は、接近していく者が塔からの弓矢の攻撃に長い間さらされることを意味した。また、隠れた石はつるつる、ぬるぬると滑りやすかったので、ホーダーは二度も足を滑らせそうになり、びっくりして「**ホーダー！**」と叫んで、バランスを取り戻した。二度目にはブランも本当に怖い思いをした。もしホーダーがかれをバスケットに入れたまま水中に落ちれば、かれは溺れてもおかしくなかった。特に、この大男の馬丁がパニックを起こして、何度もそういうことがあったように、ブランが背中にいるのを忘れれば。

〝たぶん、旅籠の林檎の木の下にいるべきだったかも〟とかれは思った。しかし、今となっては手遅れだった。

ありがたいことに、三度目はなかった。そして、水はホーダーの腰より上には決してこなかった。もっとも、リード姉弟は胸まで水に浸かったけれども。こうして、まもなくかれらは島に着き、砦への階段をのぼった。扉はまだ頑丈だったが、その重い樫《オーク》の厚板は長い年月のために歪んでいて、もはや完全には閉まらなかった。ミーラがそれをずずっと押し開けた。

錆びた鉄の蝶番が悲鳴を上げた。扉の上の横木が低かった。「腰を屈めて、ホーダー」ブランはいった。かれは従ったが、充分ではなく、ブランは頭をぶつけてしまった。「痛い」かれは文句をいった。

「ホーダー」ホーダーが体を伸ばしていった。

扉の内部は暗い金庫室のようなもので、四人がやっと入れるくらいの広さしかなかった。塔の内壁に作りつけられた階段が左手に向かってカーブを描いて上に続いており、右手では下に続いていて、それぞれに鉄格子がはまっていた。ブランが見上げると、ちょうど頭の真上にもうひとつの鉄格子が見えた。〝殺人孔だ〟今は、上にだれもいなくて、煮えた油を浴びせられなくてよかったと思った。

鉄格子は固くはまっていたが、鉄の桟は赤く錆びていた。ホーダーは左手のドアをつかんで、うーんと力をこめて押した。何も起こらなかった。いくら押しても、どうにもならなかった。かれは桟を揺すり、蹴り、体当たりし、がたがたいわせ、大きな手で蝶番を叩いたので、空中に鉄錆の粉がいっぱい飛び散った。しかし、鉄の扉は動こうとしなかった。地下室に通じる扉も同様に融通がきかなかった。「入れない」ミーラが肩をすくめていった。

殺人孔が、ホーダーのバスケットに乗っているブランの頭の真上にあった。かれは手を上げて格子をつかみ、試しに動かしてみた。そして、格子をぐいと下に引くと、滝のように落下する鉄錆の粉と石のかけらとともに、天井から格子が外れた。「ホーダー！」ホーダーが叫んだ。重い鉄格子がブランの頭にまたごつんと当たった。そして、それを押しやると、ジヨジェンの足元にがちゃんと落ちた。ミーラが笑った。「ごらんなさい、プリンス」彼女はいった。「あなたはホーダーよりも力持ちですよ」ブランは赤面した。

格子が外れると、ホーダーは口を開けた殺人孔からミーラとジョジェンを押し上げることができた。その沼地人《クラノグマン》の姉弟は上にあがると、ブランの腕をつかんで引き上げた。ホーダーを内部に入れるのは難しい作業だった。かれは、リード姉弟がブランをそうしたように引き上げるには、重すぎた。結局ブランが、大きな石を見つけてこいとかれに命じた。この島は石に不自由しなかった。そして、ホーダーは石を高く積み上げて、ぼろぼろ崩れる穴の縁をつかみ、上にあがることができた。「ホーダー」かれは嬉しそうに息を弾ませ、みんなに笑顔を見せた。

上の階はいくつかの小部屋が迷路のようになっていて、暗くて空っぽだった。しかし、ミーラは探検をして、階段のところに戻る道を発見した。上に登るにつれて、明るさが増した。四階には、厚い外壁に矢を射掛ける穴があいており、五階には本物の窓があった。そして、いちばん上の六階はひとつの丸い部屋になっていて、三面にアーチ型の出口があって、小さな石のバルコニーに出られるようになっていた。四つ目の壁には排水口の上に便所がのっていて、汚物がまっすぐに湖に落下するようになっていた。

かれらが屋上に達したころには、空は完全に曇っていて、西のほうの雲は真っ黒だった。風がとても強くて、ブランのマントがはたはたと舞い上がるほどだった。「ホーダー」ホーダーがその音を聞いていった。

ミーラがぐるりとまわった。「まるで巨人になったみたい。こうして高いところに立って、世界を見下ろすと」

「地峡《ネック》には、この二倍も高い木が生えているよ」彼女の弟がいった。

「ええ。でも、その周囲に、同じくらい高い他の木が生えていたわ」ミーラがいった。「地《ネッ》峡《ク》では世界がぎゅっと縮まっていて、空はもっとずっと小さかった。ここでは……この風を感じない、ジョジェン？　そして、世界はなんと広くなっていることか」

　そのとおりだった。ここから眺めると、ずっと遠くまで見渡すことができた。南には山麓の丘がそびえ、その向こうに灰色と緑色の山々が見えた。〈ニュー・ギフト〉の起伏する平原は、目の届くかぎりあらゆる方向に広がっていた。「ここから〈壁〉が見えるかと思ったのに」ブランはがっかりしていった。「ばかだったな。あれはまだ二百五十キロも先なんだから」それを口にしただけで、かれは疲れを感じ、寒さも感じた。「ジョジェン、ぼくたち〈壁〉に着いたら、どうするの？　〈壁〉はものすごく大きいと、叔父さんがいつもいっていた。高さが二百メートルで、根元はあまりに厚みがあるので、門はむしろ氷に開けたトンネルのようだと。目が三つある鴉を見つけるために通り抜けるには、どうすればいいの？」

「〈壁〉にそって放棄された城砦がいくつもあると聞いている」ジョジェンが答えた。「〈冥《ナイ》夜《ツ》の守人《ウォッチ》〉の築いた砦が今は空《から》になっているんだ。それらのひとつから抜け出すことができるかもしれない」

〝幽霊の城〟――ばあやはそう呼んでいた。メイスター・ルーウィンはかつてブランに、

〈壁〉にそった砦の名前をひとつ残らず覚えさせたことがあった。それは難しかった。全部で十九カ所あるが、いかなる時期にも、守備兵が配置されていたのは十七カ所にすぎなかった。ロバート王がウィンターフェル城を訪れたときの歓迎の宴で、ブランはベンジェン叔父のためにその名称を暗唱したものだった。東から西に、そして西から東に。ベンジェン・スタークは笑って、こういったものだった。「わたしよりきみのほうがよく知っているぞ、ブラン。きみは哨士長《ファースト・レンジャー》になるべきだ。きみの代わりに、わたしがここに残ろう」だが、これはブランが転落する前のことだった。怪我をする前のことだった。かれの意識が戻って、足が動かないことがわかったときは、叔父はすでに黒の城《カースル・ブラック》に帰ってしまっていた。

「城を無人にする場合はいつも、門を氷と石で封鎖すると叔父がいっていたよ」ブランはいった。

「では、わたしたち、それを開けなければならないわね」ミーラがいった。

それを聞くと、かれは不安になった。「それはやってはいけないことだ。反対側から悪い物が入ってくるかもしれないから。ぼくらはまっすぐに黒の城《カースル・ブラック》に行って、総帥に通してくれと頼むんだ」

「若さま」ジョジェンがいった。「黒の城《カースル・ブラック》は避けなければ。ちょうど〈王の道〉を避けたようにね。あそこには何百人も兵士がいるから」

「〈冥夜の守人《ナイツ・ウォッチ》〉の兵士だよ」ブランはいった。「かれらは誓約をしている。戦争などのごたごたには関与しない、と」

「そう」ジョジェンはいった。「しかし、一人の兵士が誓いを破るつもりになれば、きみの秘密が鉄人《くろがねびと》かボルトンの私生児に売り渡されるだろう。それに、〈冥夜の守人《ナイツ・ウォッチ》〉がぼくらを通すことに同意するかどうかわからない。ぼくらを拘束しようとか、送り返そうとか、決めるかもしれないしね」

「でも、ぼくの父は〈冥夜の守人《ナイツ・ウォッチ》〉の友人だったし、叔父さんは哨士《ファースト・レンジャー》長だ。あの人は目が三つある鴉がどこに住んでいるか知っているかもしれない。それに、ジョンも黒の城《カースル・ブラック》にいるんだよ」ブランはまたジョンに会いたいと思っていたし、叔父さんにも会いたいと思っていた。ウィンターフェル城を最後に訪れた黒衣の兄弟は、ベンジェン・スタークが出撃したまま行方不明になってしまったといった。しかし、もう今はきっと帰っていることだろう。「〈冥夜の守人《ナイツ・ウォッチ》〉はきっと馬さえくれると思うよ」かれは続けた。

「静かに」ジョジェンが目の上に小手をかざして、夕日のほうをじっと見つめた。「ごらん。あそこに何かが……騎手、だと思うが。見えるかい？」

ブランも目の上に小手をかざした。それでもまぶしくて、目を細めなければならなかった。最初は何も見えなかったが、やがて何か動くものが目を引いた。最初、それはサマーかもしれないと思ったが、そうではなかった。〝馬に乗った人間だ〟遠すぎて、それ以上のことはわからなかった。

「ホーダー？」ホーダーもまた目に手をかざしていた。ただし、見当違いの方角を見ていた。

「ホーダー？」

「あの人は急いでいない」ミーラがいった。「でも、この村のほうに進んでくるように見えるわ」

「中に入ったほうがいい。こちらの姿が見られないうちに」ジョジェンがいった。

「サマーが村の近くにいるんだよ」ブランが反対した。

「サマーはだいじょうぶよ」ミーラが請け合った。「あれは疲れた馬に乗った、ひとりの人間にすぎないから」

かれらが下の階に退くと、大粒の雨が石を打ちはじめた。これはいいタイミングだった。雨はたちまち大降りになってきたから。厚い壁を透してさえも、湖面を打つ音がざあざあと聞こえた。かれらは暗くなりはじめた丸い空っぽの部屋の床に腰を下ろした。北側のバルコニーから無人の村のほうが見渡せた。ミーラは腹這いになって外に出ていき、騎手がどうしたか知ろうとして、湖の向こうを眺めた。「あの旅籠の廃墟で雨宿りをしているわ」彼女は戻ってきていった。「どうやら、炉に火を焚いているみたい」

「ぼくらも火に当たりたいなあ」ブランがいった。「寒いよ。階段の下に壊れた家具があった。ぼくは見たんだ。あれをホーダーに砕かせて、暖まろうよ」

ホーダーはその意見に賛成だった。「ホーダー」かれは乗り気になっていった。

ジョジェンは首を振った。「火を焚けば煙が出る。この塔から煙が出れば、ずっと遠くから見える」

「見る人がいないのに」かれの姉が反論した。

「村に一人いる」

「一人ね」

「もしそいつが悪いやつなら、ブランを敵に売り渡すには一人で充分だ。昨日の鴨がまだ半分残っている。それを食べて、休もう。朝になればあの人もでかけるだろう。そしたら、ぼくらもでかけるのさ」

ジョジェンは我を通した。かれはつねに我を通した。ミーラが鴨を四人に分けた。昨日、ミーラが不意を襲って、そいつが沼から飛び上がろうとしたときに、網で捕らえたのだった。肉は冷たくなっていて、焼きたてで熱くてぱりぱりしていたときほどうまくなかったが、少なくとも腹の足しにはなった。ブランとミーラは胸肉を分け合い、ジョジェンは腿肉を食べた。ホーダーは、「ホーダー」とつぶやきながら、手羽肉と足をむさぼり喰い、ひと口ごとに指の脂をなめて取った。今日は物語をするのはブランの番だった。そこで、もう一人のブランドン・スタークの話をした。これは船大工王ブランドンと呼ばれた人で、日没《サンセット・》海《シー》の彼方に行ってしまったのだった。

鴨と物語が終わったころには、夜の帳《とばり》が下りていて、雨はまだ降っていた。ブランは、サマーのやつ、どこをうろついているのか、そして、鹿を捕まえたのだろうかと思った。

灰色の暗がりが塔を満たした。そして、ゆっくりと暗闇に変わっていった。ホーダーは落ち着きがなくなり、しばらく歩いていた。壁ぎわをぐるぐると歩きまわり、一回ごとに立ちどまっては便所を覗きこんだ。まるで、その中に何があるか忘れてしまったかのように。ジヨジェンは陰に隠れて北のバルコニーのそばに立ち、夜の闇と雨を眺めていた。どこか北のほうで、一筋の稲妻が弾けて空をよぎり、塔の内部が一瞬明るくなった。ホーダーは飛び上がって、怯えた声を出した。ブランが八つ数えると雷が鳴った。するとホーダーが叫んだ。

「**ホーダー！**」

〝サマーも怖がっていなければよいが〟とブランは思った。ウィンターフェル城の犬舎の犬たちは雷雨のときにいつも怯えたものだった。まさにこのホーダーのように。〝かれを落ち着かせないと……〟

また稲妻が閃き、こんどは六つで雷が鳴った。「ホーダー！」ホーダーがまた大声を出した。「**ホーダー！　ホーダー！**」そして、まるで、嵐と戦おうとするかのように剣をひっつかんだ。

ジョジェンがいった。「静かにしろ、ホーダー。ブラン、かれに叫ぶなといって。かれから剣を取り上げることができるかい、ミーラ？」

「やってみるわ」

「ホーダー、静かに」ブランがいった。「もう、静かにしろ。ばかみたいに、ホーダー、ホーダーと叫ぶな。すわれ」

「ホーダー？」かれはごくおとなしく長剣をミーラに渡したが、その顔は錯乱した仮面のようだった。

ジョジェンはまた暗闇に向きなおった。そして、かれがはっと息を吸いこむのをみんなが聞いた。「なに？」ミーラがたずねた。

「村に人がいる」

「前に見えた人？」

「違う人々だ。武装している。斧がひとつ、槍も何本か見えた」ジョジェンは今までの少年らしい声とはまったく違った声でいった。「稲妻が光ったときに、木々の下を歩いているのが見えた」

「何人？」

「かなり大勢。数えきれないほど」

「馬に乗っている？」

「いいや」

「ホーダー」ホーダーが怯えた声でいった。「ホーダー。ホーダー」

ブラン自身もちょっと恐怖を感じた。もっとも、ミーラの前でそれを口にしたくなかったけれども。「もしここまで来たら、どうしよう？」

「来ないわ」彼女はかれの隣に腰を下ろした。「来るわけないでしょう？」

「雨宿りにさ」ジョジェンの声は厳しかった。「嵐がやまなければ。ミーラ、下に行って扉に閂《かんぬき》をかけてこられないか？」

「閉めることさえできなかったのよ。木がひどく歪んでいるの。でも、かれらはあれらの鉄の門を通り抜けられないでしょう」

「可能性はある。錠か蝶番を壊すこともできる。さもなければ、ぼくらがやったように殺人孔を抜けて上がってくるかも」

稲妻が空を引き裂き、ホーダーが泣き声を出した。それから、湖面に雷鳴が轟き渡った。「**ホーダー！**」かれは大声を上げ、両手で耳を覆って、暗闇のなかをよろよろと歩きまわった。「**ホーダー！　ホーダー！　ホーダー！**」

「**やめろ！**」ブランは怒鳴り返した。「**これ以上ホーダーというな！**」

それでも効き目はなかった。「**ホーーーーダーー！**」ホーダーは呻いた。ミーラがかれを捕まえて鎮めようとしたが、かれは力が強すぎた。かれは肩をすくめただけで、彼女をはねとばした。「**ホーーーーーダーーーーーー！**」稲妻がまた空いっぱいに広がると、その馬丁は悲鳴を上げた。そして、今はジョジェンさえも叫んでいた。ブランとミーラに向かって、かれを黙らせろと。

「**静かにしろ！**」ブランはかん高い怯えた声でいい、ホーダーがどかどかと通りかかるときに、その足をつかもうとして手を上げたがだめだった。それでも、つかもうと――つかもうと、した。

ホーダーはよろめき、口を閉じた。そして、ゆっくりと首を左右に振り、床に腰を下ろし、あぐらをかいてすわった。雷鳴が轟いても、ほとんど聞こえないように見えた。四人ともほとんど息もできない様子で、暗い塔の中にすわっていた。

「ブラン、何をしたの？」ミーラがささやいた。

「何も」ブランは首を振った。「わからない」しかし、わかった。〃かれに心を届かせたのだ。サマーに向かってやるように〃心臓がほんの半拍打つ間、かれはホーダーになっていたのだった。そう思うと怖くなった。

「湖の向こうで何か起こっている」ジョジェンがいった。「一人の男がこの塔を指さすのが見えたような気がする」

〃ぼくは怖がらないぞ〃かれはウィンターフェル城のプリンスであり、エダード・スタークの息子であり、もうほとんど一人前の大人であり、しかも人狼《ウォーグ》であって、リコンのような幼い子供ではないのだから。〃サマーは怖がっていないだろう〃「たぶん、かれらはただのアンバー家だろう」かれはいった。「さもなければ、山から下りてきたノット一族かノレイ一族かフリント一族だ。いや、もしかしたら〈冥夜の守人《ナイツ・ウォッチ》〉の兄弟《ブラザー》たちかもしれないぞ。かれらは黒いマントを着ていたかい、ジョジェン？」

「夜だから、すべてのマントが黒く見える。そして稲妻の明滅があまり速すぎるから、かれらが何を着ているかわからない」

ミーラが油断なくいった。「もし黒衣の兄弟たちなら馬に乗っているわね。ちがうかしら？」

ブランはもっと別のことを考えた。「それは問題じゃないよ」かれは確信を持っていった。「かれらはここに来たくても、来ることはできない。舟があれば別だし、あの土手道を知っていれば別だけど」

「土手道ね！」ミーラはブランの髪をかき乱し、額にキスした。「われらのかわいいプリンス！　この人のいうとおりよ、ジョジェン、かれらは土手道のことを知らないでしょう。たとえ知っていても、雨の降る夜には決して渡ってくることはできないでしょう」

「でも、夜は終わる。もし、朝まで留まっていれば、かれらは……」ジョジェンは最後までいわなかった。そして数瞬後にいった。「最初の男が始めた焚き火に、かれらは薪をくべているぞ」稲妻が空を引き裂き、塔を光で満たし、かれら全員の影を刻みこんだ。ホーダーは体を前後に揺すって、鼻唄を歌った。

その明るくなった瞬間に、ブランはサマーの恐怖を感じることができた。かれは二つの目を閉じ、もうひとつの目を開いた。そして、自分の少年の皮膚をマントのように脱ぎ捨てて、塔を後にした……

……そして、気がつくと雨の中に出ていた。腹は鹿の肉でいっぱいだった。空が破れ、頭上で轟音が鳴り響くと、かれは藪の中に身を縮めた。腐った林檎と濡れた木の葉の匂いが、ほとんど人間の匂いを消していたが、人間の匂いは確かにあった。固い革がカチンと鳴ったり、ゴリゴリ擦れる音が聞こえ、人間たちが木立の下を動いているのが見えた。杖を持った一人の男が、フードを頭の上まで引き上げて、目と耳をふさぎ、まごまごしながら歩いていた。狼は雨の滴る茨の藪や、葉の落ちた林檎の木の枝の下に隠れて距離をおきながら、ぐるりとその男の周囲をまわった。かれらの話し声が聞こえた。そして、雨と木の葉と馬の匂いの裏から、鋭く赤い恐怖の悪臭が漂ってきた……

41　ジョン

地面には針のような松葉と茶色の枯れ葉が、緑と茶色の絨毯のように散り敷いており、それが最近の雨でまだ濡れていて、踏むと足の下でがぼがぼ鳴った。葉を落とした樫《オーク》の大木、背の高い哨兵の木《センチネル・ツリー》、そして兵士松《ソルジャー・パイン》の大軍がかれらをぐるりと取り巻いていた。上の丘にはまた円塔が立っていた。古くて無人で、厚い緑色の苔が側面を這い上がり、頂上に届きそうになっていた。「あれはだれが建てたの、全部石でできているけど？」イグリットがかれにたずねた。

「いいや。昔ここに住んでいた、ただの人さ」

「王さまかだれか？」

「その人たちはどうなったの？」

「死んだか、出ていったんだ」〈ブランドンの贈り物《ギフト》〉は何千年間も耕作されていた。しかし、〈冥夜の守人《ナイツ・ウォッチ》〉が縮小するにつれて、畑を耕したり、蜜蜂を飼ったり、果樹園を作ったりする人手が足りなくなっていった。それで、多くの畑や館が野生に返ってしまったのだった。〈新しい贈り物《ニュー・ギフト》〉には村や砦があって、かつてはそこから品物か労働で税が徴収されていた。黒衣の兄弟たちの食糧や衣服はそれで助けられていた。しかし、それらも大部分がなくなってしまったのだった。

「こんな城を捨てるなんて、ばかよ」イグリットがいった。

「これはただの塔館だよ。昔、小領主か何かが、家族と少しばかりの家来と一緒に住んでいたのさ。侵略者たちがやってくると、そういう人たちが塔のてっぺんに狼煙《のろし》を上げたものだ。ウィンターフェル城にはこの三倍も高い塔があるよ」

彼女はかれがでたらめをいっていると思ったような顔をした。

「人間がこんなに高いものをどうやってつくれたのかしら？　石を持ち上げる巨人がいないのに」

伝説では、建設王ブランドンは巨人たちにウィンターフェル城の建設を助けさせた、ということになっている。しかし、ジョンは話を混乱させたくなかった。「人間はこれよりもっとずっと高いものを築くことができる。オールドタウンには〈壁〉よりも高い塔があるんだぞ」この話を彼女が信じていないことは、その表情でわかった。〝彼女にウィンターフェル城を見せることができさえしたら……温室庭園の花を与えることが、大広間で御馳走を食べさせることが、石の玉座にすわっている石の王さまたちを見せてやることができさえしたら。あの熱い池に浸かって、〈心の木〉の下で、古《いにしえ》の神々が見下ろすところで、愛しあうことができさえしたら〟

この夢は甘美だった……しかし、ウィンターフェル城は決してジョンが人に見せるものにはならないだろう。あれはロブのものだ。〈北の王〉のものだ。かれはスノウであり、スタークではなかった。〝私生児、破戒者、そして裏切り者だ……〟

「ひょっとして、後でここに戻ってきて、あの塔に住むことができるかもしれないね」彼女はいった。「そうしたい、ジョン・スノウ？　後でさ？」

〝後で〟この言葉が槍のように突き刺さった。〝戦《いくさ》の後で。征服の後で。野人が〈壁〉を壊した後で……〟

かれの父親はかつていったことがあった。新しい領主たちを育てて廃棄された砦に定住させ、野人に対する楯としたらどうかと。この計画を実行すれば、〈冥夜の守人《ナイツ・ウォッチ》〉は〈賜物《ギフト》〉の大きな部分の警備をまぬかれるようになるはずだった。これに対して、叔父のベンジェンは、新しい小領主たちが税金をウィンターフェル城でなく黒の城《カースル・ブラック》に払うようになれば、総帥は周囲からの独立性を保てなくなるおそれがあると考えた。「しかし、これは春の夢だな」エダード公はいった。「たとえ土地を与えると約束しても、冬がやってくるときに人々を北に誘い出すことはできないだろう」

〝もし冬がもっと早く来て去り、その代わりに春がやって来たとしたら、おれは父の名において、これらの塔のひとつの持ち主に選ばれたかもしれないのに〟しかし、エダード公は亡くなり、その弟ベンジェンもいなくなった。かれらが夢見た楯は決して作ることができないだろう。「この土地は〈冥夜の守人《ナイツ・ウォッチ》〉のものだ」ジョンはいった。

彼女は小鼻を広げた。「だれも住んでいないじゃないか」

「きみたち侵入者が追い出したからさ」

「では、かれらは臆病者だったのよ。もし土地が欲しいなら、とどまって戦うべきだった」

「たぶん、かれらは戦いに飽きたのだろう。〈がらがら帷子《ラトルかたびら》〉かだれか、あのようなやつが扉を押し倒して妻を連れ去るかもしれないと心配しながら、毎晩、扉に閂をかけるのに飽きたんだ。収穫を盗まれ、価値ある物があればそれを盗まれるのに飽きたのさ。侵入者たちの手の届かないところに移動するほうがずっと容易だから」〝しかし、もし〈壁〉が崩壊したら、北部全体が侵入者どもの手の届く範囲に入ることになる〟

「なんにも知らないんだね、ジョン・スノウ。妻ではなくて、娘たちが取られるのよ。盗むのはあんたたちよ。あんたたちは世界全体を奪い、〈壁〉を築いて自由民を締め出したじゃないか」

「われわれが？」ジョンはときどき、彼女がどんなに野蛮か忘れた。すると、彼女が思い出させるのだった。「どうして、そんなことになったんだ？」

「神々はすべての人間が分け合うように、大地をおつくりになった。ところが、王たちが王冠と鋼の剣をたずさえてやってきて、すべて自分たちのものだと主張した。〝おれの樹木〟とかれらはいった。〝その林檎《リンゴ》を喰ってはならぬ。おまえたちはここで魚を取るな。おれの森だ、おまえたちは狩りをしてはならぬ。おれの川だ、おれの土地だ、おれの水だ、おれの城だ、おれの娘だ。手を出すな、さもないとその手をちょん切るぞ。だが、もしおれに屈伏すれば、一嗅ぎくらいはいい匂いを嗅がせてやるぞ〟とね。あんたがたはわたしたちを盗人と呼ぶ、しかし、少なくとも盗人は勇敢で利口ですばやくなければならない。屈伏者は屈伏するだけよ」

「ハーマや〈骨袋《バッグ・オ・ボーンズ》〉は魚や林檎を取るために侵入するのではないぞ。かれらは剣や斧を盗む。香料、シルク、それに毛皮を盗む。かれらはあらゆるコイン、リング、宝石のついたカップを見つけしだい盗む。夏はワインの樽、冬は牛肉の樽を。そして、どの季節にも女たちを捕らえて、〈壁〉の向こうに連れ去るじゃないか」

「だから、どうなの？　わたしなら、父親によってどこかの弱虫に与えられるくらいなら、強い男に盗まれたほうがましよ」

「そういうけれど、それをどうやって知るんだい？　憎らしいやつに盗まれたら、どうする？」

「すばやくて利口で勇敢な男でなければ、わたしを盗むことはできないよ。だから、その男の息子たちも強くて利口になるだろう。そのような男を、わたしが憎むわけないじゃないか？」

「もしかしたら、そいつは体を決して洗わないかもしれないぞ。だから、熊のようないやな匂いがするかもしれないぞ」

「そしたら、川に突き落とすか、バケツの水をぶっかけてやるわ。とにかく、男は花のように甘い香りなんかさせるものじゃないわ」

「花はどうして駄目だんだ？」

「なんにもならないじゃない。花は蜜蜂のものよ。寝床には花が欲しいけど」イグリットはかれのズボンの前をつかもうとした。

ジョンはその手をつかんだ。「おまえを盗んだ男が、ひどい酒飲みだったらどうする？」かれはしつこく聞いた。「そいつが乱暴だったり、残酷だったりしたら？」かれは強調するために、つかんだ手に力をこめた。「もしそいつがおまえより強くて、ひどくぶん殴るのが好きだったら？」

「寝ている間に喉を搔っ切ってやるわ。あんたなんにも知らないんだね、ジョン・スノウ」イグリットは鰻《ウナギ》のように身をよじって、かれの手から抜け出した。

〝ひとつだけ知っている。おまえが骨の髄まで野人だと〟一緒に笑いあったり、キスしたりするときには、それをふと忘れることがあった。しかし、どちらかが何かをいったり、何かをしたりするたびに、二人の世界の間に壁が存在することを、ジョンは思い知らされるのだった。

「男は女を持つことができるか、ナイフを持つことができるか、どちらかよ」イグリットはかれにいった。「しかし、どんな男も両方持つことはできない。小さい女の子は一人残らず、それを母親から学んでいるわ」彼女は傲然と顎を上げ、濃い赤い頭髪をひと揺すりした。「そして人間は、海や空を持つことができないと同様に、土地を持つこともできないのよ。あんたがた屈伏者どもはできると考えているけど、それは違うとマンスが教えてくれるでしょうよ」

立派で勇敢な高言だったが、それは虚ろに響いた。ジョンはちらりと後ろを見て、族長《マグナー》が聞いていないことを確かめた。エロック、〈大腫れ物《ビッグ・ボイル》〉、そして、〈首吊り縄作り《ヘンペン》のダン〉が数メートル後ろを歩いていたが、かれらは注意を払っていなかった。〈ビッグ・ボイル〉は尻の腫れ物《ボイル》のことをぼやいていた。「イグリット」ジョンは低い声でいった。「マンスはこの戦に勝てないよ」

「勝てる！」彼女はいい張った。「あんたなんにも知らないんだよ、ジョン・スノウ。自由民の戦いを見たことがないくせに」

野人たちは英雄のように、あるいは悪魔のように（聞く相手によって、どちらを使ってもよいが）戦った。しかし、結局は同じ結論に落ち着いた。〝かれらは一人一人が栄光を求めて、向こう見ずな勇気をもって戦うのである〟「きみたちがみんな勇敢であることは疑いない。しかし、いったん戦闘になれば、つねに規律が剛勇を制するんだ。最後にはマンスは負けるだろう。かれ以前の〈壁の向こうの王〉たちが負けてしまったように。そして、かれが負ければ、きみたちはみんな死ぬ。全滅だぞ」

イグリットが恐ろしく怒った顔をしたので、ジョンは殴られるのではないかと思った。

「〝みんな〟っていうなら」彼女はいった。「あんたも死ぬということだよ。今はもう、あんたは鴉じゃないのよ、ジョン・スノウ。わたしはあんたが鴉でないと請け合った。だから、鴉でないほうがいいよ」彼女はかれを立ち木の幹に押しつけてキスをした。ふぞろいな行列のまんなかで、みんなの見ている前で、ぴったりと唇を合わせて。ジョンは〈山羊のグリッグ〉が、早く行けと彼女を促すのを聞いた。だれか他の者が笑った。にもかかわらず、かれは彼女にキスを返した。ついに体を離すと、イグリットは赤面していた。「あんたはわたしのものだ」彼女はささやいた。「わたしのもの。わたしがあんたのものであるように。われわれは死ぬときは死ぬ。人はみんな死ななければならないのよ、ジョン・スノウ。でも、その前に生きるのよ」

「そうだ」かれはだみ声になった。「まず、生きるんだ」

それを聞くと彼女は、かれがなんとなく好きになったあの乱杙歯《らんぐいば》を見せて、にやりと笑った。〝骨の髄まで野人だ〟かれはまたそう思い、鳩尾《みぞおち》のあたりに不快な悲しみを覚えた。そして、右手の指を屈伸して、もしイグリットが自分の胸の内を知ったらなんと思うだろうか、と考えた。もし、彼女をすわらせて、おれはまだネッド・スタークの息子であり、〈冥夜の守人《ナイツ・ウォッチ》〉の一員だと告白したら、彼女はこの秘密を洩らすだろうか？　そんなことはないだろうと思ったが、その危険を冒す勇気はなかった。かれがなんとかして族長《マグナー》より早く黒の城《カースル・ブラック》に着くことに、あまりにも多くの人命がかかっていた……野人から逃れるチャンスがあるとしての話だが。

かれらは二百年前に放棄された灰色の楯《グレイガード》のところで、〈壁〉の南面を下ってきたのだった。一世紀前に巨大な石段の一部が崩落してしまっていたが、それでも登攀よりも下りのほうがずっと容易だった。そこから、スターはかれらを〈ギフト〉深くに進入させた。〈冥夜の守人《ナイツ・ウォッチ》〉の通常の監視活動を避けるためである。〈山羊のグリッグ〉が先頭に立って、これらの土地に残っている人が住んでいるはずの村を通っていった。しかし、ところどころに石の指のように空を指している二、三基の円塔を別にすれば、人間の姿はまったく見受けられなかった。かれらは冷たく湿った丘や風の強い平原を通って、監視されず、発見されずに進んでいった。

〝何をやれといわれても、尻ごみしてはいかんぞ〟と〈二本指《ハーフハンド》〉はいったものだった。〝かれらと一緒に進め、一緒に食べろ、一緒に戦え、必要なかぎり長い間〟ジョンは何十キロも馬で進み、さらに長い距離を歩き、パンや塩をかれらと分け合い、またイグリットと毛布を共有してきた。にもかかわらず、まだかれらはかれを信用しなかった。昼も夜もゼン族が監視していて、裏切りの兆候がないかと見張っていた。かれは離脱することができなかった。そして、まもなく手遅れになるだろうと思われた。

〝かれらとともに戦え〟クォリンはジョンの剣〈長い鉤爪《ロングクロウ》〉のもとにみずからの命を投げ出す前に、そういっていた……しかし、今のところはまだ、そこまで行っていなかった。〝兄《ブラ》弟《ザー》の血を流したら、おれは終わりだ。そうしたら、それを最後におれは〈壁〉を越えて、決して戻ってくることはできない〟

毎日の行軍の後、族長《マグナー》はかれを呼び出して、黒の城《カースル・ブラック》について――その守備隊と防備について――抜け目のない鋭い質問をした。ジョンは嘘がつける場合には嘘をつき、ときには知らないふりをした。だが、〈山羊のグリッグ〉とエロックもそばで聞いており、かれらは充分な知識を持っているので、嘘がばれないようにジョンは注意をしなければならなかった。あまり露骨な嘘をいえば、ばれるかもしれなかった。

しかし、事実は恐ろしかった。黒の城《カースル・ブラック》には〈壁〉そのもの以外には防備がなかった。木の柵も、土の溝さえもなかった。その〝城〟はいくつかの塔と建物の集合体でしかなく、その三分の二は廃墟になっていたのだ。守備隊についていえば、〈熊の御大《オールド・ベア》〉が二百人の兵を遠征に連れ出してしまっていた。そのうち何人が帰還したのか？　ジョンにはわからなかった。たぶん、四百人は城に残っているだろう。しかし、その大部分は工士《ビルダー》か雑士《スチュワード》であって、戦闘部隊ではないのだ。

　ゼン族は屈強な戦士で、普通の野人よりも規律があった。だからこそ、マンスはかれらを選んだのだ。黒の城《カースル・ブラック》の守備隊には、目の見えないメイスター・エイモンとその雑士《スチュワード》で半盲のクライダス、片腕のドナル・ノイ、酒飲みのセプトン・セラダー、耳の遠いディック・フォラード、コックの〈三本指のホッブ〉、サー・ウィントン・スタウト老人、それに、ホルダーや〈がま《トウド》〉やピップやアルベットなどの、ジョンと一緒に訓練を受けた少年たちも含めなければならないだろう。そして、指揮官は赤ら顔のバウエン・マーシュだろう。この人物はモーモント公不在中の城代に指名された、でぶの雑士長《ロード・スチュワード》なのだ。〈陰気な《ドロラス》エッド〉はときどきかれを〈柘榴《ザクロ》じいさんのマーシュ〉と呼んだが、これはモーモントを〈熊の《オールド》・御大《ベア》〉と呼ぶのと同じくらい、本人の特徴をよくつかんでいた。「かれは戦場に敵がいるときに、前線に欲しい人物だぞ」エッドは持ち前の陰気な声でよくいったものだった。「敵の人数を正確に勘定してくれるぞ。勘定の天才なんだよ、あいつは」と。

〝もしも族長《マグナー》が黒の城《カースル・ブラック》を奇襲すれば、大虐殺が起こるだろう。少年たちは攻撃されたこ

ならなければならないことに気づかないうちに、ベッドで惨殺されるだろう〟ジョンはかれらに警告しなければなら

なかった。しかし、どうやって？　かれは決して馬糧徴発にも狩猟にも出されたことがなく、一人で見張りに立つことも許されなかった。そしてまた、イグリットのことも心配だった。彼女を連れて逃げることはできない。しかし、もし後に残せば、族長《マグナー》は彼女にかれの裏切りの償いをさせるのではないだろうか？　〝ひとつのように鼓動する二つの心臓だから……〟

二人は毎夜同じ毛皮の寝具にくるまり、彼女の頭を自分の胸に当て、彼女の赤毛に顎をくすぐられながら眠りについた。彼女の体臭はかれの一部になってしまっていた。彼女の乱杙歯、手でつかんだときの乳房の触感、口の味……それらはかれの喜びでもあり、絶望でもあった。かれはイグリットの体温を隣に感じながら横たわっていて、おれの母親が誰であったにしても、父上も母について、こうした混乱した感じを抱いたのだろうか、と思うことが幾晩もあった。〝イグリットが罠を仕掛け、マンス・レイダーがその中におれを突き落としたのだ〟

野人の中で生活していると、自分のなすべきことが日ごとに難しくなっていった。かれはこれらの人々を裏切る方法を見つけなければならなくなった。そして、それが見つかれば、かれらは死ぬのである。イグリットの愛と同じように、かれらの友情も欲しくなかった。それなのに……。ゼン族は古代語を話し、ジョンに話しかけることはめったになかった。しかし、一緒に〈壁〉を登ったジャールの仲間の侵入者たちは違った。意に反して、ジョンはしだいにかれらと親しくなっていった。痩せて無口なエロックと、社交的な〈山羊のグリッ

グ〉、クォートと〈クズ《ボジャー》〉という二人の少年、〈首吊り縄作りのダン〉。かれらの中で最悪なのがデルだった。ジョン自身の年齢に近い馬面の若者である。かれは盗むつもりでいるある野人の娘のことを、夢見るような口調で話した。「彼女は運がいいんだ、おまえのイグリットのようにな。彼女も火のキスを受けているんだから」と。

ジョンは舌を噛み、ぐっとこらえるしかなかった。かれは知りたくなかった——デルの恋した娘のことも、〈ボジャー〉の母親のことも、〈舵取りのヘンク〉が出てきた海岸の住処も、〈顔のある島《アイル・オブ・フェイシズ》〉にいる緑人を訪れたいと憧れているグリッグのことも、〈足指《トウフィンガー》〉が篦鹿《ヘラジカ》に追われて木に登ったことも。また、〈ビッグ・ボイル〉の尻の腫れ物《ボイル》のことも、〈石の親指《ストーン・サムズ》〉がエールをどのくらい飲めるかも、あるいは、クォートがジャールと出ていくときに、幼いその弟が行かないでくれと頼んだことも。クォートはまだ十四歳になっているはずはなかったが、すでにちゃんと妻を盗み、途中で妊娠させていた。「ひょっとしたら、この子はどこかの城で生まれるかもしれないぞ」とその少年は自慢した。「貴族のように城で生まれるんだ！」かれは途中で見た〝城〟にいたく魅せられてしまったのである。もっとも、それは見張り塔であったけれども。

ジョンは、いまゴーストはどこにいるのだろうかと思った。黒の城《カースル・ブラック》に行ってしまったのだろうか、それともどこかの狼の群れに混じって森の中を走っているのだろうか？　その大狼《ダイアウルフ》の気配をまったく感じることができなかった。夢の中でさえも。まるで自分の一部が切り取られてしまったかのように感じられた。横でイグリットが眠っているのに、かれは孤独に感じた。孤独な死に方をしたくないと思った。

この日の午後までには、木々がまばらになりはじめていた。そして、ゆるやかに起伏する平原をかれらは東に進んでいった。腰の高さの草が周囲に生えていて、風が吹いてくると野生の麦の葉が優しく揺れた。その日の大部分は暖かく、明るかった。しかし、日没近くなると、いやな雲が西の空に広がりはじめた。その雲はまもなくオレンジ色の太陽を飲みこんでしまった。そして、ひどい嵐がやってくる、とレンが予言した。かれの母親は森の妖女《メイジャイ》だったので、侵入者はみんなかれには天気予報の才能があると思っていた。「ちかくに村がある」〈山羊のグリッグ〉が族長《マグナー》にいった。「三、四キロ先だ。あそこで雨宿りできるだろう」スターはすぐに賛成した。

一行がその場所に着いたときには、日没後かなりたっており、嵐が吹き荒れていた。村は湖の岸にあって、あまり長い間放棄されていたので、家々の大部分は崩壊してしまっていた。かつて旅人に喜ばれたに違いない小さな木造の旅籠があったが、なかば壊れて、屋根がなくなっていた。〝ここでは、ろくな雨宿りはできないな〟とジョンは憂鬱になった。稲妻が光るたびに、湖の中の島に石の円塔がそびえているのが見えた。しかし、舟がないので、そこに行くことはできなかった。

エロックとデルがその廃墟を偵察するために忍び寄っていったが、デルはほとんどすぐに戻ってきた。スターは隊列を止めて、仲間のゼン族十人ほどに槍を持たせて、小走りに前進させた。このころにはジョンにも、ぼーっとした火の明かりが旅籠の煙突を赤く染めているのが見えた。〃他にも人がいる〃かれの胸に恐怖心が蛇のようにとぐろを巻いた。馬のいななきが聞こえ、それから叫び声が。〃かれらと一緒に行き、一緒に喰い、一緒に戦え〃とクォリンはいったものだった。

しかし、戦いは終わっていた。「一人だけだ」エロックが戻ってきていった。「馬を連れた老人が」

族長《マグナー》が古代語で命令を下すと、その仲間のゼン族が二十人ほど、散開して村の周囲を取り囲み、その他の者は家々の間を歩きまわって、草むらや倒れた石の間に他の者が隠れていないか確かめた。それ以外の連中は屋根のない旅籠に入りこみ、われさきにと炉のそばに寄ろうとした。その老人がくべていた木の枝は熱よりもむしろ煙を多く出しているようだった。しかし、このような荒野の雨の夜には、どんな暖かさもありがたかった。ゼン族の二人がその男を床に押さえつけて持ち物を探っていた。もう一人がかれの馬を捕らえ、もう三人がかれの鞍袋を略奪した。

ジョンは立ち退いた。腐った林檎《リンゴ》が足の下でつぶれた。〃スターはかれを殺すだろう〃族《マグ》長《ナー》ことスターは灰色の楯《グレイガード》でもそのようなことをいっていた——どんな屈伏者も、警報を発しないように、出会いしだい殺してやると。

〃一緒に行き、一緒に喰い、一緒に戦え〃ということは、かれらが老人の喉を掻き切っている間、自分は黙って、何もせずにいるということなのだろうか?

村のはずれで、ジョンはスターが立てた見張りの一人と、ばったり出会ってしまった。そのゼン族は古代語でがみがみと何かいい、槍で後ろの旅籠のほうを指し示した。〝自分の居場所に戻れというのだな〟と、ジョンは察した。〝しかし、それはどこにある？〟

かれは湖のほうに歩いていった。すると、ほとんど倒れてしまった小屋の傾いた泥壁の下に、ほぼ乾いている場所を見つけた。そこにすわって、雨に打たれている湖面を見つめていると、イグリットがやってきた。「この場所は知っているぞ」彼女が横にすわると、かれはいった。「あの塔……こんど、稲妻が光ったら、あのてっぺんを見て、何が見えるかいってみな」

「うん、お望みなら」彼女はいった。それから、「ゼン族のだれかが、あっちのほうで物音が聞こえたといっている。叫び声がしたと」

「雷さ」

「かれらは叫び声だといっている。ひょっとしたら、幽霊かも」

その砦は確かに陰気で幽霊が出そうな雰囲気だった。篠突く雨に打たれる湖に囲まれた岩だらけの島の上に、嵐に耐えて立っているその黒い姿。「見にいってもいいなあ」かれは示唆した。「これ以上濡れる心配はないから」

「泳いで？　嵐の中を？」彼女はその考えを笑った。「それ、わたしに服を脱がせるトリックじゃないの、ジョン・スノウ？」

「今、そのトリックの必要があるのかい？」かれはからかった。「それとも、ひと掻きも泳げないのかな？」ジョン自身は水泳が得意だった。子供のころにウィンターフェル城の大きな濠で泳ぎを習ったものだった。

イグリットはかれの腕を殴った。「なんにも知らないんだね、ジョン・スノウ。わたしは半分、魚なのよ。いまに見せてやるから」

「半分、魚。半分、山羊。半分、馬……きみには半分が多すぎるよ、イグリット」かれは首を振った。「泳ぐ必要はない。もし、ここがおれの考えている場所ならば。歩いて行けるんだ」

彼女は体を離して、かれを見た。「水の上を歩く？　それ、南部人の魔法か何か？」

「魔法じゃない――」かれが説明しはじめると、空から大きな稲妻が湖面を突き刺した。半拍の間、あたりは真昼のように明るくなった。雷鳴があまりに大きかったので、イグリットは息を飲んで、耳をふさいだ。

「見たか？」雷鳴が遠のいてふたたび夜の闇が戻ると、かれはたずねた。「見たか？」

「黄色だった」彼女はいった。「あれのこと？　てっぺんに立っている石のいくつかが黄色をしていた」

「あれは狭間の凸壁というんだ。ずっと昔に黄色に塗られたのさ。あそこは王妃の冠《クィーンズクラウン》だ」湖の向こうで、その塔はまた黒くなり、輪郭がぼんやり見えた。「王妃があそこに住んでいたの？」イグリットがたずねた。

「ひと晩だけあそこに泊まったんだ」この物語はばあやから聞いたものだった。しかし、メイスター・ルーウィンがその大部分を確認していた。「ジェヘアリーズ調停王の妻のアリサンがね。この王はとても長い年月にわたって統治していたので〈老王〉と呼ばれた。しかし、はじめて〈鉄の玉座〉についたときには若かった。当時は、国じゅうを旅行してまわるのがかれの習慣だった。ウィンターフェル城にやってきたとき、かれはその王妃と、六頭のドラゴンと、そして廷臣の半分を連れてきていた。王は北部総督と相談することがあった。それで、アリサン王妃は退屈して、銀の翼《シルバーウィング》というドラゴンにまたがり、〈壁〉を見るために北に飛んでいった。この村は彼女が止まった場所のひとつだった。その後、彼女が村人とともに過ごした夜にかぶっていた黄金の冠に見えるように、村人はこの砦のてっぺんを黄色く塗ったんだよ」

「わたし、ドラゴンなんて見たことないよ」

「だれも見たことはない。最後のドラゴンは百年かそれ以上昔に死んだ。しかし、これはそれ以前のことだった」

「アリサン王妃、といったわね？」

「佳き王妃《グッド・クイーン》アリサンと後に人々は呼んだ。〈壁〉の城のひとつもまた彼女の名前をつけられた。王妃の門《クイーンズゲート》とね。彼女が訪問する前は雪の門《スノウゲート》と呼ばれていた」

「もし、彼女がそんなに善良《グッド》だったら、あの〈壁〉を壊すべきだったわ」

〃とんでもない〃とかれは思った。〃〈壁〉は国を守るものだ。〈異形《ジ・アザー》〉や……おまえや、おまえの仲間から、ね〃「ドラゴンの夢を見たもう一人の友人がいた。こびとだ。かれがいうには——」

「ジョン・スノウ！」ゼン族の一人が顔をしかめて二人を見下ろしていた。「族長《マグナー》が呼んでいる」ジョンはその男が、〈壁〉を登る前の晩に洞穴の外で自分を見つけたあの男と同一人物かもしれないと思ったが、確信はなかった。かれは立ち上がった。イグリットもついてきた。スターはそれを見るといつもいやな顔をしたが、かれが彼女を追い払おうとするたびに、自分は自由な女であって屈伏者ではないと、彼女はかれに思い出させるのだった。彼女は思うがままに行ったり来たりした。

二人が行くと、族長《マグナー》は旅籠の社交室の床を貫いて伸びている木の下に立っていた。捕虜が木の槍と青銅の剣に囲まれて、炉の前にひざまずいていた。その男はジョンがそばに来るのを眺めていたが、口をきかなかった。雨は壁を流れ下り、その木にまだしがみついている最後の数枚の葉を叩き、濃い煙が火から渦巻いて立ち昇っていた。

「こいつは死ななければならぬ」族長《マグナー》ことスターがいった。「やれ、鴉」

その老人は黙っていた。かれは野人にまじって立っているジョンを見ただけだった。この雨と煙の中で、炉の火だけに照らされていれば、ジョンが黒衣をまとっていることが見えたはずはない。羊の皮のマントは別として。〝それとも、見えたろうか？〟

ジョンは〈ロングクロウ〉の鞘を払った。雨がその鋼を洗い、その刃に沿って炉の火が鈍いオレンジ色の線を描いた。〝こんな小さな火が、ひとりの人の命を奪うなんて〟かれは風哭きの峠道《スカーリング・パス》で火を見たときに、〈二本指のクォリン《ハーフハンド》〉がいったことを思い出した。〝この高地では火は命だ〟かれはみんなにいったのだった。〝しかし、死にもなりうる〟と。しかし、あれは霜の牙《フロストファング》の高いところだった。〈壁〉の外の無法の荒野だった。だがここは〈冥夜の守人《ナイツ・ウォッチ》〉とウィンターフェル城の力に守られた〈ギフト〉だった。ここで火を焚くのは自由なはずだった。そのために死ぬはずはなかったのに。

「なぜ、ためらう？」スターはいった。「さっさと、やれ」

この期に及んでも、捕虜は口をきかなかった。〃お慈悲を〃といってもよさそうなものだった。あるいは、〃おまえたちはおれの馬を取った、金を取った、食べ物を取った。命だけは残しておいてくれ〃とか、〃やめてくれ、頼む。おまえたちを傷つけてはいないのに〃とか、いろいろなことをいってもよいはずだった。あるいは、泣くとか、神々に呼びかけるとか。だが、もうどんな言葉もかれを救うことはできないだろう。もしかしたら、かれはそれを知っているのかもしれなかった。だから、口をつぐみ、非難と懇願のまなざしでジョンを見ているのだ。

〃何を命じられても、尻ごみしてはならん。かれらと一緒に行き、一緒に喰い、一緒に戦え……〃だが、この老人はまったく抵抗しなかった。運が悪かった、それだけのことだ。かれはだれなのか、どこから来たのか、この背の曲がった惨めな馬に乗ってどこに行くつもりだったのか……何ひとつ問題にならなかった。

〃こいつは老人だ〃とジョンは思った。〃五十歳、もしかしたら六十歳になっているかもしれない。たいていの人間よりも長生きをした。どのみちゼン族がかれを殺すだろう。おれが何をいおうと何をしようと、かれを救うことはできない〃手にした〈ロングクロウ〉は鉛よりも重く感じられ、重くて持ち上げられないように感じられた。男は大きくて黒い井戸のような目で、かれを見つめつづけた。〝おれはあの目の中に落ちて溺れるだろう〟族長《マグナー》もかれを見ていた。そして、かれはほとんど不信の味を味わうことができた。〝この男は死ぬ。かれを殺すのがおれの手であっても、かまわないではないか？〟一太刀ですむことだ。すばやく、きれいに。〈ロングクロウ〉はヴァリリア鋼で作られている。〝〈氷《アイス》〉のように〟ジョンはもうひとつの処刑を思い出した。ひざまずいた脱走者、転がったそいつの首、雪の上に流れた鮮やかな血の色……父の剣、父の言葉、父の顔……

「やって、ジョン・スノウ」イグリットが促した。「やらなければならないのよ。もう鴉ではなく、自由民の一人だと証明するために」

「火にあたっている老人をか？」

「オレルも火にあたっていた。あんたはいきなりかれを殺した」この時に彼女がかれに注いだ視線は厳しかった。「わたしをも殺すつもりだった。女だとわかるまでは。しかも、わたしは眠っていた」

「それは話が違う。おまえたちは兵士だった……見張りだった」

「ええ、そしてあんたたち鴉は見つかりたくなかった。今のわたしたちと同じよ。まったく同じことよ。殺して」

かれは男に背を向けた。「いやだ」

族長《マグナー》が詰め寄った。背が高く、冷酷で、危険に。「やれといっている。ここの指揮官はおれだぞ」

「おまえはゼン族の指揮官だ」ジョンはかれにいった。「自由民の指揮官じゃない」

「自由民など見えないぞ。見えるのは、一羽の鴉と鴉の女房だ」

「わたしは鴉の女房じゃない！」イグリットは自分のナイフをさっと抜いた。大股に三歩あるいて、老人の髪をつかんでのけぞらせ、その喉を耳から耳まで切り裂いた。死ぬ時でさえ、その男は叫び声を上げなかった。「あんたはなんにも知らないんだ、ジョン・スノウ！」彼女はかれに向かって叫ぶと、血だらけのナイフをかれの足元に投げつけた。

族長《マグナー》が古代語で何かいった。この場でジョンを殺せとゼン族にいっていたのかもしれなかった。しかし、実際はどうだったのか、かれにはまったくわからなかった。もの凄い落雷があり、目を焦がすような青白い閃光が湖中の塔のてっぺんに触れた。かれらは憤怒の匂いを嗅ぐことができた。そして、雷鳴が夜を震わすように思われた。

そして死がかれらのまんなかに飛び下りた。

稲妻のためにジョンは目がくらんでいた。しかし、悲鳴を聞く半拍前に、猛然と飛びかかるひとつの影がちらりと見えた。ゼン族の最初の一人が喉からどっと血を噴き出して、老人と同様に死んだ。それから光が失せ、その影がくるりと向きを変え、唸り声を上げると、もう一人が暗闇の中に倒れた。罵声、絶叫、苦痛の呻き声。〈ビッグ・ボイル〉がよろよろと後ずさりして転び、後ろにいた三人を打ち倒した。〝ゴーストだ〟混乱の一瞬、かれはそう思った。〝ゴーストが〈壁〉を跳び越えたんだ〟それから稲妻が夜を昼に変え、その狼がデルの胸の上に立っているのが見えた。その狼の顎から黒い血が流れていた。〝ちがう、灰色だ。あいつは灰色だ〟

雷鳴とともに暗黒が下りた。ゼン族の間を突進する狼を、かれらは槍で突こうとしていた。殺された老人の牝馬が殺戮の匂いに驚いて後脚で立ち上がり、蹄で蹴った。ジョンは一瞬にして悟った。〈ロングクロウ〉はまだかれの手にあった。これ以上のチャンスは絶対にないと、ジョンは一瞬にして悟った。

かれは最初の男を切り伏せて、狼のほうに向かい、次の男を突き飛ばして通り抜け、三人目に切りつけた。狂気の中で、かれはだれかが自分の名を呼んでいるのを聞いた。しかし、それがイグリットなのか、あるいは族長《マグナー》なのか判断がつかなかった。必死にその馬を鎮めようとしているゼン族は、かれを見ていなかった。〈ロングクロウ〉は羽毛のように軽かった。かれはその男のふくらはぎの後ろを切りつけた。そして、鋼が骨にくいこむのを感じた。その野人が倒れると牝馬は駆け出したが、ジョンは空いているほうの手でなんとかそのたてがみをつかみ、背中に飛び乗ることができた。ひとつの手が、かれのくるぶしをつかんだ。かれが切り下ろすと、〈ボジャー〉の顔が血だらけになって崩れるのが見えた。馬は後ろ足で立ち、蹴った。ひとつの蹄が一人のゼン族のこめかみに当たり、グシャッと音がした。

それから、馬とジョンは走っていた。ジョンは馬の走るのにまかせた。泥と雨と雷の中を突進するとき、かれは馬の背にしがみついているので精一杯だった。濡れた草が鞭のように顔を打ち、一本の槍が耳をかすめて飛んだ。〝もし馬が転んで脚を折ったら、かれらはおれを追いつめて、殺すだろう〟とかれは思った。しかし、古《いにしえ》の神々はかれに味方してくれ、馬は転ばなかった。黒いドームのような空に稲妻が震え、雷鳴が平原に鳴り響いた。叫び声はしだいに小さくなり、後ろに消えた。

その後、何時間もたって雨がやんだ。気がつくと、ジョンは丈の高い黒い草の海の中にひとりぼっちになっていた。右の太腿が猛烈に疼いた。見下ろすと、腿の後ろに矢が刺さっていたので驚いた。〝いつやられたのか？〟かれは矢の軸を握って引っ張った。しかし、鏃《やじり》が脚の肉に深くくいこんでいて、引き抜こうとすると、その痛みは耐えがたかった。あの旅籠での狂乱の場面を思い出そうとした。しかし、思い出せるのは、あの痩せた灰色の恐ろしい獣だけだった。〝普通の狼にしては大きすぎる。とすると、大狼だ。そうにちがいない〟あれほど速く動く動物を見たことはなかった。〝灰色の風《グレイウィンド》のようだ……もしや、ロブが北部に戻ってきたのではないか？〟

ジョンは首を振った。答えは浮かばなかった。考えるのが難しすぎた……あの狼のこと、老人のこと、イグリットのこと、どれひとつとっても……

かれは不器用に牝馬の背から滑り下りた。傷ついた脚がガクッと折れた。そして、悲鳴を飲みこまなければならなかった。〝猛烈に痛むことになるぞ〟だが、矢は抜かなければならなかった。躊躇してもなんの利益もなさそうだった。ジョンは矢羽のところをつかんで、深く息を吸いこみ、矢を前に押した。唸り、それから罵声を上げた。あまり痛くて、手を止めないわけにはいかなかった。〝おれは屠《ほふ》られた豚のように、血を流している〟とかれは思った。しかし、矢が抜けるまでは、どうしようもなかった。かれは顔をしかめて、またやってみた……そして、またすぐに止めた。震えながら。〝もう一度〟こんどは悲鳴を上げた。しかし、思い切り押しこむと、鏃が腿の前面から突き出していた。ジョンはしっかり矢を握ることができるように、血だらけのズボンを押し上げて、顔をしかめて、ゆっくりと脚から矢軸を引き抜いた。どうやって、気を失わずにそれをやり遂げたのか、自分でもわからなかった。

その後、かれはその戦利品をつかみ、静かに血を流しながら地面に横たわっていた。体が弱って、動くことができなかった。しばらくして、もし、無理にでも動かないと、出血して死んでしまうだろうと思った。ジョンは馬が水を飲んでいる浅い小川のところに這っていき、冷たい水で腿を洗い、マントを裂いて作った細長い布で縛った。かれは矢も洗って、手に持って調べた。この矢羽は灰色だったろうか、それとも白かったろうか？　イグリットは彼女の矢に薄い灰色の雁の羽根をつけていた。〝彼女は逃げるおれに向かって矢を射たのか？〟ジョンはそのことで彼女を非難することはできなかった。彼女はおれを狙ったのか、それとも馬を狙ったのか、とかれは考えた。もし、この牝馬が倒れたら、かれは一巻の終わりになっていただろう。

「この脚が楯になって運がよかった」かれはつぶやいた。

かれはしばらく休息して、馬に草を喰わせた。馬は遠くに行かなかった。それはありがたかった。悪い脚を引きずりながらでは、そいつを捕まえることは決してできなかっただろう。

むりやり立ち上がって、その背中によじ登るのが精一杯だった。〝さっき、おれはどうやってこいつに乗ったのだろうか、鞍もなく、手綱もなく、しかも片手に剣を持って？〟これまた、答えることのできない疑問だった。

遠くで、小さく雷が鳴った。だが、頭の上では雲が散りはじめていた。ジョンは空を見上げて、〈氷竜《アイスドラゴン》〉の星座を探して見つけた。それから牝馬を北に向けて、〈壁〉と黒の城《カースル・ブラック》を目指して出発した。その老馬の腹を踵で蹴ると、腿の筋肉の痛みで顔が歪んだ。〝おれは家に帰るんだ〟と思った。しかし、それが事実だとすると、どうしてこんなに空虚な感じがするのだろうか？

かれは夜明けまで馬を歩ませた。星々に見つめられながら。

42――デナーリス

ダニーはドスラク人の斥候から報告を受けたが、自分の目で確かめたいと思い、サー・ジョラー・モーモントを伴い、馬で樺の森を抜け、傾斜した砂岩の尾根に登った。「これ以上、近づかないほうがよいでしょう」頂上につくと、ジョラーが警告した。

ダニーは馬を止めて野原を見渡した。そこには、行く手を遮るように、奴隷都市ユンカイの大軍が布陣していた。彼女は以前から、敵の人数を数えることがきわめて重要だと、白鬚《ホワイトベアド》から教わっていた。「五千人、かな」彼女はちょっと間をおいていった。

「そんなところでしょう」サー・ジョラーがいった。「側面にいるのが傭兵です。槍兵と騎馬弓兵、接近戦に備えて剣や斧も携えています。左翼は〈次子《セカンド・サンズ》〉、右翼は〈襲鴉《ストームクロウズ》〉。約五百人ずつです。旗印が見えますか？」

ユンカイの旗印のハーピー（女面女身で鳥の翼と鉤爪を持った貪欲な怪物）は、鉤爪に鞭を持ち、長い鎖ではなく鉄の手錠をはめていた。しかし、傭兵どもはそれぞれが仕える都市の旗の下にみずからの軍旗を掲げていた。右翼には、交差する稲妻の間の四羽の鴉、左翼には折れた剣。「ユンカイ軍自体は中央を守っているのね」ダニーは注目した。かれらの指揮官は、遠方から見ただけでは、アスタポアの指揮官と区別がつかなかった。高い輝く兜と、きらきら光る銅の円盤を縫いつけたマント。「かれらが率いるのは奴隷兵なの？」

「大部分はそうです。しかし、〈穢れなき軍団《アンサリード》〉には及びません。ユンカイの得意技は戦士の訓練ではなく、寝室奴隷の訓練だといわれています」

「あなたの意見は？　われわれはこの軍勢を打ち負かすことができるかしら？」

「簡単です」サー・ジョラーはいった。

「でも、流血は避けられないでしょう」アスタポアの町が陥落したときには、多量の血がその町の煉瓦に吸いこまれたものだった。もっとも、それには彼女や、彼女の家来の血はほとんど含まれていなかったのだが。「ここの合戦に勝つことはできるかもしれないけれど、わずかな犠牲では、あの町を占領することはできないでしょう」

「犠牲はつねに伴います、女王《カリーシ》さま。アスタポアは自己満足し、無防備でしたが、ユンカイはあらかじめ警告を受けていますからね」

ダニーは考えた。奴隷商人の軍勢は彼女自身の軍勢と較べて小人数に見えた。しかし、敵の傭兵は馬に乗っていた。彼女はあまりにも長い間、騎馬民族のドスラク人と行動を共にしてきたので、騎兵が歩兵に対してどのような戦《いくさ》ができるのか、正しい判断ができなくなっていた。〝〈穢れなき軍団〉はかれらの突撃に耐えられるだろうが、わたしの解放奴隷たちは殺されるだろう〟「奴隷商人たちは話し合いを望んでいる」彼女はいった。「今夜、わたしのテントで話を聞くと伝えなさい。そして、それとはべつに傭兵部隊の隊長も招待します。

〈ストームクロウズ〉は正午に、〈セカンド・サンズ〉はその二時間後に」

「かしこまりました」サー・ジョラーはいった。「しかし、もし、かれらがやってこなかったら……」

「来ますよ。ドラゴンを見たいだろうし、わたしの言葉を聞きたいだろう。そして、利口な者はわたしの力を測るチャンスと考えるでしょう」彼女は愛馬である銀色の牝馬の向きをぐるりと変えた。「わたしの天幕で、かれらを待つことにします」

　青みがかった灰色の空の下、吹きすさぶ風の中を、彼女は味方の軍勢のもとに帰った。彼女の陣地をぐるりと取り囲むはずの深い溝が、すでに半分ほど掘られており、森には〈穢れなき軍団〉の兵士が大勢入って、尖った杭を作るために樺の枝を切り取っていた。〈穢れなき軍団〉の去勢奴隷たちは防備のない野営地では眠れないのである。とにかく、〈灰色《グレイ》の蛆虫《ワーム》〉がそう主張したのだった。かれは現場で作業を見守っていた。ダニーはちょっと馬を止めて、かれと話をした。「ユンカイは合戦に備えて身構えているわよ」

「結構ですね、陛下。こいつらは血に飢えていますから」

　自分たちの仲間の中から指揮官を選べと、彼女が〈穢れなき軍団〉にいったとき、圧倒的多数で〈グレイ・ワーム〉が最高指揮官に選ばれたのだった。ダニーはかれの上にサー・ジョラーを置いて、指揮法を習わせることにした。そして、これまでのところ、この若い去勢奴隷は厳しいが公平で、物覚えがよく、疲れを知らず、細部への注意を決して怠らない、と亡命騎士のサー・ジョラーがいっていた。

「〈賢明なる親方《ワイズ・マスターズ》〉は、われわれと対戦するために奴隷の兵士を集めてきたわ」

「ユンカイの奴隷は七つのためいきの技法と十六の快楽のツボを習いますが、陛下、〈穢れなき軍団〉は三本槍の使い方を習います。あなたの〈グレイ・ワーム〉はそれをお目にかけたいと望んでいます」

アスタポアが陥落した後、ダニーが最初にしたことは、毎日新しい名前を名乗るという〈穢れなき軍団〉の習慣を廃止したことだった。その結果、自由民として生まれた者は——少なくともまだそれを覚えている者は——生まれたときの名前に戻った。その他の者は英雄や神々の名を採用した。そして、武器や宝石や草花の名前などを採用する者もいた。その結果、ダニーの耳にはひどく奇妙な名前を持つ兵士も現われたのだった。〈灰色の蛆虫《グレイ・ワーム》〉は〈グレイ・ワーム〉のままだった。その理由をたずねると、かれはこういった。「これは幸運な名前なのです。生まれたときにつけられた名前は呪われたものでした。それはこのものが奴隷にされたときの名前でしたから。しかし、〈グレイ・ワーム〉は〈嵐の申し子《ストームボーン》〉デナーリス〉が解放してくれたときに、引き当てた名前だったのです」

「もし、合戦が始まったら、〈グレイ・ワーム〉は武勇だけでなく知恵も発揮しなさいよ」

ダニーは〈グレイ・ワーム〉にいった。「逃げ出したり、武器を捨てたりした奴隷はすべて助けてやりなさい。戦死者が少ないほど、われわれに加わる兵士が後に大勢残るのですから」

「覚えておきましょう」

「よろしい。正午にわたしのテントにいらっしゃい。傭兵隊長たちをもてなすとき、味方の将校たちとともにあなたもそばにいてほしいから」ダニーは銀色の愛馬に拍車をかけて野営地に戻った。

〈穢れなき軍団〉が設営した陣地の中に、テントが秩序正しく並びはじめ、その中央に彼女自身の金色の高い天幕が建っていた。彼女自身の陣地の背後に隣接して、もうひとつの野営地ができていた。五倍もの大きさにだらしなく広がったこの第二の野営地には溝もなく、テントもなく、歩哨もおらず、馬の繋ぎ場もなかった。馬や驢馬を所有している者は盗まれるのが心配で、それらのそばで寝た。山羊、羊、それになかば飢えた犬が、女、子供、それに老人の大群の中を自由にうろついていた。ダニーはアスタポアを、治療師、学者、祭司に率いられる元奴隷たちの議会の手に──すべて、賢明で公正だと判断した人々の手に──委ねてきたのだった。それにもかかわらず、何万人もの人々が、アスタポアに残るよりは、彼女の後についてユンカイに来ることを望んだのだった。〝わたしはかれらにあの都市を与えたのに、かれらは怖がってそれを受け取ろうとしなかったのだ〟

解放奴隷の寄せ集めの大群は彼女自身の軍団を小さく見せるほどだったが、かれらは味方になるというよりも、むしろ重荷になった。たぶん百人に一人ぐらいは驢馬《ロバ》か駱駝《ラクダ》か牡牛を連れており、大部分がどこかの奴隷商人の武器庫から奪った武器を持っていたが、戦闘に耐えるほど丈夫な者は十人に一人ぐらいしかおらず、訓練を受けた者は一人もいなかった。かれらはサンダルをはいたバッタの群れのように、通過する土地の食べ物を喰い尽くした。しかしダニーは、サー・ジョラーや血盟の騎手たちが促すように、かれらを遺棄することはできなかった。〝おまえたちは自由だと、わたしはいった。今ここで、わたしに加わる自由はおまえたちにはないということはできない〟彼女はかれらの炊事の煙が立ち昇るのを見て、ためいきを飲みこんだ。彼女は世界最高の歩兵を手に入れたかもしれないが、同時に最低の家来をも手に入れてしまったのだった。

〈白《ホワイトベアド》　鬚のアースタン〉が彼女のテントの入り口の外に立っており、そばの草の上に〈闘《スト》士《ロング》〉ベルウァスがあぐらをかいて鉢に入った無花果《イチジク》を食べていた。行軍中は、彼女の護衛はかれらにまかせてあった。彼女は血盟の騎手のジョゴとアッゴとラカーロを、自分の〈女王《クイーン》の楯《ズガード》〉に任命していた。しかし、今のところ、かれらには、彼女の身体を守るよりも、ドスラク兵の指揮に当たらせる必要があった。彼女の部族《カラザール》は小さくて、馬に乗った三十人ほどの戦士だけであり、その大部分はまだ弁髪のない少年と、腰の曲がった老人だった。だが、かれらが彼女の騎馬軍団のすべてであり、かれらを連れずにでかける気にはならなかった。サー・ジョラーがいうように、〈穢れなき軍団〉は世界最強の歩兵であるかもしれないが、彼女には斥候も偵察隊も必要だった。

「ユンカイは戦うでしょう」ダニーはパビリオンの中で〈白《ホワイトベアド》　鬚〉にいった。ミッサンデイが埃っぽい空気を和らげるために線香に火をつけている間に、イリとジクィは床を絨毯で覆った。ドロゴンとレイガルはそれぞれ丸くなってクッションの上で眠っていたが、ヴィセーリオンは空《から》の浴槽の縁にとまっていた。

「ミッサンデイ、あのユンカイ人たちは何語をしゃべるのかしら、ヴァリリア語かな?」

「はい、陛下」その子供は答えた。「アスタポアの言葉とは違う方言ですが、よく似ていますから理解はできます。あの奴隷商人たちは〈賢明なる親方《ワイズ・マスターズ》〉と自称しています」

「賢明ねえ」ダニーはクッションの上にあぐらをかいた。すると、ヴィセーリオンが白と金色の翼を広げて、彼女のそばに舞い下りた。「かれらがどんなに賢明か、見てやりましょう」彼女はそのドラゴンの角の後ろ——鱗の生えた頭を掻きながらいった。

サー・ジョラー・モーモントは一時間後に、〈ストームクロウズ〉の三人の隊長を連れて戻ってきた。かれらは磨かれた兜に黒い羽毛をつけ、三人とも同じ地位であり、同等の権限を持っているといった。イリとジクィがワインを注いでいる間、ダニーはかれらを観察した。プレンダール・ナ・ゲズンはもっとも逞しい体格のギスカル人で、顔の幅が広く、黒い頭髪が白髪になりかかっていた。〈禿頭《ザ・ボールド》のサロー〉はクァース人独特の青白い頬に、曲がりくねった傷跡があった。そして、ダーリオ・ナハリスはタイロシュ人としてもとりわけ派手好みだった。その顎髭は三叉に刈りこまれ、青く染められていて、その色は目の色とも、衿に垂れている巻き毛の色とも同じだった。尖った大きな口髭は金色に染められていた。衣服はあらゆる階調の黄色で、泡のようなバター色のミアのレースが、衿と袖口からせりだしていた。ダブレットにはタンポポの形をした大きな真鍮板が縫いこまれていた。そして、長い革のブーツの金細工の装飾は腿まで這い上がっていた。薄黄色のスエードの手袋が鍍金《めっき》した輪を連ねたベルトに差しこまれており、指の爪には青いエナメルが塗られていた。

だが、傭兵を代表してしゃべったのはプレンダール・ナ・ゲズンだった。「あんたはこの烏合の衆を、どこか余所《よそ》に連れていったほうが賢明だぞ」かれはいった。「アスタポアは計略で陥落したが、ユンカイはそう簡単には落ちないぞ」

「そちらの五百人の〈ストームクロウズ〉に対して、こちらの〈穢れなき軍団〉は一万人いるのよ」ダニーはいった。「わたしはほんの若い娘で戦のことは知らないけれど、この戦力の差はそちらにとって不利だと思うけど」

「〈ストームクロウズ〉は単独で立ち向かう《スタンド》わけではない」プレンダールがいった。

「そもそも〈ストームクロウズ〉は立たない《スタンド》のよ。かれらは飛ぶ《フライ》の、雷の最初の兆しを見ただけでね。もしかしたら、もう逃げた《フライ》ほうがよいかもしれないわ。聞くところによると、傭兵が信義を守らないことは有名らしいから。信義を守ってどんな利益があるの、〈セカンド・サンズ〉が寝返ったら？」

「そういうことにはならない」プレンダールは平然としていい張った。「そして、もし、あいつらが寝返っても、問題はない。〈セカンド・サンズ〉など物の数ではない。われわれはユンカイの勇敢な兵士たちと肩を並べて戦うのだ」

「あなたがたは槍を持った男娼たちと並んで戦うのよ」彼女が頭を動かすと、三つ編みの髪につけた二つの鈴がかすかに鳴った。「いったん戦闘が始まったら、命乞いをしようなどと考えてはいけない。それがいやなら今、こちらの陣営に加わりなさい。そうすれば、ユンカイがあなたがたに与えた黄金が手元に残るし、しかも、略奪品の分け前も要求できる。そして、わたしが自分の王国に入ったときには、もっと大きな報酬がでるのよ。〈賢明なる親方〉のために戦えば、賃金は死よ。わたしの〈穢れなき軍団〉が城壁の下であなたがたを殺戮しているのを見て、ユンカイが城門を開くと思うの？」

「女よ、あんたは驢馬のようにいいななくが、それ以上の意味はない」

「女？」彼女はくすくす笑った。「わたしを侮辱するつもり？　もし、あなたを男と思えば、わたしは殴り返してやるのに」ダニーはかれと目を合わせた。「わたしはターガリエン家の〈嵐の申し子デナーリス〉、〈焼けずのデナーリス〉、〈ドラゴンの母〉、ドロゴの騎馬族の女王《カリーシ》、そしてウェスタロスの七王国の女王よ」

「あんたの正体は」プレンダール・ナ・ゲズンはいった。「騎馬族長の娼婦だ。おまえたちを負かしたら、あんたをおれの牡馬とかけ合わせてやる」

〈闘士《ストロング》〉ベルウァスが半月刀《アラク》を抜いた。「〈闘士《ストロング》〉ベルウァスがこいつの醜い舌を幼い女王さまに献上してやる、もし彼女がお望みなら」

「おやめなさい、ベルウァス。この人たちにわたしは安全通行権を与えました」彼女は微笑した。「さあ、教えて――〈ストームクロウズ〉は奴隷なのか自由なのか？」

「われわれは自由人の仲間だ」サローが宣言した。

「よろしい」ダニーは立ち上がった。「では帰って、わたしのいったことを仲間に伝えなさい。かれらの何人かは、夕食に死を食べるよりも、黄金と栄光を食べるほうがよいと思うかもしれない。明日、答えてもらいます」

〈ストームクロウズ〉の隊長たちは同時に立ち上がった。「われわれの答えはノーだ」プレンダール・ナ・ゲズンがいった。かれの仲間もその後についてテントを出た……だが、ダーリオ・ナハリスだけは去りぎわに振り向いて、頭を下げて丁重に別れの挨拶をした。

二時間後、〈セカンド・サンズ〉の司令官が一人でやってきた。かれは見上げるような大柄のブレーヴォス人で、薄緑色の目を持ち、腰に届きそうなもじゃもじゃの赤金色の顎髭を生やしていた。その名はメロ。しかし、みずからは〈巨人の私生児《タイタンズ・バスタード》〉と名乗った。

メロはワインを口に放りこむようにして飲み干し、手の甲で口を拭い、ダニーを睨みつけた。「故郷の遊廓で、たしかおまえの双子の姉妹とやったことがあるぞ。いや、おまえ自身だったかな？」

「違うと思うわ。このような偉丈夫なら、きっと覚えているでしょう」

「ああ、そうだな。いまだかつて、〈タイタンズ・バスタード〉を忘れた女はいない」そのブレーヴォス人はカップをジクィに差し出した。「どうだ、おまえ衣服を脱いで、おれの膝にすわらないか？　おまえが気に入れば、〈セカンド・サンズ〉をこちら側に寝返らせてもよいぞ」

「〈セカンド・サンズ〉をこちらに連れてくるなら、あんたを去勢させるのをやめにするかもしれないわ」

その大男は笑った。「小娘よ、以前に別の女が歯を使っておれを去勢しようとしたが、その女は今は歯がない。だが、おれの剣は相変わらず長くて太い。出して見せようか？」

「その必要はないわ。わたしの去勢奴隷がそれを切り取った後に、暇なときに調べられるからね」ダニーはワインをひと口飲んだ。「わたしが若い娘にすぎず、戦のことを知らないのは事実です。あなたの五百の兵力でわたしの一万の〈穢れなき軍団〉を、どのようにして打ち破るのか、説明してくださいな。世間知らずのわたしから見ても、そちらに勝ち目はないと思われるわ」

「〈セカンド・サンズ〉はもっと大勢の敵と対戦して、勝ったことがある」

「〈セカンド・サンズ〉はもっと大勢の敵と対戦して、逃げたのよ。クォホールでね、〈三千人軍団〉が立ち向かったときに。それとも否定するつもり？」

「それはずっとずっと昔のことだ。〈タイタンズ・バスタード〉が〈セカンド・サンズ〉の指揮をとる以前のことだ」

「では、かれらが勇気を得るのは、あなたからなのね？」ダニーはサー・ジョラーに向かっていった。「戦《いくさ》が始まったら、この人を最初に殺しなさい」

その亡命騎士は微笑した。「喜んで、陛下」

「もちろん」彼女はメロにいった。「また逃げてもいいのよ。止めはしないから。ユンカイからもらった黄金を持って逃げなさい」

「ブレーヴォスの巨人を見たことがあるなら、愚かな娘よ、恐れをなして逃げたりしないとわかるだろうに」

「では、留まって、わたしのために戦いなさい」

「あんたに味方して戦う価値はある、それは事実だ」そのブレーヴォス人はいった。「そしておれが自由なら、よろこんでおれの剣にキスさせてやるのになあ。しかし、おれはユンカイの銭を受け取り、臣従の誓いを立ててしまった」

「銭は返すことができる」彼女はいった。「わたしなら、それと同額以上を支払う。わたしには他にも征服すべき町がある。そして、地球の半分先にまるまるひとつの王国が待っている。忠実にわたしに仕えなさい。そうすれば、〈セカンド・サンズ〉は二度と雇い主を探す必要はなくなるわ」

そのブレーヴォス人は濃い赤い髭を引っ張った。「同額以上か、そして、それに加えてたぶんキスもだな？　それとも、キス以上のものか？　おれのような偉丈夫に対して？」

「たぶんね」

「あんたの舌の味は、きっとおれの気にいるだろうよ」

彼女はサー・ジョラーが怒っているのがわかった。〝わたしの黒熊は、このキスの話が気に入らないのだわ〟「わたしがいったことを、今夜よく考えなさい。明日、答えを聞かせてくれますか？」

「結構だ」〈タイタンズ・バスタード〉はにやりと笑った。「うちの隊長どものところに持ち帰りたいのだが、このすばらしいワインをひと瓶もらえないかなあ？」

「大酒樽をひとつあげますよ。これはアスタポアの〈善良なる親方《グッド・マスターズ》〉の酒蔵のものです。それをいっぱい積んだ荷車が何台もありますからね」

「では、一台くれ。あんたの好意のしるしとして」

「よほど喉が乾いているのね」

「なにしろ、この図体だから。それに兄弟が大勢いる。〈タイタンズ・バスタード〉は一人では酒を飲まないのだよ、女王さん」

「では、荷車一台分にしましょう。もし、わたしの健康のために飲むと約束するならば」

「よろしい！」かれは大声を上げた。「これで決まった！　あんたのために三度乾杯する。そして、日が昇ったら、返事を届ける」

しかし、メロが去ると、〈白鬚《ホワイトベアド》のアースタン〉がいった。「あいつは評判が悪いです、ウェスタロスにおいてさえも。あいつの態度に惑わされないようにしてください、陛下。今夜、あなたの健康のために乾杯を三度して、明日はあなたを強姦しますよ」

「その老人はひとつだけ正しいことをいいました」サー・ジョラーがいった。「〈セカンド・サンズ〉は古い部隊で、勇気がなくもない。しかし、メロに指揮されるようになって、〈勇武党《ブレイヴ・コンパニオンズ》〉と同じくらい凶悪になりました。あの男は敵に対して危険であると同時に、雇い主に対しても危険です。だから、こんな辺地にいるのです。もはやかれを雇う自由都市はひとつもないでしょう」

「わたしに要るのはかれの評判ではない。欲しいのはかれの五百頭の馬です。〈ストームクロウズ〉はどうなの、あれには何か希望があるかしら？」

「いいえ」サー・ジョラーがぶっきらぼうにいった。「あのプレンダールというやつの血統はギスカル人です。おそらくアスタポアに親類がいたでしょう」

「残念ね。まあ、おそらく戦う必要はないでしょう。待って、ユンカイのいい分を聞くことにしましょう」

日が沈みかけると、ユンカイの使節がやってきた。五十人が立派な黒馬に乗り、一人が大きな白い駱駝に乗っていた。かれらの兜はそれぞれの頭の倍の高さがあったが、そのわけは、兜の下の、脂を塗って捩じったり盛り上げたりした風変わりな髪形を壊さないためだった。亜麻布のスカートとチュニックは濃い黄色に染められ、マントには銅の円盤がいくつも縫いつけられていた。

白い駱駝に乗ってきた男はグラズダン・モ・エラズと名乗った。かれは細身で強靭な体格で、クラズニスがドロゴンに炎を吹きつけられるまで顔に浮かべていたのと同様の、冷たい微笑を浮かべていた。かれの髪形は、額から突き出たユニコーンの角に似ていた。そして、トカールにはミアの黄金のレースで縁取りをしていた。「古く輝かしいユンカイは都市の女王です」ダニーがかれをテントに迎え入れると、かれはいった。「われらの城壁は堅固で、貴族は誇り高く猛々しく、平民は恐れを知りません。われらは古代ギスの血を引いており、その帝国はヴァリリアがまだ泣き叫ぶ赤子《カリーシ》であったころ、すでに古い国でした。あなたが落ち着いて話をしたのは賢明でした、女王さま。ここを征服するのは容易なことではありません」

「よろしい。わたしの〈穢れなき軍団〉は少しばかり合戦を楽しむでしょう」彼女が見ると

〈グレイ・ワーム〉はうなずいた。

グラズダンは鷹揚に肩をすくめてみせた。「お望みが流血なら、流せばよいでしょう。あなたは去勢奴隷どもを解放したと聞いています。しかし、〈穢れなき軍団〉の兵士にとって自由は豚に真珠のようなものですよ」かれは〈グレイ・ワーム〉に笑顔を向けたが、その去勢奴隷は石のように無表情だった。「生き残った者は、また奴隷にします。そして、烏合の衆からアスタポアを奪回するのに使うでしょう。あなたを奴隷にすることもできるのですよ。疑ってはいけません。ライスやタイロシュには遊廓があって、ターガリエン王朝最後の人と寝るために、人々は気前よく金を払うでしょう」

「わたしの素性を知っているようで、嬉しいわ」ダニーは穏やかにいった。

「わたしの自慢は、野蛮で無分別な西国のことをよく知っていることです」グラズダンはなだめるように両手を広げた。「それにしても、なぜわれわれはこんなに激しい言葉のやりとりをしなければならないのでしょうか？　あなたがアスタポアで野蛮な行為を行なったのは事実ですが、われわれユンカイ人はとても寛容な人間なのです。あなたはわれわれと争ってはなりません、陛下。あなたにはあらゆる人間が必要です。はるかなるウェスタロスにおいて、お父上の玉座を回復しようとなさっているのでしょう。にもかかわらず、なぜわれわれの堅固な城壁に向かって兵力を浪費するのですか？　ユンカイはあなたの努力が成功することのみを願っています。それが真実であることを示すために、わたしは贈り物を持ってまいりました」かれが手を打つと、二人の家来が青銅と黄金で補強された重い杉の長持を持って進み出て、彼女の足元に置いた。「五万マルクの金貨です」グラズダンはなめらかにいった。「差し上げます。ユンカイの〈賢明なる親方〉からの友情のしるしです。自由意志で贈られた黄金は、血を流して奪った略奪品よりもましでしょう？　だから、申し上げます、デナーリス・ターガリエンさま。この長持をもって立ち去りなさい」

ダニーはスリッパをはいた小さな足でその長持の蓋を押し開けた。それには、使者がいうように金貨がいっぱい入っていた。彼女はそれをひと握りつかみ出して、指の間から滑り落とした。金貨はきらきらと輝いて転がり落ちた。大部分は鋳造したばかりで、片側に階段ピラミッドの刻印があり、反対側にはギスのハーピーの刻印があった。「とても美しい。あなたの町を占領したら、このような長持がいくつくらい手に入るのかしら？」

かれはくすくす笑った。「ひとつも入りませんよ。決して占領できませんからね」

「わたしのほうからも、贈り物があります」彼女は長持をぴしゃりと閉めた。「あげるのは三日の猶予です。三日目の朝に、あなたがたの奴隷を送り出しなさい。全員をです。男も女も子供も一人残らず、武器を与え、充分な食糧、衣服、銭を与え、かれらが運ぶことができるだけの品物を持たせて。それらの物を、長年の苦役に対する報酬として、自分らの主人の財産から自由に選ばせるようにしなさい。奴隷がすべて出てしまったら城門を開き、わたしの〈穢れなき軍団〉が入って、あなたがたの町の捜索をすることを許しなさい。束縛されているものが残っていないことを確認するためです。このとおりにすれば、ユンカイは焼かれることもなく、略奪されることもなく、人民が暴行を受けることもありません。〈賢明なる親方〉は望みどおり平和を得て、自分たちが実際に賢明であることを証明したことになります。どうですか？」

「いや、あなたは気が狂っている」

「わたしが？」ダニーは肩をすくめていった。「ドラカリス」

ドラゴンたちが答えた。レイガルはシュッと煙を吹き、ヴィセーリオンはバクリと口を動かし、ドロゴンは赤黒い火炎をもうもうと吐き出した。それがグラズダンのトカールのひだに触れると、たちまち絹布が燃え上がった。その使者が長持につまずくと、マルク金貨が絨毯の上に散らばった。かれは罵声を上げて自分の腕を叩いた。〈白鬚《ホワイトベアド》〉が水をかけてその炎を消した。

「安全通行権を与えると約束したのに！」そのユンカイの使者は泣き叫んだ。

「ユンカイ人はみんな、トカールが焦げるとそんなに泣き言をいうの？　新しいのを買ってあげますよ……三日以内に奴隷たちを解放すれば。さもないと、ドロゴンにもっと温かいキスをさせますよ」彼女は鼻にしわを寄せた。「粗相をしたわね。この金貨を持って帰り、わたしのメッセージを〈賢明なる親方〉たちに伝えなさい」

グラズダン・モ・エラズが指を突き出した。「この傲慢な態度を後悔するぞ、売女め。こんな小さな蜥蜴《トカゲ》で身が守れると思ったら、大間違いだ。ユンカイから五キロ以内にこいつらが入りこんだら、空中を矢で満たしてやるからな。ドラゴンを殺すのがそんなに難しいと思っているのか？」

「奴隷を一人殺すよりも難しいわよ。三日の猶予よ、グラズダン。伝えなさい。あなたがたが城門を開けようと開けまいと、わたしは三日目の夕暮れまでにユンカイに入るから」

ユンカイの使節が露営地から去ったころには、日はとっぷりと暮れていた。今夜は陰鬱な夜になりそうだった。月もなく、星もなく、西から冷たく湿った風が吹いていた。〝うまい具合に暗い夜だ〟とダニーは思った。あたり一面に火が燃えていた。丘と野原ぜんたいに、ちいさなオレンジ色の星がばらまかれたようだった。「サー・ジョラー」彼女はいった。「わたしの血盟の騎手たちを呼んで」ダニーは重ねたクッションにすわってかれらを待った。それをドラゴンが取り囲んでいた。血盟の騎手たちが集まると、彼女はいった。「真夜中から一時間過ぎたころが適当でしょう」

「はい、女王《カリーシ》さま」ラカーロがいった。「なんの時間ですか？」

「攻撃開始の時間よ」

サー・ジョラー・モーモントが顔をしかめた。「あの傭兵どもにおっしゃったではありませんか――」

「――明日、答えが欲しいとね。今夜のことは何も約束していませんよ。〈ストームクロウズ〉はわたしの申し出について議論しているでしょう。〈セカンド・サンズ〉はメロに与えたワインで酔っぱらっているでしょう。そして、ユンカイ人たちは三日の猶予があると信じている。われわれはこの夜陰に乗じて、攻撃するのよ」

「かれらは偵察隊に見張らせているでしょう」

「この暗闇の中で見えるものは、燃えている何百もの野営の火だけよ」ダニーはいった。

「そもそも、何かが見えるとしたらね」

「女王《カリーシ》さま」ジョゴがいった。「その偵察隊はわたしが始末します。かれらは決して騎馬族ではなく、馬に乗った奴隷にすぎません」

「そのとおりよ」彼女はうなずいた。「三方から攻めるべきだと思うわ。〈グレイ・ワーム〉、あなたの〈穢れなき軍団〉は右と左からかれらを攻めなさい。その間にわたしの親衛《コ》隊《ス》が楔隊形をとった騎馬隊を率いて、中央を突破するわ。騎乗したドスラク人に、奴隷兵は決して抵抗できないでしょう」彼女は微笑した。「確かに、わたしはただの小娘で、戦《いくさ》のことはほとんど知らないわ。諸君はどう思う?」

「あなたはレイガー・ターガリエンの妹だと思います」サー・ジョラーは悲しげな薄笑いを浮かべていった。

「そうです」〈白鬚《ホワイトベアド》のアースタン〉がいった。「そして、女王《クイーン》でもあります」

作戦の細部をつめるのに一時間かかった。〝さあ、もっとも危険な時間が始まるぞ〟ダニーは家来の隊長たちがそれぞれの持ち場に向かって出ていくのを見ながら思った。夜の闇が作戦準備を敵の目から隠してくれるのを祈るしかなかった。

真夜中近くに、サー・ジョラーが〈闘士《ストロング》〉ベルウァスを押し退けるようにして入ってきたので、彼女はぎょっとした。「野営地に忍びこもうとする傭兵の一人を、〈穢れなき軍団〉が捕まえました」

「スパイ?」彼女は恐れおののいた。もし一人を捕まえたとすれば、逃げたのが他に何人もいたのではないか？

「そいつは贈り物を持ってきたといっています。頭髪を青く染めた、あの黄色い愚か者です」

〝ダーリオ・ナハリスだ〟「あの男か。では、話を聞きましょう」

亡命騎士がかれを連れてくると、世の中にこれほど相違している二人の男がいるものだろうかと、彼女は自問した。そのタイロシュ人は色が白いのに、サー・ジョラーは浅黒い。一方がしなやかで、騎士はごつごつしている。一方は流れるような房毛を授かっているのに、一方は禿げ頭で、片方はなめらかな肌をしているのに、モーモントは毛深い。そして、彼女の騎士は地味ななりをしているのに、もう一方は孔雀も顔負けの派手な服装をしていた。もっとも、この訪問のために着てきた派手な黄色の美服の上に、重くて黒いマントを羽織っているけれども。そしてかれはカンバスの袋を肩に担いでいた。

「女王《カリーシ》さま」かれは叫んだ。「贈り物と嬉しい知らせを持ってきましたよ。〈ストームクロウズ〉はあなたに味方します」かれがにっこり笑うと、口に金歯がきらめいた。「ダーリオ・ナハリスもそうします！」

ダニーは信じられなかった。もしこのタイロシュ人がスパイするためにやってきたとすれば、この宣言は自分の首を救うための必死の作り事にすぎないかもしれない。「プレンダール・ナ・ゲズンとサローはなんといっているの？」

「ほとんどなにも」ダーリオが袋を逆さにすると、〈禿頭のサロー〉とプレンダール・ナ・

ゲズンの首が絨毯の上に転がり落ちた。「ドラゴンの女王へのわたしの贈り物です」

ヴィセーリオンはプレンダールの首から流れ出た血の匂いをくんくん嗅いで、一陣の炎を死人の顔にまともに吹きつけた。すると、その血の気の失せた頬が焼け焦げて、水膨れができた。ドロゴンとレイガルは肉の焼ける匂いを嗅いで身じろぎした。

「あなたがやったの?」ダニーは吐き気をもよおしながらたずねた。

「間違いなく」ダーリオはたとえ彼女のドラゴンに戸惑ったとしても、それを上手に隠していた。ひどく気になっているにもかかわらず、鼠に戯れる三匹の仔猫のようなものであるかのように。

「なぜ？」

「なぜなら、あなたがあまりにも美しいからです」かれの両手は逞しく、その厳しく青い目と、大きな猛禽のような獰猛さを感じさせる大きな鉤鼻には、ある種の感情が浮かんでいた。「プレンダールはしゃべりすぎましたが、内容はほとんどありませんでした」かれの衣服は豪華なものだが、そうとうに着古されており、ブーツには塩分の染みが浮かんでおり、爪のエナメルは欠けており、レースは汗で汚れ、マントの裾がすり切れているのを、ダニーは見て取った。「そして、サローはまるで自分の鼻糞が黄金でもあるかのように鼻をほじりましたよ」かれは両手の手首を交差させて立った。その手のひらは剣の柄頭に置かれていた。左の腰にはドスラクの半月刀《アラク》、右の腰には錐のようなミアの短剣。それらの黄金の柄は対になった淫らな女の裸体をかたどっていた。

「美しい剣を帯びているけれど、それらを上手に使えるのかしら？」ダニーはたずねた。

「プレンダールとサローなら、あなたに対してそういうでしょう。もし死人がしゃべれるとしたらですが。わたしは、女を愛し、敵を殺し、御馳走を喰わずに過ごした日は、生きた日数に加えておりません……そして、わたしの生きた日の数は、夜空の星のごとく無数にあります。わたしは殺戮を美しきものと考え、大勢の曲芸師や火踊りのダンサーは、身のこなしがわたしの半分もすばやくなりたい、四分の一も優雅になりたいと神々に泣いて祈ったものです。わたしは自分が殺した人間の名前をすべて挙げることができますが、それをいいおわる前に、あなたのドラゴンは城のように大きくなり、ユンカイの城壁は崩れて黄色い塵になり、冬が来て去り、ふたたび来ることでしょう」

ダニーは笑った。彼女はこのダーリオ・ナハリスの大言壮語が気に入った。「剣を抜いて、わたしのためにそれを使うと誓いなさい」

ダーリオの半月刀《アラク》が一瞬にして抜き放たれた。空から猛禽が舞い下りて飛びかかるように、かれの服従の誓いは、その他の言動と同じく突拍子もなく大げさだった。かれは彼女の足元にひれ伏した。「わたしの剣はあなたのものです。わたしの命はあなたのものです。わたしの愛はあなたのものです。わたしの血、わたしの体、わたしの歌、すべてあなたのものです。わたしはあなたの御命令のままに生き、そして死にます、美しき女王さま」

「では、生きなさい」ダニーはいった。「そして、今夜わたしのために戦いなさい」

「それは賢明ではありません、わが女王さま」サー・ジョラーはダーリオを冷たく厳しく見据えた。「合戦が行なわれ、勝利を得るまで、この男は見張りをつけて、ここに留めておきましょう」

彼女はちょっと考えた。それから首を振った。「もしかれが〈ストームクロウズ〉をわれわれに与えれば、奇襲は確実に成功します」

「そして、もしこいつが裏切れば、奇襲は失敗します」

ダニーはまた傭兵を見下ろした。そいつは彼女が赤面し顔を背けたくなるような笑顔を作った。「この人は裏切りませんよ」

「どうしてわかるのですか？」と、サー・ジョラー。

彼女はドラゴンたちがむさぼり喰っている焼け焦げた肉塊を指さした。「あれをかれの真心の証拠と考えたいのです。ダーリオ・ナハリスよ、わたしの攻撃が始まったときに、あなたの〈ストームクロウズ〉がユンカイ軍の背後を衝くように準備しなさい。あなたは安全に戻れますか？」

「もし、呼び止められたら、偵察に出ていたが、何も見えなかったといいます」そのタイロシュ人は立ち上がり、お辞儀をすると、さっと出ていった。

サー・ジョラー・モーモントは後に残った。「陛下」かれはひどく無愛想にいった。「これは間違いでした。あの男について何もわかっておりません――」

「偉大な闘士であることはわかっています」

「偉大な喋り屋というべきです」

「かれはあの〈ストームクロウズ〉をこちらに連れてくるのですよ」〝しかも、かれは青い目をしている〟

「忠誠心が不確かな五百人の傭兵です」

「このような時には、すべての人間の忠誠心が不確かですよ」ダニーはいって聞かせた。〝そして、わたしはあと二度も裏切られることになっている、一度は黄金のため、一度は愛のために〟

「デナーリスさま、わたしはあなたの三倍も年をとっています」サー・ジョラーがいった。「人間がどんなに不誠実であるか、さんざん見てきました。信用するに足る者はごく少数です。そして、ダーリオ・ナハリスはその中に入っておりません。髭さえも偽りの色をしているではありませんか」

これを聞いて彼女は腹を立てた。「自分は正直な髭を生やしているのに、といいたいのね？　あなたはわたしが信用すべき唯一の人間なの？」

かれはむっとした。「そうはいいませんでした」

「毎日そういっているわよ。パイアット・プリーは嘘つきだ、ザロは陰謀家だ、ベルウァスは大自慢家だ、アースタンは刺客だ……あなたはわたしがまだ世間知らずの娘だと思っているの、言葉の裏の言葉を聞くことができないと？」

「陛下――」

彼女は強引にかぶせていった。「あなたはわたしが知っているどんな友人よりもよい友人だった。ヴィセーリスよりもずっとよい兄だった。わたしの〈女王の楯《クィーンズガード》〉の総帥、わたしの軍隊の司令官、わたしのもっとも価値ある相談役、わたしのよき右手。わたしはあなたを尊敬し、たいせつにする——でも、あなたを性的に求めてはいないのよ、ジョラー・モーモント。

そして、世の中の男性をすべてわたしから押しのけて、あなただけに頼らせようとするその態度にはうんざりしているの。そんなことをしても役には立たないし、あなたをより愛するようにはならないのよ」

彼女がいいはじめたときには、モーモントは顔を赤らめていたが、ダニーがいいおわるころにはその顔は青白い色に戻っていた。かれは石のようにじっと立っていた。「女王さまのご命令とあれば」かれはそっけなく、冷たくいった。

ダニーは興奮していた。「そうよ」彼女はいった。「女王が命じているのよ。さあ、あなたの〈穢れなき軍団〉の様子を見にいきなさい。これから戦って、勝たねばならないのだから」

かれが立ち去ると、ダニーはドラゴンのそばのクッションの上にどさりと身を投げ出した。これほど厳しいことをサー・ジョラーにいうつもりはなかったのだが、かれの際限のない疑心がついに彼女の心の中のドラゴンを目覚めさせてしまったのだった。

〝かれは許してくれるだろう〟彼女は考えた。〝なんといっても、わたしはかれの君主なのだから〟ダニーはいつの間にか、ダーリオについてかれのいったことが正しいかどうか思案していた。突然、ひどく孤独に感じた。自分は決して生きている子供を産むことはないと、ミリ・マズ・ドゥールが予言していた。〝ダーガリエン家はわたしで終わるのだ〟そう思うと悲しくなった。「おまえたちはわたしの子供にならねばなりませんよ」彼女はドラゴンに向かっていった。「わたしの三匹の獰猛な子供たち。ドラゴンは人間よりも長生きをするとアースタンがいっている。だから、おまえたちはわたしの死後も生きつづけるのだよ」

ドロゴンが長い首をぐーっと曲げて彼女の手を軽く嚙んだ。かれの歯はとても鋭いが、このようにじゃれついたときに、彼女の肌を破ることは決してなかった。ダニーは笑って、かれが唸り声を上げて尻尾を鞭のように打ちつけるまで、前後に揺すった。〝また伸びているわ〟彼女は見た。〝そして、明日はもっと伸びているだろう。今は急速に成長している。そして成長しきったら、わたしは翼を持つことになるのだ〟ドラゴンにまたがって、彼女は自分自身の軍隊を指揮することができるだろう。アスタポアでそうしたように。しかし今のところ、かれらは彼女の体重を支えるにはまだ小さすぎた。

真夜中になり、真夜中を過ぎると、彼女の野営地は静まり返った。ダニーは侍女とともにパビリオンに留まり、〈白　鬚《ホワイトベアド》のアースタン〉と〈闘士《ストロングバック》〉ベルウァスが護衛を続けた。〝待つのがもっとも辛い部分だ〟自分が手をこまねいてテントに留まっている間に、自分抜きで戦闘が行なわれていると思うと、ダニーはまた半分幼児に戻ってしまったように感じた。

時間は亀の歩みのようにのろのろと過ぎていった。肩の凝りをジクィに揉みほぐさせた後でさえも、ダニーは落ち着いて眠ることができなかった。ミッサンデイが〈平和な人々〉の子守歌を歌いましょうかと申し出たが、ダニーは首を振った。「アースタンを呼びなさい」彼女はいった。

その老人がやってくると、彼女は獅子《フラッカー》の毛皮にくるまって横になっていた。その黴臭い匂いは彼女にいまだにドロゴを思い出させるのだった。「わたしのために兵士たちが死んでいるときに、とても眠ってはいられないわ、〈白　鬚《ホワイトベアド》〉」彼女はいった。「兄のレイガーのことをもっと聞かせてくれないかしら。あなたが船中で話してくれたことはおもしろかったわ。かれが戦士にならねばならないと決心した話は」

「お優しいお言葉で」

「わたしたちの兄は多くの武芸大会で勝利したと、ヴィセーリスがいっていたわ」

アースタンはうやうやしく白髪頭を下げた。「ヴィセーリスさまのお言葉を、わたしが否定することは適当ではありませんが……」

「それで？」ダニーは鋭くいった。「いいなさい。これは命令です」

「プリンス・レイガーの武勇は疑う余地がありませんが、あのお方はめったに試合に参加されませんでした。ロバートやジェイミー・ラニスターのように、剣の歌をお好みになりませんでした。あの方は決して、武術はあのお方の義務のようなものでした。世間から与えられた仕事でした。それを立派におやりになったのです。あらゆることを上手におやりになる方でしたから。それがあのお方の本性でした。しかし、それを決して楽しんではおられませんでした。あの方は槍よりも大竪琴のほうを愛されたと人民は申しておりました」

「きっといくつかの武芸大会では勝ったはずよ」ダニーはがっかりしていった。

「お若いころ、殿下は嵐の果て城《ストームズ・エンド》の馬上槍試合に華々しく出場され、ステッフォン・バラシオン公、ジェイソン・マリスター公、ドーンの〈赤い毒蛇《レッド・ヴァイパー》〉、それに一人の謎の騎士にお勝ちになりました。その謎の騎士は、〈王の森兄弟団〉の首領であった悪名高きサイモン・トインと後に判明したのですが。あの日、殿下はサー・アーサー・デインとの対戦で十二本の槍を折りました」

「では、かれが最高の騎士《チャンピオン》だったのね？」

「いいえ、陛下。その名誉は〈王の楯《キングズガード》〉の別の騎士のものになりました。その騎士が最後の対戦でプリンス・レイガーを落馬させたのです」

レイガーの落馬の話など、ダニーは聞きたくなかった。「では、兄はどの武芸大会で優勝したの？」

「陛下」その老人はためらった。「あのお方はもっとも大きな馬上槍試合大会で優勝されました」

「それは、どの試合？」ダニーはたずねた。

「ウェント公が神の目《ゴッズアイ》湖のほとりのハレンの巨城《ホール》で催した大会です。偽りの春の年のことでした。盛大な催しででした。一騎討ちだけでなく、七つの騎士団が入り乱れて戦った古い様式の模擬合戦《メレー》も行なわれました。また、弓術や斧投げや競馬や、吟遊詩人の歌くらべや旅役者の芝居や、多くの宴会や浮かれ騒ぎがありました。ウェント公は裕福で気前がよかったのです。気前よく散財するといいふらされたので、何百人もの挑戦者が集まりました。長年の間、赤の王城《レッド・キープ》を空けることのなかった、お父さま、国王陛下もハレンホールにおいでになりました。七王国じゅうから最強の最高の騎士《チャンピオン》たちがこの馬上槍試合大会に馳せ参じたのです。そして、その中でドラゴンストーン城のプリンスが優勝されたのです」

「でも、それはかれがリアナ・スタークに愛と美の冠を与えた大会だったのよ！」ダニーはいった。「妻のプリンセス・エリアも同席していたのに、兄は冠をそのスタークの娘に与えたのです。そして、後に彼女をその許嫁《いいなずけ》から盗んだのよ。どうして、かれはそんなことができたのかしら？ そのドーンの女はかれに対して、それほどひどい扱いをしたのかしら？」

「お兄さまの心の内がどうだったか、わたくしなどがいうべきことではありません、陛下。プリンセス・エリアは善良で優雅なレディでした。もっとも、体はいつも虚弱でしたが」

ダニーは獅子の毛皮をいっそう固く肩に巻きつけた。「ヴィセーリスはかつて、それはわたしのせいだったといいました。生まれるのが遅すぎたのだと」彼女はそれを強く否定したことを覚えていた。そして、それはヴィセーリスが女に生まれなかったから悪いのだとさえいったものだった。その不遜な言葉を聞いて、かれはひどく彼女を打ち据えたものだった。「もしわたしがもっと適当な時期に生まれていたら、レイガーはエリアでなくわたしと結婚したはずだというのです。そうすれば、まったく異なる結果になったろうにと。もし、レイガーが妻に満足していたら、スタークの娘など求めはしなかったでしょう」

「たぶんそのとおりでしょう、陛下」〈白鬚《ホワイトベアド》〉はちょっと口をつぐんでいた。それから、

「でも、レイガーさまが幸福に感じられたかどうか、わたしにはわかりません」

「あなたの話を聞いていると、かれはひどくひねくれていたように聞こえるわ」ダニーは苦情をいった。

「ひねくれてはいらっしゃいませんでした、確かに、しかし……プリンス・レイガーには憂鬱なところがございました。ある種の……」老人はまた口ごもった。

「いいなさい」彼女は促した。「ある種の……？」

「……悲運の感じが。あの方は悲嘆のうちに誕生されたのです、女王さま、そして、その影が生涯かれの上にかかっていたのです」

ヴィセーリスがレイガーの誕生について語ったのは一度だけだった。その話はかれにとっても悲しすぎたからだろう。「かれにとりついていたのはサマーホールの影だったのでしょう？」

「さようです。それにもかかわらず、サマーホールはプリンスがもっとも愛された場所でした。竪琴だけをお供に連れて、しばしばあそこにお出かけになりました。〈王の楯《キングズガード》〉の騎士たちもあそこにはお供しませんでした。あの方は荒廃したホールで、月と星の下でお休みになるのを好まれました。そして、いつも歌を作ってお帰りになりました。そして、あのお方が銀の弦を張った大竪琴を弾いて、黄昏と涙と王たちの死の歌をお歌いになるのを聞くと、ご自身と愛する者たちのことをお歌いになっているのだと、みんな感じずにはいられませんでした」

「あの王位簒奪者のことはどうなの？　かれも悲しい歌を演奏したのかしら？」

アースタンはくすくす笑った。「ロバートがですか？　ロバートは笑わせてくれるような歌を好みました。猥褻であればあるほど喜びました。かれは酔っぱらったときだけ歌い、その歌は『エールの樽』とか『五十四個の大酒樽』とか『熊と美女』などでした。ロバートはとても——」

彼女のドラゴンがいっせいに頭を上げて吠えた。

「馬だ！」ダニーは獅子の毛皮をつかんでぱっと立ち上がった。外でベルウァスが何か大声で叫んでいるのが聞こえた。それから、他の声と、たくさんの馬の足音が。「イリ、だれが来たか、見てきなさい……」

テントの垂れ布が押し開かれ、サー・ジョラー・モーモントが入ってきた。かれは埃だらけで、体に血が飛び散っていたが、それ以外には戦の被害を受けていない様子だった。その亡命騎士はダニーの前に片膝をついていった。「陛下、勝利のお知らせです。〈ストームクロウズ〉は寝返り、奴隷たちは逃走し、〈セカンド・サンズ〉は戦えないほど酔っぱらっていました。陛下のおっしゃったとおりでした。二百人死にましたが、その大部分はユンカイ人たちでした。かれらの奴隷は槍を捨てて逃げ、かれらの傭兵は降参しました。数千人の捕虜がいます」

「わが軍の損失は？」

「十数人、まあそんなところです」

ここではじめて、彼女は微笑みを浮かべた。「立ちなさい、わが善良で忠実な熊よ。グラズダンは捕まったの？　そして、〈タイタンズ・バスタード〉は？」

「グラズダン・モ・エラズはあなたの講和条件を持ってユンカイに行きました」サー・ジョラーは立ち上がった。「メロは〈ストームクロウズ〉が寝返ったと知ると、逃走しました。今、兵士に捜索させております。それほど長く逃げていられるはずはありません」

「よろしい」ダニーはいった。「傭兵でも奴隷でも、わたしに忠誠を誓う者は助命しなさい。もし大勢の〈セカンド・サンズ〉がわれわれに加わるなら、かれらの部隊をそのまま残しなさい」

翌日、かれらはユンカイまで最後の十五キロの道を進んだ。その町は赤煉瓦ではなく黄色の煉瓦で築かれていた。それ以外にはアスタポアとそっくりの町で、同様の崩れかかった城壁と高い階段ピラミッドがあり、城門には大きなハーピーがのっていた。城壁と塔には弩弓兵と投石兵が群がっていた。サー・ジョラーと〈グレイ・ワーム〉は彼女の兵士を展開させ、イリとジクィがダニーのパビリオンを建て、彼女は腰を下ろして待った。

三日目の朝、町の城門がさっと開き、奴隷たちが一列になって流れ出してきた。ダニーは愛馬シルバーにまたがってかれらを出迎えた。かれらが通過するとき、小さなミッサンデイがかれらに伝えた——おまえたちが自由になったのは、この〈嵐の申し子デナーリス〉さまのおかげだ。〈焼けずのデナーリス〉、ウェスタロスの七王国の女王、〈ドラゴンの母〉のおかげだよ、と。

「ミサ！」茶色い肌の男が彼女に向かって叫んだ。かれは子供を肩車していた。それは幼い女の子だった。そして、その子も自分の細い声で同じ言葉を絶叫した。「ミサ！　ミサ！」と。

ダニーはミッサンディを見た。「かれらは何と叫んでいるの？」

「ギスカル語、古い純粋な言葉で、〝母〟という意味です」

ダニーは胸が軽くなったのを感じた。〝わたしは決して生きた子を産まないだろう〟と思い出した。彼女は震える手を上げた。たぶん微笑んだだろう。微笑んだにちがいない。なぜなら、最初に叫んだ男はにやりと笑い、ふたたび叫び、他の者たちもその叫びに唱和したから。「ミサ！　ミサ！　ミサ！」みんなが彼女に微笑みかけ、手を伸ばし、彼女の前にひざまずいた。「メラ！」だれかが彼女に呼びかけた。また他の者が「エララ」とか「カセイ」とか「タト」とか叫んだ。しかし、どの言語であってもすべておなじものを意味した。〝母〟と。〝かれらはわたしを母と呼んでいるのだ〟

この唱和は大きくなり、広がり、溢れた。その声があまりにも大きくなったので、彼女の馬が怯えて後ずさりし、首を振り、銀灰色の尻尾を振った。叫び声はさらに大きくなり、ユンカイの黄色い城壁をゆるがすほどになった。時々刻々、さらに大勢の奴隷が城門から流れだし、叫び声に唱和しはじめた。今や、かれらは彼女の手に触りたがり、彼女の牝馬をなでたがり、彼女の足にキスしたがって、こちらに向かって押しあいへしあい、こけつまろびつ走ってきた。そして彼女のあわれな血盟の騎手たちはかれらをまったく押しのけることができず、〈闘士《ストロング》〉ベルウァスさえも当惑して唸ったり怒鳴ったりするだけだった。

サー・ジョラーは彼女に立ち去るように促したが、ダニーは不死者の家で見た夢を思い出した。「かれらがわたしを傷つけることはないわ」彼女はかれにいった。「かれらはわたしの子供なのよ、ジョラー」彼女は笑って、馬に踵を打ちつけ、かれらに向かって馬を進めた。その頭髪の鈴が甘美な勝利の歌を奏でていた。彼女は馬の速度をしだいに上げ、全力疾走に移った。彼女の弁髪が後ろになびいた。解放された奴隷が彼女の前に道を開けた。「母よ」かれらは百もの、千もの、万もの喉で呼びかけた。「母よ」かれらは歌い、飛ぶように通りすぎる彼女の足に指で触れた。「母よ、母よ、母よ！」

43──アリア

遠方に、午後の日を浴びて黄金色に輝く大きな丘の形を見て、アリアにはすぐにわかった。はるばる〈高き心の丘《ハイ・ハート》〉に戻ってきたのだと。

日没までには頂上に登り、危険のおよぶ可能性のない場所に野営を張っていた。アリアはベリック公の従士ネッドと一緒に、円形に並んでいるウィアウッドの切り株の周囲を歩き、そのひとつの上に立って西のほうに薄れていく最後の光を眺めた。ここに登ると、北方に嵐が吹き荒れているのが見えたが、〈ハイ・ハートの丘〉は雨よりも上にそびえていた。もっとも風の上にあるというわけではないので、強風が吹きまくり、まるでだれかが後ろにいて、マントをぐいぐいと引っ張っているかのように感じられた。しかし、振り向いても、だれもいないのだった。

〝幽霊だ〟彼女は思い出した。〝〈ハイ・ハートの丘〉には幽霊が出るのだった〟

かれらは山頂で大きな焚き火をしていた。そして、そのそばにミアのソロスがあぐらをかいてすわり、世界じゅうに他に何もないかのように、一心不乱にその炎を見つめていた。

「かれは何をしているの？」アリアはネッドにたずねた。

「ときどき、かれは炎の中にいろんな物を見るのだよ」その従士がいった。「過去とか。未来とか。ずっと遠方で起こっている物事を」

アリアは顔をしかめて、その〈紅《あか》の祭司〉が見ているものが見えるかどうか試してみたが、目に涙が溜まるばかりで、まもなく目を逸らしてしまった。ジェンドリーも〈紅の祭司〉を見つめていた。「本当にそこに未来が見えるのか？」かれはだしぬけにたずねた。

ソロスは焚き火から目を上げて、ためいきをついた。「ここでは見えない。今は見えない。しかし、見える日もある。〈光の王《ロード・オブ・ライト》〉はわたしに幻視力をお与えになったのだ」

ジェンドリーは疑わしそうな顔をした。「あんたは飲んだくれで、ペテン師で、このうえなく悪い祭司だと、おれの親方はいっていたが」

「それはひどい」ソロスはくすくす笑った。「事実だ、しかしひどいぞ。おまえのその親方はだれだ？　わたしはおまえに会ったことがあるかな、坊や？」

「おれは武具師のトブホー・モット親方の徒弟だった。鍛冶屋通りの。あんたはあの親方から剣を何本も買っていたよ」

「そうだ。かれは剣の価値の二倍の値段を吹っかけて、わたしが剣に火をつけるといって怒っていた」ソロスは笑った。「その点では、きみの親方は正しかった。わたしは決して敬虔な祭司ではなかったからな。わたしは八人兄弟の末子に生まれた。だから、父はわたしを拝火寺院に引き渡した。だが、それはわたしの望む道ではなかった。祈禱をし、呪文を唱えたが、同時に台所を急襲することもした。そして、ときどきベッドに女がいるのが見つかった。

悪い女たちだよ。彼女らがどうやってベッドに入ったか、とんと見当がつかなかった。

しかし、わたしには弁舌の才能があった。そして火炎を覗きこむと、うん、いろんな物が見えることが、ときどきあった。それはそれとして、わたしは価値ある人物というよりむしろ厄介者だった。だから、結局、堕落しきったウェスタロスに主の光をもたらすために、わたしはキングズ・ランディングに送られた。エイリス王はひどく火を愛したので、改宗者になるかもしれないと考えられたのだ。残念ながら、かれの火術師《パイロマンサー》どもはわたしより手品がうまかった。

しかし、ロバート王はわたしを気に入った。燃える剣を持って、はじめて模擬合戦《メレー》に参加したとき、ケヴァン・ラニスターの馬が後ろ脚で立ち上がり、かれを振り落としたので、国王陛下は体が破裂するのではないかと思うほどの大笑いをしたものだ」〈紅の祭司〉は思い出し笑いをした。「しかし、あれは正しい剣の使い方ではなかった。その点でもきみの親方は正しかった」

「火炎は焼き尽くす」ベリック公がかれらの後ろに来ていた。そして、その声にはソロスをすぐに沈黙させるような何かが含まれていた。「それは焼く。そして焼き尽くした後には何も残らない。なにものも」

「ベリック、優しい友人よ」祭司は〈稲妻公〉の前腕に触れた。「何をいっているのかね？」

「何度も繰り返したことを。六回かな、ソロス？　六回は多すぎるな」かれは突然行ってしまった。

その夜、風はまるで狼のように吠えていた。そして、ずっと西のほうで何頭かの本物の狼が手本を示していた。ノッチ、アンガイ、そして〈月の町《ムーンタウン》のメリット〉が見張りに立った。ネッドやジェンドリーやその他大勢がぐっすり眠っているときに、アリアは馬たちの背後に小さな青白い影が忍び寄るのを見た。その女はまばらな白髪を振り乱して、節くれだった杖にすがっていた。背丈はとても一メートル以上には達していなかった。焚き火の光を受けて、その目はジョンの狼の目のように赤くきらめいた。〝あの狼もまた幽霊《ゴースト》だった〟アリアはこっそりと近寄って、しゃがんで観察した。

そのこびとの女が勝手に火のそばに腰を下ろしたときには、ベリック公のそばにソロスとレムも来ていた。彼女は赤く燃える石炭のような目を細めて、かれらを見た。「〝燃えさし〟と〝レモン〟がまたわたしに挨拶に来たな。そして屍の殿さまも」

「縁起の悪い名前だな。それを口にするなといっておいたぞ」

「はい、そのとおりです。でも、あなたには新たに死人の匂いがまとわりついていますよ、殿さま」彼女には歯が一本しか残っていなかった。「ワインをくださらなければ、わたしは行きます。わたしの骨は古い。風が吹くと関節が痛む、そして、この頂上では風がいつも吹いている」

「夢の話をしたら、スタッグ銀貨を一枚与えよう、マイ・レディ」ベリック公が礼儀正しく厳かにいった。「知らせを持ってきたなら、もう一枚与える」

「銀の牡鹿《スタッグ》は食べられないし、乗ることもできません。夢の話に、革袋のワインをくださいよ。そして、知らせには、その黄色いマントの無骨な大男からキスをひとつ」小さな女はけたけた笑った。「はい、べたべたのキスを、舌をちょっと。久しぶりだ、久しぶりだ、キスをするのは。かれの口はレモンの味がするだろう。そしてわたしのは骨の味だ。年をとりすぎたなあ」

「そうだ」レムは文句をいった。「ワインにもキスにも、年をとりすぎている。おまえがおれからもらえるものは剣の平打ちだぞ、婆さん」

「髪の毛はつかむたびに抜け落ち、もう一千年もだれもわたしにキスしてくれない。このように年老いるのは辛いものだ。では、歌を聞かせておくれ。〈七つのトム《トム・オ・セヴン》〉の歌を。わたしの知らせの代償に」

「トムがおまえの望みどおりの歌を聞かせる」ベリックが請け合った。そして、みずからワインの革袋を彼女に渡した。

小さな女は顎からワインをこぼしながら、ぐーっと飲んだ。そして革袋を下ろすと、皺の寄った手の甲で口を拭って、いった。「いやな知らせに酸っぱいワイン《サワー》。これ以上ふさわしいものがあろうか？　王は死んだ。これを聞いてとてもいやな気分になったのでは？」

アリアは心臓が喉に引っかかったように感じた。

「どの王野郎が死んだのか、婆さん？」レムがたずねた。

「あの濡れた王。大海魔《クラーケン》の王です、みなさん。わたしはかれの死んだ夢を見た。そしたらかれは死んだ。そして今は、鉄の鴉賊《イカ》どもがたがいに攻め合っている。ああ、それから、ホスター・タリー公も死んだが、それはあんたがたも知っているだろう？　王たちの広間に、あの山羊がひとりですわって、あの大犬が不意討ちを仕掛けてくるのではないかと怯えている」老婆はまた唇に革袋を持ち上げて絞り、ながながとワインを飲んだ。

〝大犬か〟〈猟犬《ハウンド》〉のことだろうか？　あるいは、もしかしたらその兄の〈馬を駆る山《マウンテン・ザット・ライズ》〉か？　アリアにはわからなかった。かれらは同じ紋章を使っていた。黄色の地に三匹の黒犬。アリアが死を願っていた男たちの半数はサー・グレガー・クレゲインの家来だった。ポリヴァー、ダンセン、〈善人面のラフ〉、〈一寸刻み《ティクラー》〉、そしてサー・グレガーその人。〝たぶんベリック公がかれらをみんな絞首刑にするだろう〟

「雨の中で狼が吠えている夢を見た。でも、かれの悲しみをだれも聞かなかった」小さな女がいっていた。「頭が割れそうな騒音を聞いた夢を見た。太鼓、角笛、横笛、悲鳴など。だが、いちばん悲しい音は小さな鈴だった。髪の毛に紫色の蛇をつけた乙女が宴会に出ている夢を見た。その蛇の牙から毒液が滴っていたよ。その後で、その乙女の夢をまた見た。雪で築かれた城の中で野蛮な巨人を殺していた」彼女は首をきゅっとまわし、暗がりを透かしてアリアをまともに見ると、微笑した。「子供よ、わたしから隠れることはできないよ。さあ、そばにおいで」

アリアの首を、冷たい指のように冷や汗が流れ落ちた。〝恐怖は剣よりも深い傷を作る〟彼女は自分にいい聞かせた。そして、いつでも逃げられるように片足の爪先に体重をかけて、用心しながら焚き火に近寄った。

小さい女は暗い赤い目で彼女を観察した。「なるほど」彼女はささやいた。「なるほど、狼の子供だ。血の子供だ。死の匂いがするのはこちらの殿さまかと思ったが……」彼女は小さな体を震わせてすすり泣きを始めた。「おまえがわたしの丘に来るなんて残酷だ。残酷だ。わたしはサマーホールで悲しみをたらふく喰った。おまえの悲しみなど必要ない。ここを立ち去れ、暗い心よ。立ち去れ！」

彼女の声があまり恐ろしかったので、この女は気が狂っているのではないかと思って、彼女は一歩あとに下がった。「この子を怖がらせるな」ソロスが抗議した。「彼女は害にならない」

〈レモンクロークのレム〉は折れた鼻に指を当てた。「そんなにはっきり断言するなよ」

「この子は明日われわれと立ち去る」ベリック公がその小さな女に保証した。「リヴァーラン城に、母親のところに、連れていくつもりだ」

「いいや」そのこびとはいった。「だめだ。今は黒い魚が川を占領している。母親を求めているなら、双子城《ツインズ》で探すがいい。なぜなら、あそこで婚礼が行なわれるからね」彼女はまたけたけたと笑った。「おまえの炎を覗きなさい、ピンクの祭司よ。そうすれば見えるだろう。だが、今はだめだ。ここでは何も見えない。この場所はまだ古《いにしえ》の神々のものだ……古の神々はまだわたしのように、ここにとりついている。縮んで、弱くなっているが、まだ死んではいない。また、炎も愛していない。なぜなら、樫《オーク》はまだ団栗《ドングリ》を思い出し、団栗は樫を夢見る。根株はまだそれら両方の中に生きている。そしてかれらは〈最初の人々〉が火を握ってやってきたときのことを覚えている」彼女は最後のワインをぐーっとぐーっと四口で飲み干し、革袋を投げ捨てて、杖でベリック公をさした。「さあ、支払いをしてもらおう。約束の歌を聞かせてもらおう」

そこでレムは毛皮をかぶって寝ていた〈七弦《セヴンストリングズ》のトム〉を起こし、あくびをしているかれにウッドハープを持たせて、焚き火のところに連れてきた。「前と同じ歌か？」かれはたずねた。

「ああ、そうだよ。お気に入りのジェニーの歌だ。他にあるかい？」

というわけでかれは歌い、小さい女は目をつぶり、体をゆっくりと前後に揺すり、歌詞をつぶやきながら泣いた。ソロスはアリアの手をしっかりと握って、引き寄せた。「安らかに歌を聞かせてやれ」かれはいった。「彼女にはそれしか残っていないのだから」

〝彼女を傷つけるつもりはなかったのに〟とアリアは思った。「さっき双子城《ツインズ》といったのは、どういうことかしら？　母上はリヴァーラン城にいるはずじゃないの？」

「いたのだ」〈紅《あか》の祭司〉は顎の下をなでた。「婚礼、と女はいったぞ。調べてみよう。母上がどこにいても、ベリック公は見つけるよ」

まもなく空が割れて稲妻が弾け、雷鳴が丘陵地帯に轟き、目もくらむような土砂降りになった。小さい女は現われたときと同様に、突然姿を消した。一方、逆徒たちは木の枝を集めて急ごしらえの屋根を作った。

その夜はひと晩じゅう雨が降り、朝が来ると、ネッド、レム、〈粉屋のワティ〉が寒さに目覚めた。ワティは吐き気をこらえて朝食を胃に留めておくことができず、若いネッドはじっとりと湿った冷たい肌をして、発熱と身震いを交互に繰り返した。北に半日ほど馬で行ったところに廃村があると、ノッチがベリック公にいった。あちらのほうが雨宿りにはむいており、雨の最悪の部分をしのげる場所があると。そこで一行は力を振り絞って馬の背に戻り、馬を励ましてその大きな丘を下った。

雨は上がらなかった。かれらは森や野原を進み、馬の腹に届くほど水嵩の増した急流を渡った。アリアはずぶ濡れになって震えながら、マントのフードをかぶり、背を丸めていたが、絶対つまずかないぞと心に決めていた。まもなくメリットとマッジが、ワティに負けないほどひどい咳をしはじめ、あわれなネッドは進むにしたがって惨めな状態になっていくように見えた。「兜をかぶると雨が鋼を叩いて、頭が痛くなる」かれはこぼした。「だが、それを脱ぐと、髪の毛がずぶ濡れになって顔にへばりつき、口に入るんだ」

「ナイフを持っているだろう」ジェンドリーがすすめた。「そんなに髪の毛が気になるなら、剃ってくりくり坊主になるがいい」

〝かれはネッドが嫌いなのだ〟しかし、このネッドという従士は、アリアにはとても好ましく思われた。たぶん、ちょっと内気だが、よい性格だった。彼女はいつも、ドーン人は肌が浅黒くて、髪が黒く、目も黒くて小さいと聞いていた。しかしネッドは大きな青い目をしていて、それも紫色に見えるほど濃い青色だった。そして、髪は薄いブロンドで、蜜の色というより、むしろ灰色だった。

「どのくらい長く、ベリック公の従士をしているの？」かれの気を紛らわすために、彼女はかれにたずねた。

「かれはぼくの叔母を妻に娶ったときに、ぼくを小姓にしたんだ」かれは咳をした。「七歳のときだった。そして十歳になったら、従士に取り立ててくれたんだよ。ぼくは試合で一度勝ったことがある」

「わたしは槍を習ったことはないけれど、剣ならあんたを負かすことができると思うよ」アリアはいった。「あんた、人を殺したことがある？」

こうたずねられると、かれはぎょっとしたように見えた。「ぼくはたった十二歳だよ」

〝わたしは九歳のときに、男の子を一人殺したんだよ〟とアリアはいいそうになったが、思いとどまった。「でも、戦《いくさ》には出たのね」

「うん」かれはあまり誇らしげでなくいった。「ママーズ・フォードの合戦だった。ベリック公が川に落ちたので、溺れないように堤に引き上げて、剣を持ってお護りした。でも、戦う必要はまったくなかった。公は折れた槍が体から突き出ていたので、だれも手を出さなかったんだ。陣容を立てなおしたときに、〈緑のガーゲン〉に手伝ってもらって公を馬の背に引き戻したのさ」

アリアはキングズ・ランディングで殺した馬丁を思い出していた。そしてその後では、ハレンの巨城《ホール》で喉を掻き切った衛兵がいた。それから湖岸のあの砦でサー・エイモリーの家来どもを殺した。ウィーズとチジックが勘定に入るかどうか、また〝鼬《イタチ》のスープ〟のために死んだ男たちが勘定に入るかどうかわからなかった……突然、彼女はひどく悲しくなった。

「わたしの父もネッドと呼ばれていたのよ」彼女はいった。

「知ってる。〈王の手〉の馬上槍試合のときに見かけた。そばにいって話しかけたいと思ったけど、なんといってよいかわからなかったんだ」ネッドはずぶ濡れの長い薄紫のマントの下で身震いした。「きみもあの試合を見ていたのかい？　きみの姉さんは見たぞ。サー・ロラスが薔薇の花を捧げたっけ」

「彼女から聞いたわ」すべて大昔のことのように思われた。「姉の友達のジェイン・プールが、あんたのベリック公に恋をしたのよ」

「かれはぼくの叔母と婚約していた」ネッドは不愉快な顔をした。「でも、それは昔のことだ。彼女が……」

〝……死ぬ前？〟彼女は思った。ネッドの声が小さくなって、ぎごちなく黙りこんだ。二人の馬が泥から足を引き上げるたびに、蹄が吸うような音を立てた。

「マイ・レディ？」ネッドがついにいった。「あんたには庶出の兄さんがいたね……ジョン・スノウという？」

「かれは〈冥夜の守人《ナイツ・ウォッチ》〉になって、いまは〈壁〉にいるわ」〝もしかしたら、わたしはリヴァーラン城ではなくて、〈壁〉に行くべきかもしれない。わたしがだれを殺そうと、髪をとかそうととかすまいと、ジョンは気にしないだろう……〟ジョンはたとえ庶出であるにしても、わたしに似ている。わたしの髪をよく掻き乱して、〝ちびちゃん《リトル・シスター》〟とわたしを呼んだものだ。アリアはだれよりもジョンが恋しかった。その名を口にするだけで悲しくなった。

「あんた、どうしてジョンのことを知っているの?」

「かれはぼくの乳兄弟だからさ」

「兄弟?」アリアはわけがわからなかった。「でも、あんたドーンの人でしょう。いったい、どうしてあんたとジョンの血がつながってるのよ?」

「乳兄弟だ。血ではなくて。ぼくが幼いころ、母上は乳が出なかった。そこで、やむをえずウィラがぼくの乳母になったのさ」

アリアは呆然とした。「ウィラって、だれ?」

「ジョン・スノウの母親だ。かれはいわなかったのかい? 彼女は何年も何年もぼくらに仕えていた。ぼくが生まれる前から」

「ジョンは母親をまったく知らなかった。その名前さえも」アリアは用心深くネッドを見た。「あんた、彼女を知っているの? 本当に?」〝こいつ、わたしをからかっているのではないだろうな?〟「嘘をいうと、その顔を殴りつけるよ」

「ウィラはぼくの乳母だった」かれは厳かに繰り返した。「ぼくの家の名誉にかけて誓う」

「家柄がいいの?」これは愚かな質問だった。かれは従士だったから、もちろん家柄はいいにきまっている。「あんた、何者なのよ?」

「マイ・レディ?」ネッドは当惑した顔をした。「ぼくはエドリック・デイン、あのう……

星降る城《スターフォール》の城主《ロード》なんだ」

二人の後ろでジェンドリーが唸った。「殿《ロード》さまとお姫《レディ》さまか」かれは吐き出すような口調でいった。アリアは通りかかった木の枝からしなびた小粒の林檎《リンゴ》をもぎ取り、かれに投げつけた。林檎はかれのずんぐりした牡牛のような頭に跳ね返った。かれは、「おう、痛いじゃないか」といって、目の上をさすった。「人民にしぼんだ林檎を投げつけるとは、なんたるお姫さまだ？」

「悪いお姫さまよ」アリアは急に気の毒になっていった。彼女はネッドのほうを振り向いた。「あなたが何者か知らなくて、ごめんなさい、マイ・ロード」

「ぼくこそ、だまっていて悪かった、マイ・レディ」かれはひどく礼儀正しかった。

〝ジョンに母親がいた。ウィラ、その名前はウィラだ〟こんどかれに会ったときに、教えてやれるように、これは覚えておく必要がある。かれはまだ自分を〝ちびちゃん〟と呼ぶだろうかと思った。〝わたしはもうそんなに小さくない。何か別の呼び方をしなければならないだろう〟おそらくリヴァーラン城に着けば、ジョンに手紙を書いて、ネッド・デインがいったことを知らせてやることができるだろう。「アーサー・デインという人がいたわね」彼女は思い出した。「〈暁の剣《つるぎ》〉と呼ばれた人が」

「ぼくの父はサー・アーサーの兄だった。レディ・アシャラは叔母だった。でも、彼女に会ったことはない。彼女はぼくが生まれる前にペイルストーン・ソードという塔のてっぺんから海に身を投げた」

「その人、なぜそんなことをしたの？」アリアはぎょっとしていった。

ネッドは用心深い顔になった。たぶん、何かを投げつけられると思ったのだろう。「きみの父上は彼女のことをぜんぜん話さなかったのかい？」かれはいった。「スターフォール城のレディ・アシャラ・デインだよ」

「いいえ、父は彼女を知っていたの？」

「ロバートが王になる前に、彼女はハレンホールできみの父上とその兄弟に会った。偽りの春の年のことだ」

「おう」アリアはなんといっていいかわからなかった。「でも、なぜその人は海に身を投げたの？」

「悲嘆に暮れたから」

これがサンサだったらためいきをついて、真の恋のために涙を流しただろうが、アリアはばかげているとしか思わなかった。しかし、それをネッドにいうわけにはいかなかった。かれ自身の叔母のことだから。「だれかが仲を裂いたの？」

かれはためらった。「たぶん、ぼくがいうべきことでは……」

「話して」

かれは困ったような顔で彼女を見た。「叔母のアリリアは、レディ・アシャラときみのお父上がハレンホールで恋に落ちたといっていた——」

「そんなことはないわ。父はわたしの母上を愛していたから」

「きっと、それはそうだろう、マイ・レディ、でも——」

「彼女は父が愛した唯一の人だったのよ」

「じゃ、かれはその私生児をキャベツの葉っぱの下で見つけたにちがいない」ジェンドリーが二人の後ろでいった。

もう一個の林檎があったら、やつの顔にぶつけてやるのに、とアリアは思った。「わたしの父には名誉があった」彼女は怒っていった。「とにかく、おまえと話しているわけじゃないよ。おまえなんか石の聖堂《ストーニイ・セプト》に戻って、あの馬鹿娘のベルを鳴らせばいいんだ」

ジェンドリーはこれを聞き流した。「少なくとも、おまえの父親は私生児をつくった。おれの親父と違ってな。おれは父親の名前も知らない。きっと、酒臭い酔っぱらいだったにちがいない。おふくろが酒場から家に引きずってきた他の男たちと同様に。おふくろはおれに腹を立てると、いつもこういった。〝おまえの親父がここにいたら、手荒く折檻するだろうに〟と。親父についておれが知っていることは、それだけだ」かれは吐き出すようにいった。「とにかく、いま親父がここにいたら、おれが親父を手荒く折檻してやるのになあ。だが、そいつは死んだ……らしい。そして、おまえの親父も死んだ。だから、その人がだれと寝たって、もういいじゃないか」

アリアにとってはよくなかった。なぜかといわれても答えようがなかったけれども。ネッドは彼女を動揺させたことを謝ろうとしたが、彼女は聞きたくなかった。そして、馬に踵を押しつけて、二人から離れた。数メートル前方に〈射手《アーチャー》のアンガイ〉が馬を進めていた。彼女はかれに追いつくと、いった。「ドーン人て嘘つきでしょ?」

「それは有名だ」弓兵はにやにやした。「もちろん、かれらはおれたち辺境人について同じことをいうがな。まあ、そういうこった。こんどはなんで喧嘩したんだ? ネッドはいいやつだが……」

「ただのばかな嘘つきよ」アリアは道を外れて、後ろの逆徒たちの叫びを無視し、腐った倒木を飛び越し、水しぶきを上げて河床を横切った。〝あいつら、わたしにもっと嘘をいいたいだけだ〟彼女はかれらと縁を切りたいと思ったが、相手は人数が多すぎるし、この辺りの土地のことをあまりによく知りすぎていた。どうせ捕まるとしたら、逃げてもしかたがないじゃない?

結局、彼女に追いついて馬を寄せてきたのはハーウィンだった。「どこに行くつもりですか、お嬢さま? 逃げてはいけません。この辺りの森には狼がいるし、もっと悪いものもいるんだから」

「怖くないわよ」彼女はいった。「あのネッド小僧のやつ……」

「ああ、わたしも聞きましたよ。レディ・アシャラ・デインのことでしょう。古い話です、あれは。わたしはウィンターフェル城で一度聞きましたよ。今のあなたよりも年がいっていなかったころに」かれは彼女の馬のくつわをしっかりとつかんで、馬の向きをぐるりとまわした。「まったく、事実ではないと思いますよ。しかし、たとえ事実であったとしても、どうってことないでしょう? お父上がそのドーンのレディに会ったときは、兄のブランドンはまだ生きていた。そして、レディ・キャトリンと婚約していたのはブランドンだった。だから、お父上の名誉はまったく傷ついてはいないのです。馬上槍試合ほど人の血を沸き立たせることはない。だから、ある夜テントの中でなんらかの言葉がささやかれたかもしれない。言葉かキスか、たぶんその先にも。だからといって仕方がないじゃないですか？　春が来た、とまあかれらは考えた。そして、二人のどちらもだれかと婚約していたわけじゃないんだから」

「でも、彼女は自殺したのよ」アリアはあいまいにいった。「彼女は塔から海に身を投げたとネッドがいったわ」

「それはそうです」ハーウィンは彼女を連れ戻しながら、認めた。「しかし、それはきっとべつの悲しみのためだったと思う。彼女は兄を失った。〈暁の剣〉をね」かれは首を振った。「放っておきなさい、マイ・レディ。かれらは死んだ。みんな死んだのです。放っておきなさい……そして、リヴァーラン城に着いたら、どうかこの話を母上に決して話さないようにしなさいよ」

村はノッチがいったとおりの場所だった。一行はある灰色の石の厩舎に雨宿りをした。屋根は半分しか残っていなかったが、それは村のどんな建物の屋根よりも大きかった。〝これは村ではない、焼け焦げた石と古い骨にすぎない〟「ここに住んでいた人々を、ラニスターたちが殺したのかしら？」アリアは馬の水気を拭き取るアンガイを手伝いながら、たずねた。

「いいや」かれは指摘した。「石にあんなに厚く苔がついているじゃないか。長い間だれも石を動かさなかったんだ。そして、ほら、あの壁から木が生えているだろう？　ここはずっと昔に焼き討ちされたんだ」

「では、だれがやったんだ？」ジェンドリーがたずねた。

「ホスター・タリーだ」ノッチは猫背の痩せた白髪の男で、この辺りで生まれたのだった。「ここはグッドブルック公の村だった。リヴァーラン城がロバート支持を宣言しても、グッドブルックは王への忠誠を続けた。それで、タリー公が火と剣でかれに襲いかかったのだ。三叉鉾河《トライデント》の合戦の後、グッドブルックの息子がロバートやホスター公と和睦した。しかし、死者を救うことはできなかったのさ」

辺りが静まり返った。ジェンドリーはアリアに妙な目を向けると、背を向けて馬を拭き出した。外では雨がざあざあ降っていた。「火をおこす必要があるぞ」ソロスがみんなにいった。「夜は暗く、恐ろしいものに満ちている。しかも、濡れている。ひどく濡れているじゃないか？」

〈幸あれかしのジャック〉が仕切り板から乾いた薪を切り取り、ノッチとメリットは焚きつけになる藁を集め、そして、レムが大きな黄色いマントで火を煽ぐと、しまいにごうごうと火がおきた。まもなく厩舎の中はほとんど熱いといってもよい温度になった。その前にソロスがあぐらを組んですわり、〈ハイ・ハートの丘〉の頂上でやっていたように、むさぼるように炎を見つめた。アリアはじっとかれを見つめた。そして、唇が動くと、つぶやきが聞こえたように思った。「リヴァーラン城」と。レムは咳をしながら行ったり来たり歩き、その足どりにつれて長い影が動いた。一方、〈七つのトム〉はブーツを脱いで、足をこすった。

「おれは狂っているにちがいない、リヴァーラン城に戻ろうとしているなんて」その吟遊詩人は不満をいった。「このトム爺さんにとって、タリー家はいつもついていなかった。おれを街道に送り出したのはあのライサのやつだった。そしたら、月の男どもがおれの金も馬も着物も全部剝ぎ取ってしまった。谷間《ヴェイル》にはまだ、おれがウッドハープだけを持って〈血みどろの門〉まで歩いて登ってきた様子を話す騎士がいるよ。おれが威張らないようにね。かれらは『誕生日の少年』と『勇気のない王さま』の歌をおれに歌わせてから、やっと門を開いてくれたものだ。おれの唯一の慰めは、かれらの三人が笑い死にしたことだ。あれ以来高巣《アイリー》城にも戻っていないし、キャスタリーの磐《ロック》城の黄金を全部もらっても『勇気のない王さま』を歌うつもりは——」

「ラニスター勢だ」ソロスがいった。「派手な赤色と金色」かれはよろよろと立ち上がり、ベリック公のところにいった。レムとトムがすぐさまそばに寄った。かれらが何をいっているのか、アリアにはわからなかったが、その吟遊詩人はちらちらと彼女のほうを見つづけた。そして、一度はレムがひどく腹を立てて、壁に拳を打ちつけた。ベリック公が彼女にそばに来るように合図したのはこの時だった。彼女はそばに行きたいとは決して思わなかったが、ハーウィンが彼女の腰のくびれに手を当てて、押し出した。彼女は二歩前に出たが、ひどく怖くて足が止まった。「マイ・ロード」彼女はベリック公の言葉を待った。

「話してやりなさい」〈稲妻公〉ベリックがソロスに命じた。

〈紅《あか》の祭司〉は彼女のそばにしゃがんだ。「マイ・レディ」かれはいった。「主はわたしにリヴァーラン城の情景を見せてくださった。あそこは火の海に浮かぶひとつの島のように見えた。火炎が長い真っ赤な鉤爪を持つ獅子のように、飛びかかっていた。そして、その轟音の凄まじかったこと！　ラニスター勢の海でしたよ、マイ・レディ。リヴァーラン城はまもなく攻撃を受けます」

アリアはかれに腹を殴られたように感じた。「まさか！」

「お嬢さん」ソロスがいった。「火炎は嘘をいいません。わたしも目の見えない愚か者だから、読み違えをすることがあります。しかし、こんどはそうではないと思います。ラニスター勢はまもなくリヴァーラン城を包囲攻撃するでしょう」

「そんなやつら、ロブが打ち負かすわ」アリアは頑固な目つきをした。「前にもやったように、打ち負かすわよ」

「兄さんは留守かもしれません」ソロスはいった。「母上も。炎の中にかれらの姿は見えなかったから。あの老婆がいっていた婚礼、双子城《ツインズ》での婚礼……彼女は物事を知る独特の力があるのですよ、あいつにはね。眠っているときに、ウィアウッドが彼女の耳にささやくのです。もし、母上が双子城《ツインズ》に行ってしまったと彼女がいうなら……」

アリアはトムとレムに向かっていった。「おまえたちに捕まらなかったら、あそこに行っていたのに。家に帰っていたのに」

ベリック公は彼女の激怒を意に介さなかった。「マイ・レディ」かれは疲れた口ぶりで礼儀正しくいった。「あなたはお祖父さまの兄弟と顔見知りですか？　サー・ブリンデン・タリー、〈漆黒の魚〉《ブラックフィッシュ》と呼ばれた人を？　ひょっとして、かれはあなたを知っているかも」

アリアは惨めに首を振った。母が〈漆黒の魚〉ことブリンデン・タリーのことを話しているのを聞いたことはあるが、たとえ自分がかれに会ったとしても、それはずっと幼いころのことで覚えているはずがなかった。

「〈漆黒の魚〉が見知らぬ娘に大金を払う可能性はほとんどないだろう」トムがいった。「あのタリー一族は気難しくて、疑い深い連中だから、おれたちが偽の商品を売りつけようとしてると思うだろうよ」

「説得できるだろう」〈レモンクロークのレム〉がいい張った。「彼女ならやれる、あるいはハーウィンなら。リヴァーラン城がいちばん近い。あそこに彼女を連れていって、おさばすることにしよう」

「しかし、もしおれたちが城内で獅子どもに捕まったら？」トムがいった。「やつらは大喜びで、われわれの殿さまをキャスタリー・ロック城のてっぺんから檻に入れて吊るすだろうよ」

「わたしは捕まるつもりはない」ベリック公がいった。口から出なかった最後の言葉が宙に浮いた。〝生きては〟と。かれらはみんな、アリアさえも、それを聞いた。その言葉は決してかれの唇から外に出ることはなかったけれども。「それにしても、やみくもにあそこに乗りこむことはできない。軍勢がどこにいるか知りたい、狼軍と獅子軍の両方が。シャーナが何か知っているだろう。そして、ヴァンス公のメイスターがもっと詳しいことを知っているだろう。殻斗城館《エィコーン・ホール》は遠くない。レディ・スモールウッドはわれわれをしばらく匿《かくま》ってくれるだろう。その間に斥候を出して調べることに……」

かれの言葉はドラムの音のようにアリアの耳を打ち、彼女は突然耐えられなくなった。彼女が行きたいのはリヴァーラン城であって殻斗城館《エィコーン・ホール》ではなかった。会いたいのは母と兄のロブであって、レディ・スモールウッドやぜんぜん知らない大叔父なんかではなかった。彼女はさっと身をひるがえしてドアのほうに向かった。ハーウィンが彼女の腕をつかもうとしたが、彼女は蛇のようにすばやく身をくねらせて逃げた。

厩舎の外ではまだ雨が降っており、遠い西のほうで稲妻が光っていた。アリアは全速力で走った。どこに向かっているか考えなかった。すべての人声から離れ、かれらの空虚な言葉と破られる約束から離れて、ひたすら一人になりたかった。〝行きたいのはリヴァーラン城だけだ〟ハレンホールを去るときにジェンドリーやホット・パイを連れてきたのは自分の失敗だった。一人のほうがよかったのだ。もし一人なら、この逆徒たちに捕まることもなかっただろうし、いまごろはロブや母と一緒にいただろうに。〝こいつらは決してわたしの群れではなかった。もしそうだったら、わたしを売ったりしないだろうに〟彼女は、しぶきを飛ばしながら泥水の溜まりを通っていった。だれかが名前を呼んでいた。たぶんハーウィンだろう。それともジェンドリーか。だが、稲妻から半拍遅れて丘に轟き渡る雷鳴《ダイ》がそれらの声をかき消した。〝あの〈稲妻公〉め〟彼女は腹立たしく思った。かれはたぶん死ぬことはできないだろうが、嘘《ライ》をつくことはできるのだ。

　どこか左の遠くのほうで馬がいなないた。アリアは厩舎から五十メートルも離れなかっただろうが、すでに骨までびしょ濡れになっていた。彼女は苔むした壁が雨を遮ってくれればよいと思いながら、身をひるがえして一軒の壊れた家の角を曲がり、歩哨の一人にほとんどまともにぶつかってしまった。鎖帷子《チェーン・メイル》をつけた一本の手が、ぎゅっと彼女の腕をつかんだ。

「痛いじゃないか」彼女はいって、相手の手の中で身悶えした。「放せ、これからわたしは帰るんだ……」

「帰る？」サンダー・クレゲインの笑い声は石をひっかく鉄のようだった。「ばかをいうな、狼娘。おまえはおれのものだ」かれは片手でらくらくと彼女をぶら下げて、足をばたばたさせるのもかまわず、待っている馬のほうに引きずっていった。冷たい雨が二人を激しく打ち、彼女の叫び声を洗い流し、アリアは以前にかれにたずねられた質問しか思い浮かべることができなかった。

〝犬が狼に何をするか知っているか？〟

44 ――― ジェイミー

熱はなかなか下がらなかったが、傷口はきれいに治りかかっていた。そして、もはやこの腕に危険はないとクァイバーンがいった。ジェイミーはハレンの巨城《ホール》も〈血みどろ劇団〉も、タースのブライエニーも、すべて後に残して、出ていきたくてたまらなかった。赤の王城《レッド・キープ》には本物の女性が待っているから。

「キングズ・ランディングまでの道中、あなたの面倒を見るためにクァイバーンをつけてあげましょう」ルース・ボルトンが出発の日の朝にいった。「そうすれば、お父上が感謝して、〈知識の城《シタデル》〉にかけあって、取り上げられたかれの学鎖を取り戻してくれるだろうという虫のよい望みを、このクァイバーンは抱いているのですよ」

「われわれはみんな虫のよい望みを抱いていますよ。もしかれがわたしの手をもう一度生やしてくれるなら、父はかれを上級学匠《グランド・メイスター》にするでしょうね」

〈鉄の脛《スティール・シャンクス》〉のウォルトンがジェイミーの護衛隊を指揮した。かれは無愛想、ぶっきらぼう、そして粗暴な男で、根っからの兵士気質だった。ジェイミーはこれまでずっと、この種の男と軍務についていた。ウォルトンのような男は主人の命令しだいで人を殺し、合戦の後で血が熱くなっていれば女を強姦し、それが可能であればどこでででも略奪をするが、いったん戦《いくさ》が終われば、自分の家に帰り、槍を売って鍬を買い、近所の娘と結婚し、ぎゃーぎゃーとやかましい子供たちをつくる。このような男は文句なしに服従するが、〈勇　武　党《ブレイヴ・コンパニオンズ》〉の心に深く染みこんでいるような悪質な残虐性は持っていない。

同じ日の朝、雨模様の冷たい灰色の空の下、ボルトンの部隊と〈鉄の脛〉の部隊の両方がハレンホールを出た。サー・エイニス・フレイは三日前に出発して、〈王の道〉に向かって北東に進んでいた。ボルトンはそれを追うつもりだった。「三叉鉾河《トライデント》は洪水を起こしています」ボルトンがジェイミーにいった。「ルビーの浅瀬も渡るのは難しいでしょう。あなた、わたしの心からの挨拶をお父上に伝えてくれるでしょうね？」

「あなたがわたしの挨拶をロブ・スタークに伝えてくれるならね」

「それは間違いなく」

何人かの〈勇武党〉が中庭に集まって、かれらの出発を眺めていた。ジェイミーはかれらの立っているところまで馬を進めた。「ゾロ。見送ってくれるとは優しいな。ピッグ。ティメオン。おまえたち、別れを惜しんでくれるのかい？　最後に冗談をいって、笑わせてくれないのか、シャグウェル？　おれの道中を明るくするためにさ？　そしてロージ、別れのキスをしにきてくれたのかい？」

「くそったれ、腕なし」ロージがいった。

「どうしてもおれと一緒にいたいなら、安心しろよ、戻ってくるからな。ラニスターはつねに借りを返すのだ」ジェイミーは馬をぐるりとまわして、〈鉄の脛〉とその二百人の家来のところにいった。

片手を失ったジェイミーが戦《いくさ》の装束をつければかえって滑稽に見えるのに、ボルトン公はそれに気づかないふりをして、騎士の服装をさせた。ジェイミーはベルトに剣と短剣をつけ、馬の鞍に楯と兜を吊るし、暗褐色の外衣の下に鎖帷子《チェーン・メイル》を着た。しかし、ラニスターの獅子の紋章をつけるとか、〈王の楯《キングズガード》〉だけが着用する権利を持つ無地の白装束をつけたりするほど愚かではなかった。その代わり、武器庫から古い楯を見つけてきていた。それは叩かれて裂けていたが、欠けた塗装にはまだ銀と金の地にロストン家の紋章である大きな黒蝙蝠《コウモリ》の大部分が残っていた。ロストン家はウェント家以前のハレンホールの城主で、最盛期には強力な家であった。しかし、何年も前に死に絶えて、かれがその紋章をつけていても、だれも文句はいわないだろうと思われた。かれはだれの従兄弟でもなく、だれの敵でもなく、だれに仕える剣士でもなく……要するに、だれでもなかった。

かれらはハレンホールの小さいほうの東門から外に出ると、十キロ先でルース・ボルトンとその軍勢から分かれて南に向かい、しばらくの間、湖岸道路に沿って進んでいった。ウォルトンはできるだけ〈王の道〉を避けて、神の目《ゴッズアイ》湖に近い農道や獣の踏み跡を通るほうを選んだ。

「〈王の道〉のほうが速いだろうに」ジェイミーはできるだけ早くサーセイのもとに戻りたかった。もし急げば、ジョフリーの婚礼に間に合うかもしれなかった。

「トラブルはごめんです」〈鉄の脛〉がいった。「あの〈王の道〉を行けば、だれに出会うかわかりません」

「だれも恐れる必要はないだろう？　二百人の家来をつれているんだから」

「ええ、しかし、相手はもっと大勢いるかもしれません。うちの殿さまから、あなたを無事にお父上のところに届けるようにいわれているし、そうするつもりです」

〝この道はいつか来た道だな〟数キロ先で、湖岸に廃棄された水車小屋のそばを通ったとき、ジェイミーは思い出した。昔、粉屋の娘がはにかみながら笑いかけ、粉屋の主人が「武芸大会は向こうのほうですよ」と叫んだ場所に、今は雑草が生い茂っていた。〝まるで、おれが知らないとでも思っているかのように〟

　エイリス王はジェイミーの叙任式を盛大にとりおこなった。ジェイミーは白い甲冑を着用し、国民の半数に見守られながら、王のパビリオンの前で緑の草の上にひざまずき、誓約したのだった。サー・ジェロルド・ハイタワーがかれを立ち上がらせ、その肩に白いマントを着せかけると、大歓声が上がったことをジェイミーはいまだに覚えている。しかし、まさにその夜に、エイリスは不機嫌になり、このハレンホールに七人の〈王の楯《キングズガード》〉は不要だといいだしたのだった。キングズ・ランディングに戻って、残っている王妃と幼いプリンス・ヴィセーリスを守れと、ジェイミーに命じたのである。そこで、〈白い牡牛《ホワイト・ブル》〉がその任務を代行しようと申し出た。ジェイミーをウェント公の馬上槍試合大会に出場させるためである。ところがエイリスは聞く耳を持たなかった。「かれはここでは栄光を勝ち取ることはできないだろう」王はいったものだった。「かれは今は余のものだ。タイウィンのものではない。余が命じるままに仕えるのだ。余は王だぞ。余が支配する、そして、かれは従うのだ」

この時、ジェイミーははじめて理解したのだった。自分が白いマントを勝ち取ったのは決して剣と槍の技量のためではなく、〈王の森兄弟団〉に対して示した武勇のためでもないのだと。エイリスはわたしの父を困らせるために、つまり、タイウィン公から跡継ぎを奪うために、自分を選んだのだと。

今でさえも、こんなに長い年月がたった後でさえも、それを思い返すと腹が立った。そして、あの日、空っぽの城を守るために新しい白マントを羽織って南に下ることは、ほとんど我慢の限界を超えていたのだった。できるものならあの時あの場所で、マントを引き裂きたいと思ったが、もう手遅れだった。国民の半数が見守っている前で、誓いの言葉を述べてしまったのだから。しかも、〈王の楯《キングズガード》〉の身分は終生続くのだった。

クァイバーンがそばに寄ってきた。「手の具合はどうですか？」

「手のないことが不具合だ」毎日、朝がいちばん辛かった。夢の中ではジェイミーは五体満足な男だった。そして、夜が明けるたびに、かれは半眠りの状態で、指が動くのを感じるのだった。〝あれは悪夢だった〟心の一部が今でも信じるのを拒否して、ささやくのだった。〝悪夢にすぎなかった〟と。しかし、その時に目が覚めるのだった。

「昨夜、訪問者があったでしょう」クァイバーンがいった。「きっと、あの女を楽しまれたでしょうね？」

ジェイミーはかれに冷たい目を向けた。「彼女はだれが差し向けたかいわなかったぞ」

メイスターは慎ましく微笑した。「あなたの熱はずっと下がりました。もうそろそろ運動を楽しまれてもよろしかろうと思いましたので。ピアはなかなか上手ですよ、ちがいますか？　しかも……積極的です」

確かに、そのとおりだった。彼女はこっそり入ってくると、すばやく服を脱いだので、ジェイミーはまだ夢を見ていると思ったほどだった。

その女がかれの毛布の下に滑りこんで、いいほうの手を乳の上にのせたときに、はじめてかれは目覚めたのだった。〝あいつは美しく、かわいい女でもあった〟「あなたがウェント公の馬上槍試合大会においでになって、王から白いマントを授かったときには、わたしはまだ痩せこけた女の子でした」彼女は打ち明けた。「白装束のあなたはとてもハンサムで、なんと勇敢な騎士だろうと、みんないいました。ときどき、男と寝るときに、わたしは目をつぶって、上の男をあなただと思うようにします。なめらかな肌と金の巻き毛を持ったあなただとね。でも、本当にあなたと寝ることになるなんて、決して思いませんでした」

その後、彼女を追い払うのは容易ではなかったが、結局、ジェイミーはそうした。〝おれには女がいる〟かれは自分にいい聞かせた。「おまえは、蛭《ヒル》治療をする男の患者のすべてに女を送りつけるのか？」かれはクァイバーンにたずねた。

「ヴァーゴ公のほうがもっとしばしばわたしのところに女を送ってよこします。あの人は女をわたしに調べさせるのが好きなのです、事前にね……まあ、かれは昔、無分別な恋をしたので、それを二度と繰り返したくないのだと、いっておきましょう。しかし、心配は御無用です、ピアはまったく健康ですから。あなたのタースの乙女のようにね」

ジェイミーは鋭い目でかれを見た。「ブライエニーのことか？」

「はい。強い娘です、あの人は。そして、彼女の処女膜はまだ無傷です。少なくとも、昨夜の時点ではね」クァイバーンはくすくす笑った。

「彼女を調べろと、やつがおまえのところに送ってよこしたのだな？」

「確かに。かれは……潔癖な人、とでもいっておきましょうか？」

「これは身代金と関係があるのか？」ジェイミーはたずねた。「彼女がまだ処女である証拠を、父親が求めているのか？」

「お聞きになりませんでしたか？」クァイバーンは肩をすくめた。「セルウィン公から鳥がまいりました。わたしの手紙の返事です。娘の無事な帰還のために、三百ドラゴン支払うと〈夕星《ゆうずつ》〉公はいうのです。タースにはサファイアはないと、わたしはヴァーゴ公にいいました。しかし、あの人は聞きいれません。〈夕星〉公は自分を騙すつもりだと思いこんでいるのです」

「三百ドラゴンといえば、騎士の身代金としては充分だ。〈山羊〉は取れるものを取るべきだ」

「〈山羊〉はハレンホールの城主です。そして、ハレンホールの城主は押し問答をしません」

このニュースはかれを苛立たせた。もっとも、このようなことになるのは予想すべきだった。〝あの嘘が、しばらくおまえを救っていたのだぞ、娘。それだけは感謝しろよ〟「もし彼女の処女膜が、彼女のほかの部分と同じくらい硬かったら、〈山羊〉がそれを突破しようとすれば、男根をへし折るだろうな」かれは冗談をいった。ブライエニーは数回の強姦ぐらいでは死なないタフさを持っていると、ジェイミーは判断した。もっとも、彼女があまり激しく抵抗すれば、ヴァーゴ・ホウトは彼女の手足を切りはじめるかもしれないが。〝そして、たとえそうしても、どうしておれが心配するか？　彼女がすなおに、おれに従弟の剣を持たせていれば、おれにはまだ片手があったかもしれないのに〟あの時、ジェイミーは最初の一撃で彼女の足を切断しそうになったのだが、その後では、彼女がかれを圧倒したのだった。〝彼女がどれほど異常に強いか、ホウトは知らないかもしれない。やつは用心したほうがいい。さもないと、彼女はやつの細首を嚙み切るだろう。そうなったら、どんなに愉快であることか？〟

クァイバーンと一緒にいるとジェイミーはいらいらした。そこで、馬を走らせて隊列の先頭に行った。丸々と太ったダニのようなネイジという北部人が平和の旗を持って、〈鉄の脛〉の前を進んでいた。それは七つの長い尾を持つ虹色の縞模様の旗で、尖端に七芒星のついた旗竿に取り付けられていた。「おまえたち北部人はもっと違う平和の旗を持つべきではないか？」かれはウォルトンにたずねた。「おまえたちにとって、あの七は何を意味するのか？」

「南部の神々です」その男はいった。「しかし、われわれが欲しいのは南部の平和です。あなたを無事に父上に届けるために」

〝父上か〟ジェイミーはタイウィン公が、〈山羊〉からの身代金の要求を、自分の腐った手が添えられていたかどうかは別として、受け取ったのだろうかと思った。〝剣を持つ手を失った剣士にどんな価値があるだろうか？ キャスタリーの磐城《ロック》の黄金の半分？ 三百ドラゴン？ それともただか？〟かれの父親はあまり感情に動かされたことがなかった。タイウィン・ラニスター自身の父親であるタイトス公が、かつて手に負えないターベック公という旗主を投獄したことがあった。ところが侮りがたいレディ・ターベックはそれに対抗してラニスター家の三人を捕らえた。その中には若いスタッフォードも含まれており、かれの妹は従兄であるタイウィンと婚約していたのだ。〝わたしの愛する夫を返せ、さもないと、この三人はわたしの夫に加えられる危害を償うことになるぞ〟と彼女はキャスタリー・ロック城に手紙を出したのだった。若かったタイウィンは、相手の願いに応えてターベック公を三つに切断して送り返してやれと父親に提案したものだった。しかしタイトス公はもっと穏やかな性質の獅子だったので、レディ・ターベックはとろい主人の寿命を数年伸ばすことができ、スタッフォードは結婚し、子供をつくり、オックスクロスまでなんとか生き延びたのだった。しかし、タイウィン・ラニスターは粘りぬいた――不動のキャスタリー・ロック城のように。

〝そして今、あなたは息子としてこびとだけでなく、手を切断された男をも持つことになりましたよ、父上。なんとも不愉快な話ですが……〟

一行はひとつの焼けた村に着いた。ここに火をつけられたのは一年かあるいはもっと以前のことだったにちがいない。焼け焦げて、屋根のない小さな家が立っていたが、周囲の野原には腰の高さの雑草が一面に生い茂っていた。〈鉄の脛〉は停止を命じ、馬に水を飲ませることにした。〝この場所も知っているぞ〟ジェイミーは井戸端で待ちながら思った。今は二、三の土台石と煙突しか残っていない場所に、昔は小さな旅籠があった。そして、かれはエールを飲みにそこに入ったものだった。黒い目の女中がチーズと林檎《リンゴ》を持ってきた。しかし、主人は銭を断った。「この屋根の下に〈王の楯《キングズガード》〉のお一人をお迎えするのは名誉なことです」主人はこういったのだった。「孫たちに聞かせる物語になるでしょう」ジェイミーは雑草の中に突っ立っている煙突を見て、はたしてあいつに孫ができただろうかと思った。〝かつて〈王殺し《キングスレイヤー》〉がここでエールを飲み、チーズと林檎を食べたのだよと、かれは孫たちに話して聞かせたのだろうか、それともおれのような男に飲食を許したことを恥じただろうか？〟それを知るすべはないが、だれであろうとこの旅籠を焼いたやつは、たぶんかれの孫たちをも殺したことだろう。

かれは幻の指が拳を作るのを感じた。〈鉄の脛〉がここで火をおこして、ちょっと食事をしたらどうかといったとき、ジェイミーは首を振った。「この場所は気に入らない。先に進もう」

夕暮れまでに一行は湖を離れて、轍《わだち》の残る小道をたどり、樫《オーク》と楡《ニレ》の林の中を通っていった。〈鉄の脛〉が野営地の設営を決定したときには、ジェイミーの手の切り株はずきずきと鈍く痛んでいた。ありがたいことに、クァイバーンがドリームワインの革袋を持ってきていた。

ウォルトンが見張りを配置している間に、ジェイミーは焚き火のそばの木の切り株に、巻いた熊の毛皮を立てかけて枕にして横になった。これをブライエニーが見たら、体力を保つために、眠る前に食事をしなければいけないといったことだろう。かれは目をつぶって、サーセイの夢を見たいと思った。熱に浮かされた夢はあまりにも生々しく……

かれは裸で、一人で、敵に囲まれて立っていた。そして石の壁に閉じこめられていた。〝キャスタリー・ロック城だ〟とわかった。頭上にそのものすごい重量を感じることができた。故郷に帰ったのだ。故郷に帰ったのだ、五体満足で。

かれは右手を上げて、指を屈伸させ、その力を感じ取った。それは男女の交わりのように心地よかった。剣術のように心地よかった。〝五本の指がある〟右手を失ったというのは夢だったのだ。実はそうではなかった。目も眩むほどの安堵を覚えた。〝おれの手、おれの無傷の手〟五体満足でいるかぎり、何ものもかれを傷つけることはできなかった。

かれを取り巻いて、修道士のようなフードつきの衣を着て顔を隠した背の高い黒い姿が一ダースほど立っていた。かれらは手に手に槍を持っていた。「おまえたちはだれだ？」かれはたずねた。「キャスタリー・ロック城になんの用だ？」

かれらは答えず、槍の先でかれを小突くだけだった。かれは下におりるしかなかった。曲がりくねった通路を下りていった。生きている岩から彫り出された階段が下へ下へと続いていた。〝上がらねばならない〟かれは思った。〝下ではなく、上へ。なぜ、おれは下りているんだ？〟地下にかれの運命が待っていた。夢独特の確信をもってかれは知った。あそこに、何か暗く恐ろしいものが潜んでいる。かれを求めているものが。ジェイミーは止まろうとしたが、かれらの槍が進め進めと小突いた。〝剣がありさえしたら、なにものもおれを傷つけることはできないのに〟

谺《こだま》する暗闇の中で階段が突然終わった。自分の前に広大な空間が広がっていることを感じ取ると、ジェイミーはぱっと立ちどまり、虚無の縁でよろめいた。一本の槍先が腰のくびれをぐいと突き、かれを奈落の底に突き落とした。かれは大声を上げたが、墜落はすぐに終わった。両手、両膝をついて落ちたのは柔らかい砂と浅い水の上だった。キャスタリー・ロック城の地底深くに水の溜まった洞窟があったが、ここは心当たりがなかった。「これは何の場所だ？」

「おまえの場所だ」声が谺した。それは百の声、千の声、歴史の始まりに生きていた〈ランニスター王〉以来のすべてのラニスター家の人々の声だった。しかし、その大部分は父親の声だった。そして、父親のタイウィン公の横に姉が立っていた。青白く、美しく、燃える松明を手にして。ジョフリーもそこにいた。ジェイミーとサーセイが協力してつくった息子が。そして、かれらの後ろに、さらに十数人の金髪の暗い姿があった。

「姉さん、なぜ父はおれたちをここに連れてきたのだ？」

「おれたち？　ここはあなたの場所よ、ジェイミー。ここはあなたの暗闇なのよ」彼女の松明が洞窟内で唯一の明かりだった。彼女の松明は世界で唯一の明かりだった。彼女は向きを変えて行きかけた。

「一緒にいてくれ」ジェイミーは懇願した。「ここに、一人だけ置き去りにしないでくれ」だが、かれらは帰りはじめていた。「暗闇に置き去りにしないでくれ！」この地底には恐ろしいものが棲んでいた。「剣をくれ、少なくとも」

「剣は与えた」タイウィン公がいった。

それは足元にあった。ジェイミーが水の底を探ると、手が剣の柄を握った。〝剣があるかぎり、なにものもおれを傷つけることはできない〟剣を持ち上げると、その尖端に指のような青白い炎がちらちらと燃えて、刃に沿ってのぼってきて、柄から手の幅ぐらいのところで止まった。その火は鋼そのものの色を帯びているので、銀色がかった青い光を放って燃え、暗闇が後退した。ジェイミーは身を屈め、耳を澄ませて、ぐるぐると円を描くように動き、暗闇から出てくるかもしれないものに対して身構えた。水がブーツに流れこみ、くるぶしの深さに溜まり、ひどく冷たかった。〝水に気をつけろ〟かれは思った。〝なかに何か生き物がいるかもしれない、深くに潜んで……〟

後ろから大きな水音が聞こえた。その音のほうに、ジェイミーはくるりと向きなおった……ところが、かすかな明かりで見えたのは、なんのことはないタースのブライエニーの姿だった。彼女は両手を重い鎖で縛られていた。「あなたの身を守ると誓いました」その娘は頑固にいった。「誓ったのです」裸体の彼女は両手をジェイミーのほうに上げた。「あなた。お願いです。お願いします」

鉄の鎖は絹のように容易に切れた。「剣を」ブライエニーは懇願した。すると、そこに剣があった。鞘もベルトも何もかも。彼女はそれを太い腰に巻いた。灯火があまり暗いので、二人はほんの数十センチしか離れて立っていないのに、ジェイミーにはほとんど彼女の姿が見えなかった。〝この明かりの中では、彼女はほとんど美人といってもよいくらいだ〟とかれは思った。〝この明かりの中では、彼女はほとんど騎士といってもよいくらいだ〟ブライエニーの剣にも火がついて、銀色がかった青い炎を上げて燃えていた。暗闇がもう少し後退した。

「その炎はあなたが生きているかぎり燃えるでしょう」遠くからサーセイのいうのが聞こえた。「それが消えれば、あなたも消えます」

「姉さん！」かれは叫んだ。「一緒にいてくれ、いてくれ！」返事はなく、遠ざかるかすかな足音しか聞こえなかった。

ブライエニーは銀色の炎がちらちらと瞬くのを見つめながら、長剣を前後に振った。彼女の足元の暗い水面に、燃える剣の輝きが反射した。彼女は記憶にあるとおりに背が高くて強かった。だが、今はもっと女らしい体つきになっているとジェイミーには思われた。

「この地底に熊を飼っているの？」ブライエニーは剣のそばに手をやり、ゆっくりと警戒して動いていた。歩き、向きを変え、耳を澄ませた。一歩ごとに小さな水音が立った。「洞穴の獅子？　大狼《ダイアウルフ》？　熊か何か？　教えて、ジェイミー。ここには何が棲んでいるの？　暗闇に何が棲んでいるの？」

「運命だ」〝熊ではなく、獅子でもない〟とかれにはわかっていた。「運命だけだ」

剣の冷たい銀色がかった青い光の中で、その大柄な娘は青白く、獰猛に見えた。「この場所は嫌いです」

「おれも好きではない」二人の剣は小さな光の島を作ったが、その周囲には果てしない暗黒の海が広がっていた。「足が濡れた」

「かれらがわたしたちを運んできた道を引き返すことができます。あなたがわたしの肩にのぼれば、造作もなくトンネルの入り口に手が届きます」

〝そうすれば、サーセイの後を追うことができる〟そう思うと一物がこわばるのがわかったので、ブライエニーに見られないように後ろを向いた。

「聞いて」彼女がかれの肩に手をかけると、その突然の触感にかれの体が震えた。〝彼女は温かい〟「何かやってくる」ブライエニーは剣を上げて、かれの左側を指し示した。「あそこに」

その薄暗がりを覗きこむと、かれにもやっと見えた。何かが暗闇の中を動いていた。まったくわけのわからないものが……

「馬に乗った男が一人。いや、二人。二人の騎手が並んでいる」

「ここに下りてくるのか、岩城《ロック》の下に?」わけがわからなかった。だが、二人の騎手が青白い馬に乗ってやってくるのだ。人も馬も甲冑をつけている。軍馬がゆっくりと歩いて暗闇から現われた。〝音がしないぞ〟ジェイミーは気づいた。〝水音が聞こえない、鎖帷子《チェーン・メイル》のカチカチという音もせず、蹄の音もしない〟静まり返ったエイリスの玉座の間をエダード・スタークが馬に乗って進んできたのを、かれは思い出した。ただ、かれの目だけが物語っていた。君主の目、冷たく灰色で判断力に満ちた目が。

「おまえか、スターク？」ジェイミーは呼びかけた。「進んでこい。おれは生きているおまえを決して恐れなかった。死んだおまえも恐れはしないぞ」

ブライエニーがかれの腕に触れた。「他にもいます」

かれにも見えた。かれらはすべて雪の甲冑をつけているように見えた。そして、かれらの肩からリボンのような霧が渦巻いて後ろに流れた。兜の面頬は閉じられていたが、顔が見えなくても、ジェイミー・ラニスターにはかれらがだれかわかった。

五人はかれの〈王の楯《キングズガード》〉の誓約の兄弟《スウォーン・ブラザー》だった。オズウェル・ウェントとジョン・ダリー。ドーンのプリンス、ルーウィン・マーテル。〈白い牡牛《ホワイト・ブル》〉ことジェロルド・ハイタワー。〈暁の剣《つるぎ》〉ことサー・アーサー・デイン。そして、かれらの横に、長い頭髪を背後になびかせて、霧と悲しみの冠をいただいたレイガー・ターガリエン——ドラゴンストーン城のプリンスにして〈鉄の玉座〉の正当なる後継者——が馬に乗っている。

「おまえたちなど怖くはないぞ」かれらが二手に分かれて左右からやってきたとき、ジェイミーは叫んだ。どちらを向けばよいのかわからなかった。「一人ずつでも、全部いっぺんでも、かかってこい。だが、この娘と決闘するのはだれだ？　仲間外れにすると、彼女は気分を害するぞ」

「わたしはこの人を安全に守ると誓った」彼女はレイガーの影にいった。「神聖な誓いを立てたのだ」

「われわれはみな、誓約している」サー・アーサー・ディンがひどく悲しげにいった。

影たちはそれぞれの幽霊の馬から下りた。かれらが剣を抜いたが、音はしなかった。「かれは町を焼こうとしていた」ジェイミーはいった。「ロバートに灰しか残さないために」

「おまえはおまえの王だった」ダリーがいった。

「おまえはかれを安全に守ると誓約したのだぞ」ウェントがいった。

「そしてその子供たちも、同様に」プリンス・ルーウィンがいった。

プリンス・レイガーは冷たい光を放って燃えていた。今は白、今は赤、今は暗く。「わたしはおまえの手に妻と子供たちを委ねた」

「あいつがかれらを傷つけるとは決して思っていなかった」ジェイミーの剣の炎は今は下火になっていた。「おれは王と一緒だった……」

「王を殺していたのだ」サー・アーサーがいった。

「かれの喉を掻き切っていた」プリンス・ルーウィンがいった。

「身命を賭して守ると誓った王の」〈白い牡牛《ホワイト・ブル》〉がいった。

剣の刃に沿って燃えていた火がちらちらして消えた。そして、ジェイミーはサーセイがいったことを思い出した。〝消えるな〟恐怖の手がかれの喉を締めつけた。それからかれの剣は暗くなり、ブライエニーの剣だけが燃え、幽霊どもが突進してきた。

「よせ」かれはいった。「よせ、よせ、よせ、よせーーーーー！」

激しい動悸がして、かれはぱっと目覚め、暗い森の中の星明かりの下に自分がいるのに気がついた。口に胆汁の味がし、汗をかいて震えており、暑さと寒さを同時に感じた。剣をもつ右手を見下ろすと、手首は革と亜麻布でしっかりと包まれた醜い切り株のところで終わっていた。突然、目に涙が浮かぶのを感じた。〝感じたんだ、指の力を感じたんだ、そして、剣の握りのざらざらしたなめし革の触感を。おれの手は……〟

「殿さま」クァイバーンがそばにひざまずいていた。父親のような顔を心配そうに皺だらけにして。「どうなさいました？　叫び声が聞こえましたが」

背が高く、気難しい顔をした〈鉄の脛〉のウォルトンが上から覗いていた。「なんです？　なぜ叫んだのですか？」

「夢だ……ただの夢だよ」ジェイミーは一瞬、呆然として周囲の野営地を見まわした。「暗いところにいた。しかし、手は戻っていた」手の切り株を見て、いやな気分が完全にぶり返してしまった。〝岩城《ロック》の地下には、あのような場所はなかった〟とかれは思った。胃は酸っぱく空っぽで、頭は枕にしていた木の切り株の当たった部分がずきずき痛んでいた。

クァイバーンが額を触った。「まだちょっと熱があります」

「熱にうなされたんだ」ジェイミーは手を上げた。「起こしてくれ」〈鉄の脛〉がかれのよいほうの手を握って、引き立たせた。

「またドリームワインをお飲みになりますか？」クァイバーンがたずねた。

「いや。今夜はもう充分に夢を見た」夜明けまで、まだどのくらいの時間があるのだろうと思った。どういうわけか、もし目をつぶれば、あの暗い湿った場所に逆戻りするとわかった。

「では、罌粟《ケシ》の汁にしますか？　そして、何か熱さましになるものを？　まだ弱っておられます、マイ・ロード。眠る必要があります。お休みにならないと」

〝それだけは絶対にしたくない〟ジェイミーが頭をのせていた木の切り株に、青白い月の光がちらちらと射した。それは厚い苔に覆われていてさっきは気づかなかったが、今はその木が白いことがわかった。それを見て、かれはウィンターフェル城を、ネッド・スタークの〈心の木〉を思い出した。〝あれはかれではなかった〟とジェイミーは思った。しかし、切り株は枯死しており、スタークも死んでおり、プリンス・レイガーもサー・アーサーも、子供たちも、そしてその他すべての者も死んでいた。〝そして、エイリスも。中でもエイリスが特に死んでいるのだ〟「幽霊の存在を信じるか、メイスター？」かれはクァイバーンにたずねた。

その男はおかしな顔になった。「かつて、〈知識の城《シタデル》〉で、ある空《あ》いた部屋に入ると、空《から》の椅子が見えました。しかし、ほんの一瞬前にそこに一人の女がいたとわかりました。その女がすわっていたクッションがくぼんでおり、布地はまだ温かく、空中に残り香が漂っていました。もしわれわれが部屋を出たとき、あとに匂いが残るとすれば、われわれがこの世を去るとき、われわれの魂のいくらかがきっと後に残るのではないでしょうか？」クァイバーンは両手を広げた。「でも、大《アー》メイスター《チ》たちは、わたしの考えを気に入りませんでした。まあ、マーウィンは気に入ってくれましたが、かれ一人だけでした」

ジェイミーは指で頭髪をすいた。「ウォルトン」かれはいった。「馬に鞍を置け。おれは戻りたい」

「戻る？」〈鉄の脛〉は不審そうにかれを見た。

〝こいつ、おれが発狂したと思っている。そして、たぶんおれは実際に狂ってしまったのだろう〟「ハレンの巨城《ホール》に忘れ物をしてしまった」

「あそこはもうヴァーゴ公のものです。かれとかれの〈血みどろ劇団〉のものです」

「おまえの兵士はかれの兵士の倍もいるじゃないか」

「もし、あなたを命令どおりお父上のところに送り届けなければ、ボルトン公に生皮を剝がれてしまいます。なんとしてもキングズ・ランディングに行きます」

かつてのジェイミーなら、微笑と脅迫で対抗したかもしれない。しかし、片手を失った不自由な体ではたいした恐怖心を呼び起こすことはできない。弟だったら、どうするだろうかと、かれは考えた。〝ティリオンならうまいやり方を見出すだろうに〟「ラニスター家は嘘をつくぞ、〈鉄の脛〉。ボルトン公がそういわなかったか？」

相手の男は疑わしそうに顔をしかめた。「もし、そうだとしたら？」

「もしおまえがおれをハレンホールに連れ戻さなかったら、おれが父上に歌って聞かせる歌は、ドレッドフォート城の城主が聞きたいと思うような歌ではないかもしれないぞ。おれの手を切断しろと命じたのはボルトンだったとさえいうかもしれない。そして、剣を振るったのは〈鉄の脛〉のウォルトンだったとな」

ウォルトンはあっけに取られてかれを見た。「ちがいますよ」

「うん。しかし、父上はだれを信じるだろうか？」ジェイミーは、しいて微笑を浮かべた。世の中に何も怖いものがなかったころに、よくそうしたように。「ここで後戻りするほうが、よっぽど容易だぞ。すぐにもとの道に戻れる。そして、おれはキングズ・ランディングでおまえが耳を疑うような甘い歌を歌ってやる。おまえはあの女を手に入れ、そして、たっぷり膨らんだ財布をお礼としてもらえるのだ」

「黄金ですか？」ウォルトンはそれが大好きだった。「いくらの黄金？」

〝しめた〟「さあね、おまえいくら欲しい？」

こうして、日が昇るころには、ハレンホールまで半分戻っていた。

ジェイミーは前の日にやったよりもずっと強引に馬を進ませた。そして、〈鉄の脛〉と北部人たちはその速度に合わせるようにしていられた。そのようにして進んでも、湖岸の城に着いたのは昼ごろだった。今にも雨が降りだしそうな暗い空の下に、広大な城壁と巨大な五本の塔が、黒く、不気味にそびえていた。〝まるで死んでいるように見えるぞ〟城壁には人けがなく、城門は閉じられ、門がはめられていた。しかし、高い物見櫓の上に旗が一本だけだらりと垂れていた。〝クォホールの黒山羊だ〟とわかった。ジェイミーは口に手を当てて叫んだ。「中の者！　門を開けろ。さもないと蹴破るぞ！」

クァイバーンと〈鉄の脛〉も一緒に叫ぶと、やっと頭上の狭間胸壁の上にひとつの頭が現われた。そいつは目を丸くしてかれらを見下ろし、姿を消した。しばらくすると、落とし格子が引き上げられる音がした。門がさっと開くと、ジェイミー・ラニスターは馬に拍車をかけて、天井の殺人孔もほとんど見上げずに城壁をくぐった。かれは〈山羊〉が自分たちの入城を許さないのではないかと心配していたが、〈勇武党〉はまだかれらを同盟者と考えているようだった。〃馬鹿者どもが〃

外に近い中庭には人影がなく、スレート葺きの長い厩舎だけが多少の生気を漂わせていた。しかし、この時にジェイミーの関心を引いたのは馬たちではなかった。かれは馬を止めて、周囲を見まわした。〈幽霊の塔〉の後ろから物音が聞こえた。それと数カ国語の叫び声が。〈鉄の脛〉とクァイバーンがかれの両側に馬を寄せた。「取り戻しにきた物を取ったら、すぐに出ていきましょう」とウォルトンがいった。「〈劇団〉のやつらとは面倒を起こしたくないから」

「家来どもに、剣に手をかけているようにいえ。そうすれば、劇団員どもはおまえたちに手を出そうとは思わないだろう。ほら、二対一なんだからな」ジェイミーはぐいと首をまわして遠くの叫び声のほうを見た。かすかだが凶暴な叫び声が聞こえたのである。それはハレンホールの城壁に谺し、笑い声が海鳴りのように響いた。何が起こっているか突然わかった。

〃手遅れだったか？〃かれは胃袋がきゅっと縮むのを感じ、馬に拍車をかけ、全速力で中庭を横切り、アーチ型の石橋の下をくぐり、〈嘆きの塔〉を迂回し、〈流れ石の庭園《フローストーン・ヤード》〉を突っ切っていった。

かれらは彼女を熊の穴に入れていた。

　この城を建てたハレン暗黒王は熊いじめさえも豪勢なかたちでやりたがっていた。熊の穴は直径十メートル、深さ五メートルで、壁は石、床は砂で、六列の大理石のベンチに囲まれていた。〈勇武党〉の兵士たちはその座席の四分の一しか占めていないと、ジェイミーは不器用に馬から下りながら見て取った。その傭兵どもは下の見せ物に夢中になっていたので、穴の向こう側の者しか、かれらがやってきたのに気づかなかった。

　ブライエニーはルース・ボルトンと食事をしたときに着ていたのと同じ、体に合わないガウンを着ていた。楯も胸甲も鎖帷子《チェーン・メイル》も、硬革《ボイルド・レザー》さえもつけておらず、ピンクのサテンとミアのレースしか身につけていなかった。たぶん〈山羊〉は、彼女が女の衣装をつけているほうがおもしろいと思ったのだろう。そのガウンの半分はずたずたに裂けて垂れ下がり、左腕は熊に引っ掻かれて血が滴っていた。

〝少なくとも、剣は持たせているのだな〟その娘は片手にそれを持ち、自分と熊との間に距離を置こうとして、横に動いていた。〝それはだめだ、リングが小さすぎる〟早く決着をつけるには、彼女が攻撃しなければだめだった。よい剣があれば、どんな熊とも対等に戦える。しかし、その娘は接近するのを恐れているように見えた。劇団員たちは彼女に罵詈讒謗《ばりざんぼう》を浴びせていた。

「われわれとは関わりのないことです」〈鉄の脛〉がジェイミーに警告した。「ボルトン公は、あの女は自分のものだから、どうしようと自分の勝手だといいました」

「彼女の名前はブライエニーだ」ジェイミーは階段を下り、十数人のぎょっとしている傭兵どもの間を通っていった。ヴァーゴ・ホウトはいちばん下の列の城主の席についていた。

「ヴァーゴ公」ジェイミーはかれらの叫び声に負けずに呼びかけた。

そのクォホール人はワインをこぼしそうになった。「キンクスレイヤーか?」かれの顔の左側は不器用に包帯が巻かれ、耳を覆っている亜麻布には血が染み出していた。

「彼女をあそこから引き出せ」

「くちをたすな、キンクスレイヤー、また、ちょんきられたくなかったら」かれはワインのカップを振った。「きさまの牝鹿《めすしか》がおれのみみをかみきりやかった。こんなてきそこないにちちおやかみのしろきんをはらおうとしないのはとうせんた」

唸り声が聞こえたので、ジェイミーは振り向いた。熊は立ち上がると身長が二メートル半もあった。〝まるで毛皮をかぶったグレガー・クレゲインだ〟とかれは思った。〝もっとも、こちらのほうがよりスマートだが〟もっとも、あの〈マウンテン〉がものすごい大剣を持っていたのに比べると、この熊のほうが手の届く範囲が短いけれども。

熊は怒り狂って、黄色い歯がいっぱい生えている口を開けた。それから、四本足に戻ると、まっすぐにブライエニーに向かってきた。〝今がチャンスだ〟とジェイミーは思った。〝切りつけろ! 今だ!〟

彼女は剣先を突き出したが、これは無駄だった。熊は後ずさりし、それから唸りながら向かってきた。ブライエニーは左に動き、また熊の顔に向かって剣を突き出した。こんどは、熊は片方の前足をぱっと上げて剣を払いのけた。

〝あいつ、警戒しているぞ〟ジェイミーは理解した。〝あの熊は他の人間と闘ったことがある。剣や槍で傷つけられることを知っているのだ。だからといって、彼女が長くあいつを撃退していることはできないだろう〟「殺せ！」かれは叫んだが、その声は他の叫び声にかき消されてしまった。たとえ、ブライエニーに聞こえたとしても、彼女は何の反応も示さなかった。彼女は壁を背にして穴の周囲をまわった。〝近すぎる。もし熊が彼女を壁に押さえつけたら……〟

その獣は不器用に向きを変えた。遠すぎ、そして早すぎた。ブライエニーは猫のようにすばやく向きを変えた。〝これこそおれの知っているブライエニーだ〟彼女は飛びこんで熊の背中に一太刀あびせた。熊は唸って、また後脚で立ち上がった。ブライエニーは急いで後ろにさがった。〝血が出ないのか？〟それから、突然、わかった。ジェイミーはホウトに食ってかかった。「試合用の剣を渡したんだな」

〈山羊〉は大声で笑い、ワインとよだれをまき散らした。「あたりまえた」

「彼女の身代金はおれが払ってやる。黄金、サファイア、きさまの望みしだいに。彼女をあそこから出してやれ」

「かのしょかほしいのか？　いって、たすけてやれ」

かれはそうした。

ジェイミーはよいほうの手を大理石の手すりについて、それを飛び越し、砂の上に落ちて転がった。そのドシンという音のほうを熊が見て、鼻をくんくん鳴らし、新たな闖入者を警戒して見つめた。ジェイミーはあわてて片膝を立てた。〃さて、いったいぜんたい、これからどうしよう？〃かれは砂をいっぱい握った。「〈王殺し〉《キングスレイヤー》？」ブライエニーがびっくりしていうのが聞こえた。

「ジェイミーだ」かれは立ち上がって、熊の顔に砂を投げつけた。熊は空を叩き、猛烈に吠えた。

「何をしているの？」

「愚かなことをさ。おれの後ろに来い」かれは彼女のほうにまわっていって、熊とブライエニーの間に入ろうとした。

「あなたこそ、わたしの後ろに来なさい。わたしは剣を持っています」

「切っ先も、刃もついていない剣だぞ。おれの後ろに来い！」かれは砂に何かがなかば埋まっているのを見つけ、よいほうの手でそれをぱっと拾い上げた。それは人間の顎の骨だとわかった。緑がかった肉がまだ少しばかりついており、蛆虫がうようよとたかっていた。〃チャーミングだな〃とかれは思った。おれはだれの顔をつかんでいるのだろうと思いながら。熊がじりじりと接近してきた。そこでジェイミーは腕を振り、骨と肉と蛆虫を熊の頭めがけて投げつけた。たっぷり一メートル外れた。〃左手もちょん切るべきだ。なんの役にもたたないんだから〃

ブライエニーはすばやくまわろうとした。だが、かれは足を出して彼女の足をすくった。彼女は役に立たない剣を握ったまま砂の上に倒れた。ジェイミーは彼女をまたいで立った。

熊が襲いかかってきた。

この時、ビュンという低い音がして、突然一本の矢が熊の左目の下に突き刺さった。熊の開いた口から血とよだれが流れ出し、もう一本の太矢がその足にあたった。熊は唸り声を上げ、後足で立ち上がった。そして、ジェイミーとブライエニーをまた見て、足音荒く向かってきた。弩弓《クロスボウ》がさらに射撃を加え、矢が熊の毛皮と肉に突き刺さった。こんな至近距離だから、弓兵たちが射損じるはずはなかった。何本もの太矢が棍棒のような打撃を与えたが、熊は後足で立ってまた一歩前に出た。〝物をいえない、勇敢であわれな獣よ〟熊が強打しようとしたとき、ジェイミーは大声を出し、砂を蹴り、ぱっと横に跳んだ。熊は自分をいじめる人間を追おうとして、さらに二本の矢を背中に受けた。そいつは断末魔の猛烈な唸り声を上げ、尻餅をつき、血で汚れた砂の上に体を伸ばして息絶えた。

ブライエニーは剣をつかみ、細かく激しい息をしながら膝で立った。〈鉄の脛〉の弓兵たちは弩弓の弦を巻き上げて、次の矢をつがえ、一方では、〈血みどろ劇団〉の役者どもがかれらに罵声と脅迫の言葉を浴びせかけていた。ロージと〈三本足指《スリー・トウズ》〉が剣を抜き、ゾロが鞭をほどいているのを、ジェイミーは見た。

「きさま、おれのくまをころしたな！」ヴァーゴ・ホウトが金切り声で叫んだ。

「ごたごたいうと、きさまも同じようにしてやるぞ」〈鉄の脛〉がいい返した。「この女はもらっていく」

「彼女の名前はブライエニーだぞ」ジェイミーはいった。「ブライエニー、タースの乙女。

おまえ、まだ処女だろうな？」

　彼女の幅の広い不器量な顔が赤く染まった。「はい」

「おう、よろしい」ジェイミーはいった。「おれは処女しか救わんのだ」そして、ホウトに向かって、「身代金は払ってやるぞ。おれたち二人分のを。ラニスターは借りを返す。さあ、縄を持ってきて、おれたちを引き上げてくれ」

「ばかばかしい」ロージがわめいた。「やつらを殺せ、ホウト。さもないとひどく後悔するぞ！」

　そのクォホール人はためらった。かれの家来の半分は酔っぱらっており、北部人たちは完全にしらふである。そして、倍の人数がいる。今は、弩弓兵の何人かはすでに矢をつがえてしまっていた。「かれらをひきたせ」ホウトはいった。それから、ジェイミーに向かって、「おれはなさけぶかいひとになることにした。ちちうえにそうつたえろ」

「わかった、マイ・ロード」〝もっとも、それがきさまの役に立つかどうかわからんがな〟

　一行がハレンホールから三キロ離れて、城壁からの弓兵の矢の届く範囲の外に出ると、〈鉄の脛〉のウォルトンがはじめて怒りを示した。「気が狂ったか、〈王殺《キングスレイヤー》し〉？　死ぬつもりだったのか？　素手で熊と闘えるような人間はいないぞ！」

「一本の素手と、一本の素手の切り株でな」ジェイミーは訂正した。「とにかく、熊がおれを殺す前に、おまえが熊を殺してくれればよいと願っていたぞ。さもないと、ボルトン公はおまえの皮をオレンジのようにむいただろうからな、ちがうか？」

〈鉄の脛〉は率直にラニスターの馬鹿野郎めと罵って、馬に拍車をかけ、隊列の先頭のほうに全速力で走っていった。

「サー・ジェイミー？」汚れたピンクのサテンと裂けたレースを身にまとっていても、ブライエニーは立派な女性であるよりも、むしろガウンを着た男のように見えた。「感謝します、それにしても……ずっと遠くまで行っていたのに。なぜ、戻ってきたのですか？」

一ダースもの皮肉が、それもますます辛辣な言葉がつぎつぎにジェイミーの心に浮かんだが、かれは肩をすくめただけで、こういった。「おまえの夢を見たんだよ」と。

45——キャトリン

ロブは若い妃に三度、別れを告げた。一度目は、〈神々の森〉の〈心の木〉の前で、神々と人々が見守るなか。二度目は、落とし格子の下で。そこでジェインは長い抱擁と、より長いキスをした後に、かれを送り出した。最後は、タンブルストーン河を渡って一時間ほど行ったところで。この時、彼女は泡汗だらけになった馬を全速力で走らせてきて、自分も連れていってくれと、その若い王に懇願したのだった。

ロブはそれに心を動かされたが、同時に当惑もしたと、キャトリンは見てとった。この日は湿って、灰色で、霧雨が降りだしていた。そして、かれがもっともやりたくなかったことは、行進を止めて、兵士の半数の目の前で、雨の中に立って涙にくれる若い妻を慰めることだった。〝かれは優しく彼女に声をかけている〟と、キャトリンは二人が寄り添うのを見て思った。〝しかし、怒りを隠してもいる〟と。

王と妃が言葉をかわしている間ずっと、グレイウィンドはそのまわりをうろつき、毛皮から水を振り飛ばしたり雨に向かって歯をむき出したりするときだけ、足を止めた。ロブはついにジェインに最後のキスをすると、十数人の兵士をつけて彼女をリヴァーラン城に送り返すことにした。それからまた馬に乗った。するとその大狼は長弓《ロングボウ》から放たれた矢のように前方に疾走していった。

「ジェイン王妃は愛する心をお持ちのようですな」〈足悪のローサー〉ことローサー・フレイがキャトリンにいった。「わたし自身の姉妹と似ていなくもありません。そう、いまごろきっとロズリンは〝レディ・タリー、レディ・タリー、レディ・ロズリン・タリー〟と歌いながら、双子城《ツインズ》の周囲を踊りまわっていることでしょう。明日までには、リヴァーラン城の色である赤と青の布切れを頰に当てて、自分の花嫁衣装がどんなに似合うか試していることでしょう」かれは鞍の上でエドミュアのほうを振り返った。「それにしても、あなたは奇妙に静かですなあ、タリー公。あなたはどんな気持ちでおられるのかな?」

「石臼《ストーン・ミル》で、開戦の角笛が鳴る直前の気持ちとそっくりです」エドミュアはいったが、冗談はその半分だけだった。

ローサーは人のよい笑い声をたてた。「あなたの婚礼も同様に上首尾におわるよう、お祈りすることにしましょう、マイ・ロード」

〝もしそうならなかったら、神々よわれらをお守りください〟キャトリンは弟と〈足悪のローサー〉を後に残し、馬に拍車をかけてその場を離れた。

ロブはむしろジェインを連れていきたかったのだが、彼女をリヴァーラン城に残すように主張したのはキャトリンだった。婚礼に王妃が出席しないことはもうひとつの侮辱だと、おそらくウォルダー公は解釈するだろう。しかし、彼女が出席すれば、また別の侮辱になっただろう。つまり、その老人の傷に塩を擦りこむようなものだから。「ウォルダー・フレイは鋭い舌と長い記憶を持っているのよ」彼女は息子に警告したものだった。「あなたは充分に強いから、老人の非難を臣従の誓いの代償として、我慢して受け流すことは疑いないわ。でも、あなたは父上の気性を濃厚に受け継いでいるから、かれがジェインに面と向かって侮辱を加えるのを、じっと黙って我慢できるとは思えないわ」

ロブはこの考えを否定することはできなかった。〝それでもやはり、ロブはこのことでわたしを恨んでいる〟とキャトリンは疲れた頭で思った。〝かれはもうジェインを恋しがっている。そして、心の一部で、彼女の不在はわたしのせいだと思っている。これがよい助言だったとわかっているくせに〟

岩山城《クラッグ》から息子についてきた六人のウェスタリング家の者のうち、一人だけがかれのそばに残った。サー・レイナルド、つまりジェインの兄で、王の旗手をつとめる人物である。ロブはタイウィン公が捕虜の交換に同意したという知らせを受けたまさにその日に、若いマーティン・ラニスターを黄金の歯《ゴールデン・トゥース》に送り届けるために、ジェインの叔父ロルフ・スパイサーを派遣したのだった。事はうまく運んだ。キャトリンの息子はマーティンの身の処し方を心配する必要がなくなり、ガルバート・グラヴァーは弟のロベットがダスケンデールで乗船したと聞いて安心し、サー・ロルフは重要で名誉ある仕事を請け負い……そしてグレイウィンドはふたたび王のそばに、つまりその定位置に、戻ることになったのだから。

レディ・ウェスタリングは子供たちとともにリヴァーラン城に残っていた。ジェイン、その幼い妹エレイナ、それにロブの従士をつとめる幼いロラムたちと。ロラムは後に残されたことがひどく不満だった。だが、これは賢明な処置でもあった。かれ以前には、オリヴァー・フレイがロブの従士をつとめていて、かれが妹の婚礼に出席することは疑いなかった。そして、かれの前をその後任者が歩くのは、賢明でもなく、思いやりがなかった。サー・レイナルドについていえば、かれは陽気な若い騎士で、ウォルダー・フレイにいくら侮辱されても、自分を怒らせることはできないだろうと言明した。〝われわれは侮辱だけ我慢すればよいと祈るばかりだ〟

だが、キャトリンはこの点について恐れを抱いていた。三叉鉾河《トライデント》の合戦に、ウォルダー・フレイが遅参して以来、彼女の父親は決してかれを信用しなかった。そして、彼女はつねにそれを心に留めていた。ジェイン王妃はリヴァーラン城の高い堅固な城壁の陰で、〈漆黒の魚《ブラックフィッシュ》〉に守られているのがもっとも安全だろう。ロブはかれのために新たな称号を創設しさえしていた。南部国境地帯の守護者と。だれかがトライデント河を守ることができるとしたら、それはサー・ブリンデンにほかならなかった。

それにしても、キャトリンは叔父のごつごつした顔を恋しく思い、ロブはかれの助言を欲しく思うだろう。サー・ブリンデンは彼女の息子のあらゆる勝利に関与していた。ガルバート・グラヴァーがかれに代わって偵察隊と斥候兵の指揮を執った。かれは善良な男で、忠義で堅実な人物だが、〈漆黒の魚〉のような華麗さに欠けていた。

グラヴァーの斥候兵の牽制部隊の陰に、ロブの隊列の長さは何キロにも及んだ。〈グレート・ジョン〉が前衛を率いた。キャトリンは主力部隊の中で、鋼の甲冑をつけた兵士を乗せてゆっくりと歩む軍馬に囲まれて進んだ。その次に物資輸送隊が続き、食料、馬糧、野営用品、婚礼の贈り物、そして弱って歩けない負傷者などを満載した大荷車が、サー・ウェンデル・マンダリーとその家来の白い港《ホワイト・ハーバー》の騎士たちの監視のもとに進んだ。羊、山羊、痩せた家畜の群れがそのあとを追い、さらに、足を痛めた少しばかりの戦場売春婦が続いた。その後ろにロビン・フリントの後衛部隊が続いた。かれらの後方何百キロもの間に敵はいなかったのだが、ロブは危険を冒さなかった。

総勢三千五百人。〈ささやきの森〉で流血の経験を積んだ三千五百人、野営地の合戦で、オックスクロスで、アッシュマークで、岩山城《クラッグ》で、また西部、ラニスター家の黄金の豊かな丘陵地全体で、剣を血に染めてきた三千五百人。彼女の弟エドミュアのささやかな友人の随行員を別にして、トライデント流域の諸公は王が北部を奪回する間、河川地帯《リヴァーランド》を守るために残っていた。前方にはエドミュアの花嫁とロブの次の戦闘が待っていた……〝そしてわたしには、二人の死んだ息子、空《から》のベッド、そして亡霊に満ちたひとつの城が残っている〟喜びのない未来だった。〝ブライエニー、どこにいるの？　娘たちを返してちょうだい、ブライエニー。彼女らを無事に戻してちょうだい〟

一行を送り出した霧雨は、日中には間断なく降る小雨に変わり、日が暮れてもずっと降りつづいていた。次の日、北部人たちは太陽をまったく見ずに、水が目に入らないようにフードをかぶって、鉛色の空の下を進んだ。雨は豪雨となり、道路を泥濘《ぬかるみ》に、野原を沼地に変え、川を増水させ、木々の葉を散らした。絶え間ない雨音のために、楽しいはずの無駄口もうるさく感じられるようになり、兵士たちは必要なことしか口にしなくなり、それもごく稀になった。

「わたしたちは見かけ以上に強いのですよ、マイ・レディ」レディ・メイジ・モーモントが馬を進めながらいった。キャトリンはレディ・メイジとその長女デイシーが、しだいに好きになってきていた。彼女らはジェイミー・ラニスターの件について、とりわけ理解があるとわかったのだった。娘は背が高くて痩せぎすで、母親は背が低くがっしりしていたが、同じように鎖帷子《チェーン・メイル》と革着を身につけ、楯と外衣にモーモント家の黒熊の紋章をつけていた。キャトリンの目から見ると、それはレディとしては風変わりな服装だったが、デイシーとレディ・メイジは、タースからきたあの娘と比べて、戦士としても、また女性としても、よほど似合っているように感じられた。

「わたしはすべての合戦で〈若き狼〉と馬を並べて戦ったのですよ」デイシー・モーモントは陽気にいった。「かれはまだひとつも負けておりません」

〝そうだ。しかし、その他のすべてを失ってしまった〟とキャトリンは思ったが、それを口に出していっても仕方のないことだった。北部人たちは勇気に欠けてはいないが、故郷から遠く離れている。そして、若い王に対する信頼を別にすれば、かれらを支えるものはほとんどないのだ。その信頼は、なんとしても守らねばならない。〝わたしはもっと強くならなければならない〟彼女は自分にいい聞かせた。〝ロブのために強くならなければならない。もしわたしが絶望すれば、わたしは悲しみでやつれてしまうだろう〟何もかもこの結婚で決まるだろう。もしエドミュアとロズリンがたがいに幸福になり、もしフレイ遅参公をなだめることができて、かれの軍勢がふたたびロブの軍勢と結合すれば……。〝たとえそうなったとしても、ラニスターとグレイジョイの間にはさまれているわれわれに、どんな勝ち目があるというのだろうか？〟キャトリンはこの問題を思案する気にならなかった。もっともロブはそれ以外のことはほとんど考えなかったけれども。野営を張るたびに、かれが地図を眺めて思案し、北部奪回の作戦を練っているのを、彼女は見ていた。

彼女の弟エドミュアには別の心配があった。「ウォルダー公の娘がみんなかれに似ているはずはないよなあ？」かれは丈の高い縞模様のパビリオンの中に、キャトリンや友人とともにすわると、気にしていうのだった。

「母親がそれぞれ別なのだから、少しは美人に生まれる乙女もいるはずだよ」サー・マーク・パイパーがいった。「しかし、あの糞おやじがきみに美人をくれる気になるかどうか？」

「その理由はぜんぜんないな」エドミュアは暗い口調でいった。

これ以上キャトリンは我慢できなかった。「サーセイ・ラニスターだって美人よ」彼女は鋭くいった。「あなたは、ロズリンが強くて健康であることを祈ったほうがましよ。頭がよくて、忠義な心があるようにと」彼女はそういい捨てて出ていった。

エドミュアはこれを快く思わなかった。次の日の行進中、かれは彼女を完全に避けて、マーク・パイパー、ライモンド・グッドブルック、パトレック・マリスター、そして若いヴァンス兄弟などと一緒にいるほうを選んだ。〝かれらは冗談以外には、かれを叱らないのだわ〟その日の午後、かれらが一言もいわずに彼女のそばを駆け抜けていったとき、キャトリンはそう思った。〝わたしはいつもエドミュアにあまりにも厳しく当たりすぎていた。そして、今、悲しみのためにわたしのすべての言葉が刺々しくなるのだ〟彼女はかれを戒めたことを後悔した。彼女がこれ以上涙を流さなくても、空が充分に雨を降らせていた。美しい妻を欲しがることが、本当にそれほど駄目なことなのか？　彼女ははじめてエダード・スタークに会ったときの、自分自身の子供じみた失望を思い出した。かれはその兄のブランドンを若くしたような人物だと想像していたのだった。しかし、それは間違っていた。ネッドはより背が低くて、顔が平板で、とても陰気だった。言葉遣いは充分にていねいだったが、その言葉の下に彼女はブランドンとはまったく異質の冷たさを感じたのである。ブランドンは怒るときも荒々しいが、浮かれ騒ぐときも元気がよかった。いっぽうネッドが彼女の処女膜を破ったときでさえ、かれらの愛は情熱よりも義務から生じたものだった。〝でもあの夜に、わたしたちはロブをつくった。協力して王をつくったのだ。そして戦《いくさ》の後ウィンターフェル城で、いったんネッドの厳かな顔の裏に善良な優しい心を見出すと、人並みに女として充分な愛情を抱いたのだった。エドミュアがロズリンに対して、同じものを見出すとしても不思議はない〟

神々の思し召しでもあろうか、かれらの行く道はロブが最初の大勝利をおさめた〈ささやきの森〉の中を通っていた。あの恐ろしい夜にジェイミー・ラニスターの兵士が進んでいったと同様に、狭い谷間の底を曲がりくねって流れる川に沿って、かれらは進んだ。〝あの時はもっと暖かかった〟とキャトリンは思い出した。〝木々はまだ緑で、川は岸から溢れ出していなかった〟今は落ち葉が流れを塞き止め、岩や木の根の間に濡れた塊となって詰まり、あの時ロブの軍勢を隠してくれた樹木は、緑色の衣を茶色の斑点のある鈍い金色の葉に、そして錆と乾いた血を思い出させる赤い葉に変わっていた。唐檜《トウヒ》と兵士松《ソルジャー・パイン》だけがまだ緑色をしていて、雲の腹を高い黒ずんだ槍のように突き上げていた。

〝あれ以来、樹木以上のものが死んでしまった〟彼女は思い返した。〈ささやきの森〉の夜には、ネッドはまだ〈エイゴンの高き丘〉の地下の牢屋で生きていたし、ブランとリコンは安全にウィンターフェル城の城壁の陰にいた。〝そして、シオン・グレイジョイはロブと並んで戦い、すんでのところで〈王殺し《キングスレイヤー》〉と剣を交えるところだったと自慢していた。それが本当ならよかったのに。もし、シオンがカースターク家の息子たちの代わりに死んでいたら、どれほど多くの不幸が避けられたことか？〟

戦いが行なわれた場所を通っていくと、キャトリンはそこで行なわれた殺戮のしるしを垣間見た。ひっくり返って雨水の溜まった兜、折れた槍、馬の骨など。ここで倒れた戦士のいくらかには石のケルンが建てられていた。しかし、清掃動物がすでに仕事をしてしまっていた。転がる岩の間に、鮮やかな色彩の布切れや、輝く金属のかけらが見えた。一度は、ひとつの顔がこちらを覗いているのを見た。その溶けかかった茶色の肉の下から、頭骸骨の形が現われはじめていた。

それを見て、ネッドが結局どこに埋葬されることになったのだろうかと、彼女は考えた。かれの遺骨はハリス・モレンと小さな儀仗隊に守られて、沈黙の修道女《シスター》によって北に運ばれた。はたしてネッドはウィンターフェル城に到着して、城の地下の暗い墳墓の中で兄のブランドンのかたわらに埋葬されたのだろうか？　それとも、ハルと尼僧たちが通過する前に要塞《モウト》ケイリンの扉は閉ざされてしまったのだろうか？

三千五百人の騎馬隊が〈ささやきの森〉の中心の曲がりくねった谷底を通っていったが、キャトリン・スタークはこれ以上孤独を感じたことはめったになかった。五キロ、十キロと進むごとに、それだけリヴァーラン城から遠ざかっていく。そして、あの城をふたたび見ることができるだろうかと思うのだった。あるいは、とても多くの他のものと同様に、あれは永久に彼女から失われてしまったのだろうか？　と。

五日後、斥候兵が駆け戻って、フェアマーケットの木造の橋が洪水で押し流されてしまったと報告した。ガルバート・グラヴァーと大胆な二人の家来が、ラムズフォードで逆巻く青の支流《ブルー・フォーク》を馬に乗って泳ぎ渡ろうとした。馬の二頭は押し流されて溺死し、騎手の一人も死んだ。グラヴァー自身は岩にしがみついて、やっと引き上げられたという。「春以来、この川がこんなに増水したことはなかった」とエドミュアがいった。「そして、この雨がもっと降りつづけば、さらに増水するだろう」

「ずっと上流に橋があるわね。古石城《オールドストーンズ》のそばに」この辺りを父親と何度も通ったことのあるキャトリンが思い出した。「もっと古くて小さいけれど、あれがまだ残っていれば――

――」

「もうありません、マイ・レディ」ガルバート・グラヴァーがいった。「フェアマーケットの橋よりずっと前に流されてしまいました」

ロブがキャトリンのほうを見た。「他に橋はないかなあ？」

「ないわ。そして浅瀬も渡れないでしょう」彼女は思い出そうとした。「青の支流《ブルー・フォーク》を渡ることができないとしたら、迂回するしかないわね。七つ川《セヴンストリームズ》と魔女の沼地《ハグズ・マイア》を通っていくのよ」

「沼地と悪路か、あるいは道がぜんぜんない場所をだな」エドミュアが難しい顔でいった。

「進行は遅れるが、たぶん行き着けるだろう」

「ウォルダー公はきっと待ってくれるだろう」ロブがいった。「ローサーがリヴァーラン城から鳥を送ったから、われわれが行くのは知っている」

「ええ、でもあの人は怒りっぽいし、生まれつき疑い深いわ」キャトリンはいった。「この遅延を故意の侮辱と受け取るかもしれないわよ」

「仕方がない。遅くなって申しわけないと謝るよ。恐縮した王の役を演じよう。ぺこぺこ頭を下げてね」ロブは顔をしかめた。「この雨が降りだす前に、ボルトンがトライデント河を渡ってしまっているといいが。〈王の道〉はまっすぐに北に向かっている。かれは楽に進めるだろう。たとえ徒歩でも、われわれより早く双子城《ツインズ》に着くはずだ」

「それで、かれの軍勢とあなたの軍勢を結合し、弟の婚礼をすませたら、その後どうするの？」キャトリンはたずねた。

「北に向かう」ロブはグレイウィンドの耳の後ろを掻いた。

「土手道を通って？　要塞《モウト》ケイリンに向かって？」

かれは謎めいた笑顔を見せた。「それもひとつの道だね」この口調から、かれはそれ以上いわないだろうと、彼女は知った。〝賢明な王は意見を人に明かさない〟と彼女は自分にいい聞かせた。

さらに雨の降りつづく八日後に、一行はオールドストーンズ城に到着し、青の支流《ブルー・フォーク》を見下ろす丘の上の、廃墟となった昔の川の王たちの城の中で野営した。城壁や塔のあった場所を示す礎石が雑草の間に残っていた。しかし、ずっと昔に土地の住民がそれらの石の大部分を持ち去って、自分たちの納屋や寺院や砦を作るのに使ってしまっていた。しかし、昔の城の中庭だったと思われる場所の中心の、トネリコの木の間に、腰の高さまで茂った茶色の草になかば隠れるようにして、大きな彫刻のある墓がまだ残っていた。

墓の蓋は、遺骨がその下に葬られている人物の姿に彫刻されていたが、風雨で磨滅していた。その王が顎髭を蓄えていたことは見て取れたが、それ以外は、顔はのっぺりして容貌ははっきりせず、口、鼻、目、そして頭の冠の輪郭がぼんやりとわかるだけだった。そして、胸にのせた石の戦槌の柄の上に腕を組んでいた。もとはその戦槌には名前や歴史を物語る古代文字が刻まれていたのだろうが、長い年月の間にすべて磨滅してしまっていた。石そのものにひびが入り、角が欠けていて、白い苔の斑点があちらこちらに広がって、石が変色していた。そして、王の足からほとんど胸まで野バラが這い上がっていた。

キャトリンがロブを見つけたのは、その場所だった。かれは濃くなっていく夕闇の中で、グレイウィンドだけをそばに置いて、暗い表情でたたずんでいた。この時だけはちょっと雨がやんでおり、かれは頭に何もかぶっていなかった。「この城に名前はあるのかなあ?」彼女がそばに行くと、かれは静かにたずねた。

「〝古石《オールドストーンズ》〟と土地の人はみんな呼んでいたわ、わたしが娘のころにはね。でも、これがまだ王たちの館だったころには、別の名前があったことは疑いないわ」彼女はかつて父親と海の護り城《シーガード》に行く途中に、ここで野宿したことがあった。〝ピーターも一緒だった……〟

「歌があったね」かれは思い出していった。「『髪に花をつけたオールドストーンズのジェニー』というのが」

「わたしたちはみんな最後には歌になるのよ。運がよければね」あの日、彼女はジェニーごっこをして遊んだものだった。髪に花を巻きつけさえして。そしてピーターは彼女のドラゴンフライ家のプリンスの役を演じた。あの時、キャトリンは十二歳以上になっていなかったはずだし、ピーターはほんの子供だった。

ロブは墓を観察した。「これはだれの墓だろう?」

「川と丘の王、トリスティファー四世、ここに眠る」昔、彼女の父親がその王の物語を聞かせてくれた。「かれはトライデント河から地峡《ネック》まで支配した。ジェニーとそのプリンスより何千年も昔のことよ。アンダル人の猛攻の前に、〈最初の人々〉の王朝がつぎつぎに滅亡した時代にね。人々はかれのことを〈正義の鉄槌〉と呼んだ。かれは百回の合戦を行ない、九十九回勝った。とまあ、吟遊詩人たちはいっていた。そして、かれが城を築くと、それはウェスタロス最強の城になった」彼女は息子の肩に手をかけた。「かれは百回目の合戦で死んだの。七人のアンダル人の王が協力してかれと戦ったときにね。トリスティファー五世はかれのような英雄ではなかった。そして、まもなく王国は滅亡し、それから城もなくなり、家系の最後の人も亡くなった。トリスティファー五世とともにマッド家も滅亡した。アンダル人が来る前の千年間、河川地帯を支配していた家がね」

「世継ぎが駄目だったんだな」ロブは風化してざらざらした石をなでた。「ジェインに子供を残そうと思っていたのだが……ぼくたちはずいぶん努力した。しかし、確信がない……」

「はじめは必ずしもうまくいくとはかぎらないのよ」〝おまえを産むときにはうまくいったけれど〟「いや、百回目でもね。あなたがた、とても若いのだから」

「若い、そして王だ」かれはいった。「王は世継ぎをもうけなければならない。万一、ぼくが次の合戦で死んでも、一緒に王国が亡びてはならない。法律ではサンサが次の後継者だ。だからウィンターフェル城と北部は彼女にわたることになる」かれは唇を引き締めた。「彼女に、そして彼女の夫に。ティリオン・ラニスターに。それを許すわけにはいかない。それを許すつもりはない。あのこびとに決して北部を渡してはならない」

「そうね」キャトリンは同意した。「ジェインが息子を産んでくれるまでは、別の後継者を指名しなければならないわね」彼女はちょっと考えた。「あなたのお父さまのお父さまには兄弟がなかった。でも、その人には妹がいて、その女の人は分家であるレイマー・ロイス公の若いほうの息子と結婚した。かれらは三人の娘を生んだ。そして、その娘たちはみな谷間《ヴェイル》の貴公子たちと結婚した。確か、ウェインウッドの人と、コーブレイの人と。いちばん年下はテンプルトンの人だったかもしれない。でも……」

「母上」ロブの声に鋭さが加わった。「忘れていますね。父上には四人の息子がいた」

彼女は忘れたわけではなかった。ただそれを考えたくなかったのだ。しかし、そのとおりだった。「私生児《スノウ》はスターク家の一員ではありません」

「ジョンは、ウィンターフェル城を見たことすらない谷間《ヴェイル》の貴公子などより、よっぽどスタークですよ」

「ジョンは誓約をすませた〈冥夜の守人《ナイツ・ウォッチ》〉の兵士ですよ。妻を娶らず、土地を所有しないと誓っています。黒衣を着る者は終生そこで働くのです」

「〈王の楯《キングズガード》〉の騎士も同じだ。にもかかわらずラニスター家は、サー・バリスタン・セルミーとサー・ボロス・ブラントがもう役に立たないと考えると、かれらの白マントを剝奪した。もしジョンの代わりに百人の兵士を〈冥夜の守人《ナイツ・ウォッチ》〉に送れば、かれらはきっとかれの誓約を解除する方法を見つけてくれるよ」

〝かれは心を固めている〟キャトリンは息子がどんなに強情になりうるか知っていた。「私生児は家系を継ぐことはできません」

「王の命令によって嫡出子と認められなければね」ロブはいった。「その前例のほうが、〈冥夜の守人《ナイツ・ウォッチ》〉の兵士の誓いを解除した例よりも多いよ」

「前例ね」彼女は苦々しげにいった。「ええ、エイゴン四世は臨終に、すべての私生児を嫡出子として認めたわ。そのために、どんなに多くの苦痛、悲嘆、戦争、殺人が生じたことか。あなたがジョンを信用していることは知っています。でも、かれの息子たちを信じることができますか？　あるいは、かれらの息子たちをね？　王位を狙うブラックファイア家は五世代にわたってターガリエン家を悩ませたのよ。〈豪胆バリスタン〉が飛び石諸島《ステップストーンズ》でかれらの最後の者を殺すまではね。もしジョンを嫡出子と認めたら、かれをふたたび私生児に戻す方法はありません。万一かれが結婚して子供をつくれば、あなたがジェインに産ませるどんな息子も決して安全ではいられませんよ」

「ジョンは決してぼくの息子を傷つけないだろう」

「シオン・グレイジョイがブランやリコンを傷つけないのと同様に？」

グレイウィンドが歯を剝き出してトリスティファー王の墓に飛び上がった。ロブ自身の顔は冷静だった。「そういう言い方は不公平でもあるし、残酷でもある。ジョンは決してシオンではないよ」

「そう祈るのね。妹たちのことを考えたことがある？　彼女らの権利はどうなるかと？　北部を決して〈小鬼《インプ》〉に渡してはならない、ということは同感よ。でも、アリアはどうなるの？　法律では、彼女はサンサの次に来るのよ……あなた自身の妹で、嫡出子よ……」

「……そして死んだ。父上が首をはねられて以来、アリアを見た者も、噂を聞いた者もいない。母さん、どうして自分に嘘をつくの？　アリアはいなくなった。ブランやリコンと同様に。そして、いったんあのこびとがサンサに子を産ませれば、彼女もまた殺されるだろう。ジョンはぼくに残っている唯一の兄弟なんだ。もし、ぼくが子がないままに死んだら、北部の王をかれに継いでもらいたいと思っている。この選択に、母さん、賛成してくれると思ったんだがなあ」

「だめよ、ロブ」彼女はいった。「他のことなら、なんでも賛成するわ。でも、これは駄目……ばかげている。賛成しろなんていわないで」

「必ずしも頼まなくてもいいんだ。ぼくは王だから」ロブは背を向けて立ち去り、グレイウィンドは墓石から飛び下りて、飛び跳ねながら後を追った。

〝わたしは何をしてしまったのだろう？〟キャトリンはトリスティファーの墓石のそばに一人たたずみ、疲れた頭で考えた。〝まず、エドミュアを怒らせた。そしてこんどはロブを。でも、わたしは真実を話しただけだ。男たちはそれを聞くのに耐えられないほど弱いのか？〟この時、空が代わりに涙を流しはじめていなかったら、彼女はここで泣いたかもしれなかった。彼女はテントに戻って、黙ってすわるしかなかった。

これに続く日々、ロブは〈グレート・ジョン〉と一緒に前衛の先頭に立ったり、グレイウィンドを連れて偵察に出たり、ロビン・フリントと後衛のところに駆け戻ったりして、あらゆる場所に、どんな場所にも、姿を見せた。〈若き狼〉は毎朝最初に起き、夜は最後に寝る、と兵士たちは誇らしげに語った。しかし、キャトリンはかれがはたして眠っているのかどうかと怪しんだ。〝かれはあの大狼と同じように痩せて、やつれていく〟

「マイ・レディ」ある朝、降りしきる雨の中を進んでいくときに、メイジ・モーモントがいった。「とても暗い顔をしていらっしゃる。何か具合の悪いことでも？」

〝夫は死んだ、父も死んだ。息子の二人は殺害された。娘は汚れた子を産ませるために信義のないこびとに与えられてしまった。もう一人の娘は姿を消し、たぶん死んでいるだろう。そしてわたしの最後の息子と、わたしの唯一の弟は、二人ともわたしに腹を立てている。いったい、何がいけないのだろう？〟しかし、これはとてもレディ・メイジには聞かせられない真実だった。「これは邪悪な雨です」その代わりに彼女はいった。「わたしたちずいぶん苦労をしてきました。そして、前にはさらなる危険と悲しみが待っています。だから、わたしたちは角笛を鳴らし、勇敢に旗印を掲げて、大胆に立ち向かわなくてはならないのですよ。でも、この雨はわたしたちを打ちひしぐわね。旗は濡れてだらりと垂れ、兵士は体を縮めてマントにくるまり、たがいにほとんど口をきかない。わたしたちが心を燃え上がらせなければならないときに、邪悪な雨がひたすらわたしたちの心を凍えさせるのだわ」

デイシー・モーモントが空を見上げた。「矢の雨よりも、水の雨を浴びるほうがましですわ」

キャトリンは思わず微笑した。「どうやら、あなたのほうがわたしより勇気があるようね。あなたがた熊の島《ベア・アイランド》の女性はみんなそのような戦士なの？」

「ええ、牝熊なんですよ」レディ・メイジがいった。「そうなる必要があったのです。昔は、鉄人《くろがねびと》どもが長船《ロングシップ》に乗って侵略してきたり、凍結海岸から野人がやってきたりしました。

男たちはおそらく漁に出ていたでしょう。後に残った妻たちが、わが身と子供たちを守らなければなりませんでした。さもないと拉致されてしまいますからね」

「わたしたちの家の門にはひとつの彫刻があります」デイシーがいった。「熊の毛皮を着て、片方の手で子供を胸に抱いて乳を飲ませ、もう片方の手で戦斧を握っている女の姿です。それは決しておしとやかなレディではないけれど、わたしはいつも彼女を愛していました」

「甥のジョラーがかつておしとやかなレディを連れ帰りました」レディ・メイジがいった。「馬上槍試合でその人を勝ち取ったのです。あの彫刻を、彼女がいやがったこと」

「そう、そして、その他のすべてをね」デイシーがいった。「彼女は金を紡いだような髪をしていました、あのリネスという人はね。肌はクリームのようでした。でも、あの柔らかな手は決して斧を持つようにはできていませんでした」

「そして、乳も子供に吸われるようにはできていませんでしたよ」彼女の母親がぶっきらぼうにいった。

キャトリンは彼女らがだれのことを話しているかわかっていた。ジョラー・モーモントが二番目の妻をウィンターフェル城の宴会に連れてきたことがあった。そして、かつて二週間ほど滞在したこともあった。彼女はそのレディ・リネスがどんなに若かったか、どんなに美しかったか、そして、どんなに不幸だったか、覚えていた。ある夜、ワインを何杯も飲んだ後で、北部はオールドタウンのハイタワー家の者の住むところではないと、キャトリンに打ち明けたことがあった。「昔、同じことを感じたリヴァーラン城のタリー家の人がいましたよ」彼女は慰めようと思って、穏やかに答えたものだった。「でもやがてその人は、ここにも愛することができるものがたくさんあると知りました」

〝今はもうすべてが失われてしまった〟彼女は思い返した。〝ウィンターフェル城もネッドも、ブランもリコンも、サンサも、アリアも、みんないなくなってしまった。ロブだけが残っている〟結局、彼女の心には、リネス・ハイタワーの要素が多すぎ、そしてスターク家の要素が少なすぎたのだろうか？〝斧を振りまわす方法を知っていればよかったのに、たぶん、そうすればかれらをもっとよく守ることができたかもしれないのに〟

一日、一日と、日がたっていったが、雨は降りつづいた。青の支流《ブルー・フォーク》をずっとさかのぼっていく間も、川が分かれて入り組んだ細流や小川に変わる七つ川《セヴンストリームズ》を過ぎ、それから魔女《ハグズ・》の沼地《マイア》を通っていく間もずっと。魔女の沼地では不注意な者を飲みこんでやろうときらきら光る緑色の水溜まりが待ち構え、母親の胸に抱かれた空腹の乳飲み子のように、馬の蹄に吸いつく柔らかな地面が続いていた。進行はのろいどころか難行苦行になった。荷車の半数は泥の中に放棄して、積み荷を騾馬や荷馬に振り分けなければならなかった。

ジェイソン・マリスター公が魔女の沼地の中でかれらに追いついた。かれがロブの隊列に駆け寄ってきたときには、まだ昼の光が一時間以上も残っていたが、ロブはただちに停止を命じた。そして、サー・レイナルド・ウェスタリングがキャトリンを呼びにきて、王のテントに連れていった。彼女の息子は火鉢のそばに腰を下ろし、膝の上に地図を広げていた。その足元にグレイウィンドが眠っていた。そこには〈グレート・ジョン〉、ガルバート・グラヴァー、メイジ・モーモント、エドミュア、それにキャトリンの知らない男が一人いた。そいつは髪の薄くなった肉付きのよい男で、へつらうような表情を顔に浮かべていた。〝貴族ではない、この男は〟その知らない男を見たとたんに、キャトリンにはわかった。〝戦士でさえもない〟と。

ジェイソン・マリスターが立ってキャトリンに席を譲った。かれの頭髪はほとんど茶色と白が半々になっていた。しかし、この海の護り城《シーガード》の城主はまだハンサムな男で、背が高く、痩せぎすで、きれいに髭を剃った彫刻のような顔をして、頰骨が高く、獰猛な青灰色の目をしていた。「レディ・スターク、お会いできて嬉しい。わたしはたぶん、よいお知らせを持ってきましたよ」

「よい知らせは大歓迎です、マイ・ロード」彼女は腰を下ろし、頭上の帆布を絶え間なく叩く雨音に耳を澄ましました。

ロブはサー・レイナルドがテントの垂れ布を閉じるのを待った。「神々がわれわれの祈りを聞いてくだったぞ、諸君。ジェイソン公が、オールドタウンの商船《ミラハム》の船長を連れてきてくれたのだ。船長、今の話をみんなに聞かせてくれ」

「はい、陛下」男は落ち着かない様子で厚い唇をなめた。「海の護り城《シーガード》の前の、最後の寄港地はパイク島の宗主の港《ローズポート》でした。鉄《くろがね》人どものために、わたしはあそこに半年以上も足止めされていました。ベイロン王の命令で。いや、つまり、手短に申せば、かれが死んだのです」

「ベイロン・グレイジョイが？」キャトリンは胸がどきんとした。「ベイロン・グレイジョイが死んだというのね？」

そのみすぼらしい小柄な船長はうなずいた。「パイク島の城が岬の上に建っていることはご存じでしょう。一部は岩の上に、一部は水ぎわから離れた島の上に建っていて、橋でつながれていますね？　わたしがローズポートで聞いたところでは、西から突風が吹き、雷雨があり、ベイロン老王が橋のひとつを渡っていました。その時、風が吹いてきて橋がばらばらに砕けたということです。かれは二日後に岸に打ち上げられました。体じゅう膨れて、傷だらけだったとか。蟹《クラブ》が目を食べてしまったそうですよ」

〈グレート・ジョン〉が笑った。「きっと、兜蟹《キングクラブ》だな。そのような尊いゼリーを食べたのは？」

船長は首をひょこひょこ動かした。「はい、でも話はそれだけではありません、とんでもない！」かれは身を乗り出した。「王の兄弟が戻ってきたのですよ」

「ヴィクタリオンか？」ガルバート・グラヴァーが驚いてたずねた。

「ユーロンです。〈鴉の眼《クロウズ・アイ》〉と呼ばれるやつ。掲げる黒旗のように腹黒い海賊です。かれは長年の間留守にしていましたが、ベイロン公が冷たくなるやいなや、帰ってきたのです。《沈黙《サイレンス》》でローズポートに乗りこんできたのです。黒い帆、赤い船体、それに無口な船員が乗って。かれはアッシャイに行って戻ってきたと、人から聞きました。でも、どこにいたとしても、もうかれは家に帰ったのです。そして、まっすぐにパイク城に乗りこみ、〈海の石の御座《ぎょざ》〉にどっかりと腰を据えました。そして、反対するボトリー公を海水を入れた樽の中で溺死させてしまいました。混乱が続いている間に脱出したいと思って、わたしが《ミラハム》に駆け戻って錨を上げたのはこの時でした。そして今ここにいるのです」

「船長」男が黙るとロブがいった。「礼をいうぞ。そして、報酬なしで帰すつもりはない。われわれの相談が終わったら、ジェイソン公がきみを船まで送り返す。外で待っていてくれ」

「かしこまりました、陛下。そういたします」

男が王のパビリオンから出ていくやいなや、〈グレート・ジョン〉が笑いだした。だがロブは目つきでかれを黙らせた。「ユーロン・グレイジョイは王の器ではない。シオンがかれについていったことの半分も正しければ。シオンが正統な跡継ぎだ、死んでいなければだが……しかし、ヴィクタリオンは鉄《くろがね》水軍を率いている。〈鴉の眼《クロウズ・アイ》〉のユーロンが〈海の石の御座〉にすわっているのに、シオンが要塞ケイリンに留まっているとは信じられない。きっと、かれは戻るはずだ」

「娘もいますよ」ガルバート・グラヴァーが念を押した。「深林の小丘城《ディープウッド・モット》を占領して、ロベットの妻子を捕えているやつが」

「もし彼女が深林の小丘城《ディープウッド・モット》に留まれば、彼女が保持できるのはあそこだけだ」ロブはいった。「兄弟に当てはまることは、彼女にはもっと当てはまる。彼女はユーロンを追放して自分の権利を主張するために、家に帰る必要があるだろう」キャトリンの息子はジェイソン・マリスターのほうを見た。「きみは海の護り城《シーガード》に艦隊を持っているな？」

「艦隊ですか、陛下？　半ダースの長船《ロングシップ》と二隻の戦闘用ガレー船です。侵略者に対してわたし自身の海岸を守るには充分ですが、鉄《くろがね》水軍を相手にしてはとても太刀打ちできません」

「それを頼むつもりはない。鉄人《くろがねびと》どもは、たぶん、パイク島に向かって出航しようとしているだろう。わたしはシオンからかれらの考え方を聞いている。あらゆる船長は自分の船上では王なのだ。全員が王位継承について発言したいだろう。きみに頼みがある。きみのロングシップを二隻出して、鷲の岬をまわり、地峡《ネック》を北上して灰色沼の物見城《グレイウォーター・ウォッチ》まで行ってもらいたいのだ」

ジェイソン公はためらった。「一ダースもの流れが湿った森から流れ出していて、すべて浅く、沈泥だらけで、地図もありません。川とさえ呼べないものです。水路は絶えず移動し、変化しています。底なしの砂州があり、倒木と藪が絡み合い、腐木がもつれ合っています。しかも灰色沼の物見城《グレイウォーター・ウォッチ》は動くのですよ。それを、どうしてわたしの船が見つけることができましょうか？」

「わたしの旗印を掲げて、川をさかのぼれ。沼地人《クラノグマン》がきみたちを見つけるだろう。ハウランド・リードにわたしのメッセージが届く確率を倍にするために、二隻の船が欲しいのだ。一隻にはレディ・メイジが乗り、もう一隻にはガルバートが乗る」かれは指名した二人を見た。

「きみたちは北部に残っている味方の諸公に手紙を届けるのだ。しかし、手紙に書かれている命令はすべて嘘だ。不幸にして、きみたちが捕らわれた場合に備えてね。もしそういうことになったら、きみたちは北部に向かっていたといわなければならない。熊の島《ベア・アイランド》に帰るところだと。あるいは岩石海岸《ストーニイ・ショア》に行くところだと」かれは地図を指で叩いた。「要塞《モウト》ケイリンが鍵だ。ベイロン公はそれを知っていた。だから、グレイジョイの強さの源である強い心を持った弟のヴィクタリオンをそこに送ったのだ」

「後継者論議はともかくとして、鉄人どもは要塞《モウト》ケイリンを放棄するような愚か者ではありません」レディ・メイジがいった。

「そうだ」ロブは認めた。「たぶん、ヴィクタリオンは守備隊の最精鋭の部分を残す。しかし、わたしと対戦する必要のある者以外は、一人残らず連れていくだろう。そして、船長の多くを連れていくことは想像にかたくない。リーダーたちをだ。〈海の石の御座〉にすわりたければ、代弁者が必要だから」

「まさか、土手道を攻めのぼるつもりではないでしょうね、陛下」ガルバート・グラヴァーがいった。「あの接近路は狭すぎます。兵士を展開する余地がありません。いまだかつて要《モウ》塞《ト》を陥落させた者はいません」

「南からはね」ロブはいった。「しかし、もし北と西から同時に攻撃できれば、そして、土手道を押し進んでくるのがわたしの主力部隊だと敵が勘違いして、それを撃退しようとしている間に、後ろから鉄人どもを攻めれば――そうすれば、こちらに勝ち目がある。いったんボルトン公およびフレイ家の軍勢と結合すれば、こちらは一万二千の兵力を持つことになる。

かれらを三つの戦闘部隊に分けて、半日間隔で土手道を攻めのぼるつもりだ。もし、グレイジョイたちが地峡《ネック》の南に目を向ければ、わが全勢力が要塞《モウト》ケイリンに向かって突進してくるのが見えるだろう。

ルース・ボルトンは殿《しんがり》を受け持ち、わたしは中央部隊を指揮する。〈グレート・ジョン〉、きみは要塞《モウト》ケイリンに対して前衛部隊を率いてくれ。きみたちは猛攻撃を加えなければならない。だれかが北から忍び寄っているかどうか、鉄人どもに考える暇を与えないようにね」

〈グレート・ジョン〉はくすくす笑った。「あなたの隠密部隊は早く来たほうがいいですよ。さもないと、わたしの大軍があの城壁に押し寄せて、あなたが顔を見せる前に要塞《モウト》を陥落させているでしょうから。あなたがのろのろとやってきたら、それをプレゼントしてあげますからね」

「そういうプレゼントは喜んでいただくよ」ロブはいった。

エドミュアは顔をしかめていた。「鉄人の背後を衝くというお話ですが、陛下、いったいどうやって軍勢を北に送るのですか？」

「地峡《ネック》には地図にのっていない道があるんですよ、叔父さん。沼地人《クラノグマン》だけが知っている道がね——沼の間の小道や、小舟しか通れない葦の間の濡れた道が」かれは二人の使者にいった。「わたしに道案内を送ってくれるように、ハウランド・リードに頼んでくれ。わたしが土手道を進みはじめた二日後に。中央戦隊にだ。わたし自身の旗印を掲げているからわかるはずだ。三つの軍勢が双子城《ツインズ》を出るが、二つだけが要塞《モウト》ケイリンに着く。わたし自身の戦隊は地峡《ネック》に溶けこんで、熱病《フィーヴァー》川にふたたび姿を現わす。叔父が結婚した後、われわれが急速に行動を起こせば、年末には全員が配置につけるだろう。わが軍は新しい世紀の最初の日に三方から要塞《モウト》ケイリンに襲いかかる。前の晩に酒をがぶ飲みした鉄人どもが、たがいの頭を槌で叩いて起こしている間にね」

「この作戦はよい」〈グレート・ジョン〉がいった。「気に入りました」

ガルバート・グラヴァーは口をこすった。「危険があります。もし、沼地人《クラノグマン》が役に立たなかったら……」

「それ以前より悪くなることはない。しかし、かれらは役に立つよ。父上はハウランド・リードの価値を知っていた」ロブは地図を巻き上げた。そして、はじめてキャトリンを見た。「母上」

彼女は緊張した。「この作戦に、わたしの役割がありますか？」

「あなたの役割は安全に留まっていることです。地峡《ネック》を通るわれわれの旅は危険です。そして、北部には戦《いくさ》しか待っていません。しかし、戦がすむまで、海の護り城《シーガード》で安全にかくまってくれると、親切にもマリスター公が申し出てくれた。きっと、あそこで快適に暮らせるでしょう」

〝これはジョン・スノウのことを反対した罰なのだろうか？　それとも、女であるためだろうか、いや、もっと悪いことに、母であるためだろうか？〟全員が自分を見つめていることに気づくのに、ちょっと時間がかかった。みんな知っていたのだ、と彼女は気づいた。キャトリンは驚くべきではなかった。〈王殺し《キングスレイヤー》〉を解放したことで、味方は一人もいなくなったのだった。しかも、戦は女の出る幕ではないと〈グレート・ジョン〉がいうのを、一度ならず聞いていたのだから。

　怒りはキャトリンの顔を燃やしたにちがいなかった。なぜなら、彼女が一言もいわないうちに、ガルバート・グラヴァーが声を上げたから。「マイ・レディ、陛下は賢明です。あなたはわれわれと一緒に来ないのが最善です」

「あなたがおいでくだされば、海の護り城《シーガード》は明るくなるでしょう、レディ・キャトリン」ジェイソン・マリスター公がいった。

「わたしを囚人にするつもりね」彼女はいった。

「賓客ですよ」ジェイソン公はいい張った。

　キャトリンは息子を見た。「ジェイソン公に遺恨はありませんが」彼女は固い口調でいった。「あなたについていくことができないなら、リヴァーラン城に帰ったほうがましです」

「リヴァーラン城には妻を置いてきた。母上には別の場所にいてもらいたい。ひとつの財布に全財産を入れておくと、盗もうと狙っている者が楽になるだけだ。婚礼がすんだら、海の護り城《シーガード》に行ってもらいます。これは王の命令です」ロブは立ち上がった。このようにして、たちまち彼女の運命が決まった。

　かれは一枚の羊皮紙を取り上げた。「もうひとつ。ありがたいことに、ベイロン公は後に混乱を残したと思う。わたしは同じ轍を踏みたくない。しかし、まだ息子が生まれていない。弟のブランとリコンは死んだ。そして、妹はラニスター家の者と結婚している。後継者をだれにするか、ずっと一所懸命に考えてきた。わが真の忠義な貴族であるきみたちに命じる。わが決定の証人としてこの証書に印章を押してもらいたいのだ」

〝まさに王者だ〟とキャトリンは思い、負けたと悟った。そして自分を捕らえた計略と同様に、要塞《モウト》ケイリン占領の計略が成功することを祈るしかなかった。

46　サムウェル

〃ホワイトツリーだ〃とサムは思った。〃どうか、ホワイトツリーでありますように〃かれはホワイトツリーを覚えていた。ホワイトツリーは、北上してくるときに自分で描いた地図に記入しておいた。もしこの村がホワイトツリーなら、自分のいる位置がわかることになる。

〃どうか、ホワイトツリーでありますように〃かれは懸命にそれを願ったので、ちょっと足のことを忘れた。ふくらはぎと腰の痛みと、そしてほとんど感覚のなくなった凍った指のことを。それだけでなく、モーモント公のことも、クラスターのことも、〈亡者《ワイト》〉のことも、〈異形《ジ・アザー》〉のことも忘れた。〃ホワイトツリーでありますように〃サムは聞いていてくれるかもしれないあらゆる神に祈った。

しかし、野人の村はすべて同じようなかたちをしていた。この村の中心にはウィアウッドの大木が生えている……が、白い木が生えているからといって、必ずしもホワイトツリーの村とはかぎらない。ホワイトツリーのウィアウッドはこいつより、もっと大きくはなかったか？　もしかしたら、記憶違いかもしれない。白骨のような幹に彫られた顔は、細長く、悲しげで、乾いた樹液の赤い涙がその目から流れていた。〃北上してきたときには、こんな顔つきをしていただろうか？〟サムは思い出せなかった。

その木の周囲に、屋根を芝土で覆ったひと握りの一室だけの小屋と、苔むした丸太造りの細長い館と、石の井戸と、羊の囲いがあった……が、羊も人もまったくいなかった。野人たちは家以外の所有物を持って、霜の牙《フロストファング》にいるマンス・レイダーのところに行ってしまったのだ。それはサムにとってありがたかった。日が暮れるので、一晩だけでも屋根の下で眠れるのはありがたかった。かれはひどく疲れていた。まるで生涯の半分を歩いてきたみたいだった。靴はぼろぼろになり、足のまめはすべて破れて、たこになってしまっていた。しかし今ではそのたこの下に新たなまめができていた。そして爪先は凍傷になりかけていた。

しかし、歩くか死ぬかどちらかだとサムは承知していた。お産をしたばかりで、子供を抱いているジリはまだ体が弱っているので、かれよりも彼女のために馬が必要だった。クラスターの砦を出てから三日目に、二番目の馬に死なれた。そのなかば飢えた哀れな牝馬が、それほど長く持ちこたえたのは驚きだった。おそらくサムの体重が命取りになったのだろう。〝おれが歩くほうがいいのだ〟かれらは二人で馬に乗って進みたかったが、同じことが起こるのが怖かった。

サムは小屋を覗きこんで調べている間に、ジリを館に残して火をおこさせた。彼女のほうが火をおこすのが上手だった。かれはどうしても焚きつけに引火させることができなかった。そしてこの前、火打ち石と鋼のナイフを打ち合わせようとしたとき、そのナイフで指を切ってしまった。その傷口をジリが縛ってくれたが、かれの手はこわばって痛み、以前よりもっと不器用になってしまったのだった。傷を洗って、包帯を変えるべきだとわかっていたが、傷を見るのが怖かった。しかも、手袋を脱ぐのがいやになるほど寒かったのだった。

空き家の中で何を見つけたいのか、サム自身もわからなかった。もしかしたら野人は食べ物を残していったかもしれない。だから見る必要はあった。北上してきたときには、ホワイトツリーの村でジョンが小屋の捜索をしたのだった。今、サムはひとつの小屋の中で、鼠が暗い片隅でかさこそ動く音を聞いたが、それ以外、どの小屋にも古い藁、古い匂い、そして煙出し穴の下の灰しか見つからなかった。

かれはウィアウッドのところに引き返して、彫刻された顔をしばらく観察した。〝これは見た顔ではないぞ〟かれは認めた。〝この木の大きさは、ホワイトツリー村の木の半分ぐらいしかない〟赤い目が血の涙を流していたが、それも記憶になかった。サムはぎごちなくひざまずいた。「古《いにしえ》の神々よ、この祈りをお聞きください。わたしの父は〈七神〉を信じていました。しかし、わたしは〈冥夜の守人《ナイツ・ウォッチ》〉に加わったときに、あなたに誓いの言葉を述べました。さあ、わたしたちをお助けください。道に迷ったかもしれないのです。また、腹も空いているし、とても寒いです。今自分がどの神々を信じているかわかりません。しかし……お願いです、もしそこにいらっしゃるなら、お助けください。ジリは幼い息子を抱えています」思いついた祈りの言葉はこれだけだった。夕闇が濃くなり、ウィアウッドの葉がさらさらと小さく鳴り、赤い血のついた千本もの手のように揺れた。ジョンの神々が自分の言葉を聞いてくれたかどうか、かれにはわからなかった。

かれが細長い館に戻るころには、ジリはすでに火をおこしていた。彼女は毛皮を開いてそのそばにすわり、赤子を胸に抱えていた。〝赤子もおれたち同様に空腹なのだ〟とサムは思った。あの老婆たちはかれらのために、クラスターの家から食べ物をくすねてきてくれたが、すでにその大部分を食べてしまっていた。サムは角の丘城《ホーン・ヒル》にいたころから、駄目なハンターだった。あそこには獲物もたくさんいて、手伝ってくれる猟犬も猟師もいたのに。この果てしない空っぽの森林では、かれが何かを捕らえるチャンスは皆無に近かった。湖やなかば凍った川で魚を釣るのも、同様に惨めな結果に終わった。

「あとどのくらい歩くの、サム？」ジリがたずねた。「まだ、遠いの？」

「それほど遠くはない。もう、それほど遠くはないよ」サムは肩をすくめて荷物を下ろし、ぎごちなく床に腰を下ろし、足を組もうとした。だが、無理に歩いてきたために腰がひどく痛んで、屋根を支えている彫刻のある柱のひとつに寄りかかっているほうが楽だと思われた。しかし、火が燃えているのは館の中心の煙出し穴の下で、足腰の痛みを振り払うよりもその温かみのほうが欲しかった。「あと二、三日で着くはずだ」

サムは地図を持っていたが、もしここがホワイトツリーでないとすると、地図はあまり役に立ちそうもなかった。〝あの湖を迂回するために、東に行きすぎたんだ〟かれはいらいらして思った。〝あるいは、引き返そうとして、西に行きすぎたのかもしれない〟かれは湖と川が嫌いになってきていた。このような北の奥地では、渡し船や橋はまったくなかった。ということは、湖はずっーと迂回しなければならないし、川を渡るには浅瀬を探さなければならないということである。藪と格闘して歩くよりも、獣道をたどるほうが楽だし、尾根を登るかわりに、まわっていくほうが楽なのだ。〝もしバネンかダイウェンが一緒なら、いまごろは黒《カースル・ブラック》の城に着いているだろうに。休憩室で足を温めているだろうに〟だが、バネンは死に、ダイウェンはグレンや〈陰気なエッド《ドロラス》〉やその他の連中と一緒に行ってしまった。

〝壁は長さ五百キロ、高さ二百メートルだ〟とサムは思い返した。南に歩きつづければ、遅かれ早かれ、必ず見えてくるはずだった。そして、自分たちが南に進んでいることは確実だった。昼間は太陽で方角を知り、晴れた夜には〈氷竜《アイスドラゴン》〉の星座の尻尾を追うことができた。もっとも、二頭目の馬が死んで以来、夜はあまり進むことができなかったけれども。満月の夜でも木陰はあまりにも暗く、サムか最後の小柄な馬が足を折ることは目に見えていたのだ。〝今はもうずっと南に来ているはずだ、間違いなく〟

ただし、どのくらい遠くまで東に、あるいは西に、迷い出しているかは定かでなかった。〈壁〉には行き着けるだろう、そう……一日か二週間後には。それ以上離れているはずはなかった。確かに、確かに……しかし、どこだ？　見つけなくてはならないのは黒《カースル・ブラック》の城の門だった。それが五百キロの間で唯一の〈壁〉を通る道なのだ。

「〈壁〉はクラスターがいつもいっていたほど大きいの？」ジリがたずねた。

「もっと大きいよ」サムは陽気な声を出そうと努力した。「陰に隠れている城が見えないほど大きいのだぞ。しかし、見てろよ。向こう側には城がいくつもあるんだぞ。〈壁〉は氷だが、城は石と木だ。高い塔や深い地下倉や、昼も夜も炉に大きな火が燃えている大広間があるんだ。そういうところはとても暑いんだぞ、ジリ、とても信じられないだろうがね」

「わたし、炉のそばに立てるかしら？　わたしとこの子が？　長い間でなくてもいいから、気持ちよく暖まる間だけでも？」

「好きなだけ立っていられるよ。飲み物も食べ物もある。香料を入れて燗《かん》をつけたワインとか、玉葱《タマネギ》を入れた鹿肉のシチューとか。そして、窯《かま》から出したばかりのホップのパンとか。指を火傷するほど熱いんだぞ」サムは炎のそばで指を動かすために手袋を脱いだが、すぐに後悔した。指は寒さのために感覚がなくなっていたが、感覚が戻って、泣きたいほど痛くなったのだ。「兄弟《ブラザー》のだれかが歌を歌うことがある」かれは痛みから気を逸らすためにいった。

「ダレオンがいちばん歌がうまかった。だけど、あいつは東の物見城《イーストウォッチ》に送られてしまった。だが、まだホルダーがいる。そして、〈トウド〉も。あいつの本当の名はトダーだが、がま《ト》がえる《ウド》のような顔をしているんで、みんなそう呼ぶんだ。やつは歌が好きだが、ひどい声をしている」

「あんたは歌うの？」ジリは毛皮の乱れをなおして、赤ん坊を片方の乳からもう片方の乳に移した。

サムは赤面した。「う……歌はいくらか知っている。子供のころは歌が好きだった。踊りもしたよ。だけど、父上はそれを決して喜ばなかった。踊りまわりたいなら、剣を持って庭で踊れとね」

「南部人の歌を歌ってくれる？　赤ん坊のために？」

「聞いてくれるなら」サムはちょっと考えた。「子供のころ、眠る時間になると、家の司祭《セプトン》がぼくや妹のために歌ってくれた歌がある。『〈七神〉の歌』というんだ」かれは咳払いをして、小声で歌いだした。

〈厳父〉の顔は厳しくて強い、
　かれはすわって善悪を裁いてくれる。
かれは人間の寿命を計る、
　短いのや長いのを、
　　そして、幼い子供たちを愛する。

〈慈母〉は命の贈り物をくれる、
　そして、すべての妻を見守ってくれる、
彼女の優しい笑顔は
　すべての苦悩を終わらせる、
　　そして、幼い子供たちを愛する。

〈戦士〉は敵の前に立ち、
　わたしたちがどこに行っても

守ってくれる。
剣と楯と槍と弓を持って、
幼い子供を守ってくれる。
〈老嫗《ろうう》〉はとても賢くて年寄りだ、
そして人間の運命が展開するのを
見守ってくれる。
彼女は輝く黄金のランプを掲げて、
幼い子供たちを導いてくれる。
〈鍛冶〉は昼も夜も働く、
人間の世界を正すために。
槌と鋤とそして明るい火を使って、
幼い子供のために建設してくれる。
〈乙女〉は空いっぱいに踊る、
彼女はあらゆる恋人の
ためいきの中に住み、

その笑顔は小鳥たちに飛ぶことを教える、
　そして幼い子供たちに夢を与える。

すべての人間をおつくりになった〈七神〉は、
　人間が呼ぶと聞いてくださる。
だから、目をつぶりなさい、
　落ちはしないから、
　　神々はあなたを見る、幼子よ、
さあ目をつぶりなさい、落ちはしないから、
　神々はあなたを見ている、幼子たちよ。

サムはまだ赤ん坊だったディコンを寝つかせるために、母親といっしょにこの歌を最後に歌ったときのことを思い出した。かれらの声を父親が聞いて怒り、ずかずかとそばに来た。「もう聞きたくない」ランディル公は妻に荒々しくいった。「おまえはその柔弱な司祭《セプトン》の歌で一人の息子を駄目にした。この赤子にも同じことをするつもりか？」それからかれはサムを見ていった。「どうしても歌いたければ、妹たちのところに行って歌え。息子に近づいてはならん」

ジリの赤ん坊は眠ってしまっていた。その子はとても小さくて、サムが心配になるほどお

となしかった。かれには名前さえもなかった。ジリにそのことをたずねると、子供が二歳になる前に名前をつけるのは縁起が悪いということだった。そんなことをするから、大勢の赤子が死ぬのだと。

彼女は毛皮の中に乳首をおしこんだ。「よかったわ、サム。歌がうまいのね」

「ダレオンの歌を聞くべきだ。かれの声は酒のように甘いんだよ」

「クラスターがわたしを妻にした日に、とてもおいしい酒を飲んだわ。あれは夏のことで、あまり寒くなかった」ジリは腑に落ちないような目でかれを見た。「六つの神のことしか歌わなかったわね？　あなたがた南部人は七つの神を持っていると、クラスターがいつもいっていたけれど」

「七つの神だ」かれはうなずいた。「しかし、〈異客《まれびと》〉のことはだれも歌わないんだよ」〈異客《まれびと》〉の顔は死の顔だった。その神の話をするだけで、サムは気持ちが悪くなった。「何か食べないとね、ひと口かふた口」

木のように固い少しばかりの黒いソーセージしか残っていなかった。サムは二人のために二、三枚の薄切りをごしごしと切り取った。力を入れると手首が痛んだが、空腹のために我慢した。長いこと噛んでいると、ソーセージの薄切りは柔らかくなり、いい味がした。クラスターの妻たちはそれらにニンニクで味をつけていた。

サムはそれらを食べおえると、彼女に断って小便をしに外に行き、馬の世話をした。北から刺すような寒風が吹きつけて、森の中を通っていくと木の葉がぱらぱらと当たった。馬に水を飲ませるために、小川の表面に張った薄氷を割らなければならなかった。〝馬を中に入れてやるほうがいいな〟朝、目を覚ますと、馬が夜の間に凍死していたなんてことになっては困る。〝そういうことになっても、ジリは歩きつづけるだろうが〟彼女はサムと違って、とても勇気があるのだ。黒の城《カースル・ブラック》に戻ったときに、彼女をどうすべきかわかればよいと思った。彼女はいつも、もしかれが望むなら妻になるといいつづけていた。しかし、黒衣の兄弟は妻を持たない。しかも、かれはホーン・ヒル城のターリー家の一員だ。決して野人と結婚することはできないだろう。〝何かうまいことを考えなければならない。しかし無事に〈壁〉に着くまでは、他のことは問題にならない。ほんの少しも問題にならないのだ〟

馬を細長い館まで引いてくるのはごく簡単だった。扉をくぐらせるのはそうはいかなかったが、サムは辛抱強くやって、なんとか引き入れることができた。馬を中に入れたときには、ジリはもう眠っていた。かれは片隅で馬の両脚を縛り、新しい薪を火にくべ、重いマントを脱いで、野人の女の横の毛皮の下にもぐりこんだ。かれのマントは三人全部を覆って、体の温かみを保つだけの大きさがあった。

ジリはミルクとニンニクと黴臭い古い毛皮の匂いがしたが、今はもうサムはそれに慣れてしまっていた。サムに関するかぎり、それらはいい匂いだった。かれは彼女と並んで寝るのが好きだった。そうするとずっと昔のことを思い出すのである。ホーン・ヒル城の巨大なベッドで二人の妹と一緒に寝たことを。そんなことをしているとかれが女のように軟弱になってしまうと、ランディル公が結論したときに、それは終わったのだった。〝しかし、自分自身の冷たい個室で一人で寝ても、決しておれは強くも勇敢にもならなかった〟今の自分を見ることができたら、父はなんというだろうかとかれは思った。〝ぼくは〈異形〉の一人を殺したのですよ、父上〟かれは自分が話しているところを想像した。〝黒曜石の短剣で刺してやったのです。それで今は、黒衣の兄弟たちはぼくを〈異形退治のサム〉と呼んでいるのですよ〟しかし、この空想の中でもランディル公はしかめ面をして、信じてくれないのだった。

その夜のかれの夢は奇妙なものだった。かれはホーン・ヒル城に戻っていた。しかし父親はそこにいなかった。それは今はサムの城だった。ジョン・スノウが一緒にいた。〈熊の御大《オールド・ベア》〉ことモーモント公も、それにグレンも〈陰気なエッド〉も、ピップも〈トウド〉も〈冥夜の守人《ナイツ・ウォッチ》〉から来た他の兄弟《ブラザー》たちもみんな。しかし、かれらは黒ではなく派手な色彩のマントをまとっていた。サムはテーブルの上座にすわって、父親の大剣〈心臓裂き《ハーツベイン》〉を使ってローストビーフの厚切りを切りわけて、みんなに御馳走をした。甘いケーキを食べ、蜂蜜入りのワインを飲んだ。歌や踊りがあり、みんなが暖まった。宴会が終わると、かれは眠るために上の部屋に登っていった。それは母と父が暮らしていた城主の寝室ではなく、昔、妹たちと一緒に寝ていた部屋だった。ただ、その柔らかなベッドで待っていたのは妹たちではなく、ジリだった。彼女は大きなぼさぼさの毛皮しかまとっておらず、乳から乳汁が流れていた。

かれは突然目覚めた。寒くて、恐ろしかった。

焚き火は燃え尽きて、煙を上げる赤い燠《おき》になっていた。空気そのものが凍っていると思われるほど寒かった。片隅では小型馬がいなき、後脚で丸太を蹴っていた。ジリは赤ん坊を抱いて火のそばにすわっていた。サムは開けた口から青白い息を吐きながら、くらくらする頭で起き上がった。細長い館はいろいろな影に満ちていた。黒い影、さらに黒い影。かれの腕の毛が逆立った。

〝なんでもない〟かれは自分にいい聞かせた。〝寒い、それだけだ〟

この時、戸口で影のひとつが動いた。大きな影が。

〝これはまだ夢だ〟サムはそうであってほしいと祈った。〝おう、まだ眠っていることにしてくれ、ただの悪夢にしてくれ。あいつは死んだ。あいつは死んだ。死んだのを、おれは見たのだ〟「かれは赤子をつかまえにきたのよ」ジリが泣いた。「この子の匂いを嗅いだの。生まれたての赤子は命の匂いがするの。その命を取りにきたのよ」

戸口の横木の下で、その巨大な黒い姿は首をすくめて館に入り、かれらのほうによろよろと進んできた。焚き火の薄暗い光を受けると、その影は〈大男のポール《スモール・ポール》〉になった。

「向こうへ行け」サムはしゃがれ声でいった。「こんなところに来るな」

ポールの両手は石炭の色、顔はミルクの色、目は刺すように青く光っていた。その髭に白い霜がつき、片方の肩に一羽の鴉が止まって、かれの頬をつつき、白い屍肉を食べていた。サムの膀胱が緩み、温かいものが脚を流れ落ちるのがわかった。「ジリ、馬を落ち着かせて、外につれていけ。さあやるんだ」

「あんたは――」彼女がいいかけた。

「ナイフがある。ドラゴングラスのナイフだ」かれは立ち上がって、そのナイフを探り出した。一本目のナイフはグレンにくれてやったが、ありがたいことに、クラスターの砦から逃げる前にモーモントの短剣を持っていくことを、サムは思いついたのだった。かれはそれをしっかりと握って、焚き火から遠ざかり、ジリと赤子からも遠ざかった。「ポール？」かれは勇気のある声を出すつもりだったが、きーきー声になってしまった。「〈スモール・ポール〉。おれがわかるか？　おれはサムだ、でぶのサム、臆病者のサムだ。おまえ、森でおれを救ってくれたじゃないか。おれがもう一歩も歩けなくなったとき、おれを運んでいってくれた。他のやつだったら、そんなことはできなかったろう。しかし、おまえはそうしてくれた」サムはナイフを握り、鼻をすすりながら、後ずさりした。〝おれはこんな臆病者だ〟「おれたちを傷つけないでくれ、ポール。頼む。どうして、おれたちを傷つけたいなんて思うんだ？」

ジリは固い土の床を、足を引っ掻くようにして後ずさりした。その〈亡者《ワイト》〉は首をまわして彼女を見た。だが、サムは叫んだ。「よせ！」そして振り返った。ポールの肩にとまった鴉がその青白い腐った頰から一筋の肉を剝ぎ取った。サムは鍛冶屋のふいごのような息をしながら、短剣を前に突き出した。長い広間の向こう側で、ジリは馬のところにいった。〝神よ、わたしに勇気をお与えください〟サムは祈った。〝もう一度だけ、小さな勇気をください。彼女が逃げる間だけでも〟

〈スモール・ポール〉はかれのほうに動いた。サムはざらざらした丸太の壁にぶつかるまで後ずさりした。そして、両手で短剣をしっかりと握りしめた。〈亡者〉はドラゴングラスを恐れる様子がなかった。たぶん、かれはそれが何か知らなかったのだろう。かれはゆっくりと動いた。だが、〈スモール・ポール〉は生きていたときでも、決してすばやいほうではなかった。かれの後ろで、ジリが小声で馬を鎮め、戸口のほうに追い立てた。しかし、馬は〈亡者〉の奇妙な冷たい匂いを嗅ぎ取ったにちがいなかった。馬は突然立ちどまり、後脚で立ち、凍った空気を蹄で掻いた。ポールはその音を聞いてさっと振り返った。そして、サムへの関心をまったく失ったように見えた。

　考えたり、祈ったり、恐れたりする時間はなかった。サムウェル・ターリーは〈スモール・ポール〉に飛びかかり、その背中に短剣を突き刺した。体をなかばまわしていた〈亡者〉は、かれが飛びかかるのをまったく見なかった。鴉がかん高い声をだして、空中に飛び上がった。「おまえは死んでいる！」サムは突き刺しながら叫んだ。「おまえは死んでいる、死んでいる」かれは何度も何度も突き刺しては叫び、ポールの重く黒い背中に大きな裂け目を作った。ドラゴングラスのかけらがあたりに飛び散った。ポールがウールの下に着ていた鎖《チェ》帷子《ーン・メイル》に当たって砕けたのだ。

　サムのわめき声が黒い空気の中で白い霧になった。かれは役に立たなくなった短剣の柄を捨て、急いで一歩後ろに下がった。〈スモール・ポール〉はぐるりと体をまわした。サムがもう一本のナイフ――ブラザーがみんな持っている鉄のナイフ――を取り出さないうちに、〈亡者〉の黒い手がかれの顎の下をつかんだ。ポールの指は燃えているかと思うほど冷たかった。その指がサムの喉の柔らかい肉に食いこんだ。〝逃げろ、ジリ、逃げろ〟かれは叫びたいと思ったが、口を開くとくぐもった音しか出なかった。

ついに指が短剣を探りあてた。しかし、それで〈亡者〉の腹を突き上げると、切っ先が鎖《チェ》帷《ーン・メイル》子に当たって滑り、短剣はサムの手から離れてくるくるまわって飛び去った。〈スモール・ポール〉の指は情け容赦なく締まり、捩じりはじめた。〝こいつ、おれの首を捩じ切ろうとしているぞ〟サムは絶望して思った。喉は凍るように冷たく、肺は燃えるようだった。かれは〈亡者〉になったポールの手を殴ったり引っ張ったりしたが無駄だった。股間を蹴っても駄目だった。世界は縮まって二つの青い星になり、恐ろしく締めつける苦痛になり、涙が凍って目を覆うほどの寒さになった。サムは体をうごめかし、引っ張り、必死になって……

……それから、よろよろと前に出た。

〈スモール・ポール〉は大男で力強かったが、体重はまだサムのほうがまさっていた。そして〈亡者〉どもは不器用だった。サムはそれを〈拳《フィスト》〉の上で見ていた。この突然の体勢の変化に、ポールはぐらりと一歩さがった。そして、生者と〈亡者〉は一緒にどさりと倒れた。その弾みに片方の手がサムの喉から離れて、その氷のように冷たい黒い指がまたつかみかかる前に、かれは急いで息を吸うことができた。口に血の味が広がった。かれはナイフを探そうとして首をまわした。すると鈍いオレンジ色の光が見えた。〝焚き火だ！〟燠と灰しか残っていなかった。だが、それでも……息ができず、考えることもできなかったが……サムはポールを一緒に引きずって体を横に動かし……土の床の上で腕をばたばた動かし、探り、伸ばし、灰をはね飛ばし、ついに何か熱いものを探り当てた……黒焦げになった一片の薪、煙を上げる黒い炭の内部に赤とオレンジ色が見える……かれは指でそれを握り、ポールの口の中に突っこんだ。歯が欠けるほど強く。

だが、そうしても〈亡者〉の手の力は弱まらなかった。最後にサムの頭に浮かんだのは、愛してくれた母親と、失望させた父親のことだった。細長い広間がぐるぐるまわっているように感じられ、ポールの欠けた歯の間から煙が立ち昇るのが見えた。それから〈亡者〉の顔がぱっと燃え上がり、サムの喉を締めている手が外れた。

サムは空気を吸いこみ、弱々しく転がって逃げた。〈亡者〉は燃えていて、髭から白い霜が溶けて滴り、髭の下の肉が黒ずんでいった。サムは鴉たちの金切り声を聞いたが、ポール自身はまったく音をたてなかった。口を開いても、出てくるのは炎だけだった。そして、目は……青い輝きが消えていた。

サムは戸口のほうに這っていった。空気は吸いこむのが痛いほど冷たかった。だが、それはなんと爽やかな甘い痛みであることか。かれは細長い館を抜け出した。「ジリ？」かれは呼んだ。「ジリ、あいつを殺したぞ。ジ……」

彼女は男の子を抱いて、ウィアウッドを背にして立っていた。その周囲を〈亡者〉どもが取り囲んでいた。十、二十、もっと多く……いくつかは元は野人で、まだ毛皮や生皮をまとっていたが……大部分はサムの同僚だった。〈おかまのラーク〉、〈忍び足《ソフトフット》〉、ライルズなどが見えた。チェットの首の腫れ物は黒くなっており、吹き出物は薄い氷の膜に覆われていた。そして、もう一人はヘイクのようだが、頭の半分がなくなっているので、はっきりしたことはわからなかった。かれらは哀れな小型馬を引き裂いて、鮮血の滴る手で腸を引き出していた。馬の腹から青白い湯気が上がっていた。

　サムは泣き声を出した。「これはフェアじゃない……」

「フェア」使い鴉《レイヴン》がかれの肩に舞い下りた。「フェア《正しい》、ファー《遠い》、フィアー《恐怖》」

　使い鴉は羽ばたきをしながら、ジリと一緒に悲鳴を上げた。〈亡者〉どもは彼女に襲いかかろうとしていた。ウィアウッドの赤黒い葉がざわざわと鳴り、サムの知らない言語でささやき交わすのが聞こえた。星の光そのものが揺れ動くように見えた。そして、かれらの周囲で木々がうめき、キーキーと鳴った。サム・ターリーの顔は凝固したミルクのような色になり、目は皿のように丸くなった。〝使い鴉だ！〟何百、何千という鴉がウィアウッドの白骨色の枝にとまり、葉の間から覗いていた。かれらがくちばしを開けてかん高く鳴くのが見え、黒い翼を広げるのが見えた。かれらは怒れる雲となって、〈亡者〉どもの上に舞い下りた。チェットの顔のまわりに群がって、その青い目をつつき、蝿のように〈おかま〉を覆い、ヘイクの砕けた頭の中から肉片をつつき出していた。かれらはあまりにもたくさんいて、サムが見上げても月が見えないほどだった。

「行け《ゴー》」肩の上の使い鴉がいった。「ゴー、ゴー、ゴー」

　サムは白い息を口から激しく吐きながら走った。あたり一面に襲いかかる黒い翼と鋭いくちばしに、〈亡者〉どもが打ちかかっていたが、かれらはうめき声も叫び声も決して発せず、奇妙に黙りこんだまま倒れていった。しかし、鴉たちはサムを無視した。サムはジリの手をつかんで、ウィアウッドから引き離した。「さあ、行かなくては」

「でも、どこへ？」ジリは赤子を抱き、急いでかれを追った。「かれらは馬を殺したわ。わたしたち、どうやって……」

「兄弟《ブラザー》！」千羽もの鴉のかん高い鳴き声にまじって、夜の闇をつんざいて叫び声が聞こえた。木々の下に、黒と灰色の斑《まだら》の布で頭から踵まで包んだ一人の男が、一頭の箆鹿《ヘラジカ》にまたがっていた。「ここだ」そいつは叫んだ。顔はフードに隠れて見えなかった。

〝かれは黒衣をつけている〟サムはジリを促してそばにいった。その箆鹿は巨大で、肩までの高さが三メートルもあり、枝角の横幅も同じくらいあった。その獣はかれらを乗せるためにひざまずいた。「ここへ」乗っている男はいって、手袋をはめた手を下ろしてジリを自分の後ろに引き上げた。それから、サムの番になった。「ありがとう」かれは息を弾ませた。そして、差し出された手を握ってはじめて、その手が手袋をはめていないことに気づいた。そいつの手は黒くて、冷たくて、指は石のように硬かった。

47――アリア

尾根の頂上に着いて河が見えると、サンダー・クレゲインはがくんと馬を止め、ちくしょうとつぶやいた。

黒い鉄色の空から雨が降っていて、緑色と茶色の混じった急流を、千本もの剣で突き刺していた。〝河幅は一キロ半はあるな〟とアリアは思った。数十本もの樹木の梢が渦巻く水面から突き出て、その枝が溺れる人の腕のように空につかみかかっていた。濡れた落ち葉の厚い層が水ぎわにこびりつき、水路のずっと先のほうに鹿かあるいは馬の死骸らしい、青白く膨れた物がちらりと見え、急速に流れ下ってきた。また、聴覚の限界あたりに、低いごろごろいうような音が聞こえていた。それは犬が唸る直前に出すような音だった。

アリアは鞍の上で身じろぎをすると、背中に〈猟犬《ハウンド》〉の鎖帷子《チェーン・メイル》の鎖が食いこむのを感じた。かれは両腕を彼女の体に巻きつけていた。左の、火傷したほうの腕は、それを保護するために鋼の腕甲をつけていたが、包帯を取り替えるときに見ると、腕甲の下の肉はまだ赤肌になっていて、膿が染み出していた。しかし、火傷が痛かったとしても、サンダー・クレゲインはそれを顔に現わさなかった。

くなっていた。

「これがブラックウォーター河なの？」かれらは雨の暗闇の中を、道のない森や名もない村を通ってはるばるやってきたので、アリアは自分たちがどこにいるのか、まったくわからなくなっていた。

「これが渡らねばならぬ河だ。おまえはそれだけ知っていればよい」クレゲインはときどき彼女の質問に答えたが、いい返してはならぬと警告していた。あの最初の日にかれはたくさんの警告を彼女に与えた。「こんどおれをぶったら、後ろ手に縛り上げるぞ」かれは、いったものだった。「こんど、逃げようとしたら、両足を縛ってやる。また悲鳴を上げたり、叫んだり、おれを噛んだりしたら、猿ぐつわをはめてやる。馬に二人乗りしていくこともできるし、食用の牝豚のように手足を縛って、馬の尻に横向きに放り上げてもいいのだぞ」

彼女は二人乗りするほうを選んだが、最初に野営したときに、かれが眠ったと思うまで待って、ぎざぎざの大石を見つけて、それでかれの醜い頭を砕こうとした。〝影のように静かに〟彼女はそう思いながら、かれに這い寄っていった。だが、それでは充分でなかった。要するに、〈ハウンド〉は眠っていなかったのだ。あるいは、目を覚ましたのか。どちらにしろ、かれは目を開け、口をぴくぴくさせ、まるで赤子の持ち物を奪うようにその石を彼女から奪い取った。せいぜい彼女にできることは、蹴ることだけだった。「今回は見逃してやろう」かれは石を藪に放りこんでいった。「だが、愚かにもまたやったら、痛い目にあわせるぞ」

「なぜマイカーを殺したように、わたしをひと思いに殺さないの？」アリアは金切り声で叫んだ。この時はまだ、恐怖よりも怒りがまさっていて、彼女は挑戦的だった。

かれは返事の代わりに彼女のチュニックの前をひっつかみ、火傷のある顔から三センチ以内にぐいと引き寄せた。「こんどその名前を口にしたら、死にたいと思うほどひどくぶん殴ってやるぞ」

その後、かれは毎晩寝る前に、彼女を馬の毛布でぐるぐる巻きにして、頭から足までロープできつく縛り、巻き布にくるまれた赤子のように身動きできなくした。

〝これはブラックウォーター河にちがいない〟アリアは篠突《しのつ》く雨に打たれる河を見つめて、結論した。〈ハウンド〉はジョフリーの飼い犬だった。だから、かれは彼女を赤の王城《レッド・キープ》に連れ戻し、ジョフリーと太后《クィーン》に渡すつもりなのだ。彼女は太陽が顔を出せばよいと思った。そうすれば、自分たちがどちらに向かっているか、わかるから。立ち木の苔を見れば見るほど、ますます方角がわからなくなった。〝キングズ・ランディングではブラックウォーター河はこんなに幅広くなかった。でも、あれは雨の前だったから〟

「浅瀬は全部なくなってしまった」サンダー・クレゲインがいった。「そして、泳ぎ渡る気もしないしなあ」

〝とても渡ることはできない〟彼女は思った。〝きっとベリック公に捕まるだろう〟クレゲインは大きな黒馬を厳しくせめたてて、追跡をかわすために三度も突然逆走させ、一度は増水した川の中心を八百メートルも上流にさかのぼったりした……それでもアリアは振り返るたびに逆徒の姿が見えることを期待した。そして、用を足すために藪の中に入るたびに、木々の幹を引っ掻いて自分の名前を書き、追手に見つかりやすくしたのだった。しかし、四回目にかれに見つかってしまい、それができなくなった。〝かまわないわ〟彼女は思った。ま
〝ソロスは炎の中にわたしを見出すだろうから〟ただ、見つけてくれなかったのだった。まだ今のところは。そして、いったん河を渡ってしまったら……
「ハロウェイ公の町《ロード・ハロウェイズ・タウン》は遠くないはずだ」〈ハウンド〉はいった。「あそこにルート公がアンダハル老王の双頭の水馬を飼っているから、たぶん、それで河を渡ることができるだろう」

　アリアはアンダハル老王の話は聞いたことがなかった。そして、頭が二つある馬など見たこともなかった。とくに、水上を走ることができる馬などは。しかし、たずねないほうが安全だと判断した。彼女は口を結んで、体をこわばらせて馬に乗っていると、〈ハウンド〉は馬の頭をまわして、稜線に沿って小走りに走らせ、下流のほうに進んでいった。少なくとも、この向きでは、雨は背中にあたることになった。今まで雨水がさんざん目に入って、痛くてほとんど物が見えず、まるで泣いているように雨水が頬を流れ落ちていたのだった。〝狼は決して泣かない〟彼女はまた自分にいい聞かせた。

　まだ正午を過ぎてそれほど時間がたっていないはずだったが、空は夕暮れのように暗かった。もう何日も、数えきれないほど太陽の見えない日が続いていた。アリアは骨までずぶ濡れになり、鞍で擦れ、すすり泣き、痛がっていた。また熱もあった。そして、どうしようもないほど体が震えることもあった。しかし、自分は病気だと〈ハウンド〉にいっても、かれはがみがみいうだけだった。「鼻を拭け、そして口を閉じろ」と。かれは今たどっているの

が轍《わだち》のある農道であろうと、獣道であろうと、馬はそれに沿って歩いていくものだと信用して、時間の半分は鞍の上で寝ていた。その馬は重い駿馬で、ほとんど騎士の乗る軍馬ほど大きかったが、足はもっとずっと速かった。〝ストレンジャー〟というのがその名前だった。アリアは一度、クレゲインが立ち木に小便をしているときに、そいつを盗もうとした。かれに捕まらないうちに、乗って逃げ去ることができると考えて。ところが、ストレンジャーはすんでのところで彼女の顔を嚙み取りそうになった。そいつは主人に対しては年とった去勢馬のようにおとなしかったが、それ以外の人には自分の毛皮と同じくらい腹黒い性質の獣だった。彼女はそんなにすばやく蹴ったり嚙んだりする馬を見たことがなかった。

かれらは何時間も河端を進んでゆき、小さな二筋の泥水の支流をばしゃばしゃと渡って、サンダー・クレゲインがいっていた場所に着いた。「ハロウェイ公の町だ」とかれはいい、それから町を見ていった。「なんたることだ！」町は水に浸かり、人けがなかった。増水した河が、岸から溢れ出していたのだ。ハロウェイ公の町で残っているのは、漆喰と編み枝造りの旅籠の上の階と、沈んだ聖堂《セプト》の七角形ドームと、石の円柱楼の三分の二と、数軒の古ぼけた草葺屋根と、林立する煙突だけだった。

しかし、円柱楼から煙が出ているのにアリアは気づいた。そして、ひとつのアーチ型の窓の下に幅広の平底舟がしっかりと係留されていた。その舟には一ダースの櫂《オール》受けと、一対の大きな馬の頭の木の彫刻が舳先と船尾についていた。〝双頭の馬だ〟と彼女は気づいた。甲板のまんなかに芝土の屋根のある木造の家が建っていた。そして、〈ハウンド〉が両手をラッパの形にして叫ぶと、二人の男が出てきた。円柱楼の窓からもう一人の姿が現われた。そいつは矢をつがえた弩弓《クロスボウ》を手にしていた。「なんの用だ?」かれは濁流の向こう側から怒鳴った。

「あちらに渡してくれ」〈ハウンド〉が怒鳴り返した。

舟の上の男たちはもう一人の男と相談した。その一人は髪が半白で、腕が太くて、背中が曲がっていた。そいつが手すりに歩み寄った。「金がかかるぞ」

「それなら、払う」

〝何を?〟アリアは考えた。逆徒たちがクレゲインの黄金を取り上げてしまったが、たぶん、ベリック公が多少の銀貨と銅貨を残してやったのだろう。渡し船に乗るのに、銅貨二、三枚以上かかるはずはなかった。

渡し船の男たちはふたたび話をしていた。結局、背中の曲がった男が後ろを振り向いて、一声叫んだ。さらに六人が、頭に雨がかからないようにフードをかぶって、現われた。さらに多くが身をくねらせて砦の窓から出てきて、甲板に飛び下りた。かれらの半数は背中の曲がった男の親戚といっていいほど、似た風貌をしていた。何人かが鎖を解き、長い竿を持ち上げた。一方、他の者たちは幅の広いブレードのついた重いオールを、オール受けに滑りこませた。渡し船はぐるりと向きを変え、両側のオールをなめらかに動かして浅瀬に向かってゆっくりと進みはじめた。サンダー・クレゲインはそちらに向かって丘を下りていった。

船尾が丘のふもとにどさんとぶつかると、船頭たちは彫刻の馬の頭の下にある幅の広い扉を開き、重い樫《オーク》の渡り板を差し出した。ストレンジャーは水ぎわで立ちどまったが、〈ハウンド〉はその軍馬の横腹にかかとを当てて、舷門にのぼるように促した。背中の曲がった男は甲板で待っていた。「ずぶ濡れだねえ、旦那？」かれはにこにこしてたずねた。〈ハウンド〉は口をぴくぴく痙攣させた。「要るのはおまえの舟だ。お世辞じゃない」かれは馬を下り、アリアを隣に引き下ろした。船頭の一人がストレンジャーの轡《くつわ》に手を伸ばした。「やめろ」クレゲインがいい、馬が蹴った。男は跳びすさり、雨に濡れた甲板に足を滑らせ、どさりとしりもちをつき、悪態をついた。

背中の曲がった船頭は、もはやにこにこしてはいなかった。「渡すことはできる」かれは気難しい口調でいった。「おまえに金貨一枚、馬に金貨一枚、小僧に金貨一枚かかる」

「三ドラゴンだと？」クレゲインは大笑いした。「三ドラゴン出せば、渡し船一艘、手に入るぞ」

「去年なら、できたかもしれない。しかしこの河では竿もオールもよけいな人手が要る。さもないと、海のほうに百六十キロも押し流されてしまうからな。選ぶがいい。三ドラゴン払うか、それともその地獄馬に水の上を歩くことを教えるか」

「正直な追い剝ぎは好きだ。思いどおりにしろ。三ドラゴン……おれたちを北岸に無事に渡したらだ」

「今もらおう。さもなければ行かない」男はたこのできた太い手を、手のひらを上にして突き出した。

クレゲインは長剣をガチャガチャ鳴らした。「選ぶのはそちらだ。北岸で金か、南岸で鋼か」

船頭は目を上げて〈ハウンド〉の顔を見た。そこに見たものを、船頭が好まなかったことは、アリアにもわかった。かれは背後に、オールや硬木の竿を手にした一ダースの男たちを従えている。しかし、だれも加勢をするために駆けつけはしなかった。かれらは力を合わせればサンダー・クレゲインを圧倒することができるだろうが、サンダーはやられる前に、三人か四人は殺しているだろう。「おまえが払えるかどうか、どうしてわかる？」背の曲がった男が、ちょっと間をおいてたずねた。

〝払えないよ〟アリアはそう叫びたかったが、唇を嚙んでいた。

「騎士の名誉だ」〈ハウンド〉はにこりともしないでいった。

〝騎士でさえないくせに〟彼女はこれも口には出さなかった。

「よかろう」船頭はぶっきらぼうにいった。「では乗れ。暗くならないうちに渡してやる。その馬を縛っておけよ、途中で怯えて暴れるのはごめんだ。おまえとその息子が暖まりたければ、船室に火鉢がある」

「わたし、こんなやつの息子じゃない！」アリアは烈火のごとく怒って、いった。それは少年と間違われるよりも腹立たしかった。あまり腹が立ったので、実は自分がだれであるかいってやろうとさえ思ったが、サンダー・クレゲインにえりがみをつかまれて、片手で甲板の上にぶら下げられてしまった。「その口を閉じていろと、何度いったらわかるんだ？」かれはアリアを歯ががくがくするほど乱暴に揺すり、手を放した。「中に入って、体を乾かせ。この男がいうように」

アリアはいわれたとおりにした。大きな鉄の火鉢に真っ赤に火がおこっていて、室内はむっとするほど熱かった。そのそばに立って、手を暖め、ちょっと体を拭くと気持ちがよかった。しかし、足の下で甲板が揺れるのを感じると、彼女は前方のドアからこっそり外に出た。

双頭の馬は煙突や水没したハロウェイ公の町の屋根の間を縫って、浅瀬をゆっくりと動いていった。一ダースの男たちがオールを漕ぎ、さらに四人が長い竿を使って、岩や木や沈んだ家がそばに来すぎると突き離した。背中の曲がった男が舵をとった。雨は甲板のなめらかな板を打ち、船首と船尾の高い彫刻の馬の頭からしぶきが散った。アリアはまたずぶ濡れになったが気にしなかった。様子を見たかったのだ。円柱楼の窓にはまだ弩弓を持った男が立っているのが見えた。渡し船がその窓の下を通るとき、その男の目は彼女を追った。これが〈ハウンド〉がいっていたルート公かもしれないが、〝あまり貴族《ロード》には見えないな〟と思った。そんなことをいえば、彼女もあまり貴婦人《レディ》には見えなかったけれども。

いったん町の外に出て、河の本流に乗り出していくと、流れはもっとずっと強くなった。雨の灰色のかすみを透かして、はるか対岸に一本の高い石柱が見えたが、これがきっと船着場の目印にちがいなかった。しかし、それが目に入ったとたんに、舟がそれよりも下流に向かって押し流されていくのがわかった。今や、船頭たちは激流に逆らって、さらに力を入れてオールを漕いでいた。木の葉や折れた枝が渦を巻いて、まるで投石機から投げ出されたかのように急速に流れていった。竿を持った男たちは身を乗り出して、何であろうとそばに来すぎる物を押しやった。河中に出ると風も強かった。上流のほうを見るたびに、顔に雨が吹きつけられた。足の下で甲板が動くたびに、ストレンジャーは悲鳴を上げて暴れた。

〝もし舷側から跳び出せば、〈ハウンド〉が気づかないうちに、わたしは河に押し流されるだろう〟彼女が肩ごしに振り返ると、サンダー・クレゲインは怯えた馬を必死に押さえて、落ち着かせようとしていた。かれから逃れるには、これ以上の好機はなかった。〝でも、溺れてしまうだろう〟おまえは魚のように泳ぐと、ジョンがよくいっていたが、いくら魚でもこの河ではうまく泳げないだろう。それでも溺死するほうが、キングズ・ランディングに行くよりもましかもしれなかった。彼女はジョフリーのことを考えながら舳先に這い上がっていった。河は泥と激しい雨のために、濃い茶色になっていて、水というよりむしろスープのように見えた。どんなに冷たいだろう、とアリアは思った。〝これ以上ひどく濡れるはずはない〟彼女は片手を欄干にかけた。

だが飛び下りる前に叫び声が聞こえて、彼女はぱっとそちらを見た。船頭たちが竿を手にして前のほうに走っていった。一瞬、何が起こったか、わからなかった。それから見えた。根こそぎになった一本の巨大な黒い木が、まっすぐにこちらに向かって流れてくるのだった。それは、もつれた根と枝を、大海魔《クラーケン》の前脚のように水上に突き出して流れてきた。漕ぎ手たちは衝突を避けようとして必死に水を掻いた。ぶつかったら船がひっくり返るか、船体に穴があくか、どちらかだった。老人が舵を切った。舳先の馬頭がさっと下流に向かって動いたが、遅すぎた。てらてら光る茶色と黒の木が、破城槌のように船に向かって突進してきた。

舳先から三メートルも離れていないところで、船頭の二人がやっと長い竿でそれを捕らえた。船がばらばらに壊れるのではないかと思われるような、バリバリバリという長い長い音がして、一本の竿が折れたが、もう一人の船頭がかろうじてその幹をぐいと押しやり、方向を変えることに成功した。その木は鉤爪のような枝で馬頭を引っ掻きながら、三センチの隙間を残して流れ去っていった。それが無事に通りすぎたと思われた瞬間に、怪物の上肢の一本が斜めに船体に当たり、渡し船が振動した。そして、アリアは足を滑らせて、片膝をつき、痛い思いをした。折れた竿を持っていた男はそれほど運がよくなかった。叫び声を上げて、船端から転落した。それから、逆巻く茶色の水がかれを飲みこみ、アリアがやっと立ち上がったときには姿が消えていた。他の船頭の一人が巻いてあったロープをぱっと持ち上げたが、それを投げてやる相手はいなかった。〝たぶん、かれは下流のどこかに打ち上げられるだろう〟とアリアは自分にいい聞かせようとしたが、その考えは虚ろに響いた。そして、泳いで逃げようという欲望は完全に消えた。サンダー・クレゲインが、殴られないうちに船室に戻れと叫ぶと、彼女はおとなしく従った。このころには、ひたすら船を海のほうに押し流そうとする河に逆らって、渡し船は本来のコースに戻るよう必死に努力していた。やっと岸に着いたときには、いつもの船着場からたっぷり三キロも下流に流されていた。船はあまり強く岸にぶつかったので、もう一本の竿も折れてしまった。そしてアリアはまた転びそうになった。サンダー・クレゲインは彼女を、まるで人形ででもあるかのように軽々と持ち上げて、ストレンジャーの背に乗せた。船頭たちが鈍い、消耗した目で、かれらを見つめた。だが、背の曲がった男だけは違っていて、手を差し出した。「六ドラゴン」かれは要求した。「渡しが三ドラゴン、そして流された男のために三ドラゴン」

サンダー・クレゲインは袋に手をつっこんで、くしゃくしゃの羊皮紙の束を船頭の手に押しこんだ。「そら、十やる」

「十?」船頭はまごついた。「で、これなんだ?」

「遺贈手形だ。九千ドラゴンぐらいの価値がある」〈ハウンド〉はアリアの後ろの鞍にさっと飛び上がった。そして、おもしろくもなさそうな微笑を浮かべて見下ろした。「そのうち十をおまえにやる。いずれ残りをもらいにくるから、全部使ってしまうなよ」

男はしかめ面をして羊皮紙を見下ろした。「書きつけだ。書きつけになんの価値がある? 黄金を払うと約束した。騎士の名誉だといったじゃないか」

「騎士に名誉なんてものはない。そんなことは、もうそろそろわかってもいいころだぞ、じいさん」〈ハウンド〉はストレンジャーに拍車をかけ、雨の中を全速力で走らせた。その後ろから船頭たちは罵声を浴びせ、ひとつふたつ石ころも放った。クレゲインは言葉も石も無視して、だんだん小さくなる河の水音を背にして、やがて暗い森に姿を消した。「あの渡し船は朝まで河を渡って帰らないだろう」かれはいった。「そして、あいつらは次にやってくる馬鹿者どもから紙の約束は受け取らないだろう。もし、おまえの友達がおれたちを追ってくるなら、ものすごい水泳の達人でなければならんだろうよ」

アリアは考えこみ、舌を抑えていた。〝ヴァラー・モルグリス〟彼女は腹立たしく思った。〝サー・イリーン、サー・マーリン、キング・ジョフリー、クイーン・サーセイ、ダンセン、ポリヴァー、〈善人面のラフ〉、サー・グレガー、そして〈一寸刻み《ティクラー》〉、そして〈ハウンド〉、〈ハウンド〉、〈ハウンド〉〟

雨がやみ、雲が割れるころには、彼女があまりにも震えて鼻をすするので、クレゲインは止まって野宿をすることにした。そして、火をおこそうとさえした。しかし、かれらが集めた薪は濡れすぎているとわかった。かれがどのようにしても、火はおきなかった。結局、かれは業を煮やして、それらを蹴散らした。「ちくしょうめ」かれは罵った。「火は大嫌いだ」

二人は樫《オーク》の木の下の湿った石に腰を下ろして、木の葉からゆっくりと滴る雨水の音に耳を傾けながら、堅パンと黴《カビ》の生えたチーズと燻製のソーセージという冷たい夕食をとった。〈ハウンド〉は短剣でソーセージを薄切りにした、そしてアリアがそのナイフを見ているのに気づくと、目を細めていった。「そんなこと、考えさえするな」

「ちがうよ」彼女は嘘をついた。

かれはそれをどう思っているか示すために鼻を鳴らしたが、ソーセージを厚く切って彼女にくれた。アリアはかれから目をはなさずにそれをかじった。「おまえの姉をおれは一度も殴ったことはない」〈ハウンド〉がいった。「しかし、必要とあらば、おまえを殴るぞ。おれを殺す方法を思案したりするな。そんなことしても、ちっともおまえの役には立たないのだからな」

彼女は返す言葉がなかった。そして、もぐもぐソーセージを嚙みながら、冷たい目でかれを見つめた。〝石のように固い〟と思いながら。

「少なくともおまえはおれの顔を見る。それは認めてやろう、ちっぽけな牝狼よ。どうだ、気に入ったか？」

「いいや。火傷だらけで醜いよ」

クレゲインは短剣の先でチーズの塊を突き刺して、差し出した。「おまえは小さな愚か者だ。逃げ出して、何になる？　他のもっと悪いやつに捕まるだけだぞ」

「捕まらないよ」彼女はいい張った。「おまえ以上に悪いやつはいない」

「おれの兄を知らないな。グレガーはかつて、ある男が鼾をかいたといって殺した。自分の家来をだぞ」かれがにやりと笑うと、顔の火傷した側がぎゅっと引きつり、口が奇妙な不愉快な具合に捩じれた。そちらの側には唇がなく、耳も切り株のようになっていた。

「おまえの兄がそういう人だということは知っていたよ」今にして思えば、事実、〈マウンテン〉のほうが悪かっただろう。「かれもダンセンもポリヴァーも、そして〈善人面のラフ〉と〈一寸刻み《ティクラー》〉も」

〈ハウンド〉は驚いた顔をした。「おや、ネッド・スタークの箱入り娘があんなやつらを、どうして知っているのだ？　グレガーがペットの鼠どもを宮廷に連れてきたことは一度もなかったのに」

「ある村で知ったのさ」彼女はチーズを食べ、堅パンの塊に手を伸ばした。「ジェンドリーやわたしやホット・パイが捕まった湖畔の村だ。〈緑の手《グリーンハンド》のロミー〉も捕まったけれど、かれが足を怪我しているというだけの理由で、〈善人面のラフ〉がかれを殺したんだ」

クレゲインは口を歪めた。「おまえを捕まえた？　おれの兄がおまえを捕まえたのか？」そういうと、かれはなかば喉を鳴らし、なかば鼻を鳴らして、いやな声をたてて笑った。「グレガーはだれを捕まえたかわからなかったのだな？　わかったはずがない。もしわかっていたら、泣きわめき暴れるおまえを引きずって、キングズ・ランディングに連れ戻し、サーセイの膝に放りこんだだろうからな。おう、これはおもしろい。あいつの心臓を切り取る前に、必ず教えてやろう」

かれが〈マウンテン〉を殺すといったのは、これが最初ではなかった。「でも、〈マウンテン〉はあんたの兄さんよ」アリアは疑わしそうにいった。

「おまえには殺したい兄がいなかったのか？」かれは笑った。「あるいは、たぶん姉を？」この時、かれは彼女の顔になんらかの表情が浮かんだのを見たにちがいない。かれは顔を近づけた。「サンサ、図星だな、ちがうか？　この狼娘はあの美しい小鳥を殺したいと思っている」

「ちがう」アリアはいい返した。「殺したいのはおまえだ」

「小さな友達を真っ二つにしたからか？　いっておくが、おれはもっと大勢殺している。おまえには怪物みたいに思われるだろう。まあ、そうだろう。だが、おまえの姉の命を救ったのも事実だぞ。暴徒が彼女を馬から引きずり下ろした日に、おれは暴徒を蹴散らして、彼女を城に連れ戻した。さもなければ、彼女はロリス・ストークワースと同じ運命をたどったことだろう。そして、彼女はおれに歌を聞かせてくれた。おまえ、知らなかったろう？　おまえの姉はおれに美しい小さな歌を歌ってくれたのだ」

「嘘よ」彼女はすぐにいった。

「おまえはいろいろなことを知っているつもりだが、実はその半分も知っていないのだぞ。ブラックウォーターだと？　ここはいったいどこだと思っているのだ？　おれたちがどこに行こうとしていると思っているのだ？」

かれのばかにした口調に彼女はたじたじとなった。「キングズ・ランディングに帰るんでしょ」彼女はいった。「ジョフリーと太后のところに連れていくんだわ」かれの質問の仕方から、これは間違いだとすぐにわかった。しかし、何かいわねばならなかったのだ。

「愚かで目の見えない狼娘」かれの声は鉄やすりのように固くてざらざらしていた。「ジョフリーなんかくそくらえ、太后なんかくそくらえ、彼女が弟と呼ぶあの捩じくれた小さな怪物なんかくそくらえだ。やつらの町には愛想が尽きた、〈王の楯《キングズガード》〉には愛想が尽きた、ラニスター家には愛想が尽きた。たずねるが、犬が獅子とどんな関係があるか？」

かれは水の入った革袋に手を伸ばし、ごくごく飲んだ。そして、口を拭うとその革袋をアリアに差し出して、いった。「あの河は三叉鉾河《トライデント》だったのだぞ、娘。ブラックウォーター河ではなくトライデント河だったのだぞ。できたら、頭の中で地図を描いてみろ。明日は〈王の道〉に着くはずだ。そうすれば、もっと速く進める。双子城《ツインズ》の町に向かって一直線に。おまえのあの母親におまえを引き渡すのは、おれになるはずだ。あの高貴な〈稲妻公〉でも、炎をもてあそぶインチキ祭司でもない」彼女の顔色を見て、かれはにやりと笑った。「身代金の匂いを嗅ぐことのできる者は、おまえの逆徒の友人だけだと思っているのか？　ドンダリオンがおれの金を取った。だから、おれはおまえを取ったのだ。おまえは、やつらがおれから奪った金の倍の値打ちがあるといえるだろう。もしおまえが恐れるように、ラニスター家に売り戻せば、たぶんもっと高く売れるだろう。だが、そうするつもりはない。いくら犬でも、蹴られるのは飽き飽きした。もし、あの〈若き狼〉に、神々ががま蛙に与えただけの知恵があったら、おれを小領主にして、家来になってくれと頼むだろう。おれが必要なのだ。かれはまだわかっていないかもしれないがな。もしかしたら、おれはかれのためにグレガーを殺しさえするかもしれない。そうすれば、かれも喜ぶぞ」

「あんたなんか、兄は受け入れないわよ」彼女はいい返した。「あんたなんか」

「そうなら、おれは持てるだけの黄金を受け取って、面と向かってかれを嘲りながら、立ち去るだろうよ。もし、おれを受け入れないなら、おれを殺すほうが賢明だ。だが、かれはそうしないだろう。噂によれば、かれの気性はあまりにも父親に似ているというからな。おれはそれで結構だ。どちらにしろ、おれが得をする。そして、おまえも同じだよ、牝狼。だから、泣き言をいったり、口答えしたりするのはよせ。もう、うんざりだ。口を閉じて、おれのいうとおりにしろ。うまくいけば、おまえの叔父の婚礼に間に合うかもしれないのだぞ」

48　ジョン

牝馬は息を切らせていたが、休ませるわけにはいかなかった。ジョンは族長《マグナー》より先に〈壁〉に着かなければならなかった。鞍があれば馬上で眠りたかったのだが、それがなかったので、目覚めていてさえも馬上に留まるのはなかなか難しかった。足の怪我はますます痛くなってきていた。治るまで休んでいるわけにはいかなかったし、それどころか、馬によじ登るたびに、新たに傷口が開いてしまうのだった。

坂の上に着いて、茶色の轍《わだち》のある〈王の道〉が丘や平原の間を縫うようにして北に続いているのを見ると、かれは牝馬の首を叩いていった。「さあこれで、道に従っていけばいいのだ、娘よ。まもなく〈壁〉だ」このころには、足は木のようにこわばっており、頭は熱のために愚鈍になっていて、気がつくと二度も間違った方向に進んでいたりした。

〝まもなく壁だ〟かれは休憩室で仲間たちが燗《かん》をつけたワインを飲んでいるところを想像した。ホッブは愛用のやかんを提げているだろう。ドナル・ノイは炉のところに、メイスター・エイモンは使い鴉《レイヴン》小屋の下の自室にいるだろう。〝そして、〈熊の御大《オールド・ベア》〉は？　サムは、グレンは、〈陰気なエッド《ドロラス》〉は、木の入れ歯のダイウェンは……〟何人かが〈拳《フィスト》〉から脱出できたことを、ジョンは祈るばかりだった。

　イグリットのこともよく考えた。彼女の髪の匂いを、体の温かさを思い出し……彼女があの老人の喉を切り裂いたときの表情を、思い出した。〝彼女を愛するのは間違っていた〟とひとつの声がささやいた。また別の声が〝彼女を置いてきたのは間違いだった〟としつこくいった。父は、おれの母を残してレディ・キャトリンのところに戻ったときに、やはり引き裂かれる思いをしたのだろうかと、ジョンは思った。〝父はレディ・スタークに愛を誓っていた。そして、おれは〈冥夜の守人《ナイツ・ウォッチ》〉に忠誠を誓っている〟

　かれは自分の位置がわからないほど熱に浮かされていたので、土竜の町《モウルズ・タウン》を通りすぎそうになっていた。その村の大部分は地下に隠れていて、ひと握りのあばら家だけが、欠けた月の明かりで見えていた。その売春宿は戸外便所ほどの大きさしかなく、血走った目が暗闇を透かして覗いているように、赤提灯が風に揺れていた。ジョンは隣接する厩舎で馬を下りた。牝馬の背からなかば転がり落ちて大声で呼ぶと、二人の馬丁が目を覚ました。「新しい乗馬が要る。鞍も手綱もつけて」かれは反論を許さない口調でいった。かれらは馬を連れてきてジョンに引き渡し、ワインの革袋と茶色のパンの半分をも提供した。「村の者を起こせ」かれはかれらにいった。「警告しろ。〈壁〉の南に野人がいる。持ち物をまとめて黒の城《カースル・ブラック》に向かえ」かれは足の痛みに歯軋りをしながら、与えられた黒い去勢馬によじのぼり、北に向かって強行軍を続けた。

　東の空で星の光が薄れはじめると、木々と朝霧の上にそびえ立つ〈壁〉が目の前に現われた。青白い月の光がキラキラと氷に反射した。去勢馬を促して滑りやすい泥道を進んでいくと、黒の城《カースル・ブラック》の石塔や木造の城館などが壊れた玩具のように、巨大な氷壁の下に肩を寄せ合っているのが見えた。このころには〈壁〉は曙光を受けて桃色と紫色に輝いていた。

かれが付属の建物の間を通っていっても、歩哨の誰何《すいか》は受けなかった。だれも出てきて道をふさぐことはなかった。黒の城《カースル・ブラック》は灰色の楯同然《グレイガード》の廃墟のように見えた。中庭の石の割れ目から茶色のたよりない雑草が生えていた。古い雪がフリント兵舎の屋根に積もり、〈ハーディンの塔〉の北面に雪の吹き溜まりができていた。ジョンは〈熊の御大《オールド・ベア》〉の雑士《スチュワード》になる前は、そこで寝ていたものだった。〈総帥の塔〉の、窓から煙の出る場所には煤の汚れがいく筋もついていた。モーモントはあの火事の後、〈王の塔〉に移っていたが、そちらにも明かりは見えなかった。地上からでは、高さ二百メートルの〈壁〉の上を歩哨が歩いているかどうかわからなかった。巨大な木造の稲妻のように氷の南面を登るじぐざぐな大階段には、人影がなかった。

だが武器庫の煙突から煙が立ち昇っていた。ほんの一筋、灰色の北の空を背景にして、ほとんど見えないくらいの。しかし、それで充分だった。ジョンは馬を下り、足を引きずってそちらに向かった。開いている扉から、夏の暑い息吹のように温かさが溢れ出していた。中では、片腕のドナル・ノイが鍛造炉のふいごを動かしていた。かれは物音に気づいて目を上げた。「ジョン・スノウか？」

「まちがいなく」ジョンは熱も疲労も足も、族長《マグナー》のことも、あの老人のことも、イグリットのことも、マンスのことも、すべて忘れて微笑した。帰ってきてよかった。太鼓腹をして、袖をピンで短く留めて、顎に黒い無精髭を生やしたノイを見るのは嬉しかった。

その鍛冶屋はふいごから手を離した。「その顔は……」

かれはほとんど自分の顔のことを忘れていた。「皮装者《スキンチェンジャー》がおれの目をえぐり出そうとしたんだよ」

ノイは顔をしかめた。「傷があるにせよ、のっぺりしているにせよ、その顔は最後に見た顔だと思う。おまえはマンス・レイダーのほうに寝返ったと聞いたが」

ジョンはまっすぐに立っているために、扉をつかんだ。「だれがそういった？」

「ジャーマン・バックウェルだ。かれは二週間前に帰ってきた。おまえが羊皮のマントを着て、野人の隊列について歩いているのを、かれの斥候がたしかにわが目で見たと証言している」ノイはかれを見た。「最初の部分は正しいようだな」

「全部正しい」ジョンは白状した。「そのかぎりでは」

「とすると、おまえの腹を搔っ切るために、おれは剣を引き下ろすべきかな？」

「いいや。おれは命令に従って行動していただけだ。〈二本指《ハーフハンド》のクォリン〉の最後の命令だった。ノイ、守備隊はどこにいる？」

「おまえの野人の友達に対して、〈壁〉を守っている」

「ああ、だが、どこで？」

「あらゆる場所で。〈犬頭《ドッグズヘッド》のハーマ〉が池の端の森の物見城《ウッズウォッチ・バイ・ザ・プール》で目撃された。〈がらがら《ラトル》帷子《かたびら》〉が長形墳《ロングバロウ》で、〈泣き男《ウィーパー》〉が氷の痕跡《アイスマーク》の近くで。全部〈壁〉沿いの場所だ……ここにもいる、あちらにもいる、王妃の門《クィーンズゲート》の近くを登っており、灰色の楯《グレイガード》の門を打ち壊しており、東の物見城《イーストウォッチ》には集中攻撃を仕掛けている……しかし、黒マントをひと目見ると、逃げてしまう。次の日にはどこか別の場所に現われるのだ」

ジョンは呻き声を飲みこんだ。「陽動作戦だ。マンスはわれわれを散らばらせたいのさ、わかるだろう?」〝そして、バウエン・マーシュはやつの思いどおりに動いた〟「門はここだ。攻撃があるのはここだ」

ノイが部屋を横切ってきた。「足が血だらけだな」

ジョンはぼんやり見下ろした。そのとおりだった。また傷口が開いていた。「矢の傷だ……」

「野人の矢だな」これは質問ではなかった。ノイは片腕しかないが、それは太くて筋肉隆々としていた。かれはその腕をジョンの脇の下にさしいれて支えた。「ミルクのように白い顔をしているぞ。しかも、燃えるように熱がある。エイモンのところに連れていこう」

「時間がない。野人が〈壁〉の南にいるんだぞ。王妃の冠《クィーンズクラウン》から門を開きにやってきたんだ」

「何人ぐらい」ノイはなかばジョンをかつぐようにして、扉から出た。

「百二十人、それも野人としてはよく武装している。青銅の甲冑、鋼のやつもある。ここには何人残っている?」

「四十人あまり」ドナル・ノイがいった。「体の不自由なやつと、虚弱なやつが。それと、まだ訓練中の青二才が何人か」

「もしマーシュが留守なら、だれを城代に指名したんだ？」

武具師は笑った。「サー・ウィントンだ。神々よかれを守りたまえ。この城最後の騎士だ。もう後がない。しかも困ったことに、スタウトは自分が城代だということを忘れちまったらしい、そして、だれもあわててかれに思い出させようとしないんだ。どうやら、今はおれが指揮官みたいなものだな。体の不自由な者の中でも特に不自由な男がね」

少なくとも、これはよいことだった。この片腕の武具師は冷静で、タフで、百千錬磨の兵士だ。一方、サー・ウィントン・スタウトときたら……そう、昔は立派な男だった。それはだれも異論がない。しかし、この哨士《レンジャー》を八十年間務めていて、今は体力も知力もなくなってしまっている。かつて、かれは食事中に眠ってしまい、豆スープの椀の中で溺れそうになったものだった。

「おまえの狼はどこにいる？」ノイは中庭を横切りながらいった。

「ゴーストか。〈壁〉を登るときに、あいつは残してこなければならなかった。ここに戻ってくればよいと思っていたのだが」

「残念だな、坊や。あいつの姿はないよ」かれらは足を引きずりながら、メイスターの部屋がある使い鴉小屋の下の細長い木造家屋にいった。武具師が扉を蹴った。「クライダス！」

少し間があって、黒衣をつけた猫背でなで肩の小柄な男が顔を出した。ジョンを見て、そいつは桃色の目を丸くした。「その坊やを寝かせなさい。わたしはメイスターを呼んでくる」

炉に火が燃えていて、室内はむっとするほど暑かった。その温かさでジョンは眠くなった。ノイがかれを仰向けに横たえると、かれはすぐに目をつぶって、世界がぐるぐるまわるのを防いだ。上の鴉小屋で使い鴉たちがカーカー鳴いて文句をいっているのが聞こえた。「スノウ」一羽の鳥がいっていた。「スノウ、スノウ、スノウ」サムがそうしつけたのだと、ジョンは思い出した。サムウェル・ターリーは無事に帰還したろうかと、かれは思った。それとも、帰ってきたのは鳥たちだけだろうか？

メイスター・エイモンがまもなくやってきた。かれはクライダスの腕にしみのある手をかけて、注意深く小刻みに足を動かして、のろのろと歩いてきた。その細い首には重い鎖がかかっていた。鉄、鉛、錫、その他の卑金属の間に、金や銀の輪が輝いていた。「ジョン・スノウ」かれはいった。「負傷する前に見たこと、聞いたことを、全部わたしにいいなさい。ドナル、ワインのやかんを火にかけなさい、そして、わたしの手術道具も。真っ赤に焼きたい。クライダス、きみのよい鋭いナイフも要るだろう」このメイスターは百歳以上の老人で、痩せ衰えて、毛が抜け、目がまったく見えなくなっていた。しかし、そのミルク色の目が何も見ないとしても、その頭はまだ昔どおりに鋭く働いていた。

「野人がやってきます」ジョンはかれにいった。一方、クライダスはかれのズボンに刃物を走らせて、古い血がこびりつき、新しい血でぐしょぐしょに濡れている重くて黒い布地を切り裂いた。「南から。われわれは〈壁〉を乗り越えて……」

だ。

クライダスがジョンの粗末な包帯を切り取ると、メイスター・エイモンはその匂いを嗅いだ。「われわれだと?」

「ぼくはかれらと一緒でした。〈二本指《ハーフハンド》のクォリン〉に、かれらに加われと命令されたのです」メイスターが指で傷をつついて診察すると、ジョンは顔をしかめた。「ゼン族の族長《マグナー》が——あああああーッ、そこは痛い」かれは歯を食いしばった。「〈熊の御大《オールド・ベア》〉はどこにいますか?」

「ジョン……悲しいことをいわねばならぬが、モーモント総帥はクラスターの砦で殺された。自分自身の兄弟《ブラザー》の手にかかったのだ」

「ブラ……味方の兵士に?」エイモンの言葉はその指より百倍も痛く感じられた。ジョンは最後に見た〈熊の御大《オールド・ベア》〉を思い出した。親父はテントの前で、コーンをくれと鳴く使い鴉を腕に止まらせて立っていた。〝モーモントが死んだ?〟〈拳《フィスト》〉の戦闘直後の混乱した状況を見て以来、そうではないかとずっと恐れていたのだが、やはりこれは打撃だった。「だれが? だれが謀叛したのですか?」

「〈オールドタウンのガース〉、〈片手《ロップハンド》のオロ〉、〈ダーク〉……泥棒、臆病者、それに人殺しども、大勢が。これは予想すべきだった。昔の〈冥夜の守人《ナイツ・ウォッチ》〉とは違う。ならず者を監督する真っ当な男が少なすぎる」ドナル・ノイはメイスターの刃物を火の中でひっくり返した。「一ダースほどの真の兵士たちが首尾よく戻ってきた。〈陰気なエッド〉、〈でかぶつ《ジャイアント》〉、おまえの友達の〈野牛《オーロクス》〉。かれらから話を聞いた」

〝たった一ダース？〟二百人の兵士がモーモント総帥とともに黒の城《カースル・ブラック》を出た。〈冥夜の守人《ナイツ・ウォッチ》〉最強の二百人の精鋭部隊が。「ということは、マーシュが総帥ということですか？」あの〈柘榴《ザクロ》じいさん〉は愛想がよくて勤勉な雑士長《ロード・スチュワード》だが、野人の大軍と対決するにはあまりにも不適当だ。

「さしあたり、選択の余地ができるまではな」メイスター・エイモンがいった。「クライダス、あの瓶を持ってきてくれ」

〝選択か〟〈二本指のクォリン〉とサー・ジェレミー・リッカーは両方とも死に、ベン・スタークはいまだに行方不明だ。他にだれがいたか？　バウエン・マーシュやサー・ウィントン・スタウトが適任者でないことは確かだ。トーレン・スモールウッドが〈拳《フィスト》〉で生き残っていたら、あるいはサー・オッティン・ウィザーズが？　〝いや、コター・パイクかサー・デニス・マリスターだろう。しかし、どちらを？〟影の塔《シャドウ・タワー》と東の物見城《イーストウォッチ》の支隊長は立派な男たちだが、とても異なっている。サー・デニスは洗練されていて、用心深く、年配者で騎士的なところがある。パイクはもっと若いが、グレイジョイ家の私生児で、口が悪く、欠点といえるほど大胆だ。さらに困ったことに、この二人はたがいに軽蔑し合っている。〈熊の御大《オールド・ベア》〉はいつもかれらを遠く離していた——〈壁〉の両端に。マリスター家が骨の髄まで鉄人《くろがねびと》を信用していないことを、ジョンは知っていた。

突き刺すような痛みが、ジョンに自分自身の敵を思い出させた。メイスターはかれの手をぎゅっと握った。「クライダスが罌粟《ケシ》の汁を持ってくる」

ジョンは起き上がろうとした。「必要ありません――」

「必要だ」エイモンはきっぱりいった。「これは痛むぞ」

ドナル・ノイが部屋を横切ってきて、起き上がろうとするジョンをベッドに押し戻した。

「おとなしくしろ。さもないと縛りつけるぞ」この鍛冶屋は片腕しかないのに、まるでジョンを赤子のように扱った。クライダスが緑色の瓶と丸い石のカップを持って戻ってきた。メイスター・エイモンは汁をカップにいっぱい注いだ。「これを飲みなさい」

ジョンは今の押し問答で唇を噛んでしまっていた。その濃いどろどろした水薬に血の味が混じった。吐き気を我慢するだけで精一杯だった。

クライダスが湯の入った金盥《かなだらい》を持ってきた。そして、メイスター・エイモンが傷の膿や血を洗い流した。かれはとても優しくやったが、それでも、ちょっと触られただけでジョンは悲鳴を上げたくなった。「族長《マグナー》の部下は統制がとれていて、青銅の甲冑をつけています」ジョンはかれらに話した。会話は足のことを考えずにいるのに役立った。

「マグナーはスカゴス島の領主だ」ノイはいった。「おれがはじめて〈壁〉にやってきたとき、東の物見城《イーストウォッチ》にスカゴス人たちがいた。かれらがそいつのことを話していたのを覚えているぞ」

「ジョンはその言葉を古い意味で使っていると思う」メイスター・エイモンがいった。「名字ではなく称号として。それは古代語に由来している」

「族長《マグナー》は領主《ロード》の意味です」ジョンはうなずいた。「スターは、霜の牙《フロストファング》のずっと北にあるぜンとかいう場所の族長《マグナー》です。かれは自分自身の百人の家来を持っていて、それに、ほとんどわれわれ同様に〈ギフト〉のことを知っている二十人ほどの侵略者が加わっています。でも、マンスはまだ角笛を見つけていません。これは何か重要な物なんです。〈冬の角笛〉はね。それをわれわれはミルクウォーター川の流域で発掘しようとしていたのです」

メイスター・エイモンは布巾を持ったまま、ちょっと手を止めた。「〈冬の角笛〉は昔の伝説だ。そんな物が実在すると〈壁の向こうの王〉は本当に信じているのか？」

「みんな信じています」ジョンはいった。「イグリットがいっていましたが、かれらは百もの墓を……王や英雄の墓を、ミルクウォーター川の谷全体であばきましたが、どこにも……」

「イグリットとは誰だ？」ドナル・ノイが当てつけるようにいった。

「自由民の女です」かれらにイグリットのことを、どうやって説明すればよいのか？〝彼女は温かくて、利発で、おもしろくて、男にキスすることもできるし、あるいはその喉を掻き切ることもできる〟「彼女はスターについていました。でも、あのう……若くて、ほんの小娘で、実は、野性的ですが……」〝彼女は、ある老人を焚き火をしたために殺した〟ジョンは舌が厚くなり、動きにくくなったように感じた。罌粟《ケシ》の汁がかれの頭を曇らせはじめていた。「ぼくは彼女のことで誓いを破った。決してそのつもりはなかったのに……」〝間違っていた。彼女を愛したのは間違いだった。彼女を置いてきたのは間違いだった……〟「ぼくは強さが足りなかった。〈二本指〉に命令された。かれらと一緒に行き、監視し、尻ごみしてはならないと……」まるで頭に濡れた羊毛が詰まっているように感じられた。

メイスター・エイモンがまたジョンの傷の匂いを嗅いだ。それから、血だらけの布を金盥に戻して、いった。「ドナル、熱したナイフをくれ。かれを押さえて、動かないようにしていてくれ」

〝悲鳴なんか上げないぞ〟ジョンは真っ赤に焼けた刃物を見て、そう思った。だが、その誓いも破られた。ドナル・ノイがかれを押さえつけ、クライダスがメイスターの手の動きを助けた。ジョンは動かなかったが、テーブルに何度も何度も何度も拳を打ちつけた。苦痛はあまりにも大きくて、自分はその内部に閉じこめられた小さくて弱くて頼りない存在であるかのように感じられた——まるで暗闇で泣いている赤子のように。〝イグリット〟とかれは思った。焼ける肉の匂いが鼻に入り、自分自身の悲鳴が耳に谺《こだま》した。〝イグリット、仕方がなかったんだ〟心臓が半拍打つ間に、苦痛が減りはじめた。しかし、その時、鉄がふたたびかれに触り、かれは失神した。

ぱちぱちと目を開くと、かれは熱いウールに包まれ、宙に浮いていた。動くことができないように思われたが、それは問題でなかった。一度、イグリットと一緒にいる夢を見た。彼女は優しい手でかれを看護していた。結局、かれは目をつぶって眠った。

次の目覚めはそれほど優しくはなかった。部屋は暗かったが、毛布の下に苦痛が戻り、ちょっとでも動くと、足の痛みが焼けたナイフに変わった。その苦痛に耐えながら、まだ足があるかどうかを確かめた。かれは喘ぎ、悲鳴を飲みこみ、また拳を握りしめた。

「ジョン？」ひとつの蠟燭が現われ、大きな耳も何もかもよく覚えている顔が見下ろした。

「動いちゃだめだ」

「ピップか？」ジョンが手を上げると、その少年はそれを強く握りしめた。「おまえ行ってしまったと思ったが……」

「〈柘榴じいさん〉と一緒にか？　いいや、まだほんの青二才だとかれは思っている。グレンもここにいるぞ」

「おれもいるぞ」グレンがベッドの反対側に現われた。

ジョンは喉が渇いた。「水を」かれは喘いだ。グレンが水を持ってきて、かれの唇にあてがった。「おれは〈最初の人々の拳《フィスト》〉を見た」かれはぐーっと飲んでからいった。「血、そして死んだ馬……ノイが十数人戻ってきたといったが……だれが？」

「ダイウェンは戻った。〈でかぶつ〉、〈陰気なエッド〉、〈色男《スイート》のドネル〉、アルマー、〈左手《レフトハンド》のルー〉、〈灰色羽《グレイフェザー》のガース〉。さらに四、五人。そして、おれ」

「サムは？」

グレンは目を逸らした。「かれは〈異形《ジ・アザー》〉の一人を殺したよ、ジョン。おれは見た。おまえが作ってやったドラゴングラスのナイフで突き刺したんだ。それから、〈異形退治《スレイヤー》のサム〉と呼ばれるようになった。すごくいやがったがな」

〝〈異形退治のサム〉か〟サム・ターリーほど戦士らしくない戦士は想像できなかった。

「かれはどうした？」

「置いてきた」グレンが情けない声でいった。「おれは揺すり、怒鳴りつけ、顔を引っぱたきさえした。〈でかぶつ〉が引き立たせようとしたが、重すぎた。訓練のときに、地面に縮こまって、泣きながら横たわってしまうのを覚えているだろう？　クラスターの砦では泣き言さえいわなかったぞ。〈ダーク〉とオロが食料を探して壁まで引き剝がしていた。ガースとガースが争っていた。他の何人かはクラスターの女房どもを強姦していた。ダークの一味は自分たちの仕業を口外しないように、忠義な兵士を皆殺しにするだろうと、〈陰気なエッド〉は思った。しかも、やつらの人数はおれたちの倍だった。おれたちはサムを〈熊の御大《オールド・ベア》〉のところに残してきた。かれはどうしても動こうとしなかったんだよ、ジョン」

〃おまえたち、かれの兄弟《ブラザー》だったのに〃とかれはいいそうになった。〃野人と殺人者の中に、よくもかれを置いてきたな〃と。

「まだ生きているかもしれないよ」ピップがいった。「明日にも馬で戻ってきて、おれたちみなを驚かすかもしれないぞ」

「そう、マンス・レイダーの首を持ってな」グレンが陽気に話そうと努めているのが、ジョンにはわかった。「〈異形退治のサム〉が！」

ジョンはまた起き上がろうとした。それは最初の時と同じく失敗だった。かれはちくしょうと怒鳴った。

「グレン、メイスター・エイモンを起こしにいけ」ピップがいった。「ジョンはもっと罌粟《ケシ》の汁が必要だと」

〝そうだ〟とジョンは思った。「いや」かれはいった。「族長《マグナー》が……」

「わかってる」ピップがいった。「〈壁〉の上の歩哨は南のほうも見ていろと命じられている。そして、ドナル・ノイは〈王の道〉を見張らせるために、ウェザーバックの尾根に兵士を出した。メイスター・エイモンは東の物見城《イーストウォッチ》にも影の塔《シャドウ・タワー》にも鳥を送った」

メイスター・エイモンが片手をグレンの肩にかけて、よちよちとベッドのところに来た。

「ジョン、おとなしくしていなさい。目が覚めたのはよいが、治癒する時間を体に与えなければならない。沸騰したワインを傷に注いだ。そして、イラクサとカラシの種と黴びたパンで湿布をしてある、しかし、休息をとらないと……」

「いいや」ジョンは苦痛と格闘しながら体を起こそうとした。「マンスがまもなくここにやってくる……数千人の兵士、巨人、マンモス……ウィンターフェル城に報告を送ったか？王に？」額から汗が滴り、かれはしばらく目をつぶった。

グレンはピップにめくばせをした。「こいつ、知らないんだ」

「ジョンよ」メイスター・エイモンがいった。「きみが留守の間に、いろいろなことが起こった。しかも、よいことはほとんどなかった。ベイロン・グレイジョイがふたたび王を自称し、長船《ロングシップ》を出して北部を攻撃している。四方八方に王が雑草のように生え出している。そして、われわれは王たちのすべてに呼びかけを行なったが、まだだれも馳せ参じようとはしない。かれらには剣を使うべき切迫した仕事があるのだ。そして、われわれは遠く離れており、忘れられている。そして、ウィンターフェル城は……ジョン、気を落とすなよ……ウィンターフェル城はもはや存在しないのだ……」

「もはや、存在しない？」ジョンはエイモンの白い目としわだらけの顔を見つめた。「ぼくの兄弟がウィンターフェル城にいる。ブランもリコンも……」

メイスターはかれの額に手を当てた。「同情に耐えない。まことに気の毒だが、ジョン。きみの兄弟はシオン・グレイジョイの命令で殺された。かれが父親の名においてウィンターフェル城を占領した後に。きみの父上の旗主たちが奪回しようとしたら、城に火をかけたのだ」

「きみの兄弟の仇は討たれている」グレンがいった。「ボルトンの息子が鉄人《くろがねびと》どもを皆殺しにした。そして、グレイジョイを懲らしめるために一歩また一歩と激しく追っているということだ」

「同情しているよ、ジョン」ピップはかれの肩をつかんだ。「おれたちみんなが」

ジョンはシオン・グレイジョイを決して好いていなかった。しかし、かれは父の被後見人だった。また苦痛の発作がジョンの足を捩じり上げた。そして、次に気がついたときには、また仰向けに横たわっていた。「ちょっと間違いがある」かれはいい張った。「クイーンズクラウンで一匹の大狼《ダイアウルフ》を見た。灰色の大狼だ……灰色だった……あいつはおれを知っていた」たとえブランが死んでも、かれのある部分はあの狼の中に生きつづけることができるのではないか。オレルがあの鷲の中に生きていたように？

「これを飲め」グレンがカップをかれの唇に当てた。ジョンは飲んだ。かれの頭は狼と鷲と、兄弟の笑い声でいっぱいになった。上に見える人々の顔がぼやけて、消えはじめた。〝かれらが死ぬはずがない。シオンは絶対そんなことをするはずがない。そして、ウィンターフェル城は……灰色の花崗岩、樫《オーク》と鉄、塔の周囲を飛びまわる使い鴉たち、〈神々の森〉の熱い池から立ち昇る湯気、それぞれの玉座にすわっている石の王たち……ウィンターフェル城が消えるなんてことがあるだろうか？〟

夢の中で、かれはふたたび家に戻っていた。父親の顔がついている白いウィアウッドの大木の下の熱い池で水しぶきを上げていた。イグリットがそこにいて、笑いかけ、服を脱いで生まれたままの裸になり、キスしようとしたが、父親が見つめているので、かれはキスができなかった。かれはウィンターフェル城の血を受けた者であり、〈冥夜の守人《ナイツ・ウォッチ》〉の兵士だった。〝おれは私生児をつくらないぞ〟と自分にいい聞かせた。〝つくるものか、つくるものか〟「あんた、なんにも知らないんだね、ジョン・スノウ」彼女はささやいた。彼女の皮膚は熱湯の中に溶け、その下の肉が骨から脱落し、しまいに骸骨だけが残り、池は真っ赤に泡立った。

49──キャトリン

緑の支流《グリーン・フォーク》が姿を現わす前に、その水音が巨獣の唸り声のように絶え間なく聞こえてきた。川幅は去年の一倍半の広さになり、沸き返るような急流となっていた。去年、ロブはここで軍勢を分割して、川を渡らせてもらう代償に、フレイ家の一人を嫁にもらう約束をしたのだった。〝あの時、かれにはウォルダー公とその橋が必要だった。そして今はなおさらそれが必要なのだ〟渦を巻いて流れる暗緑色の水を見つめて、キャトリンの心は危惧の念でいっぱいになった。〝この川を歩いて渡ることはできないし、泳ぎ渡ることもできない。そして、水嵩が減るまでにひと月はかかるだろう〟

双子城《ツインズ》に近づくと、ロブは王冠をかぶり、キャトリンとエドミュアを呼び寄せて、馬を並べて進むように命じた。サー・レイナルド・ウェスタリングがかれの旗印を掲げた。雪白の原を駆けるスタークの大狼《ダイアウルフ》の旗を。

雨の中に城門楼が見えてきた。霞んだ灰色の幽霊のようなその形が、接近するにつれてしだいにはっきりしてきた。フレイ家の城塞はひとつの城ではなく、二つの城だった。川の両岸に、鏡に映った像のようにそっくりな二つの濡れた石の建物が立っており、それを大きなアーチ型の橋がつないでいた。橋の中央に〈水の塔〉がそびえていて、その下を川の水が凄い速さでまっすぐに流れていた。両方の川岸から水路を引いて濠を作り、双子のそれぞれがひとつの島になっていた。雨のために濠は浅い湖のようになっていた。

逆巻く水の向こう側に、東の城を取り巻くようにして数千人の兵士が野営しているのが見えた。テントの外側に立てた槍から、かれらの旗印がたくさんの猫の溺死体のように垂れていた。雨のためにその色や紋章を見分けることは不可能だった。キャトリンにはその大部分が灰色に見えた。もっとも、こんな空の下では世界全体が灰色に見えるものだが。

「ここでは慎重に行動しなさいよ、ロブ」彼女は息子に注意した。「ウォルダー公は薄い皮膚と鋭い舌を持っていますからね。そして、かれの息子の何人かは疑いなくその父親に似ているでしょう。かれらを怒らせてはなりませんよ」

「フレイ家のことはわかっていますよ、母上。かれらに対して自分がどんなに悪いことをしたか、そして、自分にとってかれらがどれほど必要か、わかっています。司祭《セプトン》のように腰を低くしますよ」

キャトリンは落ち着かない様子で、身じろぎした。「向こうに着いたとき、飲食物を提供されたら決して断ってはなりません。差し出された物は受け取り、みんなに見えるところで飲食しなさい。もし何も出されなかったら、パンとチーズと一杯のワインを所望しなさい」

「空腹より、濡れているのが辛いなあ……」

「ロブ、よく聞いて。かれのパンと塩をいったん口にすれば、あなたは賓客の権利を得ます。

そして、歓待の慣習によって、あなたはかれの屋根の下で守られることになります」

ロブは怯えるよりもむしろおもしろそうな顔をした。「自分の軍隊に守ってもらいますよ、母上、パンや塩を当てにする必要はありません。しかし、もしウォルダー公が蛆虫だらけの鴉のシチューを出したいというなら、ぼくはそれを食べて、お代わりもするつもりだ」

四人のフレイ家の者が厚い灰色のウールの重いマントに身を包んで、西の城門楼から馬に乗って出てきた。キャトリンはサー・ライマンの顔を見分けた。かれはウォルダー公の長男の故サー・ステヴロンの息子である。父親の死によって、ライマンは双子城《ツインズ》の後継者になっていた。フードの下に見えるその顔は肥満して幅が広く、間が抜けていた。その他の三人は彼自身の息子、つまり、ウォルダー公の曾孫《ひまご》のようだった。

エドミュアも同じ判断をした。「エドウィンが長男だ。鈍重な表情をした、顔色の悪い痩せたやつだ。髭を生やした痩せたやつが〈黒《ブラック》のウォルダー〉だな。意地の悪そうな男だ。鹿毛の馬に乗っているのがピーターだ。しけた顔をしているぞ。〈にきび面《ピンプル》のピーター〉と兄弟から呼ばれている。ロブよりほんの一、二歳年上だが、十歳の時にウォルダー公がその年齢の三分の一の女と結婚させてしまった。ロズリンがあいつに似ていないことを祈るばかりだ」

一行は足を止めて、出迎えの面々がそばに来るのを待った。ロブの旗印は旗竿から垂れ、絶え間ない雨音が右手の増水した緑の支流《グリーン・フォーク》の水音と混じって聞こえた。グレイウィンドが尻尾を硬直させ、暗い金色の細い目で注目しながら、じりじりと前に出ていった。フレイ家の者が数メートルの距離に近づいたとき、キャトリンはグレイウィンドの唸り声を聞いた。それは急流の水音とほとんど区別がつかないような、低い唸り声だった。ロブがはっとした。

「グレイウィンド、こっちに来い、来い！」

それに反して、大狼は唸りながら前に跳び出した。

サー・ライマンの乗用馬が怯えた声を出して後ずさりし、〈にきび面のピーター〉の馬が後ろ足で立ち、かれを振り落とした。〈黒のウォルダー〉だけが馬を制御していた。かれは剣の柄に手を伸ばした。「こら！」ロブは叫んでいた。「グレイウィンド、来い、来い」キャトリンは急いで大狼と向こうの馬たちの間に自分の馬を乗り入れた。彼女の牝馬がグレイウィンドの前に割りこむと、その蹄から泥が飛び散った。狼が振り向いた。この時はじめてロブの呼び声がそいつに聞こえたようだった。

「これがスタークの陳謝の仕方か？」〈黒のウォルダー〉が抜き身を手にして叫んだ。「ひどい挨拶だな、狼をけしかけるとは。このためにやってきたのか？」

サー・ライマンは馬から下りて、〈にきび面のピーター〉に手を貸して立ち上がらせようとしていた。その若者は泥だらけだったが、怪我はしていなかった。

「きみたちの家に対して悪いことをしたので、謝罪するためにやってきたのです。そして、叔父の婚礼を見るために」ロブはひらりと馬から下りた。「ピーター、わたしの馬を使っていってください。きみの馬はもうほとんど厩舎に戻っている」

ピーターは父親のほうを見て、それからいった。「わたしは兄弟の馬の後ろに乗っていくからいいですよ」

フレイ家の人々はまったく敬意を示さなかった。「あんたがた、遅かったな」サー・ライマンがきっぱりいった。

「雨で遅れたのですよ」ロブはいった。「鳥を送りましたが」

「あの女が見えない」

サー・ライマンが〝あの女〟というのはジェイン・ウェスタリングのことだと、みんなわかっていた。レディ・キャトリンが申しわけなさそうに微笑した。「王妃《クイーン》ジェインは長旅の後で疲れていたのです、みなさん。もう少し落ち着いたら、きっと喜んで訪問させていただくことでしょう」

「祖父は喜ばないだろう」〈黒のウォルダー〉は剣を鞘に収めていたが、その口調は決して軟化していなかった。「そのレディのことを、わたしが父にいろいろといって聞かせていたので、父は自分の目で見たいと思っていたのだ」

エドウィンが咳払いをした。「あなたのために〈水の塔〉に部屋を用意してあります、陛下」かれはロブに対して注意深く礼儀正しい口調でいった。「タリー公とレディ・スタークもそちらにお泊まりください。おたくの旗主諸公もまたわれらの屋根の下にお泊まりいただき、婚礼の宴に歓迎いたします」

「そして、わたしの家来たちは？」ロブがたずねた。

「遺憾ながら、われらの祖父はそのような大勢の方々に食事と部屋を提供することができません。われら自身の招集兵のために食料、馬糧を調達するのに四苦八苦しているのです。しかしながら、ご家来衆を無視するつもりはありません。もし、川を渡って、われわれの兵士の野営地のそばにテントを張ってくだされば、エドミュア公とその花嫁の健康のために、みなさんに飲んでいただける充分なワインとエールの樽をお届けします。ご家来衆が雨宿りができるように、向こう岸に宴会用の大テントを三つ張っておきました」

「お父上はとてもお優しい。家来どもは感謝することでしょう。雨の中、長旅を続けてきましたので」

エドミュア・タリーがじりじりと馬を進めた。「花嫁にいつ会えますか？」

「城内でお待ちしております」エドウィン・フレイが約束した。「内気に見えるかもしれませんが、お許しくださるでしょうね。彼女はこの日を待ちこがれておりました。とにかく、お話は雨のかからないところで続けませんか？」

「そうですね」サー・ライマンはまた馬に乗り、〈にきび面のピーター〉をその後ろに引き寄せた。「ご一緒にどうぞ。父が待っております」かれは乗用馬の頭を双子城《ツインズ》のほうに向けた。

エドミュアはキャトリンの横についた。「フレイ遅参公はじきじきに出迎えてもよかったのに」かれは不満をいった。「ぼくはかれの城主であり、息子になる人間なのに。そして、ロブはかれの王なんだよ」

「自分が九十一歳になったら、弟よ、雨の中を馬に乗ってくるのが、どれほど辛いかわかるでしょう」しかし、彼女にはそれがこの理由のすべてだとは思えなかった。ウォルダー公は普通は屋根付きの輿に乗って出歩いている。そうすれば、雨の最悪の部分を避けることもできただろうに。〝これは故意の侮辱だろうか？〟もしそうだとしたら、この先たくさん受ける侮辱の最初のものかもしれない。

城門楼のところで、さらにトラブルが発生した。グレイウィンドが跳ね橋のまんなかで動かなくなり、体から雨を振り払い、落とし格子のところで遠吠えをした。ロブはいらいらして口笛を吹いて呼んだ。「グレイウィンド。どうしたんだ？　グレイウィンド、一緒に来い」しかし、その大狼は牙を剝き出しただけだった。〝かれはこの場所が嫌いなのだ〟とキャトリンは思った。落とし格子の下を通ることに同意させるには、ロブがしゃがんでその狼にそっと話しかけなければならなかった。このころには〈足悪のローサー〉とウォルダー・リヴァーズがそばに来ていた。「水音を怖がっているのですよ」リヴァーズがいった。「獣は溢れた川を避ける知恵を持っているのです」

「乾燥した犬舎と、羊の足を一本与えれば、またおとなしくなりますよ」ローサーが陽気にいった。「犬舎長を呼びましょうか？」

「かれは大狼であって、犬ではない」ロブはいった。「そして、信用していない人間にとって危険です。サー・レイナルド、こいつと一緒にいてくれ。ウォルダー公の広間にこのようなものを連れて入りたくないのだ」

〝うまくやった〟キャトリンは結論した。〝しかもロブは、ウェスタリング家の者をウォルダー公に見えない場所に引き留めた〟

　ウォルダー・フレイ老人は痛風と骨粗鬆症で苦しんでいた。ロブたちが入っていくと、かれは背中にクッションを当て、アーミンの毛皮を膝にかけて、高い座席によりかかっていた。その椅子は黒い樫製《オーク》で、背もたれは二つの頑丈な塔がアーチ型の橋でつながった形をしており、あまりにも巨大だったので、それに抱きかかえられている老人はグロテスクな子供のように見えた。ウォルダー公はなんとなく禿鷲に似ていたが、むしろ鼬《イタチ》のほうにもっと似ていた。骨張った肩から長い桃色の首が突き出していて、それに点々と老齢のしみのある禿げ頭がのっていた。引っこんだ顎の下にたるんだ皮膚が垂れ下がり、目は涙ぐんで曇っており、歯のない口が絶えず動いて、赤子が母親の乳を吸うように、空虚な空気を吸いこんでいた。

　ウォルダー公の高い座席の脇に八番目のレディ・フレイが立っていた。公の足元には、かれ自身を若くしたような人物がすわっていた。五十歳ぐらいの猫背の痩せた男で、青いウールと灰色のサテンの贅沢な服を着ていて、小さな真鍮の鈴で飾られた冠と首飾りが奇妙に目についた。かれと老公は驚くほど似ていたが、目は別だった。フレイ公の目は小さくて霞んでいて、疑い深かったが、もう一人の目は大きく、愛嬌があり、しかも虚ろだった。ウォルダー公の息子の一人がずっと昔に生まれつき知能の低い子どもをつくったということを、キャトリンは思い出した。過去に何度か訪問したときには、この〈関門橋《クロッシング》〉の領主はいつも注意してこの子を隠していたのだった。〝この人はいつも道化師《フール》の冠をかぶっているのかしら、それともこれはロブをばかにするつもりなのだろうか？〟とても、彼女はこんなことをたずねる気にはならなかった。

広間の他の場所には、フレイの息子たち、娘たち、子供たち、孫たち、夫たち、妻たち、それに召使たちが群れていた。しかし、口をきくのはこの老人だった。「わたしがひざまずかなくても許してくれるでしょうな。この脚はもう昔のように動かないのですよ。もっとも、その間にぶら下がっている物は充分に役立っていますがな、へー」かれはロブの王冠に目をとめると、歯のない口を開けて笑顔を作った。「青銅の冠をかぶるのは貧乏な王だという人もいるでしょうな、陛下」

「青銅と鉄は金や銀よりも丈夫です」ロブは答えた。「古代の冬の王たちはこのような〝剣の王冠〟をかぶっていました」

「ドラゴンが攻めてきたときには、あまり役に立ちませんでしたがね。へー」この〝へー〟という言葉が道化を喜ばせるらしく、そいつは頭を左右にひょこひょこ動かして、冠と首飾りをチリンチリンと鳴らした。「陛下」ウォルダー公がいった。「うちのエイゴンが音をたてるのをお許しください。こいつは沼地人《クラノグマン》よりも知恵がなくて、これまでに王に会ったことが一度もないのです。ステヴロンの息子の一人ですが、われわれは〈ジングルベル〉と呼んでいます」

「この方のことはサー・ステヴロンからうかがっています」ロブはその道化に微笑みかけた。

「こんにちは、エイゴン。きみの父上は勇敢な人でしたよ」

〈ジングルベル〉は鈴をチリンチリンと鳴らした。かれが笑うと、口の片方の端から一筋のよだれが流れ落ちた。

「王の高貴な息を無駄使いしないでくださいよ。おまるに話しかけるのと同じことですからな」ウォルダー公は視線を移した。「おや、レディ・キャトリン、われわれのところに戻れましたな。そして、石臼《ストーン・ミル》の戦いの勝者、若いサー・エドミュアも。今はタリー公でしたな。それを覚えておく必要がある。きみはわたしが知っている五番目のタリー公だ。他の四人よりも、わたしのほうが長生きした、へー。きみの花嫁はどこかその辺にいますよ。さだめし彼女を見たいでしょう」

「そのとおりです、マイ・ロード」

「では見せてあげよう。しかし、着物を着ていますよ。慎み深い娘で、しかも乙女ですからな。床入りまでは、彼女の裸を見ることはできないでしょう」ウォルダー公はケラケラ笑った。「へー。すぐですよ、すぐですよ」かれは首を伸ばして見まわした。「ベンフリー、妹を連れておいで。早くしろ。はるばるリヴァーラン城からタリー公がおいでになったのだぞ」縦横線で四分した外衣をつけた若い騎士がお辞儀をして出ていき、老人はロブのほうに向きなおった。「そして、あなたの花嫁はどこかな、陛下？　麗しきクイーン・ジェイン。岩山城《クラッグ》のウェスタリング家の人だと聞いたが、へー」

「彼女はリヴァーラン城に残してきました、マイ・ロード。サー・ライマンにはお話ししましたが、彼女はとても疲れていたので、旅ができなかったのです」

「それはとても残念だ。弱ったわが目で見たかったのに。みんなそう望んでいたのですよ、へー。そうだろう、マイ・レディ？」

青白くてか細いレディ・フレイは、話せといわれてぎょっとしたように見えた。「は、はい、さようです、マイ・ロード。わたしたちはみんなクイーン・ジェインにご挨拶したいと思っていました。見るからにお美しい方にちがいありません」

「彼女はとても美しいです、マイ・レディ」ロブの声は氷のように落ち着いていたので、キャトリンはそれを聞いてその父親を思い出した。

老人はそれが聞こえなかったか、あるいはそれに注意を払うのを拒否したかどちらかだった。「うちの子よりも美人だと、へー？　そうでなければ、その女性の顔と姿が王さまに厳粛な約束を忘れさせるはずはないな」

ロブは威厳をもってその非難に耐えた。「いかなる言葉も、これを償うことはできないとわかっていますが、しかし、あなたの家に対して間違いをしたことを謝罪し、お許しを乞うためにやってきたのです、マイ・ロード」

「謝罪だと、へー。そうだ、あんたは結婚すると誓った。わしは覚えている。年寄りだが、そういうことは忘れないのだ。王たちの中には忘れる者もいるようだが、わしは違う。若いやつは美しい顔と、きれいな固い乳首を見ると、何もかも忘れてしまう。違うかね？　わしもかつては同じだった。今でもそうだというやつもいるがね、へー、へー。だが、かれらは間違うだろう。きみのようにな。しかし、きみは今こうして謝罪するためにここに来た。だが、あんたがはねつけたのはうちの娘どもだ。もしかしたら、あんたの謝罪を聞くべきは、彼女らかもしれないよ、陛下。うちの乙女らだ。さあ、見てやってくれ」かれが指を振ると、壁ぎわに立っていた女性がいっせいに動き出して、台座の下に並んだ。〈ジングルベル〉も鈴を陽気に鳴らして腰を浮かしたが、レディ・フレイがその知能の低い男の袖をつかんで、引き戻した。

ウォルダー公は彼女らの名前をいった。「わが娘、アーウィン」これは十四歳の少女だった。「シレイ、わが正嫡の末娘だ。アミとマリアンヌは孫娘。アミは七つ川《セヴンストリームズ》のサー・ペイトに嫁にやったが、〈マウンテン〉があの間抜けを殺したので、また連れ戻した。あれはサーセイだが、われわれは〈小さな蜂《リトル・ビー》〉と呼んでいる。母親がビーズベリー家の者なのでな。孫娘どもがまだいる。一人はウォルダ、ほかのやつらは……まあとにかく名前はあるが……」

「わたしは〈メリー〉です、お祖父さま」一人の娘がいった。

「おまえは〈やかましい《ノイジー》〉、それは確かだ。〈ノイジー〉の隣はわしの娘のタイタ。そして、もう一人はウォルダ。アリクス、マリッサ……おまえマリッサだな？　そうだと思った。いつも丸坊主でいるわけではないが、メイスターが髪を剃り落としてしまったのだ。しかし、すぐに生えてくると請け合っている。この双子はセラにサラ」かれは目をしかめて、年下の少女たちの一人を見下ろした。「へー、おまえはもう一人のウォルダか？」

その少女は四歳以上になっているとは思えなかった。「わたしはサー・エイモン・リヴァーズの妹のウォルダです、お祖父さま」彼女は膝を曲げてお辞儀をした。

「おまえいつからしゃべれるようになったんだ？　といっても、意味のあることをいうとは思われないがな。おまえの親父は決して筋の通ったことをいわなかったぞ。しかも、かれは私生児の息子だった、へー。出ていけ。ここにはフレイ家の者だけいればよいのだ。〈北の王〉は下賤な血統の者には関心がないのだ」ウォルダー公はロブのほうをちらりと見た。そして〈ジングルベル〉は頭をひょこひょこ動かして、鈴を鳴らした。「そーらね、ぜんぶ乙女だ。まあ、それに未亡人が一人。しかし、突き破られた女を好む男もいるがな。あんたはこのうちのどれか一人をもらうこともできたのだぞ」

「選ぶのは不可能だったでしょう、マイ・ロード」ロブは注意深く礼儀正しくいった。「みなさん、あまりにもお美しい」

ウォルダー公は鼻を鳴らした。「そして、わしの目は悪いと人はいう。たぶん何人かは充分に役に立つだろう。その他のは……まあ、どうでもよい。こいつらは〈北の王〉のお気に召さなかった、へー。さあ、何かいうことがあるか？」

「ご婦人がた」ロブはこの上もなく気まずい顔をした。しかし、この瞬間は当然来るものと覚悟していた。そして、たじろがずに立ち向かった。「すべての人間は約束を守るべきです。特に王は。わたしはあなたがたの一人と結婚すると誓いました。そして、その誓いを破りました。あなたがたに落ち度はありません。わたしがしたことは、あなたがたを侮辱するためにやったのではありません。他の女性を愛したからです。いかなる言葉もこれを償うことができないことはわかっています。しかし、わたしは許しを乞うためにみなさんの前にやってきました。〈関門橋《クロッシング》〉のフレイ家とウィンターフェル城のスターク家がふたたび仲良くするために」

　幼い少女たちはそわそわと落ち着かなくなったが、年上の娘たちは黒い樫《オーク》の玉座についているウォルダー公の言葉を待った。〈ジングルベル〉は体を前後に揺すり、首飾りと冠の鈴をチリンチリンと鳴らした。

「よろしい」〈関門橋《クロッシング》〉の領主はいった。〝たいへんよろしい、陛下。〝いかなる言葉もこれを償うことはできない〟と、へー。よくいった。よくいった。婚礼の宴で、うちの娘たちと踊るのを断らないでほしい。そうしてくれれば老人の心は喜ぶだろう、へー」かれは知能の弱い孫と同じように、桃色の頭を上下にひょこひょこ動かした。もっとも、ウォルダー公は鈴をつけていなかったけれども。「さあ、彼女が来たぞ、エドミュア公。うちの娘のロズリン、わたしがいちばん大事にしている小さな蕾だ、へー」

　サー・ベンフリーが彼女を連れて広間に入ってきた。二人は同じ両親から生まれた兄妹らしく、とてもよく似ていた。年齢から判断して、両方とも六番目のレディ・フレイの子供たちだった。キャトリンのおぼろげな記憶では、そのレディはロズビー家の出身だったように思われた。

　ロズリンは年齢のわりに体が小さく、肌はミルク風呂から上がったばかりのように白かった。整った顔立ちで、顎が小さく、鼻がデリケートで、目は茶色で大きかった。濃い栗色の髪がゆったりとしたウェーブをつくって腰まで垂れていた。その腰はエドミュアが両手でつかめるほど小さかった。着ている薄青いガウンのレースの身ごろの下の乳房は、小さいけれどもよい格好をしているように見えた。

「陛下」その少女はひざまずいた。「エドミュアさま、わたしをごらんになって、失望なさらなければよろしいのですが」

〝それどころか〟とキャトリンは思った。弟の顔は、彼女を見たとたんに輝いたのだった。

「あなたはわたしの喜びです、マイ・レディ」エドミュアはいった。「そして、いつまでもそのとおりであると信じています」

ロズリンは二本の前歯の間に小さな隙間があるので、恥ずかしそうに笑ったが、その欠点はむしろかわいらしく見えた。〝充分に美しい〟とキャトリンは思った。〝しかし、あまりにも小さいし、ロズビー家の血を引いている〟ロズビー家の者の体は決して逞しくなかった。広間にいるもっと年上の娘たち――娘か孫娘か知るよしもなかったが――の何人かの体格のほうが、キャトリンから見ればずっと好ましかった。彼女らはクレイクホール家の顔つきをしていた。そして、ウォルダー公の三番目の妻はその家の出身だった。〝子供を産む広い腰、それらを育てる大きな乳房、それらを抱く強い腕。クレイクホール家はつねに骨太で丈夫な家系だった〟

「お優しいことをおっしゃる」レディ・ロズリンはエドミュアにいった。

「お美しくていらっしゃる」エドミュアは彼女の手を取って引き立たせた。「でも、なぜ泣いているのですか？」

「嬉し泣きです」ロズリンはいった。「わたし嬉しいと泣くのです、マイ・ロード」

「もうよい」ウォルダー公が割って入った。「婚礼をすませてから、泣いたりささやいたりするがよい、へー。ベンフリー、妹を部屋に連れ戻してやれ。彼女は婚礼の準備をしなければならないからな。それと、床入りの、へー、もっとも甘美な部分のな。いろいろやることがあるんだ」かれは唇を突き出したり、引っこめたりした。「音楽を聞かせるぞ。とても美しい音楽を。そしてワインだ、へー、赤が出るだろう。そして、いくつかの間違いを正すのだ。しかし、今はあんたがたは疲れている。しかも濡れている。家の床がびしょびしょだ。あんたがたを火が待っている。そして温めたワインが。そして、よかったら風呂も。ローサー、お客人をそれぞれの宿舎にご案内しろ」

「わたしの家来たちが川を渡るのを見届ける必要があります、マイ・ロード」ロブはいった。

「迷子になるはずはない」ウォルダー公が不機嫌にいった。「かれらは前にも渡ったんじゃないか？　北から下りてきたときだ。あんたが渡らせてくれといったので、わしは認めた。そして、あんたは渡れるかどうかわからない、などとは決していわなかったぞ、へー。まあ、好きにするがよい。よかったら、あんたが一人一人手を取って渡らせてもかまわんよ」

「マイ・ロード！」キャトリンはあやうく忘れるところだった。「食べ物をいただければ、とてもありがたいのですが。雨の中を長旅をしてきましたので」

ウォルダー公は唇を前後に動かした。「食べ物か、へー。パンの塊、チーズのかけら、たぶん、ソーセージも」

「それを飲みこむためのワインも」ロブはいった。「そして、塩も」

「パンと塩か。へー。よいとも、よいとも」老人が手を鳴らした。すると召使たちがワインの瓶と、パンやチーズやバターがのった盆を持って広間に入ってきた。ウォルダー公はみずから赤ワインのカップを取り、しみのある手を高く差し上げた。「わが客人よ」かれはいった。「わが賓客よ。わが屋根の下に、食卓に、歓迎する」

「歓待かたじけない、マイ・ロード」ロブが応えた。エドミュアも、〈グレート・ジョン〉やサー・マーク・パイパーや、その他の者とともに同じ声を上げた。かれらは出されたワインを飲み、パンにバターをつけて食べた。キャトリンはワインを味わいパンを少しかじると、ずっと心が落ち着いた。〝もう、安全だ〟と彼女は思った。

　この老人がとてもけちなことを知っているので、彼女は寒々とした陰気な部屋をあてがわれると予想していた。ところが、フレイ家はありあまるほど充分な準備をしてくれたようだった。新婚夫婦の部屋は広くて、豪華にしつらえられており、城の塔をかたどった柱が四隅についた大きな羽毛ベッドが鎮座していた。その垂れ布はタリー家の赤と青で、行き届いた心遣いがなされていた。板張りの床には匂いのよい敷物が敷かれ、鎧戸つきの高い窓が南に開いていた。キャトリン自身の部屋はもっと小さかったが、美しくしつらえられ、快適で、炉には火が燃えていた。ロブには、王にふさわしい完全な続き部屋が用意されていると、〈足悪のローサー〉が保証した。「もし、必要な物がありましたら、衛兵の一人におっしゃってください」かれはお辞儀をすると引き下がり、重い足を引きずりながら湾曲した階段を下りていった。

「わたしたち自身の衛兵を立てなければならないわ」キャトリンは弟にいった。扉の外にスタークとタリーの兵士が立っているほうが、よく休めると彼女は思った。ウォルダー公との謁見は恐れていたほど苦痛ではなかった。それにしても、それがすんだことで肩の荷が下りたように感じられた。〞あと数日で、ロブは戦場に去り、わたしは海の護り城《シーガード》の快適な軟禁生活に戻るのだわ〟ジェイソン公があらゆる礼儀を尽くしてくれることは疑いなかったが、それでも先のことを考えると気持ちが滅入った。

長い騎兵の隊列が城から城へと橋を渡っていく馬蹄の響きが下から聞こえてきた。重い荷物を満載した荷車が通ると、石がごろごろと鳴った。キャトリンは窓のところに行って外を覗き、ロブの軍隊が双子の東の塔から現われるのを眺めた。「雨は小止みになっているようだわ」

「やっと屋内に入ったと思ったらね」エドミュアは暖炉の前に立って、その温かさを全身に浴びた。「ロズリンをどう思う？」

〞あまりにも小さくて繊細すぎる。彼女にとってお産は苦行になるだろう〟しかし、彼女の弟はその娘がとても気に入った様子だった。だから、彼女は「かわいいわね」とだけいった。

「きっと彼女はぼくが気に入ったと思う。なぜ泣いていたのかなあ？」

「婚礼の夜を迎える乙女なのよ。少しの涙は予想すべきよ」ライサは婚礼の朝、湖ができるほど涙を流して泣いたが、ジョン・アリンがその家のクリーム色と青のマントを肩に着せかけるころには、なんとか涙を乾かして、にこやかな顔になっていたものだ。

「彼女は期待以上に美しいよ」エドミュアは姉が何かいう前に手を上げた。「もっと大事なことがあるのはわかっている。説教はやめてくれよ、尼さん。それにしても……フレイが見せびらかした他の娘たちの何人かを見たかい？　痙攣していた娘を？　あれは病気かなあ？　そして、あの双子の顔には〈にきび面のピーター〉よりも多くのにきび跡や吹き出物があったぞ。ぼくはあの連中を見たとき、ロズリンは禿げ頭か片目で、知能は〈ジングルベル〉なみ、気性は〈黒のウォルダー〉なみだろうと思った。ところが、彼女は美しいだけでなく、穏やかだった」かれは当惑した表情をした。「あの鼬じじい、できそこないを押しつけるつもりがないなら、なぜこちらに選ばせなかったのだろう？」

「あんたの美女好みは有名なのよ」キャトリンは、いって聞かせた。「もしかしたら、ウォルダー公は実際にあんたに、花嫁に満足してもらいたかったのかもしれないわ」〝いや、むしろ、あんたが渦巻く濁流に恐れをなして、かれの計画を台なしにするのを恐れたのよ〟

「いいえ、もしかしたら、ロズリンはあの老人のお気に入りなのかもしれないわ。リヴァーラン城の城主は、かれの娘の大部分にとっては願ってもない立派な結婚相手なのよ」

「そのとおりだ」しかし、それでもまだ彼女の弟は不安そうだった。「あの娘は子供ができないなんてことがあるだろうか？」

「ウォルダー公は孫にリヴァーラン城を継がせたいと思っている。あなたに不妊の妻を与えても、かれの役に立つかしら？」

「他のだれも欲しがらない娘を、厄介払いすることができる」

「そんなことしても、かれの利益にはならないでしょう。ウォルダー・フレイは気難しい男だけれど、愚か者ではないわ」

「それにしても……そんなことがありうるだろうか？」

「ええ」キャトリンはしぶしぶ譲歩した。「女は幼年時代にかかった病気のために、妊娠できなくなることがあるわ。でも、レディ・ロズリンがそのような病気を患ったと信じる理由はないわね」彼女は部屋を見まわした。「実をいうと、フレイ家は予想以上に親切にわたしたちを受け入れてくれたわよ」

エドミュアは笑った。「二、三の刺のある言葉と、不体裁な笑顔。これはかれのサービスなんだ。あの融じじいめ、ぼくらのワインに小便を入れて、結構な酒だと褒めさせるつもりではないかと思っていたよ」

この冗談を聞くと、キャトリンは奇妙に落ち着かない気分になった。「失礼して、濡れた着物を取り替えるわ」

「どうぞ」エドミュアはあくびをした。「一時間ほど仮眠を取ろうかな」

彼女は自分の部屋に退いた。リヴァーラン城から持ってきた衣装箱は運び上げられて、ベッドのそばに置かれていた。濡れた服を脱いで火のそばにかけると、彼女はタリー家の色である赤と青の温かいウールのドレスを着て、髪の毛を洗い、梳かして乾かすと、フレイ家の人たちを探しにでかけた。

広間に行ってみると、ウォルダー公の黒い樫《オーク》の玉座は空《から》になっていたが、その息子の何人かが火のそばで酒を飲んでいた。〈足悪のローサー〉が彼女に気づいてよろよろと立ち上がった。「レディ・キャトリン、もうお休みかと思っておりました。なにか御用でも？」

「この方たちはあなたのご兄弟ですか？」彼女はたずねた。

「兄弟です。異母兄弟、実の兄弟、それに甥たちです。ルシアス・ヴァイプレン公はわたしの異母妹ライシーンの夫で、サー・デイモンはその息子です。わたしの異母兄弟のサー・ホスティーンはご存じでしょう。そして、これはサー・レスリン・ヘイとその息子たち、サー・ハリスとサー・ドネルです」

「こんにちは、みなさん。サー・パーウィンはここにいらっしゃいますか？　レンリー公と話をするために、ロブがわたしを嵐の果て城《ストームズ・エンド》に派遣したとき、その往復をあの方が護衛してくださいました。またお目にかかるのを楽しみにしておりました」

「パーウィンは出かけております」〈足悪のローサー〉がいった。「わたしからよろしくいっておきます。お目にかかれなくて、きっとかれも残念に思うでしょう」

「きっと、レディ・ロズリンの婚礼に間に合うように戻ってくるのでは？」

「本人もそう願っておりましたが」〈足悪のローサー〉がいった。「しかし、この雨ですから……あちこちの川が氾濫しているのを、あなたもごらんになったでしょう、マイ・レディ」

「そうでした」キャトリンはいった。「お手数ですが、わたしをこちらの学匠《メイスター》のところに連れていっていただけますか?」

「お加減が悪いのですか、マイ・レディ?」サー・ホスティーンがたずねた。かれは四角い頑丈な顎を持った力強い男である。

「女の病気です。殿方はお気になさらないでください」

いつも礼儀正しいローサーが彼女を案内して広間を出て、いくつかの階段を上がり、屋根のついた橋を渡ってもうひとつの階段のところに行った。「この上の小塔にメイスター・ブレネットがいるはずです、マイ・レディ」

そのメイスターもまたウォルダー・フレイの息子の一人かと、キャトリンはなかば予想していたが、ブレネットはかれに似ていなかった。太った大男で、頭が禿げ、二重顎で、衣の袖が鳩の糞で汚れているところを見ると、とても清潔な人物とは思えなかったが、愛想は充分によかった。レディ・ロズリンの妊娠能力についてのエドミュアの心配を打ち明けると、かれはくすくす笑った。「ご心配には及びません、レディ・キャトリン。彼女はたしかに小柄で、細い腰をしております。しかし、母親のレディ・ベサニーも同様の体格でしたが、ウォルダー公のために毎年一人ずつ子供を産みました」

「大人になるまで育ったのは何人ですか?」彼女は無遠慮にたずねた。

「五人です」かれはソーセージのように太い指を折って、すらすらと名前をいった。「サー・パーウィン、サー・ベンフリー。メイスター・ウィラメン、この人は昨年、誓約をして今は谷間《ヴェイル》のハンター公に仕えています。オリヴァー、この人はご子息の従士を務めておりました。それと、いちばん年下のレディ・ロズリンです。男子四人に女子一人です。エドミュア公は始末に困るほど大勢の息子たちを授かりますよ」

「それを聞けば、かれもきっと喜ぶでしょう」とすると、あの娘は器量がよいばかりでなく、多産でもあるらしい。〝これでエドミュアも安心するだろう〟彼女が見るかぎり、ウォルダー公は弟に不満の種をまったく与えなかったのだった。

メイスターの部屋を出ると、キャトリンは自室には戻らず、ロブのところに行った。かれのそばにはロビン・フリントとサー・ウェンデル・マンダリーがおり、〈グレート・ジョン〉とその息子もそこにいた。その息子は父親を追い越すほど背が高くなっていたが、いまだに〈小さい《スモール》ジョン〉と呼ばれていた。かれらはみんな濡れていた。もう一人の、白い毛皮で縁取りした薄いピンクのマントをつけた、もっと濡れた男が火の前に立っていた。「ボルトン公」彼女はいった。

「レディ・キャトリン」その男は答えたが、その声はかすかだった。「またお目にかかれて光栄です。このような難局ではありますが」

「お優しいお言葉で」キャトリンは室内が陰気だと感じた。〈グレート・ジョン〉さえも陰気に沈んだ様子だった。彼女はかれらの陰鬱な顔を見ていった。「何かあったのですか？」

「ラニスター勢が三叉鉾河《トライデント》にいるのです」サー・ウェンデルが悔しそうにいった。「わたしの兄弟がまた捕虜になりました」

「そして、ボルトン公がウィンターフェル城についてさらに報告を届けてくれた」ロブが付け加えた。「サー・ロドリックだけが死んだ勇士ではなかった。クレイ・サーウィンとレオボルド・トールハートも殺された」

「クレイ・サーウィンはほんの子供でしたよ」彼女は悲しげにいった。「では本当なのですね？　全員が死に、ウィンターフェル城が消滅したのは？」

ボルトンの青白い目が彼女の目と合った。「鉄人《くろがねびと》どもは城も冬の町も両方とも焼き払いました。スターク家の兵士のいくらかは、うちの息子ラムジーによってドレッドフォート城に連れ戻されました」

「あなたの私生児は悲しむべき犯罪のために糾弾されていましたよ」キャトリンは鋭く念を押した。「殺人、強姦、もっとひどい罪で」

「そうです」ルース・ボルトンはいった。「かれの血は汚れています。それは否定できません。しかし、恐れを知らず、狡猾な、よい戦士でもあります。鉄人どもがサー・ロドリックを斬り倒し、そのすぐ後でレオボルド・トールハートも殺されたとき、ラムジーが戦闘の指揮を執ることになりました。そして、かれは立派にやり遂げたのです。北部にグレイジョイの仲間が一人でも残っているかぎり、剣を鞘に収めないとかれは誓っています。私生児の血にそそのかされてかれが犯したどんな罪も、たぶんこのような奉仕によっていくらかは償われるかもしれません」かれは肩をすくめた。「あるいは、そうでないかも。戦が終わったら、陛下に判断していただかなくてはなりません。その時までには、わが妻レディ・ウォルダに正嫡の息子を産んでもらいたいと願っております」

〝これは冷たい男だ〟とキャトリンは悟った。これが最初ではなかったけれども。

「ラムジーはシオン・グレイジョイのことをいいましたか？」ロブがたずねた。「かれも殺されたのか、それとも逃げたのか？」

ルース・ボルトンはベルトにつけた袋から一枚のぼろぼろの皮を取り出した。「息子が手紙とともにこれを送ってきました」

サー・ウェンデルは太った顔をそむけた。ロビン・フリントと〈スモール・ジョン〉こと息子のジョン・アンバーは顔を見合わせ、父親の〈グレート・ジョン〉は牡牛のように鼻を鳴らした。「それは……皮か？」ロブがいった。

「シオン・グレイジョイの左手の小指から剝いだ皮です。正直いって、わたしの息子は残酷です。それにしても……二人の若いプリンスの生命に対して、ちっぽけな皮が何になりましょう？　あなたはかれらの母上でした、マイ・レディ。これを差し上げましょうか……ささやかな復讐のしるしとして？」

キャトリンの心の一部はその不気味な戦利品を胸に抱きしめたいと思った。しかし、我慢した。「しまってください。お願いです」

「シオンの全身の皮を剝いでも、弟たちは戻ってこないだろう」ロブはいった。「わたしはかれの首が欲しい、皮ではなくて」

「かれはベイロン・グレイジョイの生きている唯一の息子ですよ」ボルトン公はみながこれを忘れてしまったかのように、そっといった。「そして今は鉄《くろがね》諸島の正統な王です。捕虜となった王は人質として大きな価値があります」

「人質ですって？」その言葉はキャトリンの毛を逆立てた。人質はしばしば交換される。「ボルトン公、まさか、あなた、わたしの息子たちを殺した男を釈放しろというのではないでしょうね」

「〈海の石の御座《ぎよざ》〉を勝ち取った者はだれでも、シオン・グレイジョイの首を欲しがるでしょう」ボルトンは指摘した。「たとえ鎖に繋がれていても、かれはその叔父たちのだれよりも強い王位継承権を持っています。ですから、かれを捕らえておきなさい。そして、かれを処刑する代償として、鉄人《くろがねびと》に譲歩を要求しなさい」

ロブは気の進まない様子でそれを考慮したが、結局うなずいた。「うん。よろしい。ではかれを生かしておけ。当面は。われわれが北部を奪回するまで、ドレッドフォート城にしっかりと捕らえておこう」

キャトリンはルース・ボルトンのほうに向きなおった。「サー・ウェンデルがトライデント河のラニスター勢について、何かいいましたが？」

「はい、いいました、マイ・レディ。わたしが悪いのです。ハレンの巨城《ホール》を出るのがあまりにも遅すぎました。わたしより何日も前にエイニス・フレイが出発して、トライデント河のルビーの浅瀬を渡りました。もっとも、困難はあったようですが。しかし、われわれが河に着いたときには急流になっていました。小舟で兵士たちを渡すしかありませんでした。その舟も少なすぎました。わが軍の三分の二が北側に渡ったとき、渡しを待っている残りの兵士たちにラニスター勢が襲いかかりました。残っていたのは主にノレイ、ロック、それにバーリーの兵士たちと、後衛のサー・ウィリス・マンダリーとその仲間のホワイト・ハーバーの騎士たちでした。わたしは河の反対側にいて、かれらを助ける力がありませんでした。サー・ウィリスは味方の軍勢をできるだけ再結集させましたが、グレガー・クレゲインが重い馬で襲いかかり、かれらを河に追い落としました。大勢が斬り殺され、溺死しました。さらに多くは逃げましたが、残りは捕虜となりました」

グレガー・クレゲインはいつも悪いニュースの種だと、キャトリンは思った。かれを始末するために、ロブはまた南に軍を進める必要があるのだろうか？　それとも、〈マウンテン〉がここに来ようとしているのだろうか？

「では、クレゲインは河を渡ったのですか？」

「いいえ」ボルトンの声はかすかだったが、しっかりしていた。「わたしは浅瀬に六百人の兵士を残してきました。細流《リルズ》地域と山岳地帯とホワイトナイフからの槍兵。それに百人のホーンウッドの大弓兵、いくらかの自由騎兵と乞食騎士、それを補強するスタウトとサーウィンの強力な軍勢を。ロネル・スタウトとサー・カイル・コンドンが指揮を執っています。サー・カイルが故サーウィン公の右手であったことは、きっとあなたもご存じでしょう、マイ・レディ。獅子は狼と同様に水泳はへたです。河が増水しているかぎり、サー・グレガーは渡ってこないでしょう」

「いちばん困るのは、われわれが土手道を進み出したときに、後ろから〈マウンテン〉に来られることだ」とロブがいった。「あなたはよく働いてくれた、マイ・ロード」

「ありがたいお言葉で。わたしは緑の支流《グリーン・フォーク》で甚大な被害を被り、グラヴァーとトールハートはダスケンデールでもっとひどい目にあいました」

「ダスケンデールか」ロブは吐き捨てるようにいった。「諸君に約束するが、ロベット・グラヴァーと会ったら、申し開きをさせてやる」

「愚かなことをしたものです」ボルトン公が賛成した。「しかし、グラヴァーは深林の小丘城《ディープウッド・モット》の陥落を知った後、不注意になっていました。悲しみと恐怖は人にそういう作用を及ぼすものです」

ダスケンデールはもうすんでしまったことだ。キャトリンが心配するのは、これから行なわれるべきいくつかの戦闘だった。「あなたは何人の兵士を、息子のところに連れてきましたか？」彼女はルース・ボルトンにはっきりとたずねた。

かれは色のない奇妙な目で彼女を顔をじっと見てから答えた。「五百人ほどの騎兵と三千人の歩兵です、マイ・レディ。主としてドレッドフォート城の兵士たちです。そしていくらかはカーホールド城の者です。今はカースターク家の忠誠心に大いなる疑問があるので、かれらをそばに置くのがいちばんよいと考えました。あまり大勢でないのが残念です」

「それで充分だろう」ロブがいった。「あなたにはわたしの後衛部隊の指揮を執ってもらいたい、ボルトン公。叔父の婚礼と床入りがすんだらすぐに、地峡《ネック》に向かって進軍するつもりです。故郷に帰るのですよ」

50 ——アリア

緑の支流《グリーン・フォーク》から一時間ほどのところで、泥だらけの道をのろのろと荷車を進めていくと、斥候兵がやってきた。

「顔を伏せて、口を閉じていろ」三人の相手が馬に拍車をかけてこちらに向かってくると、〈猟犬《ハウンド》〉は彼女に警告した。一人の騎士と二人の従士である。軽武装をして、足の速い乗用馬に乗っていた。クレゲインは荷馬車を引く馬に鞭をくれた。昔は元気だっただろうが、今は年老いた二頭の輓馬《ばんば》である。荷車はきーきー鳴り、ゆらゆら揺れて、二つの大きな木の車輪がまわるたびに、道路の深い轍から泥が押し出された。ストレンジャーは荷車に繋がれて後から来た。

その気難しい大きな軍馬は馬鎧も馬具もつけていなかった。そして〈ハウンド〉自身は汚れた緑色の粗織りの衣服と、頭がすっぽり隠れるほどのフードのついた煤色のマントを着ていた。うつむいているかぎり顔は見えず、白目だけが覗いていた。かれはみすぼらしい農夫のように見えた。それにしても、大きな農夫だった。そして、粗織りの服の下には硬革《ボイルド・レザー》と油を引いた鎖帷子《チェーン・メイル》を着ているのを、アリアは知っていた。彼女は農民の息子のように見えた。あるいは、豚飼いのように。そして、かれらの後ろには、塩漬けの豚肉の入ったずんぐりした樽が四個と、酢漬けの豚足の樽が一個あった。

　騎士たちは二手に分かれてかれらの周囲をまわって観察してから、近寄ってきた。クレゲインは逆らわずに荷車を止めて、待った。騎士は槍と剣を携え、従士たちは長弓《ロングボウ》を持っていた。従士の胴着には、その主人の外衣に縫いつけられた紋章を小型にした徽章がついていた。左側の金の横帯に長柄の黒い三叉《ピッチフォーク》がついていて、紋地は茶褐色である。アリアは最初に出会った斥候兵に身分を明かそうと考えていたが、いつも思い描いていたのは胸に大狼《ダイアウルフ》の紋章をつけた灰色のマントの兵士たちだった。たとえ相手がアンバー家の巨人かグラヴァー家の拳の紋章をつけていても、思い切って名乗り出たかもしれない。しかし、この三叉の騎士は知らなかったし、かれがだれに仕えているか見当もつかなかった。ウィンターフェル城で見たこの三叉にもっともよく似た紋章は、マンダリー公の男の人魚が手にしている三叉矛だけだった。

「おまえたち、双子城《ツインズ》に用があるのか？」その騎士がたずねた。

「婚礼の宴会用の豚の塩漬けでございますよ、サー」〈ハウンド〉は目を伏せ、顔を隠して、もごもごと答えた。

「塩漬けの豚などに用はない」三叉《ピッチフォーク》の騎士はごくそっけなくクレゲインをちらりと見て、アリアにはまったく注意を払わなかったが、厳しい目でストレンジャーをじーっと見つめた。その牡馬が農耕馬でないことは一目瞭然だった。その大きな黒い軍馬が従士の一人の馬に噛みつくと、その従士は泥の上に振り落とされそうになった。「この馬をどうして手に入れた？」騎士はたずねた。

「家の奥さまが、連れていけといったのです、サー」クレゲインはへりくだっていった。

「これは若いタリー公への婚礼の贈り物なのですよ」

「どの奥さまだ？　おまえだれに仕えているのだ？」

「年寄りのレディ・ウェントでございます、サー」

「彼女はハレンの巨城《ホール》を馬一頭で買い戻すことができると思っているのか？」騎士はたずねた。「いやはや、年寄りのばかは始末におえないな」それでも先に行けというように、手を振った。「では、行け」

「はい、旦那さま」〈ハウンド〉はまた馬に鞭をくれ、古い荷車はのろのろと動き出した。止まっていた間に車輪が泥に深く埋もれてしまっていたので、二頭の輓馬がそれを動き出させるにはちょっと時間がかかった。このころには斥候兵たちは遠くに行ってしまっていた。クレゲインはかれらを最後にひと目見て、鼻を鳴らした。「サー・ドネル・ヘイだ」かれはいった。「あいつからは数えきれないほどの馬を取ってやった。甲冑もな。以前、武芸大会の模擬合戦《メレー》であいつを半殺しにしてやったことがある」

「では、どうしてあんたに気づかなかったの？」アリアはたずねた。

「なぜなら、騎士どもは愚かだからだ。そして、あばた面の農夫風情に二度目をやるなど、沽券《こけん》にかかわると思っているのだ」かれは馬に軽く鞭を当てた。「目を伏せて、うやうやしくしゃべり、サーというのをたくさん付け加えれば、たいていの騎士はおまえに見向きもしないだろう。庶民よりも、馬のほうに注意するのだ。ストレンジャーにおれが乗っているのを見れば、やつはストレンジャーだと気づいただろうに」

〝でも、あんたの顔を知っていたはずなのに〟アリアはこれに疑いを持たなかった。サンダー・クレゲインの火傷は、いったん見れば、容易に忘れることはできないだろう。そして、その傷を兜でかくすこともできないだろう。その兜が不機嫌に唸る犬の形をしていないかぎりは。

だからこそ、この荷車と酢漬けの豚の足が必要だったのだ。「おれは捕らえられて、おまえの兄の前に引き出されるつもりはない」〈ハウンド〉は彼女にいったものだった。「また、かれのところに行くために、かれの家来どもの間を剣をふるって突破するのも気が進まない。だから、ちょっと芝居をするのさ」

〈王の道〉でたまたま出会った農夫が、荷車、馬、衣服、それに豚肉の樽をくれたのだった。もっとも、喜んでくれたわけではなかったが。〈ハウンド〉は剣を突きつけてそれらを取り上げてしまったのだった。強盗だと、その農夫が罵ったとき、かれはいった。「いいや、馬糧徴発隊だ。下着まで脱がされなかったことをありがたく思え。さあ、そのブーツを脱げ。さもないと、その足を脱がせてやるぞ。どちらにする」その農夫はクレゲインと同じくらいの大男だったが、それにもかかわらず、ブーツをあきらめて足を残すほうを選んだ。

夕暮れになってもまだ、かれらは緑の支流《グリーン・フォーク》と、フレイ公の双子城《ツインズ》に向かってのろのろと進んでいた。〝もう着いたも同然だ〟とアリアは思った。興奮してもよさそうなものだったが、腹が固くしこっていた。たぶん、我慢してきた風邪の熱のためだろう。だが、違うかもしれなかった。昨夜は悪い夢を見た。恐ろしい夢を。今はその内容は忘れてしまったが、感覚は一日じゅう残っていた。むしろ、それは強くなるばかりだった。〝恐怖は剣よりも深い傷をつくる〟今こそ彼女は強くならなければならなかった、父上からいわれたように。彼女と母親を隔てるものは、城門と、川と軍勢しかなかった……しかしそれはロブの軍勢だ。だから、本当の危険はあるはずもなかった。いや、あるだろうか？

だが、ルース・ボルトンがその軍勢の一人だった。逆徒たちの呼び方に従えば、〈蛭《ヒル》の殿さま〉が。そう思うと、彼女は不安になった。彼女は〈血みどろ劇団〉から遠ざかりたかったし、ボルトンからも遠ざかりたかったからこそ、ハレンホールから逃げてきたのだった。しかも、逃げるためにかれの護衛の一人の喉を掻き切らねばならなかったのだった。彼女がその下手人だと、ボルトン公にわかったろうか？　それともジェンドリーかホット・パイがやったと思っているだろうか？　かれは母上にいいつけただろうか？　もし、わたしを見たら、ボルトン公はどうするだろうか？　〝わたしを見ても、たぶんわかりさえしないだろう〟最近の彼女は城主の酌取りよりむしろ、溺れた鼠のように見えた。溺れた牡の仔鼠に。ほんの二日前に、〈ハウンド〉は彼女の髪を幾握りか刈り取った。かれはヨーレンよりもさらにへたな床屋だった。そして、彼女の頭の片側だけをなかば禿げ頭のようにしたままだった。〝きっとロブだって、わたしを見てもわからないだろう。いや、母上だって〟かれらに最後に会ったとき、つまり、エダード・スターク公がウィンターフェル城を去った日には、彼女は幼い少女だったのだ。

城が見える前に音楽が聞こえてきた。遠くの太鼓の音、ラッパのけたたましい音、かぼそい笛の音が、川の水音とかれらの頭を打つ雨の音に混じってかすかに聞こえてきた。「婚礼には間に合わなかったな」〈ハウンド〉がいった。「しかし、宴会はまだ続いているようだ。まもなく、おまえをお払い箱にすることができるだろう」

〝いや、わたしがおまえをお払い箱にするんだ〟とアリアは思った。

道はおおむね北西に向かっていたが、今は真西に曲がって、林檎《リンゴ》園と雨に打ちひしがれて水浸しになったモロコシ畑の間を通っていた。最後の林檎の木を通りすぎて、坂道を上がると、二つの城と川と野営地全体がすぐに目に入った。何百頭もの馬と、何千人もの男たちがいて、その大部分は城門に向かって並んで立っている三つの布製の大広間のような宴会用の大テントの周囲を歩きまわっていた。ロブは城壁からずっと奥に入った、より高く、より乾燥した場所に野営のテントを張っていた。しかし、緑の支流《グリーン・フォーク》が堤から溢れ出して、少数の不注意な場所に立てられたテントを水浸しにしていた。

ここでは、二つの城で奏でられている音楽はもっと大きく聞こえた。太鼓やラッパの音が野営地に響き渡っていた。しかし手前の城の楽士たちは、向こう岸の城の楽士とは違う歌を演奏していたので、むしろ歌合戦のように聞こえた。「あまりうまくはないな」とアリアはいった。

〈ハウンド〉は笑い声といってもいいような声をたてた。「ラニスポートには、騒音に苦情をいう耳の遠い女どもがいる。嘘じゃないぞ。ウォルダー・フレイは目が悪いと聞いたことはあるが、耳のことはだれもいわなかったなあ」

アリアは今が昼間ならよいのにと思った。もし日が出ていて、風が吹いていれば、旗印がもっとよく見えただろうに。そうなら、スタークの大狼を、いや、たぶんサーウィンの戦斧かグラヴァーの拳を探していただろうに。しかし、夜の暗がりの中では、すべての色が灰色に見えた。雨は小止みになり、細かい霧雨に変わり、ほとんど霧のようになっていたが、先程までの豪雨で旗印はびしょ濡れになっていて、読み取ることは不可能だった。

不意の襲撃に備えて、野営地の周囲に馬車や荷車が引き寄せられて粗末な壁を作っていた。衛兵が彼女らを呼び止めたのは、そこだった。下士官の持つランタンの明かりで、そのマントが薄桃色で、それに赤い涙の滴が点々とついているのが見て取れた。その部下の兵士たちは胸に〈蛭の殿さま〉の紋章――ドレッドフォートの皮を剝がれた男――を縫いつけていた。サンダー・クレゲインは斥候兵に話したのと同じ作り話をして聞かせた。だが、ボルトンの下士官はサー・ドネル・ヘイよりも厄介なやつだった。「塩漬けの豚肉なんか、貴族の婚礼の宴会には向かないぞ」かれはばかにしたようにいった。

「酢漬けの豚足もあります、サー」

「宴会には向かない、だめだ。宴会は半分終わってしまった。それにおれは北部人だ。乳飲み子みたいな南部の騎士とは違うんだ」

「家令か料理人に会うようにいわれたのですが……」

「城は閉まっている。貴族たちの邪魔はできない」下士官はちょっと考えた。「あそこの宴会用のテントのそばに荷を下ろしてもよいぞ」かれは鎖帷子《チェーン・メイル》をつけた手で指さした。「エールを飲むと腹が減る。そして、フレイじじいは豚足が少しばかり減っても気にしないだろう。どうせ、そんな物を嚙む歯がないんだから。セッジキンズというやつに会え。かれがなんとかしてくれるだろう」かれが大声で命令すると、その部下が馬車の一台を動かして、かれらを中に入れてくれた。

〈ハウンド〉が鞭を当てると、輓馬はテントに向かって歩きだした。かれらに注意を向けるものはだれもいなかった。かれらは色とりどりのパビリオンの列のところを、水をはね飛ばしながら通っていった。濡れたパビリオンの絹の壁は、内部の灯火や火鉢の明かりで、まるで幻灯機に照らされているように見えた。桃色や金色や緑色にきらめく縞模様、格子模様、市松模様などがあり、それらが鳥、獣、山型、星型、車輪や武器などの文様で飾られていた。パネルに六個の団栗《ドングリ》が、いちばん上に三個、その下に二個、その下に一個描かれている黄色のテントを、アリアは見つけた。〝スモールウッド公だ〟とわかり、はるか離れた殼斗城館《エイコーン・ホール》と、彼女を美しいといってくれた女主人を思い出した。

きらめく絹のパビリオンひとつについて、二ダースほどのフェルトやカンバスの不透明な暗いテントがあり、また四十人もの歩兵を収容する軍用の大きなテントもあったが、それらも三つの宴会用の大テントに較べれば小さく見えた。酒宴が何時間も続いていたように見受けられた。大声で乾杯する音やカップの当たる音が、いつもの野営の音——馬のいななき、犬の吠え声、暗闇を通る馬車の響き、笑い声や罵り声、鋼や木のぶつかり合う音など——に混じって聞こえた。城に近づくにつれて音楽がなおも大きく聞こえてきた。しかしその下に、もっと深い、もっと暗い音が聞こえていた。川が——増水した緑の支流《グリーン・フォーク》が——巣穴にこもっている獅子の唸り声のような音をたてていた。

アリアは、大狼の紋章がひと目でも見えないか、灰色と白に仕立てられたテントが立っていないか、ウィンターフェル城で知っていた顔がひとつでも見えないかと、あらゆる方向を同時に見ようとしてきょろきょろ首をまわした。しかし、見えたのは知らない顔ばかりだった。葦の中で用を足している男を見つめたが、そいつはエイルベリーではなかった。ひとつのテントから半裸の女が笑いながら飛び出してきたが、そのテントは薄青色で、最初思ったような灰色ではなかった。そして、その女を追って走り出した男は胴着に、狼ではなく麝香猫の紋章をつけていた。ひとつの木の下では、四人の弓兵がワックスを塗った弦を長弓《ロングボウ》に張っていた。しかし、かれらは父上の弓兵ではなかった。一人の学匠《メイスター》が前を横切ったが、そいつはメイスター・ルーウィンにしては若すぎ、痩せすぎていた。アリアは双子城《ツインズ》を見上げた。それらの高い塔の窓は、灯火がともっている部分がかすかに明るく見えた。霧雨を透かして、城は不気味に、神秘的に見え、ばあやのお話に出てくる城みたいだった。しかし、これはウィンターフェル城ではなかった。

宴会用のテントのあたりがいちばん混雑していた。幅広の垂れ布はくくられて、角杯やジヨッキを手にした男たちが人をかき分けて出たり入ったりし、戦場売春婦もいくらか混じっていた。三つのテントのうち最初のものの前を通ったとき、アリアはちらりと中を見た。すると、何百人もの男たちがベンチに群がり、蜂蜜酒やエールやワインの樽の周囲で押し合いへし合いしているのが見えた。中は身動きもできないほどだったが、だれも気にしていないようだった。少なくとも、そこは温かく、乾いていた。冷たく濡れたアリアはかれらを羨ましく思った。中には歌を歌っている者もいた。入り口の周囲の細かい霧雨は、中から出てくる熱のために湯気になっていた。みんな酔っぱらっていた。そして、だれかがわめいた。「〈若き狼〉と王妃《クイーン》ジェインのために」「エドミュア公とレディ・ロズリンのために」ひとつの声が叫ぶのを彼女は聞いた。

〝クイーン・ジェインとはだれだろう？〟アリアはちょっと考えた。彼女が知っている唯一のクイーンはサーセイだった。

宴会テントの前に焚き火の穴が掘られていて、雨を避けるためにウールの織物と毛皮で作った巨大な天蓋がしつらえられていた。雨がまっすぐに落ちてくるならそれでもよいが、河から吹く風のためにどうしても雨水がかかるので、焚き火はシューシューと鳴り、渦を巻いた。炎の上の焼き串に刺された骨つき肉を、召使たちがまわしていた。その匂いを嗅いで、アリアはよだれが出た。「止まってはいけないかしら？」彼女はサンダー・クレゲインにたずねた。「このテントには北部人がいるわ」それは髭や、顔つきや、熊の毛皮や海豹《アザラシ》の毛皮のマントでわかったし、またおぼろげに聞こえる乾杯の音頭や、歌っている歌でわかった。

カースターク家とアンバー家と、そして山岳部族の兵士たちだ。「きっとウィンターフェル城の人々もいるわ」父上の家来、〈若き狼〉の家来、スタークの大狼たちが。

「おまえの兄は城内にいるだろう」かれはいった。「おふくろも。会いたいのか、会いたくないのか？」

「会いたいさ」彼女はいった。「セッジキンズはどうするの？」あの下士官はセッジキンズに頼めといったのだった。

「セッジキンズなんて糞食らえだ」クレゲインは小雨の中で鞭を振るい、馬の横腹を打った。

「おれが会いたいのは、おまえの兄貴だ」

51——キャトリン

太鼓がドンドン、ドンドン、ドンドンと鳴り、彼女の頭もそれに調子を合わせて疼いた。広間の端の柱廊の楽士席で、縦笛がむせび泣き、横笛がぴーひゃら、ぴーひゃらと鳴り、弦楽器がキーキー鳴り、ラッパが響き、バグパイプがぴーぴーと威勢のよい曲を奏でたが、大太鼓の音がそれらすべてを圧倒した。それらの音が垂木に谺《こだま》するいっぽう、その下の賓客たちは食べ、飲み、たがいにはやしたてた。〝これを音楽というなんて、ウォルダー・フレイは耳が悪いにちがいない〟キャトリンはワインをひと口飲み、〈ジングルベル〉が『アリサン』の曲に合わせて飛び跳ねるのを眺めた。少なくとも、それは『アリサン』の曲のつもりだと彼女は思った。この楽士どもの演奏では、『熊と美女』の曲と間違えられてもしかたがないだろうと思われた。

外ではまだ雨が降っていたが、双子城《ツインズ》の内部では空気が濁り、熱せられていた。暖炉では唸りを上げて火が燃えており、壁から突き出た鉄の燭台で、松明が並んで煙を出しながら燃えていた。しかし、熱の大部分は婚礼の賓客の体から出るものだった。人々はベンチにぎゅうぎゅう詰めにされて、だれも杯を上げようとすると、隣の人の肋《あばら》を突くことになるのだった。

台座の上さえも、キャトリンが不快になるほど人が詰めこまれていた。彼女はサー・ライマン・フレイとルース・ボルトンの間に着席させられ、二人の体臭をいやというほど嗅がされていた。サー・ライマンはまるでウェスタロスにワインがなくなるのではないかと思われるほど飲み、それを脇の下の汗として放出した。かれはレモン水の風呂に入ってきたようだと彼女は判断したが、レモンがそんなにたくさんの酸っぱい汗になるはずはなかった。ルース・ボルトンはもう少しましな匂いを発散していたが、決して心地よい匂いではなかった。かれは普通のワインや蜂蜜酒よりむしろ、香料入りのワインを飲み、ほとんど食事をしなかった。

ルース・ボルトンに食欲がないことを、キャトリンは非難しようとは思わなかった。婚礼の祝宴は薄いニラのスープに始まり、次に青豆と玉葱《タマネギ》と大根のサラダが出て、それからアーモンドのミルクで煮たカワカマスが出て、それから、供される前に冷えてしまったつぶした蕪《カブ》の山盛りと、仔牛の脳味噌のゼリーと、筋ばった牛肉の薄切りが出たのだった。王の御前に出すにしては粗末な食べ物だった。そして、仔牛の脳味噌はキャトリンに吐き気をもよおさせた。しかし、ロブは文句をいわずにそれらを平らげ、彼女の弟は花嫁に注意を向けることに没頭していた。

〝リヴァーラン城から双子城《ツインズ》に来る間じゅうずっと、エドミュアがロズリンのことで文句をいっていたとはだれも想像できないだろう〟その新郎新婦は一枚の皿から食べ物を食べ、ひとつの杯で酒を飲み、飲む合間に控えめなキスを交わした。大部分の料理をエドミュアは断った。彼女はそれを非難する気にはならなかった。彼女自身、自分の婚礼の祝宴で出た食べ物について、ほとんど記憶がなかった。〝わたしはあれを味わっただろうか？　それとも、この人はだれだろうと思いながら、ネッドの顔を見つめるのにすべての時間を費やしただろうか？〟

あわれなロズリンの微笑にはこわばった感じがあり、まるでだれかがそれを彼女の顔に縫いつけたかのようだった。〝まあ、彼女は結婚したばかりの乙女で、まだ床入りがすんでいないのだから。あの時のわたしのように怯えているのは疑いない〟ロブはアリクス・フレイと〈美しきウォルダ〉の間に着席していた。この二人はフレイ家の乙女たちの中でも、より結婚適齢期に達している二人である。〝婚礼の宴で、家の娘たちと踊るのを断らないでほしい〟そうウォルダー・フレイはいったものだった。〝そうしてくれれば、老人の心は喜ぶだろう〟と。とするとかれの心は充分に喜ぶはずだった。ロブは王にふさわしくその義務を果たしたのだから。かれは娘たちのそれぞれと踊ったのだった。エドミュアの花嫁と、そして八番目のレディ・フレイとも踊り、また未亡人のアミと、またルース・ボルトンの妻の〈太めのウォルダ〉と踊り、ニキビのできた双子のセラとサラと踊り、ウォルダー公の末娘の六歳になるシレイとさえも踊ったのだった。これで〈関門橋《クロッシング》〉の領主は満足するだろうかとキャトリンは思った。それとも、王と踊らなかった他の娘や孫娘のことで文句をいうだろうかと。

「ご姉妹は踊りがお上手ですね」彼女は愛想よくしようと努力しながらサー・ライマン

・フレイにいった。

「あれらは伯母や従姉妹たちですよ」サー・ライマンはワインをひと口飲んだ。汗が頬を垂れて髭に流れこんだ。

〝不愉快な男だ、それも一杯機嫌だ〟とキャトリンは思った。フレイ遅参公は客に食べ物を出すとなるとけちけちするのかもしれないが、飲み物は出しおしみしなかった。エール、ワイン、そして蜂蜜酒が戸外の川のように急速に流れた。〈グレート・ジョン〉はすでにべろべろに酔っぱらっていた。ウォルダー公の息子のメレットは一杯一杯それにつきあっていたが、この二人に歩調を合わせようとしていたサー・ウェイレン・フレイは酔いつぶれてしまっていた。キャトリンとしては、アンバー公が素面《しらふ》でいる決心をしてくれることを望んでいたのだが、〈グレート・ジョン〉に飲むなというのは、息を数時間止めていろというようなものだった。

〈スモール・ジョン〉こと息子のアンバーとロビン・フリントはロブのそばに、〈美しきウォルダ〉とアリクスの反対側に、うやうやしく控えていた。そのどちらも酒を飲んでいなかった。そして、パトレック・マリスターとデイシー・モーモントも同様だった。かれらは彼女の息子の今夜の護衛なのである。婚礼の祝宴は合戦ではなかったが、人々が酔っぱらっているときはつねに危険があり、また王は決して護衛なしではいないものだからである。キャトリンはそれを見て嬉しく思った。また、壁に沿って木釘に剣帯がぶら下がっているのを見て、よけいに嬉しく思った。〝仔牛の脳味噌のゼリーを食べるのに、長剣を使う必要はない〟

「わたしの主人は〈美しきウォルダ〉を選ぶだろうと、みんな思ったのですよ」レディ・ウォルダ・ボルトンが音楽に負けないように大声でサー・ウェンデルにいった。〈太めのウォルダ〉は丸いピンクのバターボールのような少女で、潤んだ青い目をして、髪は黄色くしなやかで、巨大な乳房をしていたが、声はかん高い震え声だった。ピンクのレースとヴェール（灰色斑の栗鼠の毛皮）のケープをつけてドレッドフォート城にいたときには、彼女がこのような女性だとは想像しにくかった。「でも、わたしのお祖父さまは、ルースに、花嫁の体重と同じ重さの銀を持参金として差し上げると申し出たの。だから、主人のボルトン公はわたしを選んだのよ」その少女は顎を小刻みに震わせて笑った。「わたしの体重は〈美しきウォルダ〉よりも六ストーン重いから。でも、はじめてそれを嬉しく思ったわ。もうわたしはレディ・ボルトンになったけれど、従姉妹はまだ乙女で、まもなく十九歳になるのよ、かわいそうに」

　ドレッドフォート城の城主はこのおしゃべりになんの注意も払っていないと、キャトリンは見て取った。かれはときどき、何かをちょっと食べたり、何かを一匙飲んだり、短くて強い指でパンをちぎったりしていた。しかし、食べ物はかれの興味を引くことはできなかった。婚礼の祝宴が始まったときに、ボルトンはウォルダー公の孫たちに乾杯をして、「ウォルダーとウォルダーはわたしの私生児の世話になっている」と当てつけるようにいった。老人が目をしかめてボルトンを見た目つきと、息を吸いこむ口のかたちを見て、かれがその言葉に無言の脅迫を聞きとったと、キャトリンは知った。

〝これほど楽しくない婚礼があったろうか？〟と彼女は思ったが、あわれなサンサと〈小鬼《インプ》〉との結婚をすぐに思い出した。〝〈慈母〉よ彼女を憐れみたまえ。彼女は優しい魂を持っているのです〟熱気と煙と騒音のために、彼女は気分が悪くなった。柱廊の楽士たちは大勢で、大きな音をたてるとしても、特に才能があるわけではなかった。キャトリンはまたひとロワインを飲み、小姓が注ぎ足すのを断らなかった。〝あと数時間、それで最悪の時間は終わりになる〟明日のいまごろには、ロブは別の合戦にでかけていくだろう。こんどは要塞《モウト》ケイリンの鉄人どもと戦うのだ。その予想がまるで救いのように感じられるとは、なんと奇妙なことか。〝ロブはその合戦に勝つだろう。かれはすべての合戦に勝っている。そして、あの鉄人《くろがねびと》には王がいない。しかも、ネッドは息子をよく教育していた〟太鼓がドンドン鳴っていた。〈ジングルベル〉がまたそばを飛び跳ねていった。だが、音楽がやかましすぎて、かれの鈴の音はほとんど聞こえなかった。

この騒音の上に突然、唸り声が聞こえた。二匹の犬が肉片の奪い合いを始めたのだ。かれらはガチガチ嚙み合いながら床を転げまわり、どっと笑い声が起こった。その犬をだれかがエールの瓶で叩くと、二匹は離れた。一匹は足を引きずりながら台座のほうに向かった。ウォルダー公が歯のない口を開けて大笑いすると、ずぶ濡れの犬が身を震わせて、その三人の孫たちの体にエールと抜け毛を浴びせかけた。

犬たちの姿を見ると、キャトリンはふたたびグレイウィンドがいればよいのにと感じた。そのロブの大狼《ダイアウルフ》の姿はどこにもなかった。ウォルダー公がかれを広間に入れるのを断ったのだった。「あんたの野獣は人肉を好むと聞いている、ヘー」老人はいったものだった。「そうだ、喉を喰い破るとか。そのような獣はロズリンの祝宴に入れたくない。女子供のいるところにな。わしの無邪気な子供たちがそろっているところにな」

「グレイウィンドはお子さまたちに危害は加えませんよ、マイ・ロード」ロブは抗議した。「わたしがここにいるかぎりは」

「あんたは城門のところにいた。ちがうかね？　あの狼が出迎えの孫たちを襲ったときにだよ？　わしは全部聞いている。聞かなかったとは思ってくれるなよ、ヘー」

「危害は加えませんでした――」

「危害は加えなかったと、王はいうのかね？　危険はなかったと？　ピーターは馬から落ちた、落ちたのだよ。同じようにして、わしは妻を失った。落馬でね」かれは口を尖らせたり、引っこませたりした。「それとも、あれはただの売春婦だったかな？　そうだ、私生児ウォルダーの母親だった。今、思い出したぞ。彼女は落馬して頭を砕いた。もしピーターが首を折ったら、陛下はどうしますかね、ヘー？　孫の代償に、別の謝罪をしてくれるかね？　だめ、だめ、だめ。たとえあんたが王であっても――そうでないとはいわんよ、〈北の王〉なのだから、ヘー――わが家の屋根の下では、わしの言葉に従ってもらう。狼を婚礼に出席させるか、あんたが出席するか、どちらかだ。両方はだめだ」

　キャトリンは息子が激怒していることがわかった。だが、かれはできるだけ礼儀を守って、譲歩したのだった。〝もしウォルダー公が蛆虫だらけの鴉のシチューを出したいというなら〃かれは彼女にいったものだった。〃ぼくはそれを食べて、お代わりもするつもりだ〃と。そして、かれはそのとおりにしたのだった。〈グレート・ジョン〉はウォルダー公のもう一人の子供――こんどは〈にきび面《ピンプル》のピーター〉――を飲み負かしていた。〃この若者はかれの三分の一しか酒が飲めない。どうするつもりだったのだろう？〃アンバー公は口を拭い、立ち上がり、歌いだした。「熊がいた、熊が、熊が！　黒と茶色の毛むくじゃら！」かれの声はそれほど悪くなかったが、酔っぱらっているので、多少だみ声になっていた。不幸にして、上の柱廊のバイオリン弾きや太鼓叩きや笛吹きたちは『春の花々』を演奏していた。その曲が『熊と美女』の歌詞に合わないことは、粥の椀にカタツムリが似合わないのと同じようなものだった。あわれな〈ジングルベル〉さえもその不協和音に耳を覆った。

　ルース・ボルトンは聞こえないほど小さな声で何かつぶやいて、便所を探しにいった。混み合った広間には、客と行き来する給仕の絶え間ない騒音で溢れ返っていた。騎士やもっと身分の低い貴族たちのための宴会は、もう片方の城で騒々しく行なわれていると、彼女は知っていた。ウォルダー公はみずからの庶出の子供たちと孫たちを、川のそちら側に追いやっていた。だから、ロブの家来の北部人たちは、それを〈私生児の宴会〉と呼ぶようになっていた。疑いなく、賓客のいくらかはこっそり抜け出して、自分たちよりも私生児のほうが楽しくやっているのではないかと見にいった。中には遠くの野営地まで偵察にでかけていった者もいたかもしれない。下級の兵士たちがリヴァーラン城と双子《ツインズ》城の結婚に祝杯を上げることができるように、フレイ家はワインやエールや蜂蜜酒を車何台分も用意していたのだ。

　ロブは空いたボルトンの席にすわった。「あと数時間で、この茶番劇も終わりますよ、母上」彼は、〈グレート・ジョン〉が髪に蜂蜜を塗った乙女の歌を歌っているかたわらで、小声でいった。「〈黒《ブラック》のウォルダー〉はこんどだけは仔羊のようにおとなしくしていた。そして、エドミュア叔父は花嫁に充分に満足している」かれは彼女の隣のほうに身を乗り出していった。「サー・ライマン？」

　サー・ライマン・フレイは目をぱちくりして、いった。「はい、何でしょう？」

「オリヴァーに、北に進軍するとき、わたしの従士を務めてくれるように頼むつもりだったが」ロブはいった。「かれの姿が見えない。向こうの宴会に出ているのだろうか？」

「オリヴァーですか？」サー・ライマンは首を振った。「いや。いや、オリヴァーはいません……城から出ています。仕事で」

「わかった」ロブの口調はその逆を暗示していた。サー・ライマンがそれ以上何もいわないでいると、王はふたたび立ち上がった。「踊りませんか、母上？」

「ありがとう、でもやめておきます」頭がずきずき痛んでいるので、ダンスどころではなかったのだ。「きっとウォルダー公の娘さんのだれかが、よろこんでパートナーになりますよ」

「ああ、そうだね」かれはあきらめたように微笑した。

　このころには、楽士たちは『鉄の槍』を演奏していた。その一方で、〈グレート・ジョン〉は『元気な若者』を歌った。〝だれかがおたがいを引き合わせればよいのに。そうすれば、もっとよい和音が出るだろうに〟キャトリンはサー・ライマンのほうに向きなおった。

「あなたの従兄弟さんの一人が吟遊詩人だとうかがっていますが」

「アレサンダーといって、サイモンドの息子です。アリクスはかれの妹です」サー・ライマンは彼女がロビン・フリントと踊っているほうに杯を上げてみせた。

「今夜、アレサンダーはわたしたちのために歌ってくれるでしょうか？」

サー・ライマンは目を細めて彼女を見た。「だめです。かれはいません」かれは額の汗を拭い、よろよろと立ち上がった。「失礼します、マイ・レディ。ごめんください」キャトリンはかれが扉のほうによろよろと歩いていくのを見送った。

エドミュアはロズリンにキスをして、手を握っていた。広間の他の場所では、サー・マーク・パイパーとサー・ダンウェル・フレイが酒飲みゲームをしており、〈足悪のローサー〉がサー・ホスティーンに何かおもしろいことをいっており、フレイ家の若者の一人が、くすくす笑っている娘のグループの前で三本の短剣を手玉に取っており、〈ジングルベル〉が床にすわって指からワインを吸い取っていた。給仕たちは銀の大皿に汁気たっぷりのピンクのラム肉を山盛りにして運んできていた。これは、この晩餐でもっとも食欲をそそるご馳走だった。そして、ロブは踊りの輪の中で、デイシー・モーモントをリードしていた。

このレディ・メイジの長女は、鎖帷子《チェーン・メイル》の代わりにドレスを着ると、背が高く、すらりと優美な姿をしていて、長い顔を輝かせて恥ずかしそうに笑うととても美しかった。彼女が武術訓練場にいるときと同様にダンス場でも優雅に見えるのは、気持ちのよいものだった。キャトリンはレディ・メイジがもう地峡《ネック》に着いたろうかと思った。彼女は他の娘たちを連れていったが、デイシーはロブの戦友としてそばに残ることに決めたのだった。〝ロブは忠誠心を鼓吹する天分を、ネッドから受け継いでいるのだわ〟オリヴァー・フレイもまた彼女の息子に忠勤を励んでいた。かれはロブがジェインと結婚した後でさえも、そのそばに留まることを望んでいたと、ロブはいわなかったろうか？

〈関門橋《クロッシング》〉の領主は黒い樫《オーク》の塔のあいだに着席すると、しみのある手を打ち合わせた。その音はあまりにかすかで、台座にいる人々にもほとんど聞こえなかった。しかし、サー・エイニスとサー・ホスティーンがそれを見て、カップをテーブルに打ちつけはじめた。〈足悪のローサー〉がそれに加わり、それからマーク・パイパーとサー・ダンウェルとサー・レイマンドが加わった。まもなく賓客の半分がテーブルを打ちはじめた。ついに、柱廊の楽士の大群も気がついた。笛の音、太鼓の音、弦の音が小さくなり、静かになった。

「陛下」ウォルダー公が大きな声でロブに呼びかけた。「司祭《セプトン》は祈りを唱え、誓約が交わされ、エドミュア公はいとしいわが子を魚の旗印のマントでくるみました。しかし、まだ夫と妻になっていません。剣には鞘が必要です、へへ、そして結婚には床入りが必要です。陛下のご意見はいかがですか？　かれらを床入りさせるべきではありませんか？」

二十人かそれ以上のウォルダー・フレイの息子や孫がふたたびカップを打ちつけて、叫びだした。「ベッドへ！　ベッドへ！　かれらをベッドへ！」ロズリンは血の気を失っていた。

あの娘が恐れているのは、これから処女を失うと思うからか、それとも床入りの行事そのものなのか、とキャトリンは思った。こんなに大勢の兄弟姉妹がいるのだから、彼女がこの習慣を知らないはずはなかった。しかし、床入りさせられるのが自分だとなれば、話は違ってくるのだ。キャトリン自身の床入りの晩には、ジョリー・カッセルが急いで彼女のガウンを脱がせようとして、それを破ってしまい、また酔っぱらったデズモンド・グレルは猥褻な冗談を口にするたびに詫びを入れながら、冗談を連発したものだった。ダスティン公は彼女の裸体を見て、その乳はネッドが乳離れしたくないと思うほど美しい乳だといったものだった。

〝あの人も気の毒に〟と彼女は思った。かれはネッドとともに南に行って、ついに帰ってこなかったのだった。今晩、ここにいる人たちのうち何人が、今年が終わらないうちに死んでいるだろうかと思った。〝ずいぶん大勢だろう、気の毒に〟

ロブが片手を上げた。「よい時分だとウォルダー公がお思いならば、床入りをさせようではありませんか」

かれの意見に、賛成の大合唱が起こった。上の柱廊では、楽士たちが笛やラッパや弦楽器をふたたび取り上げて、『クイーンはサンダルを脱ぎ、キングは王冠を脱いだ』の演奏を始めた。〈ジングルベル〉は左右の足でぴょんぴょん跳びはねて、自分の冠を鳴らした。「わたしが聞いたところでは、タリーの男たちは足の間に牡鳥《コック》ではなく鱒《マス》をぶら下げているそうですよ」アリクス・フレイが大胆にも叫んだ。「それを起き上がらせるには、ミミズが要るかしら?」これに対してサー・マーク・パイパーがやり返した。「フレイの女たちにはひとつではなく二つの入り口があると、おれは聞いているぞ！」するとアリクスがいった。「ええ、あんたのような小さな物には、二つとも閉まって、閂《かんぬき》がかかっていますよ！」それに続いて大笑いが起こった。それからパトレック・マリスターがテーブルにのぼって、エドミュアの片目の魚に乾杯をしようと提案した。「それはでかいカワカマスだぞ！」かれは断言した。「いや、ハヤだと思うわ」キャトリンの横で、〈太めのウォルダ〉が叫んだ。それからふたたび「床入り！　床入り！」の大合唱が起こった。

客たちが台座の上に群がった。その先頭はあいかわらずもっとも酔っぱらっている者だった。男たちと少年がロズリンを取り囲んで空中に持ち上げ、一方では広間にいる乙女と母親たちがエドミュアを引き立たせ、服につかみかかった。かれは笑って、卑猥な冗談を投げ返したが、音楽がやかましくてキャトリンには聞こえなかった。だが、〈グレート・ジョン〉がいうのは聞こえた。「この小さな花嫁をおれにくれ」かれは大声で怒鳴りながら他の男たちを掻き分けて中に入り、ロズリンを肩に担いだ。「この小さな子を見ろ！　この娘にはぜんぜん肉がついていないぞ！」

キャトリンはその娘が気の毒になった。たいていの花嫁は悪意のない冗談を返すか、あるいは、少なくともおもしろがるふりをするものだ。ところがロズリンは恐怖で体をこわばらせ、まるで落とされるのが怖いとでもいうように、〈グレート・ジョン〉にしがみついた。

〝彼女は泣いてさえいるわ〟キャトリンはサー・マーク・パイパーが花嫁の片方の靴を脱がせるのを見て、気づいた。〝このあわれな子供に、エドミュアが優しくしてやればいいが〟

上の柱廊から、陽気で猥褻な音楽がまだ降り注いでいた。歌の中で、今王妃《クィーン》はスカートを脱いでいた、そして、王《キング》はチュニックを。

キャトリンは弟のまわりの女たちの群れに加わるべきだとわかっていた。しかし、そうしても彼女らの楽しみを台なしにするだけだと思った。今ここでもっとも感じたくないのは猥褻さだった。自分がそばに来ないのを、エドミュアはきっと許してくれると思った。打ちひしがれた気難しい姉の手で裸にされるよりも、二十人もの陽気に笑っているフレイ家の女たちに裸にされるほうがずっと楽しいだろうと。

新郎と新婦が着物を後に引きずって広間から運び出されると、キャトリンはロブも後に残っていることに気づいた。ウォルダー・フレイはひどく神経質になっているから、これを娘に対する侮辱と受け取るかもしれない。〝ロブはロズリンの床入りに加わるべきだ。それにしても、かれにそれを伝えるのはわたしの役目だろうか？〟彼女は緊張したが、他の人々もやはり残っていることに気づいた。〈にきび面のピーター〉とサー・ウェイレン・フレイはテーブルに頭をのせて眠りつづけていた。メレット・フレイはもう一杯ワインを自分で注ぎ、〈ジングルベル〉は退席した者の皿から盗み喰いをしながら歩きまわっていた。サー・ウェンデル・マンダリーは貪欲に仔羊の足にかぶりついていた。そして、もちろんウォルダー公は手助けなしに席を立つには弱りすぎていた。〝でも、かれはロブが行くことを期待しているだろう〟彼女はその老人が、陛下はなぜうちの娘の裸を見たがらないのかとたずねるのが、ほとんど聞こえそうに感じた。太鼓はふたたびドン、ドン、ドン、ドンと鳴っていた。

デイシー・モーモントは広間のキャトリンの隣に残った唯一の女性らしかったが、彼女はエドウィン・フレイの後ろに歩み寄り、その腕に軽く触れて、耳元で何かささやいた。エドウィンは不作法にもその手を荒々しく振り払った。「いや」かれは妙に大きな声でいった。「もう、ダンスには飽き飽きした」デイシーは青ざめて引き返した。キャトリンはゆっくりと立ち上がった。〝いったい何が起こったのだろう？〟一瞬前まで退屈しきっていた彼女の心を、疑惑の念がつかんだ。〝なんでもないわ〟彼女は自分にいい聞かそうとした。〝あなたは薪の山に妖怪を見ているのよ。あなたは悲嘆と恐怖で病気になった年寄りの愚かな女になったのよ〟しかし、何かが表情に現われたらしく、サー・ウェンデル・マンダリーさえも気がついた。「何か具合でも？」かれは両手で仔羊の足を握ったまままたずねた。

彼女はそれには答えず、エドウィン・フレイの後を追った。上の柱廊の楽士たちはついに、キングとクイーンを生まれたままのすっぽんぽんにしてしまっていた。ほとんど一瞬の間もおかずに、かれらはまったく別の種類の歌を演奏しはじめた。だれもその歌詞を歌わなかったが、それを聞いてキャトリンは『キャスタミアの雨《レイン》』だとわかった。エドウィンは急いで扉のほうに向かっていた。彼女は音楽に追われるようにして、いっそう足を速めた。急いで六歩あるくと、かれに追いついた。〝そしておまえはだれだと、誇り高い城主はいった、わたしがこんなに低く頭を下げなければならないのは？〟彼女はエドウィンの腕をつかんでこちらを向かせようとしたが、体じゅうがぞっとした。なぜなら、かれの絹の袖の下に鉄の小手がはまっているのを感じたからである。

キャトリンはかれの唇が傷つくほど強く、その頬をひっぱたいた。〝オリヴァーも〟彼女は思った。〝そして、パーウィンも、アレサンダーも、みんないない。そして、ロズリンは泣いていた……〟

エドウィン・フレイは彼女を脇に押し退けた。音楽は他のすべての音をかき消して、まるで石そのものが鳴っているかのように壁に反響していた。ロブはエドウィンを怒った顔で睨み、行く手を遮ろうとした……そして、突然よろめいた。肩のすぐ下の脇腹に弩弓《クロスボウ》の矢が刺さっていた。この時、たとえかれが悲鳴を上げたとしても、その声は笛、ラッパ、弦楽器の音に飲みこまれてしまった。キャトリンは二本目の矢がかれの足を貫くのを見、かれが倒れるのを見た。上の柱廊では、楽士の半数が太鼓やリュートではなく弩弓を手にしていた。彼女は息子に駆け寄ったが、何かが腰のくびれに当たり、固い石の床にどさりと倒れた。「ロブ！」彼女は絶叫した。〈スモール・ジョン〉こと息子のアンバーがテーブルの板に組みついて架台からはずすのが見えた。その板に弩弓の矢が一本、二本、三本と突き刺さり、かれは王の体の上にその板を投げ下ろした。ロビン・フリントはフレイ家の者に取り囲まれ、短剣でめった刺しにされていた。サー・ウェンデル・マンダリーは仔羊の足を持ったまま、ぎごちなく立ち上がった。その開いた口に一本の矢が刺さり、首の後ろから突き出た。サー・ウェンデルは前に崩れ落ち、架台からテーブルの板を打ちはずし、カップや瓶や木皿や金属の皿や蕪や大根やワインをはねとばし、こぼし、床に散乱させた。

キャトリンは背中に火がついたように感じた。〝かれのそばに行かなくては〟〈スモール

・ジョン〉がサー・レイマンド・フレイの顔を羊の足で横殴りにした。しかし、剣帯に手を伸ばしたときに、一本の矢を受けて膝をついた。〝金の毛皮でも赤の毛皮でも、獅子にはまだ爪があります〟

　彼女はルーカス・ブラックウッドがサー・ホスティーン・フレイに切り倒されるのを見た。ヴァンス家の一人はサー・ハリス・ヘイと格闘しているときに、〈黒のウォルダー〉に膝の腱を切断された。〝そして、わたしの爪は長くて鋭いですよ、殿さま、あなたのものが長くて鋭いのと同様に〟弩弓はドネル・ロックを、オーウェン・ノレイを、そしてさらに一ダースの者を倒した。若いサー・ベンフリーがデイシー・モーモントの腕をつかんだが、彼女は別の手で酒瓶を振り上げてそいつの顔をまともに殴り、扉のほうに逃げるのをキャトリンは見た。彼女がそこに行き着く前に扉はさっと開いて、頭のてっぺんから足の先まで甲冑に身を固めたサー・ライマン・フレイが広間に押し入ってきた。かれの背後の扉を一ダースのフレイ家の兵士が固めていた。かれらは重い長柄の斧で武装していた。

「助けて！」キャトリンは叫んだが、ラッパや太鼓や鋼のぶつかり合う音がその願いをかき消した。サー・ライマンが斧をデイシーの腹に打ちこんだ。このころには他の扉からも兵士たちがなだれこんできた。かれらは鎖帷子《チェーン・メイル》に毛むくじゃらの毛皮のマントを着て、武器を手にしていた。〝北部人だ！〟彼女は救いが来たと瞬間的に判断した。だが、その一人が巨大な斧を二振りして、〈スモール・ジョン〉の首をはねた。希望は嵐の中の灯火のように吹き消された。

殺戮のまんなかで、〈関門橋《クロッシング》〉の領主は彫刻のある樫《オーク》の玉座にすわり、貪欲な目で眺めていた。

数十センチ先の床に一本の短剣があった。たぶんそれは、〈スモール・ジョン〉がテーブルの板を架台からはずしたときに滑り落ちたものだろう。あるいは、だれか死にかけた男の手から落ちたものかもしれない。キャトリンはそちらに這っていった。手足は鉛のように重く、口には血の味がした。〝ウォルダー・フレイを殺してやる〟と彼女は思った。テーブルの下に隠れていた〈ジングルベル〉のほうが、その短剣に近かったが、彼女がその刃物を引っつかむと、かれは尻ごみするばかりだった。〝あの老人を殺してやる。少なくとも、それくらいのことはできる〟

この時、ロブの上に〈スモール・ジョン〉が投げかけたテーブルの板が動き、彼女の息子がよろよろと膝をついて起き上がった。かれの脇腹に一本の矢が刺さっており、足にももう一本、胸をもう一本が貫いていた。ウォルダー公が手を上げると、音楽がやみ、ひとつの太鼓の音だけになった。キャトリンは遠くで戦闘が始まった音を聞き、もっと近くで狼の荒々しい遠吠えを聞いた。〝グレイウィンドだ〟彼女は遅ればせながら思い出した。「ヘー」ウォルダー公が鵞鳥のような声でロブにいった。「〈北の王〉が起き上がる。家の者があんたの家来を何人か殺したらしいな、陛下。おう、しかし、わしはあんたに謝ろう。そうすれば、みんな修復できるだろう、ヘー」

キャトリンは〈ジングルベル〉ことエイゴン・フレイの長い灰色の髪を握って、その隠れ家から引き出した。「ウォルダー公！」彼女は叫んだ。「ウォルダー公！」太鼓の音がゆっくりと響き渡った。ドーン、ドーン、ドーン。「もういい」キャトリンはいった。「もういい、というんです。あなたは裏切りで裏切りに仕返しをしたが、もう終わりにしましょう」彼女は〈ジングルベル〉の喉に短剣を押し当てたとき、ブランの病室の記憶と、自分の喉に当てられた鋼の触感を思い出した。太鼓がドーン、ドーン、ドーン、ドーンと鳴っていた。「お願い」彼女はいった。「かれはわたしの息子です。わたしの最初の息子であり、最後の息子です。かれを助けてください。かれを助けてくれれば、このことは忘れると誓います……あなたがここでやったことはすべて忘れます。古今の神々にかけて誓います、わたしたちは、ふ……復讐をしないと……」

ウォルダー公は信じられないような目つきで彼女を見た。「そんなたわごとを信じるのは愚か者だけだ。わしを愚か者と思っているのか、マイ・レディ？」

「父親と思っています。わたしを人質に取りなさい、もしまだエドミュアを殺していないなら、かれも人質にしなさい。でも、ロブは行かせて」

「だめだ」ロブの声はかすかなささやき声だった。「母上、だめです……」

「いや。ロブ、立ちなさい。立って、出ていきなさい、お願い、お願い。自分を救って……わたしのためでなくても、ジェインのために」

「ジェイン？」ロブはテーブルの端をつかんで、やっと立った。「母上」かれはいった。

「グレイウィンドが……」

「かれのところに行きなさい。さあ。ロブ、ここから出ていきなさい」

ウォルダー公が鼻を鳴らした。「どうして、わしがかれにそんなことをさせようか？」

彼女は刃物を〈ジングルベル〉の喉にさらに深く押しつけた。その知能の低い男は彼女に向かって目をぎょろぎょろさせて無言の哀願をした。いやな匂いが彼女の鼻を襲った。だが、彼女は太鼓のドーン、ドーン、ドーンという絶え間ないいやな音を気にかけないと同様に、その悪臭をも気にかけなかった。サー・ライマンと〈黒のウォルダー〉が彼女の背後にまわっていったが、キャトリンは気にかけなかった。かれらは彼女を思うがままにできた。投獄でも、強姦でも、殺戮でも、どんなことでも。彼女は長く生きすぎた。そして、ネッドが待っていた。彼女が心配するのはロブのことだった。「タリー家の名誉にかけて」彼女はウォルダー公にいった。「スターク家の名誉にかけて、あなたの息子の命とロブの命を交換します。息子には息子を」彼女の手がひどく震えて、〈ジングルベル〉の頭の鈴がチリンチリンと鳴った。

ドーン、太鼓が鳴った、ドーン、ドーン、ドーン。老人は唇を出したり引っこめたりした。キャトリンの手の短剣が震え、汗でぬるぬるした。「息子には息子を、へー」かれは繰り返した。「だが、それは孫だぞ……しかも、あまり役に立たない」

黒い甲冑と、薄いピンクの地に血が点々とついたマントをまとった男が、ロブに近寄った。「ジェイミー・ラニスターがよろしくいっている」かれは長剣を彼女の息子の胸に突き刺して、捩じった。

ロブは約束を守らなかったが、キャトリンは約束を守った。彼女はエイゴンの頭髪をぎゅっとつかみ、刃が骨に当たるまで短剣をごしごし動かした。彼女の指に熱い血が流れた。かれの小さな鈴がリン、リン、リン、リン鳴りつづけ、太鼓はドーン、ドーン、ドーンと鳴っていた。

最後に、だれかが彼女の手から短剣を取り上げた。彼女の頬を流れる涙は酢のように熱く感じられた。十羽の獰猛な鴉が鋭い鉤爪で彼女の顔を掻きむしり、肉を細く掻き取り、赤い血が流れる深い溝を残した。彼女はその血の味を舌で感じることができた。

〝とても悲しい〟と彼女は思った。〝子供たち、ネッド、かわいい幼子のすべて。リコン、ブラン、アリア、サンサ、ロブ……ロブ……お願い、ネッド、お願い、止めて、苦しみを止めて……〟白い涙と赤い血が一緒に流れ、彼女の顔が、ネッドが愛していた顔が、ずたずたに引き裂かれた。キャトリン・スタークは両手を上げて、血が長い指を流れ落ち、手首を越えて、ガウンの袖に流れこむのを見つめた。赤い蚯蚓《ミミズ》がゆっくりと腕を這い、衣服の下を這っていった。〝くすぐったい〟そのために彼女は金切り声で笑いだした。「発狂した」だれかがいった。「彼女は気が狂ったぞ」まただれか他の者がいった。「とどめを刺せ」そして、一本の手が、ちょうど彼女が〈ジングルベル〉に対してやったように、彼女の頭をつかんだ。

〝いや、やめて、わたしの髪を切らないで、ネッドはこの髪が好きなのよ〟それから鋼が彼女の喉に当たった。その刃は赤く、冷たかった。

52――アリア

宴会のテントはもうかれらの後ろになった。かれらは濡れた粘土と裂けた草の上をガボガボ進んでいき、明るいところから出て、また暗いところに入っていった。前方に城門楼が不気味にそびえていた。城壁の上で松明が動くのが見えた。炎が風に吹かれて踊っているようだった。その光が、濡れた鎖帷子《チェーン・メイル》や兜に鈍く反射した。双子城《ツインズ》をつなぐ暗い石橋の上を、さらに多くの松明が動いていた。その列が西の堤から東の堤に向かって流れた。

「城は閉まっていないよ」アリアが突然いった。さっきの下士官は閉まっているだろうといったが、それは間違いだった。彼女が見つめている間にも、落とし格子が引き上げられ、増水した濠を渡るための跳ね橋はすでに下ろされていた。彼女は自分たちをフレイ公の衛兵が通してくれないかもしれないと心配していた。ほんの一瞬、彼女は心配のために微笑むこともできず、唇を嚙んだ。

〈猟犬《ハウンド》〉が突然馬を止めたので、彼女は荷車から落ちそうになった。「こんちくしょうめ」アリアはかれが罵るのを聞いた。荷車の左の車輪が柔らかな土に沈みはじめた。荷車はゆっくりと傾いた。「下りろ」クレゲインは彼女に向かって叫び、手首で彼女の肩を横殴りにした。彼女はシリオに教わったように、軽やかに着地した。そして、泥だらけになった顔で跳ね起きた。「なぜ、こんなことするの？」彼女は金切り声でいった。〈ハウンド〉も飛び下りていた。そして、荷車の前の座席を引き剝がして手をさしこみ、その下に隠しておいた剣帯に手をかけた。

この時はじめて彼女は騎馬隊が城門から鋼と火の川となって流れ出てくるのに気づいたのだった。跳ね橋を渡る軍馬の雷鳴のような音も、二つの城から聞こえてくる太鼓の音にほとんどかき消された。兵士も馬も板金鎧《プレート・アーマー》をつけ、十人に一人は松明を持っていた。その他の者は斧を携えていた。先端に刺がついていて、骨を砕き甲冑を粉砕する重い刃のついた、長柄の斧を。

彼女はどこか遠くで狼の声を聞いた。それは野営地の騒音や音楽や、川の激流の低い不気味な唸りに較べれば、それほど大きな声ではなかった。にもかかわらず、彼女にはそれが聞こえた。もっとも、それを聞き取ったのは彼女の耳ではなかったのかもしれないが。その音は怒りと悲しみに研ぎ澄まされた鋭利なナイフのように、震えながらアリアの体を刺し貫いた。ますます大勢の騎士が城から出てきた。松明と長柄の斧を持った騎士や従士や自由騎兵たちが、終わりのない四列縦隊を作って。そして、かれらの後からも騒音が聞こえた。

アリアが見まわすと、それまで三つあった宴会の大テントが二つしかなかった。中央のテントはつぶれてしまっていた。一瞬、彼女は自分の見ているものが理解できなかった。それから、つぶれたテントから炎がめらめらと立ち昇った。そして今では他の二つもつぶれかけていて、重いオイルクロスが下の人間の上に覆いかぶさっていた。空中を一筋の火矢の光が走った。二つめのテントに引火し、それから三つめも。悲鳴が大きくなり、楽器の音を透してその言葉が聞こえるほどになった。その炎の前を暗い人影が動き、かれらの甲冑の鋼がオレンジ色に輝くのが遠くから見えた。

〝戦《いくさ》だ〟とアリアは気づいた。〝これは戦だ。そして、あの騎兵隊は……〟

それから彼女はテントをそれ以上見ている暇がなくなった。川が堤から溢れているので、跳ね橋の端の暗く渦巻く水は馬の腹にまで達していた。しかし、騎兵はそれにかまわず、音楽にせき立てるられるようにして、水しぶきを上げて通り抜けた。一度だけ、両方の城から同じ歌が聞こえてきた。〝この歌は知っている〟アリアは不意に気づいた。逆徒の仲間があの酒蔵に泊まったあの雨の夜に、〈七つのトム《トム・オ・セヴン》〉が歌ってくれた歌だ。〝そしておまえはだれだと、誇り高い城主はいった、わたしがこんなに低く頭を下げなければならないのは？〟

フレイ家の騎兵は泥と葦の中を必死に渡っていたが、そのいくらかが荷車に気づいた。三人の騎手が隊列を離れて、勢いよく浅瀬を走ってくるのが見えた。〝毛色の変わった一匹の猫にすぎませんよ、それだけは確かな話です〟

クレゲインは剣を一振りして、ストレンジャーを荷車から切り離し、その背中に飛び乗った。その馬は何を求められているか知っていた。そいつは耳を立ててぴくぴく動かし、向きを変えて突撃してくる軍馬のほうに向かった。〝金の毛皮でも赤の毛皮でも、獅子にはまだ爪があります、そしてわたしの爪は長くて鋭いですよ、殿さま、あなたのものが長くて鋭いのと同様に〃これまでアリアは、〈ハウンド〉が死ぬように何百回も何千回も祈ってきた。しかし、今は……彼女の手に石があった。泥でぬるぬるした石が。それをいつ拾い上げたか彼女は覚えていなかった。〃だれに、投げつけてやろうか？〃

クレゲインが最初の長柄の斧を打ち払ったとき、その金属のぶつかる音を聞いて、彼女は飛び上がった。かれが最初の相手と戦っている間に、もう一人が後ろにまわり、かれの腰のくびれを狙って打ちかかった。ストレンジャーがぐるぐるまわっていたので、その打撃は逸れて、〈ハウンド〉のだぶだぶの農夫の服に大きな裂け目ができて、下の鎖帷子《チェーン・メイル》が露出しただけだった。〃かれは一人で三人を相手にして戦っている〃アリアはまだ石を握っていた。〃きっとかれらはかれを殺すだろう〃彼女はマイカーを思い出した。束の間の友人だった肉屋の息子を。

それから、三人目の騎手が自分のほうに向かってくるのが見えた。アリアは荷車の後ろに隠れた。〃恐怖は剣よりも深い傷をつくる〃彼女は太鼓の音、戦の角笛の音、笛の音、馬のいななき、剣と剣のぶつかる音を聞いたが、そのすべてはずっと遠くから聞こえるように思われた。突進してくる騎手とその手に握られている長柄の斧だけが目に入った。そいつは鎧の上に外衣をつけていたが、それに二つの塔の紋章が見えたので、フレイ家の者だとわかった。彼女は理解できなかった。叔父がフレイ公の娘と結婚しようとしている。フレイ家は兄の味方だった。「やめて！」相手が荷車の後ろにまわってきたので、彼女は絶叫した。だが、そいつは意に介さなかった。

そいつが打ちかかってきたとき、アリアは石を投げた。ジェンドリーに林檎《リンゴ》を投げつけたように。あの時にはジェンドリーの眉間に命中させることができたのに、こんどは狙いが逸れ、石はそいつのこめかみから斜めに跳ね返った。それで突進を中断させることはできたが、それだけだった。彼女は爪先で地面の泥を踏んで横に跳び、また荷車の後ろに逃げた。騎士は馬を軽く走らせて後を追った。その面頬の視孔の背後は真っ暗だった。彼女はかれの兜をへこませることとすらできなかったのだった。二人は一回、二回、三回とまわった。その騎士が彼女を罵った。「さあ、観念しろ——」

斧の刃がそいつの後頭部にまともに当たり、兜とその内側の頭蓋骨を打ち砕き、騎士は鞍からまっさかさまに落下した。かれの後ろに、まだストレンジャーにまたがった〈ハウンド〉がいた。〝どうやって斧を取り出したの？〟とたずねようとしたとき、彼女は見た。もう一人のフレイ家の家来が瀕死の馬の下敷きになり、深さ三十センチの水の中で溺れていた。三人目の男は仰向けに倒れて、身動きしなかった。そいつは頸甲さえつけておらず、顎の下から折れた剣が三十センチほど突き出していた。

「おれの兜を取ってくれ」クレゲインが彼女に向かって怒鳴った。

それは荷車の後ろの、酢漬けの豚足の後ろの、乾燥林檎の袋の底に押しこんであった。アリアはその袋をさかさまにして、兜をかれに放った。かれはそれを片手で空中で受け取り、頭からかぶった。すると、その男がまたがっていたところには、火に向かって唸っている鋼鉄の犬だけが残った。

かれだけ生かしておくと思うか？」かれは野営地のほうを振り返った。「見ろ。見ろ。きさま」

野営地は戦場と化していた。〝いや、地獄だ〟宴会のテントから立ち昇る炎は、中天に達していた。いくつかの兵士用のテントも、また数十張りの絹のパビリオンも燃えていた。あらゆる場所で剣が歌を歌っていた。〝しかし今、雨がかれの広間の上ですすり泣く、聞く者はそこに一人もいないのに〟二人の騎士が一人の逃げる兵士を、馬で踏みにじるのが見えた。燃えているテントのひとつに木の樽が落下して破裂し、炎が二倍の高さに跳ね上がった。

〝投石機だ〟と彼女は気づいた。油かピッチか何かが、城から投げ飛ばされているのだ。

「一緒にこい」サンダー・クレゲインは手を下に伸ばした。「ここから脱出しなければならない、それも今すぐに」ストレンジャーは待ちきれないように頭を激しく揺すった。血の匂いを嗅いで、鼻孔をうごめかしながら。歌は終わった。ただひとつの太鼓が鳴っているだけだった。そのゆっくりした単調な響きが、何か猛獣の心臓の鼓動のように川面《かわも》に反響した。黒い空は涙を流して泣き、川は唸り、人は罵り、死んだ。アリアの歯に泥がつき、顔が濡れた。〝雨だ。ただの雨だ。それだけのことだ〟「わたしたちここにいるわよ」彼女は叫んだ。その声はかぼそく、怯えた幼い少女の声だった。「ロブがあの城の中にいる、そして母さんも。城門は開いてさえいるわ」もはや、流れ出してくるフレィ兵はいなかった。〝やっと、ここにたどり着いた〟「行って、母さんを助け出さなければ」

「わたしの兄さんは……」

「死んだ」かれは彼女に怒鳴り返した。「やつらが家来を殺して、

「ばかな小娘だ」かれの兜の口吻にギラギラと光が反射し、鋼の歯を輝かせた。「入っていったら、出てこられないぞ。もしかしたら、フレイはおまえの母親の死骸にキスさせてくれるかもしれないがな」

「もしかしたら、彼女を救うことができるかも……」

「おまえにはできるかもしれん。おれはまだ命が惜しい」かれは彼女のほうに馬を寄せた。彼女の背中が荷車に触れた。「残るか、行くか、牝狼。生きるか、死ぬか。おまえの――」

アリアはくるりと背を向けて、城門に向かって走り出した。落とし格子が下がりはじめていたが、それはゆっくりだった。〝もっと速く走らなければ〟だが、泥のために、それから水のために、スピードが鈍った。〝狼のように速く走れ〟跳ね橋が上がりはじめていて、それから水が膜のようになって流れ落ち、泥が重くて柔らかな塊になって落ちていた。〝もっと速く〟彼女は水がはねる大きな音を聞いた。振り返ると、ストレンジャーが追ってくるのが見えた。一足ごとに水をはねとばしながら。また、長柄の斧も見えた。まだ血と脳味噌で濡れているやつが。そして、アリアは走った。今は兄のところにではなく、母のところにでさえもなく、自分自身を助けるために。今までこんなに速く走ったことはなかった。首を縮めて足で激しく水を踏みしだき、かつてマイカーが懸命に逃げたと同様に、彼女はかれから逃げた。

かれの斧が彼女の後頭部を打った。

53　ティリオン

かれらはしばしばそうするように、二人だけで食事をした。

「豆が煮えすぎですね」かれの妻は思い切って一言いった。

「かまわないよ」かれはいった。「羊肉だってそうだ」

これは冗談だったが、サンサは批判と受け取った。「ごめんなさい、ご主人さま」

「なぜ？　謝るべきは料理人だ。きみではない。豆はきみの責任ではないよ、サンサ」

「あ……あの、ご主人さまのご不興を、申しわけないと」

「わたしが感じているどんな不興も、きみとはなんの関係もない。わたしを不快にしているのはジョフリーと姉だ。そして父上と、いまいましい三百人のドーン人どもだ」かれは公弟《プリンス》オベリンとその家来の貴族たちを、赤の王城《レッド・キープ》から完全に締め出さずに、しかも、できるだけタイレル家と離して、町に面した角の城砦に泊めていたのだった。それでも決して離しすぎではなかった。すでに蚤の溜まり場《フリーボトム》の飲み屋で喧嘩騒ぎがあり、一人のタイレル兵が死に、ガーガレン公の兵士の二人が火傷をし、また、中庭ではメイス・タイレルの萎びた皺くちゃな母親が、エラリア・サンドを〝毒蛇の売春婦〟と呼んだので、醜いいさかいが生じた。オベリン・マーテルはティリオンの顔を見ると、いつ裁きが行なわれるのかと必ずたずねた。煮すぎの豆はティリオンのトラブルの中でもっともささいなものだったが、そんなことで若い妻に重荷を背負わせても意味がないとかれは思った。サンサは彼女自身の悲しみを充分にかかえているのだから。

「豆はこれで結構」かれは彼女にそっけなくいった。「緑色で丸い。エンドウ豆にそれ以上を期待できるだろうか？　さあ、奥方に異存がなければ、お代わりをもらおう」かれが招くと、ポドリック・ペインがかれの皿に、羊の肉が見えなくなるほどたくさんの豆をすくい入れた。〝しまった〟とかれは思った。〝これを全部食べなくてはならない。さもないと、彼女は謝罪をふたたび繰り返すことになるだろう〟

　晩餐はいつものようにぎごちない沈黙のうちに終わった。その後、ポッドが杯や皿を片づけているときに、サンサが〈神々の森〉にでかけてもよいかとティリオンにたずねた。

「お気に召すままに」かれは妻の夜の勤行に慣れてきていた。彼女は王家の聖堂《セプト》でもお祈りをして、しばしば〈慈母〉、〈乙女〉、〈老媼《ろうう》〉に灯明を上げた。実をいえば、これだけの信心は過剰だとティリオンは感じたが、彼女の立場にたてば、自分も神々の助けを求めたくなるかもしれなかった。「白状するが、わたしは古《いにしえ》の神々のことをほとんど知らないのだよ」かれはつとめて明るい口調でいった。「そのうちにきみに感化されて、一緒に行くようになるかもしれないぞ」

「いいえ」サンサはすぐにいった。「お……お優しいことをいってくださるけれど、……これは勤行ではありませんご主人さま。司祭《セプトン》もおらず、歌も、灯明もないのですから。あるのは木と無言の祈りだけです。あなたは退屈するでしょう」

「そのとおりだろう」〝彼女は、おれが思う以上に、おれのことをよく知っている〟「しかし、司祭《セプトン》が眠そうな声で神の七つの恩寵について、くどくどと唱えるのを聞くよりも、木々の葉擦れの音のほうが快い気分転換になると思うが」ティリオンは行けというように手を振った。「邪魔をするつもりはない。温かい着物を着ていくんだよ、マイ・レディ。外は風が強いから」彼女が何を祈るのか、かれはたずねたいと思った。しかし、サンサはとても従順なので実際に話をするかもしれないが、自分がそれを本当に知りたがっているとは思えなかった。

彼女が出ていくと、かれは仕事に戻り、迷路のような〈小指《リトルフィンガー》〉の元帳をたどって、いくらかの黄金のドラゴンの行方を調べた。〈リトルフィンガー〉ことピーター・ベイリッシュは黄金を退蔵して埃だらけにするのがよいとは考えていなかった。それは確かだった。しかし、かれの勘定を理解しようとすればするほど、頭が痛くなるのだった。ドラゴンを金庫の中に閉じこめておくよりも繁殖させようという話は、それなりに誠に結構だった。しかし、これらの投機のいくらかは一週間も放置した魚よりひどい悪臭を放っていた。〝こんなに大勢の牡鹿の旗印をつけた馬鹿者どもが王家から借金をしていたと知っていたら、あんなにあわてて、ジョフリーにかれらを城壁の上から投げ飛ばさせはしなかったろうに〟ブロンをやってかれらの跡取りを探させなければならないとも思ったが、そんなことをしても銀色の魚から銀を絞り出そうとするようなものではないかと思われた。

父上から呼び出しが来たとき、昔はサー・ボロス・ブラントに会うのが嬉しかったものだと、ティリオンは久しぶりに思い出した。かれはほっとして元帳を閉じ、オイルランプを吹き消し、肩にマントを巻きつけ、そして、城の反対側の〈手の塔〉までよちよちと歩いていった。サンサに警告したように、外は実際に風が強かった。そして、空気に雨の匂いがした。タイウィン公の話がすんだら、〈神々の森〉に行って、彼女がずぶ濡れにならないうちに連れ帰らなければならないだろうと思った。

しかし、〈王の手〉の居室に入ると、サーセイ、サー・ケヴァン、そしてグランド・メイスター・パイセルが、タイウィン公と王のまわりに集まっていたので、その考えは頭から吹っ飛んでしまった。ジョフリーは踊りだしそうだったし、サーセイはおつに澄まして微笑を浮かべていたが、タイウィン公は相変わらず苦虫を嚙みつぶしたような顔をしていた。〝この人は笑いたくても、笑えないんじゃないのか〟「何かあったのですか？」ティリオンはたずねた。

かれの父は羊皮紙の巻物をかれに渡した。だれかが、それを平らに開いておいたが、その巻物はまだ丸まりたがっていた。〝ロズリンは立派な太った鱒《マス》を捕らえた〟その手紙にはこう書いてあった。〝彼女の兄弟は、結婚の贈り物として彼女に二枚の狼の生皮を与えた〟ティリオンはそれを裏返して、破れた封印を調べた。封蠟は銀灰色で、それにフレイ家の双子の塔の刻印が押されていた。「〈関門橋《クロッシング》〉の領主は詩人のつもりなのかなあ？　それともわれわれを混乱させようとしているのだろうか？」ティリオンは鼻を鳴らした。「この鱒《マス》はエドミュア・タリーだろう。生皮とは……」

「あいつは死んだ！」ジョフリーは自分の手でロブ・スタークの皮を剝いだと思っているかのように、得意になっていった。

〝まずグレイジョイ、そしてこんどはスタークか〟ティリオンは今も〈神々の森〉で祈っている自分の幼な妻を思い出した。〝きっと、兄を勝たせてくれるように、そして、母を安全に守ってくれるように、父親の神々に祈っていることだろう〟しかし、古《いにしえ》の神々も今の神々同様に祈りに応えてはくれなかったらしい。おそらく、ティリオンはこれを慰めとすべきだろう。「この秋は、王たちが木の葉のように散っている」かれはいった。「どうやら、われわれのささやかな戦いは自動的に勝っているようだ」

「戦《いくさ》というものは自動的に勝てるものではないわよ、ティリオン」サーセイは不快極まる優しさでいった。「わたしたちの父上がこの戦に勝ったのよ」

「野に敵がいるかぎり、何も勝ち取ることはできない」タイウィン公はかれらを戒めた。

「河岸《リヴァーローズ》の諸公は決して愚かではありません」サーセイ太后《クイーン》は反論した。「北部人がいなければ、かれらはハイガーデン城、キャスタリーの磐《ロック》城、およびドーンの連合軍に対抗できる望みはありません。きっとかれらは破滅よりむしろ服従を選ぶでしょう」

「おそらく」タイウィン公はうなずいた。「リヴァーラン城は残るが、ウォルダー・フレイがエドミュア・タリーを人質に捕らえているかぎり、〈漆黒の魚《ブラックフィッシュ》〉は脅威にはなるまい。ジエイソン・マリスターとタイトス・ブラックウッドは名誉のために戦いを続けるだろう。しかし、フレイ勢はマリスター勢を海の護り城《シーガード》に閉じこめておくことができる。そして、上手に誘導すれば、ジョノス・ブラッケンを説得して臣従の誓いを変更させ、ブラックウッド勢を攻撃させることができる。結局かれらは必ず膝を屈するだろう。わたしは寛大な条件を提示するつもりだ。われわれに降伏する城はどんなものも助命する。ひとつを除いてな」

「ハレンの巨城《ホール》ですね？」父親の人柄を知っているティリオンがいった。

「あの〈勇武党《ブレイヴ・コンパニオンズ》〉とやらを、国内から駆逐したほうがいい。すでにサー・グレガーに、あの城を剣にかけるように命じてある」

〝グレガー・クレゲインか〟まるで、かれの父親は〈山《マウンテン》〉ことクレゲインをドーンの法に照らして処断する前に、〝山《マウンテン》〟を掘って鉱石の最後のひとかけらまで取り出すつもりでいるようだった。〈勇武党〉は曝《さら》し首にされて果てるだろう、そして〈リトルフィンガー〉はあの立派な衣服に血のしみひとつつけずにハレンホールにぶらぶらと入っていくだろう。ピーター・ベイリッシュはもう谷間《ヴェイル》に着いたろうかと、ティリオンは思った。〝もし、神々が慈悲深ければ、かれは海で嵐にあって沈むだろう〟しかし神々が特別に慈悲深かったことなど、かつてあったろうか？

「かれらを全員剣にかけろ」ジョフリーがだしぬけに宣言した。「マリスターもブラックウッドもブラッケンも……すべて。かれらは反逆者だ。かれらを殺せ、祖父よ。寛大な条件など、提示したくないぞ」王はグランド・メイスター・パイセルに向かっていった。「そして、ロブ・スタークの首も欲しい。フレイ公に手紙でそのように伝えろ。王の命令だ。余の婚礼の祝宴のときに、サンサに出すつもりだ」

「陛下」サー・ケヴァンがびっくりした声でいった。「あのレディは結婚によって、今はあなたの叔母になっています」

「冗談ですよ」サーセイが微笑した。「ジョフは本気でいったのではありません」

「いや、本気だ」ジョフリーはいい張った。「かれは謀叛人だった。おれはかれの愚かな首が欲しい。サンサにキスさせてやるつもりだ」

「いかん」ティリオンは嗄《かす》れ声でいった。「サンサはもはやおまえの拷問の対象ではないぞ。わかったか、怪物め」

ジョフリーはせせら笑った。「叔父よ、怪物はおまえだ」

「わたしが？」ティリオンは頭を上げた。「では、もうちょっと穏やかに話しかけるべきですな。怪物は危険な獣だぞ。そして、ちょうど今は王たちが蝿のように死んでいるようだから」

「そんなことをいうと、舌を引っこ抜かせてもよいのだぞ」少年王は顔を紅潮させていった。

「おれは王だ」

サーセイは息子を守るように、その肩に手を置いた。「こびとには、いいたいことをいわせておきなさい、ジョフ。わたしは父上と叔父上にかれがどんな人物か知ってもらいたいのよ」

タイウィン公はこれを無視して、ジョフリーに向かっていった。「エイリスも自分が王だということを、人々に思い出させる必要があると感じた。そして、舌を引っこ抜くのが好きだと見なされていた。サー・イリーン・ペインに聞けばわかる。もっとも、返事は得られないだろうがな」

「サー・イリーン・ペインは決して、あなたの〈小鬼《インプ》〉がジョフを挑発したようには、エイリスを挑発しませんでしたよ」サーセイがいった。「みなさん聞いたでしょう。〝怪物〟とかれはいったのですよ。国王陛下に対して。そして、かれは王を脅迫し……」

「黙れ、サーセイ。ジョフリー、敵があえておまえに反抗したら、かれらに鋼と炎を差し出さねばならぬ。しかし、かれらがひざまずけば、かれらを助け起こさねばならぬ。さもないと、だれもおまえに膝を屈する者はいなくなるだろう。そして、いかなる人も、〝おれは王だ〟と主張する者は、決して真の王ではないのだ。それを、エイリスはまったく理解していなかったが、おまえはわかるだろう。おまえのために、わたしがおまえの戦を勝利に導けば、われわれは王の平和と王の正義を回復することになる。おまえが気にすべき唯一の首《ヘッド》はマージェリー・タイレルの処女膜《ヴァージンヘッド》だけだ」

ジョフリーはいつものむっつりした膨れ面を見せた。サーセイはその肩をしっかりとつかんだ。しかし、もしかしたらかれの喉《ロック》をつかむべきだったかもしれない。その少年はみんなを驚かせた。ジョフはこそこそと保護者の下に逃げこまずに、挑戦的にきりっと体を起こしていった。「祖父よ、あんたはエイリスのことをそんなふうにいうが、かれを怖がっていたじゃないか」

〝おや、まあ、おもしろいことになってきたぞ〟とティリオンは思った。

タイウィン公は黙ったまま、薄緑色の目の中の、金色の斑点を輝かせて孫を見つめた。

「ジョフリー、お祖父さまにお謝りなさい」サーセイがいった。

かれは彼女の手を振り払った。「なぜ、謝らなければならない？　これが本当だということはみな知っている。おれの父はすべての合戦に勝った。かれはプリンス・レイガーを殺し、王冠を取った。ところが、おまえの父親はキャスタリー・ロック城の下に隠れていたぞ」その少年は自分の祖父を傲慢な目つきで見た。「強い王は口先だけでなく、大胆にふるまうものだ」

「そのように教えていただいて、ありがとうございます、陛下」タイウィン公は聞く者の耳が凍りつくような、冷たい四角張った口調でいった。「サー・ケヴァン、王はお疲れのご様子だ。どうか、安全に寝室に連れ戻してくれ。パイセル、陛下が安らかにお休みになれるように、穏やかな飲み薬を差し上げてくれないか？」

「ドリームワインでも差し上げましょうか？」

「ドリームワインなんか要らない」ジョフリーはいい張った。

タイウィン公は片隅でキーキー鳴く鼠ほどにも、かれに注意を払わなかった。「ドリームワインでよかろう。サーセイ、ティリオンは残れ」

サー・ケヴァンはジョフリーの腕をしっかりとつかんで、ドアの外に連れ出した。そこには〈王の楯《キングズガード》〉の二人が待っていた。グランド・メイスター・パイセルは年老いて震える足を懸命に動かして、かれらの後を追った。ティリオンはその場に残った。

「お父さま、ごめんなさい」扉が閉まると、サーセイがいった。「ジョフはいつも強情なのです。ご注意したように……」

「強情と愚かの間には、きわめて大きな相違がある。〝強い王は大胆にふるまう〟だと？　だれがそんなことを教えたのか？」

「わたしではありません、絶対に」サーセイはいった。「おそらく、かれはロバートの言葉を聞きかじったのでしょう……」

「あなたがキャスタリー・ロック城の下に隠れていたというのは、いかにもロバートの言葉らしい」このことをタイウィン公に忘れてもらいたいとは、ティリオンは思わなかった。

「そう、今、思い出しました」サーセイがいった。「王は大胆でなければならないと、ロバートはしばしばジョフに教えておりました」

「そして、おまえはかれに何を教えたのだ？　わたしはロバート二世を〈鉄の玉座〉につけるために戦ったのではないぞ。あの子は父親が好きではないと、おまえはいっていたな」

「なぜ、かれが父親を愛さなければならないのですか？　ロバートはあの子を無視しました。もしわたしが黙認すれば、かれはジョフを叩いたことでしょう。あなたがわたしと結婚させたあの獣は、かつて乳歯を二本折るほどあの子をひどく叩きましたよ。それも、猫をいじめたのがけしからんといって。もしふたたび、そのようなことをしたら、寝ているときにあなたを殺すといってやりました。その後、そのようなことはしなくなりましたが。でも、小言をいうことがありました……」

「小言をいう必要はあったようだな」タイウィンはぞんざいに二本の指を振って、出ていけという身振りをした。「行け」

彼女はぷんぷん怒って出ていった。

「ロバート二世ではなく」ティリオンはいった。「エイリス三世でしたよ」

「あの子は十三歳だ。まだ時間はある」タイウィン公はゆっくりと窓のところにいった。「これはかれらしくなかった。本人は見せたくなかったが、かなり動揺していたのだ。「かれは厳しい訓戒を受ける必要がある」

ティリオンはティリオンなりに十三歳のときに厳しい訓戒を受けた。かれはこの甥がほとんど気の毒になった。とはいうものの、その少年以上に厳しい訓戒が必要な者は他にいなかった。「ジョフリーの話はもうやめましょう」かれはいった。「戦《いくさ》はペンと使い鴉《レイヴン》を使って勝利すると、おっしゃいませんでしたか？　お祝いをいわねばなりませんね。この陰謀を、あなたとウォルダー・フレイはいつから練っていたのですか？」

「その言葉は嫌いだ」タイウィンはこわばった口調でいった。

「そして、わたしは暗闇に残されているのは嫌いです」

「おまえに話す必要はなかったのだ。これについて、おまえの出る幕はなかった」

「サーセイは話を聞いていましたか？」ティリオンはたずねた。

「だれも聞いていなかった。演ずべき役割のある者を除いては。そして、それらの者も知る必要のあることだけを教えられたのだ。秘密を保つためには――特に、ここでは――他の方法はなかったと、おまえも理解すべきだ。わたしの狙いは、できるだけ安価に、危険な敵を排除することだった。おまえの好奇心を満たしたり、おまえの姉を重要人物だと思わせたりせずにだ」かれは顔をしかめて鎧戸を閉めた。「ティリオン、おまえは一種の悪知恵を持っているが、明白な事実は、しゃべりすぎるということだ。そのだらしない舌は破滅の元になるだろう」

「ジョフに引っこ抜かせるべきでしたね」ティリオンは水を向けた。

「わたしを誘惑しないほうが身のためだぞ」タイウィン公はいった。「この話はもうよい。オベリン・マーテルとその取り巻きを、どうやってなだめるのが最善か、それを考えているのだ」

「ほーお？　これは知らせていただける事柄なのですか、それとも、あなたが自問自答できるように、退席いたしましょうか？」

この皮肉を、かれの父親は無視した。「プリンス・オベリンがここにいることが不運なのだ。かれの兄弟は用心深い男であり、筋の通った男であり、頭が切れて、慎重で、ある程度うんざりするような人物だ。かれはあらゆる言葉、あらゆる行為の影響を勘案する男だ。しかし、オベリンはつねに半狂乱だ」

「かれがヴィセーリスのためにドーンの軍勢を招集しようとしたのは事実ですか？」

「だれもそういわぬが、事実だ。わたしがまったく知らない秘密の文書を携えて使い鴉が飛び、騎手が走った。ジョン・アリンはプリンス・ルーウィンの遺骨を返すためにサンスピアに船で行き、腰を据えてプリンス・ドーランと戦の話をすべて終えた。とにかく、ロバートはそれ以後決してドーンに行くことはなく、プリンス・オベリンもめったにあそこから出なくなった」

「でも、かれは今ここにいます。ドーンの貴族の半数を引き連れてね。そして、日ごとにいらいらをつのらせています」ティリオンはいった。「もしかしたら、キングズ・ランディングの売春宿にかれを連れていったらどうでしょう。気晴らしになるかもしれませんよ。あらゆる仕事に役立つひとつの道具として、作用するのではないでしょうか？　わたしの道具は、あなたのものです、父上。ラニスター家がラッパを吹いたのに、わたしが応えなかったなどと、決して世間にいわせるつもりはありません」

タイウィン公は唇を引き締めた。「噴飯ものだ。おまえのために道化服を縫わせ、鈴のついた小さな帽子を作らせてやろうか？」

「もしそれを着たら、ジョフリー国王陛下について、わたしのいいたいことをなんでもいってよいと許可してくださいますか？」

タイウィン公はまた椅子に腰を下ろして、いった。「わたしは父の愚行で苦労させられた。おまえのために苦労しようとは思わぬぞ。もうよい」

「わかりました。とても嬉しそうにおっしゃるので。残念ながら、〈赤い毒蛇《レッド・ヴァイパー》〉は嬉しがらないでしょう……また、サー・グレガーの首だけで満足することもないでしょう」

「ますます、それをかれに与えるわけにはいかないな」

「いかない……？」ティリオンはびっくりした。「森には野獣があふれていると、意見が一致したと思いましたが」

「取るに足りぬ野獣だ」タイウィン公は顎の下に手を組み合わせた。「サー・グレガーはわれわれによく仕えている。われらの敵にあのような恐怖を吹きこんだ騎士は、国内に他にはいないぞ」

「オベリンは知っています、グレガーが……」

「かれは何も知らん。噂話を聞いているだけだ。厩舎のゴシップや台所の悪口などを。かれは証拠のかけらも持っていない。サー・グレガーはきっとかれに告白しようとはしないだろう。ドーン人どもがキングズ・ランディングにいるかぎり、かれをずっと遠ざけておくつもりだ」

「そして、裁きを求めてやってきたオベリンが、それを実行しろと迫ったら？」

「エリアとその子供たちを殺したのはサー・エイモリー・ローチだという」タイウィン公は落ち着いていった。「たずねられたら、おまえもそういえ」

「サー・エイモリー・ローチは死にました」ティリオンはぴしゃりといった。

「そのとおり。ヴァーゴ・ホウトはハレンホール陥落の後、サー・エイモリーを熊に引き裂かせた。この身の毛もよだつ話を聞かせれば、オベリン・マーテルもなだめられるはずだ」

「それを正義の裁きと呼んでもよいでしょうが……」

「まさに、正義の裁きだ。知らなければ教えるが、あの娘の遺体をわたしのところに運んできたのは、サー・エイモリーだった。かれはそのプリンセスが父親のベッドの下に隠れているのを見つけたのだ。まるで、レイガーがまだ自分を守ってくれると信じているかのようにな。プリンセス・エリアとその赤子は一階下の子供部屋にいた」

「なるほど、それも噂のひとつではありますよ。そしてサー・エイモリーはそれを否定しそうもありません。しかしローチにそういう命令を与えたのはだれかと、オベリンがたずねたら、なんというおつもりですか？」

「サー・エイモリーは新しい王の寵愛を得たいと考えて勝手に行動したと。レイガーにたいするロバートの憎悪はほとんど秘密ではなくなっていた」

〝この説明は通用するかもしれない〟ティリオンは譲歩しなければならなかった。〝しかし、あの毒蛇は喜ぶまい〟「父上、あなたの巧妙なやり口を批判しようなどとは夢にも思いませんが、あなたの身になって考えれば、確かにロバート・バラシオン自身の手を血で汚してやりたいと思ったことでしょう」

タイウィン公はまるで正気を失ったようにかれを見つめた。「では、おまえは道化服を着る資格がある。われわれはロバートの旗揚げに馳せ参じるのに遅れを取った。だから忠誠心を示す必要があった。あれらの死骸を玉座の前に並べたとき、われわれが永久にターガリエン家を見捨てたことを、だれも疑うことはできなかった。そして、ロバートは目に見えて安堵した。かれはあのような愚か者ではあるが、自分の王位を永久に安泰に保つにはレイガーの子供たちは死なねばならぬとわかっていたのだ。だが、自分を英雄だと思っており、英雄は子供を殺さないものだ」かれの父親は肩をすくめた。「おまえのいうとおり、あれはあまりにも残酷だった。エリアはまったく危害を加えられる必要はなかった。あれはまったくの愚行だった。彼女そのものになんの価値もなかったのだから」

「では、なぜ〈マウンテン〉は彼女を殺したのですか?」

「なぜなら、彼女を助けろとわたしがいわなかったからだ。彼女について自分が何かいったとは思わない。もっと切迫した関心事があった。ネッド・スタークの先鋒が三叉鉾河《トライデント》から南に向かって押し寄せていた。そして、われわれとの間で合戦が始まるのではないかと恐れていた。そしてエイリスには、ジェイミーを殺したいという考えがあった。単なる怨恨でな。わたしがいちばん恐れたのはそれだった。それと、ジェイミー自身がどうするかということが」かれは拳を握った。「また、グレガー・クレゲインという人物をどう考えればよいか、まだわたしにはわかっていなかった。かれは非常な大男で、戦では恐ろしい存在だということ以外にはな。あの暴行……その命令を下したことは、いくらおまえでも、わたしを非難しないだろう。サー・エイモリーはレイニスに対してもほとんど同じくらい凶暴だった。二歳?……か三歳?……の少女を殺すのに、五十回も突き刺す必要があるのかと、後でわたしはたずねた。すると、かれはいった。彼女がかれを蹴って、泣き叫ぶのをやめなかったからだと。もしローチに、神が蕪に与えた知能の半分ぐらいの知能があれば、二、三の優しい言葉と、一個の柔らかな絹の枕を使って、彼女を静かにさせることができたろうに」かれは不快げに口を歪めた。「そういう暴力的な血がかれに内在しているのだ」

〝しかし、あなたには内在していないのですね、父上。タイウィン・ラニスターにはそもそも血など流れていないのですね〟「ロブ・スタークを殺したのは柔らかい絹の枕だったのですか？」

「それは矢であったはずだ。エドミュア・タリーの婚礼の祝宴で。戦場では、あの少年はあまりにも用心深かった。家来を整然と配置して、自分の周囲を騎馬従士と護衛兵に取り巻かせていたのに」

「では、ウォルダー公はみずからの屋根の下でかれを殺したのですね、自分自身の食卓で？」ティリオンは拳を握りしめた。「レディ・キャトリンはどうなったのですか？」

「やはり殺された、といっておこう。〝二枚の狼の生皮〟と書いてあるのだから。フレイは彼女を捕虜にしておくつもりだったが、おそらく何かの手違いが生じたのだろう」

「賓客の権利など、そんなものですね」

「その血はウォルダー・フレイの手についている。わたしの手ではなく」

「ウォルダー・フレイは若い妻をかわいがって暮らすひねくれた老人で、身に受けた侮辱をいつまでも気に病む男です。かれがこの醜い雛鳥を孵化させたことは疑いありません。しかし、保護の約束を与えてからでなければ、このようなことをあえて行なう勇気は決してなかったでしょう」

「おまえだったら、あの少年の命を助けて、忠誠の誓いは不要だとフレイにいっただろうな？　そうすれば、あの愚かな老人はまっすぐにスタークの腕の中に舞い戻り、おまえにもう一年戦をさせたことだろう。晩餐の時に一ダース殺すよりも、戦場で一万人殺すほうがなぜ高尚なのか、説明してみろ」ティリオンが答えないでいると、父親は続けた。「この代価はどう計算しても安かった。いったん〈漆黒の魚《ブラックフィッシュ》〉が降伏すれば、国王はサー・エモン・フレイにリヴァーラン城を与えることになる。ランセルとデイヴンはフレイの娘たちと結婚するはずだし、ジョイは適齢期になれば、ウォルダー公の私生児の一人に嫁ぐ。そして、ルース・ボルトンは北部の守護者になり、アリア・スタークを家に連れ戻す」

「アリア・スタークですか？」ティリオンは顔を上げた。「そして、ボルトン？　フレイは単独で行動する度胸がないだろうと、わたしは予想してもよかったですね。しかし、アリアは……ヴァリスとサー・ジャスリンが半年以上も探していました。アリア・スタークはきっと死んでいますよ」

「レンリーもそう思われていた。ブラックウォーターの合戦までは」

「というと？」

「おそらく〈リトルフィンガー〉は、おまえとヴァリスが失敗したところで、成功したのだろう。ボルトン公はあの娘を自分の庶出の息子と結婚させるだろう。われわれはドレッドフォート城と鉄人《くろがねびと》とを二、三年戦わせておき、そして、かれがスタークの他の旗主たちを服従させることができるかどうか様子を見る。春になれば、かれらはすべて力の限界に達して、膝を屈するつもりになる。北部はサンサ・スタークが産むおまえの息子のものになる……おまえの中に息子をつくるだけの男性としての能力があればの話だが。忘れるなよ、処女膜を破る必要があるのはジョフリーだけではないことを」

〝おれは忘れていなかった。もっとも、あんたが忘れてくれればよいと願っていたのだが〟

「それで、サンサがもっとも子を産みやすい状態になるのはいつだと、想像なさいますか？」ティリオンは酸が滴るような口調で父親にたずねた。「われわれがどうやって彼女の母と兄を殺したか、彼女に話す前にですか、それとも後にですか？」

54 ――ダヴォス

一瞬、王は聞かなかったように見えた。この知らせを聞いても、スタニスは喜びもしなければ、怒りもしなければ、不信の様子もなければ、安堵の表情さえも見せなかった。そして、固く歯を食いしばって彩色テーブルを見つめてたずねた。「確かか?」と。

「いいえ、死体を見たわけではありません、王さま」サラドール・サーンがいった。「しかし、市中では獅子どもが跳ねまわっております。それを〈釁《ちぬ》られた婚儀〉と庶民は呼んでおります。フレイ公があの少年の首をはねさせて、代わりにかれの大狼《ダイアウルフ》の首を縫いつけさせ、耳のあたりに王冠を釘付けさせたという話で持ちきりです。その母親もまた殺されて、裸で川に投げこまれたと」

〝婚礼の席で〟とダヴォスは思った。〝その家の屋根の下の賓客として同じ食卓を囲んでいた相手を殺すとは。フレイどもめ、呪われるがいい〟かれはまた血が燃える匂いを嗅ぎ、火鉢の熱い石炭の上で蛭《ヒル》がシューシュー、パチパチと鳴るのを聞いた。

「かれを殺したのは主の怒りです」サー・アクセル・フロレントが断言した。「それはル＝ロールの手でした!」

「〈光の王《ロード・オブ・ライト》〉をほめたたえよ!」王妃《クイーン》セリースが歌いだした。彼女は大きな耳と毛深い上唇を持ち、痩せた、厳しい女性だった。

「ル=ロールの手にはしみがあって、麻痺しているのか?」スタニスがたずねた。「これはなんらかの神の手というよりは、むしろウォルダー・フレイの仕業に見えるぞ」

「ル=ロールは必要に応じて道具を選ばれるのです」メリサンドルの喉のルビーが赤く輝いた。「かれの仕業は神秘的ですが、いかなる人もかれの燃える意思には逆らえません」

「だれもかれには逆らえません!」王妃が叫んだ。

「静かにしろ、女。今は鬼火《ワイルドファイア》を見ているのではないぞ」スタニスは彩色テーブルを見て考えた。「狼は跡継ぎを残さなかった。大海魔《クラーケン》にはあまりにも多くの子供がいる。獅子はかれらを貪り喰うだろう、ただし……

サーン、鉄《くろがね》諸島と白い港《ホワイト・ハーバー》に使者を送るために、きみの最速の船が要る。わたしは赦免を与えるつもりだ」その歯嚙みの仕方から、かれがその言葉をどんなに嫌っているかわかった。「完全な赦免を。反逆を悔い、かれらの正統なる王に忠誠を誓う者すべてに対してだ。かれらは絶対に悟らねば……」

「だめでしょう」メリサンドルの声は穏やかだった。「ごめんなさい、陛下。これは終わりではありません。死んだ者たちの王冠を奪うために、さらに多くの偽りの王が立ち上がるでしょう」

「さらに多くの?」スタニスは今にも彼女を絞め殺しそうな表情を見せた。「さらに多くの簒奪者が？　さらに多くの反逆者が？」

「炎の中に見ました」

セリース王妃は王のそばに行った。「〈光の王〉はあなたを栄光に導くために、メリサンドルを遣わされました。お願いです、彼女の話を聞いてください。ル＝ロールの聖なる炎は嘘をつきません」

「嘘、嘘、嘘だ、女。それらの炎が真実を語るときでさえ、ごまかしに満ちているように、わたしには思われるぞ」

「王の言葉を聞く蟻は、王のいうことを理解できないかもしれません」メリサンドルはいった。「そして、神の炎の顔の前では、すべての人間は蟻なのです。たとえ、ときどきわたしが警告を予言と間違え、予言を警告と取り違えることがあったとしても、間違いは読み手の側にあり、書物にはありません。でも、次のことは確実に知っています――使者も赦免も、蛭と同様に、今のあなたには役立ちません。あなたは国にしるしを示さなければなりません。あなたの力を立証するしるしをね」

「力だと？」王は鼻を鳴らした。「わたしはドラゴンストーン城に千三百人の兵士を持っている。そして、嵐の果て城《ストームズ・エンド》に三百人」かれは彩色テーブルの上を払うように手を動かした。「ウェスタロスのその他の部分は敵の手にある。わたしにはサラドール・サーンの艦隊しかない。傭兵を雇う金もない。略奪の可能性も、自由騎兵どもをわが目標に誘う栄光もない」

「ご主人さま」セリース王妃はいった。「あなたは、三百年前にエイゴンが抱えていたよりも多くの兵士を抱えておられます。ないのはドラゴンだけです」

　スタニスが彼女に向けた顔は暗かった。「九人の魔導師が、エイゴン三世の秘蔵する卵を孵すために海を渡った。ベイラー聖徒王はみずからが持つ卵を前にして半年間祈った。エイゴン四世は木と鉄でドラゴンを作った。〈燃えさかる炎《ブライトフレーム》のエリオン〉はみずから変身しようとして炎素《サブスタンス》を飲んだ。魔導師どもは失敗し、ベイラー王の祈りはかなえられず、木のドラゴンは燃え、プリンス・エリオンは悲鳴を上げて死んだ」

　セリース王妃は後へ引かなかった。「それらのだれも、ル＝ロールに選ばれた者ではありませんでした。神に選ばれた者なら、その先触れとなる赤い彗星が、天空を横切って燃えたはずです。英雄たちの赤い剣である〈光をもたらすもの《ライトブリンガー》〉を、だれもふるいませんでした。そして、かれらのだれも代償を払いませんでした。レディ・メリサンドルがお話しするでしょう、マイ・ロード。死だけが生の代償となりうるのです」

「あの少年か？」王はその言葉を吐き出すようにいった。

「あの少年です」王妃はうなずいた。

「あの少年です」サー・アクセルが繰り返した。

「あのあわれな少年のことは、生まれる前からうんざりしていた」王はこぼした。「かれの名前を聞くだけでも、耳はがんがん鳴り、魂の上に暗雲がかかった」

「あの少年をわたしにください。そうすれば、かれの名前を二度と聞く必要はなくなるでしょう」メリサンドルが約束した。

〝そうだ。しかし、彼女がかれを焼き殺すとき、その悲鳴をあなたは聞くだろう〟ダヴォスは黙っていた。王から命令されるまで黙っていたほうが賢明だった。

「ル＝ロールのために、あの子をわたしにください」〈紅の女《レッド・ウーマン》〉はいった。「そうすれば、昔の予言が成就されます。あなたのドラゴンは目覚めて、石の翼を広げるでしょう。王国はあなたのものとなるでしょう」

サー・アクセルは片膝をついた。「膝を屈してお願いします、陛下。あの石のドラゴンを目覚めさせて、反逆者どもを震え上がらせてやりましょう。エイゴンと同様に、あなたはドラゴンストーン城の城主として世に出ました。エイゴンと同様に征服をしてください。偽物どもや移り気な者どもに、あなたの炎を触れさせましょう」

「あなたご自身の妻からもお願いいたします、ご主人さま」セリース王妃は王の前に両膝をつき、祈るように手を握り合わせた。「ロバートとデレナはわたしたちのベッドを汚し、わたしたちの結婚に呪いをかけました。この少年はかれらの姦淫の腐った果実です。かれの影をわたしの子宮から取り除いてください。そうすれば、あなたのために正嫡の息子たちを大勢産んであげます」彼女はかれの両足を抱きしめた。「かれは、あなたの兄上の肉欲とわたしの従妹の恥辱によって生まれた、一人の少年にすぎません」

「かれはわたし自身の血だ。わたしに取りすがるのはよせ、女」スタニス王は彼女の肩に手をかけて、ぎごちなく体を離した。「たぶん、ロバートがわれわれの結婚のベッドに呪いをかけたのは事実だろう。しかし、決してわたしを辱めるつもりはなかったと、かれは断言した。ただあの夜は、泥酔していて、どの寝室に入ったかまったくわからなかったというのだ。しかし、問題はないだろう？　事実はどうあろうと、あの少年に責任はないのだ」

メリサンドルは王の腕に片手を置いた。「〈光の王〉は無辜《むこ》の者をたいせつに育ててください ます。これ以上に貴重な生贄はありません。かれの王の血と、かれの汚れなき炎から、ドラゴンが生まれるのです」

スタニスは王妃の手から身を引いたようには、メリサンドルの手から身を引かなかった。この〈紅の女〉は、セリースとはまったく違う存在だった。若くて、豊満な肉体で、顔はハート型、髪は銅色、目はこの世のものとは思われない赤い色をしていて、不思議な美しさを持っていた。「石が甦るのを見るのは希有《けう》なことだろう」かれはしぶしぶ認めた。「そして、ドラゴンにまたがるのは……。父がはじめてわたしを宮廷に連れていってくれたときのことを覚えている。あの時は、ロバートに手を引いてもらわなければならなかった。わたしは四歳にはなっていなかったろう。とすると、かれは五歳か六歳だったはずだ。あのドラゴンたちが恐ろしかったと同じくらい、王さまは気高かったと、その後でわれわれの意見は一致したものだった」スタニスは鼻を鳴らして笑った。「あの日の朝、エイリスはあの玉座の上で自刃したのだと、何年か後に父が教えてくれた。それで、かれの〈手〉が後を継いだのだと。われわれに強い印象を与えたのはタイウィン・ラニスターだったのだ」かれはテーブルの表面に指を触れて、ワニス塗りの丘を通る道を軽くなぞった。「ロバートは王位につくと、あの壁にかかっていたドラゴンの頭蓋骨を下ろした。しかし、破壊するに忍びなかった。ウェスタロスの上空を舞うドラゴン……そのような……」

「陛下！」ダヴォスは前ににじり出た。「お話ししてもよろしゅうございますか？」

スタニスは歯がかちんと鳴るほど強く口を閉じた。「わが〈雨の森〉の領主よ。話すこと以外に、きみを〈手〉にした理由があるだろうか？」王は手を振った。「なんなりというがよい」

〝〈戦士〉よ、わたしに勇気をお与えください〟「わたしはドラゴンのことはほとんど知らず、神のことはもっと知りませんが……王妃は呪いのことをお話しになりました。神々と人間の目から見て、〈王殺し《キングスレイヤー》〉ほど呪われた者はありません」

「ル＝ロールと、名前を口にしてはならない〈他者《ジ・アザー》〉以外に神々はありません」メリサンドルの口が赤く固い線になった。「そして、小さな人間は理解できないものを呪うのです」

「わたしは小さな人間です」ダヴォスは認めた。「ですから、あなたの大きな石のドラゴンを目覚めさせるために、どうしてあのエドリック・ストーム少年が必要なのか教えてください、マイ・レディ」かれはその少年の名前をできるだけ頻繁に口にしようと決心した。

「死だけが、生の代価を払うことができるのですよ、マイ・ロード。大きな贈り物には、大きな犠牲が必要です」

「庶出の子供のどこに、大きなものがあるのですか？」

「かれは血管に王の血を持っています。あなたも見たでしょうに。ほんの少しでもその血があれば、何ができるか――」

「あなたが何匹かの蛭を焼くのは見ましたよ」

「そして、二人の偽りの王が死ぬのもね」

「ロブ・スタークは〈関門橋《クロッシング》〉のウォルダー公によって殺害されたのです。そして、ベイロン・グレイジョイは橋から落ちたと聞きました。あなたの蛭はだれを殺したのですか？」

「ル＝ロールの力を疑うのですか？」

〝いいや〟あの夜、ストームズ・エンド城の地下で、彼女の子宮からうごめき出てきたあの生きた影を、ダヴォスはあまりにもよく覚えていた。その黒い両手が彼女の太腿を押し開いたのを。〝ここは注意しなければ。さもないと、何かの影がおれをも探しにくるかもしれないから〟「いくら玉葱《タマネギ》の密輸人でも、二個の玉葱と三個の玉葱の区別ぐらいつきます。あなたのお話には、王が一人たりません、マイ・レディ」

スタニスは鼻を鳴らして笑った。「かれに一本とられたな、マイ・レディ。二は三ではないと」

「たしかに、陛下。一人の王は偶然に死ぬことがあるでしょう、二人でも……しかし、三人だったら？　もし、ジョフリーが軍隊と〈王の楯《キングズガード》〉に囲まれて、権力の絶頂で、万一死んだら、それは主の力が働いた証拠といえるのではないでしょうか？」

「かもな」王はそれぞれの言葉をいやいや出しているようにしゃべった。

「あるいはそうでないかも」ダヴォスは恐怖を隠すのに最善を尽くした。

「ジョフリーは必ず死にます」セリース王妃は確信に支えられて晴れやかに断言した。

「もう、すでに死んでいるかも」サー・アクセルが付け加えた。

スタニスは不快な表情でかれらを見た。「おまえたちは訓練された使い鴉《レイヴン》なのか、カーカーとかわるがわる、わたしに話しかけて？　もうよい」

「ご主人さま、お聞きください――」王妃が懇願した。

「なぜだ？　二は三ではない。王も密輸人と同じく勘定ができるのだぞ。行ってよろしい」

スタニスはかれらに背を向けた。

メリサンドルは王妃が立ち上がるのを助けた。セリースは衣をひるがえして、ぎごちなく部屋を出た。〈紅の女〉がその後を追った。サー・アクセルはちょっと後に残って、ダヴォスを最後にひと目見た。〝醜い顔に、醜い目だ〟かれはその目を受け止めて思った。

他の者が出ていってしまうと、ダヴォスは咳払いした。

王が目を上げた。「なぜ、まだここにいる？」

「陛下、エドリック・ストームのことですが……」

スタニスは鋭い身振りをした。「もうよい」

ダヴォスはしつこくいった。「お嬢さまはかれと一緒に教えを受けております。そして、毎日エイゴンの庭園で一緒に遊んでおります」

「わかっている」

「もし、不幸なことが起こると、彼女の心は痛むでしょう――」

「それも、わかっている」

「かれをごらんになりさえすれば――」

「見ている。ロバートに似ている。ああ、そしてかれを崇拝している。かれの愛する父親がかれのことをどのくらい考えたか、教えてやろうか？　兄は子供をつくるのはとても好きだったが、生まれてしまえば厄介者あつかいだった」

「かれは毎日あなたのことをたずねては――」

「わたしを怒らせるつもりか、ダヴォス。あの私生児の話はもう聞かないぞ」

「かれの名はエドリック・ストームです、陛下」

「知っている。これほど適切な名前が、かつてあったろうか？　その名はかれが庶出であり、高貴な生まれであり、動乱をもたらすものだと、はっきり示している。エドリック・ストーム。そら、いったぞ。満足したか、わが〈手〉よ？」

「エドリックは――」かれはいいかけた。

「――一人の少年だ！　かれはこれまでに呼吸をした最善の少年かもしれないが、問題にはならん。わたしは国家に義務を負っている」かれは彩色テーブルの上でさっと手を振った。「ウェスタロスに何人の少年が住んでいるか？　何人の少女が？　何人の男、何人の女が？　暗黒がかれらのすべてを貪《むさぼ》り喰うだろうと、彼女はいう。決して終わりのない夜がだ。彼女は予言について話す……一人の英雄が海中に甦る、死んだ石から生きているドラゴンが孵化する……彼女はいくつものしるしについて語り、それらがわたしを指していると断言する。わたしはそんなものを求めはしなかったし、王になりたいともいわなかった。しかし、彼女し……義務を果たさねばならぬ、違うか？　大なり小なり、義務を果たさねばならないのだ。

メリサンドルは炎の中にわたしを見たと断言する。〈光をもたらすもの《ライトブリンガー》〉を大上段に振りかぶって、暗黒と対峙しているところを。〈ライトブリンガー〉をだぞ！」スタニスは嘲るように鼻を鳴らした。「あれが美しくきらめくのは認めるが、ブラックウォーターの合戦では、あの魔法の剣は普通の鋼以上の役には立たなかった。ドラゴンが一頭いたらあの戦いの帰趨は逆転したことだろう。かつてエイゴンはわたしと同様にここに立って、このテーブルを見下ろしていた。もしかれがドラゴンを持っていなかったら、今日のわれわれはかれをエイゴン征服王と呼ぶだろうか？」

「陛下」ダヴォスはいった。「その代償は――」

「代償はわかっている！　昨夜、炉の火を見つめていて、やはり炎の中に物事を見た。王を見た。その額には炎の王冠が燃えていた……燃えていたのだぞ、ダヴォス。かれ自身の王冠がかれの肉体を焼き尽くし、灰に変えた。これがどんな意味か、メリサンドルに、あるいはきみに、たずねる必要があると思うか？」王は動いた。すると、その影がテーブルに描かれたキングズ・ランディングに落ちた。「万一、ジョフリーが死ぬようなことがあれば……王国と比較して、一人の庶出の少年の命がなんだというのか？」

「すべてです」ダヴォスはそっといった。

スタニスは顎を噛みしめてかれを見た。「行け」ついに王はいった。「しゃべりすぎて地下牢に逆戻りしないうちに」

　ときには、嵐があまりにも激しくて、人は帆をたたむしかないことがある。「はい、陛下」ダヴォスは頭を下げた。だが、スタニスはすでにかれのことを忘れてしまったようだった。

〈石太鼓《ストーン・ドラム》の塔〉の外に出ると、中庭は肌寒かった。東から風がひゅーひゅーと吹いて、城壁に沿った旗印がパタパタと音をたててはためいていた。空中に潮の匂いがした。〃海だ〃ダヴォスはその匂いが大好きだった。それを嗅ぐとまた船の甲板を歩きたくなり、帆を上げて、南へ、マーリャのところに行って、二人の幼い子供に会いたくなった。今はほとんど毎日かれらのことを思い、夜にはもっとしばしば思った。心の一部では、デヴァンを連れて家に帰りたいとひたすら思った。〃できない。まだだめだ。おれはもう貴族であり、〈王の手〉であって、王を失望させてはならないのだ〃

　かれは目を上げて、城壁を眺めた。そこには、それぞれ違った形の無数の怪獣や怪物が、狭間の凸壁の代わりにかれを見下ろしていた。飛竜《ワイバーン》、グリフィン（頭と翼は鷲、胴体は獅子）、悪魔、マンティコア（頭は人、胴体は獅子）、ミノタウロス（頭は牛、胴体は人間）、バジリスク（一睨みで人を殺す爬虫類）、地獄の番犬、コカトリス、それに一千ものもっと奇妙な動物が、そこから生え出したように城の狭間胸壁から突き出ていた。そして、いたるところにドラゴンがいた。主玄関は腹這いになっているドラゴンだった。人々はその開いた口から出入りした。調理場は体を丸めたドラゴンで、竈《かまど》の煙や湯気がその鼻孔から出ていた。いくつもの塔は城壁の上にうずくまったり、飛びたとうと身構えているドラゴンだった。ウィンドワームは挑戦的に金切り声を上げ、〈海竜《シー・ドラゴン》の塔〉は海原をのんびり見渡していた。小さなドラゴンたちがそれぞれの門を形づくり、ドラゴンの鉤爪が壁から出て松明を握っており、大きな石の翼が鍛冶場と武器庫を包み、尻尾がアーチ、橋、戸外の階段を形成していた。

ダヴォスはしばしば聞いたのだが、ヴァリリアの魔導師は普通の石工のように石を切ったり削ったりせずに、陶工が粘土を細工するように、火と魔法を使って石を細工したということだった。しかし今、かれは考えた。〝もし、これが本物のドラゴンであって、なんらかの事情で石に変わったものだとしたら、どうだろう？〟と。

「もし、あの〈紅の女〉がかれらを甦らせたら、城は崩れ落ちるだろうと、わたしは考えているんだ。どんな種類のドラゴンたちが部屋や階段や家具を埋めつくすだろうか？　そして窓を。そして暖炉を。そして下水口をね」

ダヴォスが振り返ると、サラドール・サーンが横にいた。「ということは、きみはわたしの裏切りを許してくれたということか、サラ？」

その老海賊は指を振った。「許す、そうだ。忘れる、いいや。わたしの物になったかもしれない蟹爪《クロー》島のよき黄金のすべて。それを考えるだけで、わたしは年をとり、疲れる。わたしが貧困のうちに死んだら、妻たちと妾たちはきみを呪うだろうよ。玉葱《タマネギ》貴族。セルティガー公は、今わたしが味わうことのない、多くのすばらしいワインを持っていたし、手首から飛び立つように馴らした海鷲を飼っていたし、また深海から大海魔《クラーケン》を呼び出す魔法の角笛を持っていた。あんな角笛があったら、タイロシュ人や、その他のうるさい連中をやっつけるのに、ずいぶん役立つだろうに。しかし、わたしはその角笛を吹くだろうか？　吹かないね。なぜなら王はわたしの旧友を〈手〉にしてしまったから」かれはダヴォスの腕を取っていった。「きみ、王妃の家来はきみを愛していないよ。ある〈手〉が個人的に仲間を集めていると聞いている。それは事実かね、きみ？」

〝きさまは多くを聞きすぎる、老海賊め〟密輸業者というものは、潮流と同様に人間をよく知っていなければならない。さもないと密輸生活を長く続けることはできないのだ。王妃の家来は〈光の王〉の熱烈な追随者であるかもしれないが、ドラゴンストーンの庶民は生まれたときから知っている神々のもとに回帰しはじめている。かれらはいっている――スタニスは魔法にかけられていると、メリサンドルがかれを〈七神〉から引き離して、影から生まれた悪魔みたいなものを崇拝するようにしてしまったと、そして……最悪の罪は……彼女とその神がかれをだめにしてしまったことだと。そして、同様に感じている騎士や小領主がいる。ダヴォスはそういう人々を探し出し、むかし乗組員を選んだのと同じ注意を払って選びだしたのだった。サー・ジェラルド・ガウアーはブラックウォーターの合戦で頑強に戦った。しかしその後に、ル＝ロールは弱い神にちがいないといったと伝えられた。なぜなら、自分の追随者がこびとと死人によって追い払われるのを、ル＝ロールは見逃したのだから、と。サー・アンドルー・エスターモントは王の従兄弟だった。そして、何年も前にかれの従士をつとめていた。〈夜の詩城《ナイトソング》の私生児〉はスタニスの後衛部隊を指揮して、王を無事にサラドール・サーンの艦隊まで到達させた。しかし、かれは強い信念で〈戦士〉を崇拝していた。〝王の家来であって、王妃の家来ではないのだ〟しかし、かれらのことを自慢しても仕方がないだろう。

「あるライス人の海賊が、かつてわたしにいったよ。よき密輸業者は人目につかないようにしているものだとね」ダヴォスは注意深く答えた。「黒い帆、音のしない櫂《オール》、そして舌をつつしむ術を心得ている乗組員」

そのライス人は笑った。「舌のない乗組員なら、もっとずっといいね。読み書きできない大きくて強い聾唖者ならね」だが、それからもっと暗い表情でいった。「だが、きみを後ろから支えてくれる者がいると知って、わたしはうれしいよ。王はあの少年を〈紅《あか》の女祭司〉に渡すと、きみは思うかね？　一頭の小さなドラゴンが、この大戦争を終結させることができると」

昔からの習慣で、かれはお守り袋に手を伸ばした。しかし、首に指の骨はかかっていなかったので、何も手に触れなかった。「かれはそうしないだろう」ダヴォスはいった。「自分自身の血縁者を傷つけることはできないのさ」

「それを聞けば、レンリー公は喜ぶだろう」

「レンリーは未熟な反逆者だった。エドリック・ストームはどんな罪も負っていない。陛下は公平な人だ」

サラドールは肩をすくめた。「まあ、われわれは成り行きを見よう。いや、きみはね。わたし自身は海に戻る。今でも、悪辣な密輸業者どもがブラックウォーター湾を横切っているかもしれない。自分らの正当な領主への税金を払うのを避けようとしてね」かれはダヴォスの背中をぴしゃりと叩いた。「用心しなさいよ。口のかたい仲間を集めているあんたはね。あんたはもうすごく偉い人になっている。しかし、人は高く登れば登るほど、落ちるときの落差が大きいのだから」

ダヴォスは使い鴉《レイヴン》小屋の下のメイスターの部屋に行くために、〈海竜の塔〉の階段を登っていきながら、この言葉を反芻した。出世しすぎたことを、サラに教えてもらう必要はなかった。〝おれは読み書きができない。貴族たちはおれを軽蔑している。統治のことなど何も知らない。そのおれがどうして〈王の手〉でいられようか？　おれの居場所は船の甲板であって、城の塔ではないのだ〟

こうしたことを、ダヴォスはメイスター・パイロスにうちあけていた。

「あなたは傑出した船長です」そのメイスターは答えたものだった。「船長は自分の船を統治します、違いますか？　かれは油断ならぬ水の上を航海しなければなりません、吹いてくる風を受けるために帆を張らねばならず、いつ嵐が来るか知らねばならず、それをどうやって切り抜けるのが最善か知らねばなりません。ほとんど同じことですよ」

パイロスは善意でそういったのだが、かれの保証は虚ろに響いた。

「ぜんぜん同じではない！」ダヴォスは抗議したものだった。「王国は船ではない……それ以上のものだ。もし同じものだとしたら、この王国は沈んでしまうだろうよ。わたしが材木や綱や水のことを知っているのは事実だ。しかし、それが今のわたしにとってどんな役に立つか？　スタニス王を玉座に吹き寄せる風を、どこで見つければよいのだ？」

これを聞いて、そのメイスターは笑った。「そら、そこにありますよ、マイ・ロード。言葉が風なのです。そして、あなたは直感的な分別で、わたしの言葉を吹き飛ばしてしまいました。陛下はあなたに何を期待すべきか知っておいでだと思いますよ」

「玉葱《タマネギ》さ」ダヴォスはむっつりといった。「それが、かれの期待しているものだ。〈王の手〉は高貴な生まれの貴族がなるものだ。賢明で学識のある人が、戦《いくさ》の司令官、または偉い騎士が……」

「サー・ライアム・レッドワインは全盛時代にはもっとも偉大な騎士でしたが、これまでに王に仕えた最悪の〈手〉の一人でしたよ。セプトン・マーミゾンの祈禱は奇跡を引き起こしましたが、〈王の手〉になったら、たちまち国じゅうの人に死を祈られました。バタウェル公は知恵者として、マイルズ・スモールウッド公は勇者として、サー・オットー・ハイタワーは学者として著名でした。しかし、かれらは〈王の手〉としては一人残らず落第でした。生まれについていえば、竜王たちはしばしば自分の血族から〈手〉を選びましたが、その結果は、ベイラー聖徒王のときとか、メイゴル残酷王のときとか、実にひどいものでした。これに対して、セプトン・バースがいます。かれは鍛冶屋の息子で、〈老王〉が赤の王城《レッド・キープ》の書庫から引き抜いた者ですが、かれはこの国に平和と豊穣の四十年を与えました」パイロスは微笑した。「歴史をお読みなさい、ダヴォス公、そうすればあなたの疑いは根拠のないものだとわかるでしょう」

「わたしにどうして歴史が読めるか、文字が読めないのに？」

「だれでも文字は読めますよ、マイ・ロード」メイスター・パイロスはいった。「魔法は必要ありません。身分の高い生まれもね。わたしは王の命令で、あなたのご子息に読み書きを教えています。あなたにも教えてあげましょう」

これは親切な申し出だったし、ダヴォスには願ってもないことだった。というわけで、かれは〈海竜の塔〉のてっぺんのメイスターの部屋に日参して、巻物や羊皮紙やなめし革の大冊を前にして眉をしかめ、頭を絞って少しずつ文字を解読することになったのだった。この努力はしばしばかれに頭痛を起こさせ、しかも自分は〈まだら顔《パッチフェイス》〉と同じくらいの大馬鹿者だと感じさせられるのだった。息子のデヴァンはまだ十二歳にもなっていなかったが読み書きでは、父親をはるかに凌駕《りょうが》していた。そして、プリンセス・シリーンとエドリック・ストームにとって、読書は呼吸と同じくらい自然なものに見えた。読書ということになると、ダヴォスはかれらのだれよりも、さらに子供だった。しかし、かれは辛抱した。今は〈王の手〉であり、〈王の手〉は文字を読めなくてはならないから。

腰を痛めた後のメイスター・クレッセンにとって、〈海竜の塔〉への曲がりくねった階段は辛い試練だった。ダヴォスはまだその老人を恋しく感じていた。きっとスタニスもそう感じているだろうと、かれは思った。パイロスは利口で勤勉で善意の人に見えたが、あまりにも若すぎたし、王はクレッセンを信頼していたほど、かれを信頼しなかった。あの老人はずっと長いことスタニスとともにあった……メリサンドルと衝突して、そのために死ぬまでは。

階段のてっぺんでダヴォスはかすかに鈴の鳴る音を聞いたが、それは〈パッチフェイス〉がいるしるしにほかならなかった。このプリンセスの道化師はメイスターの扉の前で、忠実な犬のように待っていた。〈パッチフェイス〉は生パンのように柔らかく、なで肩で、その幅の広い顔には道化服のような赤と緑の市松模様の入れ墨があった。そしてブリキのバケツに鹿の枝角をしばりつけた兜をかぶっていた。その角の枝から十数個の鈴がぶら下がっていて、かれが動くと鳴った……ということは、つねに鳴っていたということである。なぜなら、この道化はめったにじっとしていることがないから。かれはどこに行くにも、チリチリ、リンリンと音をたてていた。パイロスがシリーンの勉強からかれを追放したのは無理もなかった。「海の底では、年寄りの魚が若い魚を喰う」道化がダヴォスに向かってつぶやいた。そして、頭をひょこひょこ動かし、鈴をチリン、チリンと鳴らして歌った。「おいら知ってる、おいら知ってる、おう、おう、おう」

「この地上では若い魚が年寄りの魚を喰う」ダヴォスはいった。かれは腰を下ろして文字を読もうとするときほど、自分が年寄りだと感じることはなかった。もし教えるのが老人のメイスター・クレッセンだったら感じは違っていたかもしれなかった。しかし、パイロスはかれの息子といっていいほど若かったのだ。

室内に入ると、メイスターは三人の子供を前にして、書物や巻物に覆われた長い木のテーブルのところにすわっていた。プリンセス・シリーンは二人の少年の間にすわっていた。今でもダヴォスは、自分の血を分けた息子がプリンセスや王の庶子と肩を並べているのを見ると、大きな喜びを感じることができた。〝デヴァンはこれからただの騎士ではなく貴族になるだろう。〈雨の森〉の領主に〟ダヴォスは自分よりも息子がその称号を帯びることに、より大きな誇りを感じた。〝かれは文字も読める。まるで、そのように生まれついたかのように読み書きができる〟パイロスはかれの勤勉さをひたすら褒め、武術指南役は剣術と槍術についてデヴァンは前途有望だといった。〝そして、かれは信心深い子供でもある〟「兄さんたちは主のおそばにすわるために、光の広間に昇ったのだよ」四人の兄の死にざまを父親から語られると、デヴァンはそういったものだった。「ぼくは灯明のそばでかれらのためにお祈りするよ。そして、お父上のためにもね。寿命が尽きるまで、主の光の中を歩くことができるようにと」

「おはようございます、父上」その少年はかれに挨拶した。〝かれは同じ年ごろだったときのデイルとそっくりだ〟とダヴォスは思った。長男はたしかに、従士の衣装をつけているデヴァンほど立派な服装はしていなかったが、二人とも同じような角張った無骨な顔、同じような率直な茶色の目、同じような風になびく薄茶色の細い頭髪を持っていた。デヴァンの頬と顎にはブロンドの毛がまばらに生えていた。まともな桃だったら恥ずかしいと思うであろうほどの細かい産毛が。だが、その少年は自分の〝髭〟をものすごく誇りにしていた。〝むかし、ちょうどデイルがそれを自慢していたように〟デヴァンはテーブルについている三人の子供たちの中では、最年長だった。

だが、エドリック・ストームは背が八センチ高く、胸囲や肩幅ももっと広かった。その点で、かれは父親に似ていた。また、早朝の剣と楯の稽古を決して休んだことがなかった。ロバートとレンリーの幼年時代を知っている老人は、この庶出の少年はスタニスよりもかれらのほうに似ているといった。漆黒の髪、深いブルーの目、口、顎、頬骨など。ただし耳だけは、母親がフロレント家の出だということを思い出させた。

「おはようございます、マイ・ロード」エドリックが繰り返した。この少年は獰猛な誇り高い子供になる可能性もあったが、教師となったメイスターや城代や武術指南役などが、充分に礼儀作法をわきまえるように躾《しつ》けたのだった。「叔父のところから来たの？　陛下のご機嫌はいかが？」

「いいですよ」ダヴォスは嘘をついた。実をいえば、王は憔悴して苦痛に満ちた顔つきをしていたのだが、その心配をかれに負わせる必要はないと考えたのだった。「きみたちの勉強の邪魔にならなければよかったのだが」

「ちょうど終わったところです、マイ・ロード」メイスター・パイロスがいった。

「デイロン一世王について読んでいたの」プリンセス・シリーンは悲しげな、優しくておとなしい子供だが、とても美しいとはいえなかった。スタニスは彼女に角張った顎を与え、セリースはフロレント家の耳を与え、そして、神々は残酷な知恵を働かせて、幼児期に灰鱗病《グレイスケール》を患《わずら》わせて、彼女の不器量さを倍加させるのが適当だとお考えになったのだった。この病気のために、片方の頬と首の半分が灰色になり、ひび割れて、固くなっていた。もっとも、生命と視覚は両方とも助かったのだが。「かれは戦に出て、ドーンを征服したのよ。〈若きドラゴン〉と人は呼んだわ」

「かれは偽りの神々を信仰していた」デヴァンはいった。「でも、それ以外の点では偉大な王だった。そして、戦争ではとても勇敢だった」

「そうだ」エドリック・ストームが賛成した。「でも、ぼくの父上のほうがもっと勇敢だったよ。〈若きドラゴン〉は一日に三つの合戦に勝ったことはなかったもの」

プリンセスは目を丸くしてかれを見た。「ロバート伯父は一日に三つの合戦に勝ったの?」

その私生児はうなずいた。「それは旗主たちを招集するためにはじめて父が帰還したときのことだった。グランディソン、キャフェレン、それにフェルの諸公はサマーホールで軍勢を合流させて、ストームズ・エンド城に向かおうと計画した。ところが父は間諜からかれらの計画を聞いて、家来の騎士や従士のすべてを引き連れて、ただちに打って出た。そして、陰謀家どもがつぎつぎにサマーホールにやってくると、父はかれらが軍勢を合流させることができないうちに、つぎつぎに撃破した。そして、一騎討ちでフェル公を殺し、その息子の〈銀の斧《シルバーアックス》〉を捕虜にしたのさ」

デヴァンはパイロスのほうを見た。「そうだったの?」

「ぼくがそういっただろ?」エドリック・ストームはメイスターが答えないうちにいった。「父はかれら三人をすべて負かした。そして、とても勇敢に戦ったので、戦後、グランディソン公とキャフェレン公は家来となった。そして、〈銀の斧〉もね。いまだかつて、ぼくの父を負かした人はいないんだ」

「エドリック、自慢話はいけませんよ」メイスター・パイロスがいった。「ロバート王は人並みに敗北を喫しています。アッシュフォードではタイレル公に負けました。そして、馬上槍試合でも何度も負けています」

「でも、負けるより勝つほうが多かった。そして、三叉鉾河《トライデント》の合戦ではプリンス・レイガーを討ち取ったぞ」

「それはそうです」メイスターはうなずいた。「でも、わたしはこれからダヴォス公のお相手をしなければなりません。ずっと辛抱強く待っていらっしゃいましたからね。明日はデイロン王の『ドーン征服』をもう少し読むことにしましょう」

プリンセス・シリーンと二人の少年は礼儀正しく別れの挨拶をした。かれらが出ていってしまうと、メイスター・パイロスはダヴォスのそばに寄った。「マイ・ロード、あなたも『ドーン征服』を少しお読みになりますか？」かれは革表紙の薄い書物をテーブルの上に滑らせてよこした。「デイロン王は優雅かつ平易な言葉で書いています。そしてかれの歴史は、流血や戦闘や勇敢な行為に満ちています。息子さんは、これを夢中で読んでおられますよ」

「あの子はまだ十二歳にもなっていない。わたしは〈王の手〉だ。なるべくなら、別の文書をくれ」

「わかりました、マイ・ロード」メイスター・パイロスはテーブルの上を掻きまわし、さまざまな羊皮紙の古文書を広げては捨てた。「新しい文書はありません。たぶん、古いものなら……」

ダヴォスは人並みに、よい物語をおもしろく思った。しかし、スタニスは自分をおもしろがらせるために〈王の手〉に指名したわけではない、とかれは感じた。かれの第一の仕事は王の統治を助けることである。そして、そのためには、使い鴉の運んでくる文書を理解する必要があった。物事を覚える最善の方法は、それを実際にやってみることだと、かれは悟っていた。航海でも文書でも同じことなのだ。

「これはわたしたちの目的にかなうかもしれません」パイロスは一通の文書を渡した。

ダヴォスはしわだらけの四角い小さな羊皮紙のしわを伸ばして、目を細めて小さな難解な文字を読もうとした。読書は目を疲れさせる。そのくらいは早くから学んでいた。〈知識の《シタデ》城《ル》〉はもっとも小さな文字を書いたメイスターに賞金を出すのではないかと、ダヴォスはときどき思ったが、パイロスはその考えを笑った。それにしても……

「ご……五人の王へ」ダヴォスは五という文字のところを、ちょっとためらって読んだ。そのような書き方をしている文書に、あまりお目にかかったことがなかったからである。「か……蚊帳《かや》の外……の王？」

「壁です」メイスターが訂正した。

ダヴォスは顔をしかめた。「〈壁の向こうの王〉が来る……南に来る。かれはや……や……野生……野人の……た……た……」

「大軍」

「……大軍を連れて……いる。や……野生……野人の。モ……モー……モーモントは使い鴉を……送った……ゆ……ゆ……」

「幽霊。〈幽霊の森〉から」パイロスはその言葉の下に指で線を引いた。

「……〈幽霊の森〉から。かれは……攻撃……されている？」

「はい」

かれは満足して、苦労しながら読み進んだ。「そ……それ以来……他の鳥たちが来た。手紙を……持たずに。残念……残念ながら……モーモントは……ぶ、部下……全員とともに……殺されたらしい……」ダヴォスは突然、自分が何を読んでいるか気がついた。そして、手紙をひっくり返して見た。すると封印は黒かった。「これは〈冥夜の守人《ナイツ・ウォッチ》〉から来たものだ。メイスター、王はこの手紙を読んだかね？」

「最初に届いたときに、わたしはアレスター公に渡しました。あの時は、かれが〈手〉でしたから。かれはきっと王妃と相談したと思います。返事を出しますかとたずねると、ばかをいうなといわれました。〝陛下はご自分の敵と戦う兵士にも事欠いている。野人のために費やす兵士など一人もおらん〟といわれました」

それはそのとおりだった。そして、五人の王という言い方は、きっとスタニスを怒らせたことだろう。「乞食からパンをねだるのは飢えた人間だけだ」かれはつぶやいた。

「なんとおっしゃいました？」

「昔、女房がいったことだ」ダヴォスは切り詰められた指でテーブルを叩いた。かれがはじめて〈壁〉を見たのはデヴァンよりも幼いころで、ロロ・ウホリス船長の《どら猫》《コブルキャット》に乗っていたときだった。この船長は盲目でもなく賤しい生まれでもなかったが〈盲目の私生児〉《ブラインド・バスタード》と呼ばれて、〈狭い海〉の端から端まで名が売れていた。ロロはスカゴス島を過ぎて震顫海《しんせんかい》に入り、これまで貿易船を見たことのない無数の入り江を訪れた。かれが運んだのは鉄だった。剣、斧、兜、良質の長い鎖帷子《チェーン・メイル》などを、毛皮、象牙、琥珀、黒曜石などと交換した。《どら猫》《コブルキャット》はそれらの物資を満載して南に戻ってきたが、〈海豹《アザラシ》の入り江〉までくると、三隻の黒いガレー船が出てきて、その船を東の物見城《イーストウォッチ》に誘導した。そして、野人に武器を売ったという罪で、かれらは船荷を失い、〈バスタード〉は首を失ったのだった。

ダヴォスは密輸業者時代に、東の物見城《イーストウォッチ》で貿易をしたことがあった。黒衣の兄弟たちは、敵にまわすと手ごわいが、正しい船荷を積んでいる船に対しては、よい顧客だった。しかし、代金を受け取るときには、〈ブラインド・バスタード〉の首が《どら猫》《コブルキャット》の甲板を転がっていったことを、かれは決して忘れなかった。「わたしは子供のころに何人かの野人を見たことがある」かれはメイスター・パイロスにいった。「かれらはまっとうな盗人《ぬすっと》だが、うるさい値切り屋だった。われわれの船室から娘を連れ去ったやつがいたよ。全体として、かれらは普通の人間と変わらない。いいやつもいれば悪いやつもいる」

「人は人です」メイスター・パイロスは賛成した。「読書に戻りますか、〈手〉さま？」

〝そう、おれは〈王の手〉だ〟スタニスは名目上ウェスタロスの王かもしれないが、実際は彩色テーブルの王だ。かれはドラゴンストーン城とストームズ・エンド城を領有している。そして、サラドール・サーンとは不安定さを増す同盟を結んでいるが、それだけなのだ。どうして〈冥夜の守人《ナイツ・ウォッチ》〉がかれに助けを求めることができようか？　〝かれがどんなに弱体化しているか、そして大義を失っているか、かれらは知らないのかもしれない〟「スタニス王は、この手紙を一度も見ていないのは確かだね？　メリサンドルも？」

「はい、お二人のところに届けましょうか、これからでも？」

「いいや」ダヴォスはすぐにいった。「きみの義務は、アレスター公にこれを届けたときで終わっている」〝もしも、メリサンドルがこの手紙のことを知っていたら……〟彼女はなんといったっけ？〝その名を口にしてはならない者が、軍勢を引き連れてやってきます、ダヴォス・シーワースよ。まもなく、寒さが、そして決して終わることのない夜がやってきます……〟そして、スタニスは炎の中に幻影を見ている。雪の中に松明の輪を、周囲をぐるりと恐ろしいものに取り巻かれて。

「マイ・ロード、ご気分が悪いのですか？」パイロスがたずねた。

〝怖いのだよ、メイスター〟かれはそういってやりたかった。ダヴォスはサラドール・サーンから聞いた話を思い出していた。その話とは、エイゾール・アハイが愛する妻の胸に〈ライトブリンガー〉を突き刺して、その剣に焼きを入れたというのだった。〝かれは暗黒と戦うために妻を殺した。もし、スタニスがエイゾール・アハイの再来だとしたら、エドリック・ストームはアハイの妻ニッサ・ニッサの役割を演じなければならないのではないか？〟

「考えごとをしていたのだ、メイスター、失礼した」〝もし野人の王などが北部を征服したら、どんな害があるだろうか〟スタニスは北部を保持しているようには思われない。かれを王と認めることを拒否する人々を、陛下が守るとはとても思われない。「別の手紙をくれ」かれはだしぬけにいった。「これは、あまりにも……」

「……難しい？」パイロスが示唆した。

〝まもなく寒さがやってくる〟とメリサンドルがささやいた。〝そして、決して終わることのない夜が〟「恐ろしいのだよ」ダヴォスはいった。「あまりにも……恐ろしいのだよ。別の手紙を、頼む」

55――ジョン

目が覚めたら、土竜の町《モウルズ・タウン》が燃えていた。その灰色の煙が立ち昇るのを、ジョン・スノウはメイスター・エイモンからもらったパッドつきの松葉杖にすがって、〈王の塔〉のてっぺんから眺めた。ジョンが脱走したことによって、スターは黒《カースル・ブラック》の城を不意討ちして占領する望みをまったく失ってしまった。しかし、それにしても、これほどあからさまに接近を警告する必要はなかったのに。〝おまえはおれたちを殺すかもしれない〟とかれは思った。〝しかし、寝床で殺されるやつは一人もいないはずだ。少なくともそれだけのことを、おれはやったのだ〟

足に体重をかけると、足はまだ猛烈に痛んだ。今朝、新しい黒衣を着て、ブーツの紐を締めるには、クライダスに手伝ってもらわなければならなかった。そして、身支度がすんだころには、罌粟《ケシ》の汁に溺れたい気持ちだった。しかし、ドリームワインを半杯飲み、一片の柳の樹皮を噛み、そして松葉杖にすがることで満足するしかなかった。ウェザーバックの尾根で狼煙《のろし》が上がっていた。そして、〈冥夜の守人《ナイツ・ウォッチ》〉はあらゆる人間を必要とした。

「おれだって戦えるぞ」みんなが止めようとすると、かれはいい張った。

「足は治ったんだな?」ノイが鼻を鳴らしていった。「じゃ、ちょっと蹴ってもかまわんな?」

「いや、それはやめてくれ。こわばっているんだよ。しかし、足を引きずりながら歩きまわることは充分にできる。そして、必要とあらば、立って戦うぜ」

「槍を野人に突き立てるには、どちらの端を使えばよいか知っている人間なら、みんな必要だ」

「尖っているほうの端さ」昔、幼い妹に何かこんなことをいった記憶があった。

ノイは顎の強《こわ》い髭をなでた。「ひょっとしたら、おまえにもできるかもしれん。長弓《ロングボウ》を持たせて塔の上に立たせてやろう。だが、落っこちても、おれのところに泣きついてくるなよ」

〈王の道〉が石だらけの茶色の野原を南に伸び、風の吹きすさぶ丘陵を越えていくのが見えた。あの道を、日が暮れる前に、族長《マグナー》が手下のゼン族を引き連れてやってくるだろう。かれらは手に斧と槍を持ち、背中にブロンズとなめし革の楯を背負ってくるだろう。〝〈山羊のグリッグ〉、クォート、〈大腫れ物《ビッグ・ボイル》〉、その他の連中もやってくるだろう。そして、イグリットも〟野人たちは決してジョンの友人ではなかった。友人になるのを、かれは許さなかったのだった。しかし、彼女は……

彼女の矢に射抜かれた腿の肉が疼くのを感じた。あの老人の目も覚えていた。そして、嵐が頭上にはじけたときに、あいつの喉から黒い血がほとばしったのも。しかし、いちばんよく覚えているのは、あの洞窟であり、松明の光に照らされた彼女の裸体であり、自分の口の下で開いた彼女の口の味だった。〃イグリット、ここには来るな。南に行って、食料をあさり、とても気に入っていた円柱楼のひとつに隠れろ。ここでは死しか見つからないぞ〃

中庭の向こう側で、古いフリント兵舎の屋根にのっている弓兵の一人が、ズボンの紐を解き、狭間から小便をした。〃マリーだな〃その男の脂じみたオレンジ色の頭髪でわかった。その他の屋根や塔のてっぺんにも黒衣の兵士の姿が見えた。もっとも、十人のうち九人は藁人形だったけれども。〃かかしの歩哨《スケアクロウ》〃とドナル・ノイはそれらを呼んだ。〃おれたちはただの鴉《クロウ》で〃とジョンは思った。〃大部分のやつが怯《スケア》えているわけだ〃

それらを何と呼ぼうと、藁の兵隊はメイスター・エイモンの発案だった。倉庫には使い切れないほどのズボンや胴着やチュニックが蓄えられていた。だから、そのいくらかに藁を詰め、肩にマントをかぶせて、見張りに立たせてもよいのではないか？　ノイはそれらをあらゆる塔と、窓の半数に配置した。槍を持ったり、引き金に指をかけて弩弓《クロスボウ》を抱えている人形もいた。遠くからゼン族が見て、黒の城《カースル・ブラック》は防備がよすぎて攻撃できないと思ってくれればよいと考えたのだった。

ジョンは〈王の塔〉のてっぺんに、実際に呼吸をしている兄弟《ブラザー》と六体のかかしと一緒にいた。耳の遠いディック・フォラードは狭間に腰を下ろして、弩弓の滑車がなめらかにまわるように、機構を清掃したり油をさしたりしていた。また、オールドタウンの少年は藁人形の服装を気にして整えながら、落ち着きなく手すり壁を歩きまわっていた。〃たぶん、それらにちゃんとしたポーズを取らせれば、よりよく戦うと思っているのだろう。あるいは、こうして待機しているとおれの神経が苛立つように、かれの神経も苛立っているのかもしれない"

その少年は十八歳で、ジョンより年上だと主張していたが、それにもかかわらず、夏草のような青二才だった。〈冥夜の守人《ナイツ・ウォッチ》〉のウールと鎖帷子《チェーン・メイル》と硬革《ボイルド・レザー》を着ているのに、人はかれを〈繻子《サテン》〉と呼んだ。その名前は、かれが生まれ育った売春宿でついたものだった。かれは目が黒く、肌が柔らかく、巻き毛は鴉の濡れ羽色で、少女のように美しかった。しかし、黒の城《カースル・ブラック》に来て半年たつと、がっしりした手になった。そして、弩弓にかけては、まあ一人前だとノイがいった。だが、これからやってくるものに対面する勇気があるかどうか……

ジョンは松葉杖にすがって塔のてっぺんをよちよちと歩いた。〈王の塔〉は、この城でいちばん高い塔ではなかった——高くて、細身で、今にも崩れそうな〈槍の塔《ランス》〉がその名誉を担っていたのだった。もっとも、いつ倒れるかもしれないと、オセル・ヤーウィックがいっていたそうだが。また、〈王の塔〉が最強というわけでもなかった——〈王の道〉のそばに立つ〈衛兵の塔《ガーズ》〉のほうがもっと丈夫だろうといわれた。しかし、この〈王の塔〉は充分に高く、充分に強く、〈壁〉ぎわの都合のよい場所に立っていて、門と木の階段の基部を見渡すことができた。

ジョンははじめて自分の目で黒の城《カースル・ブラック》を見たとき、なぜ城壁のない城を作るような、ばかなことをしたのだろうかと思った。どうやって守るつもりなのか?

「守れない」かれの叔父はいった。「それでよいのだ。〈冥夜の守人《ナイツ・ウォッチ》〉は国内の紛争に加わらないという誓いを立てている。しかし、何世紀もたつうちには、知恵よりも誇りのほうを多く持つ総帥もいて、誓いを忘れて、自分たちの野望のためにわれわれ全員を破滅させそうになったこともあったのだよ。ランセル・ハイタワー総帥は自分の庶出の息子に〈冥夜の守人《ナイツ・ウォッチ》〉を遺贈しようとした。ロドリック・フリント総帥はみずから〈壁の向こうの王〉になろうと考えた。〈狂えるトリスタン〉、〈狂気のマーク・ランケンフェル〉、ロビン・ヒルなど……おまえ、知っていたか？　六百年前には、雪の門《スノウゲート》と夜の砦《ナイトフォート》の指揮官が、たがいに戦を始めたのだぞ。そして、総帥がそれを止めようとすると、こんどは二人力を合わせて総帥を殺してしまったのだ。ついにはウィンターフェル城のスタークが手を出さねばならなくなり……かれら両方の首を取った。それは容易だった。なぜなら、かれらの砦には防備がなかったから。〈冥夜の守人《ナイツ・ウォッチ》〉には、ジオー・モーモント以前に九百九十六人の総帥がいて、その大部分は勇気と誇りを持ち合わせていたが……臆病者も愚か者もいて、独裁者になったり、発狂したりした。しかし、だれがわれわれの指揮官となっても、われわれは危険な存在にはならないと、七王国の貴族や王が知っていたからこそ、われわれは生き延びることができたのだ。われわれの唯一の敵は北にいる。そして〈壁〉は北側にあるのだ」

〝ただし今は、それらの敵は〈壁〉を乗り越えてしまって、南から攻めてこようとしている〟とジョンは思った。〝そして、七王国の貴族や王はわれわれを忘れてしまっている。われわれは鉄槌と金床の間にはさまっているのだ〟城壁がなければ、黒の城《カースル・ブラック》は保持できない。ドナル・ノイはだれにも劣らずそれを知っていた。「城はかれらにとってなんの役にも立たない」その武具職人は部下の小さな守備隊に話した。「台所、休憩所、厩舎、塔さえも……全部あいつらにくれてやれ。おれたちは武器庫を空《から》にして、蓄えてあるものをできるだけ〈壁〉の上に運び上げる。そして、われわれは門の周囲を固める」

というわけで、黒の城《カースル・ブラック》はついに一種の城壁を持つことになった。それは、釘の箱、塩漬け羊肉の樽、木枠、黒い幅広織物の梱、丸太の束、鋸で挽いた板、火で焼き固めた杭、無数の穀物の袋などの貯蔵品を三メートルの高さに積み重ねた、三日月型のバリケードだった。こうして、守る価値のあるもっとも重要な二つの物を取り巻く粗末な防護壁ができたのだった。その二つの重要な物とは、北への出口と、そして、大きな木造の階段の基部だった。階段は、氷の中に深く打ちこまれた木の幹ほどの太さの梁に支えられ、〈壁〉の表面にとりついて、酔っぱらった稲妻のようにじぐざぐに這い上がっている大きな木造の階段だった。

最後の数人の土竜《モグラ》たちが、〈冥夜の守人《ナイツ・ウォッチ》〉の兄弟《ブラザー》に促されて、まだ長い登りの途中にいるのが見えた。グレンは腕に小さな少年を抱えて登っていたし、その二曲がり下をピップが肩に老人をつかまらせて登っていた。もっとも年をとった村人はまだ下にいて、かれらを運び上げる籠が下りてくるのを待っていた。一人の母親が二人の子供を両手に引いて登っていき、かれらより年上の少年が彼女を追い越して、階段を走って登っていくのが見えた。かれらから六十メートル上の踊り場で、〈青い空《スカイ・ブルー》のスー〉とレディ・メリアナ（彼女は決して貴婦人《レディ》ではないと、その友人の意見は一致していた）が、南のほうを見ていた。ジョンよりも上にいるかれらのほうが煙をよく見ることができるのは疑いなかった。ジョンは、逃げることを選ばなかった村民のことを考えた。頑固すぎるか、愚かすぎるか、または勇敢すぎて、逃げない者が——戦うか、隠れるか、あるいは膝を屈することを選ぶ者が、少しはいるものだ。たぶん、ゼン族はかれらを助けるだろう。

〝なすべきことは、おれたちがかれらを攻撃することだろう〟とかれは思った。〝立派な馬に乗った五十人の哨士《レンジャー》がいれば、道路でかれらを粉砕できるだろう〟だが、五十人の哨士《レンジャー》はおらず、馬はその半数もいなかった。守備隊は戻ってきていなかった。そして、かれらがどこにいるか、いや、ノイが送り出した騎兵がかれらのところに行き着いたかどうかさえ、知るすべはなかったのだ。

〝われわれが守備隊だ〟ジョンは自分にいい聞かせた。〝そして、このありさまを見ろ〟バウエン・マーシュが後に残した兄弟《ブラザー》は、ドナル・ノイが警告していたように、老人、不具者、それに青二才ばかりだった。その何人かが樽と格闘しながら階段を登っていくのや、バリケードに上がっているのが見えた。恰幅《かっぷく》のよい〈ビヤ樽《ケッグズ》〉老人はあいかわらず、のろのろしており、〈予備の長靴《スペア・ブート》〉は木製の義足をつけてきびきびと動いており、なかば狂ったイージーは自分が道化師フロリアンの再来だと妄想しているし、ドーン人のディリー、ローズウッドの〈赤《レッド》のアリン〉、〈若い《ヤング》ヘンリー〉（五十歳はゆうに越している）、〈年寄り《オールド》ヘンリー〉（七十歳はゆうに越している）、〈毛むくじゃらのハル〉、乙女の池《メイドンプール》の〈斑《まだら》のペイト〉。かれらの中の二人が、ジョンが〈王の塔〉のてっぺんから見下ろしているのに気づいて、手を振ってみせた。他の者たちはそっぽを向いた。〝かれらはまだおれが裏切り者だと思っているのだ〟これは口に苦い飲み物だったが、ジョンはかれらを非難することができなかった。なんといっても、かれは私生児だった。私生児は肉欲と欺瞞から生まれた者で、生まれつき気まぐれで油断ならない人間だと、みんな知っていた。そして、かれは黒の城《カースル・ブラック》で、多くの友人も作ったが、多くの敵も作ったのだった……たとえば、その一人はラストだ。ジョンはかつて、もしかれがサムウェル・ターリーをいじめるのをやめなければ、ゴーストに喉を喰いちぎらせるぞと脅したことがあった。そして、ラストはそのことを忘れなかったのだ。かれはちょうどいま、熊手で枯れ葉を階段の下に掃きこんでいるところだったが、しばしば手を止めて、ジョンをいやな目で眺めるのだった。

「だめだ」ドナル・ノイは下のほうにいる三人のモウルズ・タウンの男たちに向かって、大声で怒鳴った。「ピッチは起重機にのせる、油は階段を上がる、弩弓の太矢は四つめ、五つめ、六つめの踊り場に運べ。槍はひとつめと二つめに。豚脂は階段の下に、そう、そこだ、板の後ろに。肉の樽はバリケードに使う。さあ、役立たずの田舎者め、さあ、働け！」

〝かれは城主の声を持っている〟とジョンは思った。父はいつも、合戦のときには指揮官の肺はその右手と同じくらい重要だといった。「命令が聞こえなければ、そいつがどんなに立派な男であろうと、勇敢な男であろうと、問題にならないのだぞ」とエダード公は息子たちに語った。だから、ロブとジョンはウィンターフェル城の別々の塔によく登って、中庭越しに怒鳴りあったものだった。ドナル・ノイの声はかれら二人の声をかき消すこともできただろう。土竜《モグラ》たちはみんなかれに恐れおののいたが、それも当然だった。かれはいつも、かれらの首を引きちぎってやると脅していたからである。

村民の四分の三はジョンの警告を受け止めて、黒 の 城《カースル・ブラック》に避難してきていた。ノイは、槍を持ったり斧を振るったりするだけの敏捷性がまだある者はみんな、バリケードの守備を手伝ってもらうと命令を下していた。さもければ、家に帰って、運を天に任せてゼン族とつきあってもいいぞ、と。かれは武器庫を空《から》にして、いい武器をかれらに手渡した。大きな両刃の斧、剃刀のように鋭利な短刀、長剣、棍棒、刺付き球の棍棒などを。村民たちも鋲を打った革の胴着と長い鎖 帷 子《チェーン・メイル》を着て、臑当を足につけ、頭を肩の上に留めておくための頸甲を首につけると、何人かは兵士らしく見えた。〝暗いところで、横目で見ればだが〟

ノイは女も子供も働かせた。幼くて戦えない者は水を運び、火の番をさせ、モウルズ・タウンの産婆はクライダスとメイスター・エイモンの助手として負傷者の手当てをすることになり、〈三本指のホッブ〉は突然、使い切れないほどの焼き串小僧や、鍋の掻きまわし手や、玉葱《タマネギ》の刻み手を押しつけられて当惑した。娼婦の二人は戦うと申し出さえして、充分な弩弓の技量を示し、十二メートル上の持ち場を与えられた。

「寒い」〈サテン〉はマントの下で、脇の下に両手を突っこんで、立っていた。その頬は真っ赤だった。

ジョンは、しいて笑った。「霜 の 牙《フロストファング》は寒いぞ。ここは気持ちよい秋の日だ」

「では、霜 の 牙《フロストファング》など見たくないな。オールドタウンに、ワインを氷で冷やすのが好きな娘がいたが、氷はあそこにあるのがいちばんいいと思う。ワインの中にね」〈サテン〉は南を見て、顔をしかめた。「かかしの歩哨がやつらを脅して、追っ払ったと思うかね、マイ・ロード？」

「ひょっとしたらな」それはありうると、ジョンは思った……だがむしろ、野人どもは強姦や略奪をするために、モウルズ・タウンにちょっと足を止めているだけかもしれない。あるいは、スターは夕暮れを待って、暗闇に隠れて押し寄せてくるのかもしれない。

正午になり、それも過ぎたが、〈王の道〉にゼン族の姿はまだ見えなかった。だが、ジョンは塔の内部の足音を聞いた。そして、はね上げ戸から〈薄馬鹿オーウェン〉が首を出した。かれは下から登ってきたので、赤い顔をしていた。かれは片方の腕でパンの入った籠をかかえ、もう片方に車輪型のチーズをかかえ、片手に玉葱《タマネギ》の袋をぶら下げていた。「ホップがおまえたちに食べさせろと。しばらくここに張りついていなければならないかもしれないからな」

〝それか、または、おれたちの最後の食事になるだろう〟「かれに礼をいってくれ、オーウェン」

ディック・フォラードは石のように耳が遠かったが、鼻は充分に効いた。籠に手をつっこんで、パンを一個取り出すと、まだ焼き立てで温かかった。また、バターの壺も入っていたので、短剣でそれを塗った。「干し葡萄《ブドウ》だ」かれは嬉しそうにいった。「ナッツもあるぞ」かれは発音が不明瞭になっていたが、ちょっと慣れれば容易に聞き取ることができた。

「おれの分もくれてやるよ」〈サテン〉がいった。「おれ、腹がへってないんだ」

「喰え」ジョンはかれにいった。「二度とチャンスがないかもしれないぞ」かれはパンを二つ取った。ナッツは松の実だった。そして干し葡萄とともに干し林檎《リンゴ》のかけらも入っていた。

「今日、野人は来るだろうか、〈スノウ公《ロード・スノウ》〉？」オーウェンがたずねた。

「来れば、わかるよ」ジョンがいった。「角笛の音に気をつけろ」

「二つ。二つは野人が来たという合図だ」オーウェンは背が高く、亜麻色の頭髪で、愛想がよく、疲れを知らない働き手で、木工をしたり、投石機を組み立てたりする作業となると、驚くほど器用だった。しかし、本人が得意になって話すように、赤ん坊のころに母親が下に落としたので、耳の穴から知能の半分が流れ出してしまったのだった。

「おまえ、どこに行くか覚えているか？」ジョンはかれにたずねた。

「階段に行けと、ドナル・ノイがいうんだ。三つめの踊り場に上がって、野人が防壁を乗り越えようとしたら、上から弩弓で射撃しろと。三つめの踊り場、ひとつ、二つ、三つめだ」かれは頭をひょこひょこ動かした。「もし野人が攻めてきたら、王が助けにきてくれる。そうだろう？　かれは強力な戦士だ、ロバート王はな。かれはきっと来る。メイスター・エイモンがかれのところに鳥を送ったんだから」

　ロバート・バラシオンは死んだと、かれにいっても無駄だった。かれは前にも忘れたように、それを忘れてしまうのだから。「メイスター・エイモンがかれに鳥を送ったよ」ジョンはうなずいた。そうすると、オーウェンは安心するらしかった。

メイスター・エイモンはたくさんの鳥を送っていた……一人の王のところだけでなく、ほかの四人にも。〝野人、門に迫る〟手紙にはこう書かれていた。〝国は危機に瀕している。できるだけの援軍を、黒の城《カースル・ブラック》に送れ〟オールドタウンや〈知識の城《シタデル》〉のような遠方まで、使い鴉《レイヴン》は飛んだ。そして、それぞれの城にいる五十人もの有力な城主のところにも。〈冥夜《ナイツ》の守人《・ウォッチ》〉にとって、北部の諸領主が頼みの綱だったので、エイモンはかれらには二羽ずつの鳥を送ったのだった。アンバー家とボルトン家に、サーウィン城とトーレンの方塞《ズ・スクウェア》に、カーホールドと深林の小丘城《ディープウッド・モット》に、熊の島《ベア・アイランド》、古き城《オールドカースル》、寡婦の物見城《ウィドウズ・ウォッチ》、白い港《ホワイト・ハーバー》、バロウトンと細流《リルズ》地域に、リドル家、バーリー家、ノレイ家、ハークレイ家、ウル家などの山地の砦に、黒い鳥たちがかれらの願いを運んだ。〝野人、門に迫る。北部は危機に瀕している。全兵力を率いて来たれ〟

　といっても、使い鴉たちには翼があるかもしれないが、諸公や諸王にはそれがない。たとえ援軍が来るとしても、今日来るはずはなかった。

　午前が午後になると、土竜の町《モウルズ・タウン》の煙は吹き払われて、南の空がまた晴れた。〝雲がない〟とジョンは思った。これはよかった。雨か雪なら、全滅の可能性があった。

　クライダスとメイスター・エイモンは巻き上げ機の籠に乗って〈壁〉の上の安全なところに登った。そしてモウルズ・タウンの妻たちの大部分も同様にした。黒いマントの兵士たちはいくつかの塔の頂上を落ち着きなく歩きまわって、中庭越しに叫び合った。セプトン・セラダーはバリケードの兵士たちを率いて礼拝し、〈戦士〉に力を与えたまえと懇願した。耳の遠いディック・フォラードはマントをかぶって眠ってしまった。〈サテン〉は狭間胸壁のところをぐるぐるぐるぐると、いつまでも輪を描いて歩きまわった。〈壁〉は涙を流し、太陽は固く青い空をじりじりと渡っていった。夕暮れ近くに、〈薄馬鹿オーウェン〉が黒パンの塊と、ホップ秘蔵の羊肉の桶を持って戻ってきた。羊肉はエールと玉葱《タマネギ》の濃いスープで煮こんであった。それを食べるために、ディックさえも起きてきた。かれらはパンのかけらで桶の底を拭って、ひと切れ残らず平らげた。食事がすむころには、太陽は西に傾き、黒く鋭い影が城じゅうを覆った。

「火を燃やせ」ジョンが〈サテン〉にいった。「そして、釜に油を入れろ」

ジョンは足のこわばりをいくらかでも和らげようと思って、みずから下の扉の閂《かんぬき》をかけに下りていった。これは間違いだった。自分ですぐにそう悟ったが、それでも松葉杖を引っつかんで、やり遂げた。〈王の塔〉の扉は樫材《オーク》に鉄の鋲を打ったものだった。これはゼン族の進入を遅らせるかもしれないが、かれらが本気で入ってくるつもりなら、阻止することはできそうもなかった。ジョンは閂を受け金にがしゃんとはめて、便所に行き――おそらくこれが最後のチャンスになるだろうと思いながら――痛みに顔をしかめ、足を引きずって屋上に戻った。

西のほうは赤く腫れた打ち身のような色になっていたが、上空はコバルト・ブルーで、それが濃くなって紫色になりかけており、星が光りだしていた。ジョンは二つの凸壁の間に腰を下ろした。戦友は一体のかかしだけだった。そして、牡馬座の星が空に駆け上がるのを眺めた。いや、あれは〈角のある領主〉の星座だったかな？　今、ゴーストはどこにいるのかと思った。また、イグリットはどうしているかと考えたが、そんなことを考えていると気が狂うぞ、と自分にいい聞かせた。

もちろん、かれらは夜陰にまぎれて攻めてきた。〝泥棒のように〟とジョンは思った。〝人殺しのように〟と。

角笛が鳴ると、〈サテン〉は小便を洩らした。だが、ジョンは気がつかないふりをした。

「ディックのところに行って、揺り起こせ」かれはそのオールドタウンの少年にいった。「さもないと、あいつは合戦の間じゅう眠っているかもしれないからな」

「怖いなあ」〈サテン〉の顔は不気味に白くなっていた。

「やつらだって、そうさ」ジョンは松葉杖を凸壁に立てかけて、長弓《ロングボウ》を取り上げ、その太くてなめらかなドーン産のイチイの棒を曲げて、弦を張った。「命中するという確信がなければ、太矢を無駄にするなよ」ディックを起こしにいった〈サテン〉が戻ってくると、かれはそういった。「矢の補充はここにたっぷりあるが、たっぷりというのは無尽蔵という意味ではない。そして、矢をつがえるときは、凸壁の陰に隠れろ。かかしの後ろに隠れようなんて思うなよ。藁でできているから、矢が突き抜けるぞ」かれはわざわざディック・フォラードには何もいわなかった。ディックは充分な明るささがあれば唇を読むことができるし、何をいってもてんで問題にしなかった。すべてすでに知っているのだから。

かれら三人は円柱楼の三つの側に陣取った。ジョンはベルトに矢筒をさげて、一本の矢を引き抜いた。その軸は黒く、矢羽根は灰色だった。それを弓につがえると、かれはシオン・グレイジョイがかつて猟の後でいったことを思い出した。〝猪には牙があり、熊には鉤爪があるが〟かれは例の調子で微笑しながら宣言したものだった。〝灰色の雁の羽毛の半分も命取りになるものは他にないんだ〟

ジョンはシオンの半分も優秀なハンターでは決してなかった。しかし、長弓を使ったことがまったくないわけではなかった。武器庫の石壁を背にして忍び寄る黒い影が見えたが、あまりよく見えなかったので、矢を無駄にするのをやめた。遠くで叫び声が聞こえ、〈衛兵《ガーズ》の塔〉の弓兵が地面に向けて弓を射ていた。しかし、それは遠すぎて、ジョンが気にすることはなかった。しかし、五十メートル向こうの古い厩舎から、三つの影が現われると、かれは狭間に上がり、弓を上げて弦を引いた。かれらは走っていたので、そのまま見過ごしてじっとチャンスを待ち……

矢は弦を離れるときに、かすかなシュッという音をたてた。一瞬の後、うめき声が聞こえ、突然二つの影だけが中庭を走っていった。かれらはますます速く走ったが、ジョンはすでに矢筒から二の矢を引き抜いていた。こんどは、発射を急ぎすぎて、失敗した。次の矢をつがえたころには、その野人たちは姿を消していた。別の標的を探すと、空き家になった〈総帥の塔〉の壁の周囲を四つの人影が走っているのが見えた。かれらの槍や斧に月光が反射し、かれらの丸い革の楯に描かれた気味悪い紋章が見えた。髑髏《どくろ》、骨、蛇、熊の爪、歪んだ悪魔の顔。〝自由民だ〟とわかった。ゼン族は青銅で縁取りして鋲を打った黒い硬《ボイルド・レザー》革の楯を持っているが、それらは無地で装飾がない。しかし、この連中の楯はもっと軽い小枝細工のものだった。

ジョンは耳元まで矢羽根を引き寄せ、狙い、そして放った。それからまたつがえ、引き、放った。第一矢は熊の爪の楯を貫き、第二矢は喉を貫いた。その野人は悲鳴を上げて倒れた。ジョンは左側でディックの弩弓がブンと低い音をたてるのを聞いた。そして、一瞬の後に、〈サテン〉の発射音も。「一人倒した！」その少年は嗄れ声で叫んだ。「胸に命中したぞ」

「他のもやれ」ジョンは呼びかけた。

もう、標的を探す必要はなかった。選ぶだけでよいのだ。かれは矢をつがえようとしている野人の弓兵を倒し、それから〈ハーディンの塔〉の扉を斧でぶち割ろうとしているやつを射た。こんどは外れたが、樫《オーク》に突っ立って震える矢を見て、その野人は考えを変えた。あれは〈大腫れ物《ビッグ・ボイル》〉のやつだなとジョンが気づいたときには、すでに逃げ去ってしまっていた。一瞬の後、フリント兵舎の屋根から、マリー老人がそいつの足に矢を命中させ、そいつは血を流しながら這って逃げた。〝これで、あいつもできもの《ボイル》の文句をいわなくなるだろう〟とジョンは思った。

矢筒が空《から》になると、かれは矢を補充しにいき、別の狭間に移動して、耳の遠いディック・フォラードと並んだ。フォラードが弩弓で一本の矢を発射する間に、ジョンは三本の矢を発射した。これが長弓の長所だった。弩弓のほうが貫通力が強いという人もいるが、弩弓は矢を再装填するのに時間がかかり、厄介なのだ。ジョンは野人どもがたがいに叫び合っているのを聞いた。そして、どこか西のほうで戦闘の角笛が鳴るのを聞いた。世界は月光と影であり、時間は、矢をつがえ、弦を引き、発射するという動作の終わりのない循環であった。横の藁人形の喉を野人の矢が貫通したが、ジョン・スノウはほとんど気づかなかった。〝ゼン族の族長《マグナー》スターにうまく命中させてください〟かれは父親の神々に祈った。族長《マグナー》のやつは少なくともかれが憎むことのできる敵だった。〝スターを殺させてください〟

指がこわばり、親指は出血しはじめたが、それでもジョンは矢をつがえ、弦を引き、発射した。炎がどっと立ち昇るのが見えた。そちらを見ると休憩室の扉が燃えていた。それからほんの数秒で、その大きな木造建築が火に包まれた。〈三本指のホッブ〉と、モウルズ・タウンから来た手伝いの人々は、安全な〈壁〉の上に登っている――かれはそう知ってはいたが、それは腹にパンチをくらったような衝撃だった。「ジョン」耳の遠いディックがだみ声でわめいた。「武器庫を見ろ」野人たちがその屋根に登っているのが見えた。一人は松明を持っていた。ディックは射撃しやすいように狭間に飛び乗って、弩弓を肩に当て、松明を持った男に太矢を一本見舞った。外れた。

下の弓兵は外さなかった。

フォラードは一言もいわずに、ただ胸壁の上からまっさかさまに落ちていった。下の中庭まで三十メートルの高さがあった。ジョンは藁人形の後ろから覗いて、その矢がどこから来たか確認しようとしたときに、ドサンという音を聞いた。ディックの死体から三メートルも離れていないところに、革の楯、ぼろぼろのマント、ぼさぼさの濃い赤い頭髪がちらりと見えた。〃炎のキスだ〃とかれは思った。〃幸運のしるしだ〃かれは弓を持ち上げたが、指が開こうとせず、その女は現われたときと同様にたちまち姿を消してしまった。かれはきょろきょろ見まわし、罵り、彼女の代わりに、武器庫の屋根に登っていた男たちに矢を射たが、それらも外れてしまった。

このころには東の厩舎も燃えていて、厩舎から黒い煙と燃える干し草の炎が立ち昇っていた。その屋根が崩壊すると、ゼン族の戦闘角笛の音をかき消すほどの轟音を上げて炎が立ち昇った。五十人ほどのゼン族の兵士が頭上に楯をかざし、きっちりと縦隊を組んで〈王の道〉を進んできた。また、他の集団が野菜畑を抜け、板石敷きの中庭を横切り、古い空井戸の周囲を通って押し寄せてきた。使い鴉小屋の下の木造の砦にあるメイスター・エイモンの住居の扉をぶち壊して、三人が中に入ろうとしていた。そして、〈沈黙の塔《サイレント》〉の上では長剣と青銅の斧の死闘が行なわれていた。そんなことはどうでもよかった。〃ダンスは次の段階に進んだのだ〃と、かれは思った。

ジョンは足を引きずって〈サテン〉のところに行き、肩をつかんだ。「こっちにこい」かれは叫んだ。二人は一緒に北側の胸壁に移動した。〈王の塔〉のそちら側からは、門と、ドナル・ノイが丸太と樽と穀物袋で作った間に合わせの壁を、見下ろすことができた。すでにゼン族がその前にいた。かれらは半球形兜《ハーフヘルム》をかぶり、薄い青銅の円盤を縫いつけた長い革の帷子《かたびら》を着ていた。多くの者は青銅の斧を振るっていたが、石のかけらを使っているものも少しはいた。もっと多くの者は木の葉型の穂先のついた短い突き槍を持ち、その穂先が燃える厩舎からの光を反射して赤く光っていた。かれらは古代語でかん高く叫びながら、バリケードに襲いかかり、槍で突き、青銅の斧を振りまわし、穀物と血を思うがままにまき散らした。ドナル・ノイが階段に配置した弓兵が弩弓と普通の弓を使って、ゼン族に雨あられと矢を浴びせかけた。

「おれたち、どうしよう？」〈サテン〉が叫んだ。

「やつらを殺すのさ」ジョンは怒鳴り返して、一本の黒い矢を手にした。

これ以上楽な射撃はなかった。ゼン族は〈王の塔〉に背を向けて、三日月型の砦に攻めかかり、袋や樽を乗り越えて黒衣の男たちに肉薄しようとしていたのだから。偶然に、ジョンと〈サテン〉の両方が同じ標的を選んでしまった。そいつがバリケードの上にのぼった瞬間に、一本の矢がその首に突き刺さり、一本の太矢が肩甲骨の間に突き刺さった。半拍の後、長剣がその腹を突き刺し、そいつは後ろの男の上に仰向けに倒れた。ジョンは矢筒に手を伸ばして、また空《から》になっているのに気づいた。〈サテン〉は弩弓の弦を巻き上げていた。ジョンはかれを置いて、矢を取りにいった。ところが、三歩も歩かないうちに、目の前のはね上げ戸がぴしゃりと開いた。〝こんちくしょう、扉が壊れる音も聞こえなかったのに〟

考えたり、作戦を練ったり、助けを呼んだりする暇はなかった。ジョンは弓を捨て、肩越しに後ろに手を伸ばして〈長い鉤爪《ロングクロウ》〉を引き抜き、塔の中から現われた最初の頭のまんなかを切りつけた。青銅はヴァリリア鋼の敵ではなかった。その剣はゼン族の兜を真っ二つに断ち切り、頭蓋骨に深く食いこんだ。そいつは今来た下の部屋にどさりと落下した。その下にはもっと大勢いると、叫び声でわかった。かれは戻って〈サテン〉を呼んだ。次に上ってきたやつは頰を太矢に貫通され、そいつも姿を消した。「油を」ジョンがいうと、〈サテン〉はうなずいた。火のそばに置いておいた厚いキルトの当て布を、二人そろって引っつかみ、沸騰する油が入っている重い鍋を持ち上げて、はね上げ戸の穴から下のゼン族にザーッと浴びせかけた。今まで聞いたことのないような悲鳴があがり、〈サテン〉は吐きそうな顔をした。ジョンははね上げ戸を蹴って閉め、重い鉄鍋をその上に置き、その若い美男子を強く揺すった。「吐くのは後にしろ」ジョンは怒鳴った。「来い」

かれらはほんの数瞬、胸壁から離れていただけだったが、下の状況はまったく変化していた。十数人の黒衣の兄弟と少しばかりのモウルズ・タウンの男たちがまだ板枠や樽の上に立っていたが、大勢の野人が三日月型の砦全体に襲いかかり、かれらを圧倒していた。一人が槍であまり強くラストの腹を突き上げたので、かれの体が空中に持ち上げられたほどだった。〈ヤング・ヘンリー〉は敵に囲まれてすでに死に、〈オールド・ヘンリー〉は死にかけていた。イージーはマントをひるがえして狂人のように笑いながら、樽から樽に飛び移り、くるくるまわって切りつけていた。しかし、青銅の斧がかれの膝のすぐ下にあたり、かれの笑い声が泡立った悲鳴に変わった。

「あいつらは負けそうだ」〈サテン〉がいった。

「いや」ジョンがいった。「負けてしまったんだ」

事態は急変した。一人の土竜《モグラ》が逃げ出すと、もう一人も逃げ出し、突然、村民のすべてが武器を投げ出して、バリケードを放棄した。それを兄弟《ブラザー》だけで守るには人数が足りなかった。ジョンが見ていると、かれらは列を作って秩序を取り戻そうとしたが、槍と斧を持ったゼン族に圧倒され、兄弟《ブラザー》たちも逃げ出した。ドーン人のディリーは足を滑らせてうつ伏せに倒れ、その肩甲骨の間に野人が槍を突き立てた。足がのろく、息のあがった〈ビヤ樽〉が階段の下に達したか達しないうちに、ゼン族の一人がそのマントの端をつかみ、ぐるりと引き倒したが……そいつが斧を振り下ろす前に、一本の弩弓の太矢がそいつを倒した。「やった」〈サテン〉が歓声を上げた。〈ビヤ樽〉はよろよろと階段のところに行き、四つん這いになって登りはじめた。

〝門が取られる〟ドナル・ノイがそれを閉鎖しておいたが、もう風前の灯火だった。鉄の門が火を反射して赤く光り、その先に冷たく黒いトンネルがあった。戻ってきてそれを守ろうとする者はいなかった。唯一安全な場所は〈壁〉の上だった。捩じ曲がった木の階段の二百メートル上の。

「おまえ、何の神々を拝む?」ジョンは〈サテン〉にたずねた。

「〈七神〉を」オールドタウン出身の少年は答えた。

「では、祈れ」ジョンはかれにいった。「おまえは新しい神々に祈れ、おれは古《いにしえ》の神々に祈る」

はね上げ戸の混乱で、ジョンは矢筒に矢を補充するのを忘れていた。かれは足を引きずって屋上を横切り、そこで矢の補充をし、弓を拾い上げた。鍋は置いた場所から動いていなかったので、さしあたり安全だと思われた。〝ダンスは移動していき、おれたちは桟敷から見物している〟かれは足を引きずって戻りながら、そう思った。〈サテン〉は階段の野人たちに向かって、弩弓を射ていた。それから、凸壁の陰にかがんで弩弓の弦を巻き上げた。〝やつは美少年かもしれないが、すばやくもある〟

主戦場は階段の上だった。ノイはいちばん下の二つの踊り場に槍兵を配置していたのだが、村人の総崩れによって、かれらもパニックを起こし、逃走に加わり、三段目の踊り場に駆け上がろうとし、後に取り残された者をゼン族が殺していた。もっと高い踊り場の弓兵と弩弓兵はかれらの頭上に矢の雨を降らせようとしていた。ジョンは矢をつがえ、弦を引き、放ち、野人の一人が階段から転げ落ちるのを見て喜んだ。火の熱のために〈壁〉は涙を流し、氷の表面に炎が踊り、明滅した。命からがら逃げる人々の足に踏まれて、階段が揺れた。

ジョンはまた矢をつがえ、弦を引き放ったが、こちらはかれと〈サテン〉の二人しかいない。相手のゼン族はたっぷり六、七十人いて、階段を駆け上がり、手当たりしだいに殺戮し、勝利に酔っていた。四つめの踊り場に、三人の黒衣の兄弟が長剣を手にし、肩と肩を接して立った。そして、また戦闘が行なわれたが、すぐに終わった。わずか三人なので、押し寄せる野人の群れに圧倒され、兄弟《ブラザー》たちの血が階段に滴った。「合戦のときに逃げる人間ほど弱いものはない」かつてエダード公がジョンにいったことがあった。「逃げる相手は兵士にとって傷ついた獣のようなものだ。流血の欲望をそそるだけだ」と。五段目の踊り場の弓兵たちは、戦闘がそこに達しないうちに逃げてしまった。総崩れ、ひどい総崩れになった。

「松明を持ってこい」ジョンは〈サテン〉にいった。火のそばに四本の松明が置いてあった。それらの先端は油のしみた布で包まれていた。十数本の火矢もあった。そのオールドタウンの少年は松明の一本を火に突っこんで点火した。そして、残りには点火せずに抱えてきた。かれはまた怯えた顔をした。それも当然だった。ジョンも怯えていたから。

　かれがスターを見たのはこの時だった。そのゼン族の族長《マグナー》は破れた穀物の袋や砕けた樽や、敵や味方の死骸を乗り越えて、バリケードによじのぼっていた。そいつの青銅の小札鎧《スケール・アーマー》が火を反射して鈍く光った。スターは勝利の場面を見まわすために兜を脱いでいた。その頭の禿げた、耳のない売春婦の息子は微笑していた。手には装飾用の青銅の穂先をつけた長いウィアウッドの槍を持っていた。かれは門を見ると槍で指し示して、まわりの数人のゼン族に古代語で何か怒鳴った。〝もう手遅れだぞ。おまえはもっと大勢の手下にバリケードを乗り越えさせておくべきだった。そうすれば、少しは救えたかもしれないのに〟

　上のほうで、戦闘の角笛が長く低く鳴った。〈壁〉のてっぺんからではなく、地上六十メートルばかりの九番目の踊り場からだった。そこにドナル・ノイが立っていた。

　ジョンは長弓に火矢をつがえた。そして、〈サテン〉はそれに松明の火を移した。ジョンは胸壁に歩み寄り、弓を引き、狙い、放った。矢はリボンのような炎の尾を引いて飛び、目標に命中して、パチパチと燃え上がった。

　スターが、ではなく、階段が。いや、より正確にいえば、ノイが階段の下に、最初の踊り場と同じ高さにまで積み上げておいた大小の樽や袋が。豚脂や灯油の樽が、枯れ葉や油布や裂いた丸太が、木の皮や鉋《かんな》屑の袋が。「もう一本」ジョンはいった。「もう一本」また「もう一本」射程内のすべての塔の上からも、他の弓兵たちが射撃していた。矢が塔の前に落ちるように、大きな弧を描いて上に向けて射る者もいた。ジョンは火矢を射尽くすと、〈サテン〉とともに松明に火をつけて、狭間から投げ飛ばした。

上のほうで、もうひとつの火が燃え上がっていた。古い木造の階段はスポンジのように油を吸いこむ。そして、ドナル・ノイは九番めの踊り場からずっと七番めまでたっぷり油を染みこませておいたのだった。ジョンは、ノイが松明を投げる前に、味方の大部分が安全な場所に上がってしまっていることを願うばかりだった。少なくとも黒衣の兄弟たちはこの作戦を知っていた。だが、村人は知らなかった。

風と火が残りの仕事をした。ジョンがなすべきことは、見つめることだけだった。下の炎と上の炎にはさまれて、野人たちは行き場を失った。ある者は上に登りつづけて死に、ある者は下におりて、死んだ。ある者はその場に留まって、死んだ。みな一様に死んだ。多くの者は焼ける前に階段から飛び下りて、落ちて死んだ。二十人ほどのゼン族がまだ炎と炎の間に身を寄せ合っている間に、熱のために氷が割れて、階段の下の三分の一が何トンもの氷とともに崩れ落ちた。ゼン族の族長《マグナー》スターをジョン・スノウが見たのは、これが最後だった。

〝壁は自分で自分を守る〟とかれは思った。

ジョンは中庭に下りるのを手伝ってくれと、〈サテン〉に頼んだ。負傷した足の痛みがあまりにも激しくて、松葉杖をついてもほとんど歩くことができないほどだった。「松明を持ってこい」かれはオールドタウンの少年にいった。「探したいやつがいるんだ」階段のところにいたのは大部分ゼン族だった。きっと、自由民の何人かは逃げたろう。族長《マグナー》の仲間ではなく、マンスの仲間が。その中に彼女が混じっていたかもしれなかった。そこで、ジョンと少年ははね上げ戸から入ってこようとした連中の死体のそばを下りていった。ジョンは片方の脇の下を松葉杖で支え、もう片方の手をオールドタウンで男娼をしていた少年の肩にまわして、暗がりを下りていった。

この時には、厩舎と休憩室は焼け落ちて煙を上げる燃え殻になっていたが、炎はまだ激しく壁を這い、階段を一段一段、踊り場をひとつひとつ登っていた。ときどき、ギシギシいう音が聞こえ、それからバリバリという轟音が聞こえて、〈壁〉から氷の塊が崩落した。空中に灰と氷の結晶がたちこめた。

かれはクォートが死んでいるのを見つけ、〈石の親指《ストーン・サムズ》〉が死にかけているのを見つけた。決して真の知り合いではなかったゼン族の何人かが死んでいるのや、死にかけているのを、見つけた。〈ビッグ・ボイル〉もいた。かれは体じゅうの血が流れ出てしまって弱っていたが、まだ生きていた。

〈総帥の塔〉の下の、古い雪が積もっているところに、イグリットが胸を射抜かれて倒れていた。すでに顔に氷の結晶がつきはじめており、それが月光を浴びて、きらめく銀の仮面をかぶっているように見えた。

黒い矢だと、ジョンは気づいた。だが、その矢羽根は白い鵞鳥の羽毛だった。〝おれのではない〟かれは思った。〝おれの矢ではない〟しかし、それはまるで自分の矢のように感じられた。

彼女のかたわらの雪の上にひざまずくと、彼女は目を開けた。「ジョン・スノウ」彼女はごく小さな声でいった。どうやら、肺を射抜かれているようだった。「これは本物の城なの？　ただの塔ではなくて？」

「そうだ」ジョンは彼女の手を取った。

「よかった」彼女はささやいた。「本物の城をひとつ見たかったんだ、し……死ぬまえに……」

「百もの城が見られるよ」かれは約束した。「戦《いくさ》が終わったら。メイスター・エイモンが面倒見てくれるだろう」かれは彼女の髪に触れた。「きみは火のキスを受けた、覚えているだろう？　幸運なんだ。一本の矢を受けたくらいで、死にはしない。エイモンが引き抜いて、手当てをしてくれる。そして、痛み止めの罌粟《ケシ》の汁を飲ませてくれるよ」

彼女はそれを聞いてちょっと笑った。「あの洞穴、覚えている？　あの洞穴に留まっているべきだったね。そういったのに」

「あの洞穴に戻ろう」かれはいった。「死にはしないよ、イグリット。だいじょうぶだ」

「おう」イグリットはかれの頬に手を当てた。「あんた、なんにも知らないんだね、ジョン・スノウ」彼女はためいきをつき、死の淵に引きこまれていった。

56 ——ブラン

「また空っぽの城だわ」ミーラ・リードが荒廃した瓦礫、残骸、そして雑草を見渡していった。

〝ちがう〟とブランは思った。〝これは夜の砦《ナイトフォート》で、ここが世界の果てなんだ〟と。山の中では、〈壁〉に行き着いて目が三つある鴉を見つけることしか考えなかった。しかし今、こうしてここに来てみると、心は恐怖でいっぱいになった。自分が見た夢……サマーの夢……〝だめだ、あの夢のことを考えてはならない〟かれはリード姉弟にも話していなかったが、少なくともミーラは何かおかしいと感じ取っているようだった。その話を絶対しないでいれば、もしかしたらその夢を見たことさえ忘れることができ、それは起こらなかっただろうし、ロブとグレイウィンドはいまだに……

「ホーダー」ホーダーが肩の重い荷物を揺すると、それにつれてブランも揺れた。ホーダーは疲れていた。かれらはもう何時間も歩きつづけていた。〝少なくとも、ホーダーは怖がってはいない〟しかしブランはこの場所が怖かったし、怖がっていることをリード姉弟に認めるのも、やはり怖かった。〝ぼくは北のプリンスだ、ウィンターフェル城のスタークの一人だ。ほとんど一人前の大人になっている、ロブのように勇敢にならなければ〟

ジョジェンは暗い緑色の目でかれを見上げた。

「ここにはぼくらに害を加えるものはいませんよ、殿下」

ブランはそんな確信はなかった。夜の砦《ナイトフォート》はばあやのもっとも恐ろしいお話に出てきていた。〈夜の王〉の名が人間の記憶から抹殺される以前に、その王が君臨していたのがこの場所だったのだ。ここは〈鼠のコック《ラット・クック》〉がアンダル人の王に、その王子とベーコンで作ったパイを食べさせた場所であり、あの〈七十九人の哨兵〉が立っていた場所であり、勇敢な若いダニー・フリントが暴行を受けて死んだ場所だった。ここは、シェリット王が昔のアンダル人たちに呪いを下すように神に祈った城であり、教練中の少年たちが真夜中にやってくる妖怪と出会った場所であり、盲目の〈星の目のシメオン〉が地獄の番犬の闘いを見た場所であった。かつて〈狂気の斧《マッド・アックス》〉がこの中庭を歩き、暗闇で自分の兄弟を殺しながらこれらの塔に登ったのだった。

なるほど、このすべては何百年も何千年も前に起こったのだが、おそらく、そのいくつかは実際には起こらなかっただろう。メイスター・ルーウィンは、ばあやの物語を鵜呑みにしてはいけないといつもいっていた。しかし昔、叔父さんが父上に会いにきたとき、ブランが夜の砦《ナイトフォート》についてたずねたことがあった。その時、叔父のベンジェン・スタークはこの物語が事実だとは決していわなかった――が、そうかといって事実でないともいわなかった。かれはただ肩をすくめて、こういっただけだった。

「われわれは二百年前に夜の砦《ナイトフォート》を去ったのだ

よ」と。まるで、それが答えであるかのように。

ブランは、しいて辺りを見まわした。この朝は寒かったが明るく晴れていて、結晶したような青空から太陽が照っていた。しかし、かれは物音が気に入らなかった。壊れた塔の間を風がひゅーひゅーと音をたてて吹きすさび、砦はうなっては静かになり、そして、大広間の床下を鼠がかさこそと走る音が聞こえた。〝〈鼠のコック〉の子供たちが父親から逃げているのだ〟中庭は小さな森になっていて、ひょろ長い木々が枯れ枝をこすり合わせ、積もった古い雪の上を枯れ葉がゴキブリのようにこそこそ走った。もと厩舎のあった場所に木々が茂り、一本の捩じ曲がった白いウィアウッドがドーム型の台所の天井にあいた穴から無理やりに伸び上がっていた。ここでは、いくらサマーでも寛《くつろ》げなかったろう。ブランはその場所の匂いを嗅ぐために、ほんの一瞬かれの皮の内側に滑りこんだ。その匂いも気に入らなかった。

そして、抜け道がなかった。

以前からブランは、リード姉弟に出口はないだろうといっていた。何度も、何度も、そういった。なのにジョジェン・リードは自分で確かめるといい張ったのだった。かれは緑の夢を見たといった。そして、緑の夢は嘘をつかないと。〝それらの夢も門を開けなかったのだ〟とブランは思った。

夜の砦《ナイトフォート》が守っていた門は、〈冥夜の守人《ナイツ・ウォッチ》〉の黒衣の兄弟が騾馬や小型馬に荷物を満載してここを離れ、深遠な湖《ディープ・レイク》に向けて出発した日以来、封鎖されていたのだ。その鉄の落とし格子は下ろされ、それを引き上げる鎖は持ち去られており、トンネルには石と砂利が詰めこまれ、それが全部凍りついて、〈壁〉そのものと同じくらい貫通不可能になっていた。「ぼくらもジョンの後をつければよかったのになあ」ブランはそれを見ていった。ジョンが嵐の中を馬で走り去るのをサマーが見送った夜以来、かれはこの庶出の兄のことをしばしば思い出していたのだった。「〈王の道〉を見つけて、黒の城《カースル・ブラック》に行けばよかったんだ」

「それは駄目です、マイ・プリンス」ジョジェンがいった。「理由はお話ししたでしょうに」

「でも、野人がいるんだよ。かれらは一人を殺して、ジョンをも殺したがっていた。ジョジェン、かれらは百人もいるんだよ」

「そう、いいましたね。われわれは四人ですよ。もしその人が本当にジョンだったら、きみは兄さんを助けたことになる。しかし、そのためにサマーは死にそうな目にあったのですよ」

「わかってる」ブランは情けない声でいった。あの大狼《ダイアウルフ》は野人を三人殺した。もしかしたら、もっと大勢を。しかし、相手の人数が多すぎた。かれらが背の高い耳のない男をぎっしりと取り囲んだときに、サマーの中のブランは雨の中を抜け出そうとしていた。ところが、かれらの矢の一本が後ろからひゅっと飛んできて、ブランは突然、矢に刺された痛みを感じ、狼の皮から抜け出して、自分の体に戻ったのだった。

　ようやく嵐が去ると、ブランたちは火のない暗闇の中に肩を寄せ合って、話すといっても小声でささやきく程度で、ホーダーの重い息づかいに耳を傾けながら、朝が来たら野人たちが湖を渡ってこようとするのではないかと考えていた。ブランは何度も何度もサマーのほうに意識の手を伸ばしたが、痛みのために弾き返された。ちょうど、灼熱した鍋をつかもうとしても、手が引っこんでしまうように。その夜、ホーダーだけが「ホーダー、ホーダー」とつぶやいて、寝返りを打ちながら眠った。ブランはサマーが遠方の暗闇で死にかけているのではないかと恐れた。〝お願いです、昔の神々さま〟かれは祈った。〝あなたがたはウィンターフェル城を取り、ぼくの父を取り、ぼくの両足を取りましたが、どうかサマーまでも取らないでください。そしてまた、ジョン・スノウを見守ってください。そして、野人どもを遠ざけてください〟

湖のあの石だらけの島にはウィアウッドは生えていなかったが、どういうわけか、昔の神々はこの祈りを聞いたにちがいなかった。翌朝、野人たちは出発する前にのんびりと時間をかけて、仲間の死骸や殺した老人から衣服や持ち物を剝ぎ取り、湖の魚を取りさえした。そして、そのうちの三人が土手道を見つけて、こちらに来かかったときには恐ろしい思いをしたが……通路が曲がっても、かれらは曲がらなかったので、二人が溺れそうになり、他の仲間がそれを助け上げた。背の高い禿げ頭の男がかれらに向かって何か怒鳴り、その声が湖面に響き渡ったが、それはジョジェンさえも知らない言語だった。そしてしばらくすると、かれらは楯と槍を広い集めて、北微東に向かって、ジョジェンが行ったのと同じ方向に出発していった。ブランもサマーを探しに出かけたいと思ったが、リード姉弟はいけないといった。

「もうひと晩泊まろう」ジョジェンがいった。「われわれと野人との間に何十キロか距離を置くことにしよう。きみも、またかれらに出会いたいとは思わないでしょう？」その日の午後遅くなって、サマーが後ろ足を引きずりながら隠れ場所から戻ってきた。かれは鴉を追い払いながら旅籠の中の死骸の一部を食べ、それから島まで泳いできたのだった。ミーラがかれの足から折れた矢を引き抜き、塔の根元に生えていた薬草の汁を傷口にすりこんでやった。その大狼はまだ足を引きずっていたが、日ごとに回復していく様子だった。神々はブランの祈りを聞いてくださったのだった。

「他の城を探そうか」ミーラは弟にいった。「どこか別の場所で門を通り抜けることができるかもしれない。よければ、わたしが偵察に行ってもいい。自分だけで行くほうが、早くできるわ」

ブランは首を振った。「東に行けば深遠な湖《ディープ・レイク》がある。そして、王妃の門《クイーンズゲート》がある。西には氷《アイ》の痕跡《スマーク》が。しかし、それらはもっと小さいだけで、同じようなものだろう。黒の城《カースル・ブラック》と東《イー》の物見城《ストウォッチ》とそして影の塔《シャドウ・タワー》を別にすれば、すべての門は封鎖されているんだ」

それに答えるようにホーダーがいった。「ホーダー」と。そして、リード姉弟は顔を見合わせた。「少なくとも、わたしは〈壁〉の上に登るべきだわ」ミーラが結論した。「あの上で、何か見えるかもしれない」

「何が見えると思うんだ？」ジョジェンがたずねた。

「何かが」この時ばかりは、ミーラは頑として譲らなかった。

〝登るならぼくだ〟ブランは顔を上げて、〈壁〉を見上げた。そして、自分が氷の割れ目に指をつっこみ、爪先で足場を探りながら、少しずつ少しずつ登っていくのを想像した。すると、あの夢や野人やジョンやあらゆるものを忘れて、笑いがこみ上げてきた。かれは幼いころ、ウィンターフェル城の城壁に登り、すべての塔にも登った。だが、それらのどれもこんなに高くなかったし、あれらはただの石だった。〈壁〉は石のように見えるが、どこもかしこも灰色であばたのように小穴があり、雲の具合で様子が変わり、日が照ればまた別の表情を見せて、まったく突然に姿を変え、白く青くぎらぎら輝いて屹立するのだった。これが世界の果てだと、ばあやはいつもいっていた。向こう側には、怪物や巨人や悪鬼がいるが、〈壁〉がちゃんと立っているかぎり、越えてくることはないと。〝ぼくもミーラと一緒に上に立ってみたい〟とブランは思った。〝上に立って、見たい〟と。

しかし、かれは怪我をして足が使えなくなった子供であり、代わりにミーラが登っていくのを、下から見ることしかできなかった。

彼女は実際、かれが昔やったように、登っていくのではなかった。彼女は〈冥夜の守人《ナイツ・ウォッチ》〉が何百年も前に穿《うが》った階段を歩いて上がっていくだけだった。〈壁〉そのものの氷から階段が切り出されている城は夜の砦《ナイトフォート》だけだと、メイスター・ルーウィンがいっていたのを思い出した。あるいは、そういったのはベンジェン叔父さんだったかもしれない。もっと新しい城には、木造か石造の階段、あるいは土と砂利の長い斜路があった。「氷はあまりにも危険なのだ」そういったのは、かれの叔父だった。〈壁〉の表面はときどき氷のように冷たい涙を流すが、内側の芯は岩のように固く凍ったままだと。最後の黒衣の兄弟が城から去って以来、階段は千回も溶けたり、ふたたび凍ったりしていたにちがいなかった。そして、そのたびに、階段は縮小して、よりなめらかに、より丸く、より危険になったのだった。

そして、より小さく。〝まるで、〈壁〉が階段を自分の中に飲みこんでいるみたいだ〟ミーラ・リードは足元に充分気を配りながら、それでもこぶからこぶへと、ゆっくりと登っていった。階段がほとんどなくなっているところでは、四つん這いになった。〝下りてくるときには、もっとたいへんだろう〟とブランはそれを見て思った。それにしても、登っていくのが自分だったらよかったのに、とも思った。最上段の唯一の名残である氷の膨らみを這い登って頂上に立つと、ミーラはかれの視界から姿を消した。

「彼女はいつ下りてくるの？」ブランはジョジェンにたずねた。

「用意ができたら。彼女はよく見たいだろう……〈壁〉と、その先をね。ぼくたちもこの下で、同じように偵察をすべきです」

「ホーダー？」ホーダーが疑わしそうにいった。

「何か見つかるかもしれないからね」ジョジェンは主張した。

〝あるいは、何かがぼくらを見つけるかもしれないぞ〟ブランはその考えを口に出すことはできなかった。ジョジェンに臆病者だと思われたくなかったので。

それで、ジョジェン・リードが先に立ち、ブランがホーダーの背中の籠に乗り、サマーがかれらの横をすたすた歩いて、かれらは探険に出かけた。一度、その大狼は暗い扉の中に駆けこんでいき、すぐに灰色の鼠を口にくわえて戻ってきた。〝〈鼠のコック〉だ〟とブランは思った。しかし、色が違っていた。そして、猫のように大きいだけだった。〈鼠のコック〉は白くて、ほとんど牝豚と同じくらいの大きさのはずだった。

夜の砦《ナイトフォート》には暗い部屋がたくさんあって、鼠がたくさんいた。地下倉庫や穴蔵や、それらを繋ぐ迷路のような漆黒のトンネルの中を、その鼠どもがこそこそと駆けまわる音が聞こえた。ジョジェンが地下室を調べようとしたが、ホーダーが「ホーダー」といい、ブランは「だめだ」といった。夜の砦《ナイトフォート》の暗い地下には鼠以上に悪いものがいたのである。

「ここは古い場所みたいだな」何もはまっていない窓から、日光が埃の柱のようになって射しこんでいる柱廊を歩いていきながら、ジョジェンがいった。

「黒の城《カースル・ブラック》の二倍も古いんだよ」ブランは思い出して、いった。「これは〈壁〉につくられた最初の城で、しかも最大だった」しかし、これはまた、昔々の〈老王〉の時代に最初に放棄された城でもあった。当時でさえも、四分の三は無人であり、維持費がかかりすぎたのだ。佳き王妃《グッド・クイーン》アリサンが、この城の代わりに、もっと小さくて、もっと新しい城をほんの十キロほど東の、〈壁〉が美しい緑色の湖の岸に沿って湾曲している場所につくりなさいと示唆したのだった。その深遠な湖《ディープ・レイク》の城の建築費は王妃の宝石でまかなわれ、〈老王〉が北に送った人たちによって建設され、そして、黒衣の兄弟たちが夜の砦《ナイトフォート》を放棄して鼠たちに与えたのだった。

しかし、これは二世紀前のことだった。いま深遠な湖《ディープ・レイク》の城は、それが取って代わった城と同様に空っぽで建っており、夜の砦《ナイトフォート》は……

「ここには幽霊がいるんだよ」とブランはいった。ホーダーはすべての物語を前に聞いていたが、もしかしたらジョジェンは聞いていないかもしれなかった。「〈老王〉以前からいる古い幽霊たちがね。エイゴン竜王よりも前の。南に下って無法者になった七十九人の脱走者たちの幽霊が。その一人はリズウェル公の末子だった。そして、かれらが脱走して古墳地帯まで来たときに、リズウェル公の城に匿《かくま》ってもらおうとしたが、公はかれらを捕まえて、夜《ナイ》の砦《トフォート》に送り返してしまったのさ。総帥は〈壁〉の頂上に穴をうがたせて、その中に脱走者たちを入れて、氷の中に生き埋めにしてしまった。かれらは槍や角笛を持ち、全員が北を向いていて、〈七十九人の哨兵〉と呼ばれた。かれらは生きているときに持ち場を離れたのだから、死後は永遠に見張りをするんだ。何年もたち、リズウェル公自身が年とって死を迎えるときに、自分自身を夜の砦《ナイトフォート》に運ばせて、黒衣をまとって息子と並んで立つことにした。かれは名誉を守るために息子を〈壁〉に送り返したのだけれど、まだかれを愛していたので、息子とともに見張りをするために来たんだ」

ブランたちは半日の間この城を探索した。塔のいくつかは崩落し、その他も危険に見えたが、かれらは鐘楼——鐘はなくなっていた——や鳥小屋——鳥はいなかった——にのぼった。醸造所の地下で巨大な樫の樽が並んでいる地下倉を見つけたが、ホーダーが樽を叩くと虚ろな響きがした。かれらは図書館——棚や本箱は崩壊しており、書物はなくなり、鼠がいたるところにいた——を見つけた。また、五百人もの囚人を収容できる房がある薄暗く湿った地下牢を見つけた。しかし、ブランが錆びた格子のひとつをつかむと、それは手の中で折れて外れてしまった。大広間にはぼろぼろの壁がひとつだけ残っており、浴室のある建物は地面に沈みつつあるように見え、武器庫の外側の、昔、黒衣の兄弟たちが槍や楯や剣を持って汗を流した演武場は、巨大な茨の藪に征服されていた。武器庫と鍛冶場はまだ建っていたが、蜘蛛の巣や鼠や埃が、剣やふいごや鉄床《かなとこ》のあった場所を占領していた。ときどきサマーが、ブランには聞こえない音を聞いたり、何にもないところに向かって歯を剝き出したり、首の後ろの毛を逆立てたりしたが……〈鼠のコック〉も、〈七十九人の哨兵〉も、〈マッド・アックス〉も姿を見せなかった。ブランはほっとした。〝もしかしたら、ここはただの荒廃した城にすぎないのかもしれない〟

ミーラが戻ってくるころには、太陽は西の丘の上、ほんの剣の幅ぐらいの高さにかかっていた。「何が見えた？」弟のジョジェンがたずねた。

「〈幽霊の森〉が見えた」彼女は残念そうな口調でいった。「目の届くかぎり、荒々しい丘が起伏していて、いまだ斧が触れたことのない木々に覆われている。日光が湖に反射しているのが見え、雲が西から覆ってくるのが見えた。ところどころに古い雪が積もっているのが見え、矛ほどの長さの氷柱《つらら》が下がっているのが見えた。一羽の鷲が輪を描いているのも見えた。鷲もわたしを見たと思う。わたしはそいつに手を振ってやった」

「下りる道は見えたかい？」ジョジェンがたずねた。

彼女は首を振った。「いいえ。断崖絶壁で、氷がとてもなめらかで……わたしなら、いいロープと斧があれば、手がかりを切り欠いて下りられるかもしれないけど……」

「……ぼくらはだめだな」ジョジェンが引き取っていった。

「ええ」かれの姉はうなずいた。「ここが、あんたが夢に見た場所だということは確かなの？　もしかしたら、これは別の城かも」

「いや。これがその城だ。ここに門があるんだ」

〝そうだ〟ブランは思った。〝しかし、それは石と氷で閉ざされている〟

日が沈むにつれて、塔の影が伸び、風が強くなり、中庭の乾いた落ち葉をかさこそと吹き散らした。ブランは濃くなっていく夕闇を見ていると、ばあやの別の物語を思い出した。〈夜の王〉の話である。その人は〈冥夜の守人《ナイツ・ウォッチ》〉の十三代目の総帥だったと彼女はいった。恐れを知らない戦士だったと。「そして、それがかれの欠点でした」ばあやはよく付け加えたものだった。「なぜなら、すべての人は恐れを知らなければならないからね」一人の女がかれの没落の原因だった。〈壁〉のてっぺんに、肌が月のように白くて、青い星のような目をした一人の女がちらりと姿を見せた。恐れを知らぬ総帥は彼女を追いかけ、彼女を捕らえ、彼女を愛した。もっとも、彼女の肌は氷のように冷たかった。そして、かれは彼女に子種を与えたときに、自分の魂《ナイトフォート》まで与えてしまったのだった。

かれは彼女を夜の砦に連れ帰ると、この人は王妃であり、自分は王だと宣言した。そして、不思議な魔法を使って、〈冥夜の守人《ナイツ・ウォッチ》〉の兄弟《ブラザー》を意のままにあやつった。〈夜の王〉とその〈死人の妃〉は、十三年間、支配したが、結局、ウィンターフェル城のスターク家と野人のジョラマンが協力して、〈冥夜の守人《ナイツ・ウォッチ》〉をかれらの束縛から解放した。失脚の後、かれが

〈異形《ジ・アザー》〉に生贄を捧げていたことが発覚すると、〈夜の王〉のすべての記録は破壊され、その名前さえも封印されてしまったのだった。「かれはボルトン家の一人だという人もいますよ」ばあやはいつも最後にそういった。「スカゴス島からきた領主《マグナー》だという人もあれば、アンバー家だという人もあれば、フリント家、あるいはノレイ家だという人もいます。かれはウッドフットの一人――つまり、鉄人《くろがねびと》どもが来る前に熊の島《ベア・アイランド》を支配していた人々の子孫だと思わせたいのかもしれないわね。でも、そんなこと絶対にありません。かれはスターク家の人だったの。かれを失脚させた人の弟だったのですよ」ここで、彼女はいつもブランの鼻をつまむのだった――かれが決して忘れないようにと。「かれがウィンターフェル城のスタークの一人だったなんて、いったいだれが公然といえますか？　ひょっとしたら、その人の名前はブランドンだったかもしれませんね。ひょっとしたら、かれはこの部屋のこのベッドで眠ったかもしれないわ」

〝そんなことない〟とブランは思った。〝しかし、かれはこの城の中を歩き、ぼくらは今夜ここで眠るのだ〟ブランはその考えがとても気に入らなかった。〈夜の王〉は昼間の光で見ればただの人だった、とばあやはいつもいった。しかし、かれが支配する領域は夜だった。

〝そして今、暗くなりかけている〟

リード姉弟は、丸天井が壊れた八角形の石造りの調理場で眠ることにした。そこは他の建物よりもよい宿泊所になりそうだった。たとえそこでは、捩じ曲がったウィアウッドが、中央の大きな井戸のわきのスレートの床を突き破って生え、屋根の穴に向かって斜めに成長し、その白骨のような枝が太陽に向かって伸び上がっているにしても。その木はブランが今まで見た他のウィアウッドよりも痩せこけている奇妙な種類のもので、顔もついていなかったが、少なくとも、まるで古《いにしえ》の神々がここに一緒にいるような感じを起こさせた。

この調理場の中で、かれの気に入ったものはこれしかなかった。屋根の大部分が残っていたので、たとえまた雨が降ったとしても、濡れずにすむだろうと思われたからだ。しかし、ここが温かいとは決して思われなかった。スレートの床から寒さがしみ出すのがわかった。ブランはまたいろいろな影も気に入らなかったし、また、口を開けて取り囲んでいるような大きな煉瓦の竈《かまど》も、肉を吊るす錆びた鉤も、片方の壁ぎわにある肉切り台に残る傷跡や汚れも気に入らなかった。〝あれが、〈鼠のコック〉がプリンスを細切れにした場所で、これらの竈のひとつでパイを焼いたのだ〟とかれは知った。

しかし、井戸がもっともいやなしろものだった。直径がたっぷり三メートル半あり、すべて石造りで、内側に階段が作られていて、ぐるぐると円を描いて下の暗闇に下りていくようになっていた。側壁は湿り、硝石に覆われていたが、ミーラの鋭い狩人の目をもってしても底の水は見えなかった。「もしかしたら、底なしかもしれない」とブランは不安そうにいった。

ホーダーが、膝の高さの井戸の縁ごしに覗いていった。「ホーダー!」と。その言葉は井戸の下のほうに谺《こだま》して、〝ホーダーホーダーホーダーホーダー〟と、だんだんかすかになり、しまいにはささやき声よりも小さくなっていった。ホーダーはびっくりした顔をし、それから笑って、腰を屈めて床に落ちているスレートのかけらを拾い上げた。

「ホーダー、よせ！」ブランがいったが、もう遅かった。ホーダーは縁からスレートを投げこんだ。「そんなことしちゃ、だめじゃないか。下に何がいるかわからないんだぞ。何かを傷つけたかもしれないし……いや、何かを目覚めさせたかもしれないんだぞ」

ホーダーは無邪気な顔でかれを見た。「ホーダー？」

ずっと、ずっと、ずっと下のほうで、石が水に落ちる音がした。それは実はポチャンではなく、むしろ、ガボッという音だった。まるで下にいる何物かが氷のように冷たい口を震わせながら開いて、ホーダーの石を飲みこんだかのようだった。かすかな谺が井戸の底から上がってきた。そして一瞬、ブランは何かが動く音を——水中をのたうちまわるような音を、聞いたように思った。「たぶん、ここにいてはいけないんだよ」かれは不安そうにいった。

「井戸のそばに？」ミーラがたずねた。「それとも、夜の砦《ナイトフォート》に？」

「うん」ブランはいった。

彼女は笑って、ホーダーに薪を拾いに外に行かせた。サマーもついていった。今はもうほとんど暗くなっていて、その大狼は狩りがしたかったのだ。

ホーダーが両腕に枯れ木や折った枝をいっぱい抱えて一人で戻ってきた。ジョジェン・リードは火打ち石とナイフを取り出して火をおこしにかかり、一方、ミーラは最後に渡った小川で捕まえた魚の骨を取った。ブランは、夜の砦《ナイトフォート》のこの調理場で最後に夕食が料理されてから、何年くらいたっているのだろうかと思った。また、それをだれが料理したのかとも思ったが、それは知らないほうがよいかもしれなかった。

炎が勢いよく燃え上がると、ミーラは魚をのせた。〝少なくともこれはミートパイではない〟〈鼠のコック〉はアンダル人の王の息子を、玉葱《タマネギ》や人参《ニンジン》やシイタケやたっぷりの胡椒と塩や、ベーコンの薄切りや、そしてドーンの濃い赤ワインと一緒に料理して、大きなパイを作り、それをその父親の食卓に出したのだった。すると、その父親はその味を褒めて、お代わりをした。その後、神々はそのコックを巨大な白鼠に変えて、自分自身の子供だけを喰うことができるようにしたのだった。それ以来ずっと、かれは夜の砦《ナイトフォート》をさまよい、自分の子供を食べているが、空腹はいっこうにおさまらずにいるのである。「神々がかれを呪ったのは、殺人のためでもなく」ばあやはいった。「アンダル人の王にその息子をパイにして食べさせたからでもないんですよ。人には復讐の権利があるからね。でも、かれは自分の屋根の下に泊めた客人を殺したの。神々がお許しにならないのは、そのことなんですよ」

「われわれは眠るべきだ」満腹すると、ジョジェンが厳《おごそ》かにいった。火はとろとろと燃えていた。かれは木の枝でそれを掻き立てた。「われわれに道を教えてくれる緑の夢を、もしかしたらまた見るかもしれない」

ホーダーはすでに体を丸めて眠り、軽いいびきをかいていた。そして、ときどきマントの下で手足をばたつかせ、あわれな声で何かを訴えていた。たぶん「ホーダー」といっているのだろう。ブランは火のそばに這い寄り、その暖かみを気持ちよく感じ、かすかにパチパチはぜる火の音を聞いて心が和んだ。しかし、眠りはやってこなかった。外では風が中庭の向こう側から落ち葉の大軍を送ってよこし、扉や窓をかすかに引っ掻くような音をたてさせた。その音を聞くと、ブランはばあやのお話を思い出した。〈壁〉の上で幽霊の哨兵たちがたがいに声をかけ合い、幽霊の角笛を吹いているのが、いまにも聞こえそうに思われた。青白い月光が丸天井の穴から斜めに射しこみ、天井に向かって伸び上がるウィアウッドの枝を彩っていた。その木はまるで月をつかんで、井戸の中に引き下ろそうとでもしているように見えた。〝古の神々よ〟ブランは祈った。〝もし、聞いていらっしゃるなら、今夜は夢を送らないでください。いや、もし送るなら、いい夢にしてください〟神々はお答えにならなかった。

ブランは、しいて目をつぶった。もしかしたら、少しは眠ったかもしれなかった。いや、たぶん、宙ぶらりんの半眠りの状態で、ただうとうとしながら、〈マッド・アックス〉のことや、〈鼠のコック〉のことや、夜の闇にまぎれてやってくるもののことを考えないように努力していたのだった。

その時、物音を聞いた。

かれは目を開けた。〝あれはなんだ？〟かれは息を止めた。〝夢だったのか？　ばかばかしい悪夢を見ていたのか？〟かれは悪夢のためにミーラやジョジェンを起こしたくなかった。ところが〝……ほら……〟つかみ合いのようなかすかな音、ずっと遠くで……〝木の葉だ。落ち葉がサラサラ鳴って外の壁から吹き飛ばされたり、吹き寄せられたりしているのだ……いや、風の音だ、風かもしれない……〟しかし、その音は外から聞こえるのではなかった。ブランは腕の毛が逆立つのを感じた。〝音は中だ、このぼくらのいる場所でしている、それ

〝足音もしだいに大きくなっている〟かれは片肘をついて体を起こし、耳をそばだてた。たしかに風は吹いていた。そして、木の葉が風に鳴っていた。しかし、これは別のものだ。〝足音だ〟だれかがこちらにやってくる。何者かがこちらにやってくるのだ。

これは〈七十九人の哨兵《ナイトフォート》〉ではない、とかれは悟った。哨兵たちは決して〈壁〉を離れることはない。しかし、夜の砦には他の幽霊もいるかもしれない。もっとずっと恐ろしいものが。ブランはばあやが〈マッド・アックス〉について何といったか覚えていた。かれはブーツを脱いで、暗い城の広間を裸足でうろつき、斧と肘と濡れた赤い髭の先から滴《したた》る血の音以外には、所在を示すような音を決してたてないと。いや、もしかしたら、これは全然〈マッド・アックス〉ではないかもしれない。もしかしたら、これは闇夜にやってくるものかもしれない。教練中の少年たちはみんなそれを見たと、ばあやはいった。しかし、後でかれらが総帥に報告したときには、それぞれの話が全部異なっていた。〝そして、その年のうちに三人が死に、四人目は発狂した。そして、百年後にそのものがふたたびやってきたときには、そいつの後ろに教練中の少年たちが鎖につながれて、よろよろと歩いてくるのが目撃されたのだ〟

しかし、これはお話にすぎなかった。かれは勝手に怯えていただけだった。闇夜にやってくるものなどいないと、メイスター・ルーウィンがいった。たとえそのようなものがいたとしても、今は巨人とかドラゴンなどと同様に世界から姿を消している。〝なんでもない〟とブランは思った。

しかし、今は物音はなおも大きく聞こえてきた。

〝あれは井戸の中から聞こえてくるんだ〟とかれは気づいた。そうしたら、よけいに怖くなった。何者かが地下から上がってくる。暗い所から登ってくる。〝ホーダーが目覚めさせたのだ。愚かにもスレートを投げたので、そいつが目を覚まして、今こちらにやってくるのだ〟ホーダーのいびきと、ブラン自身の動悸のために、その音は聞き取りにくかった。あれは斧から血が滴る音だろうか？　それとも、幽霊の鎖が遠くでかすかにジャラジャラと鳴っているのだろうか？

ブランはなおも耳を澄ませた。〝足音だ〟間違いなく足音だ、一歩一歩、音が大きくなる。しかし、何人いるかわからなかった。井戸は音を反響させる。かれは液体の滴る音も、鎖の音も聞こえなかったが、何か他のものがいた……高くかすかに、しくしく泣くような声、だれかが痛がっているような、そして、重くくぐもった呼吸の音。しかし、足音がもっとも大きく聞こえた。その足音が接近してくるのだ。

あまりにも怖くて、ブランは叫ぶことができなかった。焚き火は燃え尽きて、少しばかりのかすかな燠《おき》になり、仲間はみんな眠っていた。かれはほとんど自分の皮から抜け出して、狼の中に入ろうとしたが、サマーは何キロも遠くにいるかもしれなかった。かれは無防備な仲間を暗闇の中に残して、井戸から上がってくる何者かと対面させることはできなかった。

〝ここに来るなといったのに〟かれは情けない気持ちで考えた。〝幽霊がいるといったのに。黒の城《カースル・ブラック》に行くべきだといったのに〟

足音はブランの耳に重く響いた。ゆっくりと、重々しく、石に足をこすりつけるように。〝巨大なやつにちがいない〟ばあやの話では、〈マッド・アックス〉は大男だった。そして、闇夜にやってくるものは恐ろしかった。ウィンターフェル城にいたころ、毛布の下に隠れていれば暗闇の怪物はあんたに触ることはできないと、サンサがいった。今、かれはほとんどそうしようとした——自分がプリンスであり、もうほとんど成人だと思い出すまでは。

ブランは動かない足を引きずって床を這っていき、手を伸ばしてミーラの足に触った。彼女はすぐに目を覚ました。ミーラ・リードほどすばやく目を覚ます人を、いや、これほどすばやく反応する人を、かれは決して知らなかった。ブランは自分の口に指を当てて、しゃべるなと知らせた。彼女がすぐにあの音を聞いたことが、その表情からわかった。谺する足音、かすかな泣き声、重い息づかい。

ミーラは一言もいわずに立ち上がり、武器を取り上げた。右手に三叉の蛙槍、そして、左手にひだになった網をぶら下げて、裸足でそっと井戸に近寄った。ジョジェンは何も知らず眠っており、ホーダーはぶつぶついって、眠りながら落ち着きなく手足をばたばた動かした。彼女は影から出ないようにして移動し、射しこむ月光をよけて、猫のように静かに歩いた。ブランはその間ずっと彼女を注視していた。そして、彼女の槍のかすかな輝きをかろうじて見ることができた。〝彼女一人をあれと戦わせるわけにはいかない〟とかれは思った。サマーはずっと遠くにいるが……

……かれは自分の皮を脱いで、ホーダーの中に入ろうとした。

サマーの中に滑りこむのとは勝手が違った。今では、サマーに入るのは、ほとんど意識せずにやれるほど容易だった。しかし、これはもっと困難だった。右足に左の靴をはこうとするようなものだった。それはまったく足に合わなかった。そしてその靴もまた怖がっていた。その靴は何が起こっているか理解できなかった。その靴は足を押し返した。かれはホーダーの喉の奥に吐き気を感じた。そして、それだけで、もう逃げ出したくなるほどだった。しかし、我慢して体をうごめかせ、押しこみ、体の下に足をそろえた——かれの巨大な強い足を——そして、起き上がった。〝ぼくは立っている〟かれは一歩踏み出した。

〝ぼくは歩いている〟それはとても奇妙な感覚だったので、危うく転びそうになった。冷たい石の床の上にいる自分の姿が見えた。足の動かない小さな子供。しかし、今かれは足で歩いた。そしてホーダーの長剣を握った。その呼吸は鍛冶屋のふいごの音のように大きかった。

井戸から泣き叫ぶ声が聞こえた。ナイフのようにこちらの胸を刺し貫く激しい悲鳴が。巨大な黒い姿が暗がりに伸び上がって、月光に向かってよろよろと歩いてきた。ブランは最初ホーダーの剣を使うつもりでいたのだが、あまりの恐ろしさに圧倒されて、その剣を抜くことすら思いつかなかった。気がつくと、かれはまた床に戻っていた。そしてホーダーは、湖の塔の上で稲妻が光るたびに叫んでいたように、「ホーダー、ホーダー、ホーダー」と叫んでいた。ところが暗闇に出てきたものもまた、悲鳴を上げていた。そして、ミーラの網のひだの間で手足をばたばたさせていた。ブランは彼女の槍がそいつに向かって暗闇から突き出されるのを見た。そいつはよろめいて倒れ、網の中でもがいた。泣き声はまだ井戸の中から聞こえていた。今はさらに大きく。床の上では、その黒いものがどたばたと抵抗し、金切り声で叫んでいた。「いや、いや、やめてくれ、頼むから、やめて……」

ミーラはそいつを見下ろして立った。彼女の蛙槍の尖端に銀色の月光が反射した。「あんた、だれ？」彼女はたずねた。

「ぼくはサムです」その黒いやつはすすり泣いた。「サム、サム、サムですよ。外に出してよ、突き刺したりして……」かれはミーラの網にからまって手足をばたばたさせながら、水溜まりのように見える月光の中を転げまわった。ホーダーはまだ叫んでいた。「ホーダー！　ホーダー！　ホーダー！」

焚き火に薪をくべたのはジョジェンだった。そして、フー、フーと吹いていると、炎がぱちぱちと燃え上がり、あたりが明るくなった。すると、井戸の縁に、痩せた若い女の青白い顔が見えた。彼女は毛皮と獣皮を体じゅうに巻きつけて、途方もなく大きな黒いマントをまとい、泣き叫ぶ赤子を抱いて、黙らせようとしていた。床のものは網の中から片腕を伸ばして、ナイフをつかもうとしたが、網に妨げられてうまくいかなかった。そいつは決して怪物ではなかった。いや、血みどろの〈マッド・アックス〉でさえなかった。ただの黒装束の太った大男にすぎなかった。黒いウール、黒い毛皮、黒い革着、そして黒い鎖帷子《チェーン・メイル》。「この人は黒衣の兄弟だ」ブランはいった。「ミーラ、かれは〈冥夜の守人《ナイツ・ウォッチ》〉の人だよ」

「ホーダー？」ホーダーはしゃがんで、網にからめとられた男を覗いて、大笑いしながら、また「ホーダー」といった。

「そう、〈冥夜の守人《ナイツ・ウォッチ》〉」その太った男はまだふいごのような息をしていた。「ぼくは〈冥《ナイ》夜の守人《ツ・ウォッチ》〉の兄弟《ブラザー》だ」かれは顎の下に一本の紐がかかって、無理に首が引き上げられ、他の紐は頬に深く食いこんでいた。「鴉だよ、頼む。ここから出してくれよ」

ブランは突然不安になった。「きみは三つ目の鴉かい?」〝こいつが三つ目の鴉であるはずがない〟

「そうは思わないよ」その太った男は目をぎょろぎょろさせたが、目は二つしかなかった。「ぼくはただのサムだ。サムウェル・ターリーだ。出してくれ、痛いよ」かれはまたもがきはじめた。

ミーラはうんざりしたような声を出した。「ばたばたするのはやめて。もし、この網を破ったら、また井戸に放りこむからね。じっとして。ほどいてあげるから」

「きみはだれだ」ジョジェンが赤子を抱いた若い女にいった。

「ジリ」と彼女はいった。「ナデシコ《ジリフラワー》のことよ。この人はサム。あんたがたを脅かすつもりはまったくなかったのに」彼女が赤子を揺すって、小声で何かいうと、赤子はやっと泣きやんだ。

ミーラは男に絡まった網をほどいていた。ジョジェンは井戸のところに行って、下を覗きこんだ。「おまえたち、どこから来たんだ?」

「クラスターのところから」女はいった。「あんたが、その人?」

ジョジェンは振り返って、彼女を見た。「その人って、なんのことだ?」

「かれは、サムはその人じゃないといった」彼女は説明した。「だれか他の人がいると、かれはいったのよ。その人を見つけるために、かれは遣わされたんだって」

「だれがいったって？」ブランがたずねた。

「〈冷たい手《コールドハンズ》〉が」ジリはそっと答えた。

ミーラが網の一端をめくると、太った男はなんとか起き上がることができた。かれが震えているのが、ブランにもわかった。そして、そいつはまだ懸命に呼吸を整えようとしていた。

「人々がいるだろうと、かれがいったんだ」かれはむっとしていった。「城の中に人々がいるとね。でも、きみたちが階段の真上にいるとは思わなかった。きみがぼくに網をかぶせて、槍で腹を突くなんて思っていなかった」かれは黒い手袋をはめた手で自分の腹に触った。

「血が出ているかな？　見えないが」

「転ばせるために、ちょっと突いただけよ」ミーラがいった。「ちょっと、見せて」彼女は片膝をついて、かれのへその周囲をさぐった。「鎖帷子《チェーン・メイル》を着ているじゃない。皮膚に届くわけないわ」

「ふーん、でも痛かったぞ」サムは苦情をいった。

「きみは本当に〈冥夜の守人《ナイツ・ウォッチ》〉のブラザーなの？」ブランがたずねた。

その太った男は顎を小刻みに震わせてうなずいた。かれの皮膚は青白く、たるんでいた。

「ただの雑士《スチュワード》さ。モーモント公の使い鴉《レイヴン》の世話をしていたんだ」一瞬、かれは泣きそうな顔になった。「でも、〈拳《フィスト》〉で全部失ってしまった。ぼくのせいだった。しかも、道に迷ってしまった。〈壁〉さえも見つけることができなかった。長さ五百キロ、高さ二百メートルもあるのに、ぼくは見つけることができなかった！」

「いや、もう見つけているじゃないの」ミーラがいった。「お尻を地面から持ち上げなさい。網をはずすから」

「きみたちはどうやって〈壁〉を通過したの？」サムがやっと立ち上がろうとしていると、ジョジェンがたずねた。「この井戸は地下の川に通じているのかな、きみたちはそこから来たのかな？　濡れてさえいないが……」

「門があるんだ」太ったサムがいった。「隠された門だ、〈壁〉そのものと同じくらい古い。〈黒い扉〉とあいつは呼んでいた」

リード姉弟は顔を見合わせた。「その門はこの井戸の底で見つかるのかい？」ジョジェンがたずねた。

サムは首を振った。「きみたちでは駄目だ。ぼくが連れていかなければ」

「なぜ」ミーラがたずねた。「門があるなら……」

「きみたちには見つからない。たとえ見つかっても、開かないよ。きみたちでは駄目だ。〈黒い扉〉なんだから」サムは色褪せた黒いウールの袖をつまんだ。「〈冥夜の守人《ナイツ・ウォッチ》〉の兵士だけが開けることができると、あいつはいった。誓約した正式の兄弟《ブラザー》だけだと」

「あいつがいった、と」ジョジェンが眉をひそめた。「その……〈冷たい手《コールドハンズ》〉がかね？」

「それはかれの本名ではないの」ジリが、体を揺すりながらいった。「わたしたちだけが、かれをそう呼ぶのよ、サムとわたしだけがね。かれの両手は氷のように冷たかった。でも、かれはわたしたちを〈亡者《ワイト》〉どもから救ってくれたのよ。かれとかれの鴉たちがね。そして、わたしたちをかれの箆鹿《ヘラジカ》に乗せて、ここに連れてきてくれたの」

「かれの箆鹿？」ブランはあっけにとられていった。

「かれの箆鹿？」ミーラが愕然としていった。

「かれの鴉たち？」ジョジェンがいった。

「ホーダー？」とホーダーがいった。

「そいつは緑色だった？」ブランがたずねた。「枝角が生えていたかい？」

太った男は困惑した。「箆鹿に？」

「〈冷たい手《コールドハンズ》〉にだよ」ブランはいらいらしていった。「緑の人々は箆鹿に乗ると、ばあやがいつもいっていた。かれらには枝角が生えていることもあるんだって」

「かれは緑色ではなかった。〈冥夜の守人《ナイツ・ウォッチ》〉の兄弟《ブラザー》のように黒衣をつけていた。しかし、〈亡者《ワイト》〉のように青白かった。ものすごく冷たい手をしていて、ぼくは最初怖かった。しかし、〈亡者《ワイト》〉は青い目をして、舌がない。いや、舌の使い方を忘れてしまったんだ」太った男はジョジェンのほうを向いた。「かれが待っているだろう。ぼくらは行かなくちゃ。きみたち、もっと温かい着物を持っていないかなあ？〈黒い扉〉は冷たい。そして、〈壁〉の向こう側はもっとずっと冷たいんだよ。きみたち――」

「なぜ、その人はきみたちと一緒に来なかったの？」ミーラはジリとその赤子のほうを指さしていった。「この人たちはあんたと一緒に来たのに、なぜかれは来なかったの？　なぜ、その人も連れてその〈黒い扉〉をくぐってこなかったのよ？」

「かれは……駄目なんだ」

「なぜ？」

「〈壁〉があるからね。〈壁〉はただの氷と石ではないと、かれはいった。あれには魔法がかけられているんだと……古い魔法がね。しかも強力なのが。かれは〈壁〉を通り抜けることができないんだよ」

この時、城の調理場はしーんと静まり返った。ブランは炎のはぜる音、暗闇で風に舞う木の葉の音、月につかみかかる痩せ細ったウィアウッドの軋る音を聞いた。「門の外には怪物が住んでいますよ、巨人や悪鬼もね」かれはばあやの話を思い出した。「でも、〈壁〉がちゃんと立っているかぎり、かれらは通り抜けることができないの。だから、お眠りなさい、わたしのちっちゃなブランドン、わたしの赤ちゃん。あなたは恐れる必要はないんですよ。ここに怪物はひとつもいませんからね」

「ぼくは、きみが連れてこいといわれた者ではない」ジョジェン・リードは、汚れただぶだぶの黒衣を着た太ったサムに向かっていった。「この人がそれだ」

「おう」サムは不安そうにかれを見下ろした。ブランが肢体不自由児だと気づいたのは、まさにこの時だったかもしれない。「こまったなあ……きみを運べるだけの力はぼくにはないし……」

「ホーダーがぼくを運べる」ブランは籠を指さした。「あれに乗って、かれの背に担がれていくんだ」

サムはかれを見つめていた。「きみはジョン・スノウの弟《ブラザー》だね。塔から落ちた人……」

「ちがう」ジョジェンはいった。「あの少年は死んだ」

「黙って」ブランは警告した。「頼むから」

サムはちょっと困惑した顔をしたが、結局、いった。「ぼ……ぼくは秘密を守るよ。ジリもね」かれがその娘を見ると、彼女もうなずいた。「ジョンは……ジョンはぼくの兄弟《ブラザー》だった。かれはぼくの最善の友でもあった。しかし、霜の牙《フロストファング》の偵察をするために〈二本指《ハーフハンド》のクォリン〉と一緒に出かけて、ついに戻ってこなかった。〈拳《フィスト》〉の上でわれわれが待っていると……いると……」

「ジョンはここにいる」ブランはいった。「サマーがかれを見たんだ。かれは野人と一緒にいた。だけどかれらは一人の男を殺し、ジョンはそいつの馬を取って逃げた。きっと黒の《カースル・ブ》城《ラック》に行ったのだと思う」

サムは大きな目をミーラに向けた。「それがジョンだったのは確かかね？　あんた、かれを見たの？」

「わたしはミーラよ」ミーラは微笑していった。「サマーは……」

ひとつの影が、頭上の壊れたドームから離れて、月光の中を飛び下りた。その狼は足を負傷していたが、雪が降るように軽々と、静かに着地した。ジリは怯えた声を出し、赤子をあまり強く抱きしめたので、赤子がまた泣きだした。

「こいつは怖くないよ」ブランはいった。「これがサマーなんだから」

「あんたがたはみんな狼を飼っていたと、ジョンがいっていた」サムは手袋をはずした。

「ぼくはゴーストを知っている」かれは震える手を差し出した。その指は白く、柔らかく、太くて、小さなソーセージのようだった。サマーはすたすた歩いてそばに来て、その指の匂いを嗅ぎ、手をひとなめした。

ブランが決心したのはこの時だった。「ぼくらはきみと一緒に行くよ」

「みんな？」サムはそれを聞いて驚いたようだった。

ミーラはブランの髪の毛を掻き乱した。「この人はわたしたちのプリンスなのよ」

サマーは井戸のまわりをまわって、匂いを嗅いだ。そして、いちばん上の階段のところに立ちどまり、振り返ってブランを見た。〝かれも行きたいんだ〟

「ぼくが戻ってくるまで、ジリをここに残していっても安全だろうか？」サムはかれらにたずねた。

「だいじょうぶよ」ミーラはいった。「わたしたちの焚き火に当たっていればいいわ」

ジョジェンがいった。「この城は空っぽだよ」

ジリは周囲を見まわした。「いろいろな城の物語を、クラスターから聞いているけれど、こんなに大きなものだとは思わなかったわ」

〝これは調理場だけだぞ〟彼女がウィンターフェル城を見たらなんというだろうかと、ブランは思った。もし、見ることがあればの話だが。

持ち物をまとめて、ブランをホーダーの背の籠に乗せるのに、数分かかった。出発の準備ができると、ジリは火のそばにすわって赤子に乳を飲ませた。「迎えに戻ってきてね」彼女はサムにいった。

「できるだけ早く戻ってくる」サムは約束した。「そしたら、もっと暖かいところに行こう」それを聞くと、これからどういうことになるのだろうかと、ブランの心の一部が不安に思った。〝ぼくはまた暖かいところに行くのだろうか？〟と。

「ぼくが先頭を行く、道を知っているから」サムは井戸の頂上でためらった。「階段がすごくたくさんあるんだ」かれはためいきをついてから、下りはじめた。ジョジェンがその後に続き、それからサマーが、それからブランを背負ったホーダーが続いた。槍と網を持ったミーラが殿《しんがり》をつとめた。

長い下りだった。井戸の頂上には月光があたっていたが、ぐるぐる下りていくにつれてしだいに小さくなっていった。湿った石にかれらの足音が谺し、水音がしだいに大きくなっていった。「松明を持ってくるべきだったかなあ？」ジョジェンがたずねた。

「すぐに目が慣れるよ」サムがいった。「片手をずっと石に当てていけば、落ちることはない」

ぐるぐると下っていくにつれて、井戸はより暗く、より冷たくなってきた。ついにブランが頭を上げて、縦坑の周囲や上のほうを見まわすと、井戸の頂上はわずかに半月ほどの大きさになっていた。「ホーダー」ホーダーがささやいた。〝ホーダーホーダーホーダーホーダーホーダー〟と井戸がささやき返した。水音が近くなったが、ブランが見下ろすと暗闇しか見えなかった。

さらにひとまわりかふたまわりすると、サムは突然足を止めた。かれはブランとホーダーから井戸の内周の四分の一ほど先にいて、二メートルほど下がっていた。しかし、ブランにはほとんどかれの姿が見えなかった。ところが扉を見ることはできた。〈黒い扉〉とサムは呼んでいたが、それはぜんぜん黒くなかった。

白いウィアウッドで、それには顔があった。

その木から薄明かりが射していた。ミルクか月光のような感じで、あまり淡い光なので、扉そのものより先の物には、すぐ前に立っているサムにさえも、ほとんど届かないように見えた。

顔は老人のもので青白く、皺だらけで萎びていた。〝これは死んでいるようだ〟口は閉じ、目も閉じていて、頬は落ちくぼみ、額は萎びて、顎は垂れていた。〝もし人が千年生きて決して死なず、ただ年をとるだけなら、その顔はこのように見えるようになるだろう〟

扉が目を開けた。

その目もまた白く、盲目だった。「おまえたちはだれだ？」扉がたずね、井戸がささやいた。「だれ‐だれ‐だれ‐だれ‐だれ‐だれ‐だれ」

「われは暗闇の剣士なり」サムウェル・ターリーがいった。「〈壁〉の見張り人《びと》なり。われは寒さに対して燃える炎なり、夜明けをもたらす灯火なり、眠りし者を起こす角笛《ホルン》なり。人の領土を守る楯なり」

「では通れ」扉がいった。その口がしだいに大きく大きく開いて、皺の輪の中にあんぐりと開いた巨大な口だけが残った。サムがわきに寄り、ジョジェンに先に行けと身振りをした。サマーがそれに続いて、くんくん匂いを嗅ぎながら歩き出した。それからブランの番になった。ホーダーが屈んだが、充分な低さではなかった。扉の上唇がブランの頭のてっぺんに軽く触り、一滴の水がかれの上に滴り、鼻の上をゆっくりと流れ落ちた。それは奇妙に温かくて、涙のように塩辛かった。

本書は、早川書房から単行本として二〇〇六年十一月より三分冊で刊行された作品を、登場人物名、用語を一新して文庫化したものです。

訳者略歴　1931年生，1953年静岡大学文理学部卒，英米文学翻訳家　訳書『ファウンデーション』アシモフ，『拷問者の影』ウルフ，『七王国の玉座』マーティン（以上早川書房刊）他多数

HM=Hayakawa Mystery
SF=Science Fiction
JA=Japanese Author
NV=Novel
NF=Nonfiction
FT=Fantasy

氷と炎の歌③

剣嵐《けんらん》の大地《だいち》

〔中〕

〈SF1877〉

二〇一二年十月二十五日　発行
二〇一五年二月　十五日　三刷
（定価はカバーに表示してあります）

著者　ジョージ・R・R・マーティン
訳者　岡《おか》部《べ》宏《ひろ》之《ゆき》
発行者　早川　浩
発行所　株式会社　早川書房
郵便番号　一〇一‐〇〇四六
東京都千代田区神田多町二ノ二
電話　〇三‐三二五二‐三一一一（大代表）
振替　〇〇一六〇‐三‐四七七九九
http://www.hayakawa-online.co.jp

乱丁・落丁本は小社制作部宛お送り下さい。送料小社負担にてお取りかえいたします。

印刷・三松堂株式会社　製本・株式会社川島製本所
Printed and bound in Japan
ISBN978-4-15-011877-8 C0197

本書は活字が大きく読みやすい〈トールサイズ〉です。